本書出版得到國家古籍整理出版專項經費資助

小學文獻序跋彙編（整理本）

上

李國英　魯一帆　劉麗群　孟躍龍 點校

中華書局

圖書在版編目(CIP)數據

小學文獻序跋彙編:整理本/李國英等點校. —北京:中華書局,2024.11. —ISBN 978-7-101-16894-5

Ⅰ. I262

中國國家版本館 CIP 數據核字第 2024KJ1002 號

書　　名　小學文獻序跋彙編(整理本)(全三册)
點 校 者　李國英　魯一帆　劉麗群　孟躍龍
責任編輯　劉歲晗
裝幀設計　周　玉
責任印製　管　斌
出版發行　中華書局
(北京市豐臺區太平橋西里 38 號　100073)
http://www.zhbc.com.cn
E-mail:zhbc@zhbc.com.cn
印　　刷　北京盛通印刷股份有限公司
版　　次　2024 年 11 月第 1 版
2024 年 11 月第 1 次印刷
規　　格　開本/920×1250 毫米　1/32
印張 65⅝　插頁 6　字數 1700 千字
印　　數　1-800 册
國際書號　ISBN 978-7-101-16894-5
定　　價　498.00 元

總　目

整理凡例

一、本書整理所據底本爲中華書局2016年影印《小學文獻序跋彙編》中所收各篇之版本，各篇具體版本信息在篇末列明。

二、本書的編排，按學科門類分爲文字、音韻、訓詁三大類，每大類下再按學科内部的層級關係分爲若干小類。文字類分爲：説文類、説文校注類、六書類、偏旁字原類、其他字書類、字體辨正類、總義類。音韻類分爲：總義類、韻書類、古韻類、韻圖韻表類。訓詁類分爲：總義類、雅類、雜詁類、方言類、釋名類、音義類、語法類、譯語類。

三、每小類内部，按照序作之書成書年代的先後排列。僅知成書年代大致範圍的，置於該時間段最末。同一本書的多篇序跋，原則上先冠以本書作者自序（跋），他人所作者，依各篇序跋落款時間先後排列。

四、序跋原有題名的，照録原題。故序跋中"序、敘"混用，乃因原題如此。間有序跋原名中所寫書名與序作之書的題名不相合者，亦不改動。如《新編併音連聲韻學集成》有徐博序，原題爲"韻書集成序"，其中"書"字當爲"學"字之誤。此類情況，一仍其舊。無題名者，以"序作之書名+序（或跋）"的方式命名。

五、序跋有署以字號乃至行輩者，一般改爲該作者通行常見的姓名。偶有無法考定作者姓名者，則仍其舊。

六、同一篇序跋一般只選一次，但若有異文或校注，則酌情重選。

七、所收序跋出處及版本信息，列於該書内容之末。如各序跋來源不一，則於篇目之下分别列明。

八、底本部分序跋前後連帶有不屬於該序跋的内容，今皆裁去。

九、繁體横排排印，施以新式標點符號。原書正文中有雙行小字夾注的，改爲小號字體，單行排列於正文之後；原注文中又有雙行夾注的，一般改同注文字號，加括號標注。

十、本書不作深入校勘。如遇明顯文字譌誤及文句誤倒，則在腳注予以改正或説明。原書有闕文或文字漫漶不清難以辨識，知其字數者據所闕字數用若干闕文符號“□”表示，不知其字數者用闕文符號“〼”表示；如有其他版本可據以補出所闕文字者，則以腳注注出。常見避諱改字的，今徑改爲原字，不再逐一出注説明。

十一、原稿包括印刷體和手寫體兩類。原稿爲印刷體者，視情况對異構字進行保留，比如專門論及某一特殊形體或特定字形的使用反映了序跋作者的用字傾向性，此時保留異構字；異寫字進行歸併，採用通行體。原稿爲手寫體者，整理時轉寫爲通行的繁體。

十二、書後附序跋作者人名索引，以供查檢。

文字類目録

説文解字

説文解字

説文解字敘

許　慎

古者庖犧氏之王天下也,仰則觀象於天,俯則觀法於地,視鳥獸之文與地之宜,近取諸身,遠取諸物,於是始作《易》八卦,以垂憲象。及神農氏結繩爲治而統其事,庶業其繁,飾僞萌生。黄帝之史倉頡,見鳥獸蹏迒之迹,知分理之可相别異也,初造書契。百工以乂,萬品以察,蓋取諸夬。"夬,揚于王庭",言文者宣教明化於王者朝廷,君子所以施禄及下,居德則忌也。倉頡之初作書,蓋依類象形,故謂之文。其後形聲相益,即謂之字。字者,言孳乳而浸多也。著於竹帛謂之書。書者,如也。以迄五帝三王之世,改易殊體,封于泰山者七十有二代,靡有同焉。《周禮》:八歲入小學,保氏教國子,先以六書。一曰指事,指事者,視而可識,察而可見[①],上下是也;二曰象形,象形者,畫成其物,隨體詰詘,日月是也;三曰形聲,形聲者,以事爲名,取譬相成,江河是也;四曰會意,會意者,比類合誼,以見指撝,武信是也;五曰轉注,轉注者,建類一首,同意相受,考老是也;六曰假借,假借者,本無其字,依聲託事,令長是也。及宣王太史籀箸大篆十五篇,與古文或

①大、小徐諸本皆作"可見",唐顔師古《漢書注》作"見意",段注據之改作"見意"。後同,不另注。

異。至孔子書六經，左丘明述《春秋傳》，皆以古文，厥意可得而説。其後諸侯力政，不統於王，惡禮樂之害己，而皆去其典籍，分爲七國，田疇異晦，車涂異軌，律令異法，衣冠異制，言語異聲，文字異形。秦始皇帝初兼天下，丞相李斯乃奏同之，罷其不與秦文合者。斯作《倉頡篇》，中車府令趙高作《爰歷篇》，太史令胡毋敬作《博學篇》，皆取史籀大篆，或頗省改，所謂小篆者也。是時秦燒滅經書，滌除舊典，大發隸卒，興役戍，官獄職務繁，初有隸書，以趣約易，而古文由此絶矣。自爾秦書有八體：一曰大篆，二曰小篆，三曰刻符，四曰蟲書，五曰摹印，六曰署書，七曰殳書，八曰隸書。漢興，有艸書。《尉律》：學僮十七已上，始試，諷籀書九千字，乃得爲吏。又以八體試之，郡移太史并課，最者以爲尚書史。書或不正，輒舉劾之。今雖有《尉律》，不課，小學不修，莫達其説久矣。孝宣時，召通《倉頡》讀者，張敞從受之。涼州刺史杜業、沛人爰禮、講學大夫秦近亦能言之。孝平時，徵禮等百餘人，令説文字未央廷中，以禮爲小學元士。黄門侍郎楊雄采以作《訓纂篇》。凡《倉頡》已下十四篇，凡五千三百四十字，羣書所載，略存之矣。及亡新居攝，使大司空甄豐等校文書之部，自以爲應制作，頗改定古文。時有六書：一曰古文，孔子壁中書也；二曰奇字，即古文而異者也；三曰篆書，即小篆，秦始皇帝使下杜人程之所作也[①]；四曰佐書，即秦隸書；五曰繆篆，所以摹印也；六曰鳥蟲書，所以書幡信也。壁中書者，魯恭王壞孔子宅，而得《禮記》《尚書》《春秋》《論語》《孝經》，又北平侯張倉獻《春秋左氏傳》。郡國亦往往於山川得鼎彝，其銘即前代之古文，皆自相似。雖叵復見遠流[②]，其詳可得略説也。而世

①“程”後平津館本有“邈”字，當據補。

②“流”，清抄本徐鍇注作“沫”。

人大共非訾，以爲好奇者也，故詭更正文，鄉壁虚造不可知之書，變亂常行，以燿於世。諸生競説字解經誼，稱秦之隸書爲倉頡時書，云：父子相傳，何得改易？乃猥曰：馬頭人爲長，人持十爲斗；虫者，屈中也。廷尉説律，至以字斷法："苛人受錢，苛之字止句也。"若此者甚衆，皆不合孔氏古文，謬於《史籀》。俗儒啚夫，翫其所習，蔽所希聞，不見通學，未嘗覩字例之條，怪舊埶而善野言，以其所知爲祕妙，究洞聖人之微恉。又見《倉頡篇》中"幼子承詔"，因號古帝之所作也，其辭有神僊之術焉。其迷誤不諭，豈不悖哉。《書》曰："予欲觀古人之象。"言必遵修舊文而不穿鑿[①]。孔子曰："吾猶及史之闕文，今亡也夫。"蓋非其不知而不問。人用己私，是非無正，巧説衺辭，使天下學者疑。蓋文字者，經藝之本，王政之始，前人所以垂後，後人所以識古，故曰"本立而道生"，"知天下之至嘖而不可亂也"。今敘篆文，合以古籀，博采通人，至于小大，信而有證。稽譔其説，將以理羣類，解謬誤，曉學者，達神恉，分别部居，不相雜厠。萬物咸覩，靡不兼載。厥誼不昭，爰明以諭。其偁《易》孟氏、《書》孔氏、《詩》毛氏、《禮》、《周官》、《春秋》左氏、《論語》、《孝經》，皆古文也。其於所不知，蓋闕如也。

清嘉慶十二年（1807）錢氏吉金樂石齋刻本

①"遵修"，與後"舊文"文意不合，"修"當作"循"，形近而訛。各本《説文》多誤。今保留底本原貌，後不另注。

説文解字敘

徐鍇注

古者庖犧氏之王天下也，仰則觀象於天，俯則觀法於地，視鳥獸之文與地之宜，近取諸身，遠取諸物，於是始作《易》八卦，以垂憲象。及神農氏結繩爲治而統其事，庶業其繁，飾僞萌生。黄帝之史倉頡，見鳥獸蹏迒之迹，知分理之可相别異也，初造書契。百工以乂，萬品以察，蓋取諸夬。“夬，揚于王庭”，言文者宣教明化於王者朝廷，君子所以施禄及下，居德則忌也。倉頡之初作書，蓋依類象形，故謂之文。其後形聲相益，即謂之字。字者，言孳乳而浸多也。著於竹帛謂之書。書者，如也。以迄五帝三王之世，改易殊體，封于泰山者七十有二代，靡有同焉。《周禮》：八歲入小學，保氏教國子，先以六書：一曰指事，指事者，視而可識，察而可見，上下是也；二曰象形，象形者，畫成其物，隨體詰詘，日月是也；三曰形聲，形聲者，以事爲名，取譬相成，江河是也；四曰會意，會意者，比類合誼，以見指撝，武信是也；五曰轉注，轉注者，建類一首，同意相受，考老是也；六曰假借，假借者，本無其字，依聲託事，令長是也。及宣王太史籀著大篆十五篇，與古文或異。至孔子書六經，左丘明述《春秋傳》，皆以古文，厥意可得而説。其後諸侯力政，不統於王，惡禮樂之害己，而皆去其典籍，分爲七國，田疇異畮，車涂異軌，律令異法，衣冠異制，言語異聲，文字異形。秦始皇帝初兼天下，丞相李斯乃奏同之，罷其不與秦文合者。斯作《倉頡篇》，中車府令趙高作《爰歷篇》，太史令胡毋敬作《博學篇》，皆取史籀大篆，或頗省改，所謂小篆者也。是時秦燒滅經書,滌除舊典,大發吏卒,興戍役,官獄職務繁,初有隸書,以趣約易,而古文由此絶矣。徐鍇曰:王僧虔云:"秦獄吏程邈善大篆,得辠,繫雲陽獄,增減大篆,去其繁複。始皇善之,出爲御史,名其書曰隸書。"班固云"謂施之於徒隸也"①,即今之隸書,而無點畫俯仰之勢。自爾秦書有八體:一曰大篆,二曰小篆,三曰刻符,四曰蟲書,徐鍇曰:案《漢書》注:蟲書即鳥書,以書幡信。首象鳥形,即下云"鳥蟲"是也。五曰摹印,蕭子良以刻符、摹印合爲一體。徐鍇以爲符者竹而中剖之,字形半分,理應别爲一體。摹印屈曲填密,則秦璽文也。子良誤合之。六曰署書,蕭子良云:"署書,漢高六年蕭何所定,以題蒼龍、白虎二闕。"羊欣云:"何覃思累月,然後題之。"七曰殳書,徐鍇曰:書於殳也。殳體八觚,隨其勢而書之。八曰隸書。漢興,有艸書。徐鍇曰:案書傳多云張芝作艸,又云齊相杜探作②。據《説文》,則張芝之前已有矣。蕭子良云:"藁書者,董仲舒欲言災異,藁艸未上,即爲藁書。藁者,艸之初也。"《史記》:上官奪屈原藁艸。今云漢興有艸,知所言藁艸是創詞,非艸書也。《尉律》:徐鍇曰:《尉律》,《漢律》篇名。學僮十七已上,始試,諷籀書九千字,乃得爲吏。又以八體試之,郡移太史并課,最者以爲尚書史。書或不正,輒舉劾之。今雖有《尉律》,不課,小學不修,莫達其説久矣。孝宣時,召通《倉頡》讀者,張敞從受之。涼州刺史杜業、沛人爰禮、講學大夫秦近亦能言之。孝平時,徵禮等百餘人,令説文字未央廷中,以禮爲小學元士。黄門侍郎楊雄采以作《訓纂篇》。凡《倉頡》已下十四篇,凡五千三百四十字,羣書所載,略存之矣。及亡新居攝,使大司空甄豐等校文書之部,自以爲應制作,頗改定古文。時有六書:一曰古文,孔

①今本《漢書》無"謂"字。

②探,當作"操"。王先謙《後漢書集解》引《書苑》:"杜操善草書,章帝愛之,謂之章草。"

子壁中書也；二曰奇字，即古文而異者也；三曰篆書，即小篆，秦始皇帝使下杜人程邈之所作也；徐鍇曰：李斯雖改《史篇》爲秦篆，而程邈復同作也。四曰佐書，即秦隸書；五曰繆篆，所以摹印也；六曰鳥蟲書，所以書幡信也。壁中書者，魯恭王壞孔子宅，而得《禮記》《尚書》《春秋》《論語》《孝經》，又北平侯張倉獻《春秋左氏傳》。郡國亦往往於山川得鼎彝，其銘即前代之古文，皆自相似。雖叵復見遠流，其詳可得略説也。而世人大共非訾，以爲好奇者也，故詭更正文，鄉壁虚造不可知之書，變亂常行，以燿於世。諸生競説字解經誼[①]，稱秦之隸書爲倉頡時書，云：父子相傳，何得改易？乃猥曰：馬頭人爲長，人持十爲斗，虫者，屈中也。廷尉説律，至以字斷法："苛人受錢，苛之字止句也。"若此者甚衆，皆不合孔氏古文，謬於《史籀》。俗儒啚夫，翫其所習，蔽所希聞，不見通學，未嘗覩字例之條，怪舊埶而善野言，以其所知爲祕妙，究洞聖人之微恉。又見《倉頡篇》中"幼子承詔"，因號古帝之所作也，其辭有神僊之術焉。其迷誤不諭，豈不悖哉。《書》曰："予欲觀古人之象。"言必遵修舊文而不穿鑿。孔子曰："吾猶及史之闕文，今亡也夫。"蓋非其不知而不問。人用己私，是非無正，巧説衺辭，使天下學者疑。蓋文字者，經藝之本，王政之始，前人所以垂後，後人所以識古，故曰"本立而道生"，"知天下之至嘖而不可亂也"。今敘篆文，合以古籀，博采通人，至于小大，信而有證。稽譔其説，將以理羣類，解謬誤，曉學者，達神恉，徐鍇曰：恉即意旨字。旨者，美也。多通用。分別部居，不相雜廁。徐鍇曰：分部相從，自許始也。萬物咸覩，靡不兼載。厥誼不昭，爰明以諭。其偁《易》孟氏、《書》孔氏、《詩》毛氏、《禮》、《周官》、

① 誼，當據段注改作"誼"。

《春秋》左氏、《論語》、《孝經》，皆古文也。其於所不知，蓋闕如也。

清初毛氏汲古閣刻本

説文解字敘

徐鍇釋

古者庖犧氏之王天下也，仰則觀象於天，俯則觀法於地，視鳥獸之文與地之宜，近取諸身，遠取諸物，於是始作《易》八卦，以垂憲象。及神農氏結繩爲治而統其事，庶業其繁，飾僞萌生。黄帝之史倉頡，見鳥獸蹏迒之迹，知分理之可相别異也，初造書契。百工以乂，萬品以察，蓋取諸夬。"夬，揚于王庭"，言文者宣教明化於王者朝廷，君子所以施禄及下，居德則忌也。臣鍇曰：按《易》："伏羲氏之王天下，始作八卦，以田以漁。"又曰："上古結繩以理①，後世聖人易之以書契。"又曰："伏羲氏没，神農氏作。神農氏没，黄帝氏作。"説《易》者以伏羲爲上古。然則伏羲雖畫八卦，猶結繩以理②。諸書皆云倉頡爲黄帝史，後世聖人即黄帝也。而孔氏《尚書序》云："伏羲氏之王天下，始畫八卦，造書契，以代結繩之政，由是文籍生焉。伏羲、神農、黄帝之書，謂之《三墳》。"蓋孔氏略述書起之由，言因伏羲畫八卦，視河洛之圖，而後文籍孳生。其刱文字，始自黄帝爾。摠述三皇之道，故并言之。説者言以結繩，大事以大結，小事以

①"以理"，十三經注疏本《易》作"而治"。唐人避高宗李治諱改"治"爲"理"。
②"理"亦"治"之避諱字。

小結也。獸足通曰蹏。《爾雅》:狐貍迹内,麋迹躔,鹿迹速,狼迹远①。是鳥獸之足迹各異也。作事在於謀始,謀始在于作契,契之不明,斅之所生也。故文字爲書契而作,止訟於未萌,然後百官理而萬事明也②。夫以剛決柔,以昜變会,三易初起,刱制理斅之象也,故取法焉。蒼頡之初作書,蓋依類象形,故謂之文。其後形聲相益,即謂之字。字者,言孳乳而寖多也。箸于竹帛謂之書。書者,如也。臣鍇曰:如謂如其事也。以迄五帝三王之世,改易殊體,臣鍇曰:按黄帝爲五帝首,蒼頡所作日月之字即其文,歷代必有改變,故周宣王太史籒作大篆,大體蓋不甚相遠,年代縣邈,不可盡知。按齊蕭子良所撰《五十二家書》,又好奇者隨意增之,致遠則泥,皆妄穿鑿,臣不敢言也。封于泰山者七十有二代,靡有同焉。臣鍇按:《白虎通》:"王者受命必封禪,因高以事天,刻石箸己之功業。"《史記·封禪書》:"自無懷氏而下則七十二君,故其文字隨世不同也。"《周禮》:八歲入小學,保氏教國子,先以六書。一曰指事,指事者,視而可識,察而可見,上下是也;二曰象形,象形者,畫成其物,隨體詰詘,日月是也;三曰形聲,形聲者,以事爲名,取譬相成,江河是也;四曰會意,會意者,比類合誼,以見指撝,武信是也;五曰轉注,轉注者,建類一首,同意相受,考老是也;六曰假借,假借者,本無其字,依聲託事,令長是也。臣鍇按:《周禮·司徒》之屬,保氏下大夫,掌養國子以道,乃教之六藝,其五曰六書。古謂八歲初學甲子子方名③,然後書計。小年所學,因謂文字爲小學。及宣王大史籒箸大篆十五篇,與古文或同或異。至孔子書六經,左丘明述《春穐傳》,皆以古文,厥意可得而説。其後諸侯力政,不統于王,臣鍇曰:謂周之末世也。惡禮樂之害己,而皆去其典籍,分爲七國,田疇異晦,車

①"狼",當據《爾雅》作"兔"。

②"理"亦"治"之避諱字。

③"甲子子",當據《周禮》改作"甲子與"。

涂異軌，律灋異令，衣冠異制，言語異聲，文字異形。秦始皇帝初兼天下，丞相李斯乃奏同之，罷其不與秦文合者。斯作《蒼頡篇》，中車府令趙高作《爰歷篇》，大史令胡毋敬作《博學篇》，臣鍇按：《漢書·藝文志》："史籀大篆十五篇，至建武時亡六篇。《蒼頡》一篇，上七章，李斯作。《爰歷》六章，《博學》七章也。"皆取史籀大篆，或頗省改，所謂小篆者也。是時秦燒滅經書，滌除舊典，大發隸卒，興役戍，官獄職務繁，初有隸書，以趣約易，而古文由此絶矣。臣鍇曰：王僧虔云："秦獄吏程邈善大篆，得辠始皇，囚于雲陽，增減大篆體，去其繁複。始皇善之，出爲御史，名其書曰隸書。"按班固云"謂施之于徒隸也"，即今之隸書，而無點畫俯仰之勢，故曰古隸，杜陵穊胡善古隸是也。自爾秦書有八體：一曰大篆，二曰小篆，三曰刻符，四曰蟲書。臣鍇曰：按《漢書注》蟲書即鳥書，以書幡信，首象鳥形。即下云"鳥蟲"是也。五曰摹印。臣鍇按：蕭子良以刻符、摹印合爲一體。臣以爲符者内外之信，若晉鄙奪魏王兵符，又云借符以罵宋，然則符者竹而中剖之，字形半分，理應别爲一體。摹印屈曲填密，秦璽文是。子良誤合之。六曰署書，臣鍇按：蕭子良云："署書，漢高六年蕭何所定，以題蒼龍、白虎二闕。"羊欣云："蕭何覃思累月，然後題之。"七曰殳書，臣鍇按：蕭子良云："殳書，伯氏之職，而古既記笏，亦書殳。"臣以爲古盤盂有銘，几杖有誡，故殳有題。殳體八觚，隨其勢而書之也。八曰隸書。漢興，有艸書。臣鍇曰：按書傳多云張芝作艸，又云齊相杜操所作。據《説文》，則張芝之前已有矣，但不知誰所剏。蕭子良云："稾書者，董仲舒欲言災異，稾艸未上，即爲稾書。稾者，艸之初也。"但《史記》言上官奪屈原稾，今云漢興有艸書，知所言稾(《繫傳》"稾"字並作"稾")艸是剏詞，非是艸書也。《尉律》：臣鍇曰：《尉律》，《漢律》篇名。學僮十七以上始試，諷籀書九千乃得爲吏。又以八體試之，郡移大史并課，最者以爲尚書史。書或不正，輒舉劾之。今雖有《尉律》，不課，小學不修，莫達其説久矣。孝宣皇帝時，召通《倉頡》讀者，張敞从受之。臣鍇按：《漢書》：“《蒼頡》多古字，俗師失其讀。宣帝時，徵齊人能正讀者，張敞從受之，傳至外孫，孫子杜林爲作訓也。”涼州刺史杜業、沛人爰禮、講學大夫秦近亦能言之。孝平皇帝時，徵禮等百餘人，令説文字未央庭中，以禮爲小學元士。黄門侍郎楊雄采以作《訓纂篇》。凡《蒼頡》以下十四篇，凡五千三百四十字，羣書所載，略存之矣。臣鍇按：《蒼頡》《爰歷》《博學》通謂之《三蒼》，故并《訓纂》爲四篇。又按：《漢書》：“閭里師合《三蒼》斷六十字爲一章，凡五十五章，併爲《蒼頡篇》。武帝時司馬相如作《凡將篇》，元帝時黄門令史游作《急就篇》，成帝時將作大匠李長作《元尚篇》，皆《蒼頡》中正字，《凡將》則頗有出入。雄《訓纂》者，順續《蒼頡》，又易《蒼頡》中緟複之字，比八十九章。班固又續揚雄作十三章，凡一百二篇。”及亡新居攝，使大司空甄豐等校文書之部，自以爲應制作，頗改定古文。時有六書：一曰古文，孔子壁中書也；臣鍇按：㠯所言自秦興隸書，古文從此絶矣。故此古文是魯恭王壞孔子宅所得，世間無之。二曰奇字，即古文而異者也；臣鍇按：蕭子良云：“籀書即大篆，新臣甄豐謂之奇字，史籀增古文爲之，故與古文異也。”三曰篆書，即小篆，秦始皇帝使下杜人程邈所作也；臣鍇按：《漢書》：“李斯等作《蒼頡》《爰歷》，多取《史籀篇》，而篆體復頗異，所謂秦篆。”然則斯等雖改《史篇》，而程邈復同作也。四曰佐書，即秦隸書；五曰繆篆，所以摹印也；六曰鳥蟲書，所以書幡信也。臣鍇曰：此即㠯所謂蟲書也。壁中書者，魯恭王壞孔子宅，而得《禮記》《尚書》《春秋》《論語》《孝經》。又北平侯張倉獻《春秋左氏傳》，郡國亦往往于山川得鼎彝，其銘即㠯代之古文，臣鍇曰：若漢汾陰巫得鼎文，張敞云拘邑得尸臣之鼎，有文也。彝，宗廟之常器，尊罍是也。皆自相似。雖叵復見遠沫，臣鍇曰：沫音昧。其詳可得略説也。而世人大共非訾，以爲好奇者也，故詭更正文，鄉壁臣鍇曰：鄉音向。虛造不可知之書，變亂常行，以燿於世。諸生竟逐説字解經誼[1]，稱秦之隷書爲蒼頡時書，云：父子相傳，何得改易？乃猥一本作"猥"。曰：馬頭人爲長，人持十爲斗；虫者，屈中也。廷尉説律，至以字斷法："苛人受錢，苛之字止句也。"臣鍇曰：言不知而説之也。若此者甚衆，皆不合孔氏古文，繆於《史籀》。俗儒鄙夫，翫其所習，蔽所希聞，不見通學，未常覩字例之條，怪舊埶而善野言，以其所知爲祕妙，究洞聖人之微恉。又見《蒼頡篇》中"幼子承詔"，因曰："古帝之所作也，其辭有神僊之術焉。"其迷誤不諭，豈不悖哉。《書》曰："予欲觀古人之象。"言必遵修舊文而不穿鑿。孔子曰："吾猶及史之闕文，今亡矣夫。"蓋非其不知而不問。人用己私，是非無正，巧説邪辭，使天下學者疑。蓋文字者，經藝之本，王政之始，非人所以垂後，後人所以識古。故曰"本立而道生"，"知天下之至嘖而不可亂也"。今敘篆文，合以古籀，博采通人，至于小大，信而有證。稽撰其説，將以理羣類，解繆誤，曉學者，達神恉，臣鍇曰：恉，音旨。意旨也。分別部居，不相雜厠也。臣鍇曰：謂分部相從，自慎爲始也。萬物咸覩，靡不兼載。厥誼不昭，爰明以諭。臣鍇曰：謂注中多引《詩》《書》爲證也。其偁《易》孟氏，臣鍇按：《漢書》："《易》有施、孟、梁丘三家，又有周氏、服氏、楊氏、韓氏、壬氏、丁氏之説，今慎取孟氏爲證。下同。《書》孔氏、《詩》毛氏、《禮》、《周官》、《春秋》左氏、《論語》、《孝經》，皆古文也。其於所不知，蓋闕如也。

清抄本

[1] 竟，當據文意改作"競"。誼，當據段注改作"誼"。

説文解字敘

桂馥注

古者庖犧氏之王天下也，《帝王世紀》："庖犧氏，風姓也。取犧牲以充庖廚，故號庖犧氏，是爲犧皇。後世音謬，故或謂之伏犧，或謂之宓犧。"《潛夫論》："大人迹出雷澤，華胥履之，生伏羲，其相日角，世號大皞，都于陳，作八卦。"《禮含文嘉》："伏羲始别八卦，以變化天下，天下法則，咸伏貢獻，故曰伏犧也。"仰當爲卬。則觀象於天，俯則觀法於地，視鳥獸之文與地之宜，近取諸身，遠取諸物，於是始作《易》八卦，《漢武梁祠畫象》標榜："伏戲倉精，初造工業。畫卦結繩，以理海内。"《論衡·對作篇》："《易》言伏羲作八卦。前始未有八卦，伏羲造之，故曰作也。"《禮含文嘉》："伏羲德洽上下，天應之以鳥獸文章，地應之以龜書。伏羲乃則象作《易》卦。"《六藝論》："虙羲作十言之教，曰乾、坤、震、巽、坎、離、艮、兑、消、息，無文字，謂之《易》。"《春秋内事》："伏羲氏以木德王天下之人，未有室宅，未有水火之和，於是乃仰觀天文，伏察地理，始畫八卦。定天地之位，分陰陽之教，推列三光，建分八節，以之應氣，凡二十四，消息禍福，以制吉凶。"《通鑑外紀》："伏羲造八卦，始作三畫，以象二十四氣，因而重之，爻象備矣。"曹植《贊》："木德風姓，八卦創焉。"摯虞《贊》："設卦分象，開物紀類。"以垂憲象。張行成曰："伏羲始畫八卦，是爲先天，有圖象而未有書，故孔子謂之作八卦。"《新語·道基篇》："先聖乃仰觀天文，俯察地理，圖畫乾坤，以定人道。"《易通卦驗》："虙羲作《易》，無書以畫事。"張彦遠《名畫記》："顔光禄云：圖載之意有三，一曰圖理，卦象是也；二曰圖識，字學是也；三曰圖形，繪畫是也。"及神農氏《禮含文嘉》："神者，信也；農者，濃也。始作耒耜，教民耕種，美其衣食，德信濃厚若神，故爲神農也。"《潛夫論》："有神龍首出，常感姙姒，生赤帝魁隗，身號炎帝，世號神農，代伏羲氏。”**結繩爲治**《帝系譜》：“神農結繩而治。”**而統其事，庶業其繁**，當爲緐。**飾僞萌生**。《論衡·齊世篇》：“語稱上世之人質樸易化，下世之人文薄難治。故《易》曰：‘上古之時，結繩以治，後世易之以書契。’先結繩，易化之故；後書契，難治之驗也。”**黄帝之史倉頡**，《論衡·骨相篇》：“倉頡四目，爲黄帝史。”《春秋孔演圖》：“倉頡四目，是謂竝明。”晏氏《類要》：“倉頡姓侯岡氏，馮翊人，黄帝史官，造書契，見《宏宇記》。”《世本》：“沮誦、倉頡作書。”梁庾肩吾《書品》：“書名起於元洛，字勢發於倉史。”《論衡·譏日篇》：“學書諱丙日，云倉頡以丙日死也。如以丙日書，未必有禍。”《皇覽·冢墓記》：“倉頡冢在馮翊衙縣利陽亭南道旁，墳高六尺，學書者皆往以姓名投刺，祀之不絶。”馥案：周文使冀儁教明帝及宋獻公等隸書，儁以書字所興，起自倉頡，乃啟周文釋奠倉頡。**見鳥獸蹏迒之迹**，《論衡·感類篇》：“見鳥迹而知爲書，見蜚蓬而知爲車。天非以鳥迹命倉頡，以蜚蓬使奚仲也。奚仲感蜚蓬，而倉頡起鳥迹也。”唐韋續纂《五十六種書》：“黄帝時，史倉頡寫鳥迹爲文，作篆書。”《淮南子》：“史皇產而能書。”高誘注：“史皇，倉頡，生而見鳥迹，知著書。”**知分理之可相别異也，初造書契**。《吕氏春秋·君守篇》：“蒼頡作書。”高誘注：“蒼頡生而知書寫，仿鳥迹以造文章。”潘徽《韻纂敘》：“文字之來，尚矣。初則羲皇出震，觀象緯以法天；次則史頡佐軒，察蹄迹而取地。於是八卦爰始，爻文斯作，繩用既息，墳籍生焉。”傅選《筆銘》：“書契之興，興自頡皇。肇建一體，浸遂繁昌。”《慎子》：“書契，所以立公信也。”鄭注《周易》：“以書書木邊，言其事，刻其木，謂之書契。”《帝王世紀》：“黄帝垂衣裳，倉頡造文字，然後書契始作。”崔瑗《草書勢》：“書契之興，始自頡皇。寫彼鳥迹，以定文章。”成公綏《隸書體》：“皇頡作文，因物構思。觀彼鳥迹，遂以成意。”索靖《書狀》：“聖王御世，隨時之宜。倉頡既生，書契是爲。”張懷瓘《書斷》：“古文者，黄帝史倉頡所造也。仰觀奎星圜方屈曲之勢，俯察龜文鳥迹之象，采衆美合而爲字，是曰古文。”《白帖》：

"龍圖始啟,八卦之象可觀;鳥迹初分,六體之書爰起。"《論衡·對作篇》:"造端更爲,前始未有,若倉頡作書是也。"唐釋道世《法苑珠林》:"古造書凡有三人:長名曰梵,其書右行;次曰佉盧,其書左行;少者倉頡,其書下行。"百工以乂,《魏書·江式傳》作"百工以敘"。萬品以察,當爲"督"。《江式傳》作"萬品以明"。王粲《研銘》:"爰初書契,以代結繩。人察官理,庶績誕興。"《荀子·解蔽篇》:"故好書者衆矣,而倉頡獨傳者,一也。"楊倞注:"倉頡,黄帝史官。言古亦有好書者,不如倉頡一於其道,異術不能亂之,故獨傳也。"蓋取諸夬。"夬,揚於王庭",《隋書·牛宏傳》:"爻畫肇於庖羲,文字生於倉頡,聖人所以宏宣教導,博通古今,揚於王庭,肆於時夏。"《五經文字敘》:"夬,決也。王庭孚號,決之大者,決以書契也。"言文者宣教明化於王者朝廷,《漢書·蓺文志》:"《易》曰:'上古結繩以治,後世聖人易之以書契,百官以治,萬民以察。蓋取諸夬。''夬,揚於王庭',言其宣揚於王者朝廷,其用最大也。"君子所以施當爲"攺"。禄及下,居德則忌也。"則忌"當爲"明忌",王弼《易》作"明忌",故説云"居德以明禁"。倉頡之初作書,《論衡·奇怪篇》:"失道之意,還反其字。倉頡作書,與事相連。"又《感虚篇》:"書傳言:'倉頡作書,天雨粟,鬼夜哭。'此言文章興而亂漸見,故其妖變致天雨粟、鬼夜哭也。夫言天雨粟、鬼夜哭,實也;言其應倉頡作書,虚也。夫河出圖,洛出書,聖帝明王之瑞應也。圖書文章與倉頡所作字畫何以異?天地爲圖書,倉頡作文字,業與天地同,指與鬼神合,何非何惡而致雨粟神哭之怪?使天地鬼神惡人有書,則其出圖書非也;天不惡人有書,作書何非而致此怪?或時倉頡適作書,天適雨粟、鬼偶夜哭,而天雨粟、鬼神哭自有所爲。世見應書而至,則謂作書生敗亂之象,應事而動也。"蓋依類象形,故謂之文。其後形聲相益,《續漢書·祭祀志》注引作"其有形聲相益"。即謂之字。《困學紀聞》引王文公云:"文者,奇偶剛柔雜比以相承,如天地之文,故謂之文。字者,始於一而生於無窮,如母之字子,故謂之字。"顧炎武曰:春秋以上言文不言字,如《左傳》:"於文,止戈爲武。”“故文，反正爲乏。”“於文，皿蟲爲蠱。”及《論語》“史闕文”、《中庸》“書同文”之類，竝不言字。以文爲字，乃始於《史記》，秦始皇琅邪臺石刻曰：“同書文字。”《説文敘》云：“依類象形謂之文，形聲相益謂之字。”《周禮·外史》：“掌達書名於四方。”注云：“古曰名，今曰字。”《儀禮·聘禮》注云：“名，書文也，今謂之字。”此則字之名自秦而立，自漢而顯也歟。字者，言孳乳而浸多也。《一切經音義》二十三引云：“昔倉頡造書，依類象形，故謂之文。其後形聲相益，即謂之字。字者，孳乳浸多也。字，生也。”宣十五年《左傳》正義引云：“文者，物象之本；字者，孳乳而生。”《韻會》引同。馥案：字、孳聲義相近，《虞書》“鳥獸孳尾”，《史記·五帝本紀》作“字微”。戴侗《六書故》：“指事、象形二者之謂文，會意、轉注、諧聲三者之謂字。字者，孳也，言文之所生也。”“孳”通作“滋”。李登曰：“物相雜故曰文，文相滋故曰字。”衛恒《四體書勢》：“在昔黄帝，創制造物，沮誦、倉頡始作書契，以代結繩，蓋睹鳥迹而興思也。因而遂滋，則謂之字。”《周禮·保氏》疏：“《援神契》：‘三皇無文。’故説者多以倉頡爲黄帝史，而造文字起於黄帝，於後滋益而多者也。”又《外史》疏：“古者文字少，直曰名；後代文字多，則曰字。字者，滋也，滋益而多，故更稱曰字。”僖十五年《左傳》：“物生而後有象，象而後有滋，滋而後有數。”又通作“兹”，本書“䔞”下云：“兹，益也。”著於竹帛謂之書。《太平御覽》七百四十七引云：“依類象形之謂文，形聲相益之謂字，著於竹帛之謂書。”《文選·蜀都賦》：“鳥策篆素。”五臣注：“策，竹簡也；素，謂帛也。”《書·皋陶謨》：“書用識哉。”《賈誼書》：“書者，著德之理於竹帛而陳之，令人觀焉。”辛處信注《文心彫龍》云：“昔倉頡造書，形立謂之文，聲具謂之字，寫於竹帛謂之書。”書者，如也。《尚書璇璣鈐》：“書者，如也。”《廣雅》：“書，如也。”《文選敘》：“書誓符檄之品。”五臣注：“書者，如也。”《玉篇》：“世謂倉頡作書，即黄帝史也。象形、指事、形聲、轉注、會意、假借，此造字之本也。書者，著也。依類象形謂之文，形聲相益謂之字，所以明於萬事，紀往知來也。書之言如也。”《孝經援神契》：

"奎主文章。倉頡文字者，總而爲言，包意以名事也。分而爲義，則文者祖父，字者子孫，得之自然，備其文理，象形之屬則謂之文，因而滋蔓，母子相生，形聲、會意之屬則謂之字。字者，言孳乳浸多也。題於竹帛謂之書。書者，如也，舒也，紀也。"以迄五帝三王之世，改易殊體，封於泰山者七十有二代，《續漢書·祭祀志》注引同。《河圖真紀鉤》："王者封泰山，禪梁父，易姓奉度，繼興崇功者七十二君。"《史記·封禪書》："管仲曰：'古者封泰山，禪梁父，七十二家。'" 桓譚《新論》："太山之上有刻石，凡千八百餘處，而可識者七十有二。"靡有同焉。蕭子良撰《五十二家書》。《周禮》：八歲入小學，保氏教國子，先以六書。《周禮·保氏》："養國子以道，乃教之六藝，五曰六書。" 鄭司農云："六書，象形、會意、轉注、處事、假借、諧聲也。" 一曰指事，《藝文志》作"象事"。《保氏》注作"處事"，賈疏云："人在一上爲上，人在一下爲下，各有其處，事得其宜，故名處事也。" 指事者，視而可識，察而可見，宋本作"察而見意"。上下是也；衛恒曰："指事者，在上爲上，在下爲下。" 二曰象當爲"潒"。形，象形者，畫成其物，隨體詰詘，日月是也；衛恒曰："日滿月虧，象其形也。"《保氏》疏云："象日月形體而爲之。" 三曰形聲，衛恒曰："形聲者，以類爲形，配以聲也。"《藝文志》作"象聲"，《保氏》注作"諧聲"。形聲者，以事爲名，取譬相成，江河是也；《保氏》疏云："江河皆以水爲形，以工可爲聲。但書有六體，形聲實多，若江河之類是左形右聲，鳩鴿之類是右形左聲，草藻之類是上形下聲，婆娑之類是上聲下形，圃國之類是外形内聲，闅闠衡銜之類是外聲内形。此形聲之等有六也。" 四曰會意，《藝文志》作"象意"。會意者，比類合誼，以見指撝，武信是也；衛恒曰："會意者，止戈爲武，人言爲信。" 五曰轉注，《五經文字》云："瘖瘵二字竝從疒轉注。" 馥疑"疒"當爲"爿"。轉注者，建類一首，同意相受，《保氏》疏："建類一首，文意相受，左右相注，故名轉注。" 考老是也；《晉書·衛恒傳》作"老考"，解之云："以老爲壽考也。" 趙宧光曰："後人讀'建類一首'句，遂以老爲建首，而宛展其下爲考，淺陋不成章，此大謬也。凡讀古人文，當求義理，毋以文害詞可也。”休寧戴君震曰：“《説文》老從人毛巳[①]，言須髮變白也。考從老省，丂聲。其解字體，一會意，一諧聲甚明，而引之於《敘》，以實其所論轉注，不宜自相矛盾，是故别有説也。使許氏説不可用，亦必得其説，然後駁正之。何二千年間紛紛立説者衆，而以猥云左回右轉之謬悠，目爲許氏，可乎？震謂考老二字屬諧聲會意者字之體，引之言轉注者字之用。轉注之云，古人以其語言立爲名類，通以今人語言，猶曰互訓云爾。轉相爲注，互相爲訓，古今語也。《説文》於考字訓之曰老也，於老字訓之曰考也，是以《敘》中論轉注舉之。《爾雅·釋詁》有多至四十字共一義，其六書轉注之法歟？别俗異言，古雅殊語，轉注而可知，故曰‘建類一首，同意相受’。大致造字之始，無所馮依，宇宙間事與形兩大端而已。指其事之實曰指事，一二上下是也；象其形之大體曰象形，日月水火是也。文字既立，則聲寄於字，而字有可調之聲；意寄於字，而字有可通之意，是又文字之兩大端也。因而博衍之，取乎聲諧曰諧聲，聲不諧而會其意，曰會意。四者，書之體止此矣。由是之於用，數字共一用者，如初、哉、首、基之皆爲始，卬、吾、台、予之皆爲我，其義轉相爲注，曰轉注。一字具數用者，依於義以引伸，依於聲而旁寄，假此以施於彼，曰假借。所以用文字者，斯其兩大端也。六者之次弟出於自然，立法歸於易簡。震所以信許叔重論六書必有師承，而考老二字以《説文》證《説文》，可不復疑也。”六曰假借，當爲“叚耤”。衛恒曰：“假借者，數言同字，其聲雖異，文義一也。”《保氏》疏：“一字兩用，故名假借也。”《史記正義·論音例》引鄭康成曰：“其始書之也，倉卒無字，或以音類比方假借爲之，趣於近之而已。”假借者，本無其字，依聲託事，令長是也。徐鍇曰：“令所以使令，或長於德，或長於年，皆可爲長，故因而假之。”及宣王太史籀著大篆十五篇，《七略》：“《史籀》者，周時史

①巳，當據《説文·老部》改作“匕”。

官教學僮書也。"《藝文志》"《史籀》十五篇"[①]："周宣王太史作大篆十五篇，建武時亡六篇矣。"《元帝紀》："帝多材蓺，善史書。"應劭曰："周宣王太史史籀所作大篆。"顔師古《急就篇注敘》云："昔在周宣，粤有史籀，演暘古文，初著大篆。"張懷瓘《書斷》："大篆者，周宣王太史史籀所作也。始變古文，或同或異，謂之爲篆。篆者，傳也，傳其物理，施之無窮。《漢·藝文志》'《史籀》十五篇'蓋此也。"唐玄度《十體書》曰："秦焚詩書，惟《易》與《史篇》得全。逮王莽亂，此篇亡失。建武中獲九篇。章帝時王育爲作解説，所不通者十有二三。晉世此篇廢，今略傳字體而已。"與古文或異。徐鍇本作"與古文或同或異"，《江式傳》、郭忠恕《汗簡》、李文仲《字鑑》竝同。案衛恒曰："或與古同，或與古異。"張懷瓘亦言"或同或異"也。《藝文志》："《史籀篇》者，周時史官教學童書也，與孔氏壁中古文異體。"至孔子書六經，《衛恒傳》："漢武時，魯恭王壞孔子宅，得《尚書》《春秋》《論語》《孝經》，時人不復知有古文，謂之科斗書。"《梁書·劉顯傳》："任昉嘗得一篇缺簡書，文字零落，歷示諸人，莫能識者。顯云：'是《古文尚書》所删逸篇。'昉檢《周書》，果如其説。"左丘明述《春秋傳》，皆以古文，《左氏春秋序》正義："左氏丘明所修皆古文舊書，漢成帝時劉歆校祕書，見府中古文《春秋左氏傳》，大好之。"又云："傳多古字古言。"服虔注襄二十五年《傳》云："古文篆書，一簡八字。"《論衡·案書篇》云："《春秋左氏傳》者，蓋出孔子壁中。孝武皇帝時，魯恭王壞孔子教授堂以爲宫，得佚《春秋》三十篇，《左氏傳》也。"厥意可得而説。其後諸侯力政，《汗簡》作"征"。不統於王，惡禮樂之害己，而皆去其典籍。《孟子》："諸侯惡其害己也，而皆去其籍。"《藝文志》："禮經三百，威儀三千。及周之衰，諸侯將踰法度，惡其害己，皆滅去其籍。"《後漢·百官志》："降及戰國，奢僭益熾，削滅禮籍，蓋惡有害己之語。"分爲七國，田疇異晦，《禮記·王制》："古者以

①"十五篇"下當補"注"字。

周尺八尺爲步,今以周尺六尺四寸爲步。古者百畝,當今東田四百十六畝三十步。”鄭注:“案禮制,周猶以十寸爲尺,蓋六國時多變亂法度,或言周尺八寸,則步更爲八八六十四寸。以此計之,古者百畝當今百五十六畝二十五步。”車涂異軌,律令異法,徐鍇本作“律法異令”,《汗簡》及趙宧光《長箋》竝同。衣冠異制,如趙武靈王好奇服。言語異聲,如鄭注《三禮》:齊、秦、楚人語。文字異形。今所傳刀布文,不合古籀者皆列國之異形。秦始皇帝初兼天下,丞相李斯乃奏同之,江淹《恨賦》:“至如秦帝按劒,諸侯西馳。削平天下,同文共規。”罷其不與秦文合者。斯作《倉頡篇》,《隋書·經籍志》:“梁有《倉頡》二卷,漢司空杜林注,亡。”《玉海》引羅氏曰:“其篇雖名祖《倉頡》,而實異《史籀》。”《顔氏家訓》:“《倉頡篇》,李斯所造。而云:‘漢兼天下,海内并廁。豨黥韓覆,畔討滅殘。’皆由後人所羼,非本文也。”中車府令趙高作《爰歷篇》,劉奉世曰:“趙高作《爰歷》,獄吏用之。”馥按:《張湯傳》:“爰書訊鞫論報。”太史令胡毋敬作《博學篇》,江式曰:“李斯破大篆爲小篆,造《倉頡》九章,趙高造《爰歷》六章,胡毋敬造《博學》七章,後人分五十五章爲三卷上卷,至哀帝元壽中楊子雲作《訓纂》爲中卷,和帝永元中賈魴接記《滂喜》爲下卷,故稱《三蒼》。”皆取史籀大篆,或頗省改,“省”當爲“媘”。徐鍇曰:“減媘之字本當從女,今之媘字世所不行。從便則假借難移,論義則宜有分别。”所謂小篆者也。《書斷》:“小篆者,秦丞相李斯所作也。增損大篆,異同籀文,謂之小篆,亦曰秦篆。”《水經注·穀水》云:“大篆出於周宣王之時,史籀創著,平王東遷,文字乖錯。秦之李斯及胡毋敬又改籀書謂之小篆,故有大篆、小篆焉。”徐鍇曰:“小篆,會稽山銘及今之篆文是也。”是時秦燒滅經書,滌除舊典,大發隸卒,興役戍,《汗簡》作“庶”。官獄職務繁。《漢書·刑法志》:“至於秦始皇,兼吞戰國,遂毁先王之法,滅禮誼之官,專任刑罰,躬操文墨,晝斷獄,夜理書,自程決事,日縣石之一。”服虔曰:“縣,稱也;石,百二十斤也。始皇省讀文書,日以百二十斤爲程。”《新語·無爲篇》:

“秦始皇帝設爲車裂之誅，以斂姦邪，築長城於戎境，以備胡越。征大吞小，威震天下。將帥橫行，以服外國。蒙恬討亂於外，李斯治法於内，事逾煩而天下逾亂，法逾滋而姦邪逾熾，兵馬益設而敵人逾多。秦非不欲爲治，然失之者，乃舉措暴衆，而用刑太極故也。”初有隸書，《顔氏家訓》：“開皇二年五月，長安民掘得秦時鐵稱權，旁有銅涂鐫銘二所，其書兼爲古隸。”以趣約易，當爲“傷”。《藝文志》：“是時始造隸書矣，起於官獄多事，苟趣省易，施之於徒隸也。”衛恒曰：“隸書者，篆之捷也。”成公綏《隸體》：“蟲篆既繁，草槀近僞，適之中庸，莫尚於隸，規矩有則，用之簡易。”索靖《草書狀》：“損之隸草，以崇簡易。百官畢修，事業竝麗。”趙壹曰：“秦之末，官書煩冗，戰攻竝作，軍書交馳，羽檄分飛，故爲隸草，趣急速耳，示簡易之指，非聖人之業也。”《書品》：“隸體發源，秦時隸人下邳程邈所作，始皇見而重之，以秦事繁多，篆字難製，遂作此法，故曰隸書。”《水經注·㶟水》云：“上谷郡王次仲變倉頡舊文爲今隸書。秦始皇時官務繁多，次仲所易文簡，便於事要。”程迥曰：“隸書始於程邈，八分始於王次仲。東漢以來，碑刻用八分書，近世乃誤以八分爲隸。”馥案：《五鳳二年石刻》、建初銅尺、八里坤《裴岑碑》[①]、《元氏祀三公山碑》，皆隸書也。而古文由此絶矣。楊雄《劇秦美新》：“刬滅古文。”《太史公自敘》：“周道既廢，秦撥去古文，焚滅詩書。”《尚書考靈曜》：“秦改古文以爲小篆及隸字，國人多誹謗怨恨。”衛恒《四體書勢》：“自秦用篆書，焚燒先典，而古文絶矣。”《水經注·穀水》云：“古文出於黄帝之世，倉頡本鳥迹爲字，取其孳乳相生，故文字有六義焉。自秦用篆書，焚燒先典，古文絶矣。”自爾秦書有八體：沈約《齊昭王碑》：“究八體於豪端。”《藝文志》：“八體六技。”晏氏《類要》：“壞篆始標於八體。”注云：“秦世書有八體，始壞篆爲之。”《初學記》：“秦焚燒先典，乃廢古文，更用八體。一曰大篆，周宣王史籀所作也。二曰小篆，始皇時李斯、趙高、胡毋敬所

① 八，《清史稿》等文獻作“巴”。巴里坤，地名，在今新疆哈密。

作也。大小篆竝簡策所用也。三曰刻符,施於符傳也。四曰摹印,施於印璽也。五曰蟲書,爲蟲鳥之形,施於幡信也。六曰署書,門題所用也。七曰殳書,銘於戈戟也。八曰隸書,始皇時程邈所定,以行公府也。"一曰大篆,徐鍇曰:"大篆,史籀作,所謂籀文是也,字體繁複。"晏氏《類要》:"史籀始著大篆,或與古同,或異古異,世謂之籀書。"二曰小篆,即李斯所作《倉頡篇》。三曰刻符,刻符書,符節令掌之。《墨藪》謂秦始皇以祈禱名山作刻符書,非也。四曰蟲書,下云"鳥蟲書"是也。五曰摹印,下云"繆篆"是也。六曰署書,本書:"扁,署也。署門户之文也。"《水經注·穀水》云:"洛陽宫殿門題,多是大篆,言是蔡邕諸子。自董卓焚宫殿,魏太祖平荆州,漢吏部尚書安定梁孟皇善師宜官八分體,求以贖死。太祖善其法,以爲勝宜官。北宫牓題,咸是鵠筆,南宫既建,明帝令侍中京兆韋誕以古篆書之。皇都遷洛,始令中書舍人沈含馨以隸書書之。景明、正始之年,又敕符節令江式以大篆易之。今諸桁榜題,皆是式書。"七曰殳書,蕭子良《古今篆隸文體》云:"殳書者,伯氏之職。古者文既書笏,武亦書殳。"八曰隸書。下云"佐書"是也。漢興,有艸書。《藝文志》:"漢興,蕭何草律。"顔注:"草,創造之。"案與此草書不同。《後漢書·陳寵傳》:"蕭何草律。"注云:"草謂創造之也。"《法言》:"'載使子草律?'曰:'吾不如宏恭。'"《漢官儀》:"尚書郎主作文書起草。"《風俗通》:"朱倀欲上書,周舉爲創草。"《論衡·對作篇》:"奏記郡守,宜禁奢侈,以備困乏。退題記草,名曰《備乏》。禁民飲酒,退題記草,名曰《禁酒》。"凡此可證草律。考《江式傳》云:"又有草書,莫知誰始。"衛恒《四體書勢》云:"漢興而有草書,不知作者姓名。"《隋書·經籍志》云:"自倉頡訖漢初,書經五變,曰古文、大篆、小篆、隸書、草書。"凡此可證艸書。《尉律》:董彦遠《謝除正字啟》:"《尉律》四十九類,書蓋已亡。"閔元衢注云:"《尉律》見《説文敘》。"王應麟曰:"《尉律》者,廷尉治獄之律也。"《漢書·昭帝紀》注引《尉律》。《太平御覽》引《廷尉決事》。摯虞《新禮議》:"故事,祀皋陶於廷尉寺;新禮,移祀於律寺。"襄二十一年《左傳》:“欒盈曰:‘將歸死於尉氏。’”注云:“尉氏,討姦之官。”《漢書·地理志》“陳留尉氏”,應劭曰:“古獄官曰尉氏,鄭之别獄也。”《陳留風俗傳》:“尉氏,鄭東鄙弊獄官名。”《鹽鐵論·詔聖篇》:“二尺四寸之律,古今一也。”《急就篇》:“春秋尚書律令文。”顏注:“律之言率也,制法以率下也。一曰:律,述也,具述刑名也。”劉歆《與楊子雲書》:“蕭何造律,成於帷幕。”《漢書·刑法志》:“相國蕭何攈摭秦法,取其宜於時者,作律九章。”學僮十七以上,始試,《漢書·東方朔傳》:“年十三學書,三冬文史足用。”《論衡·自紀篇》:“充爲小兒,六歲教書,八歲出於書館,書館小僮百人以上,或以書醜得鞭。充書日進,手書既成,辭師受《論語》《尚書》,日諷千字。”《北史·楊愔傳》:“六歲學史書。”諷籀書九千字,徐鍇本無“字”字。案大篆十五篇,斷六百字爲一篇,共得九千字。晏氏《類要》:“籀文,周太史史籀作也。後人以名倆書,謂之籀書。”萬斯同曰:“觀兩《漢書》所載,漢元帝、嚴延年、北海王黨[1]、左姬竝喜史書,釋者謂史籀所作,故曰史書,則兩漢猶行大篆。”乃得爲吏。《藝文志》作“史”。案史亦吏也。《論衡·量知篇》:“能彫琢文書,謂之史匠。”謝承《後漢書》:“陸續仕郡户曹吏。”《後漢書·杜詩傳》:“臣伏自惟忖,本以史吏一介之才。”注云:“史吏,謂初爲郡功曹也。”又《种暠傳》:“暠爲縣門下史,時河南尹田歆外甥王諶名知人,歆謂之曰:‘今當舉孝廉,欲自用一名士。’諶遥見暠,異之,白歆曰:‘爲君得孝廉矣,近洛陽門下史也。’歆笑曰:‘當得山澤隱滯,乃洛陽吏邪。’”《漢書·王尊傳》:“司隸遣假佐。”蘇林謂“取内郡善史書佐給諸府”。又《貢禹傳》:“郡國擇便巧史書,習於計簿,能欺上府者,以爲右職,故俗皆曰:‘何以禮義爲?史書而仕宦。’”又《陳遵傳》:“既至官,當遣從史西,召善書吏十人於前,治私書謝京師故人。遵馮几,口占書吏。”《賈誼書》:“胡以孝弟循順爲?善書而爲吏耳。”《晉書·石勒傳》:“簡明經善書吏,署爲文學掾。”又以

[1]“北海王黨”誤,當作“北海王睦、樂城王黨”。

八體試之，《藝文志》作“六體”，云：“六體者，古文、奇字、篆書、隸書、繆篆、蟲書，皆所以通知古今文字，摹印章，書幡信也。”《文心彫龍·練字》：“漢初草律，明著厥法。太史學童，教試六體。”《困學紀聞》云：“六體非漢興之法，當從《説文敘》改六爲八。”郡移太史，“移”當爲“迻”。《漢官儀》：“歲終郡試。”并課最者以爲尚書史。《藝文志》：“課最者以爲尚書御史、史書令史。”韋昭曰：“若今尚書蘭臺令史也。”臣瓚曰：“史書，今之太史書。”吴仁傑曰：“史書，大篆也，太史籀所作。蓋太史課試善史書者，以補史書令史，而分隸尚書及御史也。”《漢官儀》：“能通《倉頡》《史籀篇》，補蘭臺令史，滿歲爲尚書郎。”《論衡·量知篇》：“御史之遇文書，不失分銖，人不貴者。小賤之能，非尊大之職也。”《周禮·冢宰》：“史十有二人。”注云：“史，掌書者。”又《小宰》：“史掌官書以贊治。”注云：“若今起文書草也。”《漢書·張湯傳》：“子安世用善書給事尚書。”《汝南先賢傳》：“黄孚爲墟里所差，於是感激學書，到京師，入公府求學，歲餘，爲公府令人，補尚書令史。”《漢舊儀》：“書令史斗食，缺，試中二千石書佐高第補。”《蜀志》：“郤正入爲祕書吏，轉爲令史。”《三輔決録》：“丁邯選爲郎，不就，曰：‘恥以孝廉爲令史職。’”《齊職儀》：“自魏、晉、宋、齊，正令史、書令史皆有品秩，朱衣，執板，進賢一梁冠。”楊楞伽《北齊鄴都故事》：“尚書郎判事，正令史側坐，書令史過事。”《續漢書·百官志》：“尚書令史十八人，秩二百石，曹有三人。”馥案：尚書六曹，曹三人，三六十八，故令史十八人也。書或不正，輒舉劾之。《藝文志》：“吏民上書，字或不正，輒舉劾。”王觀國曰：“吏者，百官上書也；民者，萬民上書也。吏民上書，字或不正，則令史舉劾。”《急就篇》：“誅罰詐僞劾罪人。”顔注：“劾，舉案之也。”《續漢書·百官志》：“侍御史受公卿郡吏奏事，有違失者舉劾之。”又云：“左丞掌録尚書吏人上章。”《晉書·百官表》：“左丞稽近道文書，右丞稽遠道文書，章表奏事。”《史記·萬石君傳》：“建爲郎中令，書奏事，事下，建讀之曰：‘誤書。馬字與尾當五，今乃四，不足一，獲譴死矣。’甚惶恐。”《晉書·桓玄傳》：“尚書答春蒐字誤爲菀[1]，凡所關署，皆被降黜。”晉武帝詔：“苟言有偏善，情在忠益，雖文詞有謬誤，言語有得失，皆當曠然恕之。”《文心彫龍》：“吏民上書，字謬輒劾，是以馬字缺畫，而石建懼死。雖云性慎，亦時重文也。”龜山楊氏曰：“先王之時，書必同文，故建官以達之，所以一道德之歸，立民信也。漢初猶有課試之科、舉劾之令，以同天下之習。”今雖有《尉律》，不課，小學不修，《魏書》：“李謐師事小學博士孔璠。”莫達其説久矣。《論衡·别通篇》：“孝明之時，讀《蘇武傳》，見武官名曰移中監，以問百官，百官莫知。夫《倉頡》之章，小學之書，文字備具，至於無能對聖國之問者。”孝宣時，徐鍇本作“孝宣皇帝時”。召通《倉頡》讀者，張敞從受之。《藝文志》：“《倉頡》多古字，俗師失其讀。宣帝時，徵齊人能正讀者，張敞從受之。”《張敞傳》：“敞字子高，本河東平陽人也，徙茂陵。敞本治《春秋》，以經術自輔。敞孫竦，博學文雅過於敞。”《陳遵傳》：“與張竦伯松相親友，竦居貧，無賓客，時時好事者從之質疑問事，論道經書而已。”楊雄《荅劉歆書》：“張伯松不好雄賦頌之文，然亦有以奇之，常爲雄道言其父及其先君憙典訓。”馥案：其父名吉，其先君即敞也。又案：《禮記正義》説《周官》云：“杜子春，永平時初能通其讀，鄭衆、賈逵往受業焉。”馥謂：通其讀者，故書作某，杜子春讀爲某是也。然則通《倉頡》讀者亦如是。涼州刺史杜業、荀悦《漢紀》亦作“業”。《漢書·杜鄴傳》：“鄴字子夏，本魏郡繁陽人也，徙茂陵。鄴少孤，其母張敞女。鄴壯，從敞子吉學問，得其家書。初，鄴從張吉學，吉子竦又幼孤，從鄴學問，亦著於世，尤長小學。鄴子林，清静好古，亦有雅材，其正文字過於鄴、竦，故世言小學者由杜公。”《後漢書·杜林傳》：“林字伯山，父鄴，成、哀閒爲涼州刺史。林少好學沈深，家既多書。又外氏張竦父子喜文采，林從竦受學，博洽多聞，時稱通儒。”張懷瓘《書品》：“後漢杜林，涼州刺史鄴之子，尤工古文，過於鄴也。”沛人爰禮、本書“平”下引爰

[1]“菀”前當據《晉書》補“春”字。

禮説。講學大夫《後漢書·徐防傳》:"祖父宣爲講學大夫。"注云:"王莽置六經祭酒各一人,秩上卿。講學大夫屬於祭酒也。"《五經異義》引講學大夫淳于登説:"殷氏世傳殷亮,建武中徵拜博士,遷講學大夫。"秦近《漢書·儒林傳》:"張山拊事小夏侯建,爲博士,論石渠,授信都秦恭延君。"桓譚《新論》作"秦近君"。亦能言之。孝平時,徐鍇本作"孝平皇帝時"。徵禮等百餘人,令説文字未央廷中,以禮爲小學元士。黄門侍郎楊雄《西京雜記》凡子雲姓皆從扌,不知原文如此,抑傳寫誤耶? 吴仁傑曰:"子雲自序其先食采於晉之楊,號曰楊侯。按晉有兩楊氏,霍、楊、韓、魏,皆姬姓也。此楊侯之國,出自有周,支庶爲晉所滅者也。《晉語》:'楊食我生。'此則謂之晉大夫食采于楊,至食我而滅者也。食我滅而楊侯之後獨存,故子雲以爲裔出。今《千姓編》有從木之楊,而無從手之揚。陸法言字書從木之楊,注云:'本自周宣王子幽王邑諸楊,號曰楊侯,後并于晉,因爲氏。'與子雲自序同。然則子雲、伯起皆氏木名之楊明也。"馥案:《隸釋》所載《楊震碑》,其字從木。楊修偁"吾家子雲",是子雲與修同姓。故《鄭固碑》楊烏,楊字亦從木。采以作《訓纂篇》。《藝文志》:"至元始中,徵天下通小學者以百數,各令記字於廷中。楊雄取其有用者,以作《訓纂篇》,順續《倉頡》,又易《倉頡》中重複之字,凡八十九章。"《平帝紀》:"元始五年,徵天下通知逸經、古記、天文、歷筭、鍾律、小學、史篇、方術、本草,及以五經、《論語》《孝經》《爾雅》教授者,在所爲駕,一封軺傳,遣詣京師,至者數千人。"《文心彫龍》:"及宣、成二帝徵集小學,張敞以正讀傳業,楊雄以奇字纂訓。"又《王莽傳》:"徵天下通一蓺教授十一人以上,及有逸《禮》、古《書》、《毛詩》《周官》《爾雅》、天文、圖讖、鍾律、月令、兵法、《史篇》文字通知其意者,皆詣公車,網羅天下異能之士,至者前後千數,皆令記説廷中,將令正乖繆壹異説云。"馥謂:楊雄生當其時,親聞其説,不審與爰禮等舊説同邪異邪。凡《倉頡》以下十四篇,凡五千三百四十字,十四篇八十九章,每章六十字,正合五千三百四十之數。羣書所載,略存之矣。《藝文志》："六藝羣書所載略備矣。"及亡新居攝，使大司空甄豐等校文書之部，自以爲應制作，《江式傳》應下有"運"字。頗改定古文。《王莽傳》："豐子尋手理有'天子'字，莽解其臂入視之，曰：'此一大子也，或曰一六子也。六者，戮也。明尋父子當戮死也。'迺放尋于三危。"馥謂：豐妄改古文，戮死，宜也。時有六書：一曰古文，孔子壁中書也；《後漢書·盧植傳》："古文科斗。"注云："古文謂孔子壁中書也，形似科斗，因以爲名。"《尚書正義》："孔子壁内古文，即《倉頡》之體。故鄭玄云：'書初出屋壁，皆周時象形文字。今所謂科斗書，以形言之，爲科斗指體，即周之古文。'"《晉書·束晳傳》："有人於嵩高山下得竹簡一枚，上有兩行科斗書。晳曰：'此漢明帝顯節陵中策文也。'檢驗果然。"馥謂：漢用古文，此亦可證。二曰奇字，即古文而異者也；本書无下云："奇字無。"儿下云："古文奇字人也。"《漢書·楊雄傳》："劉棻嘗從雄作奇字。"顔注："古文之異者。"《晉書·郭璞傳》："太興初，會稽剡縣人得一鐘，上有古文奇書十八字。"《尚書考靈曜》："古之奇字曰古文。"三曰篆書，即小篆，秦始皇帝使下杜人程邈所作也；《衛恒傳》："李斯作《倉頡篇》，趙高作《爰歷篇》，胡毋敬作《博學篇》，皆取《史籀》大篆，或頗省改，所謂小篆者也。或曰：下土人程邈爲衙獄吏，得罪始皇，幽繫雲陽十年，從獄中作（絶句）。大篆少者增益、多者損減，方者使員、員者使方。奏之始皇，始皇善之，出以爲御史，使定書。或曰：邈所定乃隸書也。"馥謂：秦始皇帝十三字，當在隸書下。江式曰："隸書者，始皇使下杜人程邈附於小篆所作也。"四曰佐當依徐鍇本作"左"。書，即秦隸書；《史記正義·論字例》云："程邈變篆爲隸。"《衛恒傳》："秦既用篆，奏事繁多，篆字難成，即令隸人佐書，曰隸字。隸者，篆之捷也。"蔡邕《隸勢》："鳥迹之變，乃惟佐隸。"崔瑗《草書體》："爰暨末葉，典籍彌繁。人之多僻，政之多權。官事繁蕪，勦其墨翰。惟作佐隸，舊字是删。"五曰繆篆，所以摹印也；顔師古曰："繆篆，謂其文屈曲纏繞，所以摹印章也。"黄庭堅曰："繆篆讀如'綢繆束薪'之繆，漢以來符璽印章書也。" 六曰鳥蟲書，所以書幡當爲"旛"。信也。《蜀都賦》："鳥册篆素。"《續漢書》："靈帝詔工書鳥篆相課試。"《通鑑》："帝好文學，自造《皇羲篇》五十章，因引諸生能爲文賦者，竝待制鴻都門下，後諸爲尺牘及工書鳥篆者，皆加引召，遂至數十人。"《魏志》："衛覬好古文鳥篆。"《後漢書·陽球傳》："鴻都文學，或鳥篆盈簡。"注云："八體書有鳥篆，象形爲字。"張彦遠《名畫記》："按字學之部，其六曰鳥書，在幡信上書端，象鳥頭者，則畫之流也。"崔豹《古今注》："信幡，古之徽號也。所以題表官號，以爲符信，故謂爲信幡也。用鳥書，取其飛騰輕疾也。"《世語》："太祖定荆州，得梁鵠令書信幡，晉令使信節，皆鳥書。" 壁中書者，《玉海》："顔師古曰：《家語》：孔騰藏《尚書》《孝經》《論語》於夫子舊堂壁中。《漢紀·尹敏傳》云：孔鮒所藏。二説不同。決疑曰：《隋志》云：武帝時魯恭王壞孔子宅，得其末孫惠所藏之書，皆古文也。《史通》亦以爲孔惠所藏。" 魯恭王壞孔子宅，《藝文志》："武帝末，魯恭王壞孔子宅。"案恭王薨於元朔元年，是武帝在位中年，不得云末。又案《五鳳二年石刻》："爲魯三十四年。"此時魯王已屬恭王之孫，則恭王安得至武帝末乎？而得《禮記》《江式傳》無"記"字。《儀禮》亦偁《禮記》，初出時但偁《逸禮》，《禮經》無此目，猶《論語》初出謂之傳，後乃偁《論語》。《藝文志》："《禮》古經五十六卷。"劉歆《移太常博士書》云："及魯恭王壞孔子宅，欲以爲宫，而得古文於壞壁之中，《逸禮》有二十九篇。"鄭氏《六藝論》云："漢興，高堂生得《禮》十七篇。後孔子壁中得古文《禮》五十七篇，其十七篇與前同，而字多異。"又云："河間獻王古文《禮》五十六篇，《記》百三十一篇。"閻若璩曰："壁中所得，實止《論語》《孝經》《尚書》《禮經》四部，無《禮記》。余疑《漢志》魯恭王壞孔子宅一段，《禮記》"記"字爲衍文，或"經"字之譌，因顔注未明，故未盡削去，實非屬定論也。"又曰："《儒林傳》：后蒼説禮數萬言，號曰《后氏曲臺記》，授大戴、小戴。后蒼之記，亦記高堂生之《儀禮》耳，其於《禮記》固絶不相蒙者也。今世説槩以《禮記》爲《曲臺記》，此語不知何所自來。鄭康成《六藝論》

謂高堂生以《禮》授蕭奮，奮授孟卿，卿授后蒼，蒼授戴聖、戴德，是爲五傳弟子，所傳皆《儀禮》也。又謂戴德傳《記》八十五篇，則今《大戴禮記》是戴聖傳《禮》四十九篇，則此《禮記》是。《禮記》之在西漢，原不立學官，即大小戴所删，亦不見《藝文志》。東漢後馬融、盧植、鄭康成始各有解詁，通爲《三禮》焉。”馥案：《雜記》云：“恤由之喪，哀公使孺悲之孔子學士喪禮，士喪禮於是乎書。”馥謂：此乃藏於屋壁之《禮》也。下文偁“《禮周官》”，但曰《禮》，無“記”字。武君億曰：“《爾雅·釋言》郭註引《禮記》曰：‘厞用席。’《釋詁》注引《禮記》曰：‘安而後傳言。’邢疏證以《有司徹》《士相見禮》，謂偁《禮記》爲誤。《釋草》注引《禮記》曰：‘苴，麻之有蕡者。’邢氏謂此在《喪服傳》，傳所以解經，故亦謂之《禮記》。其説岐矣。按宋張淳《儀禮識誤序》云：‘出於孔氏之宅壁者曰《禮》，河間獻王之得先秦古書者曰《禮記》。《禮》者，今之《儀禮》；《記》者，今《儀禮》之記。時未有《儀禮》之名也。’億因知景純引爲《禮記》，定名指歸，實有所自。蓋迄兩漢以來，皆指《儀禮》爲《禮記》，鄭康成箋《詩·采繁》引《少牢饋食禮》亦作《禮記》主婦髲，是其證。但出孔壁時，尚未有《禮記》之偁也。”《尚書》《論衡·正説篇》：“魯恭王壞孔子教授堂以爲殿，得百篇《尚書》於墻壁中。武帝使使者取視，莫能讀者。”《春秋》《藝文志》：“《春秋》古經十二篇。”《論語》《藝文志》：“《論語》古二十一篇。”注云：“出孔子壁中。”《論衡·正説篇》：“説《論語》者，不知《論語》本幾何篇，武帝發取孔子壁中古文，得二十一篇，齊、魯、河間九篇，三十篇。宣帝下太常博士，時尚偁書難曉，名之曰傳，後更隸寫以傳誦。初孔子孫孔安國以教魯人扶卿，始曰《論語》。今時偁《論語》二十一篇，又失齊、魯、河間九篇。”《孝經》，《水經注·泗水》云：“魯恭王壞孔子舊宅，得《尚書》《春秋》《論語》《孝經》，時人已不復知有古文，謂之科斗書。”《尚書敘》：“至魯恭王好治宫室，壞孔子舊宅以廣其居，於壁中得先人所藏古文虞夏商周之書及傳《論語》《孝經》，皆科斗文字。”正義：“凡書非經則謂之傳，言‘及傳《論語》《孝經》’，正謂《論語》《孝經》是傳也。漢武帝謂東方朔云:‘傳曰:時然後言,人不厭其言。’又漢東平王劉雲與其太師策書云:‘傳曰:陳力就列,不能者止。’又成帝賜翟方進策書云:‘傳曰:高而不危,所以長守貴也。’是漢世通謂《論語》《孝經》爲傳也。以《論語》《孝經》非先王之書,是孔子所傳説,故謂之傳,所以異於先王之書也。”馥案:《陳寔碑》:“傳曰:郁郁乎文哉。”亦以《論語》爲傳。又北平侯張倉獻《春秋左氏傳》。《藝文志》:“《左氏傳》三十卷。”注云:“左丘明,魯太史。”劉歆《移太常博士書》:“及《春秋左氏》,丘明所修,皆古文舊書,多者二十餘通。”又曰:“且此數家之事,皆先帝所親論,今上所考視,爲古文舊書,皆有徵驗,内外相應,豈苟而已哉。”顔師古《匡謬正俗》:“蔡南問:‘北平侯始獻《左氏傳》,北平侯從誰得之?’董勛荅曰:‘諸奇書、《左傳》《周禮》之屬,悉從河間王所得也。’按許氏《説文解字敘》云:‘北平侯張倉獻《左氏春秋傳》書。’張蒼本以客從高祖,歷位諸侯相、御史大夫。蒼凡好書無所不觀,無所不通。孝文四年爲丞相,百餘歲,孝景五年薨。而河間獻王,景帝之子,校其年月不相及,殆非獻王所得明矣。”郡國亦往往於山川得鼎彝,其銘即前代之古文,皆自相似。《漢書·郊祀志》:“美陽得鼎,獻之,下有司議。張敞好古文字,按鼎銘勒而上議曰:‘今鼎出於郊東,中有刻書曰:王命尸臣官此栒邑,賜爾旂鸞、黼黻、琱戈。尸臣拜手稽首曰:敢對揚天子丕顯休命。臣愚不足迹古文,竊以傳記言之,此鼎殆周之所以襃賜大臣,大臣子孫刻銘其先功,臧之於宫廟也。’”雖叵復見遠流,本書無“叵”字。“流”,徐鍇本作“沬”,音昧。趙宧光曰:“一本作流,非。”馥案:隸書“流”作“泝”,與“沬”形近。其詳可得略説也。而世人大共非訾,以爲好奇者也,故詭更正文,鄉壁當爲“嚮廦”。鄭注《中庸》“素隱行怪”云:“素讀爲‘攻城攻其所傃’之傃,傃猶鄉也。言方鄉辟辟害隱身[1]。”正義:“身鄉幽隱之處。”釋文:“鄉本又作‘嚮’。”本書:“廦,

---

①辟辟,後“辟”字爲衍文,當删。

仄也。”虚造不可知之書，變亂當爲“皾”。常行，以燿於世。諸生競徐鍇本作“竟逐”。説字解經，誼[①]當爲“叩”。稱當爲“偁”。秦之隸書爲倉頡時書，云：《容齋續筆》七：“《史》《漢》凡致疑者，或曰若，或曰云。”引《封禪書》《郊祀志》：“雍州好畤，自古諸神祠皆聚云。”“蓋夜致王夫人之貌云。”“若有言萬歲者云。”“若見有光云。”馥案：《封禪書》：“有司曰：‘陛下肅祇郊祀，上帝報享，錫一角獸蓋麟云。’”《大宛傳》：“天子案古圖書，名河所出山曰崑崙云。”《漢書·西域傳》：“蒲昌海，皆以爲潛行地下，南出於積石，爲中國河云。”父子相傳，何得改易？言隸書家世傳授，不得爲倉頡時書。乃猥曰：《史記·律書》：“猥云德化，不當用兵。”《漢書·文三王傳》：“何故猥自發舒。”顏注：“猥，曲也。”馬頭人爲長，人持十爲斗；隸作“升”。虫者，屈中也。《春秋考異》：“郵虫之爲言屈中也。”廷尉説律，《鹽鐵論》：“文學知獄之在廷後而不知其事。”又云：“方今律令百有餘篇，文章繁，罪名重。”至以字斷法：“苛人受錢，本書：“訶，苛也。一曰：訶也。”訶當爲“何”，字之誤也。陳羣《新律敍》：“令乙有呵人受錢科。”晉張裴《律表》：“呵人受財似受賕。律有事狀相似而罪名相涉者，不以罪名呵爲呵人，以罪名呵爲受賕。”《周禮·世婦》：“大喪，比外内命婦之朝莫哭不敬者，而呵罰之。”注云：“呵，譴也。”《射人》：“不敬者，苛罰之。”注引《檀弓》“君薨以是舉”，苛謂詰問之。《宫正》：“幾其出入。”注云：“幾呵其衣服持操及疏數者。”《閽人》：“凡内人公器、賓客，無帥則幾其出入。”注云：“苛其出入。”釋文云：“苛，本又作呵。”《司關》：“國凶札，則無關門之征，猶幾。”注云：“猶苛察不得令姦人出入。”《萍氏》：“掌幾酒。”注云：“苛察沽買過多及非時者。”《禮記·王制》：“關執禁以譏。”注云：“譏，呵察。”陸德明本作“苛”，云：“苛本亦作呵。”《漢書·李廣傳》：“霸陵尉醉，呵止廣。”胡廣注《漢官篇》：“諸門各陳屯夾道，其旁設兵以示威武，交節立

①誼，當作“誼”，屬上讀。桂氏從誤本作“誼”，注云“當爲‘叩’”，不可從。

戟以遮呵出入。"《風俗通》:"南宫中黄門寺有一男子,服白衣,黄門解步呵問:'女何等人,白衣妄入宫掖?'"《通鑑》:"元魏壽陽公主行犯清路,赤棒卒呵之不止。"又:"齊周奉叔出入禁闥,門衛不敢訶。"又:"唐憲宗詔宰相出入,騎士衛之,所過坊門,呵索甚嚴。"賈誼曰:"吏急而壹之乎?則大爲煩苛而力不能勝。縱而弗呵乎?則市肆異用,錢文大亂。"《史記·衛琯傳》[①]:"不譙呵琯。"馥謂:譙呵當爲"誰何",《漢書》作"孰何"。苛之字止句也。"止句當爲"止可",《廣韻》:"㞢,止也。"《玉篇》:"㞢,古文訶。"《管子·五輔篇》:"上彌殘苟,下愈覆鷙。"注云:"殘苟當作殘苛。"本書抲下引《周書》"盡執抲",今《書》作"拘"。此皆可譌"句"。若此者甚衆,皆不合孔氏古文,謬於《史籀》。《魏書·江式傳》:"慎嗟時人之好奇,歎俗儒之穿鑿,故撰《說文解字》十五篇。"俗儒鄙宋本作"啚"。夫,翫其所習,蔽所希聞,不見通學,未嘗覩字例之條,怪舊埶而善野言,劉歆曰:"信口説而背傳記,是末師而非往古。"以其所知爲祕妙,當爲"秒"。究洞聖人之微當爲"散"。恉。又見《倉頡篇》中"幼子承詔",因號古帝之作也,其辭有神僊之術焉。《容齋續筆》:"《史》《漢》凡致疑者皆曰焉。"引《武帝本紀》:"雖未能至,望見之焉。"其迷誤不諭,豈不悖哉。《書》曰:"予欲觀古人之象。"言必遵修舊文而不穿鑿。孔子曰:"吾猶及史之闕文,今亡也夫。"蓋非其不知而不問。人用己私,當爲"厶"。是非無正,巧説衺辭,使天下學者疑。許沖上書:"恐巧説衺辭,使學者疑。"《藝文志》:"古制書必同文,不知則闕,問諸故老。至於衰世,是非無正,人用其私。故孔子曰:'吾猶及史之闕文也,今亡矣夫。'蓋傷其寖不正。"又云:"後世經傳既已乖離,博學者又不思多聞闕疑之義,而務碎義逃難,便辭巧説,破壞形體。"《五經文字敘》:"春秋之末,保氏教廢,無所取正,各遂其私。故孔子曰:'吾猶及史之闕文也,今亡矣。'蓋夫子少時,

①琯,《史記》《漢書》皆作"綰"。

人猶有闕疑之問，後亡斯道，歎其不知而作之也。"《後漢書·徐防傳》："伏見太學試博士弟子，皆以意説，不修家法，私相容隱，開生姦路。每有策試，輒興争訟，論議紛錯，互相是非。孔子稱：'述而不作。'又曰：'吾猶及史之闕文。'疾史有所不知，而不肯闕也。"《申鑒·時事篇》："仲尼作經，本一而已，古今文不同，而皆自謂真本先師；義一而已，異家別説不同，而皆自謂□□。仲尼邈而靡質，先師殁而無聞，將誰使折之者。秦之滅學也，書藏於屋壁，義絶於朝野。逮至漢興，收摭散滯，固已無全學矣。文有摩滅，言有楚夏，出有先後。或學者先意，有所借定，後進相放，彌以滋蔓。故一源十流，天水違行，而訟者紛如也。"蓋文字者，經藝當爲"埶"。之本，王政之始，前人所以垂後，後人所以識古，《江式傳》："文字者，六籍之宗，王教之始，前人所以垂今，今人所以識古。"《隋書·經籍志敘》："經籍也者，其爲用大矣。不疾而速，不術而至，今之所以知古，後之所以知今，其斯之謂也。"故曰"本立而道生"，"知天下之至嘖而不可亂當爲"敲"。也"。今敘篆文，合以古籀，魏了翁《渠陽雜鈔》引作"合以古籀所記"。博采通人，許沖上書："慎博問通人，考之於逵，作《説文解字》。"楊慎《六書索隱敘》："《説文》有淮南王説、司馬相如説、董仲舒説、京房説、衛宏説、楊雄説、劉歆説、桑欽説、杜林説、賈逵説、傅毅説、官溥説、譚長説、王育説、班固説、尹彤説、張林説、黄顥説、周盛説、逯安説、歐陽僑説、甯嚴説、爰禮説、徐巡説、莊都説、張徹説。"至於小大，信而有證。稽譔當爲"卟僎"。其説，將以理羣類，解謬誤，曉學者，達神恉，分別部居，不相雜廁。《急就篇》："分別部居不雜廁。"顏注："前後之次，以類相從，種別區分，不相閒錯也。"萬物咸覩，靡不兼載。許沖上書："慎作《説文解字》，六蓺羣書之詁，皆訓其意。而天地鬼神、山川艸木、鳥獸蚰蟲、雜物奇怪、王制禮儀、世間人事，莫不畢載。"厥誼不昭，爰明以諭。《後敘》所謂"次列微辭也"，又引經傳以明之。其偁《易》孟氏、《藝文志》："《易》有施、孟、梁邱、京氏，列於學官。"《釋文·敘録》："《周易》孟喜《章句》十卷。”陸澄曰:“《易》自商瞿之後,雖有異家之學,同以象數爲宗。”許氏《説文》偁《易》孟氏其文多異。《虞翻傳》:“其家五世孟氏之學。”《書》孔氏、《藝文志》:“孔安國者,孔子後也。悉得其書以考二十九篇,得多十六篇,安國獻之。遭巫蠱事,未列於學官。”《後漢·儒林傳》:“孔僖,魯國魯人也。自安國以下,世傳《古文尚書》。”《詩》毛氏、《藝文志》:“又有毛公之學,自謂子夏所傳,而河間獻王好之,未得立。”案《易》有施、孟、梁邱、京氏之學,《書》有歐陽、夏侯之學,《詩》有齊、魯、韓、毛之學,故許公標舉所偁以自明,且曉人也。《禮》、謂出孔壁之《禮》,即今《儀禮》。《周官》、今《周禮》。《春秋》左氏、上文云:“左丘明述《春秋傳》,皆以古文。”又云:“北平侯張倉獻《春秋左氏傳》。”《論語》、出孔壁。《孝經》,《藝文志》:“《孝經》古孔氏一篇。”顔注:“劉向云:‘古文字也。’”許沖上書:“《古文孝經》者,孝昭帝時魯國三老所獻,建武時給事議郎衛宏所校,皆口傳,官無其説。”桓譚《新論》:“《古孝經》千八百七十一字,今異者四百餘字。”皆古文也。言所偁《易》孟氏以下皆古經。《異義》每引《古周禮》《古左氏》《古孝經》説。於其宋本、徐鍇本作“其於”。所不知,蓋闕如也。

清同治九年(1870)湖北崇文書局據連筠簃叢書本重刊

説文解字敘

段玉裁注

《敘》曰:二字舊在下文“此十四篇”之上,今審定移置於此,《左傳·宣十五年》正義引“《説文序》云倉頡之初作書”可證。《史記》《漢書》《法言》《大玄》敘皆殿於末,古箸書之例如此。許書十四篇既成,乃述其箸書之意，而爲五百四十部冣目，記其文字都數，作韵語以終之，略放《大史公自序》云。古者庖犧氏之王天下也，仰則觀象於天，俯則觀法當作"灋"。於地，視鳥獸之文與地之宜，近取諸身，遠取諸物，於是始作《易》八卦，以垂憲象。及神農氏結繩爲治而統其事，謂自庖犧以前，及庖犧及神農皆結繩爲治而統其事也。《毄辭》曰："《易》之興也，其於中古乎。"虞曰："興《易》者，謂庖犧也。庖犧爲中古，則庖犧以前爲上古，黄帝、堯、舜爲後世聖人。"按依虞説，則傳云"上古結繩而治"者，神農以前皆是。云"後世聖人易之以書契"者，謂黄帝。《孝經緯·援神契》云："三皇無文。"是五帝以下始有文字。庶業其緐，其同《荀卿書》之"綦"，猶極也。飾僞萌生。萌生，謂多也。以上言庖犧作八卦，雖即文字之肇耑，但八卦尚非文字。自上古至庖犧、神農，專恃結繩，事緐僞兹，漸不可枝，爲下黄帝造書契張本。黄帝之史倉頡，倉或作"蒼"。按《廣韵》云："倉，姓，倉頡之後。"則作"蒼"非也。《帝王世紀》云："黄帝史官倉頡。"衛恒《四體書勢》云："昔在黄帝，創制造物，有沮誦、倉頡者，始作書契，以代結繩。"葢二人皆黄帝史也。諸書多言倉頡，少言沮誦者，文略也。按史者，記事者也。倉頡爲記事之官，思造記事之法，而文生焉。見鳥獸蹏迒之跡，知分理之可相别異也，分理猶文理。初造書契。高誘注《吕覽》曰："蒼頡生而知書，寫倣鳥跡，以造文章。"百工以乂，乂，治也。萬品以察，葢取諸夬。"夬，揚于王庭"，言文者宣教明化於王者朝廷，文即謂書契也。此引《易·彖辭》而釋之。君子所以施禄及下，居德則忌也。居德，依許字例當作"凥悳"。而不必改正者，十四篇皆釋造字之恉，其説解必用本義之字，而不用叚借，有爲後人所亂者，則必更正之。《敘》則許所自製之文，不妨同彼時通用之字，亦使學者知古今字詁不同，故知《敘》字不必同十四篇字也。施禄及下，謂能文者則禄加之。居德則忌，謂律己則貴德不貴文也。倉頡之初作書，葢依類象形，故謂之文。依類象形，謂指事、象形二者也。指事，亦所以象形也。

文者，遣畫也。这遣其畫而物像在是，如見远而知其爲兔，見速而知爲鹿也。**其後形聲相益，即謂之字。**形聲相益，謂形聲、會意二者也。有形則必有聲，聲與形相軵爲形聲，形與形相軵爲會意。其後，爲倉頡以後也。倉頡有指事、象形二者而已，其後文與文相合而爲形聲，爲會意，謂之字。如《易》本衹八卦，卦與卦相重而得六十四卦也。**文者，物象之本；**各本無此六字，依《左傳·宣十五年》正義補。**字者，言孳乳而寖多也。**孳者，汲汲生也，人及鳥生子曰乳。寖，猶漸也。字者，乳也。《周禮·外史》《禮經·聘禮》《論語·子路篇》皆言名，《左傳》"反正爲乏、止戈爲武、皿蟲爲蠱"皆言文。六經未有言字者。秦刻石"同書文字"，此言字之始也。鄭注二《禮》《論語》皆云："古曰名，今曰字。"按名者，自其有音言之。文者，自其有形言之。字者，自其滋生言之。《大行人》"屬瞽史，論書名"、《外史》"達書名於四方"，此韵書之始也。《中庸》曰："書同文。"此字書之始也。周之韵書不傳，而《毛詩》及他經韵語固在。周之字書不傳，而許君《説文》可補其闕。按析言之獨體曰文，合體曰字，統言之則文、字可互稱。《左傳》"止戈、皿蟲"皆曰文，是合體爲文也。許君某部言"文若干"，謂篆文。言"凡若干字"，謂説解語。是則古篆通謂之文，己語則謙言字也。**箸於竹帛謂之書。**箸，各本作"著"，今正从竹。此字古衹作"者"。者者，别事詈也。别之則其事昭焯，故曰"者明"，而俗改爲"著明"。别之則詈與事相黏連軵麗，故引申爲直略切之"附者"，張略切之"衣者"，而俗亦皆作"附著、衣著"。或云《説文》無著，改爲箸，皆未得其原也。者於竹帛，附著而著明之於竹帛也。古者大事書之於册，小事簡牘。《聘禮記》曰："百名以上書於册，不及百名書於方。"古用竹木不用帛，用帛葢起於秦。秦時官獄職務緐，初有隸書，以趨約易。始皇至以衡石量書決事，此非以縑素代竹木不可。許於此兼言帛者，葢櫽括秦以後言之。**書者，如也。**謂如其事物之狀也。《聿部》曰："書者，者也。"謂昭明其事。此云"如也"，謂每一字皆如其物狀。**以迄五帝三王之世，改易殊體，**"迄"當爲"訖"。訖，止也。迄俗。此等蓋皆後人所改。然漢碑多用"迄"，或許不廢此字。黄帝爲五帝之首，自黄帝而帝顓頊高陽、帝嚳高辛、帝堯、帝舜爲五帝，夏禹、商湯、周文武爲三王。其閒文字之體更改非一，不可枚舉。傳於世者，槩謂之倉頡古文，不皆倉頡所作也。封于泰山者七十有二代，靡有同焉。于，當作"於"。泰，當作"大"。封大山者七十二家，見《管子》《韓詩外傳》、司馬相如《封禪文》、《史記·封禪書》。《封禪書》曰："古者封泰山禪梁父者七十二家，而夷吾所記者十有二焉。"無懷氏、虙羲氏、神農、炎帝、黄帝、顓頊、帝佶、堯、舜、禹、湯、周成王也。《援神契》曰："三皇無文。"而無懷、虙羲在五帝前，曷云有文字乎？五帝以前亦有記識而已，非必成字。黄帝以下乃各著其字，故槩括之曰："七十二代，靡有同焉。"《周禮》：八歲入小學，《大戴禮·保傅篇》曰："古者年八歲而出就外舍，學小藝焉，履小節焉，束髮而就大學，學大藝焉，履大節焉。"盧景宣注曰："外舍小學，謂虎門師保之學也。大學，王宫之東者。束髮，謂成童。"《白虎通》曰："八歲入小學，十五入大學。"是也。此大子之禮。《尚書大傳》曰："公卿之大子、大夫元士嫡子，年十三始入小學，見小節而踐小義，年二十而入大學，見大節而踐大義。"此世子入學之期也。又曰："十五始入小學，十八入大學。"謂諸子性晚成者，至十五入小學，其早成者，十八入大學。《内則》曰"十年出就外傅，居宿於外，學書計"者，謂公卿以下教子於家也。玉裁按：《食貨志》曰："八歲入小學，學六甲五方書計之事。"《白虎通》曰："八歲毁齒，始有識知，入學學書計。"許亦曰："《周禮》八歲入小學。"皆是泛言教法，非專指王大子。《内則》："六年教之數與方名。"已識字，已知算矣。至十歲乃就外傅，講求六書之理、九數之法，故曰十年學書計。與他家云"八歲入小學"異者，所傳不同也。《周禮》無"八歲入小學"之文，因《保氏》併系之《周禮》。保氏教國子，先以六書。《周禮·保氏》，教國子六藝，五曰六書。國子者，公卿大夫之子弟，師氏教之，保氏養之，而世子亦齒焉。六書者，文字聲音義理之總匯也。有指事、象形、形聲、會意，而字形盡於此矣。

字各有音，而聲音盡於此矣。有轉注、叚借，而字義盡於此矣。異字同義曰轉注，異義同字曰叚借。有轉注，而百字可一義也；有叚借，而一字可數義也。字形字音之書，若大史籀著大篆十五篇，殆其一耑乎。字義之書，若《爾雅》其冣最著者也。趙宋以後言六書者匈襘陿隘，不知轉注、叚借所以包括詁訓之全，謂六書爲倉頡造字六法，説轉注多不可通。戴先生曰："指事、象形、形聲、會意四者，字之體也。轉注、叚借二者，字之用也。"聖人復起，不易斯言矣。一曰指事，劉歆、班固首象形，次象事。指事即象事。鄭衆作"處事"，非也。指事者，視而可識，察而見意，見意，各本作"可見"，今依顔氏《藝文志》注正。意，舊音如憶。識、意在古音第一部。以下每書二句，皆韵語也。𠄞𠄟是也；𠄞𠄟，各本作"上下"，非，今正。此謂古文也。有在一之上者，有在一之下者，視之而可識爲上下，察之而見上下之意。許於《二部》曰："𠄞，高也。此指事。""𠄟，底也。此指事。"《序》復舉以明之。指事之别於象形者，形謂一物，事晐衆物，專博斯分，故一舉日月，一舉𠄞𠄟。𠄞𠄟所晐之物多，日月衹一物。學者知此，可以得指事、象形之分矣。指事亦得稱象形，故乙丁戊己皆指事也，而丁戊己皆解曰象形。子丑寅卯皆指事也，而皆解曰象形。一二三四皆指事也，而四解曰象形。有事則有形，故指事皆得曰象形。而其實不能溷，指事不可以會意殽。合兩文爲會意，獨體爲指事。徐楚金及吾友江艮庭往往認會意爲指事，非也。二曰象形，象，當作"像"。像者，佀也。象者，南越大獸也。自《易大傳》已叚借矣。劉歆、班固、鄭衆亦皆曰象形。象形者，畫成其物，隨體詰詘，日月是也；詰詘見《言部》，猶今言屈曲也。日下曰"實也，大陽之精。象形"，月下曰"闕也，大陰之精。象形"。此復舉以明之。物莫大乎日月也。有獨體之象形，有合體之象形。獨體如日月水火是也；合體者，从某而又象其形，如眉从目而以𠃜象其形，箕从竹而以甘象其形，衰从衣而以𠔿象其形，疇从田而以𠃬象耕田溝詰屈之形是也。獨體之象形，則成字可讀。軵於从某者，不成字不可讀。説解中往往經淺人删之，此等字半會意半象形，一字中兼有二者。會意則兩體皆成字，故與此别。三曰形聲，劉歆、班固謂之"象聲"。形聲即象聲也。其字半主義，半主聲。半主義者，取其義而形之；半主聲者，取其聲而形之。不言義者，不待言也。得其聲之近似，故曰象聲，曰形聲。鄭衆作"諧聲"。諧，詥也。非其義。形聲者，以事爲名，取譬相成，江河是也；事兼指事之事，象形之物。言物亦事也。名即"古曰名，今曰字"之名。譬者，諭也。諭者，告也。以事爲名，謂半義也。取譬相成，謂半聲也。江河之字以水爲名，譬其聲如工可，因取工可成其名。其别於指事、象形者，指事、象形獨體，形聲合體。其别於會意者，會意合體主義，形聲合體主聲。聲或在左，或在右，或在上，或在下，或在中，或在外。亦有一字二聲者，有亦聲者，會意而兼形聲也。有省聲者，既非會意，又不得其聲，則知其省某字爲之聲也。四曰會意，劉歆、班固、鄭衆皆曰"會意"。會者，合也，合二體之意也。一體不足以見其義，故必合二體之意以成字。會意者，比類合誼，以見指撝，武信是也；誼者，人所宜也。先鄭《周禮注》曰："今人用義，古書用誼。"誼者本字，義者叚借字。指撝與"指麾"同，謂所指向也。比合人言之誼，可以見必是信字。比合戈止之誼，可以見必是武字。是會意也。會意者，合誼之謂也。凡會意之字，曰"从人言"，曰"从止戈"，人言、止戈二字皆聯屬成文，不得曰从人从言，从戈从止。而全書内往往爲淺人增一从字，大徐本尤甚，絶非許意。然亦有本用兩从字者，固當分别觀之。有似形聲而實會意者，如拘、鉤、笱皆在《句部》，不在手、金、竹部，莽、茻、葬不入犬、日、死部，茻、糾不入茻、糸部之類是也。五曰轉注，劉歆、班固、鄭衆亦皆曰"轉注"。轉注猶言互訓也。注者，灌也。數字展轉互相爲訓，如諸水相爲灌注，交輸互受也。轉注者，所以用指事、象形、形聲、會意四種文字者也。數字同義，則用此字可，用彼字亦可。漢以後釋經謂之注，出於此，謂引其義使有所歸，如水之有所注也。里俗作"註"字，自明至今刊本盡改舊文，其可嘆矣。轉注者，建類一首，同意相受，考老是也；建類一首，謂分立其義之類而一其首。如《爾雅·釋詁》第一條説“始”是也。同意相受，謂無慮諸字意恉略同，義可互受相灌注而歸於一首，如初、哉、首、基、肇、祖、元、胎、俶、落、權輿，其於義或近或遠皆可互相訓釋而同謂之“始”是也。獨言考、老者，其㬎明親切者也。《老部》曰：“老者，考也。”“考者，老也。”以考注老，以老注考，是之謂轉注。葢老之形从人毛匕屬會意，考之形从老丂聲屬形聲，而其義訓則爲轉注。全書内用此例不可枚數，但類見於同部者易知，分見於異部者易忽。如《人部》“但，裼也”、《衣部》“裼，但也”之類，學者宜通合觀之。異字同義不限於二字，如裼、嬴、裎皆曰“但也”，則與但爲四字；窒、窴皆曰“窒也”，則與窒爲三字是也。《爾雅》首條，初爲衣之始；哉爲才之叚借字，才者，艸木之初；首爲人體之始；基爲牆始；肇爲肁之叚借，肁者，始開；祖爲始廟；元爲始；胎爲婦孕三月；俶爲始也；落之爲始義，以反而成；權輿之爲始，葢古語。是十一者通謂之始，非一其首而同其異字之義乎。許云“考者，老也”“老者，考也”，舉其切近著明者言之。其他若初、才、首、基、肁、祖、元、胎、俶、落、權輿等字之皆爲始，未嘗不義同《爾雅》也。有參差其辭者，如“初”下曰“始也”，“始”下曰“女之初也”，同而異，異而同也。有綱目其辭者，如“䛐”爲“意内言外”，而“㐱”爲“兄䛐”，“者”爲“別事䛐”，“魯”爲“鈍䛐”，“曾”爲“䛐之舒”，“尒”爲“䛐之必然”，“矣”爲“語已䛐”，“乃”爲“䛐之難”是也。有云“之言”者，如孔子云“貉之言貉，貉，惡也”“狄之言淫辟也”是也。凡經傳内云“之言”，亦云“之爲言”者視此。有云“猶”者，如“不”下云“一猶天也”，“爾”下云“麗爾猶靡麗也”，“夲”下云“大十猶兼十人也”，“茍”下云“勹口猶慎言也”，“窒”下云“珏猶齊也”是也。凡傳注中云“猶”者視此。有以叚借爲轉注者，如“會”下云“曾，益也”，曾即增；“㲋”下云“匕，合也”，匕即比；“旞”下云“允，進也”，允即𠃬是也。凡《爾雅》及傳注以叚借爲轉注者視此。《爾雅》訓哉爲始，謂哉即才之叚借也；毛傳訓瑕爲遠，謂瑕即遐之叚借也。故轉注中可包叚借，必二之者，分別其用也。既叚借而後與叚義之字相轉注，未叚借則與本義之字相轉注也。轉注之説，晉衛恒、唐賈公彦、宋毛晃皆未誤，宋後乃異説紛然。戴先生《荅江慎修書》正之，如日月出矣，而爝火猶有思復然者，由未知六書轉注、叚借二者所以包羅自《爾雅》而下一切訓詁音義，而非謂字形也。玉裁按：衛恒《四體書勢》曰："轉注者，以老注考也。"此申明許説也，而今《晉書》譌爲"老壽考也"，則不可通。毛晃曰："六書轉注，謂一字數義，展轉注釋而後可通。"後世不得其説。六曰假偺，劉歆、班固、鄭衆皆作"假借"。六書之次第，鄭衆：一象形，二會意，三轉注，四處事，五假借，六諧聲，所言非其敘；劉歆、班固：一象形，二象事，三象意，四象聲，五轉注，六假借，與許大同小異。要以劉、班、許所説爲得其傳。葢有指事、象形，而後有會意、形聲。有是四者爲體，而後有轉注、假借二者爲用。戴先生曰"六者之次第出於自然"是也。學者不知轉注，則亦不知假借爲何用矣。"假"當作"叚"。《又部》曰："叚，借也。"然則《人部》當云："借，叚也。"叚借者，古文初作而文不備，乃以同聲爲同義。轉注專主義，猶會意也。叚借兼主聲，猶形聲也。叚借者，本無其字，依聲託事，令長是也。託者，寄也，謂依傍同聲而寄於此。則凡事物之無字者，皆得有所寄而有字。如漢人謂縣令曰令長，縣萬户以上爲令，減萬户爲長。令之本義，發號也。長之本義，久遠也。縣令、縣長本無字，而由發號、久遠之義引申展轉而爲之，是謂叚借。許獨舉令長二字者，以今通古，謂如今漢之縣令、縣長字即是也。原夫叚借放於古文本無其字之時，許書有言"以爲"者，有言"古文以爲"者，皆可薈萃舉之。以者，用也，能左右之曰以。凡言"以爲"者，用彼爲此也。如來，周所受瑞麥來𪓰也，而以爲行來之來；烏，孝烏也，而以爲烏呼字；朋，古文鳳，神鳥也，而以爲朋攩字；子，十一月陽氣動萬物滋也，而人以爲偁；韋，相背也，而以爲皮韋；西，鳥在巢上也，而以爲東西之西。言"以爲"者凡六，是本無其字，依聲託事之明證。本無來往字，取來麥字爲之，及其久也，乃謂來爲來往正字，而不知其本訓，此許説叚借之明文也。其云"古文以爲"者，洒下云"古文以爲灑埽字"，疋下云"古文以爲

《詩·大雅》字”，丂下云“古文以爲巧字”，臤下云“古文以爲賢字”，𣲆下云“古文以爲魯衛之魯”，哥下云“古文以爲歌字”，詖下云“古文以爲頗字”，𠾧下云“古文以爲靦字”，爰下云“古文以爲車轅字”，𢾾下云“《周書》以爲討字”，此亦皆所謂依聲託事也。而與來、烏、朋、子、韋、西六字不同者，本有字而代之，與本無字有異。然或叚借在先，製字在後，則叚借之時本無其字，非有二例。惟前六字則叚借之後終古未嘗製正字，後十字則叚借之後遂有正字，爲不同耳。許書又有引經説叚借者。如㚷，人姓也，而引《商書》“無有作㚷”，謂《鴻範》叚㚷爲好也；𤑔，火不明也，而引《周書》“布重𤑔席”，釋云：“蒻席也。”謂《顧命》叚𤑔爲蔑也；堲，古文垐，以土增大道上也，而引《唐書》“朕堲讒説殄行”，釋云：“堲，疾惡也。”謂《堯典》叚堲爲疾也；圛，回行也，而引《商書》“曰圛”，釋云：“圛者，升雲半有半無。”謂《鴻範》叚圛爲駱驛也；枯，槀也，而引《夏書》“唯箘輅枯”，釋云：“木名。”謂叚枯槀之枯爲木名也。此皆許偁經説叚借，而亦由古文字少之故，與云“古文以爲”者正是一例。大氐叚借之始，始於本無其字，及其後也，既有其字矣，而多爲叚借，又其後也，且至後代譌字亦得自冒於叚借。博綜古今，有此三變。以許書言之，本無難、易二字，而以難鳥、蜥易之字爲之，此所謂無字依聲者也。至於經傳子史不用本字而好用叚借字，此或古古積傳，或轉寫變易，有不可知。而如許書每字依形説其本義，其説解中必自用其本形本義之字，乃不至矛盾自陷。而今日有絶不可解者，如𢙢爲愁，憂爲行和，既畫然矣，而“愁”下不云“𢙢也”云“憂也”。𡫳爲窒，塞爲隔，既畫然矣，而“窒”下不云“𡫳也”云“塞也”。但爲裼，袒爲衣縫解，既畫然矣，而“裼”下不云“但也”云“袒也”，如此之類，在他書可以託言叚借，在許書則必爲轉寫譌字。蓋許説義出於形，有形以範之，而字義有一定，有本字之説解以定之。而他字説解中不容與本字相背，故全書譌字必一一諟正，而後許免於誣。許之爲是書也，以漢人通借緐多，不可究詰，學者不識何字爲本字，何義爲本義，雖有《倉頡》《爰歷》《博學》《凡將》《訓纂》《急就》《元尚》

諸篇，楊雄、杜林諸家之説，而其篆文既亂襍無章，其説亦零星閒見，不能使學者推見本始，觀其會通。故爲之依形以説音義，而製字之本義昭然可知，本義既明，則用此字之聲而不用此字之義者，乃可定爲叚借。本義明而叚借亦無不明矣。及宣王大史籀著大篆十五篇，與古文或異。大史，官名。籀，人名也。省言之曰史籀。《漢·藝文志》云："《史籀》十五篇。"自注："周宣王大史作大篆十五篇。"又云："《史籀篇》者，周時史官教學童書也。"然則其姓不詳。記傳中凡史官多言史某，而應劭、張懷瓘、顔師古及封演《聞見記》、郭忠恕《汗簡》引《説文》皆作"大史史籀"。或疑大史而史姓，恐未足據。大篆十五篇，亦曰《史籀篇》，亦曰《史篇》。《王莽傳》："徵天下《史篇》文字。"孟康云："史籀所作十五篇古文書也。"此古文二字當易爲"大篆"。大篆與倉頡古文或異，見於許書十四篇中者備矣，凡云"籀文作某者"是也。"或"之云者，不必盡異也，葢多不改古文者矣。籀文字數不可知，《尉律》："諷籀書九千字，乃得爲史。"此籀字訓讀書，與宣王大史籀非可牽合。或因之謂籀文有九千字，誤矣。大篆之名上別乎古文，下別乎小篆。而爲言曰《史篇》者，以官名之；曰《籀篇》、籀文者，以人名之。而張懷瓘《書斷》乃分大篆及籀文爲二體，尤爲非是。又謂籀文亦名史書，尤非。凡《漢書·元帝紀》《王尊傳》《嚴延年傳》《西域傳》之馮嫽，《後漢書·皇后紀》之和熹鄧皇后、順烈梁皇后，或云"善史書"，或云"能史書"，皆謂便習隸書，適於時用，猶今人之工楷書耳。而自應仲遠注《漢》已云："史書，周宣王大史籀所作大篆十五篇也。"殊爲繆解。許偁《史篇》者三，"奭"下云："此燕召公名。《史篇》名醜。""匋"下云："《史篇》讀與缶同。""姚"下云："《史篇》以爲姚易。"知《史篇》不徒載篆形，亦有説解。班《志》云："建武時亡六篇。"唐玄度云："建武中獲九篇。章帝時王育爲作解説，所不通者十有二三。"許葢取王育説與？至孔子書六經，左丘明述《春秋傳》，皆以古文，六經，《易》《書》《詩》《禮》《樂》《春秋》也，始見《小戴·經解》《莊子·天運》。孔子書六經以古文者，以壁中經知之。左氏述《春秋傳》以古文者，於張蒼所獻知之。皆見下文。古文、大篆二者錯見，此云“皆以古文”，兼大篆言之。六經、《左傳》不必有古文而無籀文也。下文云“取《史籀》大篆，或頗省改”，兼古文言之，不必所省改皆大篆而無古文也。秦書八體，一曰大篆，二曰小篆，不言古文，知古文已包於大篆中也。王莽改定古文有六書，一曰古文，二曰奇字，即古文而異者。三曰篆書，即小篆。不言大篆，知古文、奇字二者内已包大篆也。《吕氏春秋》云：“倉頡造大篆。”是古文亦可偁大篆之證。厥意可得而説。謂雖當詭更正文，玩其所習，蔽所希聞之世，而真古文之意未嘗不可説也。其後諸侯力政，不統於王，其後，謂孔子殁而敚言絶，七十子終而大義乖也。惡禮樂之害己，而皆去其典籍，見《孟子》。分爲七國，韓、趙、魏、燕、齊、楚、秦。田疇異畮，如周制六尺爲步，步百爲畮。秦孝公二百四十步爲畮。車涂異軌，車之徹廣曰軌，因以軌名涂之廣。七國時車不依徹廣八尺之定制，或廣或陜焉。涂不依諸侯經涂七軌、環涂五軌、野塗三軌之制，各以意爲之，故曰車涂異軌也。律令異灋，如商鞅爲左庶長，定變法之令。衣冠異制，如趙武靈王效胡服爲惠文冠，前插貂尾，又服韠。齊王之側注冠，楚王之解豸冠是也。言語異聲，文字異形。謂《大行人》“屬瞽史喻書名，聽聲音”之制廢，而各用其方俗語言，各用其私意省改之文字也。言語異聲則音韵岐，文字異形則體製惑。車同軌、書同文之盛，於是乎變矣。秦始皇帝初兼天下，丞相李斯乃奏同之，罷其不與秦文合者。以秦文同天下之文，秦文即下文小篆也。《本紀》曰：“二十六年，書同文字。”斯作《倉頡篇》，《藝文志》曰：“《倉頡》一篇，上七章，秦丞相李斯作。”中車府令趙高作《爰歷篇》，《志》曰：“《爰歷》六章，車府令趙高作。”車上當有“中”字。伏儼曰：“中車府令，主乘輿路車者也。”大史令胡毋敬作《博學篇》，《志》曰：“《博學》七章，大史令胡毋敬作。”司馬彪曰：“大史令掌天時星厤。”胡毋，姓也。《公羊音義》《史記索隱》毋皆音無。或作父母字，非也。李之七章，趙之六章，胡毋之七章，各爲一篇。《漢志·冣目》合爲《倉頡》一篇者,因漢時閭里書師合爲三篇,斷六十字以爲一章,凡五十五章,并爲《倉頡篇》故也。六十字爲一章者,凡五十五,然則自秦至司馬相如以前小篆衹有三千三百字耳。淺人云倉頡大篆有九千字,大篆之多,三倍於小篆,其説之妄不辯而可知矣。皆取史籀大篆,或頗省改,省,同"媘"。《女部》曰:"媘,少減也。"亦作渻。《水部》曰:"渻,減也。"省者,減其緐重;改者,改其怪奇。如民、弟、革、酉皆象古文之形,所謂改也。書中載秦刻石"㠯、汥"二字,此又刻石與小篆異者,如古文之有奇字也。云"取史籀大篆,或頗省改"者,言史籀大篆則古文在其中。大篆既或改古文,小篆復或改古文大篆。"或"之云者,不盡省改也。不改者多,則許所列小篆固皆古文大篆。其不云古文作某、籀文作某者,古、籀同小篆也。其既出小篆,又云古文作某、籀文作某者,則所謂或頗省改者也。所謂小篆者也。篆者,引書之謂。大史籀作者大篆,則謂李斯等作者小篆以别之。小篆,《藝文志》作"秦篆"。凡許書中云篆書者,小篆也;云籀文者,大篆也。是時秦燒滅經書,滌除舊典,大發吏卒,興戍役,官獄職務緐,皆詳《始皇本紀》。初有隸書,以趣約易,趣,疾走也。而古文由此絶矣。《藝文志》曰:"是時始造隸書矣。起於官獄多事,苟趨省易,施之於徒隸也。"晉衛恒曰:"秦既用篆,奏事緐多,篆字難成,即令隸人佐書曰隸字。"唐張懷瓘曰:"秦造隸書,以赴急速,爲官司刑獄用之,餘尚用小篆焉。"按小篆既省改古文大篆,隸書又爲小篆之省,秦時二書兼行,而古文大篆遂不行,故曰"古文由此絶"。秦時刻石皆用小篆,漢初人不識科斗,其證也。自爾秦書有八體:爾猶此也。《藝文志》"《史籀》十五篇"下,即次之以《八體六技》,而不言其篇數。韋昭注八體用許説。一曰大篆,不言古文者,古文在大篆中也。上云"古文由此絶",何也?古文大篆雖不行,而其體固在,刻符蟲書等未嘗不用之也。二曰小篆,其時所冣重也。三曰刻符,《魏書》江式表符下有書字。符者,周制六節之一。漢制以竹,長六寸,分而相合。四曰蟲書,新莽六體有鳥蟲書,所以書旛信也。此蟲書即書旛信者。五曰摹印，即新莽之“繆篆”也。六曰署書，《木部》曰：“檢者，書署也。”凡一切封檢題字皆曰署，題榜亦曰署。《册部》曰：“扁者，署也。从户册。”七曰殳書，蕭子良曰：“殳者，伯氏之職也。古者文既記笏，武亦書殳。”按言殳以包凡兵器題識，不必專謂殳。漢之剛卯，亦殳書之類。八曰隸書。所以便於官獄職務也。自刻符而下，其《漢志》所謂六技與？刻符、旛信、摹印、署書、殳書皆不離大篆小篆。而詭變各自爲體，故與左書偁六技。漢興，有艸書。衛恒曰：“漢興而有艸書，不知作者姓名，至章帝時齊相杜度號善作之。”宋王愔曰：“元帝時史游作《急就章》，解散隸體麤書之，章艸之始也。”按艸書之偁起於艸稾。趙壹云：“起秦之末，殆不始史游。”其各字不連緜者曰章艸，晉以下相連緜者曰今艸。猶隸之有漢隸、今隸也。漢人所書曰漢隸，晉唐以下楷書曰今隸。艸書又爲隸書之省，文字之變已極，故許蒙八體而附著之於此，言其不可爲典要也。漢趙壹有《非艸書》一篇。《尉律》：謂漢廷尉所守律令也。《百官公卿表》曰：“廷尉，秦官，掌刑辟。”《藝文志》曰：“漢興，蕭何草律。”《刑法志》所謂“蕭何捃摭秦法，取其宜於時者，作律九章”也。此以下至“輒舉劾之”，説《漢律》所載取人之制。學僮十七已上，僮，今之“童”字。始試，（句絶）謂始應攷試也。諷籒書九千字，乃得爲史。史，各本作“吏”，今依《江式傳》正。《周禮》注曰：“倍文曰諷。”《竹部》曰：“籒，讀書也。”《毛詩傳》曰：“讀，抽也。”《方言》曰：“抽，讀也。”抽即籒，籒、讀二文爲轉注。《尚書》：“克由繹之。”由繹即籒繹也。《史記》云：“紬史記石室金匱之書。”如淳云：“抽徹舊書故事而次述之。”紬亦即籒字也。今本《説文·言部》“讀”下云“誦書也”，不合故訓。誦乃“籒”之誤耳。凡古卜筮抽繹卦爻本義而爲辭者，因以籒名之。今《左傳》作“繇”，俗作“繇”。許偁則作卜籒。籒之説明，而許所謂諷籒書者可明矣。諷籒書九千字者，諷謂能背誦《尉律》之文，籒書謂能取《尉律》之義推演發揮，而繕寫至九千字之多。諷若今小試之默經，籒書若今試士之時藝。上云始試，則此乃試之之事也。《藝文志》：“試學童，諷書九千字以上，乃得爲史。”無籒字。得爲史，得爲郡縣史也。《周禮》：“史十有二人。”注曰：“史，掌書者。”又：“史掌官書以贊治。”注曰：“贊治，若今起文書草也。”《後漢書·百官志》：“郡大守、郡丞、縣令若長、縣丞、縣尉，各置諸曹掾史。”又以八體試之，八體，《漢志》作“六體”。攷六體乃亡新時所立，漢初蕭何艸律，當沿秦八體耳。班《志》固以試學童爲蕭何律文也。自“學僮十七”至“輒舉劾之”，許與班略異，而可互相補正。班云“大史試學童”，許則云郡縣以“諷籒書”試之，又“以八體試之”，而後“郡移大史”試之。此許詳於班也。班云“諷書”，許則云“諷籒書”，此亦許詳於班也。班云“六體”，許則云“八體”，此許覈於班也。班云“以爲尚書御史史書令史”，許云“尚書史”，此班詳於許也。班云“吏民上書，字或不正，輒舉劾”，許不言“吏民上書”，此亦班詳於許也。班書之成雖在許前，而許不必見班書，固別有所本矣。郡移大史并課，（句絶）冣者以爲尚書史。大史者，大史令也。并課者，合而試之也。上文試以諷籒書九千字，謂試其記誦文理。試以八體，謂試其字迹。縣移之郡，郡移之大史，大史合試此二者。“冣”讀“殿冣”之“冣”，其冣者用爲尚書令史也。尚書令史十八人，二百石，主書。《藝文志》曰：“以爲尚書御史史書令史。”云“史書令史”者，謂能史書之令史也。漢人謂隸書爲史書，故孝元帝、孝成許皇后、王尊、嚴延年、楚王侍者馮嫽、後漢孝安帝和熹鄧皇后、順烈梁皇后、北海敬王睦、樂成靖王黨、安帝生母左姬、魏胡昭史皆云“善史書”，大致皆謂適於時用。如《貢禹傳》云：“郡國擇便巧史書者以爲右職。”又蘇林引胡公云：“漢官假佐，取内郡善史書者給佐諸府也。”是可以知史書之必爲隸書。向來注家釋史書爲大篆，其繆可知矣。石建自詭，馬不足一，馬援糾繆，皋爲四羊，其可證也。葢漢承秦後，切於時用，莫若小篆、隸書也。《志》兼言御史令史，御史之令史即《百官志》之蘭臺令史，許不及之者，以下文云“字或不正，輒舉劾之”，乃尚書所職，非御史所職也。〇《光武紀》注引《漢制度》曰：“帝之下書有四：一曰策書，二曰制書，三曰詔書，四曰戒敕。策書者，編簡也，其制長二尺，短者半之，篆書，起年月日，稱皇帝以命諸侯王。三公以罪免亦賜策，而以隸書，用尺一木兩行，惟此爲異也。制書者，帝者制度之命，其文曰制詔。三公皆璽封，尚書令印重封，露布州郡也。詔書者，詔，告也，其文曰告某官云如故事。誡敕者，謂敕刺史大守。其文曰有詔敕某官。他皆倣此。”按此知漢人除策諸侯王用木簡篆書外，他皆用縑素隸書而已，絶無用大篆之事也。書或不正，輒舉劾之。劾者，用法以糾有罪也。《百官志》曰：“民曹尚書，主凡吏民（今本奪“民”字）上書事。”然則吏民上書，字或不正，輒舉劾正。民曹尚書事，而令史實佐之者也。此以上言漢初《尉律》之法如此。今雖有《尉律》，不課，今者，許謂當其時也，謂不試以諷籀《尉律》九千字也。小學不修，謂不以八體試之也。《漢志》自“《史籀》十五篇”下至“杜林《倉頡故》一篇”，總之爲小學十家四十五篇。謂之小學者，八歲入小學所教也。莫達其説久矣。莫解六書之説也。玉裁按：漢之取人，蕭何初制用律及八體書，迄乎孝武依丞相御史言，用通一藝以上補卒史，乃後吏多文學之士。合《説文》《藝文志》及《儒林傳》參觀可見。葢始用律，後用經，而文學由之盛。始試八體，後不試，第聽閭里書師習之，而小學衰矣。故言今以惜之。孝宣皇帝時，召通《倉頡》讀者，（句絶）此通《倉頡》讀者，齊人，而失其姓名。《藝文志》云“徵齊人能通《倉頡》讀者”是也。“張敞從受之”，謂令張敞從此人學。如晁錯之從伏生受《尚書》，張叔等十餘人詣京師受業博士或學律令也。張敞從受之。《藝文志》曰：“《倉頡》多古字，俗師失其讀，宣帝時徵齊人能正讀者，張敞從受之。傳至外孫之子杜林，爲作訓故。”按云“《倉頡》多古字”者，謂《倉頡篇》中大半古文大篆，且周秦時所用音義，在漢時則爲古字。如張揖《古今字詁》所記者是也。“俗師失其讀”者，失其音義也；“正讀”者，正其音義。張敞字子高，河東平陽人，子吉，吉子竦，字伯松，博學文雅過於敞。《郊祀志》曰：“美陽得鼎，獻之有司，多以爲宜薦見宗廟。張敞好古文字，按鼎銘勒而上議曰：此鼎殆周之所以褒賜大臣，大臣子孫刻銘其先功，臧之於宫廟者也，不宜薦見宗廟。制曰：京兆尹議是。"涼州刺史杜業，業，《漢書》作"鄴"，似當從許作"業"。杜鄴字子夏，本魏郡緐陽人也，其母張敞女，從敞子吉學問，得其家書。吉子竦又從鄴學問，亦著於世，尤長小學。鄴子林亦有雅材，其正文字過於鄴、竦。沛人爰禮、沛依六篇《邑部》當作"郝"，此亦從俗也。《亏部》"平"下曰："爰禮說。"其一端也。講學大夫秦近講學大夫，新莽所設官名。《儒林傳》："蕭秉、陳俠、歐陽政爲王莽講學大夫。"秦近，或曰即桓譚《新論》云"秦近君説《堯典》篇目兩字至十餘萬言，説'曰若稽古'三萬言"者也。亦能言之。謂已上共五人皆能説《倉頡》讀也。杜業在哀帝時，爰禮、秦近皆在平帝及亡新時。孝平皇帝時，徵禮等百餘人，令說文字未央廷中，以禮爲小學元士。《孝平紀》："元始五年，徵天下通知逸經、古記、天文、厤算、鍾律、小學、《史篇》、方術、《本艸》及以五經、《論語》、《孝經》、《爾雅》教授者，在所爲駕一封軺傳，遣詣京師，至者數千人。"《王莽傳》曰："元始四年，徵天下通一藝教授十一人以上，及有逸禮、古書、《毛詩》、《周官》、《爾雅》、天文、圖讖、鍾律、月令、兵法、《史篇》文字，通知其意者，皆詣公車，令記説廷中。"《紀》《傳》所説正是一事。爰禮等百餘人説文字未央廷中，正其時也。禮等，通小學、《史篇》文字者也。《史篇》，孟康云："史籀所作十五篇也。"玉裁按：《楊雄傳》曰："《史篇》莫善於《倉頡》。"是則凡小學之書，皆得偁《史篇》。《藝文志》曰："至元始中，徵天下通小學者以百數，各令記字於庭中，楊雄取其有用者以作《訓纂篇》。"黄門侍郎楊雄楊从木，或从手者誤。本傳："奏《羽獵賦》，除爲郎，給事黄門。"采以作《訓纂篇》。《志》曰："《訓纂》一篇，楊雄作。"《楊雄傳》曰："《史篇》莫善於《倉頡》，作《訓纂》。"凡《倉頡》已下十四篇，凡五千三百四十字，羣書所載，略存之矣。凡者，冣括也。冣括者，都數也。《倉頡》已下十四篇，謂自《倉頡》至於《訓纂》共十有四篇，篇之都數也。五千三百四十字，字之都數也。《藝文志》曰："漢時閭里書師合《倉頡》《爰歷》《博學》三篇，斷六十字以爲一章，凡五十五章，并爲

《倉頡篇》。”此謂漢初《倉頡篇》只有三千三百字也。《志》又曰:“武帝時司馬相如作《凡將篇》,無復字。元帝時黄門令史游作《急就篇》,成帝時將作大匠李長作《元尚篇》,皆《倉頡》中正字也。《凡將》則頗有出矣。”此謂三家所作,惟《凡將》之字有出《倉頡篇》外者也。《志》又曰:“至元始中,徵天下通小學者以百數,各令記字於庭中,楊雄取其有用者以作《訓纂篇》,順續《倉頡》,又易《倉頡》中重復之字,凡八十九章。”此謂雄所作《訓纂》凡三十四章,二千四十字,合五十五章,三千三百字,凡八十九章,五千三百四十字也。班但言章數,許但言字數,而數適相合,不數《急就》《元尚》者,皆《倉頡》中字,既取《倉頡》,可不之數也。不數《凡將》者,《凡將》字雖或出《倉頡》外,而必晐於《訓纂》中,故亦不之數也。《訓纂》續《倉頡》,而無復《倉頡》之字,且易《倉頡》中自復者,故五千三百四十字一無重復也。然則何以云十四篇也,合李斯、趙高、胡毋敬、司馬相如、史游、李長、楊雄所作而言之,計字則無復,計篇則必備也。本只有《倉頡》《爰歷》《博學》《凡將》《急就》《元尚》《訓纂》七目,又析之爲十四,其詳不可聞矣。漢初蓋《倉頡》《爰歷》《博學》爲《三倉》。班於“《倉頡》一篇”自注云:“上七章。”則《爰歷》爲中,《博學》爲下,可知也。自楊雄作《訓纂》以後,班固作十三章,和帝永元中,郎中賈魴又作《滂喜篇》,梁庾元威云:“《倉頡》五十五章爲上卷,楊雄作《訓纂》記‘滂喜’爲中卷,賈升郎更續記‘彦(音盤)均’爲下卷。人倆爲《三倉》。”元魏江式亦云:“是爲《三倉》。”蓋自張揖作《三倉訓詁》,陸璣《詩疏》引《三倉》説,郭樸作《三倉解詁》,魏晉時早有《三倉》之倆。韋昭注《漢》云:“班固十三章,疑在《倉頡》下篇三十四章之内。”然則賈魴所作有三十四章,而班之十三章在其中,許所云五千三百四十字不數班、賈所作也。楊雄《訓纂》終於“滂熹”二字。滂熹者,言滂沱大盛。賈魴用此二字爲篇目,而終於“彦均”二字。故庾氏云:“楊記滂喜,賈記彦均。”《隨志》則云“楊作《訓纂》,賈作《滂喜》”,其實一也。喜與熹古通用。熹者,大盛之意。彦音盤,大也。《大學》:“人之彦聖。”彦一作盤是也。懷瓘《書斷》云:“《倉頡訓纂》八十九章,合賈廣班三十四章,凡百二十三章,文字備矣。”按八十九章,五千三百四十字,又增三十四章,二千四十字,凡七千三百八十字。許全書凡九千三百五十三文,葢五千三百四十字之外,他采者三千十三字。班、賈之篇未嘗不在网羅之內。且班、賈而外,亦且偕歸漁獵之中。班前於許,賈則同時。許即不見班、賈之書,而未央廷中百餘人所説,楊雄所未采,《凡將》所出《倉頡》外,《藝文志》所云“《别字》十三篇”者具焉,是皆許之所本也。自《倉頡》至《彦均》,章皆六十字,凡十五句,句皆四言。許引“幼子承詔”,郭注《爾雅》引“考妣延年”是也。《凡將》七言,如《蜀都賦》注引“黄潤纖美宜制禪”,《藝文類聚》引“鐘磬竽笙筑坎侯”是也。《急就》今尚存,前多三言,後多七言。《元尚》今無考。若《隨志》所載班固《大甲篇》《在昔篇》,葢即在十三章內。崔瑗《飛龍篇》、蔡邕《聖皇篇》《黄初篇》《吴章篇》,蔡邕《女史篇》,皆由其字已具《三倉》中,故不得列於《三倉》也。若《藝文志》又偁“《倉頡傳》一篇,楊雄《倉頡訓纂》一篇,杜林《倉頡訓纂》一篇,杜林《倉頡故》一篇”,此四篇者,又皆漢人釋《倉頡》五十五章之作。五十五章,四言爲句,如令童子所讀《千字文》。此四篇者,如顔師古、王伯厚之釋《急就篇》也。自《倉頡》至《彦均》,漢魏時葢皆以隸書書之,或以小篆書之,皆閭里書師所教習,謂之史書。及亡新居攝,使大司空甄豐等校文書之部,校,今之挍字也。古無挍字,借校字爲之。自以爲應制作,《王莽傳》曰:“莽奏起明堂、辟雍、靈臺,制度甚盛,立《樂經》。”自言“盡力制禮作樂事”。頗改定古文。頗者,閒見之詞。於古文閒有改定,如“疊”字下“亡新以爲疊从三日大盛,改爲三田”,是其一也。時有六書:與《周禮·保氏》“六書”同名異實。莽之六書即秦八體而損其二也。一曰古文,孔子壁中書也;下文詳之。秦有小篆、隸書,而古文由此絶。故惟孔子壁中書爲古文,故六書首此。二曰奇字,即古文而異者也;分古文爲二。“儿”下云:“古文奇字人也。”“无”下云:“奇字无也。”許書二見,葢其所記古文中時有之,不獨此二字矣。《楊雄傳》云："劉歆之子棻，嘗從雄學奇字。"按不言大篆者，大篆即包於古文、奇字二者中矣。張懷瓘謂奇字即籀文，其跡有《石鼓文》存，非是。三曰篆書，即小篆，上文所謂小篆。秦始皇帝使下杜人程邈所作也；按此十三字當在下文"左書即秦隸書"之下。上文明言李斯、趙高、胡毋敬皆取《史籀》大篆省改，所謂小篆，則作小篆之人既顯白矣，何容贅此，自相矛盾耶。況蔡邕《聖皇篇》云："程邈删古立隸文。"而蔡琰、衛恒、羊欣、江式、庾肩吾、王僧虔、酈道元、顔師古亦皆同辭。惟傳聞不一，或晉時許書已譌，是以衛巨山疑而未定耳。下杜人程邈爲衙獄吏，得罪，幽繫雲陽，增減大篆體，去其緐複。始皇善之，出爲御史，名書曰隸書。下杜，江式、張懷瓘皆作"下邽"，庾肩吾《書品》作"下邳"。邈，《説文》無此字，葢古衹作"藐"。四曰左書，即秦隸書；左，今之佐字。小徐本作"左"，而後"大叔佐夏"不晝一，葢許《敘》從俗作"佐"，後人或以古字改之，而又不盡改也。左書，謂其法便捷，可以佐助篆所不逮。上文云"初有隸書，以趣約易"，不言誰作，故此補之曰："秦始皇帝使下杜人程邈所作也。"五曰繆篆，所以摹印也；摹，規也，規度印之大小、字之多少而刻之。"繆"讀"綢繆"之"繆"。上文秦文八體，五曰摹印。六曰鳥蟲書，所以書幡信也。幡，當作"旛"，漢人俗字以"幡"爲之。書旛謂書旗幟，書信謂書符卩。上文"四曰蟲書"，此曰"鳥蟲書"，謂其或像鳥，或像蟲，鳥亦偁羽蟲也。按秦文八體尚有刻符、署書、殳書，此不及之者，三書之體不離乎摹印書旛之體，故舉二以包三，古文則析爲二以包大篆。莽意在復古應制作，故不欲襲秦制也。

壁中書者，已下尊崇古籀，述已作書之意，故承壁中書而釋之。魯恭王壞孔子宅，而得《禮》《記》《尚書》《春秋》《論語》《孝經》，劉歆《移書讓大常博士》曰："魯恭王壞孔子宅欲以爲宫，得古文於壞壁中，《逸禮》三十有九，《書》十六篇。"《藝文志》曰："魯恭王壞孔子宅，欲以廣其宫，得古文《尚書》及《禮》《記》《論語》《孝經》，凡數十篇，皆古字也。"《景十三王傳》曰："於其壁中得古文經傳。"按古文傳，謂《記》

及《論語》也。許所謂得《禮》者,《禮》古經也。《志》言《禮》古經五十六卷,出於魯淹中及孔氏,與后氏、戴氏《經》十七篇相似,多三十九篇。十七篇即唐以後所謂《儀禮》,多出之三十九篇,漢儒莫爲之注,遂亡。○《記》者,謂《禮》之記也。《河閒獻王傳》,《禮》與《禮記》爲二。此亦當云《禮》《禮記》,轉寫奪一"禮"字耳。《志》云:"《記》百三十一篇,七十子後學者所記也。《明堂陰陽》三十三篇,古明堂之遺事也。《王史氏》二十一篇,七十子後學者也。"《隨志》:"劉向考校經籍,得《記》百三十篇……《明堂陰陽記》三十三篇,《孔子三朝記》七篇,《王史氏記》二十一篇,《樂記》二十三篇,凡五種,合二百十四篇。"《經典釋文·敘録》引劉向《别録》云"《古文記》二百十四篇"是也。謂之"古文記",則以上皆爲古文可知。○《尚書》者,《志》言"《尚書古文經》四十六卷,爲五十七篇"。以考伏生《經》二十九篇,得多十六篇。劉歆亦云得《古文逸書》十六篇。要之,伏生所有以及所無皆爲古文矣。○《春秋》,葢謂《春秋經》也。《志》言"《春秋古經》十二篇"是也。《春秋》經傳,班《志》不言出誰氏,據許下云"北平侯張蒼獻《春秋左氏傳》",意經傳皆其所獻。古經與傳别,然則班云《春秋古經》十二篇、《左氏傳》三十卷,皆謂蒼所獻也。而許以經系之孔壁,以傳系之北平侯,恐非事實。或曰"春秋"二字衍文。○《論語》,《志》云"《論語》古二十一篇,出孔子壁中,兩《子張篇》"是也。《齊論語》則二十二篇,《魯論語》則二十篇。○《孝經》者,《志》云"《孝經古孔氏》一篇,二十二章"是也。《孝經》一篇十八章,漢長孫氏、江翁、后蒼、翼奉、張禹,各自名家。經文皆同,唯孔氏壁中古文爲異。○以上皆古文。以其出於壁中,故謂之"壁中書",晉人謂之"科斗文"。王隱曰:"大康元年,汲郡民盜發魏安釐王冢,得竹書漆字科斗之文。科斗文者,周時古文也。其字頭麤尾細,似科斗之蟲,故俗名之焉。"據此則科斗文乃晉人里語,而孔安國敘《尚書》乃有"科斗文字"之偁,其爲作僞,固顯然可見矣。又北平侯張蒼獻《春秋左氏傳》。孝惠三年乃除挾書之律,張蒼當於三年後獻之。然則漢之獻書,張蒼冣先。漢之得書，首《春秋左傳》。而平帝時乃立博士，何也？秦禁挾書，而蒼身爲秦柱下御史，遂臧《左氏》，至漢弛禁而獻之，亦可以知秦法之不行矣。此亦壁中諸經之類也，故類記之。《論衡》説《左傳》卅篇，出恭王壁中，恐非事實。郡國亦往往於山川得鼎彝，其銘即前代之古文，皆自相似。何休云："亦者，兩相須之意。"銘字不見於《金部》，由古文《士喪禮》作"名"，許從古文《禮》也。而此作銘者，不廢今字也。似，像也。郡國所得秦以上鼎彝，其銘即三代古文。如《郊祀志上》有故銅器，問李少君，少君曰："此器齊桓公十年陳於柏寢。"已而案其刻，果齊桓公器。又美陽得鼎，獻之有司，多以爲宜薦見宗廟，張敞按鼎銘勒而上議。凡若此者，亦皆壁中經之類也。皆自相似者，謂其字皆古文，彼此多相類。雖叵復見遠流，流，小徐本作"沬"，葢誤。其詳可得略説也。玄應引《三倉》曰："叵，不可也。"許《可部》無此字。以可急言之，即爲不可。如試可乃已，即試不可乃已也。而此有叵字者，不廢今字也。雖不可再見古昔原流之詳，而其詳亦可得略説之。就恭王所得、北平所獻以及郡國所得鼎彝古文略具於是。故王莽時六書不得古文，便以壁中書爲古文。反古復始之道，莫之能易也。而世人大共非訾，《禮記》鄭注："口毁曰訾。"以爲好奇者也，故詭更正文，詭，當作"恑"，變也。鄉壁虚造不可知之書，鄉，俗用"向"爲之。變亂常行，以燿於世。此謂世人不信壁中書爲古文，非毁之，謂好奇者改易正字，向孔氏之壁憑空造此不可知之書，指爲古文，變亂常行，以燿於世也。正文、常行，世人謂秦隸書也。諸生競逐説字解經誼，誼，各本譌作"諠"，今正。誼、義古今字。《藝文志》曰："後世經傳既已乖離，博學者又不想多聞闕疑之義，而務碎義逃難，便辭巧説，破壞形體。説五字之文，至於二三萬言。後進彌以馳逐，故幼童而守一藝，白首而後能言。"稱秦之隸書爲倉頡時書，云：父子相傳，何得改易？謂諸生之争逐説字解經義也。稱秦隸書即倉頡書，云此積古以來父傳之子者，安能有所改易，而乃謂其非古文，乃輒别造不可知之書爲古文也。説字以解經，本無不合，患在妄説隸書之字，如下文所舉。乃猥曰：馬頭人爲長，謂馬上加人，便是長字會意。曾不知古文小篆長字，其形見於九篇，明辨晢也。今馬頭人之字罕見，蓋漢字之尤俗者。人持十爲斗；今所見漢隸字斗作“犴”，與“升”字、“什”字相混，正所謂人持十也。“斗”見十四篇，小篆即古文也，本是像形字。虫者，屈中也。蟲从三虫，而往往叚“虫”爲“蟲”，許多云“蟲省聲”是也。但“虫、蟲”見十三篇，本像形字，所謂隨體詰詘。隸字衹令筆畫有横直可書，本非从中而屈其下也。如許書於“民、酉”字曰“从古文之體”。小篆有變古文令可書者，隸書亦有變小篆令可書者，其道一也。廷尉説律，至以字斷法：猶之説字解經義也。“苛人受錢，苛之字止句也。”《通典》：陳羣、劉邵等《魏律令序》曰：“《盜律》有受所監臨，受財枉法。《雜律》有假借不廉。《令乙》有所呵人受錢科，有使者驗賂，其事相類，故分爲《請賕律》。”按訶責字見三篇《言部》，俗作“呵”，古多以“苛”字、“荷”字代之。漢《令乙》有所苛人受錢，謂有治人之責者而受人錢，故與監臨受財、假借不廉、使者得賂爲一類。“苛”从艸可聲，假爲“訶”字。並非“从止句”也。而隸書之尤俗者乃譌爲“岢”，説律者曰：此字从止句，句讀同鉤，謂止之而鉤取其錢。其説無稽，於字意、律意皆大失。今《廣韵·七歌》曰：“岢，止也。虎何切。”《玉篇·止部》云：“岢，古文訶。”亦皆譌字耳，而不若“岢”之甚。若此者甚衆，不可勝數也。皆不合孔氏古文，謬於《史籀》。文字以《倉頡》《史籀》爲正，故必兼舉之。不曰“倉頡古文”而曰“孔氏古文”者，漢時惟孔子壁中書爲倉頡古文也。鼎彝之銘，則合於孔氏古文者也。俗儒啚夫，啚，俗本作“鄙”，非。啚者，嗇也。田夫謂之嗇夫。翫其所習，蔽所希聞，不見通學，未嘗覩字例之條，字例之條，謂指事、象形、形聲、會意、轉注、叚借六書也。《藝文志》曰：“安其所習，毁所不見，終以自蔽，此學者之大患也。”怪舊埶而善野言，埶，今“藝”字也。《五音韵譜》作“執”，亦通。以其所知爲祕妙，妙，古作“眇”。妙取精細之意，故以目小之義引申叚借之。後人別製“妙”

文，蔡邕題《曹娥碑》有“幼婦”之言，知其字漢末有之。許書不録者，晚出之俗字也。而不廢此字者，可從者則不廢。从女，少聲，於古造字之義有合。古好从女子，妥从女爪，安从宀女，晏从女日，《周禮》媺从女散。男女者，人之大欲存焉，故古造字多有取於此。凡俗字不若“馬頭人、人持十”之已甚者，許所不廢也。究洞聖人之微恉。究，窮也。洞同迵。迵，達也。恉者，意也。又見《倉頡篇》中“幼子承詔”，幼子承詔，葢《倉頡篇》中之一句也。《倉頡篇》例四字爲句。今許書《言部》無“詔”字，葢許以“誥”字包之。古曰誥，秦漢曰詔，義同音近。因曰：“古帝之所作也，其辭有神僊之術焉。”曰，大徐作“號”。“幼子承詔”，葢指胡亥即位事。俗儒啚夫既謂隸書即倉頡時書，因謂李斯等所作《倉頡篇》爲黄帝之所作，以黄帝、倉頡君臣同時也。其云“幼子承詔”者，謂黄帝乘龍上天，而少子嗣位爲帝也。無稽之談，漢人乃至於此哉。其迷誤不諭，豈不悖哉。諭，猶曉也。悖，亂也。自“世人大共非訾”以下至此，皆言“《尉律》不課，小學不修，莫達其説”之害。葢自不試以諷籒《尉律》九千字，不課以八體書，專由通一藝進身而不讀律，則不知今矣。所習皆隸書，而隸書之俗體又日以滋蔓，則不知古矣。以其滋蔓之俗體説經，有不爲經害者哉？此許自言不得不爲《説文解字》之故。《孟子》曰：“予豈好辨哉，予不得已也。”古聖賢作述，皆必有所不得已焉。爾後魏江式亦以篆形謬錯，隸體失真，追來爲歸，巧言爲辯，小兔爲䨲，神蟲爲蠶，皆不合古文大篆及許氏説，請撰集字書，號曰《古今文字》。《書》曰：“予欲觀古人之象。”《虞書·皋陶謨》文。言必遵修舊文而不穿鑿。《尚書》：“日、月、星辰、山、龍、華蟲、作會，宗彝、藻、火、𥺝絑、黼、黻、絺繡，以五采彰施于五色作服。”日月以下像其物者，實皆依古人之像爲之。古人之像，即倉頡古文是也。像形、像事、像意、像聲，無非像也，故曰“古人之像”。文字起於像形，日、月、星辰、山、龍、華蟲、宗彝、藻、火、粉米、黼、黻皆像其物形，即皆古像形字。古畫圖與文字非有二事，帝舜始取倉頡依類像形之文，用諸衣裳以治天下，故知文字之用大矣。虙羲、倉頡觀於天地人物之形，而畫卦造書契，帝舜法伏羲、倉頡之像形，以爲旗章衣服之飾。大舜之智，猶修舊不敢穿鑿，况智不如舜者乎。孔子曰："吾猶及史之闕文，今亡也夫。"《論語·衛靈公篇》文。蓋非其不知而不問。人用己私，私，當爲"厶"。是非無正，巧説衺辭，使天下學者疑。《藝文志》曰："古制書必同文，不知則闕，問諸故老。至於衰世，是非無正，人用其私。故孔子曰：'吾猶及史之闕文也，今亡矣夫。'蓋傷其寖不正。"蓋文字者，上"蓋"，釋《論語》之辭。此"蓋"，承上起下之辭。經藝之本，六藝字古當衹作"埶"。埶，穜也。六經爲人所治，如穜植於其中，故曰六藝。後人穜埶字作"蓺"，六藝又加云作"藝"，蓋皆俗字，許書當是用"埶"。王政之始，前人所以垂後，後人所以識古。故曰"本立而道生"，"知天下之至嘖而不可亂也。"上句，《論語·學而篇》。下句，《易·毄辭傳》文。今敘篆文，合以古籀，此以下至"蓋闕如也"，自述作書之例也。篆文謂小篆也，古籀謂古文、籀文也。許重復古，而其體例不先古文、籀文者，欲人由近古以攷古也。小篆因古籀而不變者多，故先篆文，正所以説古籀也。隸書則去古、籀遠，難以推尋，故必先小篆也。其有小篆已改古、籀，古、籀異於小篆者，則以古、籀駙小篆之後，曰"古文作某、籀文作某"，此全書之通例也。其變例則先古、籀後小篆，如一篇"二"下云"古文上"，"丅"下云"篆文二"，先古文而後篆文者，以"旁、帝"字从二，必立《二部》使其屬有所从。凡全書有先古籀後小篆者，皆由部首之故也。博采通人，至於小大，信而有證。小大，《論語》云"賢者識其大者，不賢者識其小者"是也。《中庸》曰："無徵不信。"可信者必有徵也。徵，證也。證，諭也。許君博采通人，載孔子説、楚莊王説、韓非説、司馬相如説、淮南王説、董仲舒説、劉歆説、楊雄説、爰禮説、尹彤説、逯安説、王育説、莊都説、歐陽喬説、黄顥説、譚長説、周成説、官溥説、張徹説、甯嚴説、桑欽説、杜林説、衛宏説、徐巡説、班固説、傅毅説，皆所謂通人也。而賈侍中逵，則許所從受古學者，故不書其名，必云賈侍中説。**稽譔其説**，稽，留止也。稽留而攷之也。譔，專教也。譔音與詮同。詮，具也。稽攷詮釋，或以説形，或以説音，或以説義，三者之説皆必取諸通人。其不言某人説者，皆根本六藝經傳，務得倉頡、史籀造字本意，因形以得其義與音，而不爲穿鑿。**將以理羣類**，羣類，謂如許沖所云"天地鬼神、山川艸木、鳥獸蚰蟲、襍物奇怪、王制禮儀、世閒人事，靡不畢載"，皆以文字之説説其條理也。**解謬誤**，謂説形、説音、説義有謬誤者，皆得解判之也。**曉學者，達神恉**，曉者，明之也。達猶通也。恉者，意也。達神恉者，使學者皆通憭於文字之形之音之義也。神恉者，指事、象形、形聲、會意、轉注、叚借，神妙之恉也。**分別部居，不相襍廁也**。居，當作"凥"。凡居處字，古用"凥"，後世乃用"居"爲之。許從俗也。廁猶置也。"分別部居，不相襍廁"，謂分別爲五百四十部也。周之字書，漢時存者《史籀》十五篇，其體式大約同後代《三倉》。許所引《史篇》三，"姚"下、"匋"下、"奭"下，略如後代《倉頡傳》《倉頡故》。秦之《倉頡》《爰歷》《博學》合爲《倉頡篇》者，每章十五句，每句四字，《訓纂》《滂熹》同之。《凡將篇》每句七字，《急就》同之。其體例皆襍取需用之字，以文理編成有韵之句，與後世《千字文》無異，所謂"襍廁"也。識字者略識其字，而其形或譌，其音義皆有所未諦，雖有楊雄之《倉頡訓纂》、杜林之《倉頡訓纂》《倉頡故》，而散而釋之，隨字敷演，不得字形之本始，字音字義之所以然。許君以爲音生於義，義箸於形，聖人之造字，有義以有音，有音以有形；學者之識字，必審形以知音，審音以知義。聖人造字實自像形始，故合所有之字，分別其部爲五百四十，每部各建一首，而同首者則曰"凡某之屬皆从某"，於是形立而音義易明。凡字必有所屬之首，五百四十字可以統攝天下古今之字，此前古未有之書，許君之所獨㓨。若網在綱，如裘挈領，討原以納流，執要以説詳，與《史籀篇》《倉頡篇》《凡將篇》亂襍無章之體例不可以道里計。顔黄門曰："其書檃栝有條例，剖析窮根原，不信其説，則冥冥不知一點一畫有何意焉。"此冣爲知許者矣。葢舉一形以統衆形，所謂"檃栝有條例"也。

就形以説音義，所謂“剖析窮根源”也。是以《史篇》《三倉》自漢及唐遞至放失，而《説文》遂嫥行於世。如左公、毛公之《詩傳》《春秋傳》皆後出，而率循獨永久勿替也。按史游《急就篇》亦曰：“分别部居不襍廁。”而其所謂“分别”者，如姓名爲一部，衣服爲一部，飲食爲一部，器用爲一部，《急就》之例如是，勝於李斯、胡毋敬、趙高、司馬相如、楊雄所作諸篇散無友紀者，故自述曰“急就奇觚與衆異”也。然不無待於訓詁，訓詁之法又莫若據形類聚，故同一分别部居，而功用殊矣。萬物咸覩，靡不兼載。許沖云：“天地鬼神、山川艸木、鳥獸蚰蟲、襍物奇怪、王制禮儀、世閒人事，靡不畢載。”葢史游之書以物類爲經而字緯之，許君之書以字部首爲經而物類緯之也。厥誼不昭，爰明以諭。“誼”兼字義字形字音而言。昭，明也。諭，告也。許君之書主就形而爲之説解。其篆文，則形也。其説解，則先釋其義，若“元”下云“始也”，“丕”下云“大也”是也。次釋其形，若“元”下云“从一从兀”，“丕”下云“从一从不”是也。次説其音，若“兀”爲聲、“不”爲聲及凡“讀若某”皆是也。必先説義者，有義而後有形也。音後於形者，審形乃可知音，即形即音也。合三者以完一篆，説其義而轉注、叚借明矣，説其形而指事、象形、形聲、會意明矣，説其音而形聲、叚借愈明矣。一字必兼三者，三者必互相求，萬字皆兼三者，萬字必以三者彼此交遣互求。説其義而轉注、叚借明者，就一字爲注，合數字則爲轉注，異字同義爲轉注，異義同字則爲叚借。故就本形以説義而本義定，本義既定而他義之爲借形可知也，故曰説其義而轉注、叚借明也。説其形而指事、象形、形聲、會意明者，説其形則某爲指事，某爲象形，某爲獨體之象形，某爲合體，某爲合二字之會意，某爲合二字之形聲，某爲會意兼有形聲，皆可知也。説其聲而形聲、叚借愈明者，形聲必用此聲爲形，叚借必用此聲爲義。其偁《易》孟氏、《書》孔氏、《詩》毛氏、《禮》、《周官》、《春秋》左氏、《論語》、《孝經》，漢田何以《易》授丁寬，寬授田王孫，王孫授施讎、孟喜、梁丘賀，喜授白光、翟牧。後漢洼丹、觟陽鴻、任安、范升、楊政皆傳孟氏《易》。而虞翻自其高祖光至翻，五世皆治孟《易》，故仲翔孟學爲尤邃。孟《易》者，許君《易》學之宗也。孔氏有《古文尚書》，孔安國以今文字讀之，因以起其家。司馬遷亦從安國問故，遷書載《堯典》《禹貢》《洪範》《微子》《金縢》諸篇，多古文説。孔氏者，許《書》學之宗也。毛公，趙人也，治《詩》，爲河閒獻王博士。毛氏者，許學《詩》之宗也。高堂生傳《士禮》十七篇，而《禮》古經五十六卷出壁中，有大戴、小戴、慶氏之學，許不言誰氏者，許《禮》學無所主也。古謂之《禮》，唐以後謂之《儀禮》，不言《記》者，言《禮》以該《記》也。《周官經》六篇，王莽時劉歆置博士，古謂之《周官經》，許、鄭亦謂之《周禮》。不言誰氏者，許《周禮》學無所主也。《春秋古經》十二篇，《左氏傳》三十卷，出壁中及張蒼家。《左氏》者，許《春秋》學之宗也。《論語》不言誰氏者，學無所主也。《孝經》亦不言誰氏者，學無所主也。許沖以爲魯國三老所獻，議郎衛宏所校。以上爲班《志》之六藝九種，而不言《樂》者，以《禮》《周官》該《樂》也。偁者，揚也。揚者，舉也。許書内多舉諸經以爲證，以爲明諭厥誼之助。皆古文也。此反對上文"皆不合孔氏古文，謬於《史籀》"而言。所謂"萬物兼載，爰明以諭"者，皆合於《倉頡》古文，不謬於《史籀》大篆。不言大篆者，言古文以該大篆也。所説之義，皆古文大篆之義，所説之形，皆古文大篆之形，所説之音，皆古文大篆之音，故曰"皆古文也"。然則所偁六藝，皆以言古文大篆，即六藝之外所偁載藉，如《老子》《淮南王》《伊尹》《韓非》《司馬法》之類，六藝孟氏、孔氏、毛氏、左氏外所偁諸家，如《韓詩》《魯詩》《公羊春秋》之類，亦皆以言古文大篆也。且逐字説之，不必有所偁者，無非以言古文大篆之字形、字音、字義也。上文"萬物咸覩，靡不兼載，厥誼不昭，爰明以諭"，正謂全書皆發揮古文。言其偁《易》孟氏，《書》孔氏，《詩》毛氏，《禮》，《周官》，《春秋》左氏，《論語》《孝經》，謂全書中明諭厥誼，往往取證於諸經，非謂偁引諸經皆壁中古文本也。《易》孟氏之非壁中明矣。古書之言古文者有二：一謂壁中經藉，一謂倉頡所製文字。雖命名本相因，而學士當區别。如古文《尚書》、古文《禮》，此等猶言古本，非必古本字字皆古籀，今本則絶無古籀字也。且如許書未嘗不用《魯詩》《公羊傳》、今文《禮》，然則云“皆古文”者，謂其中所説字形、字音、字義皆合《倉頡》《史籀》，非謂皆用壁中古本明矣。所説字形、字音、字義皆合《倉頡》《史籀》，則《周禮·保氏》所教六書，指事、象形、形聲、會意、轉注、叚借字例之條，大明於天下。俗儒啚夫迷誤不諭者，可昭然共諭矣。其於所不知，蓋闕如也。此用《論語·子路篇》語。“蓋闕”，疊韵字。凡《論語》言“如”，或單字，“孛如、躩如”是；或重字，“申申如、夭夭如”是。或疊韵雙聲字，“踧踖如、鞠躬如、蓋闕如”是。蓋，舊音如割。《漢書·儒林傳》曰：“疑者丘蓋不言。”蘇林曰：“丘蓋者，不言所不知之意也。”如淳曰：“齊俗以不言所不知爲丘蓋。”“丘蓋”，《荀卿書》作“區蓋”。“丘、區、闕”三字雙聲。許全書中多箸“闕”字，有形音義全闕者，有三者中闕其二、闕其一者，分别觀之。書凡言闕者十有四，容有後人增竄者，如“單”下：“大也。从吅甲，吅亦聲。闕。”此謂从甲之形不可解也。“邑”从反邑，“𠨍”从反丮，“㔾”从反卪，“卯”从卪㔾，“沝”从二水，“灥”从三泉皆云闕，謂其音讀缺也。“𠊊”下直云闕，謂形義音皆缺也。“戠”下云闕，从戈从音，謂其義及讀若缺也。

清乾隆嘉慶（1736～1820）間段氏經韻樓刻本

説文解字敘

姚文田注

古者庖犧氏之王天下也，仰則觀象於天，俯則觀法於地，視鳥獸之文與地之宜，近取諸身，遠取諸物，於是始作《易》八卦，以垂憲象。及神農氏結繩爲治而統其事，庶業其繁，飾僞萌生。黄帝之史倉頡，見鳥獸蹏迒之迹，知分理之可相别異也，初造書契。百工以乂，萬品以察，蓋取諸夬。“夬，揚于王庭”，言文者宣教明化於王者朝廷，君子所以施禄及下，居德則忌也。倉頡之初作書，蓋依類象形，故謂之文。○蒼頡之初作書，依類象形，故謂之文。　《韻會·十二文》。其後形聲相益，即謂之字。字者，言小徐無“言”字。孳乳而浸多也。○蒼頡之初作書，蓋依類象形謂之文，形聲相益謂之字。文者，物象之本；字者，孳乳而生。　《宣十五年》正義。○蒼頡之初作書，蓋依類象形，故謂之文，其有形聲相益，故謂之字。字者，言孳乳而滋多也。著於竹帛謂之書。書者，如也。以迄五帝三王之世，改易殊體，封於泰山者七十二代，靡有同焉。　《續漢·祭祀志》補注。○昔倉頡造書，依類象形，故謂之文，其後形聲相益，即謂之字。字，孳乳浸多也。　《一切經音義》卷二十三，又卷二十四。　蓋依類象形謂之文，形聲相益謂之字，著於竹帛謂之書。　《初學記》卷二十一，又《御覽》卷七百四十七無“蓋”字。○名、書、文，今謂之字者，許氏《説文》亦然。　《聘禮》疏。著於竹帛謂之書。書者，如也。以迄五帝三王之世，改易殊體，封于泰山者七十有二代，靡有同焉。《周禮》：八歲入小學，保氏教國子，先以六書。一曰指事，指事者，視而可識，察而可見，上下是也；二曰象形，象形者，畫成其物，隨體詰詘，日月是也；○象形者，日月之類是也，象日月形體而爲之。會意者，武信之類是也，人言爲信，止弋爲武①，會合人意；轉注者，考老之類是也，建類一首，文意相受，左右相注；處事者，上下之類是也，人在一上爲上，人在一下爲下，各有其處，事得其②；假借者，令長之類是也，一字兩用；諧聲者，即形聲一也，江河之類是也，皆以水爲形，以工可爲聲。　《地官》疏。○書本有六體，一曰指事，上下；二曰象形，日月；三曰形聲，江河；四

①弋，當據《説文·戈部》改作“戈”。
②“其”下當補“宜”字。

曰會意,武信;五曰轉注,考老;六曰假借,令長。 《書序》正義。○書有六義焉,一曰指事,二曰象形,三曰諧聲,四曰會意,五曰轉注,六曰假借。 《初學記》卷二十一,又再見首句作"六書"二字。三曰形聲,形聲者,以事爲名,取譬相成,江河是也;四曰會意,會意者,比類合誼,以見指撝,武信是也;五曰轉注,轉注者,建類一首,同意相受,考老是也;六曰假借,假借者,本無其字,依聲託事,令長是也。及宣王太史籀箸大篆十五篇,與古文小徐有"或同"字。或異。○周宣王太史籀著大篆十五篇。 《初學記》卷二十一。至孔子書六經,左丘明述《春秋傳》,皆以古文,厥意可得而説。其後諸侯力政,不統於王,惡禮樂之害己,而皆去其典籍,分爲七國,田疇異畮,車涂異軌,律令異法,小徐作"律法異令"。衣冠異制,言語異聲,文字異形。秦始皇帝初兼天下,丞相李斯乃奏同之,罷其不與秦文合者。斯作《倉頡篇》,中車府令趙高作《爰歷篇》,太史令胡毋敬作《博學篇》,皆取史籀大篆,或頗省改,所謂小篆者也。是時秦燒滅經書,滌除舊典,大發隸卒,興役戍,官獄職務繁,初有隸書,以趣約易,而古文由此絶矣。自爾秦書有八體:一曰大篆,二曰小篆,三曰刻符,四曰蟲書,○自秦有八體,一曰大篆,二曰小篆,三曰刻符,四曰蟲書,五曰摹印,六曰署書,七曰殳書,八曰隸書。亡新居攝,以應制作,改定古文。 《書序》正義。○自秦書有八體:一曰大篆,二曰小篆,三曰刻符,四曰蟲書,五曰摹印,六曰署書,七曰殳書,八曰隸書。《初學記》卷二十一。五曰摹印,六曰署書,七曰殳書,八曰隸書。漢興,有艸書。○漢興,有草書。 《初學記》卷二十一。《尉律》:學僮十七已上,始試,諷籀書九千字,小徐無"字"字。乃得爲吏,乃得爲吏。 《五經文字·序例》。又以八體試之,郡移太史并課,最者以爲尚書史。書或不正,輒舉劾之。今雖有《尉律》,不課,小學不修,莫達其説久矣。孝宣時,召通《倉頡》讀者,張敞從受之。涼州刺史杜業、沛人爰禮、講學大夫秦近亦能言之。孝平小徐有“皇帝”字。時，徵禮等百餘人，令説文字未央廷小徐作“庭”。中，以禮爲小學元士。黄門侍郎楊雄采以作《訓纂篇》。凡《倉頡》已小徐作“以”。下十四篇，凡五千三百四十字，羣書所載，略存之矣。及亡新居攝，使大司空甄豐等校文書之部，自以爲應制作，頗改定古文。○甄豐校定時有六書：一曰古文，孔子壁内書也；二曰奇字，即古字有異者；三曰篆書，即小篆，下杜人程邈所作也；四曰佐書，秦隸書也；五曰繆篆，所以摹印也；六曰鳥蟲書，所以書幡信也。　《書序》正義。時有六書：一曰古文，孔子壁中書也；二曰奇字，即古文而異者也；三曰篆書，即小篆，秦始皇帝使下杜人程邈所作也；四曰佐小徐作“左”。書，即秦隸書；五曰繆篆，所以摹印也；六曰蟲書[①]，所以書幡信也。壁中書者，魯恭王壞孔子宅，而得《禮記》《尚書》《春秋》《論語》《孝經》，又北平侯張倉獻《春秋左氏傳》，北平侯張蒼獻《左氏春秋傳》書。　《匡謬正俗》卷八。郡國往往於山川得鼎彝，其銘即前代之古文，皆自相似。雖叵復見遠流，小徐作“沬”[②]。其詳可得略説也。而世人大共非訾，以爲好奇者也。故詭更正文，鄉壁虚造不可知之書，變亂常行，以燿於世。諸生競説字解經誼[③]，稱秦之隸書爲倉頡時書，云：父子相傳，何小徐作“可”。得改易？乃猥曰：馬頭人爲長，人持十爲斗；虫者，屈中也。廷尉説[④]，至以字斷法：“苛人受錢，苛之字止句也。”若此者甚衆，皆不合孔氏古文，謬小徐作“繆”。於《史籀》。俗儒鄙夫，

①“曰”後當據平津館本補“鳥”字。
②沬，當據清抄本徐鍇注改作“沬”。
③誼，當據段注改作“誼”。
④“説”後當據平津館本補“律”字。

翫其所習，蔽所希聞，不見通學，未嘗覩舊例之條[①]，怪舊埶而善野言，以其所知爲祕妙，究洞聖人之微恉。又見《倉頡篇》中"幼子承詔"，因號小徐作"曰"。古帝王之所作也，其辭有神僊之術焉。其迷誤不諭，豈不悖哉。《書》曰："予欲觀古人之象。"言必遵修舊文而不穿鑿。孔子曰："吾猶及史之闕文，今亡也小徐作"矣"。夫。"蓋非其不知而不問。人用己私，是非無正，巧説衺小徐作"邪"。辭，使天下學者疑。蓋文字者，經藝之本，○文者，物象之本。籍者，備也。　《書序》正義。王政之始，前小徐作"歬"。人所以垂後，後人所以識古，故曰"本立而道生"，"知天下之至嘖小徐作"賾"。而不可亂也。今敘篆文，合以古籀，博采通人，至以小大[②]，信而有證。稽譔小徐作"撰"。其説，將以理羣類，解謬小徐作"繆"。誤，曉學者，達神恉，分别部居，不相雜廁。小徐下有"也"字。萬物咸覩，靡不兼載。厥誼不昭，爰明以諭。其偁《易》孟氏、《書》孔氏、《詩》毛氏、《禮》、《周官》、《春秋》左氏、《論語》、《孝經》，皆古文也。於其所不知，蓋闕如也。

清道光十三年（1833）許槤抄本

説文解字敘

何容心注

古者庖犧氏之王天下也，庖犧氏，風姓。仰則觀象於天，俯

① 舊，疑當作"字"，涉下文"舊"誤。

② 以，當據平津館本改作"於"。

則觀法於地，視鳥獸之文與地之宜，近取諸身，遠取諸物，於是始作《易》八卦，以垂憲象。案八卦有衡畫而無縱畫，制作簡質，乾天坤地，艮山兑澤，震雷巽風，坎水離火，僅舉天地萬物之著者畫之而已。《爾雅》："憲，法也。"及神農氏結繩爲治而統其事，及者，自庖犧及神農氏也。鄭康成曰："結繩者，事大大結其繩，事小小結其繩。"庶業其緐，其同"綦"，極也。飾僞萌生。段玉裁曰："以上言庖犧作八卦，雖即文字之肇耑，但八卦尚非文字，爲下黄帝造書契張本。"黄帝之史倉頡，倉頡爲記事之官，姓侯剛氏。見鳥獸蹏迒之迹，知分理之可相別異也，分理，猶文理。初造書契。鄭曰："以書書木邊，言其事，刻其木，謂之書契。"百工以乂，乂，治也。萬品以察，蓋取諸夬。夬者，決也。"夬，揚於王庭"，《周官》司寇建三典，懸於象魏，使萬民觀之，揚於王庭也。言文者宣教明化於王者朝廷，段曰："文即謂書契也，此引《易·彖辭》而釋之。"君子所以施禄及下，居德則忌也。桂馥曰："則忌，當爲'明忌'。王弼《易》作'明忌'，故說云'居德以明禁'。"王筠曰："居猶奇貨可居之居，《文言》：'寬以居之。'文字可以居德者，多識前言往行，以畜其德也。可以明忌者，令行禁止之意。居德所以修己，明禁所以新民。"倉頡之初作書，蓋依類象形，故謂之文。段曰："依類象形，謂指事、象形二者也。指事亦所以象形也。"其後形聲相益，即謂之字。段曰："形聲相益，謂形聲、會意二者也。有形則必有聲，聲與形相軵爲形聲，形與形相軵爲會意。案其後謂倉頡以後也。"章炳麟氏以謂獨體者，倉頡之文；合體者，後王之字。遂取《說文》獨體之文及諸變省之獨體，命曰"初文""準初文"而作《文始》。文者，物象之本；字者，言孳乳而寖多也。孳，汲汲生也，人及鳥生子曰乳。寖，猶漸也。字，乳也。段曰："析言之獨體曰文，合體曰字；統言之，文、字可互稱。《左傳》止戈、皿蟲皆曰文，是合體爲文也。許君某部言若干[1]，

①"言"下當補"文"字。

謂篆文；言凡若干字，謂説解語。是則古篆通謂之文，己語則謙言字也。”王曰：“物象之本者，物有本然之象，文如之也。字皆合體，合二者，其常也。從而益之，至合七而止，則其變也。《説文》九千餘字，合象形、指事僅三百八十餘字，會意則一千二百餘字，其餘皆形聲矣，是孳育者多也。”箸於竹帛謂之書。段曰：“古用竹木不用帛，用帛蓋起於秦。許於此兼言帛者，蓋櫽括秦以後言之。”書者，如也。段曰：“《聿部》曰：‘書者，者也。’謂昭明其事。此云‘如也’，謂每一字皆如其物狀。《白部》曰：‘者，别事詞也。’”以迄五帝三王之世，改易殊體，黄帝、顓頊、帝嚳、帝堯、帝舜爲五帝，夏禹、商湯、周文武爲三王，其間文字之體，更改非一，槩謂倉頡古文，不皆倉頡所作也。封于泰山者七十有二代，靡有同焉。《史記·封禪書》：“管仲曰：‘古者封泰山，禪梁父，七十二家。’”桓譚《新論》：“泰山之上有刻石，凡千八百餘處，而可識者七十有二。”《周禮》：八歲入小學，《大戴禮·保傅篇》曰：“古者年八歲而出就外舍，學小藝焉，履小節焉。束髮而就大學，學大藝焉，履大節焉。”保氏教國子，先以六書。《周禮》保氏教國子六藝，五曰六書。楊慎曰：“六書以十分計之，象形居其一，象事居其二，象意居其三，象聲居其四。假借，借此四者也；轉注，注此四者也。四象以爲經，假借、轉注以爲緯。四象之書有限，假借、轉注無窮也。”戴震曰：“指事、象形、形聲、會意四者，字之體也。轉注、假借二者，字之用也。”段曰：“六書者，文字形音義理之總滙也。有指事、象形、形聲、會意，而字形盡於此矣；字各有音，而聲音盡於此矣；有轉注、假借，而字義盡於此矣。”一曰指事，劉歆、班固首象形，次象事。指事即象事。指事者，視而可識，察而見意，段曰：“以下每書二句，皆韵語。”上下是也；段曰：“有在一之上者，有在一之下者，視之而可識爲上下，察之而見上下之意。指事之别於象形者，形謂一物，事賅衆物，專博斯分，故一舉日月，一舉上下，上下所賅之物多，日月衹一物。學者知此，可以得指事、象形之分矣。指事亦得稱象形，故乙丁戊己皆指事也，而丁戊己皆解曰象形；子丑寅卯皆指事也，而皆解曰象形。一二三四皆指事也，而四解曰象形。有事則有形，故指事皆得曰象形，而其實不能溷。”王曰：“天地間物與事而已，有形者謂之物，故虫黽之屬至渺小矣，然亦有形可象也。雖狀物之字，而其變也，或流於指事，物能生事也。無形者謂之事，故言上下而極諸天之上地之下，如此其大亦第有事可指而已。雖狀事之字，兼有會意、形聲，而其變也，亦或雜以象形，則爲是事者所用之物也。惟是許君舉上下以見例，乃例之至純者。”案指事之别於會意者，會意合二字或數字以成一字之意。指事或兩體，或三體，皆不成字，即其中有成字者，而仍有不成字者介乎其間以爲之主也。二曰象形，象，當作“像”，似也。象形者，畫成其物，隨體詰詘，日月是也；段曰：“有獨體之象形，有合體之象形。獨體如日月水火是也，合體者从某而又象其形。獨體之象形則成字可讀。輴於从某者，不成字，不可讀，此等字半會意半象形，一字中兼有二者。會意則兩體皆成字，故與此别。”王筠曰：“日以《説文韻譜》爲正，月以古文明所從者爲正，此爲迎而視之之形。即有隨而視之之形，有視其側面之形，又有變横爲直之形，省多爲少之形。且此爲純形，即有兼聲之形，兼意之形。大抵形聲字後人易於配合，若指事、象形、會意三體，蓋非古人，不能也。”三曰形聲，《通志·六書略》曰：“凡諧聲之道，有同聲者則取同聲而諧，無同聲者則取協聲而諧，無協聲者則取正音而諧，無正音者則取旁音而諧。所謂聲者，四聲也；音者，七音也。”段曰：“其字半主義，半主聲。半主義者，取其義而形之；半主聲者，取其聲而形之。不言義者，不待言也。”形聲者，以事爲名，取譬相成，江河是也；段曰：“事兼指事之事、象形之物言，物亦事也。名即‘古曰名，今曰字’之名。譬者，諭也，告也。以事爲名，謂半義也；取譬相成，謂半聲也。江河之字以水爲名，譬其聲如工可，因取工可成其名。其别於指事、象形者，指事、象形獨體，形聲合體。其别於會意者，會意合體主義，形聲合體主聲。聲或在左，或在右，或在上，或在下，或在中，或在外，亦有一字二聲者，有亦聲者，會意而兼形聲也。有省聲者，既非會意，又不得其聲，則知其省某字爲之聲也。”王曰：“工可第取其聲，毫無意義，此例之最純者。推廣之，則有兼意者矣。形聲字而有意謂之聲兼意，聲爲主也；會意字而有聲謂之意兼聲，意爲主也，説解之詞雖同，而意固有不同矣。夫聲之來也，與天地同，始未有文字以前，先有是聲，依聲以造字，而聲即寓文字之内，故不獨形聲一門然也。先有日月之名，因造日月之文；先有上下之詞，因造上下之文。故執文以求聲，則象形、指事其聲在字外也。而溯自朔以論聲，即形聲字，亦聲在字先也。是以經典用字，尚多第存其聲者。郝敬曰：“後人用字尚義，古人用字尚音。”至哉言也。且豈惟造字重哉？即釋經亦然。釋經之例，以孔子《十翼》爲鼻祖：乾，健也；坤，順也；坎，陷也；離，麗也；兑，説也，皆兼以音訓者也。震，動也；巽，入也；艮，止也，則專以義訓者也。漢儒口授，故重耳學，鄭君而外，鮮不偏主音者，而劉熙《釋名》爲最。宋儒競心得，故重眼學，朱子而外，鮮不偏主義者，而王安石《字説》爲最。泥孔子釋經之一端，欲其四通六闢，難已。試觀假借一門，無一字非聲；即轉注一門，亦大半由聲而起。莢蔛、拈掫、火娓、妹媦之類，其爲事爲物故同，而其字又一聲之轉，則以或方言之不同，故雖一地而不必同詞也。是以論文字而至形聲，鮮不謂其苟且配合，不屑加意。余故詳論焉。**四曰會意，**段曰：“會者，合也，合二體之意也。一體不足以見其義，故必合二體之意以成字。”**會意者，比類合誼，以見指撝，武信是也；**段曰：“誼，人所宜也。先鄭《周禮注》曰：‘今人用義，古書用誼。’誼，本字；義，假借字。指撝與指麾同，謂指所向也。比合人言之誼，可以見必是信字；比合戈之誼止[①]，可以見必是武字，是會意也。會意者，合誼之謂也。凡會意之字，曰‘从人言’，曰‘从止戈’，人言、止戈二字聯屬成文，不得曰‘从人从言、从戈从止’，而全書内往往爲淺人增一从字。然亦有本用兩从字者，固當分别觀之。有似形聲而實會意者，如‘拘、鉤、笱’皆在句部，不在手、金、竹部；‘莽、

①“戈之誼止”誤，當作“止戈之誼”。

莽、葬’不入犬、日、死部，‘茻、糾’不入茻、糸部之類是也。”**五曰轉注，轉注者，建類一首，同意相受，考老是也；**王曰：“建，立也。類，猶人之族類也。老从人毛匕，會意字也。考从老省，丂聲，形聲字也。則知轉注者，於六書觀其會通也。”案轉注之法，言人人殊，其舍許氏考老之説自立義例者，兹不具論。若孫愐《切韻》謂“考字左回，老字右轉”，此以隸釋篆，至爲鄙俗。南唐徐鍇謂：“如考之別名，有耆，有耋，有耇，此皆以老爲首，而取類於考。”許宗彦謂：“建類一首，即謂部首之字，如示爲部首，從示之偏旁注爲神祇等字，從神祇注爲祠祀祭祝等字，從祠祀祭祝復注爲祓禧等字，展轉相注，皆同意爲一類，其偏旁悉從示，故爲建類之首，注本言水相輸流通，字之從一首相注，亦猶水之原相注耳。”此與小徐之説，似得許君本意，然一部之字，雖皆由部首而來，而義則各從其類，與部首同意者爲轉注字，不同意者則非轉注字也。戴氏東原始發互訓之旨，謂：“轉相爲注，猶互相爲訓，老注考，考注老。《爾雅·釋詁》有多至四十字共一義者，即轉注之法。”段氏《説文注》、王氏《句讀》，皆主其説，近世通人猶有譏焉。江氏叔澐《六書説》曰：“轉注統於意，轉注者，轉其意也，如挹彼注兹之注。故立老字爲部首，即所謂建類一首。考與老同意，故受老字而從老省，考之外，耆耋壽耇之類皆是。《説文解字》一書，分部五百四十，即建類也。始一終亥，即一首也。云凡某之屬皆從某，即同意相受也。凡合兩字以成一誼者爲會意，取一意以槩數字者爲轉注。”其言明通卬達。孫淵如爲江君立傳，言：“其説轉注之義，與戴東原不附和苟同。”蓋極稱之。大興朱氏珪亦采江説。曾滌笙氏以謂：“老，會意字也；考，轉注字也。凡轉注之字，大抵以會意之字爲母，以得聲者爲子。而母字從無不省畫者，如考雖省去匕字，而可知考耋等字之意從老而來；履字雖省去舟文，而可知屨屐等字之意從履而來。其曰建類一首者，母字之形尚具也；其曰同意相受者，母字之畫省而意存也。”章炳麟曰：“屮之與耑，予之與与，聲義非有大殊，文字即已別見，當以轉注宛爾合符。”又曰：“轉注不空取同聲，又必聲韵相依，如考老本疊韵變語也。”此亦篤守許氏考老之指，言之成理者，今竝録之，學者審所擇焉可也。六曰假借，段曰：“六書之次第，鄭衆一象形，二會意，三轉注，四處事，五假借，六諧聲，所言非其敘。劉歆、班固一象形，二象事，三象意，四象聲，五轉注，六假借，與許大同小異，要以劉、班、許所説爲得其傳。蓋有指事、象形，而後有會意、形聲，有是四者爲體，而後有轉注、假借二者爲用。”案此可知我國文字，自形衍而進於聲衍，固有自然之程序。教授初學，尤當以劉、班爲準。假借者，本無其字，依聲託事，令長是也。段曰：“託者，寄也，謂依傍同聲而寄於此。則凡事物之無字者，皆得所寄而有字。如漢人縣令曰令長，縣萬户以上爲令，減萬户爲長。令之本義，發號也；長之本義，久遠也。縣令、縣長本無字，而由發號、久遠之義引申展轉而爲之，是謂假借。許獨舉令長二字者，以今通古，謂如今漢之縣令、縣長字即是也。原夫假借放於古文本無其字之時，許書有言‘以爲’者，皆可薈萃舉之。以者，用也，能左右之曰以。凡言‘以爲’者，用彼爲此也。大抵假借之始，始於本無其字，及其後也，既有其字矣，而多爲假借，又其後也，且至後代譌字亦得自冒於假借。博綜古今，有此三變。以許書言之，本無難易二字，而以難鳥蜥易之字爲之，此所謂無字依聲者也。本義既明，則用此字之聲而不用此字之義者，乃可定爲假借。本義明而假借亦無不明矣。”朱駿聲曰：“假借之例四：有同音者，如德之爲悳，服之爲㞋；有疊韻者，如冰之爲掤，馮之爲淜；有雙聲者，如利之爲賴，答之爲對；有合音者，如茺蔚爲萑，蒺蔾爲茨也。假借之用八：有同聲通寫字，如气質概書氣廪，動靖乃作静妝，仁誼通用威義，將衛總爲紛帥，今國書凡同聲字統爲一體，作書時依其文義，而顛倒上下之，知爲某字某意，即其理也。别有託名幖識字，如戊癸取之戈兵，丣丣假於門户。有單辭形况字，如率爾原非畢網，幡然豈是觚巾。有重言形况字，如朱朱狀夫雞聲，關關用爲鳥語。有疊韻連語，如窈窕無與心容，蒙戎非關艸寇。有雙聲連語，如《易》爻多説次且，《書》歌肇言叢脞。有助語之詞，如能爲可通走獸，於焉或託飛禽。有發聲之詞，如弟兄異於君臣，爾汝同于乃若。此皆本無正文，依聲託事，誼不在形而在音，意不在字而在神。神似則字原不拘，音肖則形可不論。故凡語詞習用之字，如者矣乎哉、嗞諾吁否、皆乃兮于、乍各曾毋、尚知曰粤、唯寧歟曷，多从言、从口、从白、从欠、从丂、从八，非是則皆假借也。假借之理，疊韻易知，雙聲難知，非博覽旁求，潛心精討，烏能觀其會通，與古人心心印合，如相告語乎？”章炳麟曰：“徐楚金始言引申之義，尋《説文》以令長爲假借，則假借即引申之義也。若本有其字，以聲近通用者，是乃借聲，非六書之假借。其有彊爲區别，倉卒未造其字者，雖借聲，亦坿假借之科。”及宣王太史籀著大篆十五篇，與古文或異。張懷瓘曰：“篆者，傳其物理，施之無窮。”段曰：“大篆與倉頡古文或異，見於許書十四篇中者備矣，凡云‘籀文作某’者是也。或之云者，不必盡異也，蓋多不改古文者矣。”至孔子書六經，左丘明述《春秋傳》，皆以古文，六經，《易》《書》《詩》《禮》《樂》《春秋》也。厥意可得而説。其後諸侯力政，不統於王，惡禮樂之害己，而皆去其典籍，見《孟子》。分爲七國，韓、趙、魏、燕、齊、楚、秦。田疇異畮，如周制六尺爲步，步百爲畮。秦孝公二百四十步爲畮。車涂異軌，段曰：“車之徹廣曰軌，因以軌名涂之廣。七國時，車不依徹廣八尺之定制，或廣或陝焉。涂不依諸侯經涂七軌、環涂五軌、野涂三軌之制，各以意爲之，故曰‘車涂異軌’也。”律令異灋，如商鞅爲左庶長，定變法之令。衣冠異制，如趙武靈王好奇服。言語異聲，文字異形。段曰：“謂《大行人》‘屬瞽史喻書名，聽聲音’之制廢，而各用其方俗語言，各用其私意省改之文字也。言語異聲則音韵歧，文字異形則體製惑。車同軌，書同文之盛，於是乎變矣。”秦始皇帝初兼天下，丞相李斯乃奏同之，罷其不與秦文合者。斯作《倉頡篇》，《藝文志》曰：“《倉頡》一篇，上七章，秦丞相李斯作。”中車府令趙高作《爰歷篇》，《志》曰：“《爰歷》六章，車府令趙高作。”太史令胡毋敬作《博學篇》，《志》曰：“《博學》七章，大史令胡毋敬作。”司馬彪曰：“大史令掌天時星歷。胡毋，姓也。”皆取史籀大篆，或頗省改，省者減其緐重，改者改其恠奇。言史籀大篆，則古文在其中。大篆既或改古文，小篆復或改古文大篆。或之云者，不盡省改也。所謂小篆者也。段曰："篆者，引書之謂。大史籀作者大篆，則謂李斯等作者小篆以别之。小篆，《藝文志》作'秦篆'。凡許書中云篆書者，小篆也；云籀文者，大篆也。"是時秦燒滅經書，滌除舊典，大發吏卒，興戍役，官獄職務緐，隸書，下邽人程邈所作。而古文由此絶矣。晉衛恒曰："秦既用篆，奏事繁多，篆字難成，即令隸人佐書，曰隸字。"段曰："小篆既省改古文大篆，隸書又爲小篆之省，秦時二書兼行，而古文、大篆遂不行，故曰古文由此絶。"自爾秦書有八體：一曰大篆，不言古文者，古文在大篆中也。二曰小篆，其時所最重也。三曰刻符，即《周禮》掌節之符。四曰蟲書，鳥蟲書，所以書旛信也。五曰摹印，徐鍇曰："即新莽之繆篆也。"六曰署書，《木部》曰："檢者，書署也。"凡一切封檢題字皆曰署，題榜亦曰署。七曰殳書，蕭子良曰："殳者，伯氏之職也。古者文既記笏，武亦書殳。"八曰隸書。林罕曰："篆雖一體，而隸變數般，非究於篆，無由曉隸。隸書自有不抛篆者，有全違篆者，有減篆者，有添篆者，有與篆同文者。"漢興，有艸書。衛恒曰："漢興而有艸書，不知作者姓名。至章帝時，齊相杜度號善作之。"《尉律》：王應麟曰："《尉律》，治獄之律也。"學童十七已上，始試，《學記》："比年入學，中年考校。"王曰："中年者，閒一年也。古人十五入大學，閒一年而校試之，則十七矣。《尉律》始試之期，與古同。"諷籀書九千字，乃得爲吏。吏，《藝文志》作"史"。《周禮注》曰："倍文曰諷。"《竹部》曰："籀，讀書也。"《聿部》曰："書，著也。"案諷以正其音，籀以明其義，書以著其形，此試之事。又以八體試之，《藝文志》作"六體"，非漢興之法。郡移太史并課，冣者以爲尚書史。段曰："大史者，大史令也。并課者，合而試之也。上文試以諷籀書九千字，謂試其記誦文理；試以八體，謂試其字迹。縣移之郡，郡移之大史，大史合試此二者。'冣'讀殿冣之'冣'。其冣者用爲尚書令史也。"書或不正，輒舉劾之。《急就篇》:"誅罰詐僞劾罪人。"顔注:"劾,舉案之也。"此下節去五百餘字。蓋文字者,經藝之本,段曰:"六藝字古當衹作'埶'。埶,種也。六經爲人所治,如種植於其中,故曰六埶。"王政之始,前人所以垂後,後人所以識古,故曰"本立而道生","知天下之至嘖而不可亂也"。上句,《論語·學而篇》文;下句,《易·毄辭》文。王曰:"嘖,今《易·毄辭》作'賾'。《口部》'嘖'字,《毄傳》曰:'《春秋左傳》曰:嘖有繁言。'然則嘖又訓至也。故《太玄經》'探賾索隱'之賾皆作'嘖',而《説文》無'賾'字也。《隋書·經籍志敘》:'經籍也者,其爲用大矣。不疾而速,不行而至,今之所以知古,後之所以知今,其斯之謂也。'"今敘篆文,合以古籀,段曰:"此以下至'蓋闕如也',自述作書之例也。篆文謂小篆也,古籀謂古文、籀文也。許重復古,而其體例不先古文、籀文者,欲人由近古以攷古也。小篆因古籀而不變者多,故先篆文,正所以説古籀也。隸書則去古籀遠,難以推尋,故必先小篆也。其有小篆已改古籀、古籀異於小篆者,則以古籀駙小篆之後,曰'古文作某、籀文作某',比全書之通例也[①]。其變例則先古、籀後小篆,如一篇二下云'古文上'、'丅'下云'篆文下'。先古文而後篆文者,以旁帝字从二,必立《二部》,使其屬有所从。凡全書有先古籀後小篆者,皆由部首之故也。"王曰:"字以孳育而多,故篆文多於古籀。"博采通人,至於小大,自孔子以下凡二十八人,詳見本書説解。信而有證。小大,《論語》云"賢者識其大者,不賢者識其小者"是也。《中庸》曰:"無徵不信。"可信者必有徵也。稽譔其説,段曰:"稽攷詮釋,或以説形,或以説音,或以説義。三者之説,皆必取諸通人。其不言某人説者,皆根本六藝經傳,務得倉頡、史籀造字本意,因形以得其義與音,而不爲穿鑿。"將以理羣類,許沖《表》云:"天地鬼神、山川艸木、鳥獸蚰蟲、雜物奇怪、王制禮儀、世間人事,靡不畢載。"解謬誤,當時所傳謬説,皆得破除也。

---

①比,當據段注改作"此"。

曉學者，達神恉，謂使學者皆通達於文字之義形聲，六書神妙之恉也。分別部居，不相雜廁。段曰："許君以爲音生於義，義箸於形，聖人之造字，有義以有音，有音以有形，學者之識字，必審形以知音，審音以知義。聖人造字，實自像形始，故合所有之字，分別其部爲五百四十，每部各建一首，而同首者則曰'凡某之屬皆从某'，於是形立而音義易明。凡字必有所屬之首，五百四十字可以統攝天下古今之字。此前古未有之書，許君之獨刱，若網若綱[①]，如裘挈領，討原以納流，執要以說詳，與《史籀篇》《倉頡篇》《凡將篇》亂雜無章之體例，不可以道里計。顏黄門曰：'其書隱括有條例，剖析窮根原，不信其説，則冥冥不知一點一畫有何意焉。'此最爲知許者矣。蓋舉一形以統衆形，所謂'隱括有條例'也；就形以説音義，所謂'剖析窮根原'也。"萬物咸覩，靡不兼載。段曰："史游之書，以物爲經而字緯之；許君之書，以字部首爲經而物類緯之也。"厥誼不昭，爰明以諭。段曰："誼兼字義字形字音而言。許君之書，主就形而爲之説解，其篆文則形也，其説解則先釋其義，次釋其形，次説其音。必先説義者，有義而後有形也。音後於形者，審形乃可知音，即形即音也。合三者以完一篆。説其義而轉注、假借明矣，説其形而指事、象形、形聲、會意明矣，説其音而形聲、假借愈明矣。故就本形以説義而本義定，本義既定，而他義之爲借形可知也，故曰説其義而轉注、假借明也。説其形而指事、象形、形聲、會意明者，説其形則某爲指事，某爲象形，某爲獨體之象形，某爲合體，某爲合二字之會意，某爲合二字之形聲，某爲會意兼有形聲，皆可知也。説其聲而形聲、假借愈明者，形聲必用此聲爲形，假借必用此聲爲義。"王曰："謂引經以證之也，故下文遂列所本之經師。"其稱《易》孟氏、《書》孔氏、《詩》毛氏、《禮》、《周官》、《春秋》左氏、《論語》、《孝經》，孟氏，喜也；孔氏，安國也；毛氏，萇也；左氏，丘明也。四人者，許學之所宗主也。《禮》

①若綱，當據段注改作"在綱"。

《周官》《論語》《孝經》,許學無所主,故不言誰氏。皆古文也。段曰:"不言大篆者,言古文以該大篆也。"其於所不知,蓋闕如也。段曰:"此用《論語·子路篇》語。許全書中多箸闕字,有形音義全闕者,有三者中闕其二、闕其一者,分别觀之。書凡言闕者十有四,容有後人增竄者。"

1920年石印本

説文解字後敘

徐鍇注

《敘》曰:此十四篇,五百四十部,九千三百五十三文,重一千一百六十三,解説凡十三萬三千四百四十一字。其建首也,立一爲耑。方以類聚,物以羣分。同條牽屬,共理相貫。雜而不越,據形聯系。引而申之,以究萬原。畢終於亥,知化窮冥。于時大漢,聖德熙明。承天稽唐,敷崇殷中。遐邇被澤,渥衍沛滂。廣業甄微,學士知方。探嘖索隱,厥誼可傳。粵在永元,困頓之年,徐鍇曰:漢和帝永元十二年,歲在庚子也。孟陬之月,朔日甲申。曾曾小子,祖自炎神。縉雲相黄,共承高辛。太岳佐夏,吕叔作藩。俾侯于許,世祚遺靈。自彼徂召,宅此汝瀕。竊卬景行,敢涉聖門。其弘如何,節彼南山。欲罷不能,既竭愚才。惜道之味,聞疑載疑。演贊其志,次列微辭。知此者稀,儻昭所尤。庶有達者,理而董之。召陵萬歲里公乘,艸莽臣沖稽首再拜,上書皇帝陛下[1]。

清初毛氏汲古閣刻本

①"召陵"以下爲許沖《上説文解字表》語,誤入《後敘》。

説文解字後敘

徐鍇釋

《後敘》曰：此十四篇，五百四十部，九千三百五十三文，重一千一百六十三，解説凡十三萬三千四百四十一字。其建首也，立一爲耑。臣鍇曰：耑音端。方以類聚，物以羣分。同條牽屬，共理相貫。雜而不越，臣鍇曰：類聚謂《水部》，《水部》相次。同條共理，謂中之類與中同從冂而貫之，雖雜而各有部分，不相越也。據形聯系。引而申之，以究萬原。臣鍇曰：據形聯系謂《之部》，因次以《匕部》，從以究盡萬事之原也。畢終於亥，知化窮冥。臣鍇謂：亥生子，終則復始，故託於一，寄終於亥。亥則物之該盡，故曰"窮冥"也。于時大漢，聖德熙明。承天稽唐，敷崇殷中。臣鍇曰：漢承堯後，故稽考唐堯之道。殷，正也；正，中也。遐邇被澤，渥衍沛滂。廣業甄微，學士知方。探嘖索隱，臣鍇曰：索音索。厥誼可傳。粤在永元，困頓之年，孟陬之月，朔日甲子。臣鍇曰：永元，漢和帝年號。歲在子曰困頓。永元十二年，歲在庚子也。正月爲陬。曾曾小子，祖自炎神。縉雲相黄，共承高辛。太岳佐夏，吕叔作藩。俾侯于許，世祚遺靈。自彼徂召，宅此汝瀕。臣鍇按：許出神農之後，姜姓，與齊同祖。謂爲縉雲氏，於皇帝時；後三世，至高辛世爲太岳。胤侯爲禹心膂之臣，故封於吕。周武王封苗裔文叔於許，以爲太岳，胤在潁川許昌縣。召謂汝南邵陵縣，後世所居也。竊卬景行，敢涉聖門。其弘如何，節彼南山。欲罷不能，既竭愚才。惜道之味，聞疑臣鍇曰：言疑則闕之也。載疑。演贊其志，次列微辞。知此者稀，儻昭所尤，庶有達者，理而董之。臣鍇曰：董，正也。

清抄本

説文解字後敘

桂馥注

《敘》曰:《禮記正義》:"敘者,緒述其事。"案此《敘》敘十四篇之目也。徐鉉本分上下二卷,今合爲一。此十四篇,五百四十部,九千三百五十二文,案《倉頡篇》五十五章,《訓纂篇》八十九章,班固十三章,共百五十七章,章六十字,凡九千四百二十字。今本九千四百三十一字,除新修十九字,實九千四百一十二字。重一千一百六十三,今本重一千二百七十九。解說凡十三萬三千四百四十一字。今本十二萬二千六百九十九字。案《廣雅》《玉篇》《九經字樣》《類篇》皆有字數。其建首也,立一爲耑。本書始於一。方以類聚,物以羣分。同條牽屬,共理相貫。當爲"毌"。雜而不越,王弼注《易》云:"各得其敘,不相踰越。"據形聯系。宋本、李燾本作"系聯"。引而申當爲"𢨱"。之,以究萬原。畢當爲"繹"。終於亥,知化窮冥。本書終於亥。徐鍇曰:"亥,物之該盡,故曰窮冥。"案冥與耑、分、貫、申、原爲韻。本書鄍從莫聲,蝘音徒典切,邩讀若寧。《道藏歌》:"逍遥聚無散,身生水火先。大運會開度,彌劫爲一齡。"王暉《修真訣》:"中岳鎮和氣,般輸共成篇。若能思得之,賜與金一鉼。"于時大漢,聖德當爲"悳"。熙明。承天稽當爲"卟"。唐,敷當爲"尃"。崇殷中。中與明、滂、方爲韻。其可例者,胡宗《大牙賦》:"四靈既布,黃龍處中。周制日月,是曰太常。"《古樂府》:"蘭艸自然香,生於大道旁。腰鐮八九月,俱在束薪中。"遐邇被澤,渥衍當爲"沇"。本書:"九州之渥地也,故以沇名焉。"沛滂。廣業甄微,當爲"散"。學當爲"斆"。士知方。探嘖索徐鍇本作"索"。隱,厥誼可傳。二句結束上段,而"傳"字與下段合韻,後文"欲罷不能,既竭愚才"亦爾。古人用韻多如此。粤在永元，困頓之年。顧炎武曰："《爾雅疏》：'甲至癸爲十日，日爲陽。寅至丑爲十二辰，辰爲陰。'此二十二名，古人用以紀日，不以紀歲，歲則自有閼逢至昭陽十名爲歲陽，攝提格至赤奮若十二名爲歲名。《周禮·硩蔟氏》：'十日、十有三辰、十有二月、十有二歲之號。'注：'日謂從甲至癸，辰謂從子至亥，月謂從陬至荼，歲謂從攝提格至赤奮若。'後人謂甲子歲、癸亥歲，非古也。自漢以前，初不假借，《史記·歷書》：'太初元年，年名焉逢攝提格，月名畢聚，日得甲子，夜半朔旦冬至。'其辨析如此。若《吕氏春秋·敘意篇》：'維秦八年，歲在涒灘，秋甲子朔。'賈誼《鵩賦》：'單閼之歲兮，四月孟夏。庚子日斜兮，鵩集余舍。'許氏《説文·後敘》：'粤在永元，困頓之年，孟陬之月，朔日甲子。'亦皆用歲陽，歲名不與日同之證。"又曰："《楚辭》：'攝提貞于孟陬兮，維庚寅吾以降。'攝提，歲也；孟陬，月也；庚寅，日也。"孟陬之月，朔日甲申。徐鍇本作"甲子"。案《通鑑》永元十二年七月辛亥朔，逆推至正月，無甲申、甲子朔。馥謂：甲子非朔，值甲子，猶言朔後某干支也。《宋書·禮志》："年月朔日甲子，尚書令某甲下。"陳琳《檄吴將校部曲文》："年月朔日子。"年月下系以朔，朔後系以干支，或偁甲，或偁子，或竝偁甲子者，皆泛言某干支也。本書"朔日甲子"，猶陳琳檄之"年月朔日子"，未志之年月朔日甲子也。此句泛言干支，故不韻。曾曾小子，襄十八年《左傳》："晉侯伐齊，將濟河，禱曰：'曾臣彪。'"杜注："曾臣猶末臣。"祖自炎神。《禮·祭法》："厲山氏之有天下也。"鄭注："厲山氏，炎帝也，起於厲山，或曰有烈山氏。"《水經注·漻水》云："賜水西徑厲鄉南，水南有重山，即烈山也。山下有一穴，相傳神農所生處，故《禮》謂之烈山氏。"《帝王世紀》："神農氏者，起於烈山。時偁之神農，即炎帝也。"案本書："神農居姜水，以爲姓。"《詩·揚之水》："不與我戍許。"毛傳："許，諸姜也。"又："不與我戍甫。"傳："甫，諸姜也。"正義云："《尚書》有《吕刑》之篇。"《禮記》引作"《甫刑》"。《周語》："胙四岳國，命爲侯伯，賜姓曰姜氏，曰有吕，又曰申吕。雖衰，齊許猶在。"是甫、許同爲姜姓。《唐書·宰相世系表》："許氏出自姜姓，炎帝裔孫伯夷之後。周武王封其裔孫文叔於許，後以爲太嶽之嗣。”**縉雲相黄**，文十八年《左傳》：“縉雲氏有不才子。”杜注：“縉雲，黄帝時官名。”**共承高辛**。《潛夫論·五德志》：“帝嚳代顓頊氏，其號高辛。”**太岳佐**當爲“左”。**夏**，隱十一年《左傳》：“許太岳之允也。”杜注：“太岳，神農之後，堯四岳也。”襄十四年《傳》：“謂我諸戎，是四嶽之裔胄也。”杜注：“四嶽，堯時方伯，姜姓也。”莊二十二年《傳》：“姜，太嶽之後也。”杜注：“姜姓之先，爲堯四嶽。”《周語》：“共之從孫，四嶽佐之。”韋注：“言共工從孫爲四岳之官，掌帥諸侯，助禹治水也。”《詩·崧高》毛傳：“堯之時，姜氏爲四伯，掌四嶽之祀，述諸侯之職。於周，則有甫、申、齊、許。”**吕叔作藩**。《史記·齊太公世家》：“吕尚，其先祖嘗爲四嶽，佐禹平水土，甚有功。虞夏之際，封於吕，姓姜氏。”《帝王世紀》：“穆王命吕侯爲相，或謂之甫侯。”王觀國《學林》曰：“《孝經》引《甫刑》‘一人有慶，兆民賴之’，今在《書·吕刑篇》者，吕侯爲穆王司寇，作刑書曰《吕刑》，後爲甫侯，故或偁《甫刑》也。”馥案：成七年《左傳》：“子重請取於申、吕，以爲賞田。”《國語》：“當成周者，南有申、吕。”《水經注》：“宛西吕城，四嶽受封。”《括地志》：“故吕城在鄧州南陽縣西。”徐廣曰：“吕在宛縣。”**俾侯于許**，當爲“鄦”。襄十一年《左傳》：“晉荀罃東侵舊許。”杜注：“許之舊國，鄭新邑。”正義云：“許之舊國，許南遷而鄭得之。”《潛夫論·志氏姓》：“炎帝苗胄，四嶽伯夷，以封申、吕。裔生尚，封齊，或封許、向，或封紀，或封申城，在南陽宛北序山之下。許在潁川，今許縣是也。”《十道志》：“許州，許昌郡。《禹貢》豫州之域，周爲許國。”《太平寰宇記》：“許州，周爲許國。《左傳》許太嶽之後，説者謂炎帝之後，周武王伐紂所封於此。”**世祚**當爲“胙”。**遺靈**。靈與傳、年、神、辛、藩、瀕、門、山爲韻，與前冥字同例。《道藏歌》：“冥化自有數，我真法自然。妙曲發空洞，宫商結僊靈。”**自彼徂召，宅此汝瀕**。成十五年《左傳》：“許靈公畏偪于鄭，遷于楚。”《唐書·宰相世系表》：“秦末有許猗，隱居不仕。曾孫毗，漢侍中、太常。生德，字伯饒，安定汝南太守，因居平輿。”《後漢書·儒林傳》:"許慎,汝南召陵人也。"竊印景行,敢涉聖門。其弘如何,節彼南山。欲罷不能,既竭愚才。惜道之味,聞疑載疑。《禮·少儀》:"毋身質言語。"鄭注:"質,成也。聞疑則傳疑,若成之,或有所誤也。"顧野王《上〈玉篇〉表》:"微言既絶,大旨亦乖。故五典三墳,競開異義,六書八體,今古殊形。或字各而訓同,或文均而釋異,百家所談,差互不少,字書卷軸,舛錯尤多,難用尋求,易生疑惑。"演贊其志,孔子演《易》,亦曰贊《易》。及修《春秋》,游夏不能贊一辭。次列微辭。當爲"散"。謂先徵舊訓,後綴己説。知此者稀,儻昭所尤。當爲"訧"。案元行沖《釋疑》:"昔孔季産專古學,有孔扶者,與俗浮沈,每誡産曰:'今朝廷率章句内學,君獨修古義,非章句内學,危身之道也。'"庶有達者,理而董之。《釋詁》:"董,正也。"

右一卷,許公自敘其書也,古者《敘》在書後。

清同治九年(1870)湖北崇文書局據連筠簃叢書本重刊

説文解字後敘

段玉裁注

此十四篇,《後漢書·儒林傳》亦云:"許慎作《説文解字》十四篇,傳於世。"蓋許不云十五卷也。慎子沖乃合十四篇及《敘》偁十五卷以獻,此後序録家或云十四篇,或云十五卷,所以不同也。五百四十部也,林罕《字源偏旁小説》增一部,《序》云:"五百四十一字。"郭忠恕《與夢英書》云:"見寄偏旁五百三十九字。"張美和撰《吴均增補復古編序》:"《説文》以五百四十二字爲部。"容相傳部數稍有異同。要異者甚散,可存而不論也。九千三百五十三文,重一千一百六十三,今依大徐本所載字數覈之，正文九千四百卌一，增多者七十八文。重文千二百七十九，增多者百一十六文。此由列代有沾註者，今難盡爲識别，而亦時可裁僞，去太去甚，略見注中。解説凡十三萬三千四百四十一字。今依大徐所載説解字數，凡十二萬二千六百九十九，較少萬七百四十二字，此可證説解中歷代妄刪字、奪去字至於如此之多。篆文多於本始，説解少於厥初，其增損皆由後人，今未可强説耳。《大史公自序》内云："凡百三十篇，五十二萬六千五百字。"實兼《自序》言之。然則許云解説十三萬三千四百四十一字者，實兼《敘》言之。其建首也，立一爲耑。耑，物初生之題也。引申爲凡始之偁，謂始於《一部》。方以類聚，物以羣分。類聚謂同部也，羣分謂異部也。同條牽屬，屬者，連也。共理相貫。貫，古音冠，其字古作毌。毌者，穿也。同條共理，謂五百四十部相聯綴也。襍而不越，《辵部》曰："逑，踰也。"引《易》："襍而不逑。"此作越者，彼依《易》文，此依俗用也。據形系聯。系者，縣也。聯者，連也。謂五百四十部次弟，大略以形相連次，使人記憶易檢尋。如《八篇》起《人部》，則全篇三十六部皆由人而及之是也。雖或有以義相次者，但十之一而已。部首以形爲次，以六書始於象形也。每部中以義爲次，以六書歸於轉注也。後許爲字書者《字林》，冣目之先後今不傳。嗣此顧希馮《玉篇》，其目以義爲次，而乖謬不可通者，如兄弟二目，次於人儿父臣男民夫予我身女諸部之閒，而不知兄之本義訓兹長，不訓㒟，弟之本義訓韋束次弟，不訓叔季，訓㒟、訓叔季者，其引申之義耳。如顧目次，則此二篆失其本義。又如《毛部》《而部》次於羽角皮革之閒，而不知毛謂眉髮之屬、而謂人須，引申乃用於鳥獸。如顧目次，此二篆失其本義，誤以人體系諸物體也。引而申之，古屈伸字多作詘信，亦作申。《説文·人部》有"伸"篆，解云"屈伸"，近字也。謂由一形引之至五百四十形也。以究萬原。究者，窮也，謂天地鬼神、山川艸木、鳥獸蚰蟲、襍物奇怪、王制禮儀、世閒人事，莫不畢舉。畢終於亥，畢猶竟也，終古作冬。冬者，四時盡也，引伸爲凡盡之偁，後人叚終字爲之。知化窮冥。知化窮冥即《易》之“知化窮神”也。于時大漢，于，詈也。聖德熙明，毛傳曰：“緝熙，光明也。”承天稽唐，敷崇殷中。謂光武封禪也。龔奉天命，稽攷唐堯故事，巡守至于岱宗，柴望秩于山川，用布尊崇之禮大盛。封泰山，禪梁父，升中于天，刻石紀號也。殷者，盛也。中猶成也，告成功也。遐邇被澤，渥衍沛滂。渥者，霑也，厚也。衍，如水潮之盛溢也。滂者，沛也。沛之義不見於本篆下，而古書多用之。葢古衹作米。水之大至，如艸木之盛。後人乃叚沛水字爲之，如昷暖字、水突字，後人乃叚温、深也。廣業甄微，學士知方。謂光武立五經十四博士，初建三雍。明帝即位，親行其禮。肅宗大會諸儒於白虎觀，考詳同異，又詔高才生受古文《尚書》《毛詩》《穀梁》《左氏春秋》，以网羅遺逸。孝和亦數幸東觀，覽閱書林。探嘖索隱，厥誼可傳。探，取也。嘖，初也，深也。索者，索之叚借字，小徐本作“索”。誼、義古今字。自“于時大漢”至此，謂當此經學大明之時，而惟小學不修，莫達其説，翫其所習，蔽所希聞，故作此十四篇也。粵在永元，困頓之年，漢和帝永元十二年，歲在庚子。《爾雅》曰：“歲在庚曰上章，在子曰困頓。”孟陬之月，《爾雅》曰：“正月爲陬月。”朔日甲申。《後漢書》賈逵於和帝“永元十三年卒，時年七十二”。然則許之譔《説文解字》先逵卒一年，用功伊始，葢恐失隊所聞也。自永元庚子至建光辛酉，凡歷二十二年，而其子沖獻之。曾曾小子，曾曾猶俗云層層也。曾之言重也，古者裔孫通曰曾孫，是以《詩》謂成王爲曾孫，《左傳》曰：“曾孫蒯聵敢昭告皇祖文王。”祖自炎帝。炎帝，神農氏也，居姜水，因以爲姓。亦曰厲山氏。萬山一作列山。其後甫、許、申、吕，皆姜姓之後。縉雲相黄，黄帝以雲紀官。服虔曰：“其夏官爲縉雲氏。”賈逵《左傳解詁》云：“縉雲氏，姜姓也，炎帝之苗裔。當黄帝時，任縉雲之官也。”按韋昭云：“黄帝滅炎帝之子孫而有天下，非滅神農也。”共承高辛。共音恭，謂共工也。《國語》：“共工虞於湛樂，淫失其身，庶民弗助，禍亂並興。”賈侍中云：“共工，炎帝之後，姜姓也。顓頊氏衰，共工氏侵陵諸侯，與高辛氏争王也。”《淮南·原道訓》云:“共工與高辛氏争爲帝,宗族殘滅,繼嗣絶祀。”高注:“共工以水行霸於伏羲、神農閒者,非堯時共工也。”按共工當高陽、高辛嬗代之時,故《淮南書》或云與顓頊争爲帝,或云與高辛氏争爲帝。所云顓頊者,亦謂帝顓頊高陽之後裔耳。高注謂在伏犧、神農閒,非也。張湛注《列子》云:“共工氏興霸於伏犧、神農之閒,其後苗裔恃其强,與顓頊争爲帝。”然則共工之後皆偁共工矣。《國語》:“堯命禹治水,共之從孫四岳佐之。”賈逵曰:“共,共工也。”許摘共字訓爲共工,實本《國語》。云“承高辛”,承者,奉也,受也。諱其争帝之事,若言黄帝時有縉雲氏,高辛時有共工,夏禹時有大岳,周時有吕叔,此之謂世禄。大岳佐夏,吕叔作藩。佐者,左之俗字,漢碑多作佐。葢既用左爲𠂇,則造佐爲左矣。毛傳曰:“藩,屏也。”《艸部》同。屏者,蔽也。《國語》:“大子晉曰:共之從孫四嶽佐伯禹,皇天嘉之,胙禹以天下,賜姓曰姒,氏曰有夏。胙四岳國,命爲侯伯,賜姓曰姜,氏曰有吕。”韋注:“以國爲氏也。”《左傳》言“大岳”,亦言“四岳”,《外傳》言“四岳”,亦言“四伯”,皆謂一人,非謂四人。毛傳云:“堯之時,姜氏爲四伯,掌四嶽之祀,述諸侯之職。於周則有甫、有申、有齊、有許也。”按大嶽姜姓,爲禹心吕之臣,故封吕侯,取其地名與心吕義合也。吕侯歷夏殷之季而國微,故周武王封文叔於許,以爲周藩屏。杜預《世族譜》云:“許,姜姓,與齊同祖,堯四嶽伯夷之後也。”大子晉曰:“申、吕雖衰,齊、許猶在。”葢東遷之初,申、吕未滅,東遷以後,齊、許偁盛矣。此云“吕叔”,謂文叔也。文叔者,出於吕,故謂之吕叔。俾侯于許,許,《邑部》作“鄦”,云:“炎帝大嶽之嗣,甫侯所封。讀若許。”然則字當作鄦,爲叔重氏姓。而此衹作許者,其字葢自《詩》《春秋》已皆叚許爲之。漢時地理亦作許縣,故仍而不改,不欲駭俗。此所謂本有其字,依聲託事者。依託既久,不便更張。汎覽古書,惟《史記·鄭世家》僅存鄦字,葢司馬所見載籍或存古字也。《地理志》:“申在南陽宛縣。”王符《潛夫論》云:“申城在南陽宛北序山之下,宛西三十里有吕。”按漢宛縣今爲河南南陽府城,漢許縣今在河南許州，州東三十里有故許昌城。“鄦”下言“甫侯所封”，此云吕叔所侯者，甫即吕也。故《詩》言甫不言吕，《國語》言吕不言甫。《尚書·吕刑》即甫刑。吕叔、甫侯皆謂文叔也。今《地理志》作“大叔”，周穆王時吕侯是其胄也。世祚遺靈。祚，古作胙，漢碑多作祚，許從之。世胙猶世禄也。《周語》曰：“胙四岳國，命爲侯伯。”許正用此胙字。靈之言令也，令，善也。古鼎彝銘以霝冬爲令終。鄭箋《毛詩》曰：“靈，善也。”自彼徂召，謂自許往遷汝南召陵縣也。《左傳》僖四年、昭十四年、定四年之“召陵”，漢爲縣，屬汝南，晉改屬潁川。今河南許州郾城縣縣東四十五里有故召陵城。漢時召陵有萬歲里，許氏所居也。又有郘里，見於許書。闞駰説召陵曰：“召，高也。”然則召同郘。《卪部》曰“郘，高也”是也。宅此汝瀕。瀕，厓也。宅，居也。居此汝水之厓。葢自文叔以下二十四世，當戰國初，楚滅之後，有遷召陵者，爲許君之先。許詳此者，放《史記》之自序其先也。竊卬景行，《詩》曰：“高山卬止，景行行止。”八篇云：“卬，望欲有所庶及也。”引《詩》：“高山卬止。”此又檃栝二句而偁之。景行，大道也。敢涉聖門。聖門，謂凡造六藝之五帝、三王、周公、孔子、左氏及倉頡、史籀之門庭也。其弘如何，節彼南山。言大道聖門之大，比於南山之高峻也。節，高峻皃。《山部》曰：“岊，高山之卪也。”《詩》之“節”，葢岊之叚借字。欲罷不能，罷猶置也。既竭愚才。此六句自言用功等於顏苦孔之卓也。惜道之味，“甘”下曰：“美也。从口含一。一，道也。”聞疑載疑。《穀梁傳》曰：“《春秋》信以傳信，疑以傳疑。”《少儀》曰：“毋身質言語。”注云：“聞疑則傳疑。”《水經注》曰：“聞疑書疑。”立乎後漢，以説古文字之形音義，其不能無疑者衆矣，聞疑而載之於書，以俟後世賢人君子，所以衛道也。如不爲此，則六書之學絶矣。司馬氏不爲《史記》，則孔子《左氏春秋》之學絶矣。皆干城大道，勇敢而爲之者也，皆不以小疵揜其大醇。演贊其志，演，長流也。故凡推廣之曰演。文王演《周易》是也。贊者，見也。《易》曰：“幽贊於神明而生蓍。”孔子贊《周易》是也。志者，識也。古志、識同字。演贊其志，謂推演贊明惜道載疑所知識者也。次列微辭。次猶敍也,列猶陳也。微同敚。敚者,眇也。眇者,今之妙字。凡粗者爲惡,精者爲妙。《易》曰:“眇萬物而爲言。”《文賦》曰:“眇衆慮而爲言。”辭者,説也。次列微辭,謂敍陳其敚眇之説解也。《説文解字》皆微辭也。於文言説,於字言解者,互言之。説者,説釋也。解者,判也。知此者稀,稀猶少也。自許而前,自許而後,知此道味者少矣。劉歆作《七略》,班固述《藝文志》,學者所奉爲高山景行者也。而《六藝略》中以《孝經》《爾雅》《小爾雅》《古今字》爲孝經家,以《史籀》《八體》《倉頡》《凡將》《急就》《元尚》《訓纂》《别字》《倉頡傳》《倉頡訓纂》《倉頡故》爲小學家。於小學家言《周官》六書:象形、象事、象意、象聲、轉注、叚借,是矣。而不知《爾雅》三卷、《小爾雅》一篇、《古今字》一卷,此與小學家之《倉頡傳》、楊雄《倉頡訓纂》、杜林《倉頡訓纂》《倉頡故》同爲訓詁之書,皆古六書之所謂轉注、叚借者,不當畫而二之,當合此爲小學類。而以《孝經》《五經雜議》《弟子職》《説》合於《論語》家爲一家。六藝九種,易爲八種,庶經與傳分别井然,不當分合舛繆,一至於斯也。且曰象形、象事、象意、象聲、轉注、叚借六者,造字之本。此語實爲巨繆。指事、象形、形聲、會意者,造字之法也;轉注、叚借者,用字之法也。有《史籀》《八體》《倉頡》《凡將》《急就》《元尚》《訓纂》《别字》等篇,以著指事、象形、形聲、會意之文字。乃有《倉頡傳》《倉頡訓纂》《倉頡故》等篇,又自古有《爾雅》三卷二十篇、《小爾雅》一篇、《古今字》一卷,皆所以説轉注、叚借之用者,其不當岐視明矣。一而二之,至令學者膠柱鼓瑟,謂小學專爲字形,六書爲六樣字形,而《爾雅》之學乃别一事,晦盲沈痼,莫能箴其膏肓,起其廢疾。許説之迥異於班者,終古曾莫之知。故知許所云“知此者稀”者,信也。許以九千三百五十三文當《爾雅》《史籀篇》《倉頡篇》之字形,以每字之義當《爾雅》《倉頡傳》《倉頡故》之訓釋,以“象某形”“从某形”“从某聲”説其形,以“某聲”“讀若某”説其音,二者補古人所未備。其書以形爲主,經之爲五百四十部,以義緯之,又以音緯之,後儒苟取其義之相同相近者，各比其類爲一書，其條理精密勝於《爾雅》遠矣。後儒苟各類其同聲者，介以《三百篇》古音之部分如是爲一書，周秦漢之韻具在此矣。故許一書可以爲三書。○劉、班之以《爾雅》《小爾雅》《古今字》別於《史籀篇》《倉頡篇》及釋《倉頡篇》者，葢謂《爾雅》《小爾雅》所言者六經古字古義，《倉頡傳》《倉頡訓纂》《倉頡故》所言者今字今義，實有不同。不知古今非有異字，《爾雅》《小爾雅》所列之字未嘗出《史籀》十五篇、《倉頡》《凡將》等篇外也。但同此字，而古今用者不同，叚借依託致緐，故又有説古今字之書。班既以《古今字》一卷附於《爾雅》矣，則應合諸小學家顯然也。又況《爾雅》《小爾雅》《古今字》三者，皆以統攝六藝，附之小學則當，專附之《孝經》則不當。若《五經雜議》十八篇、《弟子職》一篇、《説》三篇，皆非小學之言，亦非《孝經》之詁。《孝經》於六藝，名經而實傳，故宜以《孝經》及説《孝經》各篇及《五經雜議》十八篇、《弟子職》一篇、《説》三篇合於《論語》家，爲學者幼少所習之傳。儻昭所尤。儻，許書無此字。《漢書》："黨可徼幸。"叚黨爲之，或然之詈也。尤者，訧之叚借字。毛傳曰："訧，過也。"許曰："訧，辠也。"言此道既尟知者，則稽譔此書，雖以自信，容或明昭過誤之處，莫爲諟正乎。庶有達者，理而董之。庶，冀也。達者，通人也。理，猶治也。董，督也，正也。督者，如衣之循其裻縫也。董與裻雙聲，督與裻疊韻。非通人不能治之，非通人治之不能正其譌缺。自有《説文》以來，世世不廢，而不融會其全書者，僅同耳食。强爲注解者，往往眯目而道白黑。其他《字林》《字苑》《字統》，今皆不傳。《玉篇》雖在，亦非原書。要之，無此等書無妨也，無《説文解字》，則倉、籀造字之精意，周、孔傳經之大恉，薶緼不傳於終古矣。玉裁之先百三公，自河南隨宋南渡，居金壇縣，十六代至先王父諱文，食貧力學，善誨後進不倦，著《書法心得録》。生先考諱世續，事父母至孝，卅二歲喪親，終其身每祭必泣。以赤貧，好學厲行，授徒嚴課程，善開導。謂食人之食而訓其子弟，必求無媿於心。每誦先王父詩句云："不種硯田無樂事，不撑鐵骨莫支貧。"以是律己，教四子務讀經書，勿溺時藝。嘉慶六年，生玄孫義正。恩賜七葉衍祥扁，並拜白金黄緞之賜。八年，年九十四，終於蘇，反葬於金壇大垻頭，著有《物恒堂制義》。長子即玉裁也。年十三，學使者博野尹公諱會一，録取博士弟子，授以《朱子小學》，生平敬守是書。年二十六，舉於鄉，歷任貴州玉屏、四川巫山知縣。四十六以父年已七十一，遂引疾歸養。五十五，避横逆，奉父遷居蘇州閶門外下津橋。始年二十八時，識東原戴先生於京師，好其學，師事之，遂成《六書音均表》五卷、《古文尚書撰異》卅二卷、《詩經小學》卅卷、《毛詩故訓傳略説》卅卷。復以向來治《説文解字》者多不能通其條毌，攷其文理，因悉心校其譌字，爲之注，凡三十卷。謂許以形爲主，因形以説音説義，其所説義與他書絶不同者，他書多叚借，則字多非本義，許惟就字説其本義。知何者爲本義，乃知何者爲叚借，則本義乃叚借之權衡也，故《説文》《爾雅》相爲表裏，治《説文》而後《爾雅》及傳注明。《説文》《爾雅》及傳注明而後謂之通小學，而後可通經之大義。始爲《説文解字讀》五百四十卷，既乃檃栝之成此《注》。發軔於乾隆丙申，落成於嘉慶丁卯。剖析既緐，疵纇不免。召陵或許其知己，達者仍俟諸後人。〇自“其建首也”至末，皆用韻語。耑、分、毌、聯、原，此合古音弟十三、十四部也。冥、明、中、滂、方，此合古音弟九、弟十、弟十一部也。傳、年、申、神、辛、藩、靈、瀕、門、山，此合古音弟十二、弟十三、弟十四部，而靈讀爲令善字，如《易傳》之真、清有時合用也。能才疑辭尤之，此古音之弟一部也。漢人用韻，自元、成至桓、靈，大氐同此。一之下曰：“道立於一，化成萬物。”亥之下曰：“亥而生子，復從一起。”於六書每事爲二名，亦皆韻語也。

清乾隆嘉慶（1736～1820）間段氏經韻樓刻本

上説文解字表

許　沖

召陵萬歲里公乘艸莽臣沖稽首再拜，上書皇帝陛下：臣伏見陛下以神明盛德，承遵聖業。上考度於天，下流化於民。先天而天不違，後天而奉天時。萬國咸寧，神人以和。猶復深惟五經之妙，皆爲漢制。博采幽遠，窮理盡性，以至於命。先帝詔侍中騎都尉賈逵，修理舊文，殊藝異術，王教一耑，苟有可以加於國者，靡不悉集。《易》曰："窮神知化，德之盛也。"《書》曰："人之有能有爲，使羞其行，而國其昌。"臣父故太尉南閣祭酒慎，本從逵受古學。蓋聖人不空作，皆有依據。今五經之道，昭炳光明。而文字者，其本所由生。自《周禮》《漢律》，皆當學六書，貫通其意。恐巧説衺辭使學者疑，慎博問通人，考之於逵，作《説文解字》，六藝羣書之詁，皆訓其意。而天地鬼神、山川艸木、鳥獸蚰蟲、雜物奇怪、王制禮儀、世間人事，莫不畢載，凡十五卷，十三萬三千四百四十一字。慎前以詔書校書東觀，教小黄門孟生、李喜等，以文字未定，未奏上。今慎已病，遣臣齎詣闕。慎又學《孝經孔氏古文説》。《古文孝經》者，孝昭帝時魯國三老所獻。建武時，給事中議郎衛宏所校皆口傳，官無其説，謹撰具一篇并上。臣沖誠惶誠恐，頓首頓首，死辠死辠，諂首再拜以聞皇帝陛下。建光元年九月己亥朔，二十日戊午上。徐鍇曰：建光元年，漢安帝之十五年，歲在辛丑。

清初毛氏汲古閣刻本

上説文解字表

徐鍇釋

召陵萬歲里公乘臣鍇曰:漢因秦制,二十等爵,公乘第八也。艸莽臣沖稽首再拜,上書皇帝陛下:臣伏見陛下以神明盛德,承遵聖業。上考度於天,下流化於民。先天而天不違,後天而奉天時。萬國咸寧,神人以和。猶復深惟五經之妙,皆爲漢制。博采幽遠,窮理盡性,以至於命。先帝詔侍中騎都尉賈逵,修理舊文,殊藝異術,王教一耑,苟有可以加於國者,靡不悉集。《易》曰:"窮神知化,德之盛也。"《書》曰:"人之有能有爲,使羞其行,而國其昌。"臣父故太尉南閣祭酒慎,本從逵受古學。蓋聖人不空作,皆有依據。今五經之道,昭炳光明。而文字者,其本所由生。自《周禮》《漢律》,皆當學六書,貫通其意。恐巧説衺辭使學者疑,慎博問通人,考之於逵,作《説文解字》,六藝羣書之詁,皆訓其意。而天地鬼神、山川艸木、鳥獸蚰蟲、雜物奇怪、王制禮儀、世間人事,莫不畢載,凡十五卷,十二萬三千四百四十一字①。慎前以詔書校書東觀,教小黄門孟生、李喜等,以文字未定,未奏上。今慎已病,遣臣齎詣闕。慎又學《孝經孔氏古文説》。《古文孝經》者,孝昭帝時魯國三老所獻。建武時,給事中議郎衛宏所校皆口傳,官無其説,謹撰具一篇并上。臣鍇按:《後漢書》:杜陵嘗得古文漆書《尚書》,後以傳衛宏及徐巡,慎又從宏受也。臣沖誠惶誠恐,頓首頓首,死辠死辠,稽首再拜以聞皇帝陛下。建光元年九月己

① 二,當作"三"。

亥朔，二十日戊午上。臣鍇曰：建光元年，漢安帝之十五年，歲在辛酉也。

清抄本

上説文解字表

桂馥注

召陵萬歲里公乘徐鍇曰："漢因秦制，二十等爵，公乘弟八也"。馥案：昭三年《左傳》："公乘無人，卒列無長。"《唐書·酷吏傳》："時四方上變事者，皆給公乘。"艸莽當爲"茻"。臣沖稽當爲"䭫"。首再拜，上書皇帝陛下：臣伏見陛下以宋本、李本竝無"以"字。神明盛德，當爲"悳"。承遵聖業。上考當爲"攷"。度於天，下流化於民。先天而天不違，後天而奉天時。萬國咸寧，當爲"寍"。神人以和。當爲"龢"。猶復深惟五經之妙，當爲"玅"。皆爲漢制。《論衡·程材篇》："董仲舒表《春秋》之義，稽合於律，無乖異者。然則《春秋》漢之經孔子制作，垂遺於漢。"《韓勑碑》："孔子近聖，爲漢定道。"《孔龢碑》："孔子大聖，則象乾坤，爲漢制作。"《史晨碑》："臣伏念孔子，乾坤所挺，西狩獲麟，爲漢制作。"《藝文類聚》引《琴操》："魯哀公十四年，西狩。薪者獲麟，以示孔子。孔子奉麟之口，須臾吐三卷圖，一爲赤符，劉季興爲王。二爲周滅，夫子將修。三爲漢制，造作《孝經》。"《春秋説》："邱覽史記，援引古圖，推集天變，爲漢帝制法。"何休《公羊解詁》："孔子仰推天命，俯察時變，知漢當繼大亂之後，故作撥亂之法以授之。"馥案：諸説出於《中候》《演孔圖》，皆讖緯不經之談。博采幽遠，窮理盡性，以至於命。先帝詔侍中騎都尉賈逵，永平中，逵上言："《左氏》與圖讖合,明劉氏爲堯後。”明帝嘉之,歷遷侍中,領騎都尉。修理舊文,殊藝當爲“埶”。異術,王教一耑,苟有可以加於國者,靡不悉集。《易》曰:“窮神知化,德當爲“悳”。之盛也。”《書》曰:“人之有能有爲,使羞其行,而國其昌。”國,今《尚書》作“邦”,《史記》作“國”。《隸釋·漢石經〈論語〉殘碑跋》:“漢人作文,不避國諱。《樊毅碑》‘命守斯邦’、《劉熊碑》‘來臻我邦’之類,未嘗爲高帝諱也。此碑‘邦君爲兩君之好’‘何必去父母之邦’、《尚書》‘安定厥邦’,皆書“邦”爲“國”,疑漢儒所傳如此,非獨遠避此諱也。”徐鍇曰:“前漢諸廟,許慎皆議而不闕,此蓋彼時之制。”臣父故大尉南閣祭酒慎,本書成於永元十二年,是時張酺爲太尉。酺,汝南人,章帝爲太子,從受《尚書》,時爲東郡太守。《續漢書·百官志》:“太尉掾史屬二十四人。”《漢舊儀》:“太尉西曹掾秩比四百石。”胡廣注《漢官篇》:“武帝時,丞相設四科以辟人,德行高妙爲第一科,補南閣祭酒。”《釋名》:“祭酒者,祭六神,以酒餟之也。”胡廣注《漢官篇》:“官名祭酒者,皆一位之元長也。”《宋書》:“祭祀以酒爲本,長者主之,故以祭酒爲稱。公府祭酒,漢末有之。”馥案:《北史·王劭傳》:“廣業位太尉祭酒。”又云:“文元遥除太尉東閣祭酒。”是陳、隋猶置太尉祭酒。本從逵受古學。《魏書·江式傳》:“逵即汝南許慎古文學之師也。”《隋書·經籍志》:“言五經者,皆憑讖爲説,惟孔安國、毛公、王璜、賈逵之徒獨非之。故因漢魯恭王、河間獻王所得古文,參而考之,以成其義,謂之古學。”何休《公羊解詁敘》:“治古學貴文章者,謂之俗儒。至使賈逵緣隙奮筆,以爲《公羊》可奪,《左氏》可興。”疏云:“《左氏》先著竹帛,故漢時謂之古學。《公羊》漢世乃興,故謂之今學。治古學者,即鄭衆、賈逵之徒貴文章矣。”馥案:貴文章者,言《左氏》多文詞也。劉歆欲建立《左氏》博士,不肎置對。何休謂賈逵爲俗儒,鄭康成又發何氏墨守,是終漢之世,《公羊》《左氏》不兩立也。又案:永元十一年,賈逵與魯丕、黄香説經相難,是許氏書成之日逵尚在。蓋聖人不空作,皆有依據。自《周禮》《漢律》,皆當學六書,貫通其意，案《周禮》古文，杜子春始能通其讀。《後漢書·宦者傳》："元初四年，帝以經傳之文多不正定，乃選通儒謁者劉珍及博士良史詣東觀，各讐校漢家法令。"馥案：本書多引《漢律》《漢令》。恐巧説衺辭使學者疑，潘徽《韻纂敘》："雖復《周禮》《漢律》，務在貫通，而巧説衺辭，遞生同異。"慎博問通人，考當爲"攷"。之於逵，江總《借劉太常説文詩》："劉棻慕子雲，許慎詢景伯。"作《説文解字》，六藝當爲"埶"。羣書之詁，皆訓其意。而天地鬼神、山川屮木、鳥獸蚰蟲、雜物奇怪、王制禮儀、當爲"義"。世間人事，莫不畢當爲"斁"。載，凡十五卷，十三萬趙宧光《長箋》引作"十二萬"。三千四百四十一字。慎前當爲"歬"。以詔書校書東觀，《後漢書》：高彪除郎中，校書東觀。時謂東觀爲老氏藏室。華嶠《後漢書》："學者偁東觀爲老氏藏室，道家蓬萊山。"《宋書·百官志》：漢圖籍在東觀，有祕書郎，又有著作郎。又碩學達官，往往典校祕書，如向、歆故事。教小黄門孟生、李喜等，以文字未定，未奏上。今慎已病，當殚於安帝末。遣臣齎詣闕。慎又學《孝經孔氏古文説》。《古文孝經》者，孝昭帝時魯國三老所獻。建武時，給事中議郎衛宏所校趙宧光引作"授"。王應麟曰："《漢志》云：'《孝經》，孔氏壁中古文。'則與《尚書》同出。蓋始出於武帝時，至昭帝時乃獻之。"皆口傳，官無其説，謹撰當爲"僎"。具一篇并上。臣沖誠惶誠恐，頓首頓首，死辠死辠，䭫首再拜以聞宋本"䭫首"上有"臣"字。皇帝陛下。建光元年當爲"建元"。九月己亥朔，二十日戊午上。

清同治九年（1870）湖北崇文書局據連筠簃叢書本重刊

上説文解字表

段玉裁注

召陵萬歲里《郡國志》:“一里百家,里魁掌之。”公乘漢仍秦制爵,一爵曰公士,八爵曰公乘。公乘者,言其得乘公家之車也。荀綽曰:“史民爵不得過公乘。公乘者,軍吏之爵禄冣高者也。”艸莽臣沖《士相見禮》曰:“凡自偁於君,上大夫則曰下臣,宅者,在邦則曰市井之臣,在野則曰艸茅之臣。”宅者,謂致仕者去官而居宅。茅,古文作苗,《孟子》作“莽”。沖爵公乘而不仕,故自偁艸莽臣。稽首再拜,稽,篇末作䭫,二徐本同,不應一篇而乖異如此。葢沖本从俗皆作稽,後人或以古字改之,參差不壹。凡許《自序》及沖上書用字皆同漢人,不必合於其全書,所謂古今字也。其全書説解之語,必依用本字本義,令全書形與義畫一,所謂成一家之言也。《首部》曰:“䭫,下首也。”是本字。經傳及漢人多用“稽”,是叚借字。凡説解内俗本誤改者,如“龢,調也”,故調下曰“龢也”,不當作唱和之“和”。“䆅,窒也”,故窒下曰“䆅也”,不當作邊塞之“塞”。“但,裼也”,故裼下“但也”,不當作綻裂之“袒”。“匊,帀徧也”,故帀下曰“匊也”,不當作周密之“周”。“厶,姦衺也”,故姦下曰“厶也”,不當作禾名之“私”。“飾,㕞也”,故㕞下曰“飾也”,不當作許不録之“拭”。“居,蹲也”,故蹲下曰“居也”,不當作俗用之“踞”。“侸,立也”,故立下曰“侸也”,不當作俗逗字之“住”。“䉶,碎也”,故碎下曰“䉶也”,不當作石磑之“䃺”。“繯,綃也”,故綃下曰“繯也”,不當作“絹”。“悟,覺也”,故覺下曰“悟也”,不當作“寤”。“灸,灼也”,故灼下曰“灸也”,不當作“炙”。“𢚧,愁也”,故愁下曰“𢚧也”,不當作行和之“憂”。凡若此類,許必枘鑿相應,斷不矛盾自陷。全書内有似此者皆淺人所竄改,當從其朔者也。上書皇帝陛下:孝安帝也。臣伏見陛下神明盛德，承遵聖業。上考度於天，考者，“攷”之叚借字。下流化於民。先天而天不違，違，古衹作“韋”，相背也。後天而奉天時。萬國咸寧，萬本蟲名，用爲數名，所謂“本無其字，依聲託事”，而終未製字，終古叚借者，後世乃造万字。寧同“寍”。寍，安也。所謂“本有其字”而叚借者。神人以和。和，當作“龢”，此从俗作“和”。猶復深惟五經之妙，惟，思也。許云“孔子書六經”，此云五經者，合《樂》於《禮》則爲五經也。故《莊子·天運篇》有六經之目，《禮記·經解篇》列《詩》《書》《樂》《易》《禮》《春秋》爲六，《大史公自序》列《易》《禮》《書》《詩》《樂》《春秋》爲六，《藝文志》列《六藝略》，沖亦云“六藝羣書之詁”。而漢立五經博士，惟《樂》無聞。許君以五經傳説臧否不同，於是撰爲《五經異義》。然則云六經者，古古相傳之説也。云五經者，漢人所習也。皆爲漢制。謂光武好經術，立五經十四博士，又以李封爲《春秋左氏》博士。博采幽遠，窮理盡性，以至於命。章帝建初中，大會諸儒於白虎觀，考詳同異，親臨偁制，如石渠故事，顧命史臣著爲《通義》，又詔高才生受古文《尚書》《毛詩》《穀梁》《左氏春秋》。先帝謂孝和帝。詔侍中騎都尉賈逵，修理舊文，殊藝異術，王教一耑，苟有可以加於國者，靡不悉集。賈逵，字景伯，扶風平陵人也，九世祖誼，父徽從劉歆受《左氏春秋》，兼習《國語》《周官》，又受《古文尚書》於塗惲，學《毛詩》於謝曼卿。逵悉傳父業，尤明《左氏》《國語》，爲之《解詁》五十一篇。章帝使出《左氏傳》大義長於二傳者，具條奏之。又詔撰歐陽大小夏侯《尚書》古文同異，集爲三卷。復令撰齊、魯、韓《詩》與毛氏異同，並作《周官解故》。和帝永元三年，以爲左中郎將，八年復爲侍中，領騎都尉，内備帷幄，兼領祕書近署，甚見信用。云“修理舊文，殊藝異術，靡不悉集”者，《和帝紀》云：“十三年春正月丁丑，帝幸東觀，覽書林，閲篇籍，博選術藝之士，以充其官。”此皆用侍中説爲之。安帝永初四年，詔謁者劉珍及五經博士，校定東觀五經諸子傳記百家藝術，整齊脱誤，是正文字。此安帝之繼述先帝也。沖名侍中者，君前臣名也。

許六言賈侍中説，不言賈逵説者，弟子不敢名其師也。《左傳》："君子曰：苟有可以加於國家者，棄其邪可也。"沖語本《左氏》。《易》曰："竆神知化，德之盛也。"《毄辭傳》文。《書》曰："人之有能有爲，使羞其行，而國其昌。"《鴻範》文。羞，進也。偁此者，上爲殊藝悉集作證，下爲齎獻父書起本。臣父故大尉南閤祭酒慎，故，猶今言前任也。閤，各本譌作"閣"，今正。古書閤之誤閣者多矣。閤爲閨閤小門，閣爲庋閣之處。太尉南閤祭酒，謂太尉府掾曹出入南閤者之首領也。《百官志》："太尉掾史屬二十四人，黄閤主簿，録省衆事。"黄閤即南閤也。沈約《宋志》："三公黄閤者，天子當陽，朱門洞開，三公近天子，引嫌故黄其閤。"陳元爲司空南閤祭酒，見《經典釋文》，言南閤以别於他曹。今《説文》各本於弟一行署曰："漢太尉祭酒許慎記。"太尉祭酒四字相聯，不通。如淳曰："祭祠時尊長以酒沃酹，故吴王濞於宗室中爲祭酒。"豈太尉有數人，而叔重爲之祭酒乎？其不然可知矣。《後漢書·儒林傳》曰："許慎，字叔重，汝南召陵人也，性淳篤，少博學經籍，馬融常推敬之。時人爲之語曰：五經無雙(音舂)許叔重(古平聲)。爲郡功曹，舉孝廉，再遷除洨長，卒於家。初慎以五經傳説臧否不同，於是撰爲《五經異義》，又作《説文解字》十四篇，皆傳於世。"按史不言其爲大尉南閤祭酒，由郡功曹舉孝廉，即應劭《漢官儀》云"世祖詔自今以後，審四科辟召，及刺史二千石察茂才尤異，孝廉之史，務盡實覈"也。凡史云故某官者，皆謂冣後致仕之一任。沖云"故太尉南閤祭酒"，不云"故洨長"，然則疑洨長落職，又至京師充三府掾，已而歸里，卒於家。不得云終於洨長也。《後漢書·獨行傳》魯平先爲陳留大守，後爲博士，亦其證。本從逵受古學。古學者，古文《尚書》、《詩》毛氏、《春秋左氏傳》及《倉頡》古文、《史籀》大篆之學也。逵卒於永元十三年。許於逵受古學，故江式《論書表》云："逵即汝南許慎古學之師也。"葢聖人不妄作，皆有依據。《論語》曰："葢有不知而作之者，我無是也。"今五經之道，昭炳光明。蒙上"深惟五經之妙""博采幽遠"，逵復"修理舊文"，許從賈受古學言之。許於五經既有《五經異義》，爲今學古學所折衷矣。而文字者，其本所由生。有文字而後有五經，故曰“本立而道生”。自《周禮》《漢律》，皆當學六書，貫通其意。於經獨言《周禮》者，舉一以晐六藝也。必兼言《漢律》者，知古而不知今，不可以爲政。故四科辟召，三曰明達法令，足以決疑。且《尉律》之制，諷籀書九千字乃得爲史，又以八體試之。自《尉律》不課，小學不修，至説律“苛人受錢”者，妄生繆解。六書不講，以律誤人，猶以經禍人也。恐巧説衺辭使學者疑，《藝文志》曰：“後世經傳既已乖離，博學者又不思多聞闕疑之義，而務碎義逃難，便辭巧説，破壞形體。”慎博問通人，考之於逵，折衷於逵也。作《説文解字》。一書之名，惟見沖奏中。既曰“説文”，又曰“解字”者，古曰文，今曰字。言文字以晐古文、籀文、小篆三體，言説解以全晐指事、象形、形聲、會意、轉注、叚借六書。每字先説解其義，次説解其形，次説解其音。説，釋也。解，判也。後世從省，但目爲《説文》。六藝羣書之詁，《周禮》言三物者，六德、六行、六藝也。言六藝者，禮、樂、射、御、書、數也。漢人言六藝者，司馬遷、劉歆、班固謂六經也。周之六藝主習其事，漢之六藝主習其文，文與事未有不相兼而習者。抑周時以六藝隱栝技能，爲六德、六行之助。孔子所云志道、據德、依仁、游藝也。漢時以六藝統攝古聖載籍，晐六德、六行、六藝之大全。漢之有六經，實即周之教民三物也。周人所習之文，以《禮》《樂》《詩》《書》爲急，故《左傳》曰：“説《禮》《樂》而敦《詩》《書》。”《王制》曰：“春秋教以《禮》《樂》，冬夏教以《詩》《書》。”而《周易》其用在卜筮，其道冣精微，不以教人。《春秋》則列國掌於史官，亦不以教人。故韓宣子適魯，乃見《易象》與《魯春秋》，此二者非人所常習，明矣。云《魯春秋》者，獨得周公之法，與晉史不同也。孔子雅言，惟《詩》《書》、執禮，而七十二子身通六藝，謂或通其一二，不必一人而兼六藝也。六藝足以攝羣書，必兼言羣書者，容有不見六藝而見羣書者也。《漢律》亦羣書之一也。詁者，訓故言也。凡前古所傳曰故言。皆訓其意。訓者，順其理而説之也。而天地鬼神、山川艸木、鳥獸蚰蟲、雜物奇怪、王制禮儀、儀，依許衹當作“義”，此亦从俗用儀。世閒人事，莫不畢載，凡十五卷，凡者，㝡栝之詈也。沖云“十五卷”，則此《敘》别爲一卷明矣。許云“十四篇”者，不數《敘》言之也。沖云“十五卷”者，兼舉《敘》也。十三萬三千四百四十一字。不言“五百四十部，九千三百五十三文，重千一百六十三”者，已詳於《敘》矣。十三萬三千四百四十一字，葢兼每篇説解及敘言之，敘亦説解也。《自敘》凡五千三十字。以今各篇所載説解字數十二萬二千六百九十九，併此爲十二萬七千七百二十九，於二許所謂十三萬三千四百四十一字，尚不足五千七百十二字。慎前以詔書校書東觀，校者，今之挍字，經典衹作校。許以詔書校書東觀，不見本傳。葢安帝永初四年，詔謁者劉珍及五經博士校定東觀五經諸子傳記百家藝術，整齊脱誤，是正文字。《儒林傳》則云“大后詔劉珍與劉騊駼、馬融校定東觀五經諸子”云云，與《和帝紀》同。《馬融傳》亦云：“永初四年，拜爲校書郎中，詣東觀典校秘書。”葢此時分司其事者，史不盡載，許亦其一也。許於和帝永元十二年已刱造《説文》，歷十一年，至永初四年復校書東觀，其涉獵者廣，故其書以博而精也。又十有一年而書成。推詳許之行事先後，葢其官終於大尉南閤祭酒，故沖署曰“故大尉南閤祭酒”。凡言故者，皆謂方罷之一任，漢詔書皆如此。自祭酒解職而病，而遣沖獻《説文》，自是而卒於家。曰：“今慎已病，遣臣齎詣闕。”葢自召陵遣沖也。然則爲洨長，必在爲大尉掾之先，而校書東觀，其在爲大尉掾後與？《玉海》曰：“洛陽宫殿名云東觀，在洛陽南宫。”教小黄門孟生、李喜等，元帝之世，史游爲黄門令。董巴《輿服志》曰：“禁門曰黄闥，中人主之，故曰黄門。”《宦者傳》曰：“永平中，中常侍四人，小黄門十人，迄乎延平，中常侍至有十一人，小黄門二十人。”教小黄門事，亦受詔爲之。孟生、李喜，小黄門二人名也。以文字未定，未奏上。沖言當其時未奏上者，以文字未定也。既云文九千三百五十三，重千一百六十三，解説十三萬三千四百四十一字，則文字已定矣，何以云未定也？古人著書，不自謂是，時有增删改竄，故未死以前，不自謂成。司馬闕其十篇，班氏或言當考，皆以任重道遠，死而後已。許雖綱舉目張，而文字實緐，聞疑俑疑，不無待於更正。今有由聲、爿聲、免聲而無正篆，以及凡可疑者，皆因未定而未竟也。逮病且死，則自謂不能致力，而命子奏上矣。今慎已病，遣臣齎詣闕。齎者，持遺也。詣，送致也。闕者，東都之兩觀也。《東京賦》曰："建象魏之兩觀，旌六典之舊章。"慎又學《孝經孔氏古文説》。以下至"并上"，述附奏《古文孝經説》之意。古文《孝經》者，孝昭帝時魯國三老所獻。《藝文志》曰："古文《尚書》者，出孔子壁中。武帝末，魯恭王壞孔子宅，欲以廣其宫，而得古文《尚書》及《禮記》《論語》《孝經》，孔安國悉得其書，以古文《尚書》獻之。"按《志》於《禮》《論語》《孝經》下，皆不言安國獻壁中文。然則安國所得雖多，而所獻者獨《尚書》一種而已。淹中所出之《禮》古經，魯國三老所獻之古文《孝經》，皆即恭王壁中所得，而安國未獻者也。《孝經》至昭帝時，魯國三老乃獻之。建武時，建武，光武帝年號。給事中議郎衛宏所校云"給事中議郎"者，議郎有不給事中者也。《百官志》："議郎六百石。"衛宏字敬仲，東海人。范史言作《毛詩序》，爲古文《尚書》作訓旨，而不言其校古文《孝經》。皆口傳，官無其説，謹撰具一篇并上。撰亦具也，《丌部》曰："顨，具也。"古不从手。此从手者，隨俗也。《藝文志》："《孝經》古文二十二章。"與《孝經》十八章異。劉向曰："《庶人章》分爲二，《曾子敢問章》分爲三，又多一章，凡二十二章。"班固曰："《孝經》經文，諸家皆同，惟孔氏壁中古文爲異。'父母生之，續莫大焉'，'故親生之膝下'，諸君説不安處，古文字讀皆異。"桓譚《新論》云："古《孝經》千八百七十一字，今異者四百餘字。"按衛宏校而爲之説，未著書，僅口傳，故外閒有其説，官徒有三老所獻，而無其説也。許學其説於宏，沖傳其説於父，乃撰而上之。如《公羊春秋》自子夏至漢景時，胡毋子都乃箸竹帛，而近世有僞造孔安國《孝經注》者，吁可怪也。惜沖之説不傳耳。許受古學於賈侍中，他經古學皆得諸侍中，《孝經》學獨得諸衛宏，故必分别言之。亦使《孝經》古文説官有其書，以扶微學。臣沖誠惶誠恐，頓首頓首，死辠死辠，䭫首再拜以聞皇帝陛下。起末皆云“稽首再拜”，而末稽首之上云“誠惶誠恐，頓首頓首，死罪死罪”，東漢人文字多如此。見於今者，若蔡邕《戍邊上章》，蔡質所記《立宋皇后儀》，皆見《漢書注》。《漢百石卒史碑》見《隸釋》，與此而四。《周禮》九𢷎，一曰稽首，吉拜也，頭至地也；二曰頓首，凶拜，即稽顙也，頭叩地也；三曰空首，吉凶皆有之，即拜手也，頭至手也。稽首、頓首吉凶不相兼，是以周制惟喪稽顙，惟大變用頓首。如《左傳》穆嬴、申包胥之頓首，即稽顙也。《獨斷》曰：“漢承秦法，羣臣上書皆言昧死言，王莽盜位，慕古法，去昧死曰稽首，光武因而不改，意非不善也。而仍兼言頓首、死罪，爲請罪之辭，遂使一簡一行之閒，吉凶二拜並出，殊爲非禮。”説詳《釋拜》。建光元年九月己亥朔，二十日戊午上。建光元年，安帝即位之十五年，歲在辛酉，自和帝永元十二年歲在庚子至此，凡廿二年。

清乾隆嘉慶（1736～1820）間段氏經韻樓刻本

毛氏汲古閣本説文解字跋

毛　扆

《説文》自《五音韻譜》盛行於世，而始一終亥真本遂失其傳。案徐楚金鍇撰《繫傳》四十卷，中有《部敘》二卷，學《周易·序卦傳》而爲之推原偏旁所以相次之故，則五百四十部一字不容倒置矣。即每部之中，其先後各有意義，亦非漫然者。《説文韻譜》亦楚金所撰，蓋爲後學檢字而作。其兄鼎臣鉉序曰:“方今許、李之書僅存於世,偏旁奥密,不可意知,尋求一字,往往終卷,力省功倍,思得其宜。舍弟楚金,特善小學,因取叔重所記,以切韻次之,聲韻區分,開卷可覩。今此書止欲便於檢討,無恤其他。聊存訓詁,以爲别識。凡十卷。”曰“無恤其他”,言體例與《説文》迥别也。“聊存訓詁”,不載舊注也。乃巽岩李氏燾割裂《説文》,依韻重編,起東終甲,分十二卷,名曰《五音韻譜》。扆案平上去入爲四聲,宫商角徵羽爲五音。書中次序皆依四聲而名曰五音,何也?有前、後二《序》,原委頗詳,載馬氏《通攷》中。今世行本删去,而以《説文》舊《序》冠之,譌謬甚矣。先君購得《説文》真本,係北宋板,嫌其字小,以大字開雕,未竟而先君謝世。扆哀毁之餘,益增痛焉。久欲繼志,而力有不逮。今桑榆之景,爲日無多,乃鬻田而刻成之,蓋不忍墮先志也。叔重偏旁在十五卷,是時未有翻切,但編其次序之先後尔。今卷首《標目》有音釋者,乃徐鼎臣所增也。按歐陽公《集古目録》有郭忠恕《小字説文字源》,扆今不得而見,但夢英篆書偏旁,延平二年所建者,陝榻流傳甚廣,中有五處次序不侔,始竊疑之。及讀郭恕先忠恕《汗簡》,次序與此悉同,乃知夢英之誤也。即《繫傳·部敘》之次,亦有顛倒闕略處,而書中之次與《標目》無二,要必以此爲正也。扆每讀他書,其有關《説文》者,節録於後,以備博覽之一助云。汲古後人毛扆謹識。

魏江式《論書表》云:“後漢侍中賈逵,汝南許慎古學之師也。後慎嗟時人之好奇,歎俗儒之穿鑿,惋文毁於凡譽,痛字敗於庸説,詭更任情,變亂於世。故撰《説文解字》十五篇,首一終亥,各有部居,包括六藝羣書之詁,評譯百氏諸子之訓,天地山川、草木鳥獸、昆蟲雜物、奇怪珍異、王制禮儀、世間人事,莫不畢載。可謂類聚羣分,雜而不越,文質彬彬,最可得而論也。”

唐張懷瓘《書斷》云:“按大篆者,周宣王太史史籀所作也。或云柱下史始變古文,或同或異,謂之爲篆。篆者,傳也,傳其物理,施之無窮。甄酆定六書,三曰篆書;八體書法,一曰大篆。又《漢·藝文志》云《史籀》十五篇,並此也。以史官製之,用以教授,謂之史書,凡九千字。秦焚書,惟《易》與史篇得全。案許慎《説文》十五卷九千餘字,適與此合,故先民以爲慎即取此而説其文義。”

五代蜀廣政間林罕《字源偏傍小説序》云:“漢太尉祭酒許慎取其形類,作偏傍條例十五卷,名之曰《説文》。《説文》遺漏,吕忱又作《字林》五卷,以補其闕。洎三國之後,歷晉、魏、陳、隋,隸書盛行,篆書殆將泯滅。至唐將作少監李陽冰,就許氏《説文》重加刊正,展作三十卷,今之所行者是也。其時復於《説文》篆字下,便以隸書照之,名曰《字説》。開元中,以隸體不定,復隸書《字統》,不録篆文,作四十卷,名曰《開元文字》,自此隸體始定矣。”又云:“篆雖一體,而隸變數般,篆隸即興,訛舛相錯,非究於篆,無由曉隸。隸書有不抛篆者,有全違篆者,有減篆者,有添篆者,有與篆同文者。罕今所篆者則取李陽冰重定《説文》,所隸者則取《開元文字》,於偏傍五百四十一字下,各隨字訓釋。或有事關造字省而難辨者,須見篆方曉隸者,雖在注中,亦先篆後隸,各逐所部,載而明之。其餘形聲易會不關造字者,則略而不論。其篆文下及注中易字,便以隸書爲音,如稍難者,則紐以四聲,四聲不足,乃加切韻,於《説文》中已十得其八九矣,名之曰《林氏字源偏傍小説》。”

徐鉉《説文韻譜序》曰:“昔伏羲畫八卦,而文字之耑見矣;倉頡模鳥跡,而文字之形立矣。史籀作大篆以潤飾之,李斯變小篆以簡易之,其美至矣。至程邈作隸,而人競趨省,古法一變,字義浸譌。先儒許慎患其若此,故集《倉》《雅》之學,研六書之旨,博訪通識,考於賈逵,作《説文解字》十五篇,凡萬六千字。字書精博,莫過於是,篆籀之體,極於斯焉。"

李文仲《字鑑序》云:"黄帝史倉頡,仰觀天文奎星圓曲之象,伏察地理萬物之宜,遂爲鳥跡蟲魚之書,由是文籍生焉。《周禮》保氏掌養國子以道,教之六書:一曰指事,指事者,視而可識,察而可見,上下是也;二曰象形,象形者,畫成其物,隨體詰詘,日月是也;三曰形聲,形聲者,以事爲名,取譬相成,江河是也;四曰會意,會意者,比類合誼,以見指撝,武信是也;五曰轉注,轉注者,建類一首,同意相受,考老是也;六曰假借,假借者,本無其字,依聲託事,令長是也。六者制字之本,雖蟲篆變體,古今異文,離此則謬。周宣王太史籀著大篆十五篇,與古文或同或異,秦丞相李斯頗删籀文,謂之小篆。因政令之急,職務之繁,小篆不足以給,下邽程邈始變篆文而作隸書,以趣約易。後漢和帝命賈逵修理舊文,於是許慎集篆籀古文諸家之書,質之於逵,作《説文解字》,體包古今,首得六書之要。其於字學,處《説文》之先者,非《説文》無以明,處《説文》之後者,非《説文》無以法,故後學所用,取以爲則。"

張美和撰《吴均增補復古編敘》云:"文字之先,本乎虙羲立畫,暨黄帝之史蒼頡姓侯剛氏,黄帝史也,亦曰皇頡。觀鳥跡,以依類象形,故謂之文,形聲相益,則謂之字。字者,孳也。孳孳而生,無窮之字出焉。由是象形、會意、指事、諧聲、假借、轉注,是謂六書。成周之世,八歲入小學,先以此教之。漢許慎《説文》以五百四十二字爲部,以統古今之字,遂爲百世不刊之典。"

昭德晁氏公武《郡齋讀書志》云:“《説文解字》三十卷,漢許慎纂,唐李陽冰刊定,南唐徐鉉再是正之,又增加其缺字。”

伯玉陳氏振孫《直齋書録解題》云:“許氏《説文》凡十四篇,并《序目》一篇,各分上下卷,凡五百四十部,九千三百五十三文,重一千一百六十三。雍熙中,右散騎常侍徐鉉奉詔挍定,以李陽冰排斥許氏爲臆説,末有新修字義三條,其音切則以唐孫愐爲定。”

《崇文總目》云:“《説文字源》一卷,唐李騰集,李陽冰篆書。初,陽冰爲滑州節度使,爲李勉篆新驛記。賈耽鎮滑州,見陽冰書,歎其精絶,因命陽冰姪騰集其篆書,以許慎《説文·目録》五百餘字刊於石,用爲世法云。”

歐公《集古録》云:“《小字説文字源》,郭忠恕書。忠恕者,五代漢周之際爲湘陰公從事,及事皇朝,其事見《實録》,頗奇怪,世人但知其小篆,而不知其楷法尤精。然其楷書亦不見刻石者,惟有此尔。”

清初毛氏汲古閣刻本

毛氏汲古閣校改本説文解字跋

段玉裁

《説文》始一終亥之本,亭林未見,毛子晉始得宋本校刊,入本朝,版歸祁門馬氏之在楊州者,近年又歸蘇之書賈錢景開。當小學盛行之時,每印廣售,士林偁幸矣。獨毛本之病,在子晉之子斧季妄改剜版,致多誤處,則人未之知也。

斧季孜孜好學，此書精益求精，筆畫小譌，無不剜改，固其善處。然至順治癸巳校至第五次，先以朱筆校改，復以藍筆圈之。凡有藍圈者，今版皆已换字，與初印本不合。而所换之字，往往劣於初印本。初印本往往與宋槧本《五音韵譜》等本相同，勝於今版。雍正乙巳，何小山煌又以朱筆糾正而譏之："勸君慎下雌黄筆，幸勿刊成項宕鄉。"是其一條也。今初學但知得汲古本爲善，豈知汲古刊刻有功，而剜改有罪哉。向時王光禄跋顧抱沖所藏初印本云："汲古延一學究校改至弟八卷，已下學究倦而中輟，故已下無異同。"此光禄聽錢景開肊説。又八卷後未細勘也。此本斧季、小山之親筆具在，非他學究所爲。又八卷已下與今版齟齬尚甚多，嘉靖丁巳周君漪塘以借閲，宿疑多爲之頓釋，别作摘謬數帋，將以贈今之讀《説文》者。六月廿四日，金壇段玉裁跋於下津橋之枝園。

清光緒七年（1881）淮南書局據
汲古閣第四次様本重刊

毛氏汲古閣校改本説文解字跋

顧廣圻

段先生於跋此後一月，即成《汲古閣説文訂》刊行，今用此本覆勘。《訂》中所稱"初印本"及"剜改"，如《言部》"譱"下一條、《叒部》"湯谷"一條、《水部》"滮"下一條、《丿部》"房密切"一條、《甲部》"古文"一條，皆不合。又如《萑部》"舊"

字下、《羊部》“羖”字下、《肉部》“肊”字下，初印本皆未誤，《訂》亦不明言之。兼可訂而未經載入者，又往往而有。然則後之讀此本者，無竟以爲得魚之荃可也。嘉慶庚申五月，借閲於漪塘周丈，識是以歸之。時在壬洗馬巷黄氏之思適寓齋，元和顧廣圻。

清光緒七年（1881）淮南書局據
汲古閣第四次樣本重刊

宋元遞修本説文解字跋

朱　筠

《説文解字》始一終亥者，自汲古閣摹宋本之外，絶少他本。安邑宋君葆淳帥初舊得此書。乾隆己亥秋八月，持以見示。時余將爲閩粵之行，不及以毛氏本校正，輒書此後，以竢他日。是月卅日，大興朱筠竹君跋。

南宋初刊、宋元遞修本

重刊説文解字敘

朱　筠

大清乾隆三十有六年冬十一月，筠奉使者關防來安徽視學。明年，按試諸府州屬，輒舉五經本文與諸生，月日提示講習，病今學者無師法，不明文字本於日生[①]。其狎犯尤甚者[②]，至於"諂、諂"[③]不分，"鍜、鍛"不辨，據旁著處，"適"内加"啇"，點畫淆亂，音訓泯棼，是則何以通先聖之經而能言其義邪。既試，歲且一周。又明年春，用先舉許君《説文解字》舊本，重刻周布，俾諸生人人諷之，庶知爲文自識字始。惜未及以徐鍇《繫傳》及他善本詳校，第令及門諸生校閲，就正刻工之譌錯。又令取《十三經》正文，分別本書載與不載者，附著卷末，標曰《文字十三經同異》，畧見古人文字承用之意，知者當自得之。爰敘之曰：

漢汝南召陵許君慎，范蔚宗《儒林傳》不詳，惟曰："'五經無雙'許叔重，爲郡功曹，舉孝廉，再遷，除洨長，卒於家。作《説文解字》十四篇。"本書召陵萬歲里公乘許沖上書言："先帝詔侍中騎都尉賈逵脩理舊文，臣父故大尉南閣祭酒慎本從逵受古學，博問通人，考之於逵，作《説文解字》，凡十五卷。慎前以詔書挍書東觀，教小黄門孟生、李喜等，以文字未定，未奏上。今病，遣臣齎詣闕。建光元年九月己亥朔二十日戊午上。"徐鍇曰："建光元年，安帝之十五年，歲在辛酉也。"按《賈逵傳》："肅宗建初元年，詔逵入講北宫白虎觀、南宫雲臺。八年，詔諸儒各選高才生，受《左氏》《穀梁春秋》《古文尚書》《毛詩》，皆拜逵所選弟子及門生爲千乘王國郎，朝夕受業黄門署。"據此，知許君挍書東觀教小黄門等，當在章帝之建初八年，歲在癸未也。本書許君《自敘》言"粤在永元困頓之年，孟陬之月，朔日甲申，次列微辭"，徐鍇曰："和帝永元十二年，歲在庚子也。"按《逵傳》，逵以永元八年自左中郎將復爲侍中騎都尉，内備帷幄，兼領祕書近署。據此，知許君

①於日，丁福保《説文解字詁林》引作"所由"，當據改。

②犯，《詁林》引作"見"。

③兩"諂"字，其中之一當作"謟"。

本從逵受學。其考之於逵，作此書，正當逵爲侍中之後四年。其後二十一年，當安帝之建光元年，歲在辛酉，君病在家，書成，乃令子沖上之也。其始末畧可考見如此。夫許君之爲書也，一曰世人詭更正文，鄉壁虚造不可知之書；一曰諸生競説字解經，諠稱秦之隸書爲倉頡時書；一曰廷尉説律，至以字斷法，皆不合孔氏古文，謬於《史籀》，恐巧説衺辭，使學者疑，於是依據宣王大史籀大篆十五篇、丞相李斯《倉頡篇》、中車府令趙高《爰歷篇》、大史令胡毋敬《博學篇》、黄門侍郎揚雄《訓纂篇》諸書，又雜采孔子、楚莊王、左氏、韓非、淮南子、司馬相如、董仲舒、京房、衛宏數十家之説，然後成之。又曰必遵舊文而不穿鑿，又曰非其不知而不問，蓋其發揮六書之指，使百世之下，猶可以窺見三古制作之意者，固若日月之離天，江河之由地，其或文奥言微，不盡可解，亦必明者之有所述，師者之有所授，後學小生，區聞陬見，不得而妄議已。《易》曰："書不盡言，言不盡意。"㯋其大要，約有四耑：一曰部分之屬而不可亂。《敘》曰："其建首也，立一爲耑，據形聯系，引而申之，以究萬原，畢終於亥。"是以徐鍇作《繫傳》，有《部敘》二卷，本《易·序卦傳》，爲之推原偏旁所以相次之故，使五百四十部一字不紊。今起東既疑韻書，而比類又从字體，便於檢討，實昧聲形。自李燾之《五音韻譜》作而部分紛然，自亂其例矣。一曰字體之精而不可易。夫篆本異文而今同一首者，"奉、奏、春、秦、泰"是也；篆本同文而今異所从者，"嵷、從""辻、徒"是也。"賊"之从戈則聲而改从戎，"賴"之从貝剌聲而改从負，半譌也；"䑞"之爲"舜"，"壷"之爲"壺"，"凷"之爲"曲"，"𧕎"之爲"爵"，全譌也。以气化之"气"當"乞"，而氣牽之"氣"遂當"气"，於是有俗"餼"字；以萎飼之"萎"當"矮"，而飢餧之"餧"遂當"萎"，於是有俗"餒"字。此因一字以譌數字者也。“匈”已从勹而又从肉，“州”已从川而又从水，既重其類。“堊”从土而加土，“蜀”从虫而加虫，又重其从。此并二字以譌一字者也。从者失从，滋者不滋，自隸一變之，楷再變之，而字體莫之辨識矣。一曰音聲之原可以知。“囪”之从晨囱聲，《玉篇》“囱、窗”同，《考工記·匠人》：“四旁兩夾窗。”窗一音悤，徐鍇以爲當从囟乃得聲，非也。“移”之从禾多聲，古音弋多反，《楚辭》：“夫聖人者，不凝滯於物而能與世推移，舉世皆濁，何不淈其泥而揚其波。”徐鍇以爲多與移聲不相近，非也。“能”之足似鹿，从肉以聲，古音奴來、奴代反，《詩》：“其湛曰樂，各奏爾能。賓載手仇，室人入又。酌彼康爵，以奏爾時。”徐鉉等以爲以非聲，疑象形，非也。“摘”之从手啻聲，陟革反，去聲則陟寘反，啻與商同文，摘與適同聲，《詩》：“勿予禍適，稼穡匪解。”徐鉉等以爲當从適省乃得聲，非也。此音聲之可據者也。一曰訓詁之遺可以補。《易》：“其牛觢。”觢，一角仰也。《爾雅》：“皆踊觢。”郭注：“今豎角牛也。”《書》：“西伯既𢦔黎。”“𢦔”从戈今聲，殺也，不當作“戡”。戡，刺也。《詩》：“深則砅。”“砅”从水从石，履石渡水也。“在彼淇厲”，蒙梁而言，亦此訓也。“得此䶄鼀”，䶄一爲“竜”。竜鼀，詹諸也。“縞衣綦巾”，“綦”从糸畀聲，未嫁女所服，處子也。《周禮》：“垗五帝於四郊。”垗，畔也，爲四時界，祭其中也。《春秋傳》：“脩涂梁溠。”溠，荆州浸也。《職方氏》：“豫州其浸波溠。”鄭注：“《春秋傳》曰：‘楚子除道梁溠。’”則溠宜屬荆州，在此非也。“闕砮之甲”，砮，水邊石也。《論語》：“小人窮斯爁矣。”“爁”从女監聲，過差也。《孟子》：“呭呭猶沓沓。”呭呭，多言也；沓沓，語多沓沓也，所謂言則非先王之道也。《爾雅》：“西至汃國，謂四極。”“汃”从水八聲，西極之水也。《廣韻》：“汃，府中切，西方極遠之國。又普八切，西極水名也。”不當作“郱”。郱,周大王國也。此訓詁之可據者也。部以屬之,體以别之,音以審之,訓以絜之,文字之事加諸茂矣。後之非毁許君者,或摘其一文,或泥其一説,歷代以來,不量與撼,要無足論。惟近日顧氏炎武脩紹絶業,學者所宗,而於是書亦有不盡然之言,竊恐瞽説附聲,信近疑遠,是不可以不辯。今如所舉“秦”从禾,以地宜禾,“宋”从木爲居,“辥”从辛爲辠,“威”爲姑,“也”爲女陰,“殹”爲擊聲,“困”爲故廬,“普”爲日無色,“貉”之言惡,“犬”之字如畫狗,“有”曰不宜有,“襄”爲解衣耕,“弔”爲人持弓會敺禽,“辱”爲失耕時,“臾”爲束縛捽抴,“罰”爲持刀罵詈,“勞”爲火燒門,“宰”爲辠人在屋下執事,“冥”爲十六日月始虧,“刑”爲刀守井,凡此諸説,皆始造文字,取用有故,必非許君之所創作。書契代遠,難以强説,復不當删。是以觀象闕文之訓,明著於《敘》,豈得以勦説穿鑿,横暴先儒乎？至若江别“汜、洍”,舄殊“掔、己”,“逑、救”各引,載旆爲“坺”,當時孔壁古文未亡,齊、魯、韓三家之《詩》具在,衆音雜㗋,殊形備視,豈容廢百舉一、去都即鄙邪？又言别指一字,以“鐂”當“劉”,以“甹”當“由”,以“絻”當“免”,此説亦非。按本書之例,从某者有其部也,某聲者有其字也,“瀏”之从水劉聲,“紬”之从糸由聲,“勉”之从力免聲,具著於篇。乃知書闕有間,傳寫者之過,謂别指一字以當之者,謬矣。《記》曰:“今人與居,古人與稽。”居不當爲法古乎？《易》曰:“是興神物以前民用。”用不當爲卜中乎？《費誓》之“費”改爲“粊”,訓爲惡米。按陸德明《經典釋文·曾子問》注作“粊誓”,粊音祕,鄭君説也。“童”爲男有辠。按《易》:“喪其童僕。”作“童”。至“僮”之字,《國語》:“使僮子備官而未之聞。”韋昭注:“僮,僮蒙,不達也。”《史記·樂書》:“使僮男僮女七十人俱歌。”本書《敘》“《尉律》‘學僮十七已上'"亦同。當知僮子之"僮"从人，辠人爲奴者正作"童"也。訓"參"爲商星，乃連大書讀"參商，星也"，即如《水部》"河水，出焞煌塞外泑澤，在昆侖下"之例。明"參"與"商"同爲星，非參商亦不知也。其引齊之郭氏及樂浪事，古人往往隨事博徵，不拘拘一説也。至援莽傳及讖記，以"劉"之字爲丣金刀，謂許君脱其文。按"劉"之字从刀从金丣聲，"丣"，古"酉"字，非"丣"也。讖記不可以正六書。《後漢書·光武紀論》："王莽以錢文有金刀，改爲貨泉。或以貨泉字爲白水真人。"於篆"貨"或近真人，"泉"豈得爲白水邪？《五行志》："獻帝初，僮謡曰：'千里草，何青青，十日卜，不得生。'"以千里草爲"董"，十日卜爲"卓"。按"重"字从壬東聲，非千里草；"早"字爲日在甲上，非十日卜。又可據以爲證乎？又援魏大和初公卿奏，於文文武爲"斌"，言古未嘗無"斌"字。按"彬"从彡从林，爲文質備，文武之字，經典闕如，不知所从，無以下筆，徐鉉列之俗書，是也。又可據魏以疑漢乎？凡顧氏所説，皆不足以爲許君病，輒附疏之，用詔學者。昭陽大荒落孟陬之月十八日敘并書。

清乾隆三十八年（1773）大興朱筠椒華吟舫本

藤花榭本仿宋刊本説文解字序

額勒布

三代以下，其能發明六書之指，使三代之文尚存於今日，而得以識古人制作之本者，許叔重《説文》之功爲大，蓋非文字無以見聖人之心，非篆籒無以究文字之義。自隸書行世，加以行草、八分，紛然間出，六籍羣典，相承傳寫，漸失本原。諸儒各守藏書，小學徒求便俗，返之篆籒，駭人見聞，不可攷矣。漢和帝時，詔侍中騎都尉賈逵修理舊文，于是太尉南國祭酒許慎采史籒①、李斯、楊雄之書，質之於逵，凡六藝羣書之詁，皆訓其意，而天地鬼神、山川草木、鳥獸蚰蟲，雜物奇怪，王制禮儀，萬物咸覩，靡不兼載。計十五卷，十三萬三千四百四十一字。始一終亥，體包古今，首得六書之要。處《説文》之先者，非《説文》無以明；處《説文》之後者，非《説文》無以法。惟其文原本次第不可見。宋雍熙三年，命散騎常侍開國子徐鉉等新爲校定，列以四聲，加以反切，旁引李陽冰諸儒箋釋，而其書始成。或以其文爲支離回互，勦説而失其本旨，濫觴而流於穿鑿，有未合於古文經義者。夫以六經之旨，左氏、公羊、穀梁之傳，毛萇、孔安國、鄭衆、馬融之訓，未必盡合。矧叔重去古既遠，生於東京之中，世所本必不過劉歆、杜林、徐巡等十餘人之説，而能搜羅散失，囊括羣言，振發人文，繼續後學，其功豈淺解哉！余幼而癖嗜鼎彝之跋，好奇探秘，至忘寢食。兹見新安鮑君惜分家藏宋板《説文解字》一書，悉心點檢，亥豕無訛，洵堪珍秘。緣重爲雕鐫，用廣流布，學者取其大純而棄其小疵，亦可謂善學《説文》者與！嘉慶丁卯上春，約齋額勒布序。

清嘉慶十二年（1807）長白額勒布

藤花榭重刻新安鮑惜分藏宋小字本

① 國，當據《上説文解字表》作“閣”。

平津館本説文解字跋

孫星衍

此本從王少寇藏祠宋本影鈔。戊辰正月，錢文學侗到德州見付，酬贈工價白銀七十兩。時又借得額鹽政宋本，粗校一過，大畧相同，惟有一二處少異。如《又部》“叏”，此本作“神也”，額本仍作“引也”之類，恐是補葉改寫之異。今擬重刊，以額本爲定。宋刻如“蟬媛”“蜉游”之屬，不作“嬋媛”“蜉蝣”，勝于毛本者，指不勝屈，吾後人其寶藏之。人日記于平津館，五松居士。

清嘉慶十三年（1808）孫氏平津館影宋抄本

重刊宋本説文序

孫星衍

唐虞三代五經文字燬于暴秦，而存于《説文》。《説文》不作，幾于不知六義；六義不通，唐虞三代古文不可復識，五經不得其本解。《説文》未作已前，西漢諸儒得壁中古文書，不能讀，謂之逸十六篇。《禮記》，七十子之徒所作，其釋孔悝鼎銘“興舊耆欲”及“對揚以辟之”“勤大命”，或多不詞，此其証也。許叔重不妄作，其九千三百五十三字，即史籀大篆九千字，故云“敘篆文合以古籀”。既并《倉頡》《爰歷》《博學》

《凡將》《急就》以成書，又以壁經、鼎彝古文爲之左証，得重文一千一百六十三字。其云古文、籀文者，明本字篆文；其云篆文者，本字即籀、古文。如古文爲弌、爲弍，必先有一字、二字，知本字即古文。而世人以《説文》爲大小篆，非也。倉頡之始作，先有文而後有字。六書象形、指事多爲文，會意、諧聲多爲字，轉注、假借，文、字兼之。象形，如人爲大，烏爲於，龜爲𪚴之屬，有側視形、正視形，牛羊犬豕爲兕之屬，有面視形，後視、旁視形。如龍之類，从肉指事，以童省諧聲，有形兼事又兼聲，不一而足。諧聲有省聲、轉聲，社土聲，杏從可省聲之屬，皆轉聲也。指事别于會意者，會，合也，二字相合爲會意，故反正爲乏爲指事，止戈爲武、皿蟲爲蠱爲會意也。轉注最廣，建類一首，如禎、祥、祉、福、祐同在《示部》也。同意相受，如禎，祥也；祥，祉福也；福，祐也，同義轉注以明之。推廣之，如《爾雅·釋詁》："肇、祖、元、胎，始也。"始爲建類一首，肇祖元胎爲同意相受。後人泥考老二字，有左回右注之説，是不求之注義而求其字形，謬矣。《説文》作後，同時鄭康成注經，晉灼注史，已多引據其文，三國時嚴畯、六朝江式諸人多爲其學，吕忱《字林》、顧野王《玉篇》亦本此書增廣文字。至唐李陽冰習篆書，手爲寫定，然不能墨守，或改其筆蹟，今戴侗《六書故》引唐本是也。南唐徐鉉及弟鍇增修其文，各執一見。鍇有《繫傳》，世無善本，而諧聲讀若之字多于鉉本。鉉不知轉聲，即加删落，又增新附及新修十九文，用俗字作篆。然唐人引《説文》有在《新附》者，豈鉉有所本與？鍇又有《五音韻譜》，依李舟《切韻》改亂次第，不復分别新附，僅有明刻舊本。漢人之書多散佚，獨《説文》有完帙。蓋以歷代刻印得存，而傳寫脱誤亦所不免。大氐一曰已下，義多假借，後人去之。如祖本始廟，又爲祈請道神，見《初學記》引嵇含《祖道賦序》。渾本混流，又爲測儀器也，見《太平御覽》。日本太陽之精，又君象也，見《事類賦》注。苛本小草，又曰尤劇也，見《一切經音義》。戲本偏軍，又曰相弄也，見《太平御覽》。此類甚多，姑舉一二。或節省其文，如稷，田正也，自商已來，周弃主之，見《大觀本草》唐本。橘，碧樹而冬生，見《韻會》。毋，古人言毋，猶今人言莫，見《尚書》《禮記》疏。山，凡天下名山，出銅之山四百六十七，出鐵之山三千六百有九，見《爾雅》釋文。䱌，一名江豚，多膏少肉，見《晉書》音義。兕皮堅厚，可以爲鎧；嶓冢之山，其獸多兕，見《藝文類聚》。或失其要義，如月食則望，日食則朔，見《史記正義》，當在有字下。耤，古者天子躬耕，使民如借，見《初學記》。無底曰囊，有底曰橐，見《詩》釋文。大曰潢，小曰洿；天生曰鹵，人生曰鹽，見《一切經音義》。桎，所以質地；梏，所以告天，見《周禮》釋文。瓿，瓦器，受六合，見《史記》索隱。或引字移易，如《御覽》引琛，寶也，乃珍字。《廣韻》引聅，耳不相聽也，乃睽，目不相聽也。《初學記》引池，陂也，即陂下一曰沱也。《一切經音義》引繐，蜀布也，乃繕解。或妄改其文，如坏，丘一成也，見《水經注》《太平御覽》，今依僞孔《傳》改作再成。壟，兆域也；葑，大也，見《爾雅》釋文及疏，今葑作菿，壟作邱也。茮，裹如裘也，見《爾雅》釋文，今作表如裹也。蟹，六足二螯也，見《荀子》楊倞注，足當爲跪，言足之屈折處，今改八足二敖。俱由增修者不通古義。賴有唐人北宋書傳引據，可以是正文字。宋本亦有譌舛，然長于今世所刊毛本者甚多。如中，而也，而爲誤字，然知而是内之譌，今改作和也，便失其意。諴引《周書》曰：不能諴于小民。今依《書》作丕，不、丕俱語助詞。矯，揉箭箝也，今本箝作箱。㠯，幓裂也，今本作祭。息，喘也，今本作端。菊，以秋華，今本作似秋華。揖，攘也；扶，左也，今本作讓作佐。瘨，腹張，今本作脹。或違《説文》本義，或無其字。毛晉初印本亦依宋大字本翻刊，後以《繫傳》刓補，反多紕繆。朱學士筠視學安徽，閔文人之不能識字，因刊舊本《説文》，廣布江左右，其學由是大行。按其本亦同毛氏。近有刻小字宋本者，改大其字，又依毛本校定，無復舊觀。吾友錢明經坫、姚修撰文田、嚴孝廉可均、鈕居士樹玉及予手校本，皆檢録書傳所引《説文》異字異義，参考本文。至嚴孝廉爲《説文校議》，引證最備。今刊宋本，依其舊式，即有譌字，不敢妄改，庶存闕疑之意。古人云："誤書思之，更是一適。"思其致誤之由，有足正古本者。舊本既附以孫愐音切，雖不合漢人聲讀，傳之既久，亦姑仍之，以傳注所引文字異同，别爲條記，附書而行。又屬顧文學廣圻手摹篆文，辨白然否，校勘付梓。其有遺漏舛錯，俟海内知音正定之。今世多深于《説文》之學者，蒙以爲漢人完帙僅存此書，次第尚可循求，倘加校訂，不合亂其舊次，增加俗字。唐人引據，多誤以《字林》爲《説文》，張參、唐玄度不通六書，所引不爲典要，並不宜取以更改正文。後有同志，或鑒于斯。嘉慶十四年太歲己巳，陽湖孫星衍撰。

清同治十二年（1873）粤東書局刻本

重刊宋本説文附記

王仁俊

新安鮑君惜分家臧宋板《説文》，重爲雕鐫，時嘉慶丁卯上春，約齋額勒布序。余友許滐身明經克勤，曾屬介弟觀甫校録一過。滐翁云：雖有舛誤，要正此本之誤甚多。今用硃筆過録，如有筦窺，亦附及焉。光緒乙未春二月，吴縣王仁俊記於籀許誃。

許滐翁又據史炤《通鑑釋文》校過，今用黑筆録出。後記。

清同治十二年（1873）粤東書局刻本

重刊宋本説文附記

馬敘倫

吴縣王扞鄭先生録許滐身校本，并有自校語。九年十月得於京師之來薰閣。敘倫記。

卷内朱筆校識亦王先生所加，其眉上朱識則余依所藏番禺徐氏灝校本過入。十二年八月，夷初又記。

清同治十二年（1873）粤東書局刻本

新刻説文跋

陳昌治

昌治重刊《説文》，以陽湖孫氏所刊北宋本爲底本，然孫氏欲傳古本，故悉依舊式。今欲尋求簡便，改爲一篆一行，不能復拘舊式。每卷以徐氏銜名與許氏並列，不復題奉敕之字。徐氏新附字降一字寫之，以見區别。孫刻篆文及解説之字，小有譌誤，蓋北宋本如此，孫氏傳刻古本，固當仍而不改。今則參校各本，凡譌誤之顯然者，皆已更正，别爲《校字記》附於卷末，昭其慎也。其在疑似之間者，則不敢輕改也。同治十二年閏六月，番禺陳昌治謹識。

清同治十二年（1873）粤東書局刻本

新刻説文解字附通檢敘

陳　澧

《説文解字》十五卷，番禺陳昌治繩齋校刊，附《説文通檢》十六卷，同縣黎永椿震伯編集。《敘》曰："《説文》，小學書也。《周禮》：八歲入小學，保氏教國子，先以六書。漢《尉律》：學童十七已上，始試，諷籀書九千字，乃得爲史。"今人以識篆書、習《説文》者爲古學，豈能八歲教之，十七歲試之哉？然則欲興小學，其道奚由？昔徐鼎臣、楚金兄弟以《説文》名家，猶謂偏旁奥密，不可意知，尋求一字，往往終卷，乃編爲《篆韻譜》。李仁甫亦編爲《五音韻譜》。然皆改《説文》次第。段懋堂《説文注》附以部目分韻，而部中之字，尋求終卷如故也。惟欽定《康熙字典》以字畫之數爲次第，又爲《檢字》一卷，置於卷首，尋求最易。攷《廣韻》《隸釋》皆載漢時桂、吞、炅、炔，四字一音，皆九畫。則字以畫數，自古有之矣。今繩齋刊《説文》，依陽湖孫氏舊刊宋本，而寫爲一篆一行，整齊畫一，羅羅可數，仍不失《説文》次第。震伯爲《通檢》，用真書畫數爲次第，而注《説文》部數、字數於其下，尋求新本《説文》，應手而得。其書相輔而行，取徐氏、李氏、段氏之意，而遵《字典》之法，宜於古，亦宜於今。此書之出，將使人人能識篆書，能習《説文》，八歲可教，十七歲可試，古之小學可興於今日矣。余不勝喜慰而爲之敘。同治十二年七月，陳澧敘。

清同治十二年（1873）番禺陳昌治廣州刻本

仿宋許氏説文解字跋

姚覲元

《説文解字》一書，前明一代，絶無刻者。至毛氏汲古閣得宋小字本，以大字展刊，夫而後大徐之書復行於世。顧子晉父子識見淺陋，其書婁經刓改，謬譌愈多。大興朱氏視學安徽，依宋本重付開雕，較之毛氏，頗有訂正，其版完好，至今尚存京師。同治十三年，南皮張太史香濤督學四川，以古學教授博士弟子。一時好學之士，羣知古籍可貴，互相搜訪。於是成都書賈景朱本重刻一版，合州書賈效之亦刻一版。市儈牟利，而吝於貲，刻工既劣，又不知校讎，顛倒瞀亂，至不可卒讀。光緒元年，余在東川，嘗取合州本爲之校勘，畀令修補，不能從也。竊恐繆本流傳，貽誤後學，因令梓人張文光以善賈購得其版，取曩所校本一一補正。其有未能悉正者，則隸變相承，字體但取無乖説解，即姑仍之，懼版之糜也。凡三閱月而後畢工，雖不能盡復宋本之舊，而謬譌之患，庶幾鮮矣。或且以刻工艸惡，不能補捄爲病。蒙以爲版刻精良，但取美觀，無關宏旨，區區之意，亦絶其繆本之流傳而已，餘不足計焉，讀者諒之。丙子五月望，歸安姚覲元記。

1923年上海馬啟新書局石印本

汲古閣説文訂

汲古閣説文訂自序

段玉裁

《説文解字》一書,自南宋而後有二本:一爲徐氏鉉奉敕挍定許氏始一終亥原本也;一爲李氏燾所撰《五音韵譜》,許氏五百四十部之目以《廣韵》《集韵》始東終甲之目次之,每部中之字又以始東終甲爲之先後,雖大改許氏之舊,而檢閱頗易,部分未泯,勝於徐氏《篆韵譜》遠矣。自李氏而前有二本:一即鉉挍定三十卷;一爲南唐徐氏鍇《説文解字繫傳》四十卷。自鉉書出而鍇書微,自李氏《五音韵譜》出而鉉書又微。前明一代,多有刊刻《五音韵譜》者,而刊刻鉉書者絶少。好古如顧亭林乃云:"《説文》原本次第不可見,今以四聲列者,徐鉉等所定也。"嘻,其亦異矣。當明之末年,常熟毛晉子晉及其子毛扆斧季得宋始一終亥小字本,以大字開雕,是亭林時非無鉉本也。毛氏所刊版入本朝歸祁門馬氏在揚州者,近年又歸蘇之書賈錢姓。值國家右文,崇尚小學,此書盛行。《繫傳》四十卷僅有傳鈔本,至難得。近杭州汪部曹啟淑雕版亦盛行。今學者得鍇本謂必勝於鉉本,得鉉本謂必勝於《五音韵譜》。愚竊謂讀書貴於平心綜覈,得其是非,不當厭故喜新,務以數見者爲非,罕見者爲善也。玉裁自僑居蘇州,得見青浦王侍郎昶所藏宋刊本,既而元和周明經錫瓚盡出其珍藏：一曰宋刊本；一曰明葉石君萬所鈔宋本。以上三本皆小字，每葉廿行，小字夾行則四十行，每小字一行約二十四五六字不等；一曰明趙靈均均所鈔宋大字本，即汲古閣所仿刻之本也；一曰宋刊大字《五音韵譜》。三小字宋本不出一槧，故大略相同而微有異。趙氏所鈔，異處較多，稍遜於小字本。若宋刊《五音韵譜》，則略同趙鈔本，而尚遠勝於明刊者。明經又出汲古閣初印本一，斧季親署云順治癸巳汲古閣挍改第五次本，卷中旁書朱字，復以藍筆圈之，凡其所圈，一一剜改。考毛氏所得小字本，與今所見三小字本略同，又參用趙氏大字本。四次以前，微有挍改，至五次則挍改特多，往往取諸小徐《繫傳》，亦閒用他書。夫小徐、大徐二本，字句駁異，當並存以俟定論，況今世所存小徐本乃宋張次立所更定，而非小徐真面目，小徐真面目僅見於黄氏公紹《韵會舉要》中，而斧季據次立剜改，又識見駑下，凡小徐佳處遠勝大徐者，少所采掇，而不必從者，乃多從之。今坊肆所行，即第五次挍改本也。學者得一始一終亥之書以爲拱璧，豈知其繆盭多端哉。初印往往同於宋本，故今合始一終亥四宋本及宋刊、明刊兩《五音韵譜》，及《集韵》《類篇》稱引鉉本者，以挍毛氏節次剜改之鉉本，詳記其駁異之處，所以存鉉本之真面目，使學者家有真鉉本而已矣。若夫鉉之是非，以及鍇之得失，則又非專書不可明也。是役也，非明經之博學好古多藏不吝不能肇端。而助予繙閲者，則吴縣袁上舍廷檮也。書成，名之曰《汲古閣説文訂》。訂者，平議也。嘉慶二年七月十五日，金壇段玉裁書於姑蘇朝山墩之枝園。

汲古閣說文訂跋

袁廷檮

廷檮於《説文解字》校之數四,最後得刑部侍郎王先生小字宋本,細意校録於簡耑。又借觀毛子斧季第五次校改本於周丈漪塘所,乃知初版略同宋本,剜版乃全用小徐改大徐,而所取者未必是,所改者未必非也。若膺先生云:"今海内承學之士,户讀毛氏此書,而不知其惡。"試略箋記之,以分贈同人,則人得一宋本矣,豈不善歟。因與漪塘丈及廷檮徧檢宋小字本,葉鈔、趙鈔兩宋本,《五音韵譜》宋明二刻及《集韵》《類篇》及小徐《繫傳》舊鈔善本,盡得其剜改所據,編爲一卷而梓之。然此文豹之一斑而已,其詳則有經韵樓注釋全書在。嘉慶丁巳相月,吴縣袁廷檮跋。

以上清同治十一年(1872)湖北崇文書局刻本

説文訂訂

説文訂訂自序

嚴可均

《汲古閣説文訂》一卷,金壇段君若膺纂,其助之者,吾友又愷袁氏也。段君素以治《説文》有聲于時。嘉慶三年,此書流播都下,都下翕然稱之。余不覿近人書,以又愷故,亦寓目焉。四年春,余道經姑蘇,又愷謂余曰:"《説文訂》近頗改正數事。"出新印本詒余。今年冬,余覆閲一過,如"淮南宋蔡舞嗙喻",舊印脱"南"字;《廣韵·五支》作"攵也",舊印"攵"誤"夂";"或訃于宋大廟",舊印"于"誤"干",大徐舊印"大"誤"本"。諸小失皆改正。余既愛又愷之勤且慎,能助段君,能令天下之治《説文》者獲此一編,似獲數宋本也,又服段君之援稽當而決擇明也。尚有與鄙見未合者,下六十二籤,倩友人滙録一卷,題云《説文訂訂》,以寄又愷,且就正段君。庚申孟冬,宛平嚴可均。

清光緒十三年(1887)海寧許氏古均閣刻本

説文校議

説文校議自敘

嚴可均

敘曰:嘉慶初,姚氏文田與余同治《説文》,而勤于余。己未後,余勤于姚氏。合兩人所得,益徧索異同,爲《説文長編》,亦謂之《類攷》,有《天文筭術類》《地理類》《艸木鳥獸蟲魚類》《聲類》《説文引羣書類》《羣書引説文類》,積四十五册。又輯鐘鼎拓本,爲《説文翼》十五篇,將校定《説文》,譔爲疏義。至乙丑秋,屬稿未半,孫氏星衍欲先覩爲快,乃撮舉大略,就毛氏汲古閣初印本别爲《校議》卅篇,專正徐鉉之失。其諸訓故、形聲、名物、象數,旁稽互證,詳于疏義中,不徧及也。夫《説文》爲六蓺之淵海、古學之總龜,視《爾雅》相敵,而賅備過之,《説文》未明,無以治經。由宋迄今,僅存二徐本,而鉉本尤盛行,謬譌百出,學者何所依準? 余肆力十年,始爲此《校議》,姚氏之説亦在其中。凡所舉正,三千四百四十條,皆援據古書,注明出處,疑者闕之。不敢謂盡復許君之舊,以視鉉本,則居然改觀矣。同時錢氏坫、桂氏馥、段氏玉裁亦爲此學,余僅得段氏《説文訂》一卷,他皆未見,各自成書,不相因襲。海内同志,倘如余議,固所願也。有所駁正,將删改之。或乃挾持成見,請與往復,必得當乃已。丙寅八月廿四日,嚴可均書于維揚舟次。

清同治十三年(1874)歸安姚覲元刻本

説文校議議

説文校議議序

沈家本

《漢書·藝文志》小學凡十家，其傳於今者，惟《急就》一家，餘九家皆不傳。《倉頡》《凡將》雖有輯本，非全書。《别字》十三篇，錢竹汀以爲即揚雄《方言》，然非定論。後漢賈魴作《滂喜篇》，今亦不傳。所傳者，惟許叔重《説文解字》。《蒼頡》諸篇，以三言、四言、七言成文，皆不及字形音義，僅便於童子諷誦而已。其以字形爲書，因形以致音與義，亦惟《説文》。故《説文》者，小學之總龜也。歷代治許學之書多不傳，傳者惟二徐。近今自乾隆以來，羣重許學，治之者亦人才輩出，以嘉慶、道光中爲尤盛。段氏玉裁深於經術，每字必溯其源。桂氏馥蒐集宏富，能會其通。王氏筠承諸家之後，參以金石，義例益精。其餘諸家，各擅所長。吾郡姚文僖公暨嚴鐵橋廣文同治許學，文僖有《説文考異》三千卷[①]，廣文有《説文翼》十六卷。其書未先出，其先出者爲《校議》三十卷，頗爲世所重，桂、王二家皆用其説矣。廣文從弟秋樵茂才，性嗜《説文》，精心研究。廣文藏書數萬卷，茂才嘗與之昕夕相親，討論不倦，真積力久，所得遂多。以《校議》專訂大徐之誤，

①千，當作“十”。

而尚不能無遺憾,誤當正,漏當補,乃作《校議議》。時段氏之書已行世,故並議及之。今始於道光甲辰,訖事於咸豐丙辰,五易稿而後寫定,得三千五百九十條,編爲三十篇。其所見書,有王南陔《説文段注訂補》、錢可廬《説文統釋》及海昌許珊林槤之《説文統箋》,並爲今日未得見之書。其蒐采也博,其相與辨難而商訂者,則許珊林暨烏程蔣繼卿維培,不以專輒自封。《校議》爲許氏之功臣,此《議》不又爲《校議》之功臣哉。今讀其書,如《示部》"禂"下云:"《吉日》釋文、《釋天》釋文'既禱',引《説文》作'禂',謂《説文》馬祭字作'禂',非謂《説文》引《詩》作'既禂'也。《姤》釋文'柅'引《説文》作'檷'、《井》釋文'甕'引《説文》作'㽦'、《革》釋文'息'引《説文》作'熄',今《説文》皆不引《易》,類難畢舉。蓋經典多叚借,《説文》皆正字。凡言《説文》作某者,謂《説文》正字如此,經典借某爲之,故曰《説文》作某。段氏誤以《説文》作某,謂《説文》有某字無某字。《校議》誤以《説文》作某,謂其篆下必引書。讀書之難如此。"又"祘"下云:"許書大例,言讀若某,讀與某同,或言讀若某某之某字,皆謂叚借,無關音切。如瑄爲夷玉,《爾雅》:'璧大六寸謂之宣。'則借宣爲瑄,故曰'瑄讀若宣'。璁,石似玉,《詩》'有瑲蔥珩',借蔥爲璁,故曰'璁讀若蔥'。圓,圜全也。《詩》'景員維河',借員爲圓,故曰'圓讀若員'。笃,厚也,凡經典篤實字皆作篤,故曰'笃讀若篤'。鄦,國名,凡經典國邑姓氏字皆作許,故曰'鄦讀若許'。子游名㫃,凡經典言偃字皆作偃,故曰'㫃讀若偃'。若此之類,不勝具舉。而世每謂許書讀若但擬其音,無關形義,如後世音切,謬矣。蓋許果以讀若爲音切,則九千三百五十三字何字不當言讀若,何以言讀若者僅十之一。于此知許君讀若爲叚借,非謂音切也。許《敘篇》云:'叚借者,本無其字，依聲託事，令長是也。’則凡本無其字而後有字者，亦不得謂非叚借。”《言部》“諗”下云：“許書本無俗體篆文，今有者，後人加也。《廌部》‘法’下云：‘今文省。’《校議》曰：‘許書無出今文例，校者以法、金難識，因附記云：今文作法。後人遂據添一今文耳。’汪氏曰楨云：‘今文如此，俗亦何獨不然。許書大例，篆文冠首，古籀附焉。或先古後篆，從部首也。許時所謂今文俗字，乃隸書，非篆文，不應雜其中。’所見雖是，亦未盡然。余謂後人必不妄改，蓋亦有所本。許時隸俗雜出，故作是書以正之，而亦未嘗不言俗也。許時俗書，但於説解中及之，以明非正字耳。則此當於上文‘譀’下云：‘俗譀从忘。’如《晶部》‘疊’下云‘亡新以爲疊从三日太盛，改爲三田’是其例。今‘疊’後尚無‘疊’篆，餘皆據説解補，亦許所不及料也。”《鳥部》“鷻”下云：“《韻會·十四寒》引作‘匪鷻匪鳶’。《説文》無‘鳶’字，引經不拘，《四月》疏、《旱麓》疏皆引‘鳶，鷙鳥也’，孔氏所引，往往字義遵許，字形依經，不得據補鳶篆。《夏小正》：‘十有二月鳴弋。’知古無‘鳶’字，借‘弋’爲之。許所見《詩》當亦作‘鳶’，鳶，經典所有之字，《説文》不必皆有。”《木部》“杝”下云：“《五音韻譜》作‘讀若阤’，未敢據改，許説解不拘通俗也。”《貝部》“質”下云：“此闕聲字，小徐《韻會·四質》引並作‘所聲①’。余謂《説文》言闕者卅七見，皆非許語，然亦非校者所妄加。故凡二徐本云闕者，或闕形聲，或闕讀若，或闕引古反切，本非許有，果有漏落，不云闕也。”《手部》“搴”下云：“引《楚詞》‘搴’，即《説文》‘攓’，世之人不察，皆謂許説解無俗字，凡遇不列篆體者皆改之，大非許意。”《女部》“嫺”下云：“《文選·潘岳〈關中

①所，當作“斦”。

詩〉》注、顔延年《和謝靈運詩》注，皆引‘興悦也’。蓋因《文選》作‘興’，而義當爲‘嬹’，故引‘嬹’下説解釋‘興’耳，非真《説文》‘興’下作‘悦也’。六朝唐人引《説文》往往如此，而李尤甚。凡治《説文》者，勿爲所誤。”以上諸説，竝爲前人所未道，奮然杼獨得之見，不隨人作仰俯者。又如《艸部》“茵”下云：“《韻會·八唐》引作‘貝母艸，療蛇毒’，余謂下三字恐出注解語，非引許也。”又“蘼”下云：“《釋文》‘麗’引《説文》作‘蘼’，蓋言《説文》附麗字作‘蘼’，古文借‘麗’爲之，故云《説文》作‘蘼’。《校議》云：‘六朝舊本已如此，蓋誤。《類篇》引作麗乎土，最爲善本。’蓋《釋文》所謂《説文》作某者，謂《説文》正字作某，經典則通用某，非謂《説文》引經有異同也。《一切經音義》凡言《説文》作某者甚多，如《校議》説，是玄應謂許引佛經矣。”《口部》“咸”下云：“小徐無末三字，戌，悉也。非。蓋謂所以从戌，且‘戌’字别義于此見之，許例往往如此。”《齒部》“龇”下云：“柴省聲，不誤。《説文》聲多兼義，古書借柴爲龇，故云‘讀若柴龇’，即以古叚借字爲聲，故从柴省聲。《類篇》龇訓‘齒不齊’，張揖《上林賦》注：‘柴，不齊也。’此借柴爲龇之證。”《鳥部》“雝”下云：“篆體當作‘鵻’。《一切經音義》卷十五引作‘鵻’，《六書故》弟十九引唐本‘从鳥从隼’，《玉篇》亦作‘鵻’。按一短尾，一長尾，兩相合非體。且大徐引《唐韻》思元切，不云職追切，是大徐亦本不作雝也。説解當作‘鷙鳥也’。《采芑》疏、《釋鳥》疏引《説文》：‘隼，鷙鳥也。’《廣韻·十七準》同。六朝、唐人書往往引重文用正篆。説解隹聲當作隼聲。許書正篆，例得以重文爲聲，裘、麗等字皆如此。”《竹部》，《校議》謂當補“第”篆。段氏補，又補説解云“次也”。“第”竹蓋據“《周本》詁訓傳第一”疏引[①]。按《説文》“弟”訓“韋來之次弟”[②],引伸爲兄弟。十五卷標題許皆作“弟”,是《説文》本無“第”字。孔疏所引,或誤以《字林》爲《説文》,唐人往往有此。《亼部》“合”下云:“大徐不誤。此問答本字,故云‘合口’。《左傳·宣二年》:‘既合而來奔。’蓋本字之僅存者。《説文》無‘答’字。‘答[③],小尗也’,義别。”《木部》“槸”下云:“據説解云‘或从艸’,謂正篆从木執聲[④],此从艸埶聲别爲‘蓺’字,非謂槸之上又加艸也。小徐作‘或从蓺’,蓋依篆改。”《㫃部》“旝”下云:“字从㫃,上下文皆言旗,則此‘發石車’當爲旝下别義。引《傳》爲本訓,故非異文,與‘旐’下、‘旗’下、‘旟’下、‘旃’下引《周禮》同。《詩》言叚借,毛無注,鄭訓合。許以《詩》‘會’字爲旗,《左傳》之‘旝’亦作旌旗解,《詩》用叚借,《傳》用正字,許所引亦如此,故知脱旌旗一義。杜云:‘旝,旃也。’下即‘旃’篆,許當同。”《宀部》“家”下云:“家字从豕,近人皆無有解之者。或云中州人每家必有豕圈,故有無豕不成家之語,字當从宀从豕會意。余謂果如此説,則貴畜而賤人矣,必無是理。或云恐家字本訓爲豕圈,借以言人,積習久而本義廢。余謂本義果屬豕圈,當从囗,不當从宀。豕圈重闌,不重屋,則爲圂字。《囗部》:‘圂,廁也。象豕在囗中。’而非家字。許君人獸之辨極嚴,若以家爲豕圈,《宀部》不應首列此字,而訓爲‘居也’。余謂家字本無别義,其所以从豕者,非犬豕之豕,乃古文亥字。亥爲豕,與豕同。《集韻》‘亥’作‘豕’,亥下云:‘一人男,一人女也。从乙,象裹子咳咳之形。’按《禮》

①“竹”字誤,當作“篆”。“本”字誤,當作“南”。

②韋來,當據《説文》改作“韋束”。

③答,當據《説文》改作“荅”。

④執,當據《説文》改作“埶”。

云:'男有室,女有家。'亥爲一男一女而生子,非家而何?此所以从豕之故。又據阮録其《師旦鼎》:'八月丁亥。'《隸續·魏石經春秋》:'己亥,同盟于戲。'字皆从一,从二人,體與'豕'同。一者,亦古文上。今此'家'當言'从宀豕聲',校者不識'豕'即'亥',而以犬豕之豕疑其非聲,故改爲豭省聲。"《欠部》"歠"下云:"宋本作'昆干',《玉篇》作'歠于',《校議》云:'不他見,未審于、干孰是。'余按:《通雅》:'昆于,猶昆吾。《説文》:壺,昆吾,圜器也。同。知昆吾、昆侖古皆以爲圓渾之通稱,故山象之而名昆侖,言其狀混侖,猶言混沌也。昆吾是圓椎之象,吾之聲通爲于,古稱我爲吾,亦爲余。《説文》訓歠,蓋言圓椎混侖之狀,不可知耳。'據此,知'昆于'不誤。"以上各説,並視舊説爲長,更證以諸家之説,"茵"下譚廷獻云後人引《説文》不可據增,大率類此。"雗"篆王氏改爲"韓"字。張行孚云:"《廣韻·十二霽》:'第,次第。《説文》本作弟。'則'第'字不出《説文》,實有明證。""旝"下段氏及承氏培元並增"旌旗"一訓,"昆于"王氏亦从"于",並足互相發明。"家"字之訓,尤爲獨出,然以鄙見推之,則尚有未盡。小徐本《説文》:"亥爲豕,與豕同意。"《玉篇》引亦有"意"字,是古文"亥、豕"二字意同而形不同。汲古閣本豕古文作𠄞,亥古文作𠀅。段云:"初印本作𠦃。"然孫刻宋本則作𠦃,與段所言不同,可見篆文譌舛,難以盡信。《玉篇》豕古文作𠦃,亥古文作𠦃。《集韻》豕古作豕[①],亥古作豕、豜二形,可見古本錯出,故《集韻》兩收之,而與《玉篇》又不同。雖傳寫有誤,而其非一字,斷可識矣。王氏云:"小徐《袪妄篇》引李陽冰説古文亥本象豕減一畫,是字形尚微不同,故曰同意。然則大徐本無'意'字

①下"豕"字誤,當據《集韻》改作"豕"。

者，非也。《吕氏春秋》言史記‘三豕渡河’，子夏以‘三豕’爲‘己亥’，是此二字相似，故易譌。”段氏謂二篆之古文實一字，亦非也。此文當云“从宀亥”，自“亥”譌爲“豕”，讀者不得其義，並疑其聲，遂改爲“豭省聲”耳。惜不能起九京而一質之也。夫蟲書鳥册，多有歧形，帝虎魯魚，非無誤字。矧二千餘年來，籀篆隸楷之變遷，竹簡縑素之銷亡，金石之毁泐，許君原本，北齊顔之推已稱難覩，洎今又千百年，而欲究其是非，甄其同異，正未易言也。潛心積思之士，通其所不能通，是非明而同異定。後之人更就前人之所未盡通者而通之，其心專，其思密，此古學之所以昌，而疑義之所以晰也。同治以後，此學日衰，一時聰穎之士，方將窮希臘之淵源，究三島之流派，昔之以許氏爲總龜，視之如跛鼈而鄙夷之焉。國粹將亡，良足悲已。余序此編，不獨歎吾鄉之治許學者，寂然無聞，且環顧四海之内，亦寂然無聞。此關于氣運之升降，有非人力之所能爲者。又安知氣運之轉移，今日之寂然無聞者，他日不漸被于環球乎，固所馨香祝之者矣。宣統辛亥初秋，歸安沈家本序。

説文校議議跋

劉承幹

《説文校議議》三十卷，嚴章福秋樵撰。秋樵《經典通用攷》，已刻入《叢書》。此書不分卷，以《説文》篇第及前後《序》各分上下，凡三十篇。大旨以其從兄鐵橋先生所作《校議》專訂大徐之誤，尚不能無遺憾，爲補其疏漏，正其訛謬。經始於道光甲辰,訖於咸豐丁巳,又質諸當代通人,凡五易稿而後定。今觀其説,頗多搲獲,試略舉《一部》言之。如“弌”下云:“疑校者所加。許書重文,皆附見於説解中,不出篆體,或見於本篆下,或見於他部所據之偏旁下,校者輒據説解增補篆文,而又廣搜古籀,今俗雜出,皆非許舊。”吏下云:“當作‘从一,史聲’,此校者所改。《説文》聲兼義者十有七八,不言亦聲而義在其中。余謂許君原書凡言亦聲者,皆本部首爲聲。如《茻部》‘莽,从犬,从茻,茻亦聲。’《半部》:‘胖,从半从肉,半亦聲。’若此類皆許原文。至《一部》‘吏’、《示部》‘祏’、《玉部》‘琥’類,皆後人校改。”語極審諦,不特爲《校議》之諍友,實足爲許學之功臣。許氏《敘》云:“庶有達者,理而董之。”如秋樵之精於校理,真無愧達者矣。秋樵又言:“始皇焚書,心本無他。文字之原,始於倉頡。《周禮》保氏教國子以六書,史籀著大篆,孔子書六經,皆本六書。其後諸侯惡其害己,去其典籍,而文字異形,稱謂胥紊。始皇欲盡燒之,爲天下同文耳。故上文云:‘秦始皇帝初兼天下,丞相李斯乃奏同之,罷其不與秦文合者。’此其證。惟恐天下不能盡改,於是有挾書之令,尊今抑古,好大喜功,其有焉。後世遂以禁書之罪加之,亦勿思之甚,此始皇千古不白之冤。”自余而釋,説亦奇闢。蓋秦政雖以武力取天下,未嘗不志乎三代同文之治。宋夾漈鄭氏嘗謂“秦人焚書而書存”。以予論之,秋樵所見,爲尤足辨其誣而達其旨也。往歲予從其族裔迪莊民部假得此本,竊以《説文》之學自南唐徐楚金兄弟出,始有發明,逮國朝乾嘉之際,桂未谷諸賢相繼纂述,至金壇段玉裁作注,精深博大,遂成爲一家之學。然鈕樹玉有《段注訂》,徐承慶有《段注匡謬》,未嘗不與之並傳。《校議》之作,如“帝”字下云:“古文諸上字已下,皆後人校語。”類能發前人所未發。秋樵殫精極慮，糾其違失，亦足並垂不朽。授之削氏，爲治《説文》者一助云。戊午重九日，吴興劉承幹跋。

以上1918年吴興劉氏嘉業堂刻本

説文校議辨疑

説文校議辨疑敘

雷　浚

昔歸安嚴孝廉可均，箸《説文校議》，所據者，毛刻大字本也。後陽湖孫觀察星衍得宋小字本，欲重刊行世，延孝廉校字。孝廉自用其《校議》説，多所校改。元和顧茂才廣圻以爲不必改。觀察從茂才言，今所傳《説文》孫本是也。孝廉校改之本，世遂不見。孝廉頗與茂才不平，故《校議敘》有"或乃挾持成見，請與往復，必得當乃已"之語，所謂"或"，指茂才也。茂才於《校議》中摘尤不可從者三十四條，欲加辨正，至二十條而病卒，稿藏於家，僅吾輩數人傳鈔之，未廣也。不知何由流傳至湖北崇文書局。彼局當事諸君，未悉此書原委，草草刊布。書中凡云"舊説"、云"此説"，皆《校議》説，而局刻無《敘》，未將此意敘明。則所云"舊説、此説"，讀者芒然不知何説。竟有誤以爲許説者。又卷中"喁"字條，原本有"《説文》之爲書，斷不容妄議一字也"二句，局刻本無之，想亦誤以《辨疑》爲辨許，故以此二語爲自相矛盾而去之也。予故敘而重刻之。茂才辨正各條，無一條不細入豪芒，出人意外，入人意中，孝廉未見此耳。使見之，豈有"往復得當"之語哉。何也？孝廉究非懜於此事者也。吴縣雷浚。

此澗薲先生未成之書。先生身後，予始見於先生之孫河之孝廉案頭，尚無書名。後河之録一副本，借與同人鈔之，則已有書名矣。顧書名當云《説文校議辨疑》，此四字不完，不醒目也。而局刻仍其舊題，故予亦仍之。然則此四字，實非澗蘋先生手定也。

清光緒十年（1884）吴縣雷氏刻本

説文解字校録

説文解字校録自序

鈕樹玉

二徐爲許氏功臣,信矣。而小徐發明尤多,大徐往往因之散入許説,此其失也。蓋《説文》自經李少温刊定,輒有改易。由宋以來,蓺林奉爲圭臬,唯大徐定本。今流傳最廣者,乃毛氏翻刊本,而毛本又經後人妄下雌黄,率以其所知改所不知,古義微矣。樹玉不揣鄙賤,有志是書,竊以毛氏之失,宋本及《五音韻譜》《集韻》《類篇》足以正之;大徐之失,《繫傳》《韻會舉要》足以正之。至少温之失,可以糾正者,唯《玉篇》爲最古。因取《玉篇》爲主,旁及諸書所引,悉録其異,互相參攷。初依《經典釋文》體例,成書一十八卷,名曰《説文校録》。後就正師友,咸以爲須載全文,始得通暢。於是重復寫定,卷帙一仍大徐所編,唯首行卷目下旁增"校録"二字,不敢别有更張也。時嘉慶十年六月,吴縣鈕樹玉序。

説文解字校録跋

鈕惟善

嗚呼，惟善不幸，孩提時先慈見背。行年十一，先君去養，彌留時，攬不肖涕出而言曰："吾不能瞑目者三事耳：逆夷未退，先人所著《攷異》未刊，汝尚幼。"言罷，不肖泣志之："勿敢忘。"及稍長，求《攷異》而不得，訪於表兄顧瑞清。瑞清曰："《攷異》曾有兩部，一存祁之釪家，欲梓未果。祁大令，山西高平人也。一爲令叔藏，後在伊妻弟金樸庭處，馮中允桂芬見之，録副以去。"然在樸庭處者，亦不僅《攷異》一書也。善索之金氏後人，則曰無有。同治甲子冬，善舟泊採蓮橋下，步之樸庭家，訪其後人，已無有能讀書者。時亂後，書卷縱横，棄擲滿地。善亟親自搜羅，則先大父手録《攷異》十五册在焉，完好無殘，若有呵護之者。狂喜捧還，告於先人之靈。善自傷無狀，幼而失學，痛念先人廿年清白吏，不名一錢，先大父著作，不克次弟開雕，臨終有遺恨焉。經亂多散佚，《攷異》僅而後存，其餘俱不可問矣。詩爲金徵君蘭、柳孝廉商賢選刻若干首，文及日記，王孝廉頌蔚録示潘侍郎祖蔭，亦刻若干葉，然不過存什一於千百爾。惟《新附考》《段注訂》早經刊刻，風行海内。善伏處鄉里，課童子餬口，《攷異》一書，剞劂無日，每一念及，萬痛攢心，暇日敬録副本藏於家。當世鉅公，有力能刊刻是書者，俾不終於湮没，斯則善所日夕禱祝以俟之者也。光緒四年九月，孫惟善録竟謹識。

説文解字校録跋

潘祖蔭

鈕匪石先生,邑之莫釐山人,束脩自好,其學無所不闚,尤精於《説文》。乾嘉以來,漢學大昌,許君書日益顯。金壇段先生,覃思研精,發揮古訓,海内宗之。先生生稍晚,實與之齊名,所著《説文段註訂》《説文新附攷》,刊行已久,近復於其家求得是書藳本,亟函送當道,發局繕刻。適門人陳嵩佺壽昌提調局事,遂以篆文屬之,歲甫周而工竣。是書余求之數十年,遲遲乃得,今竟壽之梨棗,獲觀厥成,洵快事也。率題數語,用誌欣幸。光緒十年歲次甲申仲冬之月,吴縣潘祖蔭識。

以上清光緒十一年(1885)江蘇書局刻本

説文校訂本

説文校訂本自序

朱士端

士端以道光己丑年計偕入都，考充右翼宗學教習，箸《説文形聲疏證》。時方游王石臞先生之門，得其緒論。己亥年，選授安徽廣德州訓導，旋告歸，迺棲息林泉，縱横書史。近又箸《説文校定本》，蓋以許氏書爲文字聲音訓詁之祖，經陽冰、二徐，不無改竄，已失其真。六朝本不可見，唐本又不可得。今世所傳，惟二徐本，後儒輒逞私智，又改二徐本，而愈失其真。士端不揣檮昧，謹以二徐本參攷同異，擇善而從。然小徐本實勝大徐，惜篇簡殘缺，校者仍取大徐本補之。拙箸或依小徐，或依大徐，其説解同者，則曰大小徐同焉。意存二徐本，尚可以存許書，斷不敢謬執己見，擅改原文。間有心得，祇坿按語。綜其大恉，厥有四要：據鐘鼎古文以校許書古籀文之版本譌舛，一也。近世儒者所言六書之義，皆汶長功臣，朝夕研求，粗知義例。又復折衷前賢顧氏《古音表》，時與故友江甯陳宗彝、江都汪喜孫、儀徵陳輅、黟縣俞正燮、武進臧相、通州陳潮旅館宵鐙，往復辨難，以正後儒增删改竄之謬妄，二也。許書解本字之義，經傳多叚耤之文，但粤古文而篆，粤篆而隸，版本譌錯，都緣隸變。解者叚耤不知破讀，寫者俗體不知釐正。許君理羣類解謬誤，而六書始明。拙箸據許書以正經傳之譌誤，並即許書中凡讀若、一曰之例，以形聲通叚精，叚精明而經傳皆可通，故康成注經，每破叚精讀之，並非改字。又凡經傳譌誤之文，或以形近，或以聲近，形聲明而經傳譌誤之文皆可正。六書之例，形聲十有八九，故凡從某某聲，從某某省聲，從某從某某亦聲，或取古籀爲聲，更以讀若相比況，即重文或體，亦取形聲。大徐不得其説，或删聲字。小徐本存聲字較多。古籀或省形，或省聲，或緐形，或緐聲，或省形不省聲，或省聲不省形，或形聲並省，求聲韵必以許書爲圭臬，三也。許書引經，如《易》宗孟氏，間用費氏；《書》宗孔氏，間用今文；《詩》宗毛氏，間用三家。即重出互見之文，揆厥師傳，授受各殊，溯源追本，意恉悉得，四也。年來僑居荒村，人事屏絶，爰集藁本，手自鈔寫，依二徐所定上下十四篇，《敘》二篇，計成定本三十。至《形聲疏證》一書，亦節録之，坿各條下。咸豐四年十月廿一日，寶應朱士端敘。

拙箸卷數緐多，力難鏤版，爰撮要領，聊具大略。次弟仍依許書，部分祇標圈記。計所存尚不足十分之一。其已栞入《彊識編》者，不備録。同治二年二月二日，士端識。

清光緒九年（1883）歸安姚氏刻本

説文古本考

説文古本考序

潘祖蔭

西雍先生與余家有戚誼，余於道光、咸豐間曾屢見之，其所箸甚富，經史小學、詩古文詞，不減小長蘆也。刊本行世者，有《論語孔注辨譌》《常山貞石志》《十經齋文集》《柴辟亭詩集》《交翠軒筆記》《瑟榭叢談》《銅熨斗齋隨筆》《匏廬詩話》。又與翁叔均廣平合輯《天下古今金石家目録》，余嘗見其藁本，今不知所在矣。此書從繆小山太史鈔得刻之，刻成而余奉諱歸里，兹乃發篋印行，爲識數語，其從前已刻之書版存否，不可知已。悲夫！甲申正月十二日，吴縣潘祖蔭序。

説文古本考跋

潘鍾瑞

許書自二徐以來，遞相傳述，唐宋而後，别本寖多，或彼此不同，或前後互異，其中竄亂增删，論愈滋而去許愈遠。不有明眼人心通神契，力闢榛蕪，末由識古本之真面。段氏注出，競推洨長功臣，亦間有疏舛處。安邱王氏箸《釋例》二十卷,於諸家傳説之衍捝改迻,詳哉言之。其《存疑》數卷,尤得論而不斷之妙。匏廬先生此書,意在參攷舊説以訂其是,言簡而賅,可識真面矣。曩者先生旅寄吾吴,在葑谿槐里之間,與清如吴丈居相近,余嘗介丈以通謁焉。吴丈喜談詩,故余見先生所箸,惟《詩話藂談》兩三種而已。今幸覩此編,快補昔年之憾。惟先生學問文章輝映吴門,應在流寓諸賢之列,而新修《郡志》遺之,惜哉。長洲潘鍾瑞跋。

説文古本考跋

方　栓

《説文古本攷》十四卷,嘉興沈濤匏廬箸。予昔讀其《銅熨斗齋隨筆》而愛之,越數年,客保定,與勞玉初交。玉初,其外孫也。因識嗣君芙江。一日芙江出示此本示予曰:“此二徐之諍臣也。其精覈不及嚴氏《校議》,而該詳則遠過之。”與餘杭褚尗寅謀,將分録一通,不得,乃謀于子壽先生曰:“是書忍令湮没乎? 盍録副本以儲。”先生善之。尗寅南歸,予獨任校役。先是,芙江以初藁見示,塗乙幾不可讀。尋復出最後本,增删盈眉,前後舛誤,予爲之梳櫛排比,三月而斁。其証引諸書原缺未補者,别録一册,儲之行篋,俟爲補斁焉。匏廬博極羣書,學有淵原,與世飣餖爲寶、剿竊爲功者迥别。嘫吾謂東原之學,明隱扶幽,其功偉矣,而檃括好奇,排斥前人,亦往往過是。匏廬其再傳弟子,故亦深染此風。如二徐疏于經學,而緜續許氏之功,則千載難泯,此書輒目爲啚夫淺人,揆之亭林之尊才老,量判雲泥矣。《汗簡》《佩觿》《五經文字》

諸書，未始不可補二徐之誤，然匏廬過信其言，往往執其説以改《説文》。《説文》刊本有誤，他書刊本獨無誤耶？譬諸兩造，各執一辭，必有碻證，始能定其是非，不然，則以愛憎爲去取矣。推原其故，蓋由命名之誤，何則？書名曰《古本攷》，則不得不辨孰爲古本，孰非古本。夫定二千載前之書，欲其錙銖不爽，雖聖賢有不能，匏廬過嚴其名，自致束縛，而遇彼此難定，暨他書誤二徐不誤者，復不忍舍其説。此可謂異同攷，不可謂古本攷也。最後本較之初稿，已删廿之一，叚令匏廬若在，心復有所樽節，不幸殁矣。後之君子，若能删節而刊行之，吾知必與嚴氏之書并行天地間無疑也。玉初云："匏廬作此，已七易稿。"然此尚無敘例，則仍未定本耳。箸述之難，于此益信。光緒三年九月鈔竟，因記。陽湖方愷。

説文古本考跋

陶方琦

西雍先生爲先王父同歲生，故其著書，家具有之。余所愛者，其《十經齋文》及《銅熨斗齋筆記》而已。先生博極羣書，蔚爲經宿，段氏高第，匙有其匹。説經錚錚，論鋒精猛，是衛干城，當仁不讓，洵傑出也。《説文》之學，盛于右文，官本《繫傳》，恎繆迭見，乾嘉而後，遂有完書。段、桂、王、嚴，美矣盡善。是書博採古本，以證《説文》，核辨異同，邳張古誼，條毋系聯[1]，庶爲善本。琦舊著《説文四證》一書，與之相似，四

①毋，當據文意改作"毌"。

證者,一以鐘鼎碑版證《説文》,一以古注類書所採證今《説文》,一以《説文》前之經史子説證《説文》之所本,一以《説文》本之字書韻篇證後《説文》之所異。頻年荒植,迄未卒業。先生之書,精心富學,歎爲絶詣。覽其全編,體例畧具。雖或晷採之處,不無遺漏,獨持之論,未免少偏,要其一失之智,無累全書之美。其中援引師承,折衷至當,六書究洞,爲功勤矣。況稿經七易,尚未寫定,往哲虚心,足風近俗。是書爲黄子再同福録本,幸獲先覩。未遂墨行,恐成湮沬,世有好學,宜傳其書。方琦跋。

以上1929年吴氏滂喜齋重校補刻本

重印説文古本考

重印説文古本考敘

丁福保

歲癸卯，余在京師友人處，見《説文古本攷》而悦之，求之數年，不可得。後有書賈持是書鈔本來售者，索價五十銀圓，余以價昂作罷。嗣後往來南北，求之二十餘年，僅得一部。亟付石印，以公同好。乃爲之敘曰：許君東京大儒，有“五經無雙”之目，其撰《説文解字》一書，至今已二千年，中更魏晉五季，經籍道息，其書屢經繕寫，不絶如縷。向有所謂唐本、蜀本者，今亦不傳。近世所盛行之大徐本，乃宋徐鉉等奉敕校正，師心自用，穿鑿支離，故王菉友訾之爲罪魁禍首，許書之真面目，至此已不可復見矣。而其遺文佚句，往往有散見於經傳注疏、《史》《漢》書注及《字林》《玉篇》《釋文》《御覽》、《文選》李注、《玄應音義》等書者甚夥，若據此以訂正之，豈非學者之愉快事哉。此沈西雝先生之《説文古本攷》所由作也。先生諱濤，原名爾岐，字西雝，號匏廬，浙江嘉興人。嘉興庚午舉人，知江蘇如皋縣，尋擢守燕北各郡，卓著政聲，援例以觀察指分江西。歷署鹽法道、糧儲道，授福建興泉永道，改調江蘇，尋病卒。先生生平專尚考訂，《論語》孔注之譌，自段茂堂發之，陳仲魚昌言之，至先生乃設爲五證，抉摘盡致，作《論語孔注辨譌》二卷。其關於金石學之書，則有《常山貞石志》二十四卷。讀書所得，加以考辨，有《銅熨斗齋隨筆》八卷、《瑟榭叢談》二卷、《交翠軒筆記》四卷，又有《柴辟亭詩集》《十經齋文集》各四卷，《匏廬詩話》三卷，并刊行世。其所著《説文古本攷》，則甄録羣言，實事求是，既不拘文牽義而失之鑿，又不望文生義而失之疏，措辭謹嚴，體例完密，洵足以補苴段氏《注》、鈕氏《校録》之所未備，爲治許學者之要書也。近世有唐慧琳《一切經音義》百卷、遼希麟《續一切經音義》十卷自日本輸入，所引《説文》皆宋以前之古本也，其與大徐本異者共有千餘條，惜西雝先生不及見之。其最有功於《説文》者，余於《説文詁林敘》已詳言之。如《説文》："木，從屮，下象其根。"考許書之例，既有"下象其根"，必有"上象某某"之句。如"耑"云："上象生形，下象其根。""嗌"之籀文下云："上象口，下象頸脈理。"是其例也。意者"木"下必有逸句，然求之數年，不可得。迨考見《根本説一切有部毘奈耶藥事音義》續八卷十三頁。"木"注引《説文》作："𣎳，下像其根，上像枝也。"案屮即"上像其枝"，巾即"下像其根"，惟"像"當爲"象"之俗體。千古疑團，一朝冰釋，豈非快事。《説文》"易"下引："祕書説：日月爲易。"段氏玉裁、桂氏馥、王氏筠皆以祕書爲緯書。余攷許書之例，凡引書當用"曰"字，如"《詩》曰、《易》曰、《虞書》曰、《春秋傳》曰"等；引各家之説，當用"説"字，如"孔子説、楚莊王説、韓非説、左氏説、淮南王説、司馬相如説"等，此許書之通例也。今段、桂、王三家以祕書説爲緯書，終覺於許書之例未合，然亦別無其他佐證可以證明其誤。洎見《大般若經音義》六卷十頁。"易"注引《説文》："賈祕書説：'日月爲易。'"始知徐《説文》脱"賈"字。考《後漢書·賈逵傳》，逵兩校祕書，賈祕書即賈逵也。許君古學正從逵出，故《説文》引師説，或稱“賈祕書”，或稱“賈侍中”，而不名也。“瞋”之重文“賊”下云：“祕書瞋從戌。”亦爲賈祕書説，而脱“賈、説”二字也。段注以爲緯書，非是。《説文》：“帶，紳也。男子鞶帶，婦人帶絲，象繫佩之形。佩必有巾，從巾。”小徐本作：“男鞶革，婦人鞶絲。”考《大般若經音義》五卷十三頁。“帶”注引《説文》云：“帶，紳也。男子服革，婦人服絲。象繫佩之形而有巾，故帶字從巾。”蓋大、小徐本均以“服革”二字譌併爲“鞶”字，而又各有所竄改也。《説文》：“髪，根也。”段氏以許書眉爲“目上毛”，須爲“頤下毛”，故改髪爲“頭上毛”也，徐承慶《段注匡謬》以爲誣，徐灝《段注箋》以爲迂。余因彼此無所佐證，不能定兩造之曲直。考《迦葉禁戒經》及《大般若經音義》六十四卷七頁、五卷六頁。“髪”注引《説文》：“頂上毛也。”段氏改“頂”爲“頭”，頗得其近似。《説文》：“筑，以竹曲，五弦之樂也。”“以竹曲”未成句，必有脱誤。考《根本毗奈耶雜事律音義》六十二卷十九頁。“筑”注引《説文》云：“以竹擊之成曲，五弦之樂。”今《説文》脱“擊之成”三字。《急就篇》顔注：“筑形如小瑟而細頸，以竹擊之。”《史記·高祖紀》正義曰：“狀似瑟而大頭，安弦，以竹擊之，故名曰筑。”是其證也。《説文》：“軾，車前也。”考《根本説一切有部律攝音義》六十三卷四頁。“軾”注引《説文》：“車前木也。”徐《説文》脱“木”字。案《急就篇》：“軹軾軨轙軜衡。”顔注：“軾，車前横木也。”是其證也。《説文》：“怖，惶也。”考《大般若經音義》五卷八頁。“怖”注引《説文》：“猶惶恐也。”徐《説文》脱“猶、恐”二字。考《説文》“惶”注“恐也”，猶言惶恐之惶也，宜將篆文與注讀成一句，不可以“恐”字爲“惶”字之注，“怖”注“惶也”不辭。《説文》：“杖，持也。”考《大般若經音義》四卷二頁。“杖”注引《説文》：“手持木也。”徐《説文》脱“手、木”二字。《説文》:“岸,水厓而高者。”考《集異門足論音義》六十六卷十四頁。“岸”注引《説文》:“水崖洒而高者也。”徐《説文》脱“洒”字。《爾雅·釋邱》:“望厓洒而高岸。”郭云:“厓,水邊。洒,深也。視厓峻而水深者曰岸。”是其證也。《説文》:“贏,驢父馬母。”文義未完,各小學家亦無所論述,惟毛際盛之《説文述誼》謂“馬母”下脱一“子”字,似矣,然未有確證。案“贏”俗作“騾”,考《太子和休經音義》十七卷六頁。“騾”注引《説文》:“騾者,驢父馬母所生也。”徐《説文》脱“所生也”三字。《説文》説解一字,往往有連載數義者。如《匚部》“匡”注“飯宋本誤作“飲”。器筥也”即“飯器也,筥也”,此二義也。《辰部》“晨”注“早昧爽也”即“早也,昧爽也”。《長部》“肆”注“極陳也”即“極也,陳也”。《谷部》“睿”注“深通川也”即“深也,通川也”。《土部》“瘞”注“幽薶也”即“幽也,薶也”。《子部》“孳”注“汲汲生也”即“汲汲也,生也”。皆二義也。知舊本《説文》原有二“也”字,爲後人傳鈔時節去前一義之“也”字,故讀之猝不易解。考《音義》四卷八頁、六卷五頁。“羣”注引《説文》云“繹也,理也”,徐《説文》作“繹理也”。考《音義》四十二卷十四頁。“禅”注引《説文》“接也,益也”,徐《説文》作“接益也”。考《音義》四卷九頁。“楯”注引《説文》“欄也,檻也”,徐《説文》作“欄檻也”。考《音義》八十四卷三頁。“枳”注引《説文》“木也,似橘”,徐《説文》作“木似橘”。考《音義》七十七卷八頁。“縟”注引《説文》“繁也,采飾也”,徐《説文》作“繁采飾也”。考《音義》五十五卷十一頁。“昕”注引《説文》“旦明也,日將出也”,徐《説文》作“旦明日將出也”。考《音義》五十卷二頁。“卬”注引《説文》“望也,欲有所庶及也”,徐《説文》作“望欲有所庶及也”。是皆今本《説文》删節“也”字之證。然今本非但删節"也"字，併有删節其第二義、第三義者，如《音義》二十七卷二十頁。"憺"注引《説文》："憺，安也，静也。"徐《説文》逸下句。《音義》二卷十五頁。"羸"注引《説文》："瘦也，弱也。"又：四卷十四頁。"羸，痿也。"徐《説文》逸"弱也""痿也"二句。案《御覽》引《説文》："痿也。"如是者有數百條，皆足以訂補徐《説文》之脱誤者也。又徐氏兄弟不明古音，每於《説文》諧聲之字疑爲非聲，輒删"聲"字。如"元"字"從一兀聲"，删爲"從一從兀"。"態"字"從心能聲"，删爲"從心從能"。兹以釋慧琳、釋希麟正續《音義》訂正之。《説文》"瑞"字"從玉耑"，徐鍇《繫傳》云："耑下或有聲字，誤也。"今各鉉本無"聲"字，乃由鍇所删。考《音義》二十四卷七頁、四十五卷二十頁。"瑞"注引《説文》皆作"從玉耑聲"。鍇之所以删"聲"字者，因《唐韻》以耑爲多官切，與瑞聲不相近也。不知耑古有穿音，《考工記·磬氏》云："以上則摩其耑。"釋文："耑，劉音穿。"且又有揣音，《莊子·胠篋篇》云："耑耎之蟲。"釋文："耑，向音揣。"據此，則"瑞"字從耑得聲，推之"揣、喘、惴、顓"等並倣此。《説文》"蹢，從足，適省聲"，考《音義》四十卷五頁。"蹢"注引《説文》"從足啇聲"。案"啇"即"啻"字，古音帝，"樀、摘、敵、嫡"等並倣此。徐鉉謂"摘"字當從適省乃得聲，非是。考《音義》三十一卷二十三頁、七十八卷十五頁。"祟"注引《説文》云："從示出聲。"考經傳出字多讀如吹，乃古音也。徐氏不明古音，改爲"從示從出"。考《音義》九十五卷七頁。"朏"注引《説文》云："從月出聲。"徐本删"聲"字，亦非是。如是者有數百條，皆足訂徐氏删"聲"之謬者也。兹略舉數則，以概其餘。欲求其備，宜讀《音義》全書。然正續《音義》日本刊本，非五十銀圓不能得，似非寒士所能爲力。余故以此書與《音義》同時付印，爲後學之津梁，學者可知所從事矣。庶乎古義復明，不至沿前人竄改之誤本也夫。一月二十號，無錫丁福保敘。

1926年丁福保據光緒九年吴縣潘氏滂喜齋石印

説文解字考異三編

説文解字考異三編敘例

王仁俊

《説文解字》之學，自漢以來幾成絶業。國朝鴻儒輩起，斯業大盛。段玉裁極其精，桂馥極其博，王筠極其辨。就其搜羅文字，辨析異同者，則有若歸安姚氏文田之《考異》，大恉據唐宋以來引文，加以論斷，致爲精密。顧其書係艸刱，未勒定本。南皮尚書張孝達師開府兩粤，屬遵義鄭君知同重加考辨，續爲編纂。草稿初成，未及清繕，其中删併敓奪，排比前後，斯事緐瑣，尚竢來者。甲午之秋，俊自都南下，薄游鄂渚，謁南皮師。命補纂此稿，勒成定本。俊言於尚書曰："文僖此稿，雖經鄭氏補纂，然其中遺漏尚多，即如唐宋以來古書，及近出倭刻小學各種，鄭氏皆未采擷，欲成美觀，必待補苴。盍若再輯鄭氏所遺，纂成三編，以請師總纂，可乎？"尚書曰："然。"俊遂歸里，發匧陳書，先開三編徵引書目，大凡近四十種。以兹事體大，及赴都請假，專意輯述。事越三年，謹依許書原例，定爲十四卷云云。

凡考《説文解字》異文者，有鈕氏玉樹[①]《校録》，專以《篇》《韻》對校，已刊入江蘇書局，書可單行，例不贅引。

---

①"玉樹"二字誤倒，當作"樹玉"。

唐本《説文解字·木部》,經湘鄉曾文正公國藩、獨山莫氏友芝寀定,至可信從。兹逐字依據,後節引《箋異》,以定從違,以此爲許君本書,故不入徵引書目。

此編徵采前説,兼及近賢,同學海甯許君克勤嘗以史炤《通鑑釋文》所引對校,亡友同邑孫君傳鳳又以《韻會》所引對校,今並采其精者。

鄭氏珍有《説文解字逸字考》,體極精密,以媁考逸字,無關異文,概不闌入,以清界限。

此編饔係餘閒,曾攷許書獨字成部一卷,許書引漢律令者四卷,今並附於後。

此編曾就正同邑吴愙齋前輩、德清俞曲園先生,其中徵引或疎,斷制率畧,薄植淺才,在所不免,尚希海内通人糾而正之,幸甚。光緒二十二年七月二十八日,吴縣王仁俊謹記。

清光緒(1875～1908)間王仁俊修訂稿本

宋本説文校勘表

宋本説文校勘表序

田吴炤

《説文解字》一書，以孫本爲最善，此治許書者所共知。南皮張文襄公《書目答問》特著其説，無他，以其祖本爲黄氏百宋一廛所藏宋本，世所偁爲北宋真宗時大徐本第一刻也。往讀孫氏栞本，間見譌誤，以爲宋本如是，孫氏仍之。邇者涵芬室印行《續古逸叢書》，孫刻之祖本得以流傳，其譌誤紛陳，觸目皆是。輒以所藏孫本初印精槧比而觀之，始知孫氏訂改實多。甚譌誤顯然者，孫氏一一訂改之，以益學者，此其功不小，惟本非譌誤，竟據他本輕易之者，亦所不免。如“抲”訓“擔也”，孫改爲“撝也”；“髥”下有“髻”字，此古本有“髻”之僅存者，而亦改爲“結”，此其失也。又以己意臆改者，間亦有之。竊歎孫氏《序》云“即有譌字，不敢妄改”二語，未免行所自信，而堅讀者之信，使天下後世學者不能於古書誤處深思而别有領悟，亦可謂專己守殘之太過矣。兹爲校勘一表，畧爲之記，俾孫氏訂改，善處顯著，以曉學者，而其誤改、臆改及未盡改者，皆一覽了然。則凡讀孫本讀宋本，皆可手此一編，庶幾少有疑義耳。乙丑閏四月，田潛記於鼎楚室。

民國緑格抄本

唐寫本説文木部殘卷

題唐寫本説文殘卷

曾國藩

插架森森多於筍，世上何曾見唐本。
莫君一卷頗瓌奇，傳寫云自元和時。
問君此卷有何珍，流傳顯晦經幾人。
君言是物少微識，殘箋黯黮不能神。
豪家但知貴錦褻，陋巷誰復憐綦巾。
黟縣令君持贈我，始吐光怪干星辰。
許書劣存二百字，古鏡一埽千年塵。
篆文已與流俗殊，解説尤令耳目新。
乾嘉老儒躭蒼雅，東南嚴段并絶倫。
就中一字百搜討，詰難蠭起何齗齗。
暗與此本相符契，古轍正合今時輪。
乃知二徐尚鹵莽，貽誤幾輩徒因循。
我聞此言神一快，有似枯楊揩馬疥。
我昔趨朝陪庶尹，頗究六書醫頑蠢。
四海干戈馹迫忙，十年髀肉消磨盡。
却思南閣老祭酒，舊學於我復何有。
安得普天凈欃槍，歸去閉户注凡將。
同治三年八月作此詩，應子偲尊兄雅屬。七年八月，曾國藩書。

題唐寫本説文殘卷

吴　雲

乙丑春，小住焦山。子偲仁兄過訪，贈刊本《唐寫説文木部箋異》一卷，時以未見真本爲憾。逾年，偲兄來蘇，出示真跡。余詳讀之，爲文凡百八十有奇，卷後有紹興小璽，賈秋壑"長"字各印，末有米元暉、俞壽翁題識。其説解與大小徐互有異同，有可取以訂正舛譌處頗多，已詳《箋異》，無庸再贊一詞。玆就其篆法論之，結構謹嚴，筆情瘦逸，正如釋夢英所云"抽其勢，有若針之懸鋒芒"者，此之謂懸針體也。昔秦相斯增損籀文，創爲小篆，世稱玉箸，學者尚焉。至漢章時，扶風曹喜小異斯法，作懸針篆，爲世所宗。自是以後，篆法少變。班固、蔡邕諸賢，各採斯、喜之法而精究之，遂以名世。江式、唐玄度、韋績各家箸録具在，可復按也。間嘗攷秦漢之際論篆學者，並推斯、喜，乃岱頂殘字與瑯邪石刻照耀宇宙，炳若日星，而曹喜篆迹獨不傳。唯《大風歌碑》，或謂曹喜所作。《徐州志》載沛縣大風歌臺有碑二：一豎於東，不知年代，中斷束以鐵；西則元大德間摹刻者。余嘗得墨拓舊本，觀其篆法，正類懸針，傳爲曹喜所書，當時必有確據。今以此卷筆意證之，沆瀣一氣，益嘆法乳之有本也。李唐善書者多，大歷中李少温以篆著名，自謂直接斯翁，不復以曹喜置之齒頰，重定《説文》，風行於世。此卷篆法獨殊於《謙卦》《三墳》諸碑，隱然與少温樹敵，必出當日名手所書，麟角凰毛，洵足爲藝苑珍秘。昔漢章帝愛曹喜書，謂"八法玄妙，一字千金"。今不得見曹氏遺法，賴此適嗣傳其一脈，俾後之人得藉是以追溯初祖,鄭重寶貴,當何如哉? 又況爲許氏功臣耶!余故詳論之,以質偲兄,亦聊以寓闡微之意云。退樓弟吳雲題記。

元次山《峿臺銘》,篆書,無作者姓名,筆法與此卷絶相似。弇州山人謂次山爲文多從顔尚書真卿、李學士陽冰索書,此銘篆書不知陽冰作,抑自作也。余按:碑立於大曆二年,其時李少温正以篆書馳名海内,學者崇奉若泰山北斗,此碑果爲少温書,斷無不署名之理。錢氏潛研堂謂與《浯溪銘》同爲瞿令問所書,亦出臆度,不足爲據。坿識之以備參攷。吳雲又記。

唐寫本説文解字木部箋異題記

陳寶琛

光緒三十四年三月,匋齋尚書出示此卷,同觀者蒙自楊文鼎,新建程志和、吳璆,遼陽楊鍾羲,閩縣鄭孝胥,義甯陳三立,豐潤張志潛。閩縣陳寶琛題。

題唐寫本説文殘卷

楊守敬

此卷黄麻堅韌,墨光如漆,與守敬所藏唐人書《左傳》無異。獨惜當同治時,沈西雍《説文古本考》、慧琳《一切經音義》皆未出,故子偲先生所撰《説文·木部》箋異未之及。守敬嘗以在此二書及所得日本古小學書，撰《説文唐本考》，稿存鄂中，他日當寫寄匋公，爲子偲先生補闕也。光緒丁未四月二日，宜都楊守敬倚裝記於金陵節署。

唐寫本説文解字木部箋異引

莫友芝

同治改元初夏，舍弟祥芝自祁門來安慶，言黟縣宰張廉臣有唐人寫《説文解字·木部》之半，篆體似《美原神泉詩碑》，楷書似唐寫佛經小銘誌，“栝、椢”諱闕，而“柳、卯”不省。例以《開成石經》不避當王之“昂”，蓋在穆宗後人書矣。紙堅絜，逾宋藏經，蓋所謂硬黄者。在皖見前代名蹟近百，直無以右之。余則以謂果李唐手蹟，雖斷簡，決資訂勘，不争字畫工拙，特慮珍弆。靳遠假，命其還必録副以來。廉臣見祥芝分豪摹似，蒼踤不得就，慨然歸我。明年正月將至，檢對一二，劇詫精奇。莫春寒雨浹旬，不出門户，乃取大小徐本通讐異同，其足補正夥至數十事。前輩見戴侗引鼂記唐本許書，雖剌謬，猶貴重，近人獲蜀石經殘拓，寶過宋槧元鈔。矧此千歲祕笈，絶無副迻，徑須冠海内經籍傳本，何僅僅壓皖中名蹟也。廉臣名仁法，陝西山陽進士，權黟未一年，撫綏凋黎，守死禦軼寇，威惠最皖南北，貧瘁卒官，黟人言之零涕。珍貽僅在，摩挲黯然，其授受久近，末從質詰，莊池草拙，絶非彊有力盛交游人，賞真抉異，寂焉未顯。校成，亟思流傳，與海内學者共，庶以不孤循吏之惠。立夏日引。

唐寫本説文解字木部箋異附記一

莫友芝

唐寫許君書百八十有八文，與兩徐本篆體不同者五，説解增損殊别百三十有奇，衍誤漏落所不能無，而取資存逸訂譌十常六七。"梠、栚、榷、檄、槽"篆，唐本作"杞、㮘、榫、檕、槥"，"㮘"省聲不省，"檕、槥"下上易左右。形聲展轉小岐，古書恒有。"杞、梠""榫、榷"，截然兩體，聲義各足，直是互漏。"杶、杻""屎、柅"，蓋其比矣。其説解殊别之善，"楗，歫門"，與李善引合，今本"歫"作"限"。"栅，編豎木"，與《玉篇》合，今本"豎"作"樹"。"㮘，關西謂之㮘"，與《方言》合，今本"㮘"作"橉"。"棁，大杖"，與李賢、玄應引合。"柷，樂木椌"，與《詩》毛傳合。"柿，削木朴"，與玄應引合。"㯿，積木燎之"，與《玉篇》《五經文字》合。今本"大"誤"木"，"椌"誤"空"，"朴"誤"札樸"，"木"誤"火"。段玉裁《注》、嚴可均《校議》博徵精訂，上舉諸端，多與闇合。其於今本"槅，大車柅""楫，舟櫂"，並謂"柅"當作"軛"，"櫂"當作"擢"；於"櫪，榫指"，改"榫"為"柙"；於"楬，楬桀"，改"桀"為"櫫"。唐本又正作"軛"，作"擢"，作"柙"，作"櫫"。於"棊，博棊"，段改"簙棊"，唐本作"簙棊"。於"槽，畜獸之食器"，段改"嘼之食器"，唐本作"獸食器"。偏旁小舛，因以鉤稽，其違易見，猶勝今本泯去誤形，轉忘旁核也。其增字之善："樂，象鼓鼙之形，木其虡也。"校二徐多"之形、其"三字。"閑，從木歫門"，校小徐多"歫"字。其減字之善："櫑，刻木為雲雷，象施不窮。"校二徐省"象、也"字。"杠，牀前横也"，校二徐省"木"字。其次字之善："柃"訓"木也"，唐本不載，知次前木名中不用"柃椵"別義，而二徐迻次"椵"下。"槍"訓"歫也"，唐本與"閑"爲類，次"櫪、樕"下，《玉篇》亦在"樕"下，必因許舊，二徐乃迻"柤、楗"間。"椉"訓"輔也"，二徐在部尾，蓋由寫落補收，段氏謂是弓檠之類而不敢迻，唐本即在"榜、檄、櫽、梧"下。數事略舉，可見大凡。又"槎"下引《春秋國語》曰："山不槎櫱。""楬"下引《周禮》曰："楬而書之。"二徐"國語"誤"傳"，衍"木"，遺"櫱"；"《周禮》"誤"《春秋傳》"，段君不敢輒改。使見此卷，復何依違？更有二徐遺落，他引不及者："杷，讀若駭""杽，讀若丑""杼，一曰柧削木""柮，一曰絡"凡四條。比諸"梏，所以告天""桎，所以質地"，雖二徐不備，尚有《周禮釋文》《太平御覽》引證者，尤希世之珍，千金一字者也。凡斯精祕，昔人鉤稽闇合，略載條下，所未及言，或鄙見偶異，亦摭拾憑據，補綴證明，不免詞費，俟通學裁之。至其每字音紐，一再或三。《隋·經籍志》有《説文音隱》四卷，次吕忱《字林》，無撰人時代，唐以前稱引《説文》音，或即其書。此之音紐，不知即《音隱》否。而今行《繫傳》音，出朱翺《五音韵譜》，楚金所加。鼎臣校定，自取《唐韵》，皆出唐後，不若此音之古。其"柤"云"莊余"，溢大徐"側加"外，正協"從且"古音。"杝"云"力支"，與大徐"池尔"異，正得"杝、籬"古今字正讀。若斯之流，隨手皆寶。故既用鉉書音切，比其溢異於傳注家引《説文》音，亦入校勘云。唐科目有明字，有書學，生隸國子監，又隸蘭臺，其課《説文》限二歲，先口試，通乃墨試，二十條通十八爲第。當時官私善本宜衆，故此偶存斷篇，於全書僅五十有五分之一，猶奇勝稠疊乃爾。若盛宋校定時，能廣求民間，會萃綜覈，以成精完，良甚易事。乃使雍熙官書，罅漏百出，不能不咎鼎臣之疏也。四月既望，友芝再校易稿識後。

唐寫本説文解字木部箋異附記二

莫友芝

紙高建初尺,尺有八分。第一紙右斷爛,存“相”至“桓”八文,上端廣四寸,下端廣四寸六分。第二紙中爛析爲二:一廣尺有一寸弱,“楃”至“槃”二十文;一廣七寸八分,“櫌”至“梧”十四文,爛失者“鉛、楎”二文。第三紙廣尺有九寸八分,“匿”至“椯”三十六文;第四紙“槩”至“檠”,第五紙“桊”至“榁”,第六紙“櫱”至“楬”,各三十六文,廣並與第三同。以推第二紙,若不斷爛,其容文數及廣亦同後四紙,可因見唐經紙尺度。卷末坿米友仁跋,合縫有紹興小璽,跋後有寶慶初俞松題記,知南宋初猶在内府,後乃歸嘉禾藏弆家,松題記左有“俞松心畫”及“壽翁”二印。壽翁,淳祐甲辰著《蘭亭續考》者,嘉禾人,官承議郎,皆見書中。此題先廿年。皆殊不藉輕重,唯米跋謂篆書六紙,以第一紙例諸紙,爛失當二十八文,第二紙失二文。是在元暉後,猶可依尋云爾。友芝坿識。

唐寫本説文解字木部箋異附記三

莫友芝

黟侯贈我硬黄寫本書,乃是許君《説文》之斷帙。中唐妙墨無雙經,動色傳看叫神物。本朝樸學一叔重,六籍盡起基乾隆。鍇殘鉉疏競拾補,勤矣區區諸老翁。唯唐明字科,課試必先通。一代義疏家，取攜若飧饔。少温謬悠在斥廢，説之碎掇還網籠。爾時此本若到眼，定詡鴻都揖蔡邕。汴京祕藏盡六紙，紙縫增衔紹興璽。自從寶慶落人間，幾閲劫灰换朝市。百八十篆巋尚完，界宅分曹爛仍理。顧頊只作書畫傳，千載何人究端委。郘亭孏頹藥不悛，奇文入手如笞鞭。鐙昏力疾草箋記，整亂鉤沈坐無寐。湘鄉相公治經如治兵，號令罷茶齟齬皆峭嶸。莫府軍間結習在，刊徐左許時鏗鏗。謂余此卷雖晚出，試數四部官私誰弟一？元鈔宋刻總奴隸，爲子性命躭書報良直。子箋好成爲子歌，中有大義數十可不磨。即呼鐫木印萬本，把似海内學者豈在多？感公盛意惜晚莫，悠悠志業餘兩皤，無聞守此當如何。湘鄉相公命刊《唐寫本説文殘帙箋異》，且許爲題詩歌以呈謝。同治癸亥十二月戊戌，友芝屬草。

唐寫本説文解字木部箋異序

劉毓崧

莫君子偲得米氏友仁鑒定唐人寫本《説文·木部》之半，撰《箋異》一卷，據"栝"缺末筆避德宗嫌名，"桓、恒"缺末筆避穆宗諱，定爲中唐人書，其説韙矣。毓崧復就唐代避諱之例，參互推求，知此本寫於元和十五年穆宗登極之歲，尚在改元長慶之前。蓋新主龍飛，御名謹避，此制由來已久。《潛研堂集·跋金石文字記》云："秦漢以後，御名未有不避者，故漢宣帝詔曰：'今百姓多上書觸諱，其更諱詢。'許叔重《説文》，於安帝名亦稱'上諱'。即以唐事言之，章懷太子注《後漢書》，於'治'字皆改易。明皇時，楊隆禮改名‘崇禮’，曷嘗有生不諱之令乎。”穆宗以是年閏正月丙午即位，已未改“恒州”爲“鎮州”，以避御名。此本“恒”字既缺筆，則必書於是月以後矣。遠廟爲祧，既祧不諱，故《開成石經》遇高宗、中宗、睿宗、玄宗廟諱，皆因已祧而不缺筆。此本書“旦”爲“曰”，“案”字反切之下一字。所缺之上一字當是“烏”字，或“於”字。易“基”爲“錤”，“欘”字下云：“齊謂之鎡錤。”本書無“錤”字，《御覽》卷八百二十三引作“基”，疑元本作“基”，因避玄宗諱改。其時睿宗、玄宗俱未祧也。玄宗祧於穆宗祔廟之時，睿宗祧於憲宗祔廟之時。憲宗以元和十五年五月庚申葬景陵，既葬即祔廟，既祔則祧廟不諱。此本“旦”字仍缺筆，則必書於是月以前矣。縱或去京甚遠，聞詔較遲，當亦不出是歲秋間，必不遲至來春長慶紀元之後，則定爲元和寫本，復何疑哉。或謂肅宗祧於敬宗祔廟之時，而《開成石經》“亨”字仍避，則長慶年間睿宗新祧，“旦”字何妨缺筆。不知唐朝九廟之制，太祖、高祖、太宗三廟不祧，餘六廟則三昭三穆，彼時議禮者，多主兄弟同昭穆，共爲一世。文宗係敬宗之弟，開成時肅宗雖祧，尚在六世之内。若元宗至憲宗，六世紹承，皆父子相傳，無兄弟相及。穆宗踐阼，則睿宗已在六世之外，廟雖同一，新祧而諱不諱自有區分，未可一概而論矣。惟是“虎”字爲太祖諱，“丙”字爲世祖嫌名，“世”字爲太宗諱，此本皆不缺筆。“㮟”字虒聲，“柙”字下云：“可以盛藏虎兕。”“柄”字丙聲，“枼”字世聲。世祖之廟，祧於祔代宗之時，故《開成石經》“丙”字不缺筆。若太祖、太宗，皆不祧之廟，故《開成石經》遇“虎”字無不缺筆。太和三年石刻尉遲汾《狀嵩高靈勝詩》自注引《白武通》云云，《潛研堂金石跋尾》云：“即《白虎通》，避唐諱改之也。”今按太和、開成皆文宗年號，太和三年下距開成二年刻石經時不過八年，足證其時“虎”字除經傳缺筆外，餘仍例應避改。遇“世”字亦無不缺筆。貞觀時，雖有二名不偏諱之詔，自永徽以後，即單用一字，無不避缺。而此本竟不缺筆者，蓋古人避諱之法令，由疏而漸密。在前漢惟時君之名避改最嚴，此外則無畫一之例，故《焦氏易林》作於昭帝之時，書中止避“弗”字，而先朝廟諱不避。至後漢則嚴近而略遠，故《説文》曾經表獻於朝，書中遇東京諸帝之名，則但稱上諱，遇西京諸帝之名，則不復避。雖景帝爲光武所自出，而“啟”字不避，高帝、文帝皆不祧之廟，而“邦”字、“恒”字亦不避，此必因世數已遥，可援親盡不諱之例也。唐時功令雖較漢爲密，而較宋猶疏。唐時嫌名不盡諱，舊名不必諱。宋時則嫌名之諱愈密，即舊名單字者亦必避矣。《石經》係奉勑所刻，自必謹嚴。此本非進呈之書，不無濶略。故太祖、太宗論廟制固屬不祧，而計世數則已在祧廟之外。意者當時民間傳寫書籍者，因世祖較太祖爲近，高宗、中宗較太宗爲近，三廟既祧，“丙”字、“治”字、“顯”字業已不復避諱，遂於太祖、太宗之諱，亦援親盡不避之例，如後漢時不避高帝、文帝之諱歟？且刻石較之寫書，更宜謹嚴，而唐碑亦間有濶略，故貞元時或不避“隆”字，《田府君侁墓誌》。廣德時或不避“世”字，《郭汾陽家廟碑》。開元時或不避“丙”字，《金仙長公主碑》係玄宗御筆，尤非臣下所書可比。萬歲登封時或不避“虎”字。《封祀壇碑》立於武后之朝，碑中書“葉”爲“枼”，仍避太宗諱，則非立意不避唐諱也。夫德宗時玄宗未祧，玄宗時世祖未祧，代宗時太宗世數未遥，武后時太祖世數更近，其歲月皆先於元和，而大書深刻者亦復失記缺筆。然則當元和時，傳寫經籍者，於“虎”字“世”字偶未缺筆，安在非情事之所有乎？元和十五年歲在庚子，至今已閲庚子十八，歷年千四十五，而此本巋然獨存，若有神物護持。就中字句之詳略異同，足以校補各本之脱訛，印證諸儒之考訂者，斷非後人所能依託。況“栝”字爲應避之嫌名，雖亦在耳目之前，然究不若“虎、世”兩字熟在人口。昌黎《諱辨》“滸、勢、秉、機”之語，里塾咸知，不待讀史也。如謂好事者所作贋本，豈有能知“栝”字當缺，轉不知“虎”字、“世”字當缺，而留此罅隙，授人以攻擊之門？閲者不可競指爲白璧微瑕，遽抑連城之價也。用是援引比例，以塞疑竇之端焉。若夫《箋異》之疏通證明，語簡而義核，則留心小學者自能識之，不待縷陳矣。同治甲子中和節，儀徵劉毓崧識。

唐寫本説文解字木部箋異序

張文虎

唐寫本《説文·木部》殘袟，於全書不及百分之二，而善處往往出今本外，其傳在鉉、鍇前無疑。金壇段氏注許書，補苴糾正，多與闇合，益知段學精審而此袟可貴。獨山莫子偲氏得此，爲抉摘同異，疏通證明，發前人所未發。湘鄉節相韙之，授工精栞，至寶在人世，不可終揜，宜矣。文虎嘗預校勘，復承節相命紀以詩，意未盡，輒刺其瑣瑣者質莫君。“楃，從屋，屋亦聲”，以楃形如屋，不專取諧聲，二徐脱“屋亦”，失許意。“牀，安身之坐也”，鉉本“坐者”，《玉篇·牀部》“身所安也”，與《初學記》《御覽》引“身之安也”違一字，雖不與唐本同，可證不得有“几”，鍇乃誤衍。“梳，理髮者也”，釋義已足，《篇》《韵》、二徐失“者”字，段以意補“所以”，贅。“梒，江洽切”，《篇》“居業、公答、渠業”，《韵》“古沓、巨業”，皆一聲，鉉切“胡甲”，非。“榗，讀若驪駕”，鉉有鍇無，段據《玉篇》“杫、榗、樾”連文，謂清支合韵。“思漬、所綆”，固聲相轉，“驪”不同部，又不同聲，嫌迂遠。疑四字當在“枷”下，工亞切，乃椸枷之“枷”，正合駕音。二徐“枷”下失“工亞”，鍇又以“驪駕”不合“楷”音删之，昧其爲錯簡也。“桮，一匲也”，今本及《篇》《韵》皆無“一”，“一匲”無義。《匚部》：“匲，小桮也。”則桮爲大匲，疑有脱畫。“案”音曰，失上紐，《廣韵》“於旦”，此當同。“几屬”下“也”，《篇》《韵》皆有，今本失之。“櫑，從木畾，畾亦聲”，以櫑刻雷形，義兼聲，鉉脱“畾亦”，誤如“楃”。“椾，他果”，與《廣韵》《三蒼》合，《玉篇》“敕果”，取類隔。鉉“徒果”，輕重微别。“柷，工用柷止音爲節”，鉉本“所以止音”，段改“以止作音”，疑“止”即“作”字，古多以“乍”爲“作”，“止、乍”形近而譌，不煩增改。“檛”，音戈，讀若過，鉉“乎臥切”，段云“當依《篇》《韵》古禾”，是矣。而删“讀若過”三字，豈忘過亦古禾切邪？又《篇》《韵》皆云：“車盛膏器。”唐本、今本無“車”字，疑傳寫失之。“橃，海中大船也”，《廣韵》引同，二徐脱“也”。“析”從木斤，會意，非諧聲。鉉“斤”上多“從”，猶可通，鍇作“斤聲”，謬。“椒”多“叉迈”，與《篇》《韵》合。“梡，下短”，《韵》“胡管”同，鉉音“胡本”，疑涉“梱”而誤。“楢”，音酉，鉉“余救”，《篇》“余宙”，《韵》兼收上去。《周禮·大宗伯》“槱燎”釋文“羊九”，《詩·棫樸》“槱之”釋文“弋九”，是古人多讀上聲。“櫘”音“息芮”，鉉及《韵》皆“祥歲”，《篇》“爲綴、才芮”二切，又音“歲”，與“息芮”合。惟“梏”鉉及《篇》《韵》皆紐沃部，此切“古屋”獨異，然求之古音，實不背也。同治三年春仲，南匯張文虎坿識。

唐寫本説文解字木部箋異述

莫彝孫

使相湘鄉公命刊家大人撰《唐寫本説文木部箋異》成，男彝孫、繩孫對勘譌字畢，大人覆審一通，命彝孫曰："是箋於'梧、校'二字，説解增異，遺而未言，偶疏也。'梧，一匰也'，二徐無'一'字。張歗山文學《跋》謂'本書《匚部》匰訓小梧，則一匰當是大匰，疑有脱畫。'補義允矣。唯'校'之訓'木田'，箋以'田'爲誤字，謂當從二徐，今細審之，唐本是而二徐誤也。刊成不便增改，汝可記吾説於卷尾以補正之。"按"田"即《周禮·大司馬》"蒐田、苗田、獮田、狩田"之田，"木田"者，謂編木爲校以供田事也。《漢書·成帝紀》:元延二年冬，大校獵。師古曰："校，以木相貫穿爲闌校。《校人》職曰：'六廄成校。'則是以遮闌爲義。校獵者，大爲闌校，以遮禽獸而獵取也。"又《司馬相如傳》："天子校獵。"師古曰："校獵者，以木相貫穿，總爲闌校，遮止禽獸而獵取之。"《傳》又曰："扈從横行，出乎四校之中。"師古曰："四校者，闌校之四面也。言其跋扈縱恣，而行出於四校之外也。"據小顔三説，正以發明"木田"之義。"檥"爲大船，"樔"爲大巢，"校"以大闌介"檥、樔"間，次類相從，知"木田"是許君本文矣。"木"上蓋當有"交"字，其辭乃完。殆由刪疊篆者，以疑似去之，讀者驟不得其説，反疑"田"爲誤字，而岐異遂生。故"田"字大徐作"囚"，小徐又作"缶"，今本亦作"囚"，乃誤依大徐改，以《通釋》知之。證以《易》"荷校、屨校"，"木囚"近似，而"校"篆不與"械、杽、桎、梏"相次，則非是。"木缶"，鍇謂"以木爲缶，形相連接"，舉韓信以木罌缶渡軍爲比，取傳合於“橃、楫、欚、校”之相次，然於古未聞，稍嫌迂曲。自緣形近譌誤，皆不如唐本爲長。蓋“校”之爲事，取於交木以爲閑闌，其義則教訓、閑習，而比校其能否，學校之義因之。推之閑馬者亦曰“校”，則《周禮·校人》之“校”有左右十二閑。其軍部有闌格者亦曰“校”，則《中山策》之“五校大夫”注“以五校爲軍營”，《漢·百官志》之“司隸校尉、城門校尉”，《刑法志》之“内增七校”，皆是。其以拘罪人亦名“校”，則《易》虞注“校者，以木絞校，即械”是也。至《士昏禮》注之“校爲几足”，《祭統》注之“校爲豆中央直者”，亦皆取交木貫穿爲義。凡爲許所未舉者，可引而申之矣。《廣雅·釋木》：“校，椒柴也。”説者謂田校、馬校必以柴爲之，故“柴”亦可名“校”。予意此“柴”即今“寨”，“砦”音義同，鍇《通釋》所謂“師行野次，豎散材爲區落，名曰柴籬”者，亦足與木田之“校”相發明。同治三年歲次甲子，夏四月既望，男彝孫謹述。

唐寫本説文解字木部箋異跋

方宗誠

右唐寫本《説文·木部》之半，獨山莫子偲氏爲之箋異，湘鄉相國命刊於安慶行營。夫經訓之昌，至本朝而極，而綜其大要，不越乎通文字形聲，文字形聲，莫備於許君書。許君書僅二徐傳本，不免闕誤。自乾隆老輩，頗抽掇唐人以上引證爲校讐，此寫本既在二徐前，又資補正數十事，故雖斷簡，劇可寶貴，箋正流傳，以公學人，宜哉。或者乃謂方世多故，切在濟時，儒生誦説，但能如武鄉侯畧觀大意，如陶靖節不求甚解，取致用，足行吾志，得矣，奚以此鏗鏗瑣細不急爲？余則以爲不然。夫孔子處衛亂之時，其論爲政，必先正名。馬氏解“正名”爲“正百事之名”，鄭氏則直謂“正字書”，且申之曰：“古者曰名，今世曰字。”就鄭説粗觀之，豈不迂遠無當？誠一一按書名求其實際，鄭、馬又詎有異義耶？故君君、臣臣、父父、子子，是謂名正，不如是，是謂名不正，推之百事皆然。故名正則臻治平，名不正則禍亂生，伊古以來，未有不由此者。今毛盜亂天下踰十年，賴吾湘鄉公起，運籌決勝，草薙禽獮，漸恢靖我疆土，而經籍斷散，十無一存。莫君適獲此卷於燹餘，乃足冠海内經籍傳本，寶襲精勘，嘗自比於西州漆書、蓬萊石經。其與武鄉、靖節用意，自不容彊同。而湘鄉公之喜爲刊行，則大以引正名之端，示定亂拔本塞源之要，亦安得謂瑣細非急務也。同治甲子仲夏，桐城方宗誠跋。

以上清光緒三十四年（1908）北京富晉書社影印本

説文解字繫傳

説文解字繫傳跋

蘇　頌

熙寧己酉冬，傳監察王聖美本，翰林祗候劉允恭等篆，子容題。時領少府，并詳定天下印文，允恭等案吏也。

司農南齊再看，舊闕二十五、三十共二卷，俟别求補寫。

嘉祐中，予編定集賢書籍，暇日因往見樞相宋鄭公，謂予曰："知君校中祕書，皆以文字訂正，此正校讎之事也。"又曰："文字之學，今世罕傳，《説文》之外，復得何書？"予以徐公《繫傳》爲對。公曰："某少時觀此，未以爲奇，其後兄弟留心字學，當世所有之書，訪求殆遍，其間論議，曾不得徐公之彷彿。其所據，以今所得校之，十不及其五六，誠該洽無比也。"又問予曰："小徐學問文章才敏皆優於其兄，而後人稱美出其兄下，何耶？"予曰："信如公言。所以然者，楚金仕江左，少年早卒，鼎臣歸朝，公卿皆與之遊，士大夫從其學者亦衆，宜乎名高一時也。"公再三見賞，相謂曰："君之評論，精詣如此，當書録以遺異日，修史者不能出此説也。"因校此書畢，追思公言，聊志諸卷末。己酉十二月十五日，子容題。

説文解字繫傳跋

尤　袤

余暇日整比三館亂書，得南唐徐楚金《説文繫傳》，愛其博洽有根據，而一半斷爛不可讀。會江西漕劉文潛以書來，言李仁甫託訪此書，乃從葉石林氏借得之。方傳録未竟，而余有補外之命，遂令小子槩於舟中補足。此本得於蘇魏公家，而訛舛尚多，當是未經校理也。乾道癸巳十月廿四日，尤袤題。

汪刻本説文解字繫傳跋

汪啟淑

南唐内史徐鍇楚金，以博洽著名江左，與兄鉉並稱。其後鼎臣歸宋，名乃過於小徐耳。内史精小學，最有功於許氏《説文》，著《韻譜》及《繫傳》。《韻譜》以聲韻區分，便檢閲，鼎臣爲之序，《通釋繫傳》凡四十卷，考據尤盡精核，然在宋時已多殘闕，較《韻譜》之顯於學官者大不侔矣。淑慕想有年，幸逢聖朝文治光昭，館開四庫，淑得與諸賢士大夫游，獲見《繫傳》稿本，愛而欲廣其傳。因合舊鈔數本，校録付梓。其相沿傳寫既久，無善本可稽者，不敢以臆改也。刻既竣工，爰贅數語於後。時乾隆壬寅巧月，古歙汪啟淑跋。

汪刻本説文解字繫傳敘

陳　鑾

古者經師最重六書，誠以六書者，聲音訓詁之本，名物度數之原，學者所以通陰陽消息變化，禮樂刑德鴻殺易簡者也。其淺者亦得以達夫形聲相生、音義相轉，用治六藝百家傳記微文奧義，則小學之爲功鉅矣。許氏叔重生東漢之末，睹古義之湮失，患俗説之紕繆，爲博攷通人，作《説文解字》十五篇。雖不知于其所謂"達神恉"者何如，而文之遷變，音之正轉，以及三代之遺制，四裔之聲訓多具。其子沖所云"天地鬼神、山川艸木、鳥獸蚰蟲、雜物奇怪、王制禮儀、世間人事，莫不畢載"是已。自漢以來，凡碩儒儁材通經術、述字例者，多宗是書。然間爲李陽冰所亂，非徐氏鉉與其弟鍇修治之，其書寖以舛僞。今觀二本，鉉頗簡當，間失穿鑿，又附俗字；鍇加明贍，而多巧説衍文。又一文繁略，有無不同，若"閑"，若"放"等兩部互見，鉉本多已言之，鍇本略。若"詔"，若"曆"等十九字，皆鉉承詔附益，而鍇書《疑義篇》亦云："《説文》有誌無志。"則十九字鍇本宜無，今具在。又《疑義》云："《説文》有'濯、擢'而無'崔'，疑'巖'之省。"而"崔"附《山部》末。若"覓"，若"丄"，若"禽"等十數字，鉉本無；若"淥"，若"瀨"等，則鍇本無。或部居移易，若鍇本"亭"次"畐"後，"录"次"克"前。或説解闕佚，若鍇本"鷚、寐"等下是。度後人增改傅會，及傳寫遺脱。是今所傳二徐本，亦非其舊矣。二徐攻是書，雖各執己學，優絀互出。而鉉書後成，其訓解多引鍇説，而鍇自引經，鉉或誤爲許注。又諧聲讀若之字，鍇多于鉉。則學者當由鍇書以達形聲相生、音義相轉，用治六藝百家傳記微文奥義，而研窮其原本者矣。顧鍇本尤多殘闕，雖黄公紹《韻會》多引鍇説可攷證，而《韻會》復爲熊忠增補，有分韻兩收之字，互見爲大小徐本者。有兩引鍇説，而繁簡互異，則據以校鍇書，亦多參錯。壽陽祁淳甫侍郎經術明通，學識閎邃，尤好是書。往歲督學江蘇，即求得顧千里影宋鈔本及汪士鐘所藏宋槧殘本，既又得鍇所作《篆韻譜》，詳爲攷覈。復屬武進前輩李申耆先生、寶山毛君生甫與申耆弟子吴汝庚、承培元、夏灝等，審其譌脱，繕刻于江陰。侍郎嗜學之深，好古之篤，導微扶弱，嘉惠英彦，以佐國家同文之盛，可謂至矣。惟二徐本既有異同，又訓釋交有得失，又有二家皆失者，非索其奥賾，窮其會通，本諸古訓，參于衆説，别爲條疏，附于簡後，則經藝弗顯。嘗約侍郎共爲校勘一書。侍郎心韙其言，屬余綜定。余雖骶濇，弗克稽譔，而樂觀其成，實爲同志焉。會《繫傳》刊竟，侍郎已有文敘之。又屬余一言，用少先詳其本末云。道光十有九年十月，江夏陳鑾謹譔。

重刊影宋本説文繫傳敘

祁寯藻

六書之教，當刱自倉頡，至《周禮》而始著。學者以文字聲音求訓詁，以訓詁通義理，未有不由此者也。周之時文化聿昭，彬彬郁郁，開治平者數十世。遭秦滅學，六書大指得不盡泯，賴許君叔重網羅綜理，成《説文解字》垂于後世。徐鼎臣、楚金兄弟校訂表彰，爲許功臣，而小徐之《繫傳》，校大徐發明尤多。我國家昌明儒術，同文之盛，遠邁前代，士子知從聲音文字訓詁以講求義理，《説文》之書幾于家置一編，然多大徐本也。小徐《繫傳》唯歙汪氏刻有大字本，石門馬氏刻有袖珍本，譌脱錯亂，厥失維均，閲者苦之。寯藻讀段君懋堂《説文注》，知吴中顧千里、黄蕘圃兩家藏有舊鈔本，讐校精詳，久懸胸臆。河間苗仙簏夔篤志許學，研究《繫傳》，亦傾慕此本。歲丁酉，寯藻奉命視學江蘇，約仙簏同行，初以老憚遠涉，既念顧、黄本或可因是得見，欣然命駕。九月抵署，謁暨陽院長李申耆先生，首訪是書。先生于顧，舊同學也，即寓書其孫瑞清假之。取以校汪、馬之本，則正文、注文顧本往往字數增多，而《木部》《心部》竟增多篆文數十。且有《鬱部》，汪、馬本脱去部首字。㡀、𢆉、㫃、㱃、㳄、兂、嵬、象等部，汪、馬本通部俱脱，而顧本全者。先生又爲訪求汪氏士鐘所藏宋刻本，汪氏僅齎示弟四函三十二卷至四十卷，餘云無有。以宋刻本校鈔本，大略相符，知顧氏本實爲影宋足本。寯藻既欣得此書，欲公同好，間與芝楣陳撫軍言及，撫軍慨任剞劂之費。即請申耆先生董紀其事，依寫開彫。至《繫傳》原闕二十五卷，顧氏鈔本係據大徐本補入。寯藻復請先生蒐採《韻會》等書所引《繫傳》，輯補編附，以存崖略。先生又命弟子江陰承培元、夏灝、吴江吴汝庚作校勘記。苗君獲見顧本，益加訂證，遂以心得别成一編付梓。其小徐《篆韻譜》，寯藻復從沈蓮叔都轉訪録，附刊書後。于楚金一家之言，庶云備矣。雖然，此書在宋時，據尤延之、李仁父、王伯厚諸家紀載，已多殘闕，元、明兩代竟未刊行。兹僅據顧氏影鈔本，而汪氏宋刻本又未獲睹其全，恐遺漏舛錯，仍所不免，尚冀海内好古之士就此本詳加考訂，匡其不逮，俾後之學者，于小徐書得見真面目，無毫髮遺憾，用以研究六書，由訓詁以通義理之原，而光昭聖治。是則撫軍傳刻之意,而亦寯藻之所昕夕跂望也夫。道光十有九年太歲在己亥九月,敘于江陰使署。

重刊影宋本説文繫傳記

王　筠

淳父先生歸自江蘇,攜此書五部,至都,一贈徐星伯松,太守同館也;一贈苗仙簏,即《序》所云也;一贈張石州穆,婚姻也。惟筠於先生無素,亦使石州賜一部,此辛丑二月事也。三月會試,余弟範出先生門,八月筠始識先生,記之以志感。

此書改竄已多不妥。甲辰九月,山西藩憲喬見齋先生以此書使筠校之,乃知近來又有刓改。此蓋出吴承諸人手,何其謬也。十一月初三日,筠記。

道光癸卯七月,桂竹孫祥代假朱竹君先生家藏鈔本校之。王筠記。原本有題吴西林説者,其不題者,蓋即竹君先生説。

筠之初校此書也,於兩本之異者,但丶其旁,而書朱本之字於眉,或書於本字之側,後來或曰"某作某",或曰"某,朱作某",初無一定之例。要之,所改皆竹君先生本。或出己見,則必有識别。甲辰五月,又以汪刻及大徐本校之,幾無區别,然凡直改而未言此某本者,即竹君先生本也。書之以告後人。

説文解字繫傳跋

李兆洛

道光丁酉之歲，淳父先生祈公奉命視學江蘇，其駐節在江陰縣，而兆洛適爲其邑書院主講，以同館故得奉謁先生。先生見即問小徐《説文繫傳》行世者何本，别有佳本否？兆洛對以此時通行者惟歙汪氏啟淑本，訛漏不足馮，現在蘇州汪氏有宋槧不全本，顧氏有影宋鈔足本，皆佳。先生立命往借之，至即勼工梓之，命兆洛爲之校理。閲一年，刻成。兆洛按：二徐之于《説文》，功力並深，才亦相隸。宋人所以重《繫傳》者，徒以《繫傳》所坿《通論》諸篇，原本《説文》，旁推交通，致爲妍美。而《通釋》視大徐，雖時出新意，而不及大徐之淳確。又其引書似都不檢本文，略以意屬，亦不若大徐之通敏。惟兄弟祖述鄦氏，重規疊榘，毋敢逾迾，實足發明叔重遺業，訂正其所不及，故學者推崇之，不能偏廢也。讀書之道，莫先識字，居今日而欲求三代之遺，舍鄦氏奚所適從哉？學者不知師古，向壁虚造，焉烏莫辯，惟稍窺鄦氏書，庶幾足以救之。昔朱竹君先生督學安徽，病士子字跡乖戾，翻刻毛氏汲古閣本大徐《説文解字》以示之準。今先生拳拳《繫傳》，亦此意夫？又先生時時偁《朱子小學》，欲求善本刊之，分賜多士，使爲瀍守。是皆爲學之本，致治所先，誠當務之急也。故識其概，以諗來者。李兆洛識。

汪氏字閬原，候補道。顧氏字澗蘋，諸生。以故其孫瑞清能世其業。汪芝生[①]，篆文則江陰承培元、吴江吴汝庚，校

[①]"汪芝生"上丁福保《詁林》有"寫楷字者蘇州"六字，當據補。

之者則河間苗夔、江陰承培元、夏灝、吴江吴汝庚也。李兆洛附識。

重刊影宋本説文繫傳校記

王　筠

汪氏啟淑刻《説文繫傳》，其篆文皆刓自汲古，多失小徐之舊。繼又見朱文藻《繫傳考異》，知其篆例之大凡，而闕部闕篆以及説解中譌脱與汪本同。道光辛丑，祁淳父先生賜筠此書，出自顧千里鈔本，首尾完具，譌誤差少，以爲所據之本誠完本也。癸卯秋，借得朱竹君先生家藏本校之，而後悟其非，請臚舉之，以諗讀者。《攷異》所舉挩文誤字，皆據朱文游、郁陛宣兩本，嚴氏、段氏所引皆與之合，竹君本亦與之合，則是自昔相傳皆如此也，而顧本獨異，此其不可信者一也。尤袤當乾、道時已惜其一半斷爛不可讀，況當今日，安能如此本文義順從邪？此其不可信者二也。諸本全闕者凡九部，闕篆二百七十六文，顧本無一闕，然《𣏟部》之誤合於《朩部》也，自宋已然，故朱鈔本目録“朩、麻”之間闕《𣏟部》，汪本同，顧本目録亦同，而正文顧否，知其改易正文而忘稽目録，即知其以意爲之而非有所據也，此其尤不可信者三也。竹君本惟首兩卷有校語，半吴西林説也，惟一事先引吴説而後繼以念孫按，是知懷祖先生有校本。凡吴、王所云“當作某”者，顧本正與之合，所舉脱誤則朱鈔、汪刻皆然，是知顧本直據先輩校語改之而已，惜不見懷祖先生全本，無以盡發其覆也。竹君本偶有獨異之字，必大勝於顧本，則顧氏以意爲之而不中小徐之志也，然而顧氏所據别自爲一本，與諸家據本固不同，所增之篆多有，《繫傳》猶可曰據《集韻》《韻會》所引補之也。若“欙”字傳計六百六十餘字，“秦”字傳計四百四十餘字，且自“穌”至“科”適是一葉，知諸家傳本此處皆脱一葉也。《攷異》曰《心部》十八葉脱，計此本所存之字，則溢于一葉者，以顧氏自補“慬”字於部尾也。凡此類皆言“切”不言“反”，是不欺人處，惜不作序跋，是其所增補之所據，則仍藏頭露尾也。其次第適是十八葉，知顧氏據本此葉亦未脱也。即所補單字，亦有可證者。如毛氏剜補《木部》“閑”字、《黍部》“黏”字，他本並無，惟此本有，且説解並同，則毛氏所據小徐本亦有之也。鋪觀其大，即或以大徐補之，或以羣書所引補之，或以先輩校語改之，于其不通而無所據者，尚仍其舊，使小徐書略可屬讀，即可偁爲楚金功臣矣。乃其誤猶有當指摘者，一爲顧氏之誤，一爲刻時寫者之誤。小徐《首部》無“剸”字，“剸”即《刀部》“剬”之俗字也。《彑部》無“彖”字，與宋槧大徐本同，“彖”即“彖”也。一切補之，後生承其誤矣。知廿五卷之補从大徐也，遂盡以今本改之，不知乃張次立所據本也，此皆顧氏之誤也。改“[illegible]”爲“[illegible]”、此謬唱自《汗簡》。“[illegible]”爲“[illegible]”，皆沿段氏之誤。幸《白部》所屬尚如舊，《玉部》“璣”字亦如舊耳。朱鈔本説解中兩岐之字率從山，間有一二從止，此本盡從止，是於隸書尚茫昧也，此則寫者之誤也。思心不容門户，是競今之學者率病此矣。兹於首數卷多記朱本誤字，以見此書傳譌已久，必無善本可讀，不可謂顧氏誠見完本也。七卷以下多不出矣，而空白之處猶必著之。道光廿三年閏月六日王筠記。

校畢，往歸竹孫，適它出，挈回，覆核之。《木部》自“槲”至“校”適四葉，自“檗”至“棐”適二葉，雖小溢數字，無害大同。是知朱文藻所據兩本、朱竹君所鈔之本,皆挩此數葉,千里據本獨不闕也。如其作僞,豈能葉數適符如此。石州乃親見顧氏本者,謂筠曰:“汪閬原所藏宋本每葉字數與顧本同,且書工極不佳,紙又甚薄,的是影鈔,必無顧氏作僞之理。”乃胡光伯曰:“君不記借來閬原本又有所校改始付刊邪?”石州亦無以應也。筠案:廿五卷宋時已佚,張次立以大徐本補之,而汪啟淑刻本與朱竹君鈔本合,顧氏本獨與汲古諸本合,其爲顧氏私有改定,已可概見。況諸序跋皆僞爲顧氏影宋鈔本,而未能言其所影之本、付梓何日、今歸某家,則所□□□終亦未可深信。況小徐篆文異於大徐者,此本符者太半,且其字形率皆縮小,其刓改之迹曉然可見,此則刮後校改,又非顧氏之謬矣。雖然,小徐書未有善於此本者,則取長略短可也。即命爲真宋本,亦無不可也。八月廿一日,筠又記。

重刊影宋本説文繫傳校記

陳慶鏞

校畢將奉還,適苗仙簏過從,詢之,言前在春浦幕中,見此書底本,胥鈔庸劣,舛錯不堪,上有紅筆、墨筆、藍筆校語,係毛子晉、段茂堂、顧抱沖、顧千里手書,每葉皆跋,以一字千金,重重鈐印。而其譌舛處,如“潘岳《秋興賦》”作“審兵狄與賊”,“臣鍇曰:疏通知遠書教也”作“臣鍇《白虎通》知達書教也”,如此之類,不可枚舉,而反語紕繆尤多。“程、辰”“恒、痕”諸音混亂,都經更正。付刻時,因李申耆、祁春浦兩先生屬以原書勿動,嗣以其顯然易見者從其改,其餘可疑者悉照原書謄寫付梓。余謂可疑者固不得妄爲更動，即其顯然易見之誤，更無庸更動，存之猶使讀者得以尋繹其迹。而仙籠乃曰：本書"雁，从隹，瘖省聲"，擬改"从隹、疒，倴省聲"；"熊，从能，炎省聲"，擬改"从能，炏省聲"，皆未更正爲憾。夫所貴乎宋鈔者，以其時代近古，即或烏焉魚虎，規模猶在，遠勝於後人擬議杜撰之學，若一併改之，又烏所謂宋鈔？又烏所謂一字千金哉？然則此書經毛、段、二顧諸人校改，後又以苗校雜闌入其中，廬山真面已不可復覩矣。余謂是書妄改之弊，固不得專咎千里一人也。今幸朱竹君宋鈔本猶存，得以對勘而發其覆，是亦文字中一快事也。道光廿三年九月十六日，晉江陳慶鏞記。

以上清道光十九年（1839）祁寯藻刻本

説文解字繫傳校勘記

重刊影宋本説文繫傳校後記

吴韶生

右景宋本《説文繫傳》四十卷，祁氏《校勘記》三卷，計七百三十五葉，開彫于光緒二年丙子八月，訖工于三年丁丑九月。《繫傳》用元本精翻，《記》重付寫手，並屬同年仁和姚槱棫卿作篆兼訂正。爲余校對者，同年丹徒趙樹禾虞孫，婣家常熟曾賓章君静，余弟念椿慶餘，郁生蔚若，姪笏慶搢之，子曾源伯淵也。吴縣吴韶生子龢甫記于冶山學舍。

重刊影宋本説文繫傳敘

吴寶恕

東漢南閣祭酒許君慎作《説文解字》，推究六書之恉，由形聲以達訓詁，表微扶逸，正俗匡謬，俾《周官·保氏》六書之學，後世猶得通知其意，存古之功爲大。子沖《表》上時，朝廷雖甚尊顯其書，而未立學官。魏晉以來，士大夫猶能信守，然簡牘盛而篆籀亡，俗説滋而大義晦。北方之士，惟江式、顔之推篤好其書，幺弦徒歌，獨倡無和。李唐胄監別立書學，用

《説文》《字林》分年誦習，許書宜大昌矣。稽攷專門，乃乏其選。李陽冰藝術小才，逞其私臆，曲相排斥，而許書乃益淆亂不可理，毋亦耳目蔀于所習與？徐鼎臣、楚金兄弟生五代之季，研覃訓故，知六書之學，以《説文》爲圭臬，稽譔討論，各有成書。許書之遺緒，曠邈將千年者，至徐氏弟兄而一續。鼎臣之致力，在是正文字。楚金《繫傳》，則于許義發明最多，别爲《部敘》《祛妄》《類聚》《錯綜》《疑義》《系述》各篇，以顯一家之學。而許氏之書淆亂于陽冰者，摧陷廓清，比于武事。蓋自有許書以來，多儕之字學，其尊信同于經典，則自楚金始也。其後導翼楚金之學者，宋元兩朝皆有其人，然所得至眇小，故楚金書漸就湮佚。有明一代，士不師古，蔑裂衡決，即許書已墮雲霧榛蕪中，安論楚金之書。顧氏亭林雅材好博，奮立末季，而以李燾《韻譜》當許書，并未睹始一終亥之次，亦可悕矣。聖清龍興，儒學昌阜，鼎臣之書最早出，楚金之書則吴氏山夫始傳之。繼此治許書者，南則惠氏、錢氏、江氏、段氏、嚴氏、鈕氏，北則桂氏、苗氏、王氏，此外兼治者又數十家。蓋文字聲音訓詁之學，至我朝爲極盛。師法所開，許君存古之功也。而左右許書，俾不致遂墜于地者，鼎臣固當之，而楚金之有功于許書爲尤巨焉。昔朱笥河學士提學安徽，校刻鼎臣書，東南之士，興于文雅，而楚金書尚無善本。道光中葉，祁文端公提學江蘇，乃據顧氏千里寫本及宋刻殘本校刊之，多正汪本、馬本之誤。李申耆先生高弟子承君培元等别爲校議，既博且精，求楚金書者，蓋莫善于此矣。兵燹之後，板已燬佚，流布頗稀。寶恕末學檮昧，于北平壽陽，無能爲役。乙亥奉命視學粤東，時與諸生研究小學，見坊肆許書少佳本，楚金書尤不絶若綫，亟欲刊布，以廣流傳。家弟韶生，司訓金陵，官齋清暇，料量文字，取景宋本重付剞劂，書來徵《序》,與余亟欲刊布之意,數千里外若相印合。因推論二千年來許書興廢之迹,以著楚金表章之功,俾後之人知所誦法。若鼎臣、楚金之得失,及楚金之于許君離合異同之故,則治楚金書者類能説之。光緒三年太歲在丁丑六月,敘于粵東使署。

説文解字繫傳校勘記後跋

承培元

文字之義,以訓詁而明;訓詁之學,以形聲而定。自有書契以來,未有離形聲而得訓詁者也。許氏《説文》,形聲之書也,而訓詁備焉。于一字定一義,水之原,木之本也。而引證經傳,博彩通人,如水出一原,而四瀆百川、溝渠く巜廝析焉;如木生一本,而側萌旁櫱、直榦樛枝畢達焉。如"某,某也""从某,某聲",此正義也;"一曰某、或曰某",則引申旁通也;"古文以爲某字""某説以爲某字""某書以爲某字",則聲義通借也。許書解字,通例如此,後人或妄爲移易。爲許氏之學者,亦由形聲而得訓詁,由訓詁以證經義,濬原通流,循本究末,于古今疑義,可以派别條分矣。乃自唐宋以降,學許書者,紛紛以形聲相聚訟,唐李陽冰,宋戴侗、郭忠恕,明趙宧光皆是。如一在木上爲末,一在木下爲本,指事也,而戴侗云:"木上爲末,木下爲本,會意。"己中一爲巴,而陽冰云:"不从己,从巳。"其實指事、會意,非有異義。己象屈曲,亦具蛇形,不必信此疑彼也。學者可以類推。不啻濬其原而反壅之,循其本而故歧之。甚且疑許氏之學無與于經義,而傭耳僦目,是流而非原,信末而疑本。于是非之者妄加穿鑿,疑之者縱尋斧斤，許氏之書日益喪其真，即形聲之學日益昧，無怪訓詁乖戾，經義割裂矣。許書之存于今者，唐以前無完本，僅楲見于經史百家疏注音義之中。唐以後所傳唯二徐本，楚金多仍舊書，其失也不免承譌蹈譌，鼎臣多所正是，其失也在雜采陽冰、楚金之説，羼亂許書。然則非楚金無以正鼎臣之失，非唐人疏注所引無以正楚金之失也。無如楚金之書以丱稾傳，校栞者未能詳覈，譌踳參錯，展卷皆是。且習于鼎臣，意主先入，轉取鼎臣以增刪楚金，而許書剥鍥殆盡矣。淳甫先生鑒其失之日甚也，于視學吴中之日，求楚金書舊本，得影宋鈔于蘇州顧氏，栞而行之。復爲《校勘記》三卷，正其譌踳參錯，俾學者下糾鼎臣之紕繆，上泝許君之真原，且即其《通釋》所引經史百家以通貫訓詁文字，圭槷不于是在哉？培元得與校讐，仰承泝原求本之指。按是書貴其能通辨經字，故《記》中于説經處校勘尤詳。其他所引子史文集説部諸書，鍇每恃肊記，多有與原書違背及書名參錯者，今《記》中皆條辨之。其爲古今異文者，則曰“今某書作某”。其一事見兩書，而所引參錯者，則兩援以證之。其爲隱栝經傳語者，則正其字而置其文。其不箸書名者，則正其字而以“見某書”證之。其爲許所引書而鍇已辨明者，則不復述。其有疑義不可通者，姑存之以俟續考。《記》中不能詳載全句，唯摘取譌誤處數字，證以“當作某某”，於文義或不免割裂，而專以簡明爲主。書中遺脱甚多。又古人複字，多加注識于首字之下，《石鼓文》可證。是書複字多闕，蓋由鈔寫者遺所注識耳，《記》中言“某下當補某某”者皆是。其鈔寫陵亂者，則云“某某當移置某某下”，或云“當在某下”。唐人疏注及《玉篇》等字書所引《説文》多異鉉、鍇本，且有所引字不見鉉、鍇本者，《記》中不能備載，取其義勝者，存録數條，凡言“某書引作某”者皆是。許書每篇字次，各以類從，而鉉、鍇編次，多有不同，有爲鉉、鍇之舊異者，有爲後人鈔寫陵亂者，段氏書已詳辨之，或有爲段所未及者，《記》中畧存一二，以備參考。附書簡末，以志欣幸。道光己亥季冬，承培元謹識。

以上清光緒二年至三年（1876～1877）吴縣吴韶生重刻

道光十九年祁寯藻刻本

説文繫傳考異

説文繫傳考異前跋

朱文藻

南唐徐鍇《説文解字繫傳》四十卷，今世流傳蓋尠，吾杭惟城東郁君陛宣購藏鈔本。昨歲因吴江潘君瑩中，獲訪吴下朱丈文游，從其插架借得此書，歸而影寫一過，復取郁本對勘。譌闕之處，二本多同，其不同者十數而已。正譌補闕，無可疑者不復致説，其有與今《説文》互異及《傳》中引用諸書，隨案頭所見，有與今本異者，並爲録出，作《考異》二十八篇。又采諸書中論列《繫傳》及徐氏事蹟，别爲《附録》，分上下二篇，隨見隨録，故先後無次，並附於後。是書傳寫，所本當出宋槧，末稱“司農南齊再看，舊闕二十五、三十共二卷”，故鄭氏《通志》、焦氏《經籍志》俱云三十八卷。今是書二十五卷，係後人全据徐鉉校定《説文》補入，而三十卷則詳載鍇傳，又不知何所据以補也。《玉海》据書目云：“亡三十五卷。”三十是二十之譌。然則當宋末已有第三十卷，鄭氏、焦氏所志，尚据未補之本耳。書經歲周鈔畢，歸之汪氏振綺堂。其《考異》《附録》等篇，更録一通，隨原書歸吴下。乾隆庚寅子月小寒日，朱文藻識。

説文繫傳考異又跋

朱文藻

東海徐氏校藏本序：徐氏名堅，字孝先，吴郡鄧尉人。先是，吴丈西林嘗借是書於徐氏，未至，而南濠朱氏之本先得。今歲壬辰秋仲，徐氏親攜是書來武林，訪吴丈於振綺堂，其書與朱本相同，卷首有《序》，亟録出，次於《附録》上篇之末。朱文藻又記。

重校説文繫傳考異跋

朱文藻

憶昔己丑歲，余館振綺堂汪氏者五年矣。是歲，吴丈西林亦來共晨夕。主人比部魚亭先生精研六書，吴丈則專攻《説文》，著有《理董》四十卷，互相質證。余從旁竊聞緒論，許氏之學，亦由是究心焉。吴丈因言《説文》之行於世者，僅汲古閣始一終亥本及李氏《五音韻譜》本而已，其徐氏鍇所著《説文繫傳》，從未見有善本流傳，即舛譌者亦罕見焉。吾杭惟郁君陛宣有鈔本，字畫拙劣脱落，不可句讀，徵引殊不足信，深以爲憾耳。維時適有吴江潘君瑩中亦同客齋中，潘爲稼堂太史之孫，家於大船坊，登陸半里，一村數十家，皆潘聚族而居也。瑩中精青烏家言，而儒雅可親，其戚朱丈文游居吴門南濠，藏書甚富，因言朱氏有影宋鈔《繫傳》，可借録之。於是比部欣然屬潘君先往，借得存於其家，約以冬間屬余親往潘宅取歸。迨十月杪，買舟徑至潘村，瑩中他出，留札屬至南濠取之。余乃至南濠訪朱丈文游，徧閲其藏書之所，廳事凡三，左右各列大㮰，分藏宋、元板者一，舊鈔者一，精刻精鈔者一。而近時庸劣鈔刻之本，無一攙入其中。藏弆家若此，洵鉅觀矣。惜晷短寓遥，不能流連，悤悤攜所借《繫傳》歸寓。其時寓於盤門百花洲陳逸樵家。逸樵爲石泉從弟，亦振綺客也。翼日買舟偕逸樵歸武林，遂手自影鈔，歲周而畢。其隨時考證諸書，勘其異同，録爲《考異》四卷、《附録》二卷，末署姓名，質之比部。比部深加寶惜，藏之秘笈，不輕示人。越歲辛卯，比部歸道山。又越歲壬辰，值朝廷開四庫館，採訪遺書，於是武林諸藏書家各踴躍進書，而比部之子名汝瑮字坤伯者，先以儲藏善本，經大吏遣官精選，得二百餘種，彙進於朝。最後，中丞以振綺藏書選賸者尚堪增採，命重選百種，以畢購訪之局。蓋其時浙省進書已約五千餘種，此百種者當在五千餘種之外，蒐羅極難。坤伯乃搜啟秘笈，得《繫傳考異》一編，信爲先人所貽，不虞重複。乃取《考異》四卷，署比部姓名。其《附録》二卷，間有文藻案語，因署文藻姓名，並呈局中。此《考異》《附録》之所以得録入《四庫全書》者，本末蓋如此也。是書原槀收藏吾家，汪氏無存。其後錢塘汪户曹訒庵從全書館録出《繫傳》刻於京師，而以《附録》一卷附於後，其《考異》則不附焉。《繫傳》雖經校刻，印本無多，坊間無從購覓。及訒庵南歸而殁，藏書散盡，《繫傳》板不知歸於何所。上年余到吴門，重訪南濠朱氏藏書，早已散落人間，其居久屬他姓，而百花洲間陳氏之宅，茫然無徑可尋，悵惘予懷，不勝今昔之感云。余三十餘年來，想見汪刻而不可得。今歲館寓青浦王少寇述庵先生家，見塾中藏有汪刻《繫傳》一書，亟取閲之，并檢索行篋，攜有《考異》原稾一册，復取毛刻《説文》互勘。見余舊所録譌字，汪刻皆已改正，間有存者，而因仍大誤之處不少，且有當時《考異》所遺漏者，因重加校訂，手録一編，仍釐四卷，蓋以《繫傳》二十八篇，每七篇勒爲一卷也。《附録》一卷，檢原稾所無，藉汪刻補之。余年逾七十，結習未忘，深以重録四十年前苦心校勘之舊稾，留貽敝篋，以示後人，實爲暮年幸事。然恐衰疾不起，轉瞬即化雲煙，則有此書之數存焉，非吾意料之所能及矣。嘉慶十有一年歲在丙寅立秋前五日，碧谿居士朱文藻録畢，因再識卷末，時年七十有二。

説文繫傳考異記

吴廣霈

此書本朱氏文藻所作，而汪氏以之進呈，《四庫提要》遂載汪名，故書亦只得刻汪名矣。朱轉僅以《附録》掛名於編末。嗟乎！著作之傳否亦繫乎人耳，非附青雲之士，烏能施於後世哉？三復斯言，幾令人興投筆焚書之慨耳。乙未冬朔，劍華道人偶記。

以上清光緒八年（1882）於越徐友蘭八杉齋校刻本

説文繫傳校録

説文繫傳校録自序

王　筠

道光己丑，筠始見朱氏《繫傳攷異》，正其謬誤，覈其故實，啟後學用心之端，可謂勤矣。惟卷首所列不致説數事，似尚有可議者。朱云："部中列文次弟，多與今《説文》前後倒互，各卷列部亦閒與今《説文》分合不同，皆不暇致説。"此殆誤也。部中列文，以義爲次，大部無不森嚴，惟一部數字者乃無區別，安可任其倒互哉？列部初無分合，不過閒挩部首，合於前部耳，而朱氏又未嘗不致説也。又云："篆文偏旁移置，形體小異，不合者改之。"此又誤也。篆文之異，可於它部檢所从者及从之者爲之諟正，然當著於説中，不當直改以泯没其迹。夫據案反覆，亦自謂無復遺憾，異時覆視，輒自見其乖牾，況經它人之目乎？又安可滅迹而使人無由尋討乎？又云："説中傳中增減形似之處，無關重輕者仍之，信知謬誤者改之。"此又誤也。漢人著書，雖遜經典，然不似後人隨手填寫，況許君説解如此之簡，無關重輕之詞，安能多見？且朱氏所引大徐説，質之原書，或不相讎，是按籍而稽，尚不免誤，可輒云信知謬誤乎？孫氏、鮑氏所翻宋本，皆在朱氏著書之後，而宋本又未得見，所據者汲古五次改本而已。是書之所據改者，《繫傳》即其一種，其異同之迹，多已滅没。夫校此書即以它書之異文改之,迨校它書又以此書之異文改之,猒故喜新,不加平議,亦學者之通患也。今既各本並出,其中佳處多可采擇,而汪氏所刻小徐本,又與朱氏所據本不同。今將以《攷異》校汪本,幾如執唐律以讞漢獄矣。漢陽葉潤臣謂筠曰:"盍改作之? 君任其異文,我任其典故可也。"余乃不辭猥瑣,凡有不同,概爲札記,更參以《説文韻譜》《五音韻譜》《玉篇》《廣韻》《汗簡》諸書,可疑者輒下己意,爲之判斷,亦欲觀者知其意之所在,一有乖剌,可爲訂正也。或遇是典所出之書適與手近,亦間出之,難爲繙閲者,即概不及,以俟潤臣。自壬辰九月輯之,旋以東歸,甲午二月乃畢,不知潤臣所攷何似? 異日至都,終當合爲一帙也。三月望日,安邱王筠。

寫畢,校改一過。大徐本譌誤之不見於小徐者,亦記之,即附各卷之後,以毛氏本爲主,而以孫氏平津館本、鮑氏藤花榭本、《五音韻譜》,校正其誤。若汲古不誤則略之,其惑人者著之。道光乙未正月十七日,筠識。

乙未八月,在都借馬氏《龍威秘書》讀之。是書蓋以汪本付刊,而頗有校正,先得我心者皆録之,亦聊免余説之無稽云。九月九日燈下,筠記。

癸卯,又借朱竹君先生家藏本,校祁春浦先生刻顧千里本,記其異處,概云竹君本,以别於朱文藻也。

説文繫傳校録跋

王彦侗

甲寅冬,先大人疾革,彦侗以應栞遺書請,是書及《蛾術編》《説文句讀補正》，皆親受治命者也。今年夏，爲劉莊年先生述之。先生與先大人以道誼交者有年，慨然爲之參閲，俾得刻梓。原稿籤注頗多，其未經乙識者，彦侗不忍節去，列之各條之末，而規墨以别之，與全書之例不盡符者是也。咸豐七年歲次丁巳，男彦侗泣血謹識。

以上清道光咸豐（1821～1861）間刻本

説文二徐定本校證辨譌提要

説文二徐定本校證辨譌提要

林昌彝

《隋書·經籍志》有《説文音隱》四卷,《顔氏家訓》引之。庾儼《説文部》,郭忠恕《汗簡》、夏竦《古文四聲韻》採之。釋曇域《補説文解字》,《通志略》《宋志》載之。李陽冰刊定《説文》於前,其從子騰作《説文字源》於後。徐鍇作《説文繫傳》及《篆韻譜》,其兄鉉校定《説文》於後。吴淑有《説文五義》,朱翺有《繫傳反切》,張次立有《繫傳校正》,王子韶、陸佃有《重修説文》,李燾有《五音韻譜》,錢承定有《正隸》,吾衍有《續解》,陳鉅亦有《説文韻譜》,周伯琦《説文字源》及《六書正譌》。至近代孫星衍有《説文十七例》。各具見解。今以二徐本互校,證以宋本異同並諸家本之得失,存許書之真,不妄改一字。今所傳鍇本《説文》,非許氏原本,故多脱落。許書偏傍有之,而諸部不見,蓋脱誤也,非本無也。如《説文》有“鐂、瀏”字而無“劉”字,《説文》有“誌”字而無“志”字,《説文》“垶”字云“从土,騂省”而無“騂”字,《説文》有“稀、莃”而無“希”字,《説文》有“漼、摧”字而無“崔”字,《説文》有“浼、晚”字而無“免”字,《説文》有“油、宙”字而無“由”字,凡此皆原本所有,而傳寫者脱落也,詳於後文。《説文》之書兼形聲義,故歸部之字,有時不從形而從聲從義,自來言《説文》者，多不之審。今試舉許書十四部所收之字，如當入本部而入他部者，爲之逐字細檢詳考。如："再"字當入《一部》，而在《冓部》。"百"字亦當入《一部》，而在《白部》。"禉"字、"䰟"字、"禒"字、"䄔"字均當入《示部》，而"禉"字入《木部》、"䰟"字入《鬼部》、"禒"字入《犬部》、"䄔"字入《西部》。"瑴"字、"琯"字、"瓌"字、"壐"字、"玾"字、"珪"字皆當入《玉部》，而"瑴"字入《玨部》、"琯"字入《竹部》、"瓌"字入《人部》、"壐"字入《士部》、"玾"字入《金部》、"珪"字入《土部》。"蔄、芬"字、"莯"字、"荦"字、"蓫"字、"蒀"字、"荂"字、"茯"字、"蘁"字、"薦"字皆當入《艸部》，而"蔄、芬"字入《屮部》、"莯"字入《蓐部》、"荦"字入《麥部》、"蓫"字入《禾部》、"蒀"字入《舜部》、"荂"字入《𠌶部》、"茯"字入《糸部》、"蘁"字入《西部》、"薦"字入《廌部》。"牧"字、"犵"字皆當入《牛部》，而"牧"字入《攴部》、"犵"字入《馬部》。"啣"字、"嗼、咏、唶"字、"叨"字、"噈"字、"呋"字、"叶"字皆當入《口部》，而"啣"字入《㕣部》、"嗼、咏、唶"字入《言部》、"叨"字入《食部》、"噈"字入《欠部》、"呋"字入《歙部》、"叶"字入《劦部》。"歬"字、"踉"字皆當入《止部》，而"歬"字入《辵部》、"踉"字入《足部》。"癸"字當入《登部》，而"癸"字入《癸部》。"迡"字、"逍"字、"遈"字、"逡"字、"迓"字、"遳"字、"逤"字、"迯"字、"遡"字、"迒"字、"逋"字、"逵"字皆當入《辵部》，而"迡"字入《走部》、"逍、遈、逡"字入《彳部》、"迓"字入《言部》、"遳"字入《又部》、"逤"字入《㫃部》、"迯"字入《从部》、"遡"字入《水部》、"迒"字入《手部》、"逋"字入《力部》、"逵"字入《九部》。"征、徂、征、彶"字、"徠"字皆當入《彳部》，而"征、徂、征、彶"字入《辵部》、"徠"字入《來部》。"齵"字當入《齒部》，而"齵"字入《牙部》。"蹞"字、"蹟、踁"字、"蹊"字、"蹕"字、"躗"字、"蹼"字、

“躄”字、“蹂”字皆當入《足部》，而“蹞”字入《釆部》、“蹟、⿰足更”字入《辵部》、“蹊”字入《彳部》、“蹕”字入《骨部》、“䟰”字入《刃部》、“⿰足巽”字入《网部》、“躄”字入《履部》、“蹂”字入《内部》。“讀、詅”字、“謷”字、“譱”字、“⿰言亦”字、“謌”字、“誘、⿰言道”字①、“詧”字、“詞”字皆當入《言部》，而“讀、詅”字入《口部》、“謷”字入《辵部》、“譱”字入《言部》、“⿰言亦”字入《宀部》、“謌”字入《欠部》、“誘、⿰言道”字入《厶部》、“詧”字入《心部》、“詞”字入《司部》。“⿰音今”字當入《音部》，而“⿰音今”字入《口部》。“弆”字、“弃”字、“弊”字、“〓”字、“奥”字皆當入《廾部》，而“弆”字入《异部》、“弃”字入《華部》、“弊”字、“〓”字入《皃部》、“奥”字入《口部》。“鞇”字、“韆”字、“韇、鞈”字、“韋”字、“鞴”字、“軧”字皆當入《革部》，而“鞇”字入《艸部》、“韆”字入《足部》、“韇、鞈”字入《鼓部》、“韋”字入《冃部》、“鞴”字入《糸部》、“軧”字入《車部》。“鬻”字當入《鬲部》，而“鬻”字入《䀠部》②。“鬻”字當入《鬲部》，而“鬻”字入《瓦部》。“爯”字當入《爪部》，而“爯”字入《冓部》。“㪲”字、“執”字當入《丮部》，而“㪲”字入《斤部》、“執”字入《㚔部》。“叜”字、“奪”字、“蒦”字、“矍”字、“隻”字、“雙”字皆當入《又部》，而“叜”字入《宀部》、“奪”字入《奞部》、“蒦”字入《萑部》、“矍”字入《瞿部》、“隻”字入《隹部》，“雙”字入《雔部》。“攱”字當入《攴部》，而“攱”字入《危部》。“嗀”字、“殷”字當入《殳部》，而“嗀”字入《㕟部》、“殷”字入《㐆部》。“尌”字、“村”字、“射”字、“對”字皆當入《寸部》，而“尌”字入《辵部》、“村”字入《又部》、“射”字入《矢部》、“對”字入《對部》。“敳”字、“毆”字、

①“⿰言道”字誤，當作“誧”。下同，不另注。

②“䀠”字誤，當作“䰜”。

“敊、剔、𢾅”字[①]、“敝”字、“敬”字皆當入《攴部》，而“羖”字入《食部》、“毆”字入《馬部》、“敊、剔、𢾅”字入《手部》、“敝”字入《㡀部》、“敬”字入《茍部》。“㸯”字當入《卜部》，而“㸯”字入《辵部》。“𥄉、眂”字、“睿”字、“省”字皆當入《目部》，而“𥄉、眂”字入《見部》、“睿”字入《𣦼部》、“省”字入《眉部》。“𪖐”字當入《鼻部》，而“𪖐”字入《頁部》。“𦐇”字、“𦑞”字、“翼”字皆當入《羽部》，而“𦐇”字入《舛部》、“𦑞”字入《雨部》、“翼”字入《飛部》。“隼、雗、䨥、難、雔、雓”字、“雚”字皆當入《隹部》，而“隼、雗、䨥、難、雔、雓”字入《鳥部》、“雚”字入《烏部》。“羶”字、“羛”字皆當入《羊部》，而“羶”字入《羴部》、“羛”字入《我部》。“鷄、鶵、鵰、鷹、鴟、鴽、鷚、鳲、鴿、鳿”字、“鵂”字、“鳦”字、“凫”字皆當入《鳥部》，而“鷄、鶵、鵰、鷹、鴟、鴽、鷚、鳲、鴿、鳿”字入《隹部》、“鵂”字入《萑部》、“鳦”字入《乙部》、“凫”字入《几部》。“𢇇”字、“𢇍”字皆當入《丝部》，而“𢇇”字入《絲部》、“𢇍”字入《糸部》。“𣦼”字當入《歺部》，而“𣦼”字入《网部》。“𣩵”字、“獘”字、“當”字皆當入《死部》[②]，而“𣩵”字入《歺部》、“獘”字入《犬部》。“髈”字、“臀”字皆當入《骨部》，而“髈”字入《肉部》、“臀”字入《尸部》。“脗”字、“臄”字、“膿”字、“飪”字、“肱”字、“腱、肑”字、“朁”字、“肦”字、“膂”字、“肙”字、“脾”字、“膟”字、“胞”字、“胖”字，皆當入《肉部》，而“脗”字入《口部》、“臄“字入《谷部》、“膿”字入《血部》、“飪”字入《食部》、“肱”字入《又部》、“腱、肑”字入《筋部》、“朁”字入《日部》、“肦”字入《丂部》、“膂”字入《吕部》、“肙”字入《勹部》、“脾”字入《尸部》、“膟”字入《囟部》、“胞”字入《包部》、“胖”字入《半部》。“創、劍”字、

①“剔”字誤，當作“𢿟”。下同，不另注。

②“‘當’字”衍，當删。

“剸”字、“刈”字、“荆”字、“剌”字皆當入《刀部》,而“創、劒”字入《刃部》、“剸”字入《首部》、“刈”字入《乂部》、“荆”字入《井部》、“剌”字入《束部》。“㓲”字當入《刃部》,而“㓲”字入《井部》。“㓞”字當入《韧字》[①],而“㓞”字入《刀部》。“觵”字、“觽”字當入《角部》,而“觵”字入《竹部》、“觽”字入《金部》。“篪”字、“笧”字、“篲、簪”字、“笒”字、“簮”字、“箧、筐”字、“笱”字皆當入《竹部》,而“篪”字入《龠部》、“笧”字入《册部》、“篲、簪”字入《又部》、“笒”字入《凵部》、“簮”字入《先部》、“箧、筐”字入《匕部》、“笱”字入《句部》。“靈”字當入《巫部》,而“靈”字入《玉部》。“替”字、“叶”字當入《曰部》,而“替”字入《竝部》、“叶”字入《劦部》。“虧”字當入《兮部》,而“虧”字入《亏部》。“歖”字當入《喜部》,而“歖”字入《欠部》。“鼗”字當入《鼓部》,而“鼗”字入《革部》。“豉”字當入《豆部》,而“豉”字入《尗部》。“遽”字、“處”字皆當入《虍部》,而“遽”字入《手部》、“處”字入《几部》。“葢”字、“饋”字、“盤”字、“罍”字、“鹽”字皆當入《皿部》,而“葢”字入《艸部》、“饋”字入《食部》、“盤、罍”字入《木部》、“鹽”字入《鹽部》。“餰、飦、鍵、餗、餌”字、“飸、饇”字、“飺”字皆當入《食部》,而“餰、飦、鍵、餗、餌”字入《䰜部》、“飸、饇”字入《米部》、“飺”字入《㱃部》。“罍”字、“罏”字皆當入《缶部》,而“罍”字入《木部》、“罏”字入《甾部》。“榘”字當入《矢部》,而“榘”字入《工部》。“甎、𩫏、𩫖”字、“𩫱”字皆當入《㐭部》,而“甎、𩫏、𩫖”字入《土部》、“𩫱”字入《𠂤部》。“鞠”字[②]、“麰”字皆當入《麥部》,而“鞠”字入《米部》、“麰”字入《火部》。“韗”字、“韍、韐”字皆當入《韋部》,而“韗”字入《革部》、“韍、韐”字入《市

①下“字”字誤,當作“部”。

②“鞠”字誤,當作“䱡”。下同,不另注。

部》。"頋"字、"頟"字、"須"字、"頾"字、"頏"字皆當入《頁部》，而"頋"字入《肉部》、"頟"字入《白部》、"須"字入《皃部》、"頾"字入《髟部》、"頏"字入《亢部》。"䭙"字、"馘"字皆當入《首部》，而"䭙"字入《髟部》、"馘"字入《耳部》。"嗣"字當入《司部》，而"嗣"字入《辛部》。"庥"字、"庑、寓"字[①]、"廥"字、"廎"字、"廩"字皆當入《广部》，而"庥"字入《木部》、"庑、寓"字入《宀部》、"廥"字入《竹部》、"廎"字入《高部》、"廩"字入《亩部》。"厠"字、"厚"字皆當入《厂部》，而"厠"字入《金部》，"厚"字入《㫗部》。"砥"字、"磔"字皆當入《石部》，而"砥"字入《厂部》、"磔"字入《桀部》。"獵"字、"豪"字皆當入《豕部》，而"獵"字入《髟部》、"豪"字入《希部》。"貖"字當入《豸部》，而"貖"字入《鼠部》。"馭"字當入《馬部》，而"馭"字入《彳部》。"猶"字、"獉"字、"犴"字、"獸"字皆當入《犬部》，而"猶、獉"字入《口部》、"犴"字入《豸部》、"獸"字入《嘼部》。"煮"字、"熼"字皆當入《火部》，而"煮"字入《鬻部》、"熼"字入《肉部》。"默"字當入《黑部》，而"默"字入《肉部》。"奢"字當入《大部》[②]，而"奓"字入《奢部》。"悊"字、"愇"字、"悖"字、"愬"字、"愕"字、"愡、忞"字、"忝"字、"怯、性"字、"愧、悬"字、"戀、恿"字、"愷"字、"恆"字皆當入《心部》，"悊"字入《口部》、"愇"字入《是部》、"悖"字入《言部》、"愬"字入《言部》、"愕"字入《兮部》、"愡、忞"字入《宀部》、"忝"字入《人部》、"怯、性"字入《犬部》、"愧、悬"字入《女部》、"戀、恿"字入《力部》、"愷"字入《豈部》、"恆"字入《二部》。"涶"字、"汸"字、"汆"字、"溛"字、"法"字、"泟"字、"流、涉"字、"滘、濬"字、

①"寓"字誤，當作"庽"。下同，不另注。
②"奢"字誤，當作"奓"。

“汷、渚”字[①]、“瀿”字、“滍”字、“洒”字皆當入《水部》,而“涶”字入《口部》、“汸”字入《方部》、“氽”字入《㱃部》、“㳄”字入《次部》、“法”字入《廌部》、“浾”字入《赤部》、“流、涉”字入《林部》、“濬、㵆”字入《谷部》、“汷、渚”字入《土部》、“瀿”字入《魚部》[②]、“滍”字入《魚部》、“洒”字入《西部》。“䜪”字、“叡”字皆當入《谷部》,而“䜪”字入《𠂤部》、“叡”字入《奴部》。“雰”字、“雩”字、“霚”字皆當入《雨部》,而“雰”字入《气部》、“雩”字入《上部》、“霚”字入《襾部》。“鮮”字、“魰”字皆當入《魚部》,而“鮮”字入《虫部》、“魰”字入《竹部》。“戺”字當入《户部》,而“戺”字入《臣部》。“閏”字、“悶”字皆當入《門字》[③],而“閏”字入《王部》、“悶”字入《心部》。“䎶”字、“聾”字皆當入《耳部》,而“䎶”字入《玉部》、“聾”字入《心部》。“折”字、“捿”字、“拜”字[④]、“攀”字、“拲”字、“抗”字、“擯”字、“擷”字、“抑”字、“醻”字、“拘”字皆當入《手部》,而“折”字入《艸部》、“捿”字入《辵部》、“拜”字入《収部》、“攀”字入《𠬜部》、“拲”字入《丮部》、“抗”字入《臼部》、“擯”字入《人部》、“擷”字入《衣部》、“抑”字入《印部》、“醻”字入《土部》,“拘”字入《句部》。“婿”字、“嫉”字、“婧”字皆當入《女部》,而“婿”字入《士部》、“嫉”字入《人部》、“婧”字入《心部》。“匬、匭、医、匽”字、“匩”字、“匛”字、“匰”字皆當入《匚部》,而“匬、匭、医、匽”字入《竹部》、“匩”字入《箕部》、“匛”字入《木字》[⑤]、“匰”字入《巾部》。“瓿、甗”字、“瓫”字、“瓶”字皆當入《瓦部》,

---

①“渚”字誤,當作“渚”。“渚”爲“坻”字或體。下同,不另注。

②“魚”字誤,當作“鱻”。

③下“字”字誤,當作“部”。

④“拜”字誤,當作“拜”。下同,不另注。

⑤下“字”字誤,當作“部”。

而“甂、㽄”字入《鬲部》、“盎”字入《皿部》、“瓶”字入《缶部》。“韘”字、“躬”字、“弻、弜”字皆當入《弓部》[①]，而“韘”字入《韋部》、“躬”字入《吕部》、“弻、弜”字入《弜部》。“緞”字、“綄”字、“網、罶”字、“縶”字、“綽、緩”字、“絞”字、“糾”字、“綴”字、“緊”字皆當入《糸部》，而“緞”字入《韋部》、“綄”字入《日部》、“網、罶”字入《网部》、“縶”字入《馬部》、“綽、緩”字入《素部》、“絞”字入《交部》、“糾”字入《丩部》、“綴”字入《叕部》、“緊”字入《臤部》。“蠙”字、“蝺”字、“蝟”字、“蛇”字、“蜘、蛛”字、“蚡”字、“螶、蚤、蠹、蚊、蝨、蜜、蝨、蜉”字、“蜂、蚍、蜚”字皆當入《虫部》，而“蠙”字入《玉部》、“蝺”字入《辵部》、“蝟”字入《希部》、“蛇”字入《它部》、“蜘、蛛”字入《黽部》、“蚡”字入《鼠部》、“螶、蚤、蠹、蚊、蝨、蜜、蝨、蜉”字並入《䖵部》、“蜂、蚍、蜚”字入《蟲部》。“蠡、蠹、蠠、蝨”字皆當入《䖵部》，而“蠡、蠹、蠠、蝨”字入《蟲部》[②]。“亙”字當入《二部》，而“亙”字入《木部》。“墉、防、址”字[③]、“垌”字[④]、“壑、壡”字、“垕”字、“垞”字、“垔”字、“垐”字、“壛”字、“域”字、“疆”字、“堅”字皆當入《土部》，而“墉、防、址”字並入《𨸏部》、“垌”字入《冂部》、“壑、壡”者入《㕡部》[⑤]、“垕”字入《𣆪部》、“垞”字入《宀部》、“垔”字入《丘部》、“垐”字入《赤部》、“壛”字入《門部》、“域”字入《戈部》、“疆”字入《畕部》、“堅”字入《臤部》。“甾”字、“畠”字、“畎、甽”字皆當入《田部》，而“甾”字入《艸部》、“畠”字入《邑部》、“畎、甽”字入《𡿨部》。“鎒”字、“銙、鉛、

①“弻”字誤，當作“弢”。下同，不另注。

②“蟲”字誤，當作“虫”。

③“防”字誤，當作“堕”。下同，不另注。

④“垌”字誤，當作“坰”。下同，不另注。

⑤“者”字誤，當作“字”。“㕡”字誤，當作“奴”。

鎜”字、“鎡”字、“釜”字、“鐍”字、“鐻”字、“钀”字、“鉤”字、“錦”字皆當入《金部》,而“鎒”字、“銛、鈶、鎜”字並入《木部》、“鎡”字入《鼎部》、“釜”字入《鬲部》、“鐍”字入《角部》、“鐻”字入《虍部》、“钀”字入《車部》、“鉤”字入《句部》、“錦”字入《帛部》。“輟”字當入《車部》,而“輟”字入《网部》。“陒、隓、陻”字、“陑”字、“隘、隧”字、“阱”字皆當入《𨸏部》,而“陒、隓、陻”字入《土部》、“陑”字入《山部》、“隘、隧”字入《𨺅部》、“阱”字入《井部》。“禺”字當入《内部》,而“禺”字入《由部》。“孩”字、“孠”字入《子部》,而“孩”字入《口部》、“孠”字入《册部》。“猒”字當入《巳部》,而“猒”字入以《甘部》。“醻”字當入《酉部》,而“醻”字入《米部》。凡此皆許氏原本之例,非後人羼入也。

前學者欲通經,必明詁訓,欲明詁訓,必深究《説文》。然今之《説文》,似非唐以前之舊本矣。何以明之?如《尚書》僞孔傳疏引《説文》曰:“文者,物象之本。”今攷《説文》無此語。《新唐書·盧藏用傳》:“此許氏所謂鼨鼠,豹文而形小。”今《説文》奪“形小”二字。《老子》:“朘作,精之至。”陸德明引《説文》曰:“朘,赤子陰也。”則《説文》本有“朘”字,非徐氏之新坿也。《詩》:“誂誂兮。”陸氏引《説文》作“姼”。今攷多、辛二部皆無“姼”字。《史記索隱》引《説文》曰:“倡,首也。”今無“倡首”之解。《玉篇》:“𩠺,《説文》古髮字。”今《頁部》無“𩠺”字。《詩·桃夭》疏引《説文》曰:“楚人謂寡婦爲嫺。”今《女部》無“嫺”字。“遵大路兮”疏引《説文》曰:“摻,斂也。”今《手部》無“摻”字,而斂之訓乃在“掩”下。《禮部韻略·二十一唐》“稂”字注:“《説文》:‘禾粟之穗生而不成者謂之董蓈。’”今無“蓈”字,亦無注。如此之類,不可枚舉。又如“稀、莃”等字从“希”而無“希”字,或遂疑“稀”字从禾从爻从巾,而其餘皆爲稀省聲。不知“油、宙、軸”等字从“由”而無“由”篆，“藟、鸓、壘”等字从“畾”而無“畾”篆，以及有“劉、瀏”而無“劉”，有“捼、綏”而無“妥”，皆傳寫脱落，當以全書之例補之也。《説文·出部》《放部》皆有“敖”字，當删《出部》字。《口部》《于部》皆有“吁”字，當删《口部》字。《口部》《不部》皆有“否”字，當删《口部》字。《羊部》《厶部》皆有“羑”字，當删《厶部》字也。“弱”當在《弜部》，弜者，彊也，在《彡部》誤矣。“孫”字以“子”爲主，當在《子部》，在《系部》誤矣。“鳧”當在《鳥部》，在《几部》誤矣。此當迻者也。尤其甚者，卷八上《人部》“儔”字注“讀若汝南涛水”，而檢《水部》又無“涛”字，許君撰《説文》時，決不矛盾若此，此明係後之淺人點竄，已非九千三百五十三文之舊矣。

《説文》五百二十部，九千餘言，實爲字書之祖，非若《爾雅》十九篇之多收俗字，司馬相如之《草木篇》多變舊文，魏江式、齊顔之推頗詳其義，較之唐陸德明、顔元孫、張參、唐玄度、周郭忠恕、宋張有諸家爲近正。然元孫自謂能參校是非，較量同異，立俗、通、正三例定字，名曰《干禄字書》，殊不知舛失不少。如以“藝蓺”“閴闃”“稧禊”爲上俗下正，而不知正亦爲俗字；“絜潔”“槊梢”“棹櫂”爲上通下正，而不知下正皆非正字；“虫蟲”“啚鄙”爲上俗下正，而不知“虫、啚”皆爲正字；“禴礿”“貽种”“种沖”“効效”爲並正[①]，而不知“禴、貽、种、效”本非正字；“塗、途”爲並正，而不知皆爲俗字。翫其所習，蔽所希聞，似於許書未嘗寓目者。

---

①“貽种”，《干禄字書》：“貽、詒，上貽遺，下詒言。”此所引“种”蓋即“詒”字之誤，乃涉下文“种”而誤。又“貽詒”原文不訓“並正”，引爲“並正”例，亦不妥。“种沖”，《干禄字書》：“沖、种，上沖和，下种幼。”此所引誤倒。又“沖种”原文不訓“並正”，引爲“並正”例，亦不妥。

許氏《説文》有藉諸書證明者，莫過於《廣韻》，《廣韻》出於《唐韻》，《唐韻》出於《切韻》，小學家之津梁也。宋人增字與原本雜廁，惜未分析，難盡依據。曲阜桂馥《晚學集》據張氏刊本與《説文》毛本勘校，則《説文》之闕誤，尚足證明。如上平聲《一東》"艐"引《説文》云："船著沙不行也。"今《説文》脱"沙"字。《五支》："趍，《説文》又曰：'趍趙，夂也。'"今《説文》譌作"久"。《九魚》："鉏，立薅斫也。"《説文》譌作"立薅所用也"。"斫"初誤爲"所"，後人不解，妄加"用"字。案《説文》："欘，斫也。齊謂之鎡錤。"顔師古注《急就》云："鉏，去草之器，一名兹基。""鉏、欘"義同，則"斫"字是也。"藸，藸蓴草"，《説文繫傳》"艸也"，徐鉉本改爲"莖藸"。《十五灰》："豥，多也。"《説文》譌字"豝"[①]。"胲，足大指毛肉也"，《説文》脱"肉"字。《十八諄》："陙，小阜名也。"《説文》譌作"水"。《二十三魂》："掄，《説文》：'擇也。一曰：貫也。'"徐鍇本"以手貫也"，徐鉉本闕。《二十四痕》："衮，《説文》：'炮炙也。'"《玉篇》亦作"炮炙"，今《説文》作"炮肉"。下平聲《六豪》："謷，不省語也。"《説文》譌作"不肖"。"禟，祭豕先也"，《藝文類聚》引《説文》"祭豕先曰禟"，今《説文》闕。《九麻》："謯，《説文》：'詠也。'"案"詠"當爲"詠"字之誤也，後人以《説文》闕"詠"字，改作"娽"。《玉篇》："謯，詠也。""詠，謯也。"《廣雅》同。《廣韻》入聲《屋部》"詠"字注："謯也。""謯"亦"謯"之譌也。《十三耕》："抨，彈也。"《爾雅釋文》同，《説文》譌作"撣"。撣，提持也，與抨彈義遠。《十四清》："躄，一足跳行。《説文》：'讀若《春秋傳》：躄而乘它車。'"《足部》闕"躄"字。《十六蒸》："《説文》曰：'析麻中幹也。'"《增韻》同。《説文》譌作"折"。《二

①"字"字誤，當作"作"。

十五添》:"溓,《説文》:'薄水也。'"今《説文》譌作"冰",宋景濂辨之。《廣韻》上聲《琰部》亦譌作"冰"。上聲《四紙》:"詭,横財物爲詭遇也。""財"當爲"射",轉寫之誤。《太平御覽》引《説文》作"財"。今《説文》闕。《八語》:"褚,裝衣。"《玉篇》同。《説文》譌作"製衣"。《十姥》:"羖,《説文》曰:'夏羊牡曰羖。'"今《説文》譌作"牝"。《二十八獮》:"矎,《説文》曰:'視而不止。'"今《説文》脱"不"字。《三十三哿》:"阿,相擊也。"《説文》譌作"柯擊"。《三十五馬》:"屎,青絲履。"《説文》《玉篇》並譌從"户"。按"履、扉、屧"俱從"尸",亦當從"尸"。"若,人者切。乾草",《説文》:"若,擇菜也。一曰:杜若,香艸。"無"乾艸"義。按《説文》:"秧,禾若秧穰也。""穌,把取禾若也。""把"疑作"杷"。是"若"爲乾艸也。《四十四有》:"槱,積木燎以祭天也。"《説文》譌作"積火"。去聲《六至》:"臮,衆與詞也。"《説文》譌作"衆詞與也"。按《説文》:"曶,出气詞也。""粤,亟詞也。""寧,願詞也。""粵,審慎之詞也。""吹,詮詞也。""臮"亦此例。詞者,意内而言外也。"紩,績所未緝者",《説文》脱"未"字。"謚,《説文》作'諡',諡,上同",今《説文》:"謚,行之迹也。从言兮皿,闕。""諡,笑皃。从言益聲。"《五經文字》:"諡謚,常例反。上《説文》,下《字林》。"此與《廣韻》説同。《魯峻碑》:"謚君忠惠父。"《婁壽碑》:"乃相與論悳處諡。"《陳實殘碑》:"是以作謚封墓。"《衡方碑》:"謚以旌德。"《馮緄碑》:"因謚爲桓。"字雖各别,而無一從"兮"者。王伯厚《玉海》舊刻本皆作"謚"。然則從"兮"者,後人所□"䛳"爲重文,《玉篇》以"䛳"爲正體,《説文》改從"㒸"而音亦遂之也。《十三末》:"秳,舂穀不潰也。"《説文繫傳》同。今《説文》譌作"潰"。《十七薛》:"𧮭,晦也。"《説文》譌從"執",《洪武正韻》非之。"鋝,《説文》曰:'十一銖二十五分之十三。'"

今《説文》脱“一”字作“十銖”。《二十二昔》:“䢃,仄也。”《説文》及徐鍇《韻譜》並譌作“反”。《二十五德》:“蟘,食禾葉蟲。蟦,上同。”《説文》譌作“貸”[①]。《二十六緝》:“咠,《説文》云:‘詞之集也。’”今《説文》作“詞之咠矣”。此皆可證《説文》之謬而補其闕者。至《廣韻》中脱誤之字,則不可勝計矣。《説文》之字有藉六家《文選》注存者。如《廣韻》:“嫕,於計切。婉嫕,柔順皃。”《説文》譌作“於計切,静也。从心痰聲”。徐鉉疑“痰”非聲。案六家《文選·神女賦》“澹清静其愔嫕兮”注云:“嫕,一計切。”李善本作“嫕”字。考汲古閣毛氏刻李善本誤作“嫕”,云:“嫕,淑善也。《説文》曰:‘嫕,静也。’《蒼頡篇》曰:‘嫕,密也。’”此賴六家本,足證毛刻之譌,所引《説文》即“㥲”下注。“㥲”當作“嫕”,从心嫛省聲。《説文·女部》有“嫛”字:“嫛,婗也。烏雞切。”《玉篇》:“人始生曰嫛婗。”“嫛”亦有静義,☐二字矣。《職方》:“冀州,其浸汾、潞。”鄭注:“潞出歸德。”是北地所出乃潞,非洛也。《漢志》“歸德之洛”當爲“潞”,轉寫之誤。何人以誤本《漢志》竄易許訓,二徐不察,何其疏耶?又案《漢志》:“北地直路,沮水出,東西入洛。”《淮南子》:“洛出獵山。”高注:“獵山在北地西北夷中。”二“洛”字亦當爲“潞”矣。

元豐元年,詔知禮院王子韶、光禄丞陸佃同修定《説文》,今所傳小字本,在安邑宋葆淳家。李燾據以作《韻譜》者,即元豐重修之書。雍熙本“烓,讀若回,口迴切”,李燾本“回”作“回”[②],口迥切。桂馥云:“《爾雅釋文》:‘烓,《字林》口潁反,顧口井、烏攜二反。王、陸改爲同。迥者,據《字林》口潁之音也。”郭景純於《爾雅》“烓”音恚,於《方言》“烓”音口類反,

①“貸”字誤,當作“蟦”。
②下“回”字誤,當作“同”。

乃知"頪"爲"類"之譌，又因"口頪"轉爲"口井"，王、陸不審，輒易舊文，又改"耿"炯省聲爲烓省聲，舛益甚矣。《説文》五百四十部，九千三百五十三文，重一千一百六十三，解説凡十三萬三千四百四十一字。今依大徐本所載字數覈之，正文九千四百卌一，增多者七十八文；重文千二百七十九，增多者百一十六文。此由列代有添注者，今難盡爲識别。解説字數，依大徐所載，凡十二萬二千六百九十九，較少萬七百四十二字。此可證《説文解字》中秝代妄删字數及奪去字數，至於如此之多。篆文多於本始，説解少於厥初，其增損皆由後人，今未可强説耳。今所互校，惟舉二徐本有同異者録之，而以宋本初印本及宋後之本，並諸家著録有引及者，亦列以爲參互考證焉。

清稿本

說文二徐箋異

說文二徐箋異自敘

田吴炤

《説文》之學至國朝而極盛，乾嘉以來，經學巨師，皆有校注，士生今日，讀之殆不能徧，奚敢復有異議。惟是讀古人書，不經攷訂，即無以知深奥而得所折衷。炤伏處鄉里，不獲師資，耳目聞見，可云譾陋。自壬辰歲得讀經韻樓注本，通閲數過，苦其浩繇，因而丹鉛之，朞年始斁。後得孫氏大徐本、祁氏小徐本，參互以觀，迺知經段氏改定者頗多，其注本非許書真面目也。方是知大小徐本之善。而二本亦多未合者，寡見尠聞，無人就正。初不識二徐岐出之故，因是究心于國朝經師小學類書。訂正大徐者，有嚴氏可均之《校議》。訂正小徐者，有鈕氏樹玉之《説文校録》。又有《段注匡謬》《段注訂》，則皆訂正段氏者。而於二徐異同不涉及也。其他苗氏《聲讀表》、陳氏《引經攷》、桂氏《義證》、顧氏《辨疑》，以及凡攷正《説文》諸家言，靡不詳覽原委，知其訂論許書蓋極詳盡。又于《漢學師承記》《學海堂經解》《經師集》中與夫經籍敘跋所以論及《説文》者，輒手綴之，以博攷旁稽，求得要領。知二徐各有是處，無爲句攷他書，專正一家之失也。嚴氏《校議》，規正大徐不遺餘力，類皆以小徐爲是，而以《均會》所引證之，不知《均會》所引實小徐本，其異小徐處，迺小徐真面目未經竄觳者。炤初見及此，尚不敢自信，後讀《汲古閣訂敘》，段氏先已發之，竊私幸脗合前人，不至爲肊説，于是此見持之益堅。竊以二徐異从，各有所本，亦各有所見，諸書所引，或合大徐，或合小徐，不必據此疑彼，據彼疑此，亦不必過信佗書，反疑本書也。不自揣量，思有箋述者數矣。始擬依《廣均》分疏之，而有《五音均譜》在；繼擬彙稡諸小學書，以詳證其義，而有《桂氏義證》在。嫌其複出，皆作而復輟焉。今年春，檢閱所有《説文》類書，間攷諸經師論説，其箋釋二徐者，頗亦有之，然未有標明意恉，以箋正二本者。因思段氏若膺曰："二徐異處，當臚列之，以竢攷訂。"用師其意，精心校勘，凡二徐異處，或正文，或重文，或正文説解，或重文説解，或引經，或讀若，或類从，或都數，或語句到順，或文字正俗，類皆先舉其文，攷之羣書，實事求是，便下己意，以爲識别。諸家可采者則采之，不掠爲己有，可議者議之，不强爲坿和。每得一異處，不專宗一家，唯其當之爲貴，其所不知，甯從蓋闕之例。無害大義者，則畧而不論。自春徂夏，得二篇，依大徐分上下卷，循環省覽，未敢自信。識既諓陋，説亦踳駮，通人姍笑，知所不免。竢卒業後，當復加宷定，以就正有道，庶乎略同古人遺意，不與先正重出，斯幸矣。爰書其原起如此。光緒丙申年四月二十八日，田吴炤伏侯自識于荆南精舍。

説文二徐箋異後敘

田吴炤

是編自光緒丙申年始，隨讀隨箋，成十篇。越丁酉夏，肆業于兩湖書院，時改新章，注重圖筭輿地之學，日從事不遑。十一篇以下，遂輟而不爲。戊戌冬，遊學日本，又以困于科學及日本語言文字，更無時及此，且睎爲腐舊，無益於用，已成之稾，捐置于故紙堆中，欲焚棄者數矣。辛丑、壬寅之際，復東遊考究教育，歸而肆力于教育學諸書，譯述有《初等心理學》《教育心理學》《普通教育學要義》《論理學綱要》《哲學新詮》《生理衛生學》數種。又歷有年，乙巳，隨從考察政治大臣遊歷歐美各國，仍以研究教育爲務，編有《歐美教育規則》，刊之報告，自著有《考察教育意見書》，蓋十年來舊學荒疏久矣。丙午冬，睎學太原，旅店中與上虞羅叔言參事振玉述及此編，意頗脗合。丁未旋里，乃稍爲整理之。又逾年，監督游學諸生於日本，公餘偶理舊業，因携此稾藏諸行匧。適叔言參事因事來東，見之慫恿付印，意甚款切。長壽李命三大令滋然爲尊經書院舊人，邃於經學，亦極力贊成，并力任校讎。感二君相勉之意，迺函致舊日考証諸書，完成後四篇，并自寫清稾，經數月而成。惟是學本諓陋，繼以荒，其中紕繆漏畧之處，知所不免，他日當研究而是正之，庶幾舊學商量，可加邃密耳。宣統元年十二月二十日，炤再識于日本芝公園寓廬。

説文二徐箋異序

羅振玉

書契之興，遐哉邈矣。籒、斯以還，代有媘益，佐隸遞變，彌失本原。汶長許君，生於炎漢末年，慨末俗之譌僞，懼小學之不修，乃爲《説文解字》十有五篇。六藝群書之詁，皆訓其意，天地鬼神、山川艸木、鳥獸蚰蟲、雜物奇怪、王制禮儀、世間人事，莫不畢載。洵倉、史以降之偉制，巍然當與六經並。乃晉唐以來，學子罕通其説。直至昭代，學迺大昌，顧當有宋初葉，二徐傳古之功，亦不可没。使不得二徐之表章紹述，則祭酒之書久熄烕于五代干戈之際矣。二徐之作，時有後先，故異同互見。嘗憾無好學沉思之士，取兩書異同，爲之理董，以便學者。褱此積有歲時，乃一日忽得之田君伏侯。予與君交且十年，初未知其治許氏學也。去年游日都，與君晨夕談藝者逾月，遽出手稾見示，緐行密字，帙厚逾寸，批閲數夕不能竟，于是乃益服君用力之勤，且歎向者知君之不盡也。昔二徐爲許氏之功臣，今君者又二徐之諍友矣。予二十治小學，讀段氏注，歎爲觀止，自知於許書不能更有發明，故不欲有所造述。乃近年以來，山川所出彝鼎至夥，其文頗足是正許書，擬爲《説文古籀訂補》，以廣段先生之説，又以文字之作可考見古聖人制作之原，每欲于文字上窺古代禮教民風、人事物象，溯進化之淵源，尋文明之軌轍，成一家之言，補昔賢所略。竊取許書《後序》之誼，爲文字尋原，乃以人事旁午，匆匆無所就。今見田君之書，頓深廢學之感。今年春，君既手寫定稾，以印本見寄，郵簡乞言。乃不揣譾劣，敬弁簡耑，並以所見質之於君，君幸有以益我也。宣統二年四月，上虞羅振玉謹序。

説文二徐箋異跋

李滋然

南唐徐氏兄弟同治《説文》，叔重之斆至此極盛。二徐各自成書,後之治許敩者,均皆奉爲圭臬。大徐書雖晚出,而流傳尚廣。小徐《繫傳》,書成未布而鍇已亡,故此書自宋元以來,槧本絶尠,展轉傳鈔,尤多舛誤,今世所行,乃宋張次立更定之本,而非小徐真面目矣。惟黄氏公紹《韵會舉要》尚存鍇本舊迹,又經斧季剜改,不盡原書。二徐敩本同源,并無異派。鍇撰《韵譜》,實承兄命,而譜以四聲,鉉又爲之作篆。迨沿習既久,遂至異同錯出,詳畧互見。近世朱氏文藻、鈕氏樹玉、承氏培元、王氏筠,均詳爲攷校,徵録異同。然衹辨厥岐文,未有折衷,從違是正。嚴氏可均《説文校議》雖多所匡糾,其意主攻大徐,於小徐異説,每存曲護。求其平二徐之是非,以合許君之誼例,尚乏專書。荆州田潛山先生敩毌中歐,著作宏富,日昨出其舊作《説文二徐本箋異》一書,屬司校勘,命爲後序。卒業之餘,欽其持平定議,各存是非,徵證參稽,論無偏重。如"祏"篆説解取大徐之"从示从石",而辨小徐"從示石"之非,謂與"武、信"二字會意有别。"支"下説解以大徐之"又持十"爲是,以小徐之"手持十"爲非。按"支"篆明從又手,小徐統言"手持十"者,於誼爲疏。"蕢"篆重文"臾"説解以大徐之引《古論語》"有荷臾"爲是,以小徐之重文下引經之仍同正篆作"荷蕢"者爲非。按正篆重文兩引《論語》,而"蕢、臾"異形,"鼒"重文下所引允爲《論語》古文。"蘭"篆説解以小徐之"夫容"爲是[1],以大徐之"芙蓉"爲非。"篗"之重文"䈅"説解從小徐之"篗或從妾",不從大徐之"篗或從女"。"糾"篆説解從小徐之會意兼聲,不从大徐之專主形聲。"鮚"篆説解大徐漏"三斗"二字,"鼒"據漢律以正之。"㾮"篆説解以二徐之"有信""省信","信"皆爲"言"之誤字,而據《春秋傳》

① 蘭,當據《説文》改作"藺"。

季寤字子言、《玄應書》引《倉頡篇》"覺而有言曰寤"以正之。"琳"篆當從大徐本次於"球"後，辨小徐之綴於部末爲非，而引《尚書》《爾疋》以正之。或求合於許氏原書，或取證於羣經古訓，類皆平允埆當，援據精審。滋然檮昧，曷敢妄爲序録？謹次其梗概，系之簡末，俾當世治《説文》者，讀是編以考訂二徐原本，是非立判。其有功於許氏，豈淺尠哉？宣統二年歲次上章閹茂仲春乙亥朔十五日己丑，長壽李滋然謹跋。

以上清宣統二年（1910）石印本

説文解字篆韻譜

説文解字篆韻譜序

徐　鉉

昔伏羲畫八卦,而文字之耑見矣;倉頡模鳥跡,而文字之形立矣。史籀作大篆以潤飾之,李斯變小篆以簡易之,其美至矣。及程邈作隸,而人競趣省,古法一變,字義浸譌。先儒許慎患其若此,故集《倉》《雅》之學,研六書之旨,博訪通識,考於賈逵,作《説文解字》十五篇,凡萬六千字。字書精博,莫過於是,篆籀之體,極於斯焉。其後賈魴以《三倉》之書皆爲隸字,隸字始廣,而篆籀轉微。後漢及今,千有餘歲,凡善書者皆艸隸焉。又隸書之法,有删繁補缺之論,則其僞譌斷可知矣。故今字書之數,累倍於前。夫聖人創制,皆有依據,不知而作,君子謹之。及史闕文,格言斯在。若乃艸木魚鳥,形聲相從,觸類長之,良無窮極。苟不折之以古義,何足可觀。故叔重之後,《玉篇》《切韻》所載,習俗雖久,要不可施之於篆文。往者李陽冰,天縱其能,中興斯學,贊明許氏,奂焉英發。然古法背俗,易爲堙微。方今許、李之書,僅存於世,學者殊寡,舊章罕存,秉筆操觚,要資檢閲。而偏旁奥密,不可意知,尋求一字,往往終卷,力省功倍,思得其宜。舍弟楚金,特善小學,因命取叔重所記,以《切韻》次之,聲韻區分,開卷可覩。楚金又集《通釋》四十篇,考先賢之微言,暢許氏之玄旨,正陽冰之新義,折流俗之異端,文字之學善矣盡矣。今此書止欲便於檢討,無恤其它,故聊存詁訓,以爲别識,其餘敷演,有《通釋》焉。《五音》凡五卷,詒諸同志者也。

説文解字韻譜後序

徐　鉉

初,《韻譜》既成,廣求餘本,孜孜讎較,頗有刊正。今復承詔較定《説文》,更與諸儒精加研覈。又得李舟所著《切韻》,殊有補益。其間有《説文》不載而見於序例注義者,必知脱漏,並從編録。疑者則以李氏《切韻》爲正,殆無遺矣。前序猶謂學者殊寡,而今之學者益多,家畜數本,不足以供其求借。潁川陳君文顗任當守土,罷列侍祠,習武好文,憐才樂善,見人爲學,如己之誨子弟焉。因取此書刊於尺牘,使模印流行,比之繕寫,省功百倍矣。噫,仁人之用心也。因躬自篆籀,庶抵來命。序之於後,以記其由。雍熙四年正月敘。

御題説文篆韻譜

乾　隆

徐鍇《説文》,兄鉉序,依然朱氏曝書藏。制文遵古見誠卓,作隸趨今辯以詳。許慎特嘉研六篆,賈魴何事變《三倉》?成編割裂異《大典》,因字區分述舊章。惟是微傳資訓註,信堪小學示津梁。即看繡谷勤收弆,意在尊聞實所臧。乾隆甲午初夏御筆。

《四庫全書》纂修官翰林院編修臣翁方綱敬録。

去年借菦谷齋中抄本時,即聞館中已有此書,而未得見也。今年夏五月廿四日,於實善亭分校。

内發:

御題外省所進書數種,方綱分得此書刻本一函五册,是浙江巡撫三寶所進。

説文解字韻譜序

翁方綱

右《説文解字韻譜》五卷,南唐徐鍇著,後有雍熙四年正月徐鉉《序》,云:"《韻譜》既成,廣求餘本,頗有刊正。今復承詔校定《説文》,更與諸儒精加研覈。又得李舟所著《切韻》,殊有補益。其間疑者,以李氏《切韻》爲正。"所言承詔校定者,即雍熙三年十一月與句中正等校《説文》事也。巽岩李氏《五音韻譜序》云:"唐天寶末,陳州司法孫愐刊正隨陸法言《切韻》,别爲《唐韻》。本朝大中祥符元年,改賜新名曰《廣韻》。鍇脩《韻譜》因之。"而鉉序亦云:"《説文》之時,未有翻切,後人附益,互有異同。孫愐《唐韻》行之已久,今竝以孫愐音切爲定。"然則是書初亦如鉉依愐音切者也。鍇以開寶八年卒,陸書作"七年",馬書作"八年"。据《西清詩話》卒於圍城中,當從馬書。在雍熙校定之前十年。兄弟並以文學近侍,鍇特精小學,於許氏之書闡發尤多。其《部敘》雖法《易傳》,然特見義之一端，非遂以蔽許氏全書之恉，故鉉苦許氏偏旁奥密不可意知，令鍇以《切韻》譜其四聲，爲之纂，名曰《説文韻譜》也。李舟《切韻》，《唐志》十卷，《宋志》五卷。唐人韻書，孫愐、李舟皆見於著録，而行世者孫愐爲多，故鉉至雍熙時始得見李舟之書。此内反切，蓋即依舟本爲之。是二書者，一以存愐韻，一以存舟韻，不特爲許氏功臣已也。巽岩李氏之爲《五音譜》也，引是書之《序》，以爲置偏傍而以聲相從，不若存偏傍於聲類之中，益便披閲。豈知是書之善，正在不著偏傍，則觀者因得復撿其故處而詳知焉。此於《説文》全書有若總目然，相需而不可相無也。若巽岩之書，意欲兼有二書之捷，則勢必使人庋《説文》舊本不觀而觀此止矣。説者遂謂四聲譜而《説文》亡，豈過論哉？是書《序》曰："《五音》凡五卷。"而毛氏引此《序》則曰"凡十卷"。又此本於上聲分上下二卷，而三聲則否。《崇文目》暨《宋志》皆是十卷，蓋刻者併爲五卷，而上聲尚仍其舊耳。乾隆癸巳八月，於孔葒谷户部齋中借得抄本，蓋戴東原孝廉之物，因借抄之。中秋後三日，方綱識於潘家河沿之蘇米齋。

重刊説文解字韻譜序

馮桂芬

徐楚金《韵譜》，今通行者《函海》本，别有四庫館本，据《提要》所指兩條，則行款字數相同，疑出一本。洎在揚州見之，果然。且寫官草率，譌舛至不可讀，故未借挍。鼎臣《序》云："爲便於檢討而作，原無深意。"今讀其書，注釋或用許義，或不用許義,輒以兩三字爲限,有音者則省之,體例已陋。許書正文漏略至百八十餘字,《新附》其所特加,亦遺五十餘字。《新附》之外,復羼入俗字百餘,以"萰、辣"開卷,以"貓、㺜"殿末,首尾皆俗字,首卷尤多,不能不病其鱻犆。顧其書亦有可以訂正《説文》者,且《切韻》一書賴以存其涯略。《四庫》不收李燾書而收是書,蓋自有故。既又購得東洋紙影鈔宋本《韻譜》全帙,長闊視常書半倍之,篆法精妙,錦䌫玉躞,有如珍賚。卷首有"中國之舊"小印,蓋日本國書也。又有"顧云美朱卧菴"小印,當是入中國後,爲骨董家弆藏,故不爲乾嘉間專治小學諸公所見,與《函海》本名同《序》同體例同,而實則截然二書。無《後序》,無新附字,已異,而所用之韻則絶古。按其部分次第,與夏英公《古文四聲韻》略同,與唐顔元孫《干禄字書》亦略同。攷錢氏大昕《養新録》引《魏鶴山集》吴彩鸞《唐韻序》云:"今韻降覃談於侵後,升蒸登於青後,升藥鐸於陌麥昔錫之前,置職德於錫緝之間。"是吴韻亦同此韻。惟魏又云:"吴韻别出栘齹二字爲一部,注陸與齊同,今别。"《古文四聲韻》亦有此部,而此無之,則小異。鄭樵《七音略》内外轉四十三圖,以覃談咸銜鹽添嚴凡列陽唐之前,亦小異。又攷鼎臣序云:"楚金特善小學,因命以《切韻》次之。"楚金以開寶八年卒,後十有一年爲雍熙三年,鼎臣始與句中正等挍定《説文》。四年作《韻譜後序》云:"《韻譜》既成,今承詔挍定《説文》,又得李舟所箸《切韻》,殊有補益。其間有《説文》不載而見於序例注義者,必知脱漏,並從編録。疑者則以李氏《切韻》爲正。"可見《函海》本經鼎臣重訂,非楚金原書,故有新附等字。又可見《函海》本所用《切韻》爲李舟《切韻》,挍定《説文》時始得之,非楚金所及見。而楚金書所謂以《切韻》次之者,則陸法言《切韻》也。何以言之?《文獻通考》載李燾《五音韵譜序》云："唐天寶末，孫愐刊正隋陸法言《切韵》，别爲《唐韵》。本朝大中祥符元年，改名《廣韵》，鍇修《韵譜》因之。"其言頗不分明。大中祥符元年上距開寶八年已三十有四年，不得云鍇因《廣韵》。又鉉於《説文序》明言以孫愐音切爲定，於此《序》明言以《切韵》次之，判然不同。又不得謂鍇因《唐韵》，以意揣之，所謂因者，仍指《切韵》言，特詞不達耳，此一證也。又鶴山所引"移、瓕"二字，陸與齊同者，此本正與齊同，又一證也。《四庫提要》云："所謂以《切韻》次之者，當即陸法言《切韵》，即《唐韵》《廣韵》所因。"其時未見宋本《韵譜》已有是説，又一證也。然則此本之爲楚金原書，所用之韵爲陸法言《切韵》，更無疑義。蓋有大徐《説文》而孫韵存，有《函海》本《韵譜》而李韵存。兹復有宋本《韵譜》，而陸韵亦存。唐以後所傳韵書，本以陸韵爲最古。方今吴韵不傳，夏韵字數絶少，《干禄字書》字數尤少，古韵之僅存者，莫是編若，可謂天下之鴻寶矣。至兩《譜》、二徐四者，參互考訂，以徐挍徐，足以裨補許書正不少，試言其略。有可以兩《譜》正二徐之誤者，如"詾，訟也"，二徐作"説也"，段氏玉裁據《篇》《韵》改"訟也"，《六書故》引亦作"訟也"，於義爲長，兩《譜》正與《六書故》引合。"徛，舉脛有度"，二徐作"有渡"，《韵會》引作"有度"，於義爲長，兩《譜》正與《韵會》合。"畬，二歲治田也"，二徐、《集韵》作"三歲"。《禮·坊記》注作"二歲"，《易釋文》云"馬曰三歲，《説文》云二歲治田"，尤確證，於義二歲爲長，兩《譜》正與《易釋文》合。"俱，皆也"，二徐作"偕也"，"偕"訓彊，非其義，《譜》無人旁是也。"毋，止之也"，《函海》本作"止之詞"，《曲禮釋文》引亦有"詞"字，段從之，正與《函海》本合。"甈，罃也"，二徐"罃"作"罌"，《方言》"罌謂之甈"，兩《譜》正與《方言》合。"汧水，出右扶風”，鍇同鉉，宋本、李燾本皆無“右”字，段据鍇及前後《志》補之，是也，宋本正與鍇合[①]。“要”，摘古從鹵，用古文西是也，鍇同鉉从西，誤，兩《譜》正與鍇合。“琁，玉也”，下别出“璿，美玉”，兩《譜》同。宋本“琁”下又云：“本與璿同。”與“瓊”不涉，二徐以“琁”爲“瓊”之重文。段改同“璿”，兩《譜》正與段説合。“驀，馬腹縶”，鉉同，《篇》《韵》同，鍇“縶”作“熱”。《韵會》又云：“舊韵注‘馬腹縶’，誤。”段改“墊”，嚴氏可均改“鷙”，皆無理。兩《譜》亦作“縶”，可證作“縶”之不誤。“斈，效也”，二徐作“放也”，毛改“效”，嚴云：“《繫傳》《韵會》作‘效’。”今二書並不作“效”，他本亦無作“效”者。兩《譜》皆作“效”，則毛、嚴亦非無據。“饕”，虢史，叨俗，鍇同，鉉“史、俗”誤易。兩《譜》正與鍇合。“迦，迦牙”，二徐作“迦互”。段据《玉篇》改“迦牙”，謂“此雙聲疊韵字，古書牙字多譌作互”，今兩《譜》正作“牙”，與段説合。“魴”，鰟史，鍇同，《玉篇》同，鉉以“鰟”爲或體。段改从鍇，兩《譜》正與段合。“綪，朱縈繩”，二徐“朱”作“未”，《韵會》及《集韵》《類篇》引皆作“朱”。“朱”義爲長，兩《譜》正作“朱”。“乎”，釆古，鍇同，鉉篆作釆，中直斷。段改爲不斷，正與兩《譜》合。“絓，乘輿馬頭飾”，《函海》本但作“馬頭飾”，惟《韵會》引與此本同。二徐無“頭”字，疑二徐脱也。“獀，南越名犬”，鍇“越”下有“人”字，鉉作“南趙”，《類篇》作“南楚”，李燾本、《集韵》皆作“南越”，證以兩《譜》，作“越”爲是。“鬻”，鬻史，鉉同，鍇以史爲古文，證以兩《譜》，作史爲是。“䭲，金耳馬”，二徐作“金馬耳”。段、嚴据《廣韵·五支》《四紙》云：“當作金耳。”兩《譜》正作“金耳”。益證段、嚴説之可從。“垑，恃土地”，二徐作“恃

① 此説有誤。大徐本、李燾本無“右”字，小徐本有“右”字，段注從小徐，宋本與鍇本不合。

也”，語意不倫。《廣韵》作“恃土地”，兩《譜》亦作“恃土地”，知二徐誤也。“粉、㷑”各字，鉉同，鍇以㷑爲“粉”之重文，《韵會》所据鍇本“粉”下並不言“或作㷑”，兩《譜》亦各字，知鍇誤也。“嚽，野人之言”，鍇本、李燾本、《集韵》《類篇》引同，《函海》本無“之”字，鉉作“野人言之”，知鉉誤倒也。“碣，石地惡”，鉉作“石也，惡也”，鍇本、李燾本、《集韵》《類篇》引皆作“石地惡也”，兩《譜》正同，知鉉誤也。有可以兩《譜》補二徐之闕者，如“頋，頭佳”，鉉無鍇有，《韵會》《集韵》《類篇》引皆有。今兩《譜》亦皆有。“開”，闕古，鉉有鍇無。今兩《譜》皆有。“㞷”，㞷古，鉉無鍇有，《集韵》《類篇》皆有，段、嚴皆云：“部末記重一，則原有此古文。”今兩《譜》亦皆有。“㸚”，㸚史，二徐但云“籀文㸚从羊”而無篆，《玉篇》有。今兩《譜》亦有。以上皆可据補。兩《譜》之中，尤以此本爲善。有可以此本正《函海》本之誤者。如《東部》“洚，大水。户工反”，《江部》“洚，水不遵道。下江反”，截然二字，鍇同，鉉無“洚”。《函海》本即以“洚”作重音，訓“大水”，皆誤。“庯、亯”各字，《函海》本及《廣韵》誤爲一字，此本不誤。“姎、姝”各字，《函海》本誤爲一字，此本不誤。“饘、鬻”各字，《函海》本誤以“鬻、餰、飦、健”四字皆爲“饘”之重文，此本不誤。“熬、鏊”同，《函海》本誤爲二字，此本不誤。“梟”篆从鳥不省，鉉省作“梟”，云“鳥頭在木上”，鍇無“頭”字，而篆仍作“梟”。段据《五經文字》改“梟”，或疑不經見，今此本正作“梟”，却段説之一證。“瘥，殘薉田”，《函海》本作“淺水田”，二徐作“殘田”。《集韵》《類篇》《韵會》引皆與此本同，知此本是也。“盈”，各本篆从血，段改从皿，正與此本合。“宏，屋深”，《函海》本無注，二徐作“屋深響也”。《集韵》《類篇》《韵會》引皆無“響”字。段謂涉下“弦，屋響”而誤，此本正無“響”字，與段説合。“羸，賈有餘利”，《函海》本、二徐皆作“有餘賈利”，惟《韵會》與此本同，於義爲順。“傾、頎”各字，二徐同。《函海》本以“頎”爲“傾”之重文，誤也。“瀓”，《函海》本有重文“澄”，俗字，二徐無，與此本合。“蠡”，彖古，各本从彖，鈕氏改从彖，以爲《彑部》“彖、彖”各字。“彖”讀若弛，當從鍇本。李燾本作“彖”。此宜从讀若弛之“彖”，不宜从通貫切之“彖”。此本古文正从彖，知鈕説是也。“愃，寬閒心腹皃”，《函海》本作“寬心皃”，二徐作“寬嫺”，嫺，習也，非其義。桂氏馥據《列子·力命》釋文引正作“閒”，與此本合。“邇，迩古”，鉉本、《函海》本古文作“迡”，“迡”别一字，可疑。鍇作“迩”，此本亦作“迩”，知作“迩”是也。“沇”注“水名”，又“台古”注“山間陷泥地也”，蓋謂台字有二義，於古文爲水名，於篆文爲山間陷泥地，與段説恰合。“嬀，㜻史”，此訓“順”字，《函海》本、二徐籀文並作“㜻”，與訓“慕”字篆文無别，此本是也。“梡，山樗”，鍇同，鉉本、《函海》本並作“樗”。段改“樗”，此本正作“樗”。“屏、庰”各字，《函海》本誤爲一字，此本不誤。“校，木缶”，《函海》本、二徐皆作“木囚”，然鍇《通釋》云：“木缶者，以木爲缶。”下文證明木缶義甚詳，是鍇原作“缶”。近獨山莫氏友芝得唐鈔《説文》殘本作“木田也”。“囚、田、缶”三字，缶義爲長，此本正作“缶”。知“囚、田”皆形近之譌。《用部》“縱、縱”各字，《函海》本見《鍾部》，誤爲一字，此本不誤。“憝、懟”各字，《函海》本誤爲一字，此本不誤。“櫝、匵”各字，《函海》本誤爲一字，此本不誤。“逋，前頓”“迶，行皃”，《函海》本、鉉本皆作“迶”無别，鍇本前“頓”字多一畫，與此本合，知各本誤也。“湁，湁湒，沸皃”，《函海》本無注，二徐作“湁湒鬻也”。段云：“《上林賦》‘湁湒鼎沸’，此蓋用賦語，宜作‘湁湒’。”此本正作“湁湒”，與段説合。有可以此本補《函海》本之闕者，如“鞫角，韃屬”，“枊，馬柱”，《函海》本“鞠”脱篆，“枊”脱注，誤合爲一，此本不脱。“且，𠀇古”，《函海》本、鉉本皆無此古文，鍇本、《韵會》有之，此本亦有。“寑，𡨦古”，《函海》本、二徐皆無此古文，《集韵》《類篇》有之，與此本同，則此本亦非無據。此類皆可据補。通校全書，固亦有兩《譜》皆誤者，并有《函海》本不誤而此本轉誤者，特爲數絶少。至此本亦漏許書正文九十餘字，内六十餘字則《函海》本不漏，互有出入。若羼入許無之字，不過“假、住”等數字。新修十九文，亦存十三文，或有所受之。要之，勝於《函海》本遠甚。惟先成轉密，後成轉疏，以所漏之字言之，補六十餘字，轉删百二十餘字，於理難測。説者謂鼎臣《説文》之學不如楚金，或不誣。抑鼎臣書成已暮年，有所假手，皆不可知也。余以丁巳歲獲此本，念自我得之，宜自我傳之，手自縮摹，以原書三分之二爲度，付諸梓人。時以議均賦觸僉壬之怒，爲蜚語所中，事既白，戢影鄉居。江甯龔生丙孫館余家，與共作校勘記。上方疏兩《譜》與二徐同異得失，下方取兩《切韵》及紀氏容舒所輯《唐韵》，今《廣韵》凡四韵，以旁行斜上之法列爲一表，逐字對校，於其分合移改之故，疏通而證明之。平韵既成，余北行，諉諸龔生，續成上聲。龔生尋卒，次年余引疾歸，編去聲未竟，而有粤匪之難，流離播遷者數年。城復返里，板庋光福潭西村，毁大半，原書四帙失一帙，幸板適存，不可謂無呵護之者。校勘記原止十之七，又失其二三，存者亦叢殘不可問。歲甲子，重摹篆文，刻成全本，將取校勘記整治補完，坿刊於後，因循未果。自念精力漸衰，恐非所及，遂屬同縣吴生楨、太倉沈生嘉澍、元和管生禮耕校字印行，而述其緣起並是書大凡如右。於是距初付梓時恰十稘矣。脱離浩劫，終得自我而傳，竊有厚幸。惟龔生博學多通，從事於此者逾年，頗竭心血，其家連被難世，遂絶一生劬學，付之逝水,繙帑是書,闇然有懷舊之思焉。同治六年冬十有二月,吴縣馮桂芬識。

以上清抄本

説文韻譜校

説文韻譜校序例

王　筠

楚金之作此書，特以讀《説文》者檢字不得耳。今既用陰氏韻書，何由知《切韻》部分而欲以此爲捷徑，是益之緐難也。特是李舟《切韻》世無傳本，而此書猶存其梗槩，故吾俛焉孶孶不猒瑣屑者，不爲《説文》計，轉爲《切韻》計也。然則所録之挩文，焉知非《切韻》所不收，而必斤斤焉，何也？字以孶乳而寖多，後之所收，不能反少於前，是由傳寫既久，闕佚滋多，而抱殘守獨者不敢診視，其學富萬卷，如朱竹垞、翁覃谿兩先生，又不屑屑于一書，遂致此書不復可讀，故補之也。新附雖多俗字，猶於注中明之，而本書不典之字尤多，故殊别之。然"㞷"字猶見於小徐本，而"燮"字並小徐本不見，獨賴此書存之，"諍、匴、髟、犇、婄、㝵"六篆各本皆訛，獨賴此書正之，則亦安得不尊尚之也。原書僅二百番，而余所校者過百番，則其繆誤不可詰也可知，余之好猥瑣也可知。而且法令牛毛，必致網漏吞舟，將有大繆而爲世笑柄者，余亦自知之矣。

所列挩文，以本書切腳爲次，新附亦與焉。或无是切腳者，概以行韻之字在是部即收之，而仍以《廣韻》爲比。例如有不同，皆明著之。

篆誤者作篆明之,仍注楷書于下。亦有兼出原篆者,或有可從,或取易于檢校。

如"涷"下云"又見送部"者,李巽巖《五音韻譜》收于東部故也;"蝀"下云"已見送部"者,李氏收于送部故也。餘放此。李氏及見《唐韻》《五音韻譜》,存其梗槩,今或以《廣韻》當之矣。

本書訓釋,其異于《説文》者多同《廣韻》,蓋《切韻》固然,必引以著之,知《玉篇》猶爲先進多傳故訓,《切韻》即漸趨時也。如《玉篇》《廣韻》皆无是説,即不引。

翁鈔已多誤字,此刻尤甚,徧身疻痏,幾無完膚。然其中異於它本而轉勝者,亦間有之,故目以攷異一切隸焉。道光十有三年歲在癸巳秋九月,安邱王筠菉友記。

既校之後,覆閲原書,則其謬誤尚多,遂手寫一册,故攷異目中惟有所引據者存之,其餘一切删除。乙未五月朔記。

説文韻譜校跋

劉嘉禾

南唐徐氏兄弟同治《説文》,叔重之學,至此極盛。鼎臣因偏旁奥密,命楚金以《切均》次之,成《均譜》一書,特取開卷可尋,力省功倍。故其序云:"欲便檢討,無恤其它,聊存訓故,以爲識别。"可見徐氏當日惟以此檢許書,非欲以此遂廢許書也。晁氏公武謂不具載其解爲可恨,豈知言哉。楚金殁後,鼎臣廣求餘本,孜孜校讐,既得李舟《切均》,復有補益,字之見於《説文》序例注意者,竝從編録,其致力可謂勤矣。鼎臣承詔校定《説文》，凡新修、新附皆箸於别簡，不敢竄亂原書，慎之慎也。若此書則苟便檢討，不厭其詳，故雖《説文》不載之字，欲廣學者聞見，尚不以羼入爲嫌，豈於《説文》所本有反多漏略者乎。蓋此書自宋元以來栞本絶希，展轉傳鈔，遂多舛誤，致令許書之字奪至二百有餘，所存訓故亦間與舊誼不合，世或以此病徐氏，益近誣矣。然雖殘闕之餘，其可正《説文》及《繫傳》之譌者，往往而在，即李舟《切均》世久佚遺，亦賴此存其涯略，是可貴也。從外王父安邱王毌山先生，賅洽淹通，尤精許學，所箸《説文釋例》諸書，博引詳徵，折衷至當。復出其緒餘，校訂此書，草創甫成，遽焉謝世。同人舅氏既栞《釋例》《句讀》《繫傳校録》三書，又取此稾排比編簒，録成五卷，冀鐫以行。適同里高翰生君蒐訪吾鄉先哲箸述之未經墨版者，輯爲《齊魯遺書》，屬嘉禾求其稾。遂請於舅氏，得副以示。翰生亟爲從臾付刻，以附三書之後。嘉禾即於庚寅六月鳩工開雕，既畢工，以呈同人舅氏。舅氏復取録成之本，悉加釐正，仍以版本歸之嘉禾，且命志緣起。嘉禾檮昧，於先生之學未能窺其萬一，曷敢序先生書。謹次其梗概，系之簡末，俾當世鴻儒碩學治《説文》而講求徐氏之書者，知栞此書之始末云。光緒十七年太歲在辛卯，二月乙未朔十八日壬子，濰縣劉嘉禾謹識。

以上清光緒十六年（1890）濰縣劉嘉禾素心琴室刻本

説文解字五音韻譜

説文解字五音韻譜自序

李　燾

漢和帝永元十二年,太尉祭酒許叔重始爲《説文解字》十四篇,凡五百四十部,其文九千三百五十三。後二十一年,當安帝建光元年,叔重子沖乃具以獻。晉東萊㡔令吕忱繼作《字林》五卷,以補叔重所闕遺者,於叔重部敘初無移徙。忱書甚簡,顧爲它説揉亂,且傳寫訛脱,學者鮮通,今往往附見《説文》,蓋莫知自誰氏始。古文、籀文疑是吕忱始增入,今或以附見《説文》,或在陽冰以前。若《説文》元自有此,則林罕不應謂忱補許氏遺闕也。"戎"字當時增入,"上"字則《説文》元自有矣。更詳之。陳左將軍顧野王更因《説文》造《玉篇》三十卷,梁武帝大同末獻之,其部敘既有所升降損益,其文又增多於叔重。唐上元末,處士孫强復修野王《玉篇》,愈增多其文,今行於俗間者,强所修也。叔重專爲策學[①],而野王雜於隸書,用世既久,故篆學愈微。王雖曰推本叔重,而追逐世好,非復叔重之舊,自强以下,固無譏焉。大曆間,李陽冰獨以篆學得名,時稱中興,更刊定《説文》,仍祖叔重,肰頗出私意,詆訶許氏,學者恨之。南唐二徐兄弟實相與反正由舊,故鍇所著書四十篇,總

①策,當作"篆"。

名《繫傳》，蓋尊許氏若經也，惜其書未布而鍇亡。本朝雍熙三年，鍇兄鉉初承詔與句中正、葛湍、王惟恭等詳校《説文》，今三十卷内，《繫傳》往往錯見，豈其家學同源，果無異派歟？鍇亡恙時，鉉苦許氏偏旁奥密不可意知，因令鍇以《切韻》譜其四聲，庶幾檢閲力省功倍。又爲鍇篆，名曰《説文韻譜》，其書當與《繫傳》並。今《韻譜》或刻諸學宫，而《繫傳》訖莫光顯。余蒐訪歲久，僅得其七八，闕卷誤字，無所是正，每用太息。蓋嘗謂小學放絶久矣，欲崇起之，必以許氏爲宗，而鉉、鍇兄弟最其親近者，如陽冰、林罕、郭忠恕等輩，俱當收拾採掇，聚爲一書，使學者復覩純全，似非小補，顧力有所不及耳。《韻譜》仍便於檢閲，肰局以四聲，則偏旁要未易見。乃因司馬光所上《類篇》，依五音先後，悉取《説文》次第安排，使若魚貫肰，開編即可了也。《説文》所無而《類篇》新入者，皆弗取。若有重音，則但舉其先而略其後。雖許氏本在上去入聲，而《類篇》在平聲，亦移載平聲，大氐皆以《類篇》爲定。《類篇》者，司馬光治平末所上也。先是，景祐初宋祁、鄭戩建言："見行《廣韻》，乃陳彭年、丘雍等景德末重修，繁省失當，有誤科試，乞别刊定。"即詔祁、戩與賈昌朝同修，而丁度、李淑典領之。寶元二年書成，賜名《集韻》。度等復奏："《集韻》添字極多，與彭年、雍等前所修《玉篇》不相參協，乞别爲《類篇》。"即以命洙。洙尋卒，命胡宿代之，宿奏委掌禹錫、張次立同加校讐。宿遷，又命范鎮代之。鎮出，而光代之，乃上其書。自《集韻》《類篇》列於學宫，而《廣韻》《玉篇》微矣。肰小學放絶，講習者寡，獨幸其書具存耳。所謂《廣韻》，則隋仁壽初陸法言等所共纂次，而唐儀鳳後郭知玄等又附益之，時號《切韻》。天寶末，陳州司法孫愐者，以《切韻》爲謬略，復加刊正，别爲《唐韻》之名。在本朝太平興國及雍熙、景德，皆嘗命官討論。大中祥符元年，改賜新名曰《廣韻》，今號《集韻》,則又竇元改賜也。《切韻》《廣韻》皆不如《集韻》之最詳,故司馬光因以修《類篇》。《集韻》部敘或與《廣韻》不同,鍇修《韻譜》尚因之。今五音先後並改從《集韻》,蓋《類篇》亦以《集韻》爲定故也。嗚呼,學無小,而古則謂字書之學爲小,何哉?亦志乎學,當由此始爾。凡物雖微,必有理存,何況斯文幼而講習,磨礲浸灌之久,逮其長也,於窮理乎何有?不則躐等陵節,君子不貴也。今學者以利禄之路,初不假此,遂一切棄捐不省。喜字書者求其心畫端方,已絶不可得,但肆筆趁姿媚耳。偏旁横竪且昏不知,矧其文之理邪?先儒解經,固未始不用此,匪獨王安石也。安石初是《説文》覃思,頗有所悟,故其解經合處亦不爲少,獨恨求之太鑿,所失更多。不幸驟貴,附和者益衆,而鑿愈甚。蓋字有六義,而彼乃一之,雖欲不鑿,得乎?科試競用其説,元祐嘗禁之,學官導諛,紹聖復用,嗜利禄者靡肰風从,鑿説横流,汩喪道真。此吾蘇氏所以力攻王氏而不肯置也。若一切置此弗道,則又非是。今國家既不以此試士,爲士者可以自學矣,乃未嘗過而問焉,余竊哀之。雖老矣,猶欲與後生共講習此,故先爲此《五音韻譜》,且敘其指意云。

説文解字五音韻譜後序

李　燾

某在武陵,嘗與賈直孺之孫端修因徐楚金兄弟《説文解字韻譜》,别以類編所次五音,先後作《五音譜》,其部敘用許叔重舊次,蓋楚金兄弟本志止欲便於檢閲,故專以聲相从,叔重當時部敘固不暇存,既不存當時部敘,則於偏旁一切都置之,宜矣。朕偏旁一切都置,則字之有形而未審厥聲者,豈不愈難於檢閱乎？此寶元所以既修《集韻》,必修《類篇》,修《類篇》蓋補《集韻》之不足處也。《集韻》《類篇》兩者相順,則字之形聲乃無所逃,檢閱之難,果非所患。故某初作《五音譜》,不敢紊叔重部敘舊次,其偏旁皆按堵如故,獨依《類篇》,取《集韻》翻切所得本音以序安頓,粲然珠連,不相雜揉,古文奇字,畢陳立見,頗自謂於學者披閲徑捷,不媿楚金兄弟之言矣。書既成,未敢出也。會得請歸眉山,惟吾鄉家氏三世留意篆學,多所纂述,每欲持此書相與考評精確,或增或損,而去鄉踰一星終,及歸,則舊遊零落盡矣。後生雖多俊才,不復肯以小學爲事,所謂《五音譜》者,遂束之高閣。兹來遂寧,適與餘杭虞仲房相遇,仲房能爲古文奇字,聲溢東南,凡江浙扁牓與其它金石刻,多仲房筆。其乘暇,則出《五音譜》求是正焉。仲房喜曰:"此要書也,便可刊刻,與後學共之,復何待?"某曰:"姑徐之,試爲我更張其不合者。"已而仲房謂某曰:"《五音譜》發端,實因徐氏,則此《譜》宜以徐氏爲本,則所謂以聲相从,其平上去入自有先後,固不容顛倒,叔重部敘亦何可獨異？蓋即用徐氏舊《譜》,參取《集韻》卷弟,起東終甲,而偏旁各以形相从,悉依《類篇》。今若此,則《説文解字》形聲具存,此《譜》於檢閱豈不愈徑捷？但不免移徙叔重部敘耳。"某曰:"叔重部敘舊次起一終亥,世固未有能通其説者,楚金實始通之,其書要自别行,兩不相傷,賦詩斷章,取所求而已,復何待?"亟謂仲房鏤板流布。嗟夫！小學放絶久矣,自是其復興乎。若論小學源委,則載前紀矣。繇崇寧以來用篆籀名一時者,吴興則張有謙仲,歷陽則徐競明叔,而仲房最所善者獨張。謂某曰:"明非謙敵也。謙作《復古編》,其筆法實繼斯、冰,其辨形聲分點畫,剖判真僞,計較豪釐,視楚金兄弟及郭恕先尤精密，其有功於許氏甚大。今其書具在，明何敢望耶。”某曰：“明非謙敵，信肰。謙不務進取，用心於内，成此書時年五十餘矣，晚又棄家爲黄冠師，殆世外士。陳了翁實愛之重之，特識篇首，夫豈若明之攀援姻戚，苟入書藝局，登進未幾，旋遭汰斥乎？兩人相去，何翅九牛毛？”因是亦可得吾仲房胸懷本趨，遂并《復古編》重刊刻云。

舊編《五音譜》，凡許氏所無，《類編》新入者皆弗取，若有重先，則但舉其先而略其後。雖許氏本在上去入聲，而《類篇》在平聲，亦移載平聲，大氐皆以《類篇》爲定。今編既改部敘从徐氏，則其五音先後，亦不復用《類篇》，但取許氏本音次弟之，庶學者易曉。二書要須各行乃曲當云。

重刻説文解字五音韻譜敘

陳大科

嘗考漢酇侯草律，學僮十七已上，試諷籀書九千字，並得除吏，試明習八體，得給事尚書御史。吏民上書，字或不正，輒舉劾之。夫漢雖承秦火之後，嫚罵之餘乎而廣厲字學，其嚴如此。故萬石君建奏事，“馬”字誤，至皇恐曰：“上譴死矣。”而馬伏波假將軍印章，“犬”文外嚮，輒上言狀。此微獨其人謹愿，亦漢法則然耳。迨和帝時，召陵許祭酒慎受學于賈都尉，著《説文解字》十五卷，凡十三萬三千四百四十一字，歷二十有二年，始達朱雀掖門，安帝宣付史館焉。蓋天地之英華不泯滅也，而史籀、孔壁千古之藏，洪纖高下，萬有之故，彬彬乎括陳而畢載。文不在兹乎？文不在兹乎？子墨客卿，轉相傳習既久，至沈休文氏鵲起齊梁間，則譜爲四聲，高自神伏，輒欲據適宗，掩奪許上，今所傳《禮部韻畧》是也。胡然强同天下之人之聲盡爲吴聲乎？維是五星聚奎之朝，南唐舊臣受詔開局，乃《説文》復興。我高皇帝諭全椒金華諸儒臣，撰《洪武正韻》一書，乃《韻畧》始詘。天王同文，四方其訓之，而一時操觚摛藻之家，咸知鼻祖許氏、耳孫隱侯矣，猗歟休哉。嗣是嘉隆間，則有子才太常、用脩太史，以及鬱儀中尉、月鹿道人，各有撰論校著，亦不失侯亞侯旅之儔歟。或謂六書之指秩如也，而許氏之書僅僅曰説文，曰解字，何也？夫語有之，削畫爲文，孳乳爲字，矢諸口爲聲，叶諸音焉爲韻，蓋相生而然矣。故文字者，相之立也，譬諸范鐘然。聲韻者，響之因也，辟諸叩鐘然，聲在鐘内，有觸而即發響，不離相逐，因而無方，斯之謂天籟吹萬不同哉。今十三萬餘言具在，後死者誠不徒佔僤之云。金口木舌，經之緯之縱之，其聲四衡之，其音七轉之，其律十二會通之，其變不可窮，而六書之用在我矣。鄭仲漁挂漏之疑，亦詎通論歟？余嘗折肱是書，窮年彌，不能竟其學。頃乃得粤兩生共斯業，朱生完擅工大小篆，爲日討其點畫文無害，劉生克平博極群書，爲雜治其異同，發明其刱意。得二篇久之，舊本半朱墨其上矣。因重刻于白狼書社，以存岐陽鄒嶧之遺焉。語稱晉鄙之夫往于田，見鳥跡蟲蜒之奇異，亦知輟耕諦視，今敢曰子大夫陽浮慕古哉。而以附于漢尉律也，亦猶之乎田夫躭躭之視云爾。萬曆戊戌夏五月既望。

以上清宋賓王抄本

説文長箋

説文長箋自敘

趙宧光

字有聲義，今古同驫原。驫夫蒼籒文造文，立瀼之始，聲含一義，旡既而義通聲隔，穽終而因隔昧通。及夫七雄笸互戕，文教殆喪，而通昧盡舜，塞非。即嬴氏一國之書，若李、趙、胡毋諸家，夾亦牂將與阬灰同叏，燼，贅。何有于刿列國迠古之文乎。逐鹿雖定，禮教尚闕，叔孫氏，儒生者瀐流，但逑求非。[illegible]掇拾三千三百遺文，而伏、鼂數子，惟知傳誦五典三謨世訓，孰慮文字一譌訛俗，訓釋皆妄，胡本之不謷而務其末乎。字義存，則吾心通于古，而今言皆傳心聖諦；六書旡失，則詁訓謬而經傳皆肊臆説妄談，故大小二斆學，巨緌細精粗徂古切。之辩在是，小可入大，大未可晐該非。小，此義甚明，而攻者蓋韙，尠、鲜厷借。何哉？即有博洽之士，惑或囿于名教，惑務其探嘖，賾俗。人自爲書，何與昔人書契本恉旨非哉。余爲此懼，明箸其説，以以爲天二下後世不栞刊非。之典，牂謂造化斯民，天旡付此知見，當恖思譌。有以自效，不作朝生莫暮俗。落之榮以尔耳。經世之業，不出傳經，經不攷文，膚力居切。謬闕註，世儒欲明經以敷化，攷文以通經者，捨鄦許非。氏霻無非。書。嘗讀南海寄歸傳，朗禪師以彣文彰章。雜叏史，積爲大聚，裂作紙泥，子請不可得，惟説文字書，舜幸蒙[illegible]曲賜，故知文字。

儒釋所不可闕者,正載道之器在是尔。炎鎦劉之時,説文取士,李唐猷得,明字開科。開元皇帝獨玫好去聲。辻徒隸之筆,于是説文明字,委于艸野,以至傳寫譌舛,增坿附非。溷淆,而斅士大夫以詞蕚華敓奪文字者有之,以翰札掩六書者有之,即有心此道之辻,而夾無所从從俗。斅。即見叔重《説文》,而夾無可短長。正俗竝並非。呈,何所去取,百家説書,異斅雜廁,豙遂俗。㑊使王玉石不分。故《長箋》之作,蓋夾不可以矣。不知而言,鑑有歬前非。轍,直列切。知而不言,浪浪此識情,徹于鄦氏未了義,坿以長去聲。語,發明訓解及總論平聲。一字得舛,綴綴以箋文,古今名家金石可摹者,不妨采爲瀍匠,與凡官家名物通行以久者,夾且收入遺文,其佗旁門撡勦非。説都無所取,與鄦徐争道,故自可啚,鄙非。作二子忠臣,奚必羞爲,直以千古而二上,斯文一縷之繫,不負造化斯民自效之愚,于千古而二,斯文一日之侂,託通。能事斁畢非。矣。萬曆丙午二元吴郡寒山趙宧光自敍。

跋長箋解題

趙宧光

箸書有二術:一自爲,一爲人。自爲有二術:一自用,一自適。自用何?治事治身治心皆是也。不治事,身何居;不治身,心何止;不治心,胡嗾而來,胡嗾而去也。自適何?自恰也。不自恰,胡嗾而人,胡嗾而物也。爲人亦有二術:一就人,一示人。就人何?述進諸斅是也。不述進,莫以行;不就人,莫以聽也。示人何?發古昔聖賢傳心之祕,開天下後世萬目堅膜是也。不法古,何以述;不開世,何以作。有所秉,未始無所用也。《長箋》之作,有其三所不有者,述進,一耑尔。失此一耑,世人盡謂無用之骰,不急之務,莫《長箋》若,此正未鑿堅膜之頃也。《長箋》端鑿斯人,渾沌斯人,不自辩也。亦宜當必有不斯人之徒出,而知斯人之果于無目乎。不笑不足以成道,道且笑成,豈惟《長箋》? 吾兹亦且相與斯人共笑于哺醬啜醴之世,空山無人,還讀我書,自秉以當千金帇帚,呼兒子緘之十襲,但以解題,作一辦想,了此語言文字功案。是歲十一月朢,宧光緟題于寒山天階館。

説文長箋序

錢謙益

吴郡趙君凡夫撰《説文長箋》若干卷,其子曰均字靈均,鏤版行世,裒書過余山中,請爲其敘。余聞之:序,緒也,蓋所以推明作者之指意而引其端緒也。何休、杜預之序《左氏》《公羊》也,傳經者之自爲序也;太史公、班固之有序傳也,作史者之自爲敘也;劉向之序録諸書也,較書者之自爲敘也。其假手于他人以重于世者,則自皇甫謐之敘都始也。凡夫之書,其自序備矣,無假于余亦明矣,而靈均固以爲請,其殆欲推明作者之指意,有以信于後世乎? 則非余之所及也。余衰遲失學,于六書五音之誼理槩乎未有聞也。凡夫聲音文字得之天授,梵音字母經涉輒了,宫商清濁部居於齒齶之間,其於書多所漁獵,勇于自信而敢於作古,補亡則束皙爲之歛筆,刺孟則王充爲之杜口,疑者丘蓋不言,吾將使誰正之哉。六書之學自東漢以來，許氏則尼父之删述也，二徐則賈鄭之解故也，凡夫一旦正其是非，攻其疑誤，儼然踞其堂皇之上。凡夫於六書不復居有形聲，有竹帛以後，雖虙犧、蒼頡可以接手相商榷，若史籀、斯、高之流，雖北面而聽予奪可也。李陽冰刊定《説文》，排斥許氏，徐鼎臣謂其以師心之見，破先儒之祖述。以余之固陋，乃欲以戔戔之見闚凡夫箋述之指意，豈不難哉？天啟中，余承乏右坊，故太宰嵩毓李公在太僕，一日朝會，公卿俱集，李公忽揖余問趙凡夫起居如何，諸公皆爲改容。李公徐曰："此吴中隱居高尚，著書滿家者也。"自後數過余，必稱凡夫，且問訊《長箋》成否。嗟乎，當凡夫之世，已有李公，豈患後世無子雲邪？如余之固陋，牽綴舊聞者，何足道哉，何足道哉。崇禎四年九月，常熟錢謙益謹序，門人邵彌書。

刻説文長箋成敬題

趙　均

緬惟六書之斆，流傳今古，明者寶之，等若和璧，昧者棄之，視同泥沙。獨不念載宇内者，文章；傳文章者，惟解字。苟解乎此，即家至户到，人置一書，所不可失。𠄎乃得其末而遺其本，舉世盡嘫然，良可悲也。所以卞和有褎王之泣，蒙莊有旦遇之歎。今之字書，雖代有作者，自二徐而二，若戴侗、楊桓、周伯奇、琦俗。吾宗撝謙諸輩，皆具有成書，可按而討論，嘫皆徇狥一己之私，蔑通匚方之論。設令今日，居嘫逐末，不循根厵，且有豪釐千里之謬，置本來面目于何地地，世有泛汎而妮古者，必欲二追蒼籀，遠蹤斯邈，謂能窮厵孰知無書可按，各以意測，盲人摸象，埶勢所必至。今之有成書者，甹許叔重而前，求不可得。甹叔重而後，存不可信。故先處士凡夫先生嘗言："二不敢遡漢而求淼芒之古，二不敢廢漢而徇支㛮之俗。"三覆斯語，《長箋》之作，可更後邪。今是書厥恉，一以補鄦氏未盡，一以糾徐氏誤失，務欲引經明字，引字明經，辡在人而不在我，失于古而不失于今，續前人未竟，啟後人未發，自弱冠媅躭俗。述，訖于毛白，每于探嘖，㝩寐形𡳿，其輔翼徐鄦二氏意義，則㛮爲百卷，而區分條別，又與二氏坿麗者，則百卷而外，積纍其軸，亦幾及之，更爲解題，揭其綱領，恐憎煩汗，讀者望洋，數年而前，中州汝昜有李冡宰宗延先生，神迮是書，謂鄦氏之信斯翁，凡夫之信鄦氏，其淵羸固已遠矣。古篆諸家，率多譌作，乃知信鄦，意敀从周，贊《易》刪《書》，不言虙羲以二，亦猶不信古篆之意。今且益堅所信，堅所服矣。厥書有成，熙朝之㚖奏，力所不辥，似乎高山澨水，伯牙鐘期，堪聆絶調，正栞定示人，未及其十之三，乃與先君子相繼淪世，幾乎奇音在爨，善響甠驚，逸足鹽車，絶羣莫識，嗚呼可惜。均于是重理殘編，粗爲訂正，再經踰歲，豖事殺青。而又有述作體用等部，則詳之解題條目中行于世矣。諸書尚存家塾，未能俱事棃棗，姑再以俟之歲月𧶽云。時崇禎辛未年春朔旦，男均敬題于寒山小宛堂。

以上明崇禎四年（1631）寒山趙均小宛堂刻本

説文廣義

説文廣義發例

王夫之

十三經、諸子、《史記》《漢書》，皆在《説文》之先，而所有文字，《説文》多缺，不知許氏何以如尔其略。篆所本無，則六書所取無可攷質。兹奉六書爲宗主，以廣《説文》之義，諸不見《説文》者，不及之。許氏始制始於一終於亥，今舊本部次無所從攷，一以《集韻》爲序，始於東終於甲，每部一從平上去入四聲次弟爲序，不能如今俗字書以畫多少爲序，而審之未精，增紊亂也。

《説文》音切，乃徐鉉所增，許氏原有云“讀如某字”者，古今異響，多不可通。所以注切不注音者，音有不可借者多矣，惟切爲審。如如劣切“爇”字，春俱切“貙”字，式昭切“燒”字，更無同音之字，將何以音之？流俗字書注音者，十九舛謬，即令不知反切，或脣舌困於方言者，寧令闕其所不知，不敢導之入迷。

一字而發爲數音，其原起於訓詁之師欲學者辨同字異指、爲體爲用之别，而恐其遺忘，乃以筆圈破，令作别音而紀其義之殊。若古人用字，義自博通，初無差異，今爲發明本義，應尔曉者，自可曲喻以省支離，若經師必欲易喻，一任其仍習舊讀。至於俗書《篇海》之類，將上聲濁音概讀爲去聲，如“道”

字無徒晧切、“善”字無裳衍切正音之類，則陋謬甚矣。

有義無字假它字以通之曰借，又從所假之義更借而它用曰轉，要之各有義焉。若“日磾”音密、“焉氏”音支之類，或夷語，或方言，莫可究詰，無容鑿爲之説。

語助皆有所本，如“之”爲出生而往之義，“其”爲有定基可指之類，皆有義存焉。同爲語助，而用之也殊，此初學所必當通曉者，輒爲發明所以助語成文之理，然此亦必自喻於心，則正用逆用，或增或減，無施而不可。知者不待釋而曉，不知者多爲之釋而逾增其疑，殆聊以盡釋者之惓惓尔。篆有不能通於隸，如“鶱、鬬”等字，難以下筆，雖不合六書，無妨通變。唯臨池之士求妍美者，如“休”下著“一”，“陳”從“阜、車”之類，則不可從。至吏胥市儈之類，“準”作“准”，“驗”作“騐”，及村塾蒙師撰“圣、矣、覌、斈”等字，昔人如《佩觿集》等書，已爲判斥，不待此之屑辨也。歲在壬戌季秋月乙巳朔，船山老農識。

清同治四年（1865）湘鄉曾國荃金陵節署刻本

説文廣義校訂

説文廣義校訂小引

吴善述

王先生夫之，湖南衡陽人，字而農，號薑齋，前明崇禎壬午，與兄介之同舉於鄉。明年，張獻忠陷衡州，先生父副貢生朝聘，爲賊所執。先生自殘其肢體，舁以易父，賊兩釋之。爲人尚氣節。明亡，桂王起事粤西，先生在軍中，以薦授行人，朝端水火，先生屢上書勸王化澄，幾不測。後隱衡陽之石船山，學者稱爲船山先生。論學以朱子爲宗，《國朝先正事略》列先生於名儒中，敘其所箸書四十餘種，説經者二十種。殁後，其子貢生敔上其書於督學潘太史宗洛，得以《易》《書》《詩》《春秋》四經稗疏、《易》《詩》二經考異入四庫上史館，立傳儒林。道光庚子，族孫世佺始刻其書，咸豐間，燬於兵燹。同治初年，粤匪既平，曾爵督國荃先生同鄉爲捐俸重鋟其書於金陵，《説文廣義》其一也。癸酉冬月，西安嚴敬齋明經以秋試購自武林，攜書見示。書凡三卷，簡首無《序》，題曰《船山遺書》二十三。展玩終卷，窺見其學長於水道，又於語助虚字深有理會，但不免有過泥之處。其於六書，未窺精蕴，書名《説文廣義》，然於許書尚少研究，他書更尟參稽也。蓋先生於考訂之功未能精審，故其説經之書，經學家鮮引及之，亦無一種刻入阮刊《經解》者。其入四庫之書，目録中稱其得失互見，純駁相半，惟《易疏》無貶辭。此書專論字學，其所匡謬辨譌之處，過於自信，目無古今，自來箸述家，未有臆説之多毁人之甚若此書者，其中論説非無可取，而乖謬之言誤人不淺，故爲校而訂之，以貽同志云。同治甲戌春正月，蛟川吴善述澥城氏識於西安學署。

清同治十三年（1874）刻本

説文解字通正

説文解字通正序

潘奕雋

《周禮》:“八歲入小學,保氏教國子以六書。”漢《尉律》:“學僮十七已上,試諷籒書九千字,乃得爲吏。又以八體試之,郡移太史并課,最者以爲尚書史。書或不正,輒舉劾之。”汝南許君病世學者詭更正文,翫其所習,蔽於希聞,采史籒、李斯、揚雄之書,博訪通人,作《説文解字》十四篇。自漢以後,堙替不行。中更唐宋,李陽冰、徐鼎臣兄弟先後振興。而篆楷既殊,習之者寡,濡豪之家,但求便俗,漸失本原。且傳寫則亥豕之,或昧其形;授受則豬都之,難諧其聲。以至“酢、醋”混讀,“穜、種”易解,“冑、胄”通用,“許、鄦”莫分,“耐、能”“伯、霸”昔别今淆,“西、棲”“瀾、漣”古同時異,六經諸史,恒苦難通矣。夫字有正義有通義,有正讀有通讀,山居豐暇,因取許氏一書,考其古人通用,與夫許氏不載,徐氏附入,審非漏落者,並援古以證之。仰鑽經傳,旁搜史子,金石諸記,罔不采掇,其於稽覽,不無少助。至若籒文、奇字,見於重文者甚多,貴援古以證今,非鄙近而好異。且許氏自有全書,不復具録云。乾隆四十六年歲次辛丑四月朔,吴郡潘奕雋識。

清光緒（1875～1908）間貴池劉氏刻本

説文蠡箋

説文蠡箋自序

潘奕雋

《周禮》:“八歲入小學,保氏教國子以六書。”漢《尉律》:“學僮十七已上,試諷籒書九千字,乃得爲吏。又以八體試之,郡移太史并課,最者以爲尚書史。書或不正,輒舉劾之。”汝南許君病世學者詭更正文,翫其所習,蔽於希聞,采史籒、李斯、揚雄之書,博訪通人,作《説文解字》十四篇。自漢以後,堙替不行。中更唐宋,李陽冰、徐鼎臣兄弟先後振興。而篆楷既殊,習之者寡,濡豪之家,但求便俗,漸失本原。且傳寫則亥豕之,或昧其形;授受則豬都之,難諧其聲,以至“酢、醋”混讀,“穜、種”易解,“冑、胄”通用,“許、鄦”莫分。“耐、能”“伯、霸”,昔別今淆,“西、棲”“瀾、漣”,古同時異,六經諸史,恒苦難通矣。夫字有正義有通義,有正讀有通讀,山居豐暇,因取許氏一書,考其古人通用,與夫許氏不載,徐氏附入,審非漏落者,並援古以證之。仰鑽經傳,旁搜史子,金石諸記,罔不箋掇。雖竭蠡測之勤,難解挂一之誚,冀於覽古,或有少助。至若籒文、奇字,見於重文者甚多,貴援古以證今,非鄙近而好異。且許氏自有全書,不復具録云。乾隆四十六年歲次辛丑四月朔,吴郡潘奕雋識。

説文蠡箋跋一

李慈銘

咸豐庚申涂月，會稽李慈銘斠閲一過，其書貫串古音古詁，殊便學者，稍有漏略，不足玼也，并識。

是書本名《説文通正》，寶山毛氏《説文述誼》中引之。錢十蘭先有《十經文字通正》，眎此爲晐備，其得失亦略相同也。

説文蠡箋跋二

陳壽祺

右吴縣潘氏《説文蠡箋》十四卷，取許氏原文及新附字凡古通今異、古正今俗者，博稽載籍，以證其説，雖文義挂漏，均復不免。通用之字，彼此引證，多有前後重衍者，於體例似亦冗無。郡寰人物等字，古本互見，或傳晉異辭，或同類異名，自不必强爲牽合，注中槩以某通某字目之，亦欠穩當。然其中於古本字樣攷勘頗精，見解處多隺有證據，亦未重功臣矣。辛酉春仲望日，浙東後學陳壽祺穀長甫較讀一過。

以上清道光二十年（1840）潘氏三松堂刻本

説文疑疑

説文疑疑自敘一

孔廣居

《郁卿子》曰:“信信,信也;疑疑,亦信也。”《説文解字》中頗有疑義,故後世多疑之者。人疑之,愚亦疑之,是同乎人之疑也;人疑之,愚或信之,是異乎人之疑也。同疑,疑疑也;異疑,亦疑疑也。許氏沖曰:“惜道之味,聞疑載疑。”夫文字之道,在漢已不能無疑,何惑乎後世之疑之哉。歲丁未,課子昭孔讀《説文》,因摘所疑,積成二册。世之通六書者,尚其析愚之疑。乾隆五十二年夏五敘。

説文疑疑自敘二

孔廣居

瑶山子輯《説文疑疑》,三年之中,五易其稾而書未成。客見之而悄然曰:“嘻,異哉,子何心勞而日拙也。吾聞羲皇畫卦,肇興典墳。倉史制字,書契聿陳。鳥迹龜文,㦸㦸彬彬。顧德行爲重,而文埶不尊,故字學之書迄三代而無聞焉。炎劉踐阼,作者紛然。《三倉》《訓纂》,接踵駢肩。始于子雲,及乎孟堅。八十九章，一百二篇。然名目雖存，而書實未傳。維漢之季，篤生許氏，悼俗書之舛謬，幸斯文之未墜，博訪通人，不私己意，分别部居，始一終亥，理貫條分，不相雜厠，此真識字之梯杭，讀書之津逮也。而子乃疑之，豈非叔重所云善野言而怪舊説者哉。且子之生也，後于千載；子之才智，不及萬倍，乃欲于古人之書參其一知半解，誠无異于以莛撞鐘，以蠡測海矣。不亦悖乎？”瑶山子瞿然而起，肅然而應曰：“惡，是何言哉！客亦見夫治禾者乎？愛嘉禾則纖艸必鉏也。亦見夫治玉者乎？惜美玉則微瑕必除也。字學之書，《説文》尚矣，然自漢以來，傳寫詰詘，亥豕魯魚，淆溷无别，《説文》之可疑者一。又若當塗李氏、鼎臣兄弟，各附新説，熒惑後世，《説文》之可疑者二。況夫智者百慮，一失負慙，九千精藴，夫豈易探？大醇小疵，未免相參，《説文》之可疑者三。是三者，猶禾之有纖艸、玉之有微瑕也。愚欲信其所可信，故不得不疑其所可疑，而世之貿貿然以爲无可疑者，蓋亦弗思而已矣。且夫古今雖殊，理則一致，愚智雖别，心實无二。以心揆理，必心安者理始得；以理印心，唯理融者心方契。《説文》之是者，誠不敢謬以爲非；其非者，亦何能姑以爲是哉？有可疑而不知疑，其失也愚；有可疑而不敢疑，其失也拘；有可疑而强謂无可疑，其失也誣。若是者，俱未足以讀古人之書也。”客聞爽然，唯唯而去。愚即識之，爲是書敘。時乾隆五十五年二月初吉。

以上清嘉慶七年（1802）詩禮堂刻本

説文分韻易知録

説文分韻易知録自敘

許巽行

南唐徐楚金鍇作《説文韻譜》,其兄鼎臣鉉爲之序,其略曰:程邈作隸而競趨省古法,字義浸譌,先儒許慎作《説文解字》十五篇,凡萬六千字,字書精博,莫過於是。其後賈魴以《三倉》之書皆爲隸字,隸字始廣而篆籀微矣。漢及今千有餘歲,凡善書者皆草隸焉,又隸書之法有删繁補缺之論,則其僞譌斷可知矣。叔重之後,《玉篇》《切韻》所載,習俗雖久,要不可施之於篆文。方今許氏之書僅存於世,而偏旁奥密不可意知,尋求一字,往往終卷,力省功倍,思得其宜,因命楚金取叔重所記,以《切韻》次之,聲韻區分,開卷可覩。此書止欲便於檢討,無恤其他,故聊存詁訓,以爲别識,其餘敷演有《通釋》焉。

宋李仁甫燾作《説文五音韻譜》,其《序》曰"唐大歷間李陽冰獨以篆學得名,時偁中興,更刊定《説文》,仍祖叔重,然頗出私意詆訶許氏,學者恨之。南唐二徐兄弟實相與反正由舊,故鍇箸書四十篇,總名《繫傳》,蓋尊許氏若經也。鉉苦許氏偏旁奥密不可意知,因令鍇以《切韻》譜其四聲,庶幾檢閲力省功倍,又爲鍇篆,名曰《説文韻譜》。夫《韻譜》誠便於檢閲,然局以四聲,則偏旁要示易見"云云。

徐《譜》不多見，借得李雨邨調元函海内刊有楚金《韻譜》五卷，不敘解義，不分偏旁。李氏之爲《五音韻》也，以爲置偏旁而以聲相近，不若存偏旁於聲類之中尤便檢閲耳。然李氏《韻譜》一再翻刻，原本亦不可得。余得前明天啟七年世裕堂重彫本，書端仍列徐鉉原序，幾莫知爲李氏之書矣。前存序語，乃於函海徐序坿録中鈔出者。一再校閲，譌誤殊多，部居亦有錯亂，復取陳大科校本、宫紫陽重刻朱竹君、汪秀峰以及汲古毛本互相參覈而攷正之。

今人束髮就傅，經師授以經傳，即便習時蓺，鮮有究心於六書者。抑知讀書必先識字，不通六書，終於不識字，何能讀書，故入學童蒙粗知文義，即當講求小學。許氏《説文》，古今文字之原也，不攷《説文》，何足云字學。余嘗注釋《説文》，博采羣籍，頗有發明，然篇帙繁多，不便學者，存諸家塾可矣。因取李仁甫《五音韻譜》、徐楚金《韻譜》二書合而攷訂，編纂上下平二卷，上去入三卷，名曰《分韻易知録》。蓋《説文》部居偏旁不易尋繹，學者檢閲倦怠，因而廢業者有之。余之爲是録也，專取捷便易知，正如大徐令其弟之譜四聲同意。然徐《譜》太簡，李《譜》亦多未周，此則兼有二書之捷，重文雜列，各部有或體有古籀大小篆之别，無偏旁可尋，最爲難檢。今將凡重文字悉檢出，别爲卷帙，亦分四聲五卷，系以部首，曰《部首重文》《部首解義》，即敘之。其正文五卷内，部首字下不注解義。

徐鼎臣所加新坿，世皆行用，不可棄之。而是書偏旁亦分四聲，則不能總厠於後。今凡新坿字下增一“加”字以區别之。舊《譜》每聲下敘以字數，今則槩分以韻，尤覺一目瞭如。

不特重文字難尋檢，即如“猒”厠《甘部》，“也”厠《乁部》，“凡”厠《二部》，“失”厠《手部》，此類甚多，若以今文求之，鮮有檢得者，故又作《分畫目録》，亦可爲初學檢字之一助。

徐云“隸書僞譌”，又曰“字書所載，習俗雖久，要不可施之於篆文”，誠哉是言也。然今之所行，及經典所用，類皆隸變，咸以爲正字，不可更改。《説文》字少，今文字多即後製之字，習俗相沿，字書所載，經典亦因而用之，相承已久，均難更正，《六書正譌》專繩古法，議者謂其拘泥不化。總之，不究《説文》，則古文古義莫識根源，若執泥《説文》，則今義今文豈能盡廢。是在學者推其原，識其流，會其通焉已。今凡一字有形體微異而訓義各殊者，或一字兩用今古異文者，或有音義訓詁各本不同者，有經典相承猝難釐正者，則爲引用各字書於圈外坿案。

李善《文選注》引《説文》每與今之行本《説文》不同，蓋《説文》之書定於李陽冰、徐氏兄弟之手，不免因譌傳譌，兼多脱逸，善則猶見古本也，是可藉李注以正今之《説文》。是《録》由南陵寄付諸孫教習子弟，異日有力當付棗，以供黨塾學者。乾隆壬子五月，敬恕翁記，元孫嘉德謹書。

説文分韻易知録序

蔡　沅

古今無異字，古今有異文，小篆爲古文、大篆之省，隸書又爲小篆之省。自隸書行而六書之夈不絶如綫，上下千百年各體雜出，隨世遞變，而古今文字夥矣。漢許氏尗重闡六書之恉爲《説文》，分别形聲，離此則繆。繇是倉頡皓字之本義、周孔傳經之大恉，粲然畢𠐍。華亭密齋許先生夈尗重之夈，凡周秦兩漢以及諸家小學之書，靡不博覽而毌通之，所編《説文分均》一書，仿徐氏楚金《説文均譜》、李氏燾《五音均譜》而作，而便易過之，遇有古今同異字，則合張參之《五經文字》、唐玄度之《九經字樣》、《六書正譌》《復古編》等書互證旁搜，逐字纂注，此皆詳于先生所爲《序》中。書成于乾隆之壬子歲，珍臧百年，迄未付梓。光緒丙子，先生玄孫脩來太守之官，平湖沅寄榻署齋，得讀是書，爲之校讐篆文，篆未竟，太守官富昜。沅亦有事于吴興，遂輟業焉。逷二載己卯，屬爲補篆，隨付剞劂以竟先生之志。竊惟以字解經，以經攷字，經與字未有不相合者。經與字或有不相謀者，有叚借以爲之樞也。叚借者何？依聲託事，而要必有確乎不易之字爲某字之叚借。我朝治洽同文，鄉先達以《説文》六書提倡後學，而古言古義，趨時者謂爲不易得解而束閣置之，彼師心自用者，又复詭更正文，隨意增損。魏江式《論字表》云："惋文毁于凡嚳，痛字敗于庸説。"元李文仲《字鑑序》云："處《説文》之先者，非《説文》無以明；處《説文》之後者，非《説文》無以瀘。"先生之編是書也，以聲均區分，易于檢討，其古今譌繆字，复詳攷羣書以求其是，蓋欲學者知所取瀘，不懈而及于古。此先生編纂之苦心，其有益于後學功匪淺焉。謹序大略，以識受益之私云爾。光緒五年歲在己卯，德清蔡沅撵手書。

重校説文分韻易知録附識

許嘉德

高祖密齋公注釋《説文》、攷正《字彙》諸字書，藏未付梓，突遭咸豐庚申、辛酉之亂，書毁兵燹，僅存編纂《説文分韻易知録》十卷。此因《説文》五百四十部序次偏旁訓義奧密，難于意知，學者每有檢一字而至終篇者，故取徐氏鍇、李氏燾兩家《韻譜》合纂成書，自東起甲止，將部首字編分平上去入四聲，列爲五卷，偏旁即隨部首編列于下，亦分四聲爲先後。又以部首重文專爲一類，仍分四聲，蓋因重文雜出，無可尋檢，今爲專類，系以部首，俾閲者開卷可求，圈外則公之案語也。此書與徐、李《韻譜》尤爲易檢，故曰《易知録》，專便于學者檢閲，悉從許書原本分編，無所增損也。果如公言，童蒙就傅即便究心識字，讀書之要領在是矣。夫人幼而習熟，長而攷證，音義瞭然，則凡經傳義理自不煩言而得其真詮，何有舛誤哉？蓋自倉頡造字，而籀文，而大篆，而小篆，至于隸，至于行、草，至于今之楷字，屢易其文，形體既已全非，訓義因之踳誤，習焉不察，莫問淵源。《説文》乃總古文篆籀分晰成書，文字之祖也，舍《説文》何以爲字？然今之譌以承譌，積非成是，其乖亂有不可枚舉者，即其一二言之。如“烏”入《火部》，“个”入《艸部》，以“厄”爲“戹”，用“毆”代“毆”，“派”旁作“瓜”，“燮”下从“火”，此謬之甚者也。又或“攵、夊”不分，“朩、禾”莫辯，“刀、𠂊”互用，“阝、卩”不明，以及“夊、穴”“儿、几”之相亂，“水、夂”“夲、本”之相淆，凡此幾微之訛，而音義各别，不可不辯也。有義不相蒙，因假用而莫知本義者。如“朋”，古文"鳳",神鳥也,今爲朋黨字;"韋",違背也,今爲皮韋字;"西",鳥在巢也,今爲東西字;"來",瑞麥也,今爲往來字。此則許氏標明借以爲用,而本義則久廢矣。又如"亦"廢用"掖","辩"廢用"斑","霸"廢用"魄","啚"廢用"鄙","气"廢用"氣","褭"廢用"抱","但"廢用"袒","㬥"與"暴"並廢而概用"暴",此則廢本字而專用後字者也。又有古訓此而今爲彼者,如"鮮、酢、陰、洒"是也。古爲一字一義,今混爲一者,如"兩、网""商、賫""辤、辭、启、啟"是也。凡此古今之變,訓義轉移,亦不可不辯也。其他如"弟"作"第","沓"作"者","游"作"遊","湥"作"深","叜"作"叟","网"作"罒","丣"作"卯","犀"作"屖","箸"作"著","蝯"作"猨","𠬝"作"父",以及"政、攺"等字之从"攵","煇、燿"等字之从"光","景、采"等字之加"彡","豐、霸"等字之加"水","嬰、武"等字之加"鳥",或則隸變,或則後造,或則因俗沿用,經典已多相承,難于更正。苟義無所舛,或可兩存,要在學者之探古而審今斯得矣。《説文》不載之字,原可假借,然字書雜出,凡譌俗之文不免兼收並載,易亂人目。《五經文字》《復古編》《匡謬正俗》《玉篇正譌》,《説文》之羽翼也。必當搜羅考鏡,復稽之《爾雅》、經傳、《史》《漢》各家注義,互爲發明,宗于一是。若義有未安,則字書雖載有其字,又不可不辯者耳。

公于《文選》《説文》音韻諸書,推究精密,深見讀書者不問字,六書之旨,幾湮而不明。又見學者尋繹倦繁,每致廢書而歎。是編也,所以訓家塾子弟,並欲使世之有志六書者一覽瞭如,即案語亦簡而不繁,易于領會,誘掖之苦心也。計自乾隆壬子至今幾百年矣,未曾篆彫以供同志,實負公心。嘉德數十年薄書奔走,未能專心讎校,又以稿本善書爲難,至延今日。德清蔡君叔頤精于古學,善篆能書,寢饋《説文》有年矣，丁丑夏，邀延當湖署齋爲之書篆，兼相校覈，以付剞劂，至己卯秋始工竣，乃敘缘起而識之。光緒五年己卯八月，玄孫嘉德謹識于當春官舍之斐如堂。

重校説文分韻易知録又識

許嘉德

徐《譜》但注音切，或訓詁二三字，檢字雖易，其義不詳，又局以四聲，偏旁不見，今其書世無刊傳矣，亦僅於李雨邨《函海》内見之。檢字之便易，無過李仁甫《韻譜》者，然李《譜》在康乾之間已無原刻，今並繙刻亦不可得。家藏前明世裕堂重刊本，自遭兵燹，殘毁不全，尚存八九，即公校定改正之本。此《録》依其體例，又參以宋本、汲古本、二徐本，故尤精詳。其案敘“張云”者，《五經文字》張參語也。“唐云”者，《九經字樣》唐玄度語也。此二書及周伯琦《六書正譌》、顔元孫《干禄字書》、張有《復古編》諸書，家本毁失，坊肆絶傳，託友人在京師舊家得之，與是《録》校對無訛。是《録》刊版已成，頗多譌脱。己卯秋仲，去富身間親爲復校，凡更正修彫處，字迹故多岐異。徐楚金始一終亥《部敘》二卷，學《周易·序卦傳》爲之推原所以相次之故，見趙氏宧光本，世遂相承以爲《説文》五百四十部一字不容倒置矣。然其次敘穿鑿支離，不可枚舉，況《韻譜》亦楚金所譔，何以依韻割裂而不之顧？向頗疑其僞託。近祁淳甫相國刻楚金《繫傳》，其校勘云《部敘》二篇譌舛特甚，有倒次，有脱部，有攙越，非楚金所爲，乃次立等傅會《繫傳》之名而增竄，不知楚金命名之意，在條繫通言，不必妄擬聖人《序卦》,故其説多支離。夫楚金博洽通儒,學有根據,必不作傅會欺人之語,其爲僞託無疑也。乃毛扆猶執僞説而譏《韻譜》割裂,不亦異乎? 庚辰三月重校,又識。

以上清光緒五年(1879)華亭許嘉德校刻本

(即松薄葆素堂許氏刻本)

説文解字讀

説文解字讀序

盧文弨

文與字，古亦謂之名。《春官·外史》："掌達書名于四方。"《秋官·大行人》："九歲屬瞽史，諭書名。"名者，王者之所重也。聖人曰："必也正名乎。"鄭康成注《周官》《論語》皆謂古者謂之名，今世謂之字。字之大端，形與聲而已。聖人説字之形，曰"一貫三爲王""推一合十爲士""儿象人脛之形，在人下，故詰屈""黍可爲酒，从禾入水也""牛羊之字以形舉也""視犬之字如畫狗也"，此皆以形而言也。其説字之聲，曰"烏，盱呼也，取其助氣，故以爲烏呼""狗，叩也，叩氣吠以守""粟之爲言續也""貉之爲言惡也"，皆以聲而言也。春秋時人亦多能言其義，如"止戈爲武""反正爲乏""皿蟲爲蠱""二者六身爲亥"，皆見於《左氏傳》。故孔子曰："今天下書同文。"知當時尚無有亂名改作者。自隸書行而篆之意寖失，今所賴以見制字之本源者，惟漢許叔仲《説文》而已。後世若邯鄲淳、江式、吕忱、顧野王輩咸宗尚其書，唐宋以來如李陽冰、郭忠恕、林罕、張有之流，雖未嘗不遵用，而或以私意增損其間，則亦未可爲篤信而能發明之者。逮於勝國，益猖狂滅裂，許氏之學寖微。我朝文明大啟，前輩往往以是書提倡後學，於是二徐《説文》本，學者多知珍重。然其書多古言古義，往往有不易得解者，則又或以其難通而疑之。夫不通衆經，則不能治一經，況此書爲義理事物之所統彙，而以寡聞尠見之胸，用其私智小慧，妄爲穿鑿，可乎？吾友金壇段若膺明府，於周秦兩漢之書無所不讀，於諸家小學之書靡不博覽，而别擇其是非，於是積數十年之精力，專説《説文》。以鼎臣之本頗有更易，不若楚金爲不失許氏之舊，顧其中尚有爲後人竄改者、漏落者、失其次者，一一考而復之，悉有左證，不同肊説。詳稽博辨，則其文不得不繁。然如楚金之書以繁爲病，而若膺之書則不以繁爲病也，何也？一虛辭，一實證也。蓋自有《説文》以來，未有善於此書者，匪獨爲叔重氏之功臣，抑亦以得道德之指歸、政治之綱紀，明彰禮樂而幽通鬼神，可以砭諸家之失，可以解後學之疑，斯真能推廣聖人正名之旨。而其有益於經訓者，功尤大也。文弨年七十猶幸得見是書，以釋見聞之陋，故爲之序，以識吾受益之私云爾。乾隆五十有一年中秋前三日，杭東里人盧文弨書於鍾山講舍之須友堂。

清乾隆嘉慶（1736～1820）間段氏經韻樓刻本

説文解字注

説文解字注序

王念孫

《説文》之爲書，以文字而兼聲音訓詁者也。凡許氏形聲、讀若，皆與古音相準，或爲古之正音，或爲古之合音，方以類聚，物以羣分，循而攷之，各有條理。不得其遠近分合之故，則或執今音以疑古音，或執古之正音以疑古之合音，而聲音之學晦矣。《説文》之訓，首列製字之本意，而亦不廢假借，凡言一曰及所引經，類多有之。蓋以廣異聞，備多識，而不限於一隅也。不明乎假借之指，則或據《説文》本字以改書傳假借之字，或據《説文》引經假借之字以改經之本字，而訓詁之學晦矣。吾友段氏若膺，於古音之條理，察之精，剖之密，嘗爲《六書音均表》，立十七部以綜核之。因是爲《説文注》，形聲、讀若，一以十七部之遠近分合求之，而聲音之道大明。於許氏之説正義借義，知其典要，觀其會通。而引經與今本異者，不以本字廢借字，不以借字易本字。揆諸經義，例以本書，若合符節，而訓詁之道大明。訓詁聲音明而小學明，小學明而經學明，蓋千七百年來無此作矣。若夫辨點畫之正俗，察篆隸之緐省，沾沾自謂得之，而於轉注、假借之通例，茫乎未之有聞，是知有文字而不知有聲音訓詁也。其視若膺之學，淺深相去爲何如邪。余交若膺久，知若膺深，而又皆從事於小學，故敢舉其犖犖大者，以告綴學之士云。嘉慶戊辰五月，高郵王念孫序。

説文解字注後敘

江　沅

段先生作《説文解字注》，沅時爲之校讎，且慫恿其速成。既成，又日望其刻以行也。癸酉之冬，刻事甫就，而沅適游閩，至是刻將過半矣。先生以書告，且屬爲後序。沅謂世之名許氏之學者夥矣，究其所得，未有過於先生者也。許氏箸書之例，以及所以作書之指，皆詳於先生所爲注中，先生亦自信以爲於許氏之志什得其八矣，沅更何所言哉。先生命序之意，蓋謂沅研誦其中十有餘年矣，作篆以正其體，編音均十七部以諧其聲，必有能以約而説詳者。沅於是即所見而陳之曰：許書之要，在明文字之本義而已，先生發明許書之要，在善推許書每字之本義而已矣。經史百家字多叚借，許書以説解名，不得不專言本義者也。本義明而後餘義明，引申之義亦明，叚借之義亦明。形以經之，聲以緯之。凡引古以證者，於本義，於餘義，於引申，於叚借，於形，於聲，各指所之，罔不就理。“茲、謚”之譌衍，“鼏、礿”之譌奪，罔不灼知。列字之次弟，後人之竄益，罔不畢見。形聲義三者，皆得其雜而不越之故焉。縣是書以爲旳，而許氏箸書之心以明，經史百家之文字亦無不由此以明。孔子曰：“必也正名。”蓋必形聲義三者正，而後可言可行也，亦必本義明，而後形聲義三者可正也。沅先大父艮庭徵君，生平服膺許氏，箸《尚書注疏》既畢，復從事於《説文解字》,及見先生作而輟業焉。沅之有事於校讎也,先徵君之意也。今先徵君音容既杳,先生獨神明不衰,靈光巋然,書亦將傳布四方。而沅學殖荒陋,莫罄高深,瞻前型之邈然,幸後學之多賴,愉快無極,感概從之。至於許書之例,有正文坿見于説解者,有重文坿見于説解者,此沅之私見,而先生或當以爲然者也。坿于此,以更質諸先生。時嘉慶十有九年秋八月,親炙學者江沅謹拜敘于閩浙節署。

説文解字注跋

陳　焕

焕聞諸先生曰:“昔東原師之言:‘僕之學不外以字攷經,以經攷字。’余之注《説文解字》也,蓋竊取此二語而已。經與字未有不相合者,經與字有不相謀者,則轉注、叚借爲之樞也。”先生自乾隆庚子去官後注此書,先爲長編,名《説文解字讀》,抱經盧氏、雲椒沈氏曾爲之序。既乃簡練成注,海内延頸望書之成已三十年於兹矣。會徐直卿學士偕其友胡竹巖明經積城力任刊刻,江子蘭師因率焕同司校讎,得朝夕誦讀,而苦義藴閎深,非淺涉所能知也。敬述先生所示箸書之大要,分贈同人,竊謂小學明而經無不可明矣。乙亥三月,受業長洲陳焕拜手敬書。

説文解字注識

吴宗麟

是版之半本蘇州金氏物，客歲先公以三百緡得之，歸而謀諸手民，用原版翻刻，校譌訂謬，已易寒暑，計欲棐成完書，助入蘇州保息局，乃剞劂未竣，遽赴仙遊。宗麟寂守苦廬，未遑訂正，而原版亦間有誤，帝虎相仍，校讎不易，甫於十二月續修工竣，助入保息局，承先志也。同治十一年冬，錢唐吴宗麟識。

重刻段氏説文解字注後跋

查燕緒

文字之大要，形聲義三者而已。聲隨形而得，義因聲而分，故有指事、象形而字之形盡，有形聲而字之聲盡，有會意、轉注、假借而字之義盡。許氏生東漢經術昌明之世，博訪通人，爲《説文解字》十四篇，自魏晉迄隋唐，儒者咸尊尚之，五季以後，其學寖微，至我朝始復大顯。康、雍、乾、嘉諸儒，争相討論，而莫如金壇段茂堂先生之注焯爲正宗。先生先成《十七部音均表》五卷，復治是書，爲《説文解字讀》五百四十卷，已乃檃栝之成注三十卷，大氐以十七部之音，推九千餘文之形，形經聲緯，無一部一文不綜貫而繩合，而許氏形聲、讀若之旨於以大明，所謂千七百年無此作者，非虚言也。同時治許氏之學者，嘉定錢氏大昭之《統釋》創分十例，而音切特居其一；曲阜桂氏馥之《義證》博極羣書，而形聲並從其略，皆不若先生此注能舉形聲義三者而融貫之。後元和朱氏駿聲箸《通訓定聲》，其言轉注，號稱精闢，實則亦先生引申之説啟其籥耳。世有承學之士究心許書者，舍先生其又誰宗？而鈕氏樹玉、徐氏承慶顧妄逞私臆，肆加排擊，不知先生所訂改者，壹皆取證於前哲所已言，始敢以己意定之，未嘗有詭辭曲説行其閒也。燕緒竊以謂古人之書流傳於千百年後，譌脱相循，人執一説，夫惟覃思力學之君子，深造自得，心知其指意所在，正其次弟而别其是非，雖猝爲世人所震駴，而其宏深之藴、精特之識，卓然獨懸於天壤，而終不可磨，又遑恤乎紛紛訾議爲哉？蚍蜉之撼樹已耳。曩余妻弟蔣肖鮐茂才望曾來客蘇州，與共悤論，謂是書當昕夕自隨，惜乎卷帙太巨，不便行篋，欲仿宋人巾箱小本重刻之。已其兄賓日廣文佐堯、溉根貳尹學培先後至蘇，咸謂爲然。遂相與醵金授梓，經始於光緒辛巳之秋，越明年夏告成，卷次一遵其舊。與於校讎者，朱綬卿都尉祖恩；作篆者，楊冠春上舍昌沂也。壬午五月九日，海甯後學查燕緒謹識於吴門寓舍之木漸齋。

重印段氏説文解字注跋

陶惟坻

有清一代，治許書者首推金壇段先生之《注》。嘉慶癸酉、乙亥閒，徐直卿學士、胡竹巖明經力任刊刻，江子蘭、陳碩甫二先生同司校讎，見二先生所爲《後敘》及《跋》中。同治之季，是書版片僅存其半，爲蘇州金氏物，錢塘吴宗麟喬梓以三百緡得之，補刊完成，助入保息安節局。民國丁卯夏，安節局隸屬公益經理處，名局曰院，改委員制，張雲摶君任委員主席，惟秖以江蘇大學蘇州圖書館長兼承乏委員。今歲一月，主席提議將安節局所儲段《注》版移入圖書館，院屋既得空出供用，書版亦免蠹蝕而便印行。惟秖遂舟載歸館，檢點版數，九百五十四片，計闕五片，凡版面背皆刻字，故少書十葉，爰屬工影刊補足之，迺付印。爲識是書版片源委，與今移歸館中之緣由如此。中華民國十七年三月，陶惟秖藁。

重印段氏説文解字注誌

陶惟秖

段先生遷蘇，道光、同治兩《蘇州府志·流寓》均據王懷祖先生所譔《墓志》載入，云："遷居蘇州閶門外楓橋，自是閉户箸書，治聲音訓詁之學，卒年八十有一。"惟秖案：先生自述坿此注許氏《敘目》後云："年五十五奉父遷居蘇州閶門外下津橋。"其非楓橋可證。又云："始年二十八時識東原戴先生于京師，好其學，師事之，遂成《六書音韵表》五卷、《古文尚書撰異》《詩經小學》《毛詩故訓傳略説》，復以向來治《説文解字》者多不能通其條毌、攷其文理，因悉心校其譌字，爲之注，凡三十卷。發軔于乾隆丙申，落成于嘉慶丁卯。"丙申爲乾隆四十一年，丁卯爲嘉慶十三年，蓋歷三十二年之久。先生生于雍正十三年，當其年五十五爲乾隆五十四年，溯爲注發軔之初已十四年，成十之四而强，墒在未遷蘇前，其非遷蘇後,"閉户箸書,治聲音訓詁之學"可證。卒年八十有一,即嘉慶二十年乙亥,陳碩甫先生譔《跋》之年也。王懷祖先生譔《墓志》,僅摭其略,未盡譎其實。惟坻偶見及此,爰坿綴之,爲諗重脩志書者。惟坻誌。

重印段氏説文解字注又誌

陶惟坻

段先生《注》嫥精燦備,獨于六書之轉注從戴東原先生説,秪釋許氏"同意相授"一語,幾認《爾雅·釋詁》全屬轉注,而挩略許氏"建類一首""考老是也"二語之義,惟坻夙持此議。近讀馮校邠先生《段注攷正》,《示部》"祡"下亦同鄙議。然固經小學家恒有,是千慮之一失,留待後人匡糾,無損全體豪末也。書此以爲墨守段氏家法者增進一解。惟坻又誌。

以上清乾隆嘉慶(1736～1820)間段氏經韻樓刻本

段氏説文注訂

段氏説文注訂自序

鈕樹玉

段大令懋堂先生注《説文》刊成，余得而讀之，徵引極廣，鉤索亦深，故時下推尊，以爲絶學。然與許書不合者，其端有六：許書解字，大都本諸經籍之最先者，今則自立條例，以爲必用本字，一也；古無韻書，今創十七部以繩九千餘文，二也；六書轉注本在同部，故云"建類一首"，今以爲諸字音恉略同，義可互受，三也；凡引證之文，當同本文，今或别易一字，以爲引經會意，四也；字者孳乳浸多，今有音義相同及諸書失引者，輒疑爲淺人增，五也；陸氏《釋文》、孔氏《正義》所引《説文》多誤，《韻會》雖本《繫傳》而自有增改，今則一一篤信，六也。有此六端，遂多更張，迴非許書本來面目，亦不能爲之諱也。余昔著《新附攷》，又著《説文攷異》，曾以就正，今《注》中多有采録。余於《説文》之學自知淺陋，無足重輕，然專以《玉篇》諸書參校異同，實自余始。兹録其尤甚者若干條，竊加平議，釐爲八卷，曰《段氏説文注訂》。間有拈出余説者，以明余之非敢掠美也。道光癸未嘉平望後三日，吴縣鈕樹玉識。

段氏説文注訂題記

鈕樹玉

段君懋堂先生《説文注》刊成,余得而讀之,其援引極博,鉤索極深,洵足以凌厲一切,故海内尊信,以爲絶學。然勇於自信,不無偏執。先立十七部,將許書大改特改,破壞形體,爰及所引經典,多有竄點,大失古人著述之道,殊違闕疑慎言之旨,亦不能爲之諱也。始余成《説文新附攷》,又撰《説文攷異》,曾以就正段君,今其《注》中多有采録。余於《説文》之學自知萬不及段君,然專取《玉篇》,兼引羣書,參校同異,實自余始。兹摘其太甚者若干條,僭加平議,釐爲八卷,曰《段氏説文注訂》。間有拈出余説者,以明余之非敢掠美也。嘉慶庚辰冬日録畢,題其端。非石氏。

段氏説文注訂序

阮　元

金壇段懋堂大令,通古今之訓詁,明聲讀之是非,先成《十七部音均表》,又著《説文解字注》十四篇,可謂文字之指歸、肄經之津筏矣。然智者千慮,必有一失,況書成之時,年已七十,精力就衰,不能改正,而校讎之事又屬之門下士,往往不參檢本書,未免有誤。吴門鈕君匪石,錢竹汀宫詹之高足也,深於六書之學,著《段氏説文注訂》八卷,介予弟仲嘉亨郵寄嶺南節院，索弁言。《序》中所舉六端，及書中舉正，皆有依據，當與劉炫規杜並傳於世。惜此書成後，大令已歸道山，不及見也。設使見之，必如何邵公所云“入我之室，操我之戈”矣。道光四年冬至月，阮元作於廣州節院。

段氏説文注訂跋

金　蘭

鈕匪石先生嗜書好古，斆生著述皆文字聲音偏旁之學，兵燹後，家藏版散佚殆盡。乙丑冬，偶過射瀆鄉，人有抱槧求售者，視之，乃先生所箸《段氏説文注訂》也。購歸排勘，殘缺孔多。旋于友人處假得初印本，景鈔補栞，用廣流佈。相傳先生初與段懋堂大令並以六書之學僴于時，段書先成，風行海内，學者奉爲圭臬，先生嫉其盛名，箸此以排斥之。玆披閲數過，似與段注無甚刺繆，唯摘其有盭于許氏之恉者，訂而正之，其所論辨，皆持是非之正，與劉炫之規過、吴縝之糾繆有意吹求者不同。嫉名之説，毋乃坿會。阮儀徵《序》有“入室操戈”之語，恐非作者本意也。段氏《説文》版舊藏吾族芳艸園，亦多皃朽，今宫保合肥李公補栞成集，此書正可相輔而行，俾學者参攷互證，亦訓詁家之一助云爾。同治五年孟秋，同里後學金蘭子春氏跋。

以上清道光三年（1823）鈕氏非石居刻本

説文段注撰要

説文段注撰要序

喬松年

凡爲學，必盡吾力以深造其域，乃能收其秘奥，而資我神智，若淺嘗而漫與，則終其身無所得於心焉。僕亦好讀書，而學殖日落，蓋不能彊記，不能精研，雖讀猶之未讀已。鶴船翁讀段氏《説文》，舉其論説，析其義類，釐爲札記九卷，持以示僕。僕自恨涉獵之粗疎，而深服鶴船翁之服習精敏。以此法讀書，盡一卷則藏一卷於胷中，久之則萬卷必可破。鶴船翁固深知爲學之道者，故每讀一書，輒勤苦若此，宜其淹博宏通，文爲士則也。治《説文》者，近年有祁相國、王孝廉筠，皆邃於斯學，並有論箸刊行，亦可爲段氏之羽翼，儻可取以相證乎。同治戊辰季秋，喬松年識於海陵三峰園。

説文段注撰要序

馬徵麟

文字之興，原於卦畫，仰觀俯察，通德類情，所以綱紀彝倫、錯綜人術者葡矣。三代之盛，車書大同，無有亂名改作者。

秦隸一變，六義寖失。漢試學僮，書兼八體，聖神微意，賴以不絶。迄乎揚雄《訓纂》，才五千餘字，視漢初諷書九千以上，所缺失少半矣。光武時，伏波將軍始上書請正文體。迄於和帝之世，許叔重氏乃博問通人，撰《説文解字》十四篇，初漢九千之數庶幾復葡。形體音義，總括六書，天地萬物，靡不畢載，此聖道所待以明，王化所待以亘者也。唐宋以來，羼雜譌奪，非復完書。《繫傳》妄加音切，謬譔《韻譜》，而古音絶響，學者且謂許學爲字書之屬矣。其研求形義，若戴侗、周伯琦、趙撝謙輩，亦皆得失相參，擇不精而語不詳。我朝作者林立，段氏晚出，遂執牛耳。厥後匪石鈕氏、遵義鄭氏頗能别出新義，匡所不逮，然屬鄙借助，亦須句、顓臾之比矣。姑孰學博鶴船先生，夙究許學，服膺段氏。道光庚子，徵麟年甫弱冠，獲見先生於秦淮水序，聆其言論丰裁，厶心臧寫之。自是鴻爪東西，戎馬征逐三十餘年，不獲復親謦欬。歲己巳，予方于役長江軍次，聞先生應省垣志局之聘，竊計晤教有日矣。又三年，曾文正公薨於金陵，徵麟遂有歸與之意，適中丞英公方伯裕公以協修通志見委，馳檄召歸，比至而先生已捐館舍踰年。乃日與嗣君暘賓廣文相晤語，知其邃於許學，淵原有自，因略舉先徵君之講古音及六書，鄙見與先正不合者相印證。蓋古無入聲，詩爲樂章，入聲促而不亘，何以能歌？今北音可驗也。古音不過九部，如琴之九弦七弦而已。宫音字譜爲工，如段《表》弟九部中宫東聲之等是也。變宫字譜爲凡，凡讀若焚，風鳳芃皆凡聲，如《表》六、七、八部弓咸凡聲之類。商譜爲上，如《表》十部陽商网𠶷聲之類。角爲舌音，字譜爲六，皆讀若路，如表三、四、五部之半，六各路角族亞若乇聲之類。徵讀近齋，《管子》以諧駭字，譜爲乙，讀若艾，如《表》十二十五十六部之半乙微必佳聲之類。變徵讀如止，譜爲四，如《表》

十五十六部之半厶四昜狄聲之類。羽爲脣音,譜爲五,如《表》三四五部之半谷區華魚五聲之類。其二三部毛喿秋臭等聲,蓋爲倍羽若茋芺苴蕉藷韶區歐胡侯之音轉是也。十四部袁宣匽算等聲則少商矣。古音簡易自然如此,奈何胥執四聲二百六部之見以截止適履邪? 文字之孳如重卦觀象,然一爻而象形、指事、會意非一耑,一文而或則象形,或則象事、象意。如一爲數始,在不爲天,丙爲陽,而爲鼻,下至才屯耑爲地,兀象高平,丂爲礙於上,毌爲穿於中,亟五之。二爲天地,土之二爲地上、地中,亙之二爲兩岸,亘之二爲上下,王之三爲天地人,王之三象三王連,畺之三象界,而在艸木象根,又象艸多葉;在人物象髭鬚。子爲陽氣動,又象襁褓足並之形。巛爲流水,在巤象髮。不爲鳥飛不下,亦象不之承鄂之象枝莖益大;又象狻猊頰毛上出;亦象地出三歧有所之往,物出三耑有所指適。若斯之類非關叚借,蓋叚借主聲以濟形事意之窮,故取義者絶少,非若轉注主義而兼聲也。段云轉注主義猶會意,説亦未備。如庠養、校教、序射之類皆轉注,而諧聲實多。暘賓韙之。又踰年,余奉部檄銓授太平教諭,而先生同選南陵,皆甯國府屬也。脱天叚之年,則師資不遠矣。追念典型良用,慨歎徵麟既奉檄迫於例限,行有日矣。暘賓乃出先生讀段札記九卷相示,曰:“此先人手澤,將登諸棗梨,以廣其傳,願得一言弁簡。”辭不獲命,遂挾之以行。太平在萬山之中、黄山之麓,學舍多暇獨與天都蓮花諸峰相對,因取先生書觀之,其義類凡九,曰誤字,曰譌音,曰通用字,曰《説文》所無字,曰俗字,曰叚借字,曰引經異字,曰引經異句,曰異解,一以段義爲主,分條晰縷,展卷燦然。今學者讀段氏書,尟不望洋而歎者,得先生是編爲之梯航,庶從事小學者樂其易易。由是以求六義之精藴,不惟小學藉以亘暢,將經學因以昌明,豈特爲功於段氏而已哉。爰書以歸之，所以識嚮往之忱，並趨暘賓，速事剞劂也。同治甲戌春三月，懷甯宗後學徵麟識。

説文段注撰要跋

胡恩燮

當塗馬鶴船先生，樸茂淵雅，僑寓吾鄉，從游者甚衆，所爲詩古文詞，直窺漢魏六朝之奥，恩燮耳食久矣。咸豐癸丑，金陵遭粤匪之亂，始與先王遇於孝陵衛，時在向忠武幕中，言論丰采，一見傾心。每於酒酣耳熱時，擊節高歌，聲振屋瓦，與余訂忘年交。常賦《三少年行》贈余，云："三上京師一蒙古，百粤三苗及吴楚。平生踪跡徧南北，奇氣盤胷未傾吐。小時穎悟稱神童，椽筆迅掃追長風。方袍幅巾笑迂闊，慨慷投筆來從戎。賊踞江甯府，跳梁僅如鼠。桑梓俱塗炭，非徒骨肉苦。千二百金募土豪，三十六次探賊巢。密謀内應來往勞，一二百里昏至朝。天寒雪没脛，天雨泥没腰。衣惟襤褸凍欲死，食無草具飢自熬。約期過賊營，到期過賊濠。蛇行抵城下，黑夜先鋒招。五更賊覺礮如雨，開城狂呼莫敢阻。大兵揚言汝欺我，賊不殺我我殺汝。竹杙穿足血流屨，鉛子傷臀肉黏袴。傷哉中道爲人誤，事敗垂成色如土。吁嗟乎，少年虎氣能食牛，霜蹄一蹶騏驥羞。天下大事待人作去聲，愧我匆匆今白頭。文章經濟兩不朽，努力他日期封侯。"三少年者，蓋謂恩燮與田子玉梅、汪子燕山也。恩燮何人，乃蒙先生獎掖若此。厥後烽煙疊起，旅食四方，與先生或終歲不遇，或一歲數遇。庚午冬，得先生噩耗，神傷累日。己卯八月，哲嗣陽賓廣文來，出先生詩文及讀段札記見示。恩燮向以詩交先生，不知先生小學貫通，研窮段學若是深且密也。恩燮於六書一門，未經探索，因屬儀徵劉恭甫大令壽曾精校付刊。大令謂先生於《説文》段注提要鉤玄，書減於原注，而注中徵引古誼畢萃於是，足爲從事段學者示以津梁，名曰《撰要》，亦猶段先生古文《尚書》學名《撰異》也。至先生所爲詩古文詞，精深華妙，卷帙甚富，仍歸之陽賓，異日必有爲先生盡付剞劂者，惜恩燮力不任此也。光緒八年歲在壬午仲冬月，江甯胡恩燮煦齋甫識於愚園松顔室。

説文段注撰要跋

張炳翔

小學之盛，以我朝爲冠；小學之書，以《説文》爲冠。而從來言《説文》者不下數十家，又當以段氏注爲冠。其書卷帙繁重，讀之茫無津涯，每思擷其要領，别爲一書，而卒卒未果。客歲得當塗馬君鶴船《説文段注撰要》，於段氏注挈領提綱，其經字異同、古今異字，與凡辨點畫之正俗，察篆隸之緐省，詳稽博辨，先得我心。於是向讀段書不免望洋之歎，今得是書爲之杭，即以窮溟渤不難矣。原本江甯胡氏所刊，印行甚少，且多奪譌。如卷一“岐”字注，“《漢書·地理志》”，奪“《郊祀志》《匈奴傳》”六字；下“《郊祀志》皆作岐，岐山是也”，當作“而岐山字《地理志》皆作岐”，“古文郊从枝”，誤作“支”。“鬣”字注，“賦家用獵獵字”，誤錯在“釋”字下，當作“釋爲美須髯，辭賦家用獵獵字”，而“辭”又誤“詈”。“象”字注，“許書二曰象形”六字，宜在“度許固必作象形”之上，誤錯在“人”字下。卷二“豎樹裋”注，“臣，植鄰切”十二字上下語氣不貫，當是衍文。卷三“驪留流”注，“皇侃”二字應在“《禮記》”之上；“騂誤騮”下“作緇黄”三字衍。卷七“涼彼武王”注，“涼”誤作“諒”，下“《毛詩》作涼”四字疑衍。此乃舛譌之甚者也。其奪字，如卷一“爾”字注，“女得人焉爾乎”，奪“爾”字；注“不流束蒲[①]”，奪“流”字；“条評曰蒲柳”，奪“評”字。卷三“丶主古今字”，奪“丶”字；“抨拼”二字僅有“拼”字。卷七“兄也永歎”下奪“倉兄填兮”四字；“徒御不警、帛旆央央、君子不亮”諸條下，均奪“出注”二字。其誤字，如卷一“誄”字注，“喪紀能誄”，“喪”誤“桑”；“砌”字注，“西都”誤“西京”；“脯哺”字注，“削哺”誤“削脯”。卷七“及爾游羡”注，“《大雅》”誤“《爾雅》”；“對曰信懿”注，“今《書》作噫”誤“今《詩》作噎”。他若卷一“訾、謬”二條、卷三“吺哺、嘰既”二條、“噫餘、嚛熮烈”二條，均次序顛倒。卷五“曶”字條，又前後覆見。卷三“犂鍩”之“鍩”、“蕵蕑”之“蕑”，檢段書無此篆。而其《譌音類》中連舉數字，俱音某某切，與段書亦不盡合。其餘字句之倒置，字體之互易，指不勝縷。大約當日馬君原稿非清本，而校又不審，是以有此譌誤。兹刻初校時畧爲補正，後因奪誤錯亂甚多，未見原本，臆爲添改，恐反失真，因仍其舊，段書俱在，閲者當能自知其誤。兹特畧舉數端，聊見一斑也。甲申仲秋朔，長洲張炳翔書。

以上清光緒十一年（1884）張氏儀鄦盧刻本

① 束，當據《詩·揚之水》改作“束”。

説文段注訂補

説文段注訂補序

李鴻章

乾隆以來,爲《説文》之學者,推金壇段氏最爲顯家。其書主獨斷,有李斯盡罷不同秦文,别黑白以定一尊之意。書成之後,攻者數起。譬之用兵,部分既廣,則虚實不齊;譬之議法,主持太過,則激而思反。入室之戈,亦自召也。往見吴縣馮中允《段注説文考正》,嘆其持論平實,不苟異同,得古人隱畧,則表明不同,即識别之恉,異於鈕、徐諸家之昌言排擊者。泗州胡雲楣觀察,先本蕭山人,得其鄉先達王中丞《説文段注訂補》,刊既成,吴縣潘尚書既序之矣,復來請序,受而盡讀之,有訂有補,體例畧同中允書,而所糾正,則視鈕、徐爲更暢矣。其證據精確者,如據《公羊傳》,知"例"字不始於當陽;據劉向賦,知"佋"字非造於典午;據《韓子·解老篇》,知體分十三屬之定名;據《春秋繁露》,知"霸"爲水音之正字,泰山之臨樂,是山而非縣,不應執《漢志》之衍文;馮翊之洛,是雍而非冀,不應創許例之曲説。知《漢書》表、志、侯國各異之例,則邛成非泲陰之縣,可闕舊説或有改屬之謬;知崇賢《選注》援引之疎,則玄服之"袗"不應作"袀",可釋近人《校議》之惑。汳水義主反入,不應改"至蒙爲雝水"之"雝"爲"獲",則持邵氏《爾雅正義》之平;泗水本過臨淮,不應改"下"下

“過郡三”之“三”爲“二”，兼可正錢氏《新斠注地理志》之誤。凡所抉摘，並極詳審。中丞撫閩，以治李藩使獄去官。是獄主之者，實桐城汪制府。制府鄉人姚臬使則稱制府不禮於閩士，是獄起，遂有聯名建祠之舉。今觀左海、茝林之所言，皆歸獄制府，而於中丞有恕詞，知姚言爲不誣。李固嘉定錢詹事入室弟子，按是獄者高郵王文簡，陰成是獄者金匱孫文靖。三公同州部，又皆小學家也，而中丞竟坐是累不復出矣。書中多引同時人所著書，而屢稱王伯申説，其宅心和厚，異於大儒戴聖毁何武者。曩在江南，監刻段氏《説文注》成，將並刊《考正》，而中允力辭，故海内通人，如潘尚書及南皮張制府，皆未見也。中丞此書，晦將百年，得雲楣之力以傳。雲楣吏治、經術卓然有聲，鄉黨後進有賢達人，是可貴也。光緒十四年十有二月，合肥李鴻章序。

説文段注訂補序

潘祖蔭

蕭山王南陔中丞，爲先祖乾隆壬子、癸丑鄉會同年，撫閩後，被議歸里，殫心纂述。蒐稽宏博，攷訂精譈。所著《經説》，予得之胡雲楣觀察，已刻入《功順堂叢書》中。比雲楣又刻其《説文段注訂補》，屬爲之序。予案中丞所纂二十餘種，今其存者廑此，王端履《重論文齋筆録·與阮相國啟》言祝融作祟[①]，想亦災及箸書耶。段懋堂大令《説文注》作于小學陵夷

①祟，當爲“祟”字之譌。

之後,阮文達稱爲“文字之指歸,肄經之津筏”,信非私美。文達又謂其“知者千慮,必有一失,書成之時,年已七十,校讐多屬之門下士,往往不檢本書,未免有誤”,其言旨哉。攻段氏者,有鈕樹玉《説文段注訂》、徐承慶《段注匡謬》、馮桂芬《段注改正》。馮書世罕傳本,鈕、徐二書則皆精覈,足爲段氏箴友。鈕氏所舉與鄦書不合六端,持論亦正。今閲中丞此書,如“元,從一兀”,謂“兀聲如元,當補聲字”,本于錢竹汀。“中,和也”謂三字當連篆作一句讀,與“威,姑也”、“稟[①],禾也”通爲一例,本于王石臞,而更暢言之。它若謂“中從▢不從□、○”;“灌渝即權輿之正字”;“芸草死可以復生”,據《御覽》引《淮南》及羅願《尔疋翼》,謂“草可以复生,非謂食芸之人”;“荷,芙渠葉”,據《初學記》引《尔疋》,謂“唐本有其葉荷句,與《説文》合,荷作蕸者,蕸爲魏晉間俗體字”;“薙,除草也”,據《玉篇》《廣韻》以駁段“薙,俗字”之誤;據“䊷、哲、悊、狾”諸字以駁段“折從手,爲唐以後人增”之誤。皆碻有根據。叚令段氏复生,不能難也。至于融毌全書,如謂“凡某某之屬皆從某,非厪指本部而言,它部有從某字者,皆於此部凡某晐之”之類,尤爲讀鄦書者開大法門,與王筠《説文釋例》相發明。中丞以名進士出宰閩中,蒙仁宗睿皇帝特達之知,洊任疆寄,所設施溥博。觀於經義,實事求是,可以想見其吏治。雲楣比觀察津門,有政聲,于其鄉先生書竺好之如此。將來䮄歷封圻,吾知能不愧古人矣。光緒十四年歲在戊子秋八月,賜進士及第、誥授光禄大夫、太子少保、頭品頂戴、工部尚書兼管順天府府尹事務、南書房行走,吴縣潘祖蔭撰。

① 稟,當據《説文》作“稾”。

説文段注訂補後序

胡燏棻

右《説文段注訂補》十四卷,燏棻鄉先生,故福建巡撫王公紹蘭箸。公字南陔,乾隆中進士,官知縣,積功嘉慶中擢至巡撫。罷職歸里,乃覃思儒業,尤篤許叔重、鄭康成之書,署其門曰"許鄭學廬",論箸廣博,多詁經之言。其宗人王太史端履嘗爲書,稱公學業甚備,列其遺書至二十餘種。自公卒未久,中更寇亂,書頗散亡。光緒八年,吴縣丞趙君得公所爲《説文集注》,凡百一十有九册。時燏棻訪平景蓀師於山陰里第,師問公遺書,燏棻以所聞對,師力言公一生精力萃於是書,應取歸謀梓,爲鄉先達表章。燏棻從趙君求得焉。復博求諸藏書家,得多五册,然脱佚尚多。其後復求諸公之孫子植明經,不得,乃得此書及《經説》如干種,挾以至吴。會今尚書吴縣潘公方徵遺書,燏棻以《經説》歸,尚書雕諸《功順堂叢書》中。而編修山陰陶君子箴亦爲燏棻言,浙江巡撫廬江劉公好小學,問公《集注》,將雕諸浙江官局。乃舉故所得通百二十有四册者歸,陶君使校定,無何而陶君卒於京師,劉公遷督四川,事遂止。念公之爲學勤而成書富,今終始百年,散亡幾盡。燏棻求之甚難,然尚不能得其十之二三。其已刊而足以垂後世者,《許鄭學廬存稿》及《經説》已耳。《説文集注》復在陶君家索回,篇帙侈繁。自陶君卒後,脱佚靡所正,獨此書文少易業。燏棻雖謏聞陋識,不足以通知,微文奥義,賴有通人。績谿程君秉銛蒲孫,實惟裨予,遂乃校讎寫定,付諸雕刻,將以存先正之微業,嗣鄉閭之耆德,襲尚書之篤雅,慰孝孫之永思，豈惟小子坿以思顯，抑亦平先生之志也。顧是書王太史謂止六卷，而燏棻所得實十四卷，乃先生手定，遺墨爛然，不容有誤。今卷目次第，一依元本，不敢有所更易云。光緒十四年八月，同里後學胡燏棻記。

說文段注訂補跋

劉承幹

《説文段注訂補》十四卷，王紹蘭南陔撰。南陔，蕭山人，乾隆癸丑進士，官至福建巡撫。少嗜學，深研經史大義，自閩畺還里，題其齋曰“許鄭學廬”，著書至二十六種，其中《國朝八十一家三禮集義》四十二卷，《儀禮圖》十七卷，《説文集注》一百二十四卷，《袁宏後漢紀補證》三十卷，皆裒然巨集。聞其《儀禮》《説文》兩書，尤一生心力所萃，惜未刊行。此書專考段氏《説文注》而作。懋堂先生許學獨步，然所注《説文》亦不能有得而無失，鈕非石有《説文段注訂》四卷，徐承慶有《説文段注匡謬》八卷，中丞此書所訂者，與鈕氏、徐氏意見相同，至於補者，多方徵引而引申以明許氏之義，則起懋堂先生於今日，未有不心折者。潘氏功順堂刻其《周人經説》四卷、《王氏經説》六卷，胡芸臺觀察又刻《管子地員篇注》《漢書地理志注》。此藁爲海寧許子頌丈所藏，擬編入《許學叢刻》者，今贈承幹刻之。餘書不知存否，如有緣再遇，當爲傳播藝林也。歲在甲寅建巳之月，吴興劉承幹跋。

以上清光緒十四年（1888）蕭山胡燏棻刻本

説文段注劄記

説文段注劄記敘

劉肇隅

今海内多事，豪傑争求濟時之學，老師守訓詁者，將爲時所詬病，然經濟生於義理，義理根於文字，則又烏可廢也。龔先生之學與文，豪傑交譽之，譽之不已，從而師之。余讀其《抱小篇》，知邃於小學，學出金壇段先生；《己亥雜詩》，而翁學本段金沙，此自論其子也。顧其譔述詳於詩注，而罕言小學。補《説文》一百四十七字，其書有存焉者乎。余友石醉六，約同撰先生年譜，而遺書行迹，世不多見，即小學亦未窺厓略，事遂輟。光緒丁酉冬館何氏，二十日，長孺世兄，余棠蓀夫子之子，課餘讀鄦書，出其《説文段注》，前有大興徐氏藏圖籍印、星伯校讀二朱印，知爲大興徐氏故物。徐録龔説於上方，自識者以"松按"别之，徐識語略謂龔受外祖氏學，而有所發明，故録之書中。龔校有記段口授與成書異者，有申明段所未詳者，亦有正段失者，於是竭數日之力，條而鈔之。凡有松按，别爲一紙。竊知是書出，海内震服龔先生者，將惟恐不得一見，必不以其爲殘叢而忽之。異日醉六重踐舊約，載之年譜，不又爲先生增紙墨中一故實乎。先生之書，余初見《泰誓答問》《尚書馬氏家法》無書，爲擬其義例，文集多闕白。秋日求之元和建霞師篋，得初印精校本校補之，於時乃大快。

未幾,何氏書齋又獲數十年不傳之遺著,殆先生之靈,若或使之。小子不敏,願持此贄之龔庭,幸永爲私淑弟子矣。湘潭劉肇隅敘於鮑氏祠東,即何氏寄廬也。

1920年上海掃葉山房石印本

説文段注鈔

説文段注鈔敘

葉德輝

《説文段注鈔》一册，又《補鈔》一册，爲桂未谷先生手抄真蹟，各條下間加按語，有糾正段注之處，亦有引申段注之處，余得之京師書肆中。原有三册，爲宗室伯兮祭酒盛昱竄取其一，故祇存此二册。盛册乃所抄段注上半部，似是未完之書。門人劉廉生茂才館何蝯叟之文孫棠蓀觀察家，見所藏徐星伯、龔定盦合校段注《説文》，共七十三事，手録見示，余爲刻之。今此册雖不全，又得百五十事，可謂金壇之諍友，徐、龔之先河。其於聲音訓詁之義互相發明，尤爲有功許氏，因并刻之，以餉來學，讀者視爲殘珪斷璧可也。光緒辛丑三月下旬之一日，麗廔主人葉德輝敘。

1920年上海掃葉山房石印本

説文平段

説文平段自序

于　鬯

讀段氏《説文注》,以鈕氏《訂》參閲,是正既多,此外間有未盡,輒取他家之説,擇其長者標諸上方,隨筆所至,説或不出於一人,亦不及檢原書,或參已意,故不能識所由來,觀者諒之。其有鈕氏已言而復言之説,因較著於鈕氏也。南匯于鬯。

清稿本

段注説文解字斠誤

段注説文解字斠誤自序

衛瑜章

往在戊午，孟喬殷先生教授廬州中學校，與余家居相近也。間過先君子，劇論六藝訓詁名物，灑灑乎不窮，醰醰乎莫窺其所藏，余有慕焉。於是少少知孯六書聲形之學，自先生始。

夫書契之作，所以盡物象而撰辭説。放其文成，王者之教化宣焉；寀其字義，蒙昧之傋霿啟焉。然如《史篇》《三蒼》載於《漢志》者，類皆亡佚。字書之傳於今，莫古鄦氏《説文》已。然其書在魏晉間初不甚顯，以郭景純之淹博，其注《爾雅》嘗偁吕忱《字林》矣，顧不及鄦氏之書。厥後顧野王、郭忠恕之倫咸祖叔重，自勤纂述，自餘能耆之蓋寡，獨南唐二徐乃尊信竺好之而不猒。迨有清中葉，魁傑鉅儒朋起，鉤研經訓，競崇鄦學，名爲嫥家，更僕難數。若夫曲暘旁證，薅榛蕪而兑夷涂，廓陪闇而發熲光，其精覈中乎肯要，猒乎人心，如段氏若膺，勤一世而爲之注者，敳獨前賢所弗能逮，抑當時儒彦亦莫能或之先也。

按段氏之爲是書，實造耑於乾隆庚子，栞版於嘉慶乙亥。始爲長編，鱻櫽栝成注，閲三十年書成，而年且七十矣。校對之役，付之門弟子，不克船自覈閲，以故字踳句誤，亦滋多焉。

余曩籀其書，頗理其文字之失，及今槖筆漢皋，寓居日界，凷然宋處，重理舊業，因並攷它家訂説，剌取其屬讎校文字者，褎益要删之[1]，衷以己意。至如無關文字之讎校，抨擊段氏爲名高者，余無取乎是。曰訂段誤，曰衍文，曰奪文，曰篆誤，曰倒誤，隸於上編。曰正誤之上，諟正段氏筆誤，間及鄦君説解；曰正誤之下，互勘諸本手民之譌謬，隸於下編。命曰《段注説文斠誤》，以就正夫大雅博聞君子。

於是距余追隨殷先生問業之年，垂十稔矣。先生既歸道山，而先君子奄忽亦且三年，追思昔時父師從容講蓺，邈不可接。余雖於學日孜孜，而人事闠闤，壯無殊能，是戔戔者，衹所以益發其感唏而滋媿恧也夫。丁卯長至，合肥衛瑜章仲璠。

1935年上海商務印書館石印本

①褎，當據文意改作“裒”。

説文解字段注考正

説文解字段注考正序

高　燮

自漢許叔重氏作《説文解字》，而小學始有彙萃，由是歷唐宋元明數千年，鮮羽翼發明之者。至有清一代，而此學乃臻極盛。吾友丁君仲祜纂《説文解字詁林》七百卷，集許書之大成，所收《説文》百六十餘種，而清儒之箸居十之九。段若膺氏晚出，遂能執此學之牛耳，讀許書者無不以段《注》爲宗。誠哉，其體大思精，度越前古者矣。惟是其《注》雖極浩博，然引書或有未明，或將原文改竄删節，爲稍傷撰述之體。非得後人攷補而訂正之，不足以云完美也。吴縣馮校邠先生桂芬起咸、同間，以閎儒名德，尤精許學，所箸書多已行世，而其《説文解字段注攷正》十五卷張文襄《書目答問》稱十六卷，誤。書成，屬稿未經寫正，藏於家逾六十年，世雖知其書而莫得見。先生之曾孫澤涵篤雅能文，克守先緒，深契於余，曩此以是書見示，與商刊布。余亟贊之，而力不能獨任，乃謀諸丁君仲祜暨二三同志，并馮君五人，而事得集。復以勘校之無人，而時艱孔棘，未宜遲緩，因即先舉原稿付諸影印，以廣其傳。憶馮君之以是書寄余也，閲今數歲矣。往年秋，余一病幾殆。瞑眩念此，恐致遺落，每悚然不甯者達旦。其後遭亂遷徙，則扃篋而善藏焉。亂定歸視之，無恙。今乃得覩是書之成以行於世,殆先哲之精誠有以默相者耳。夫段氏之《注》,赫然在天壤間,終古而不可磨滅,賴後人之匡糾愈衆,則段氏之書亦愈備而愈明,馮先生之《攷正》乃匡糾段氏之尤密者也,其足與段書並傳無疑也,而余亦得坿名於簡末,甯非幸歟。民國十有七年戊辰上元節,鄉後學金山高燮謹序。

説文解字段注考正跋

馮澤涵

遜清大儒輩興,六書之學冠絶百代。鄦氏《説文》自金壇段氏《注》出,而後燦然大備,治小學者多宗焉。然鈕匪石先生即著《説文段注訂》以行於世,而徐氏謝山著《説文段注匡謬》,王氏紹蘭著《説文段注訂補》,先後刻於姚氏咫進齋、劉氏嘉業堂,並足資後進參考。先曾祖鄉賢公邃於小學,曾編《説文部首歌》,刻《校邠廬逸箋》中,而《段注考正》十五卷尤爲心力所萃,所見蓋有出于鈕、徐諸家之外者,實鄦氏之功臣,而段氏之諍友也。張文襄《書目答問》嘗以未見其書爲憾。寒家世守,至今無力付梓。今歲由友人華亭馬子適齋以語金山高子吹萬,高子慨然以爲名箸之不可以久湮也,遂倡率助印,更爲商諸高潛廬、丁仲祜、姚石子諸君子,因得集貲影印。澤涵無似,不克纘承餘緒,藉手羣公,襄成其美,得使是書公諸海内,不致終晦。而段氏之《注》得此益明,斯則澤涵所私心深幸者矣。歲次丁卯夏五月,曾孫澤涵謹跋。

以上1927年金山高燮據稿本影印

説文解字義證

説文解字義證敘

張之洞

治經貴通大義,然求通義理,必自音訓始;欲通音訓,必自《説文》始。國朝經師,類皆覃精小學,其校釋辨證《説文》之書,最㬎者十餘家,而以段注本爲甲。習聞諸老師言,段書外惟曲阜桂氏《義證》爲可與抗顔行者。其書嘗爲靈石楊氏連雲簃校刻,刻後未大印行,其家書版皆入質庫,以故世尠傳本。之洞奉使來湖北,始從布政使前輩香山何君許得見之。會江湖南北各行省奉詔開局雕印經典,時武昌書局已刻經史數種,議刻段氏《説文解字注》,之洞語何君曰:“段本固善,嗞聞元版未燹,又其完書收入《學海堂經解》中,是不必緟複也,宜刻莫如桂氏書。”何君謂嗞。乃以此本付書局翻刻,而使之洞爲之敘。竊謂段氏之書,聲義兼明,而尤邃于聲;桂氏之書,聲亦並及,而尤博于義。段氏鉤索比傅,自以爲能冥合許君之恉,勇于自信,欲以自成一家之言,故破字刱義爲多;桂氏敷佐許説,發揮旁通,令學者引申貫注,自得其義之所歸。故段書約而猝難通闢,桂書緐而尋省易了。夫語其得于心,則段勝矣;語其便于人,則段或未之先也。其專臚古籍,不下己意,則以意在博證求通,展轉孳乳,觸長無方,非若談理辨物,可以折衷一義。亦如王氏《廣雅疏證》、阮氏《經籍籑詁》之類，非可以己意爲獨斷者也。桂氏之言曰："近日學者風尚六書，動成習氣，偶涉名物，自負《倉》《雅》，略講點畫，妄議斯、冰，叩以經典大義，茫乎未之聞也。"此尤爲近今小學家所不能言，洵足以箴肓起廢者矣。獨其篇尾除去新坿蒐補遺文百二十二字，或頗未盡寀諦。如"禄、亘"見具本書，此更于《示部》《二部》增入。"叡"字既收《又部》，又收《奴部》，乃《玉篇》之疏，此遂因之各出。其佗籀古或體，止宜坿綴。《篇》《韵》《汗簡》所引，點畫偶差，槩謂逸脱，病在求益。而近人苗夔、鄭珍所搜獲轉多，溢出于此。然其别"劉"于"鐂"，析"諒"爲"亮"，不至使纂堯闕姓，葛侯更名，以祛煩惑，斯其大尔。此書元刻闕弟四十卷弟四十三紙，領書局永康胡君，求得日照丁秀才艮善所臧寫本，有此一葉，乃補入之爲完書。丁秀才後記有云"此就未校稾本言之，故不爲無弊"云云，似此書校刻時，爲許、薛、汪、田諸君應時改定者多矣。顧其坿説末兩條，自述作書本末、命名之怡，是首尾固已完具，即中間徵引，偶有踳譌[①]，或待補正，固非未成之書也。噫嘻！段、桂兩書，奥矣萃矣，許學備矣。特其卷幅並皆緐重，初學者恒苦其難，而貧士每病其費，莫若取大興朱氏仿汲古閣大字本重雕。其文簡，其工省，俾求進于此者得之以爲津梁，而更從事于段、桂兩家之書，以窮其堂奥。小學之興，庶有冀乎。或謂毛斧季取宋本拓大其字，不守古式，不可用。予謂讀書貴得古人意而已，毛之專輒改易，校還其舊可也。若夫版本尺寸云尔，而亦必斤斤然一矉一步之不失哉。同治九年七月既望，提督湖北學政、翰林院編修張之洞敘。

---

①踳，當據文意改作"踳"。

説文解字義證附識附録附説

丁艮善

《説文解字義證》五十卷，乃曲阜桂未谷先生脱稿未校之書也。原稿第三十七“臺”下引《高唐賦》，有“查《高唐賦》原文”六字，先許印林師曰：“據此知此書真桂氏未成本也。”由此例推，凡書中約略大意，撮引數句數字，與原文不符合，或大反背者，皆桂氏欲查原書而未及者也，是在善讀者爲之補正耳。安邱王篆友先生筠曰：“桂氏徵引雖富，脈絡貫通，前説未盡，則以後説補苴之，前説有誤，則以後説辨正之，凡所稱引，皆有次第，取是達許説而止。故專臚古籍，不下己意也。讀者乃視爲類書，不亦昧乎？惟是引據之典，時代失於限斷，且泛及藻繪之詞，而又未盡加校改，不皆如其初恉。”此就未校稿本言之，故不爲無弊。道光、咸豐間，印林師爲靈石楊氏在清江浦校刊，分校者薛君壽、汪君士鐸、時君普實，未畢而止。後印林師獨任校讎，數年乃成。吾師曾謂此書雖刻，猶有遺憾，但難更張耳。艮所知者，如開卷“《説文解字》第一”後，應補“十四部，六百七十二文，重八十一，凡萬六百三十九字”一段，第二至第十四，皆應據大徐本補正，此乃許書原文。世所傳大小徐諸本，字數雖有增損，然提綱揭領，無或脱者，脱之自段氏始，此必不可踵襲者也。又四十九卷《敍》後有“右一卷，許君自敍其書也，古者敍在書後”十六字，本在卷首“《説文解字》第十五”一行後低一格分注，“右一卷”作“此一卷”，此刻成後，補刻桂君名，行款不合，移改者也。此數事皆在卷首，更張實難。至於《敍目》下部一、部二以至部五百四十，初刻作小字分注，後用艮説，定爲許氏原文，改作大字直書，與段氏符合。及見司馬《類篇》，所從許氏目已如此，乃知段氏有所遵守，而此書所定不謬也。桂氏未刻書，尚有《説文諧聲譜考證》若干卷，本欲與《義證》並行，草稿尚未繕清，兵燹之後，散失數卷，斷簡殘編，揚雲難付，未谷先生詩有"重付揚雲細審量"之句。惜哉。同治九年歲次庚午五月初八日，日照丁艮善謹編并識。

以上清同治九年（1870）湖北崇文書局據連筠簃叢書本重刊

説文句讀

説文句讀自序

王　筠

余平生孤行一意，不憙奪人之席，勦人之説，此《説文釋例》之所爲作也。自永元以至今日，凡千七百餘年，顔黄門一家數世皆精此業，而未有傳書，二徐書雖傳，多涉艸略，加以李燾亂其次弟，致分别部居之脈絡不可推尋。故博極羣書之顧亭林，祇見《五音韻譜》，以其雜亂無章也，時時呰謷之。苟非段茂堂氏力闢榛蕪，與許君一心相印，天下亦安知所謂《説文》哉。惟既創爲通例，而體裁所拘，未能詳備。余故輯爲專書，與之分道揚鑣，冀少明許君之奥旨，補茂堂所未備，其亦可矣。道光辛丑，余又以《説文》傳寫多非其人，羣書所引有可補苴，遂取茂堂及嚴鐵橋、桂未谷三君子所輯，加之手集者，或增或删或改，以便初學誦習，故名之曰“句讀”，不加疏解，猶初志也。三篇業將畢矣，而雪堂、頌南兩陳君曰：“君所增改者，既援所出之書以證明之，又引經典以發揮之，而無所增改者但如其舊，則忽詳忽略，體既不倫，且茂堂之學力思心，固能遠達神恉，而性涉偏執，瑕纇不免，又如桂氏之博洽，嚴氏之精確，以及非石鈕氏，汾泉、松亭兩王氏，其書皆有可爲羽翼者，君盍薈萃之以省我輩日力，以爲後學南鍼乎。”余於是本志變化，博觀約取，閲月二十而畢，仍名“句讀”，從其朔也。顧余輯此書，别有注意之端，與段氏不盡同者凡五事：一曰删篆。每部各署文數、重數，《自序》又有十四篇之都數，誠以表别裁而杜羼雜也，而核今本之實，則正文、重文皆已溢額，嚴氏議删重文，未議正文，不知是《説文續添》中字，《字林》中字也。無據者固未可專輒，有據者可聽其竊據非分乎？至於一字兩見者，當審其形義以定所屬之部。吁爲于所孳育，否爲不所孳育，此審其形也；㝵與得各有所施，此審其義也，不可如大徐以在後者爲重出也。二曰一貫。許君於字，必先説其義，繼説其形，末説其音，而非分離乖隔也。即如説蒐曰人血所生，以字從鬼，故云然，引者譌爲地血，校者即欲據改，則從鬼之説何所附麗哉？三曰反經。《説文》所引經典，字多不同，句限亦異，固有譌誤增加，而其爲古本者甚多，豈可習非勝是，以婁經竄易之今本，訾漢儒授受之舊文乎？四曰正雅。《爾雅》者，小學專書以此爲最古，所收之字亦視羣經爲最多，彼以義爲主而形從之，《説文》以形爲主而義從之，正相爲錯綜而互爲筦攝者也。乃陸、孔在中原，時代雖後而猶見善本，景純居東晉，傳注薈萃而適据譌文，加以學者傳習多求便俗，羽族安鳥，水蟲著魚，故徐鼎臣曰："《爾雅》所載艸木魚鳥之名，肆意增益，不足復觀。"以羣經之鈐鍵，而譌誤顛倒重出，比比皆是，不有《説文》，何所據以正之乎？五曰特識。后、身、僩、愃等字，許君之説前無古人，是乃歷考經文，並非偏執己見，不可不以經正傳，破從來之誤者也。五者以外小有違異，亦必稱心而出，明白洞達，不肯首施兩端，使人不得其命意之所在，以爲藏身之固，此則與段氏同者也。時閲十年，稿凡三易，鏡不自照，留待後人。而吾所望于來哲猶有六焉：許君説五行、五色、四靈、四夷，或相鉤連，或相匹配。是知鎔冶于心，藉書于手，非泛泛雜湊之字書，故雖至小之字，而亦有異部相映帶者，如《木部》柢、株直用轉注可矣，而説曰木根者，所以别于《艸部》荄、茇之爲艸根也；《禾部》説移曰禾相倚移者，所以别于《㫃部》旗之旖施也，一也。有當轉注而不然者，如昏下云日冥也，則冥下當云月昏矣，而别爲説者，爲從六地也，二也。有不欲駁難古人，但加一字見意者，説夒云即魖也、説鼨曰即豹文鼠也是也，其不加字者想尚多有之，三也。許君説字多主通義而言，其專主一經者，如避、偕等字是也，四也。羣經所有之字而許君不收者，璲、玂、姒、犒之類，既有明徵，其他想亦必有説也，五也。況乎九千文中於今爲無用，於古亦無徵者至於數百，夫何經典所有沙汰之以矜别裁，經典所無網羅之以炫淹博，五經無雙之人豈宜出此。然鄭司農引《上林賦》"紛容掣參，倚移從風"，以較《文選》，八字而易其五。計漢武至梁武才六百餘年，而漢賦之改易已如是之甚，況三代先秦之書乎？苟有博通古籍者，能使無徵者有徵，即無用者有用矣。縱使單文孤證，亦倆一字千金，尤所企望也，六也。若此者我雖少發其端，能不望來哲之竟其緒乎？抑或智所未窺，才所未逮，能不望來哲之拾其遺乎？有段氏開闢于前，爲之擴其規模，斯我能開闢於後，爲之劈其肌理，而以我書爲椎輪者尚不知凡幾也。沙毋憚于婁披，薪自欣其日積。能使許書之藴發露無餘，我即不及見之，而亦爲後之學者豫幸之矣。道光庚戌四月，安邱王筠。

説文句讀書後

潘祖蔭

安邱王君貫山治許氏《説文》之學垂三十年,先成《釋例》二十卷。既復薈萃羣言,折衷至是,爲《句讀》三十卷,久聞之未見也。同治四年,君之子彦侗依公乘沖故事,齎遺書詣闕,有旨下南書房諸臣覆閲。蔭幸與焉,始得竟讀其書。君之學積精全在《釋例》,標舉分别,疏通證明,能啟洨長未傳奥旨。《句讀》則博采慎擇,持平心,求實義,絶去支離破碎之説。是二書也,於許學理而董之,庶幾達者矣。古經義理,不外訓詁,訓詁之原,惟此文字。漢以來言小學家必祖《説文》,唐制令諸生九經外讀《説文》諸書。選舉六科,其五曰書,試之《説文》,取通訓詁。書學博士掌教文武官八品以下及庶人子爲生者,以《説文》《字林》爲顓業。自宋元士大夫狃于近易,好爲空虚微眇之論,争訾《説文》,相習荒棄。明世制舉之業中於人心,六書訓詁幾成絶學。逮我聖朝敦尚經術,實事求是,不廢古訓,不務空言。乾嘉以後,經師耆儒如段氏玉裁、桂氏复[1]、鈕氏樹玉、錢氏坫、嚴氏可均、王氏玉樹、吴氏夌雲、王氏煦,篤信許書,咸有纂述。後之作者,無能增損。君書晚出,乃集厥成。補弊捄偏,爲功尤鉅。然蔭讀其《自序》,猶言沙披薪積,豫幸來學,益見虚中廣益,有過人也。十餘年來,老成凋謝,風流闃絶。蔭雖尟學,尚求識字,每觸疑義,輒終日向人,倀倀乎無可告語。幸見君書,終願並世有朴學如君者,

①复,當作“馥”。

與問字焉。彦侗將歸，介蔣椒林水部來乞文爲之序，爰書于後。同治四年太歲在乙丑五月，吴潘祖蔭。

以上清道光同治（1821～1874）間安邱王筠家刻本

説文釋例

説文釋例自序

王　筠

今天下之治《説文》者多矣，莫不窮思畢精，以求爲不可加矣。就吾所見論之，桂氏未谷《説文義證》、段氏茂堂《説文解字注》其最盛也。桂氏書徵引雖富，脈絡貫通，前説未盡則以後説補苴之，前説有誤則以後説辨正之，凡所偁引皆有次弟，取足達許説而止，故專臚古籍，不下己意也，讀者乃視爲類書，不已眯乎？惟是引據之典，時代失於限斷，且泛及藻績之詞，而又未盡加校改，不皆如其初指，則其蔽也。段氏書體大思精，所謂通例，又前人所未知，惟是武斷支離，時或不免，則其蔽也。大徐之識遜於小徐，小徐之識又遜二家。治《説文》者，以二書爲津梁，其亦可矣。然聞人食肉而飽，究爲飽人之飽，不如自食之之誠飽也；聞人衣裘而煗，亦爲煗人之煗，不如自衣之之誠煗也。夫飽煗者，喻之以意而不可；宣之以言，苟不自飽煗，亦安知人之飽爲何若？煗爲何若？且安知人之飽者或不免於飢，煗者猶不免於寒乎？筠少喜篆籀，不辨正俗，年近三十讀《説文》而樂之，每見一本，必讀一過，即俗刻《五音韻譜》，亦必讀也。羊棗膾炙積二十年，然後於古人制作之意，許君著書之體，千餘年傳寫變亂之故，鼎臣以私意竄改之謬，犁然辨晳，具於匈中，爰始條分縷析，爲之疏通其意。

體例所拘，無由沿襲前人，爲吾一家之言而已。夫文字之奥，無過形音義三端，而古人之造字也，正名百物，以義爲本而音從之，於是乎有形。後人之識字也，由形以求其音，由音以考其義，而文字之説備，乃往往不能識者，何也？則以其即字求字，且牽連它字以求此字，於古人制作之意隔，而字遂不可識矣。六書以指事、象形爲首，而文字之樞機即在乎此。其字之爲事而作者，即據事以審字，勿由字以生事；其字之爲物而作者，即據物以察字，勿泥字以造物。且勿假它事以成此事之意，勿假他物以爲此物之形，而後可與倉頡、籀、斯相質於一堂也。今《説文》之詞，足從口，木從中，鳥、鹿足相似從匕，斷鶴續鳧，既悲且苦。苟非後人所竄亂，則許君之志荒矣。夫讀古人之書，不能爲之發明，即勿塗附以豐其蔀。而《説文》屢經竄易，不知原文之存者尚有幾何。大徐校定時，猶有集書正副本、羣臣家藏本，苟能審慎而别白之，或猶存什一於千百也。乃復以私意爚亂之，不能不謂爲功之首罪之魁矣。今據二徐本，拘文牽義以求之，未必合許君意，即未必合倉頡、籀、斯意也。特以長夏養痾，用此自遣，賢於博弈云爾。道光丁酉七月三日，安邱王筠菉友自序。

清道光（1821～1850）間刻本

説文通訓定聲

説文通訓定聲自敘

朱駿聲

天地間有形而後有聲，有形、聲而後有意與事。四者，文字之體也。意之所通而轉注起焉，聲之所比而叚借生焉。二者，文字之用也。竊謂轉注肇於黄倉，形體寡而衍義；叚借濫於秦火，傳寫雜而失真。而幻丸之屬反正推移，造字之轉注，不離乎指事也；咸需之倫悉須通變，造字之叚借，不外乎諧聲也。至於叢脞、參差，連緜而始肖其誼；弟兄、爾汝，依託而本無其文。取類多耑，拘虚少悟。不知叚借者，不可與讀古書；不明古音者，不足以識叚借。此《説文通訓定聲》一書所爲記也。夫三代秦漢之嬗，聲以世遷；九州南北之迢，言因方易。欲撟古今之舌而出於一軌，固所不能；將執經史之文而歙以一筒，尤有不可。然則當如之何？曰：以字之體定一聲，以經之韻定衆聲，以通轉之理定正聲變聲，三者皆從其朔而已。曷言乎以字之形定一聲也？東重童龍，數傳祇循其舊；朿帝啻適，萬變不離其宗。融强秋梓之省文，徵諸古籀；迹狄豐農之庳響，正於昔聞。豕冢、兀元，轉由一語；朩朩、廿竊，从豈兩聲？吕臱容尊，於重文而得母；韗弜夘毇，因闕讀而疑音。此齊桓伐莒之謀，東郭能言其狀；光武命名之義，九禾可訂其聲者也。曷言乎以經之韻定衆聲也？火諧衣、稃，知與燬字同評;朝叶苗、高,信自舟聲少變。侮雖每而異母,朋猶鳳而殊風。音别求裘,部分截雀。或句中而安韻,《召旻》歲旱之章;或一語而成歌,《周頌》駿奔之什。靡膴、伊減、牒洫,當證之韓嬰;螟螣、舂揄、蟦舀,堪稽于許慎。《考工》鄭注,其鏄斯撊;《屈子》王箋,誶予不顧。焞爲推而怛爲悬,可讀班書;答爲對而罿爲罊,當從古寫。淺幭即羣經之幦,脩翿誤俗字之翛。求福不那,易儺而語言方合;飲酒之餕,變饇而義訓始通。此鄣商之誦湯,可用九有爲九域;楚莊之偁武,疑以一句爲一章者也。曷言乎以通轉之理定正聲、變聲也?關叔即爲管叔,甫侯本是吕侯;驩兜匪異渾敦,屠蒯原同杜蕢。荄滋《易》言箕子,伊尹《詩》頌阿衡;連山《禮》箸厲山,帝俊《書》稱帝舜。若兹之類,厥有三端:其同音者,扶服、蒲伏與匍匐而兼偁,逷迆、逶迤偕委蛇而並用。气借氣而餼出,艸假草而皁興。鄦國爲許而三《傳》皆同,頌皃作容而四始代誦。穜種、酢醋,因音而互譌;炁愛、惪憂,以聲而昧本。疇𠷎、害曷,語詞不必元文;叔少、昆翼,偁謂相承别字是也。其疊韻者,洚水猶之洪水,畜君原是好君。序榭豫,可校《禮經》;毒篤竺,試讎《漢史》。貉伯禡,皆禱牲之用;褧絅檾,總枲布之名。明都、孟諸,洵非兩地;燭趨、涿聚,故是一人。陳易氏而爲田,苡改姓而作弋。辛夷可爲新雉,蟬焉豈異亶安?薰香用以代葷,義不妨於相戾;孳息取以爲止,訓亦見其交通是也。其雙聲者,和桓、波播,《禹貢》可詳;侮務、𠭥仇,《雅》詩偶借。奠定帝舌音之轉,圭𧕴涓脣吻之通。密勿、蠠没,與黽勉非殊;踟蹰、蹢躅,視跱躇不異。黼裘示省,玁義可思;素衣朱綃,繡文宜訂。台余卬我,皆施身自謂之言;戎若伊而,悉啟口偁人之語。慅慅多譌慘慘,儦儦或讀伾伾。誐假胡何,出音微分侈斂;徒但地特,助詞本匙正文。開口雅而閉口烏,啞啞亦其天籟;燕人厖而周人貉，蚌蚌又屬方言。馬莽蕭蛸，更姓祇憑語轉；蠅羊鴳隼，殊文不過聲移。按諸詩歌，相曰胥更抑曰懿；參之古語，磬爲俔亦鼎爲當是也。此何休之讀《公羊》，所以有長言短言之辨；而高誘之注《淮南》，又别有緩气急气之分也。若夫如此爲爾，之焉爲旃，兩字便成翻語；蒺藜即茨，茅蒐即靺，三代自有合音。目少眇而手延挺，自諧以成字；婁係邾而於引越，相足而爲言。斯又吴昭魏炎之儔，注書刱爲切紐；沈約彦倫之輩，行文律以四聲者矣。夫所見異辭，陸元朗文羅經典；有志復古，陳季立音溯《詩》《騷》。余少歲蟲彫，中年蠖伏。哦陳編而洞席，憶緒論於趨庭。旁及六書，自攄一得。部標十八，派以析而支以分；母列一千，聲爲經而義爲緯。將使讀古書者應弦合節，無聱牙詰詘之疑；治經義者討葉沿根，有掉臂游行之樂。渴半生之目力，精漸銷亡；殫十載之心稽，業才艸刱。氾濫未竟，踳繆尚多，愳不能書，先爲此敘。非敢謂萬川會海，導西京《爾雅》之原；亦庶幾百世本支，演南閤《説文》之譜云尔。道光十有三年，歲在昭陽大芒洛涂月，元和朱允倩駿聲譔。

説文通訓定聲後敘

朱鏡蓉

《説文解字》，形書也；《説文定聲》，聲書也。《説文解字》，象形、指事、會意、形聲之書也；《説文通訓》，轉注、叚借之書也。《説文解字》，知者刱物，小學之元始也；《説文通訓定聲》，巧者述之，小學之大成也。讀者柬一字，當先取《玉篇》《廣韻》《字典》閲之，而知此書之異；竟一字，當復取經史諸子元文覈之，而知此書之同。異者其謹嚴，同者其會通也。此書固後學之津逮，而實先生之緒餘也。先生于學無不窺，七百八十三座之星能指而名之，九章之術能推而衍之，十經之義則淹而通之，三史十子騷選皆孰而誦之。其發爲辭章也，詩古文詞，早歲即主盟壇坫，而又深自韜晦，履蹈粹如，不偃蹇而驕，不拘墟而固，敦厚和平之意，盎然溢于言色。故所譔箸，實事必求其是，平議務要於中，非猶夫人之一得自足，詡詡焉表暴之不遑者。此書固鄧林之條枝，而實玄圃之積玉也。先生稟承家學，穎悟過人，嘉慶辛酉年十四，冠郡試，壬戌補博士弟子。嘉定錢竹汀宫詹重游泮宫，一見奇其才，曰："吾衣鉢之傳，將在子矣。"引之几席三年，語必以上期于通材大儒。先生每以生晚不獲久侍爲憾，然淵原所自，實已取之左右而皆逢。惟以先生之才之學，迄未得一甲第，知者惜之。所箸有《六十四卦經解》八卷、《尚書古注便讀》四卷、《詩傳箋補》十二卷、《儀禮經注一隅》二卷、《夏小正補傳》二卷、《大戴禮記校正》二卷、《論孟塙解》二卷、《懸解》四卷、《經史答問》二十六卷、《天算瑣記》四卷、《數度衍約》四卷、《戰國策評》四卷、《離騷補注》一卷、《淮南書校正》六卷、《説解商》十卷、《小學識餘》四卷、《説叢》十二卷、《白描詩録》二卷，又手自删存古今體詩五百首、賦二十首、古文五十首、詩餘二百首、時文百首、帖體詩百首，藏諸笥。將幸請于先生次弟梓而行之，以惠後之學者，此書則其嚆矢矣。道光戊申仲夏，受業黟縣朱鏡蓉謹跋。

説文通訓定聲後敘附識

朱鏡蓉

按是書之作，爲許氏功臣，惟轉注一事，疑於呰謷叔重，犯天下之不韙。余嘗反復問難，而知其説之終不可易也。彼以形體言轉注之誤，不待辨矣。戴氏互訓一説，泥于考老之文，然許何不舉弟一篇之蕾葍、蓨苗而反舉弟八篇之考老，不可解一也。互訓之字凡三百八十，而如善吉、謹慎、警戒、誠敕、竢待、嬾嫛、猒飽、更改、駙近、逮及、赦置、窒寍、飾㕞、徵召、棄捐、慙媿、恥辱、並併、内入、寄託、束縛、減損、檃括、擣築、明照、底下、槍歫、躳身、頭首、立侸、逃亡、嘑號、問訊、儇慧、技巧、歌詠、完全、斷截、創傷、殺戮、珍寶、甘美、邦國、傳遽、穜埶、耕䅘、坡阪、繒帛、但裼、蘉褎、鍵鬻、炊爨、湆瀋、橜弋、牒札、牴觸、豕彘、蝗螽、鴟鵻、雕鷻之屬，皆非同部，不得概云建類一首，不可解二也。保氏以六書教國子，互訓具于各訓，既不待教，亦不必教，不可解三也。合此三者，而知互訓非許意也。江氏分部一説，合於建類之指，然建類五百四十之外八千八百一十三字，悉屬轉注。且建首之字，尚亦多有轉注。是轉注居六書二十分之十九，疑其太嘖，不可解一也。六書見于《周官》，則轉注自更前于《周官》，《敘》所云“分别部居，不相雜廁”者，許君既述而非作，不宜據爲己譔，不可解二也。考字本形聲，江河亦轉注，是凡形聲之字皆即轉注之字，六書不幾溷淆無别乎？不可解三也。且老履數部外，如《一部》之吏、《且部》之䖒、《日部》之暱昝、《尸部》之屏屋，實難言同意相受，不可解四也。合此四者，而知分部雖許意，後儒當爲諍友，不當爲媚子也。許君來注“天所來也，故爲行來之來”、西注“日在西方而鳥棲，故因以爲東西之西”，此正顯然轉注，故據以訂正。顔淵曰：“舜何人也？予何人也？有爲者亦若是。”先生無事不虚以受人，獨此自信之深，不搖于庸衆之虚喝，蓋欲爲六書規其全，遂不暇爲許君護其短，苦心孤詣，讀者諒之。昔楊子雲擬經，劉歆譏覆瓿，而桓譚獨知其必傳，余于此書亦云。鏡蓉附識。

説文通訓定聲序

羅惇衍

六書音韵之學莫盛于國朝，顧亭林、江慎修、戴東原、段懋堂、孔巽軒、江艮庭、張皋文、王懷祖諸先生言之備矣。蓋六書肇于倉頡，傳于保氏，徵于四聲、《廣韵》之作，而存于《毛詩》《離騷》《説文解字》。六書，指事、象形、諧聲、會意、轉注、叚借是已。指事統于形，轉注統于意，叚借統于聲，形與意與聲具，而六書之旨備。形聲者，以事爲名，取譬相成。一文之聲定，而衆字之从以得聲者悉定，故諧聲之學莫備于《説文》。至合衆音之繁賾而類而區之，分別部居，不相雜廁，則非審乎《毛詩》《離騷》以迄秦漢有韵諸文，而究其分合之恉，與通轉遠近之情，無以得其條理也。試即《唐韵》之二百六部，以上攷《毛詩》《離騷》諸文，古音支、佳類，脂、微、齊、皆、灰類，之、咍類，故《唐韵》支、脂、之猶分爲三部而未合也。侵、覃、凡類，談、鹽、添、咸、銜、嚴類，故《唐韵》覃、談猶分爲二部而未合也。而真、文、元之分，由于先、僊之不可合猶是矣。至古音東、鍾、江爲類，冬自爲類，《唐韵》分東、冬爲二部是矣。而乃以東獨用，冬、鍾同用，則未審乎東之音峻上，冬之音寬宏，東、冬同無入聲，而冬則《説文》偏旁字併無上聲也。雖然，音韵莫正于《毛詩》。冬與侵、蒸近，與真遠矣，而《文王》則以躳韵天。青與真近，與文遠矣，而巧笑則以倩韵盼。《説文》鮮从𩏂省聲，而《新臺》以泚、瀰韵鮮。睘从袁聲，而《杕杜》以菁、姓韵睘。若此類者，則又不得執一二字之分岐，而淆全部之界畫，要在大通而已。學博朱君，少從錢辛楣先生游，今官于新安之黝，余適以視學至新安，學博出所譔《説文通訓定聲》示余，蓋取許君《説文》九千餘文類而區之，以聲爲經，以形爲緯，而訓詁則加詳焉。分爲十八部，如頤、解、履部，别之、支、脂爲三；孚、小部，别幽、宵爲二；需、豫部，别侯于幽，復别于魚，大抵從懋堂先生爲多。若别霽、質于真而爲泰部，入聲以屋、燭承侯爲需部，又參酌于懷祖先生之説。學博于斯學，洵薈萃衆説而得其精。且舉轉注之法，獨刱義例，根據確鑿，實發前人所未發，其生平之心得在是矣。書成，屬余爲序，因略舉古音分合之誼，書諸簡端云。道光二十有八年歲在著雍涒灘元月，愚弟順德羅惇衍譔。

説文通訓定聲跋

謝　增

《傳》云："太上有立德，其次有立功，其次有立言。"士不得志於時，不獲以功業顯，而身名終不泯泯焉與庸衆同盡，則惟立言之由，箸書其一端也。雖然，箸書殆難言矣。古人所箸有必傳者，有必不傳者，有可傳而不必傳者。必傳者，如日月之經天，江河之行地焉；必不傳者，如五六月之雨，溝澮之集焉；可傳而不必傳者，浩浩乎其如煙海。而或傳或不傳，若各有天幸焉。此而蘄書之必傳，道在刱《爾雅》之爲經，《史記》之爲史，《老》《莊》之爲子，《公》《穀》之爲傳，荀、屈之爲賦，皆前無古人者也。有似因而實刱者，許氏之爲《説文解字》，亦前無古人者也。先生生古人後，十歲即能爲時俗之文，縣府院試三而入於學，省試七而舉於鄉，禮部試七而訖不得貢於廷。四十載之中，攻苦者二十年，奔走者十年，窮愁落莫者十年。於書無所不讀，於學無所不通，而境愈困，精愈銷，於是恐修名之不立，覬就一書以自傳。又自以古文詩賦時蓺，積日纍月所擇而存者，或尚未可傳，藉令可傳而亦不必傳，且幸而傳者，所在多有，則雖傳而又無貴乎傳。獨平生所箸《説文通訓定聲》一書，導音韻之原，發轉注之家，究叚借之變，小學之教，斯焉大備。識字後能通經，通經後能爲文，實學人詞人不可少之書，而古人今人未始有之書，所謂似因而實刱者，於是乎在。憶道光丁亥、庚寅間，館先生於家，先生教授之暇，恒矻矻手自鈔撮，雖甚寒暑不輟卷。自後乙未下第，侍先生南歸，復獲一載聚，而是書前已脱藁。今又閲十三四年，始版成於古黟學署。增受而讀之，歎爲不朽之盛業，不敢謂世之必尊必信，然數十百年後，必有寶貴如叔重書者，不蓍蔡知也。附驥尾，攀青雲，得書名於末，可不謂幸歟。道光己酉紀年太歲在淹茂閏月戊辰朔日在昴，受業儀徵謝增謹跋於宿遷學舍。

説文通訓定聲印行記

朱孔彰

右《説文通訓定聲》十八卷,《柬韻》一卷,《説雅》十九篇,《古今韻準》一卷,先君子所撰,道光末鏤版於黟縣學舍。粤賊之亂,藏北鄉石郚傳經室。兵燹後,室中藏書二萬卷散佚僅遺十之一,惟此版巋然獨存。孔彰少孤,自辛酉歲游皖,依今相國曾公,既而來游白門,倏忽十年,未克還黟。版久庋山樓,力絀無以自致,今稍殘缺,幸藉友好之力,遂取以來。計全書二千一百七十六箋,見缺七十五箋,共五萬數千言,悉照原本栞補,孔彰敬謹校字。伏念先君子生平箸述數十種,是書之外,已版行者有《儀禮經注一隅》二卷,《夏小正補傳》二卷,《小爾雅約注》一卷,《離騷補注》一卷,版數見缺十之三。又手自勘定未及版行者,有《六十四卦經解》八卷,《尚書古注便讀》四卷,《春秋平議》三卷,《春秋三家異文覈》一卷,《春秋左傳識小録》二卷,《通訓定聲補遺》二卷,《小學識餘》四卷,《秦漢郡國考》四卷,《天算瑣記》四卷,《歲星表》一卷,《經史荅問》二十六卷。其稿本尚存,未經勘定者,有《學易札記》四卷,《鄭氏爻辰廣義》二卷,《易消息升降圖》二卷,《易經傳互卦卮言》一卷,《易章句異同》一卷,《詩序異同彙参》四卷,《詩地理今釋》四卷,《春秋亂賊考》一卷,《春秋列女表》一卷,《春秋闕文考》一卷,《春秋地官人名考略》二卷,《三代禮損益考》一卷,《井田貢税法》一卷,《傳經表》一卷,《四書塙解》二卷,《論孟紀年》二卷,《説解商》十卷,《小字本説文簡端記》二卷,今缺一卷。《經韻樓説文注商》一卷,《六書叚借經徵》四卷，《古説字形繆誤》二卷，《七經緯韻》一卷，《釋廟》一卷，《釋車》一卷，《釋帛》一卷，《釋色》一卷，《釋詞》一卷，《釋農具》一卷，《戰國策評語》四卷，《讀韓非子札記》一卷，《十六國考》二卷，《名人占籍今釋》四卷，《説叢》六卷，《晉代謝氏世系考》一卷，《朱氏世系考》二卷，《儷語拾錦》四卷，《李杜韓蘇七言詩評選》六卷，《白描詩録》一卷，《選詞九十調譜》二卷，《詞話》二卷，《傳經室詩存》四卷，《賦》一卷，《古文》八卷，《臨嘯閣詩餘》四卷。又有《詩傳箋補》十二卷，《春秋經傳旁通》十卷，《大戴禮校正》二卷，《論孟懸解》四卷，《淮南書校正》六卷，《數度衍約》四卷，《軒岐至理》四卷，則并藁本佚之矣。它如《逸周書》、《史記》、《漢書》、《老子》、《莊子》、《列子》、《管子》、《晏子春秋》、荀悦《申鑒》、《吕覽》、《新序》、《説苑》、《風俗通義》、《鹽鐵論》、《論衡》、劉晝《新論》、《漢魏百三名家集》，先君子皆有札記，而未及編集，今并原書無存，皆可惜也。孔彰愧不能讀父書，先人手澤，獨賴此編之存，今幸可以印行。其餘版本，殘缺過多，力既未能盡補，且以俟諸異日。其未刻及未經手定諸書，則尤非小子心力所能逮矣。日久就湮，爲戾滋大。謹坿識其目於此，庶先君子平生所學，可以具見梗概，而海内君子欲求先君遺書者，亦有所資而考焉。同治九年季夏，男孔彰謹識。

説文通訓定聲補遺序

朱孔彰

先君子所箸《説文通訓定聲》一書，生平心力所薈萃，栞版後嘗自校勘,晚年復補訂八百餘條,書於簡端。玆藉友好佽助續刻遺書,小子謹録補訂之文,注明在某葉某行某字下,仍依豐部第一至壯部第十八,别次一編,俾習先君子説者,庶易檢校云。光緒八年夏五月,男孔彰謹識。

以上清咸豐元年(1851)臨嘯閣刻本

朱氏説文通訓定聲序注

朱氏説文通訓定聲序注序

宋文蔚

六藝之文，無不諧韻，不獨三百篇也。《周禮·大行人》："屬瞽史，諭書名，聽聲音。"又《外史》："諭書名於四方。"知三代自有韻書，惜書佚不傳。至齊梁間，沈約、周彦倫諸人，始有切韻四聲之説，然非三代古音矣。後人不知古今音異，遂疑六經有無韻之文，又求其説而不得，疑三百篇有協句協韻之説，皆非能知音也。自明三山陳季立作《毛詩古音攷》，始知周時自有正音，不當執今音以疑古音，如鳳鳴高岡，而啁噍之喙盡息矣。自是顧、江、戴、段遞有祖述，而六藝之韻乃大明，即轉注、叚借之義，因之大明，其有功於訓詁非淺也。朱駿聲氏此序，亦祖顧、江諸先生之説，惟其輕改許書轉注之例，是其信心太過。中間徵引俱有條理，因爲逐條注明，以示初學，藉代口講，亦多聞之一助也。時丁卯夏五，澄之宋文蔚記。

1935年上海商務印書館影印再版本

説文拈字

説文拈字序

伊秉綬

六書之學,自象形、諧聲遂分眼耳。眼學以偏旁分部,始於許氏之《説文》,爲卷十五,爲部五百四十,實羣經樞紐,執圓梯航,雖百齡景徂,千載心在矣。唐李昜仌之從子騰集目録五百餘字刊於石,以爲世法。而林罕撰《小説》,隨字出入,以定偏旁。五代僧夢英通籀篆之學,書偏旁五百三十九字以正之,與李氏並以字原名書。二家之文,稍嫌簡脱。其後徐騎省之弟鍇,在南唐時作《繫傳》四十卷,其三十卷蓋即許氏之十五卷,而分一爲兩。餘十卷,則其所著之《部敘》二、《通論》三、《袪妄》《類聚》《錯綜》《疑義》《系述》,共十篇,所謂《繫傳》也。及騎省入宋,又承詔注《説文》,雖依叔重之舊,而奉命新增者頗多。至元之周伯琦,又於許氏之五百四十部中,删十七部,增十七部,改其字者四部,移其編次,使宛轉相生,名曰《説文字原》。第往往參以鄭樵、戴侗之説,亦多與叔重不合。凡此皆眼學也,而耳學不與焉。若楚金之《韻譜》、巽巖之《説文訓》,雖分韻排簒,仍以偏旁次四聲,取便檢閲而已。夫道沿聖以垂文,聖因文而見道,六書所關綦重,凡後之學者表章《説文》,非過於拘泥,即失於苛刻。余謂當先正兩徐之不正者,而一歸於正,然後取許氏之正者,以正世俗之不正,而不正者悉歸於正,乃稱善焉。然若此者亦不數數覯也。歲已未,余守惠州,王君松亭適權通判,觀其進退以禮,循循然君子也,意必有所撰著。久之,出所撰《説文拈字》七卷。余讀之,誠兩徐之畏友,許氏之功臣,倘所謂善者非與。昔婁機之撰《漢隸字原》也,録於通判饒州時,序之者,洪文惠公也。今松亭不質於海内鉅公,顧問序於余。雖然,《説文》之沿譌踵謬,亦已久矣,是書也出,埶林有先覩爲快者。遂忘其謭陋,姑以所聞於古者序而復之。嘉慶六年夏五月,汀州伊秉綬拜撰。

説文拈字序

邱庭澧

許氏《説文》,自唐宋以來即傳鈔互異,其可據以攷證者,惟《字林》《玉篇》《繫傳》三書而已。而晉吕忱《字林》,既錯雜不完。今《玉篇》始由孫强增删,復經後人重訂,又非希馮之舊。《繫傳》無刊本,今所行者,乃張次立所更定,即明末常熟毛氏所據以剜改大徐者,海内好古之士,往往欲訂正而末由。昔趙宧光著《長箋》,顧寧人且批駁殆盡,至今令人齒冷。矧其下焉者,鮮不墮其雲霧中矣。王生玉樹,予門下士也,是予提夆關中己酉萃科所録者,究心經義,嘗從京邸執經請業,予輒舉一二義以發之,予蓋於王生有厚望焉。初,是科所録士多儁才,捷南宫入翰府,聯翩接翼,後先輝映者,科不乏人,而王生獨無聞焉,予恠之。是時予出守桂林,消耗莫稽。辛酉歲,恭膺簡命,觀察粤東,而王生先以家貧就職來是方者,已數年矣。因無志精進，愧莫以聞故也。今年春，予於廉訪之暇，王生以所著《説文拈字》來謁，並乞一言，以弁其首。予閲之，凡七卷，曰攷經，曰辨體，曰審音，曰訂誤，曰校附，曰正譌，而終之以序志，用力專苦，戢舂精博。辨體者，以字證經，以經證字。凡如吴澂《書纂言》謂濟泲通用，誤引南濟北湓之類者，舉當知所返矣。訂誤者，訂毛氏之妄改。凡如惠定宇作《易述》仍沿汲古閣之誤之類者，舉當知所本矣。校附者，校大徐之增字。凡如趙東潛訂《水經》，謬以《新附》爲正文之類者，舉當知所從矣。其攷經也，歷徵許氏所引古文，而不爲唐《開成石經》、開元衛包所眩。其審音也，折衷於孫愐、丁度等，而不襲《音孶五書》之拘。其正譌也，舉秦漢魏晉以來之僞文俗體而辨之，釐肰以不紊，能使《説文》之孶以正，經義將由是以明。而今之説《説文》者，亦由是以定。此固及門中所希覯者，而乃於王生得之，當不僅爲吾軍之張也。予既惜王生之遇之不偶，而復喜王生之孶之有成也，於是乎書。嘉慶甲子仲夏，友生邱庭瀎芝舫氏撰。

以上清嘉慶八年（1803）安康王氏芳梫堂刻本

説文正字

説文正字序

孫星衍

昔倉頡始作書契，五帝三王改易殊體，周有六書，宣王太史籀著大篆五十篇。孔子書六經，左邱明述《春秋傳》，皆以古文，頗爲七國所亂。秦書有八體，李斯等省改史籀大篆爲小篆。漢興有尉律試諷學僮，籀書九千字乃得爲吏。至後漢時，雖有尉律，不課。於是汝南許君撰集孔壁中書、張蒼所藏《左氏傳》、郡國山川所出鼎彝銘之屬，敘篆文，合以古籀，稽撰其説，分别部居，爲《説文》九千三百五十三文。或言即尉律所課籀書九千字。自秦作隸書以趣約易，而古文幾絶。所謂隸書，即今八分書。而漢有草書。今所傳正字者，或稱真字，其出在魏晉已後。鍾繇、王羲之諸人書帖有其迹，而不見於碑碣。隋唐始盛行之。其文或變篆爲之，或出自八分，或出自草書，故無定體，又多别字。習俗相沿，不識古篆，轉相驚怪。其後吕忱作《字林》，顧野王作《玉篇》，皆改《説文》篆體而增其文字。唐以來諸儒不識篆文，故賈、孔疏經，陸氏作《經典釋文》，章懷太子賢、張守節、司馬貞注《史》，李善注《文選》，皆用《字林》，其引《説文》百不及一。宋元人作字書，如《廣韻》《集韻》《韻會舉要》，引《説文》亦多不備。世人既不識篆籀，輒束高閣，至加詬嫉。今上稽古同天，觀文成化，恭讀聖諭，《説文》非僻書，訓天下以崇尚實學，弗使空疏，倖獲科名。竊謂學人求通經，必審訓詁，欲通訓詁，必究文字聲音，而求文字聲音之準，必知篆籀變易之原。有正字則人皆能讀《説文》，讀《説文》則通經詁，通經詁則知聖人著經之旨。故小學者，入聖之本，非徒信而好古也。吾友王石華及吾弟鳳卿篤耆古書，深明小學，共依《説文》字部，寫爲正字，并附古文篆籀或字變體，去徐鉉所增之字，分上下二卷，俾學者循覽易了，《説文》自此行世，實小學之津要，倉、史之功臣。急爲之序，屬付開雕云。嘉慶六年太歲在辛酉正月三日，孫星衍序於金陵廉石居。

清嘉慶六年（1801）金陵藩署刻本

説文解字群經正字

説文解字群經正字敘

邵 瑛

《羣經正字》，非敢以字正羣經，迺爰《説文》以明經字之有正也。《周官》保氏掌養國子，教之六書，象形、會意、轉注、處事、假借、諧聲六者，造字之本，合乎六者爲正字。《漢志》學僮能諷書九千字以上得爲史，字或不正，輒舉劾，故石建曰："書馬者與尾而五，今乃四，不足一，獲譴死矣。"其嚴如此。後世塾師傳寫多求便俗，漸失本真，於是通儒如毛晃、鄭樵輩發明六體，裁正典文，亦不能無襲譌承謬。蓋安其所習，溺於所聞，學者之通患也。不揣固陋，抽繹《説文》，攷之於經，非偏旁之多舛，即點畫之失宜，總之，經師之傳習彌深，斯於書體之乖違愈甚，一一標識，名曰《羣經正字》。或心有所見，而未敢質言，各申其説，以存疑案。曰"羣經"而不曰"十三經"者，以《逸周書》《大戴記》《國語》今不列於經，亦並引也。嘉慶十七年二月既望，餘姚邵瑛書於桂隱書屋。

説文解字群經正字敘

余重耀

丙辰冬,姚江邵蓮士觀察以先德桐南先生所箸《説文解字羣經正字》二十八卷詒書重耀,使爲敘。既受簡而讀之,肅然起敬,悚然未敢以承命也。道喪千載,聖伏神徂,六經大義蕪甚矣。承學之士,擿埴索塗,冥行而莫知所向,望洋而莫測其涯。驟而語以老師宿儒,頭白汗青,經世不朽之大業,未有不適適然驚,規規然自失者也。矧敢以傭耳剽目之所得,蠡測管闚,謬綴一言於編簡之末,則益無解於愚妄之罪,而重辱觀察之命,是以勿敢承。雖然,竊嘗聞緒論於先正矣。六經之道若康莊,而通其塗術自小學始。蓋江河不廢者,經也;孳乳寖多者,字也。字麗經以垂遠,經不能離字以虛行,故研六經必從文字入,研文字必從形聲入,是以有經訓焉,有字例焉。不通六經者不能治羣經,不通羣經者不能治一經,是以有家法焉,有師承焉。考《漢志》小學僅列史籀等十家,而《弟子職》别屬於《孝經》,則與宋儒所稱小學者異矣。蓋其時去古未遠,秦吏習《爰歷》《滂喜》,漢僮誦《急就》《凡將》,《周禮》《漢律》莫不以六書通之,然詭更正文,鄉壁虛造之書,已熠於東京之世。降自魏晉,譊譊者天下皆訟也,而誰與正之?於是小學歧而爲金石,歧而爲書品,歧而爲幼儀蒙求,而去古益以遠矣。其研治六書者,以古文、今文、篆文、隸文之嬗變,成名、散名、舊名、新名之雜糅,通於此者窒於彼,合於今者異於古,則或不免破壞形體,便辭巧説。如孟堅氏之所詆諆者,不可勝道也。唐宋而後,若李陽冰之戾古,陸德明之從俗,鄭樵之師心妄騃，戴侗之肆手影撰，通人猶或病之。陵夷以至於明季，而文字益晦而荒矣。字學荒，經學安得不荒？字義晦，經義安得不晦？萬古長夜，三辰隱曜，胥天下而淪於泯泯棼棼之域，是誰之責歟？有清乾嘉之際，經學中天而興，於是江、戴、惠、段、孫、王諸鉅儒探索微言，闡明古訓，以經術爲天下倡，亹亹乎鄉兩漢之風矣。而桐南先生皓首窮經，潛德勿耀，闇然若無聞於世者。凡所譔述，皆足以通漢學之津逮。是編則致力彌勤，用心彌精，至七十有四歲而削稿始竟，何其慎也。蓋將以迪昧牖蒙，通羣經之閫奥，非獨拾遺補闕，爲叔重氏之功臣而已。乃蕉園一炬，蕩爲煨燼。閲數十年，而是編由海外傳京師，復返於先生之故府，蓮士觀察得奉高曾之矩矱，而永爲瓌寶焉。豈藏之名山，傳之其人，顯晦固有時歟？抑亦如昔人所謂“久於其道，鍾美於是”，以一家之言，傳一家之學，在在有神物呵護之，非偶然歟？方當滄海横流，風雨如晦之時，神州國學不絶如綫，猶幸有是編復出於沈灰劫火，漂零焚蕩之餘。觀察將珍重以付剞劂，俾汲古者得以覽焉。若夫百世之下，其視爲揚子之《玄經》而覆瓿歟？抑奉爲王充之《論衡》而珍秘歟？此則繫夫世運人心升降之大，而非戔戔者所敢知也。嗚呼悕矣，此豈易一二爲流俗人道哉？鄉後學余重耀謹敘。

説文解字群經正字跋

邵啟賢

《説文解字羣經正字》二十八卷，先高祖桐南公遺箸也，兵燹烬失，久尠流傳。此本爲吴興陸氏十萬卷樓舊藏，後歸日本島田彦楨，荆州田氏復得諸島田。辛亥武昌之役，田氏藏書散落鄽肆，又爲吴興徐君森玉購獲，攜至京師。吾友新建吴君康伯見之，馳書相告，亟從徐君以原值讓得之。嗟乎！滄海塵飛，晏楹莫守，神山風引，趙璧重歸。既感先人呵護之靈，彌思良友搜尋之力。敬述顛末，用誌弗諼。中華民國六年九月，玄孫啟賢謹識於贛南道尹官廨。

以上清嘉慶二十一年（1816）餘姚邵氏桂隱書屋刻本

説文辨字正俗

説文辨字正俗自敘

李富孫

許祭酒《説文解字》一書，爲千載字斆之祖，依據舊埶，博訪通識，探嘖究微，保氏六書之指，賴以僅存。統九千三百五十三文，或妄疑爲未備。蓋楊雄作《倉頡訓纂篇》，五千三百四十字；班固、賈魴又作三十四章，二千四十字。餘三千十三字，皆平帝時未央廷中百餘人所説，楊雄、班、賈所未采者。許君本此而作，敘篆文，合以古籀，又頗采司馬相如、劉歆、楊雄等説，咸信而有證，猶得見三代制作之原，厥功偉矣。隸篆變爲隸，隸易爲真，文字日益緐滋，譌僞遣出，或有形聲意義大相區别，亦有近似而其實異，後人多溷而同之。或有一篆之形从某爲古籀、爲或體，後人竟斯而二之。經典文字往往昧於音訓，擅爲改易，甚與本義相乖，亦字學之一大變。世人拘于所習，湛痼既深，轉以《説文》所載爲奇怪不可用，守兔園一册，已足取世資。甚矣，俗學之久不講六書也。昔昌黎韓子云："凡爲文辭，宜略識字。"近惟惠徵君、錢詹事、段大令諸儒，講明《説文》之斆，後進得稍窺其原流。富孫見世俗相承之文，多違古義，今所叚借通用，《説文》自有本字，有得通借者，有不容通借而並爲俗誤者，援據經典以相證契，而世之偅繆襲譌，焯然可辨。弟區區肊見，知無當六書之學，惟於世之習爲固然者覃其所聞，略識制字之義，亦可爲熒爝之微明。雖然，吾知守兔園册者，匙不笑而訾之，以爲此直覆瓿已尔。嘉慶二十有一年紀歲丙子太歲在戌相月既望，李富孫書於吴門客舍。

清嘉慶二十一年（1816）校經局刻本

説文經典異字釋

説文經典異字釋自序

高翔麟

自科舉行而四子五經一秉宋儒章句，師以傳之弟，弟以受之師，日誦習聖賢書，於字義茫乎無畔，敦雕卷衮，罔會其通；弼佛仇斢，未審其合。加以坊板漫漶，亥豕踳乖，間有好古之士，援《爾雅》之天雞，辨《尚書》之柳穀，而讀廷爲定，以殍音孚，通儒猶姍笑之，蓋八歲入學之教不講久矣。予少從嘉定師游，得親其緒論，每呈一埶，偏旁字畫微有柴池，必加釐正，并示以字各有音，音各有義，先形事者就可見以起意也。如見日月之形事，即有日月之聲，附聲見意，而意多字少，轉借爲多。鄦氏《説文》一弖，其六書寶櫏也。予潛翫經霜，惏通其解，凡經典相承之字，其《説文》引稱異者，詳其訓詁，復蒐取他書義有可與發明者，廣援互証，以通其説，俾知文有古今，義仍一貫。《凡將》《急就》闕佚多矣。《説文》自漢以迄五代，屢經兵燹，已非叔重全書。如《釋文》所引《詩》"辡辡兮"、《左傳》"瘯瘰，皮肥也"，《史記索隱》引"擱，大木栅也"，《御覽》引"餽，豆飴也"，又引"髻，結髮也""髻"字見《新附》。之類，然今《説文》所無。"爿、榦"等字唐本尚有之，而徐本不之載，蓋鼎臣率憑肊見，《新附》又多羼入。金《繫傳》

根据獨核[①],音義較大徐爲長,故其説所采最多。予宦游秦楚,塵牘勞形,此事遂廢。癸巳春,謝事歸,劇門課子,因搜篋中散藁,得曩時詮釋者約數百條,重加鉛槧,復得戈文學順卿互相商搉,增益十餘義。以經語散見各部者分屬諸經,薈爲一帙,聊便塾中講貫。挂扁之譏,知所不免,然网羅舊聞,雖間參鄙見,亦本先民,誠不足當海内大雅覽觀,或於初學讀書識字之功未必無小補云爾。道光十五年太歲乙未,吴縣高翔麟自序。

清光緒九年(1883)萬卷樓刻本

①“金”上當補“楚”字。

説文經字正誼

説文經字正誼敘

李　楨

六書廬叚借爲一義，羣經多有之，讀者必審知此以求訓詁，而以達于義理，嘫後經旨豁嘫易明。唐衛包以隸俗亂經，此不可以叚借言也。顧今所據以攷證本字者，獨賴汝長一書。《玉篇》《廣韻》諸箸正俗錯出，義訓龐雜，豈其匹歟？《説文》引經，肇于《示部》。案"祡"下引《虞書》至于岱宗，"祡"今作"柴"；"禂"下引《詩》"既禡既禂"，"禂"今作"禱"。蓋祡爲焚燎祭天本字，柴爲叚借；禂爲馬祭本字，禱爲叚借。據此知鄦引經壹遵古文，取本字以定解詁。雖其《自敘》偁"《書》孔氏，《詩》毛氏"，要亦不泥竱家，推之它經，何莫不嘫？斆者能觸類旁通，于經文借字舉可識也已。國朝經生鉅儒邁宋、明而上，皆能邃通六書之藴，嘉定錢氏譔《説文答問》，福州陳氏譔《引經攷》，咸能定正諸經異文，唯陳書多取古籀或體爲正文，散紊鄦例。湘陰郭君子瀞箸有《説文經字正誼》如干卷，徵引賅洽，拾錢之遺，而靡陳之失，能俾經旨益暘。前三歲嘗受而讀之，子瀞反覆更訂，必無憾乃已。今將出以問世。子瀞以道員次江蘇大府，任以揚州隄工之事，竟歲勞勩，顧能析其心力役于鉛槧，非篤斆好古，其焉能如是？余獨惜子瀞負褱才鴻識，足以大有爲，而事宦恒不得罄其用，世甯奚賴焉？

嘫能箸書羽翼羣經，餺益後斆，其亦不朽之盛業也夫。光緒二十年歲在甲午冬十二月，善化李楨謹敘。

清光緒二十年（1894）湘陰郭慶藩揚州刻本

説文經字考

説文經字考序

宋文蔚

惟無形可以統有形,《説文》據形繫聲,五百四十部,九千三百五十三文,重千一百六十三,其爲形易窮者也。而能通六藝羣書之詁者,賴轉注、段借二門,以通其窮也。轉注、段借,以聲用者也。興化劉融齋先生用《説文》雙聲疊韻爲反切以求古音,此以聲馭形,由無形以統有形,法之最善者也。由此可知竹汀先生所謂"無不可轉之聲,有必不可通之韻",而古音得其綱領矣。轉注、段借之字布滿經傳,得古音以通之,可以得《説文》之本字本義,孫淵如先生所謂"九經之字具在《説文》"者是矣。孫氏謂"其未載者皆後人傳寫以隸變篆之譌",此特其一端耳,實由於經傳轉注、段借。讀者不得《説文》之本字,而疑《説文》有不備之字,且所收多不適於用,此未通轉注、段借之理也。竹汀先生云:"今世所行九經,乃漢魏晉儒一家之學,叔重生於東京全盛之日,諸家講授,師承各別,悉能通貫,故於經師異文,採摭尤備。"嘗臚列若干字,於前賢所謂"以字證經,以經證字"者,已畧具梗概。嗣聞陳恭甫續有補輯,吾師曲園先生又續輯之。錢氏之書已有薛子韻爲之疏證,吾師之書,愚曾仿薛氏之例疏證,求是正於師門,蒙以一言序之,實未印行也。陳氏之書,近亦疏證成卷。惜在吾師夢奠之後，書中違誤之處，尚俟有道匡正。甲戌孟冬，澄之宋文蔚記於上海寓廬。

1934年上海商務印書館石印本

説文答問疏證

説文答問疏證自序

薛傳均

劉子政《説苑》云:“少而好學,如日出之陽;壯而好學,如日中之光;老而好學,如秉燭之明。”學隨年異,而究未示人以可止之時。今之失學於少壯,而遽以老自諉者,蒙竊傷之。友人汪芷生年踰四十,嗜學益堅,海濱寓書,殷殷下問,良足風也。近代通人無逾錢竹汀先生,門下士分其一藝,皆成絶學,所著《潛揅堂全集》博大精深,非管可窺,非蠡可測,以寡聞淺見之人而欲窮其涯涘,夫亦多不自量矣。適因汪君鈔出《説文答問》一篇郵寄來詢,用加箋釋,誠知見虎一文,不知其武;見驥一毛,不知善走。難免貽誚於淮南。然情弗獲卻思之,思之亦惟罄所知而條答之。鼴鼠之飲不敢不盈,懷羊之疑不敢不獻。標字之有無,辨體之正俗,明迹之疑似,審誼之虚實,音亦訂乎傳譌,韻兼及乎通轉,旁求六朝别本,並徵子史舊文,凡欲以得其會通,抉其指要也。其中有一二牽合太甚者,如玉之有瑕,如絲之有纇,人所共睹,蒙亦未敢阿附焉。歲在重光大荒落九月九日,甘泉薛傳均識。

清光緒八年(1882)紫薇山館刻本

廣潛研堂説文答問疏證

廣潛研堂説文答問疏證序

黎庶昌

據《敘》，周宣王太史籀箸大篆十五篇，與古文或異。秦兼天下，丞相李斯作《倉頡篇》，中車府令趙高作《爰歷篇》，太史令胡毋敬作《博學篇》，所謂小篆，皆取史籀大篆，或頗省改。秦又興隸書，以趣約易，而古文由此絶。亡新居攝，大司空甄豐等校文書之部，自以爲應制作，頗改定古文。經此數變，唐虞三代之逸文，至是而存者無幾矣。許君憂之，乃有《説文》之作，其曰："孔子書六經，左丘明述《春秋傳》，皆以古文，厥意可得而説。"又曰："魯恭王壞孔子宅，而得《禮記》《尚書》《春秋》《論語》《孝經》，北平侯張倉獻《春秋左氏傳》，郡國亦往往於山川得鼎彝，其銘即前代古文，皆自相似，其詳可得略説。"及稱："《易》孟氏、《書》孔氏、《詩》毛氏、《禮》、《周官》、《春秋》左氏、《論語》、《孝經》皆古文也。"其用孔氏壁經爲主甚明，故全篇體例，篆文之外别出古籀者，即所謂與古或異也；别出小篆者，即所謂或頗省改也。六朝以降，不知《説文》本字之即古文，誤以爲小篆，孫淵如氏已悉其非，惜未闓發斯義，不謂精審，如段氏亦沿譌襲繆，直以秦篆當之，於許君存古本恉去之殊遠，豈所謂涉獵者博，多所牴牾？與伯更一一疏糾其誤，每立一義，堅卓宏通，匪惟善讀許書，實段氏之諍臣也已。君家小學冠絶南中，若能盡發所藏，别譔巨編，緯以矜慎之思，使許學毫無遺憾，不更善之又善乎？同里從舅氏蒓齋黎庶昌題。

廣潛研堂説文答問疏證序

吴翊寅

六經之文，或以聲同相借，或以聲近相借，或以聲轉相借，或以引伸義相借，或以轉注義相借。蓋中古文字簡少，又秦燔之後，諸儒以口説相傳授，未盡箸于竹帛，故通叚者多。嘫皆合于六書，無鄉壁虚造之字。後世孳乳日增，偏旁既殊，訓故亦異，《蓺文志》偁："漢興，閭里書師合《倉頡》《爰歷》《博學》三篇，斷六十字以爲一章，凡五十五章，并爲《倉頡篇》，共得三千三百字。其後揚雄、班固所增《訓纂》，凡一百三章，以章六十字計之，又得六千一百八十字。"《説文敘》偁凡九千三百五十三文，殆兼《倉頡篇》暨揚、班所續合而成書，是文字至東漢始大葡矣。鄦書每字各有塼訓，固不能改羣經通叚之字以求合乎《説文》，而義則宜曉。凡通叚字皆有正字以塼其訓，必明其正而後通叚始可定也。錢辛楣先生孯精鄦書，箸《説文答問》一篇，載《潛孯堂集》中，甘泉薛傳均爲之疏證。承學之士，知治《説文》始可治經，小學、經學相爲表裏，不容偏廢，其有功于洨長甚大。唯一篇之中，説或未葡，江陰承先生培元廣之以補其闕，自爲疏證，嘫後知《説文》所有之字，皆六蓺羣書所固有，今則習用通叚，而本義寖失，正字亦寖廢者，不知其凡幾也。原稾孱雜，非先生所手定，江陰陳君名慎，爲先生再傳弟子，重加編纂，使坿錢先生書以傳，庶幾治《説文》者之一助云。光緒壬辰閏六月，郡後學陽湖吴翊寅記。

以上清光緒（1875～1908）間廣雅書局刻本

説文引經考

説文引經考自序

吴玉搢

《説文引經攷》者，攷《説文》引經與今本之同異也。今經典列在學官者稱爲監本，隸書以《太和石經》爲準，訓故一遵乎宋人，漢註唐疏雖存弗肄，矧逸出註疏外者乎？漢太尉祭酒汝南許叔重氏箸《説文解字》十五卷，所引諸經數千餘言，按其同異，大約參半，非獨與宋人抵牾，亦多與漢儒剌謬，字殊義别，不可畫一。前人閒有説者，多以不合于今本，類訾其紕繆，或但以爲譌誤而已。搢竊疑之，用是反覆推勘，參以昔賢經解，博攷《釋文》所列諸經異本，并及鼎彝碑版、班馬文字、字書偏旁，攷證韻書音讀通轉，久乃怳然有悟。知許氏固非盡馮肊改變，亦非盡别風淮雨，概歸獄于轉寫之咎也。雖歷年久遠，不無疑誤，揆諸舊説，難以盡通，然要其大端，尚有可攷。或經師授受各殊，或篆隸相承遞變，或形聲近似即相通假，或以譌傳譌漸至縣絶，故其閒有與今本雖異而實同者，有可以并行而不倍者，有今本顯失，不攷《説文》不足以證其誤者。偏旁定而後訓故明，訓故明而後經解正，不惟可以箴宋人之膏肓，且并可以起漢儒之痼疾，其爲經助，實非一端。乃學者專己守殘，屏弗肯眎，少見多怪，轉相詆訾，經學不明，無乃職此。今皇帝改元之歲首，即攽行諸經會纂，凡前人傳註其理長者,并載于編,不專主一家之言,此正欲天下人人擴其耳目,充其知識,不束縛于口說末師之深意也。搢于諸經未能深解,偶讀《説文》,間有所得,當此經學昌明之日,不欲自蹈于雷同。劉子駿云:"與其過而廢也,毋寧過而立之。"因録其説,質諸大方,熠耀之焰,何裨藜光,然冥行擿埴,或不爲無見爾。乾隆元年冬十一月,淮安山陽吴玉搢自序。

説文引經考跋

程贊詠

《説文》一書,有功經訓大矣,第所引經,每與今文互異。一則所傳異辭,因文各見,如逑字下既引《虞書》曰"旁逑孱功",俦字下又引《虞書》曰"方鳩俦功"是也。一則約舉其辭,本非成句,如《詩》有"威儀抑抑,德音秩秩"二語,則約之爲"威儀秩秩";《書·大誥》"有大艱于西土,西土人亦不静,越兹蠢",則約之爲"我有截于西"是也。又三寫成烏,展轉相失,讀者不能無憾焉。山陽吴山夫先生,博學嗜古,專精六書,取《説文》所引之經,校其同異,正其是非。《自敘》謂"偏旁定而後訓故明,訓故明而後經解正",洵攷古之苑囿,後學之津梁也。兹將授梓,以公同好,覆檢許氏元書,有數十條未經采輯者,或傳抄之脱落也,爰彙而附之於後。

《茻部》:"葬,《易》曰:'古之葬者,厚衣之以薪。'"

《正部》:"乏,《春秋傳》曰:'反正爲乏。'"

《足部》:"蹳,《爾雅》:'蹳謂之攎。'""蹐,《詩》曰:'不敢不蹐。'""踣,《春秋傳》曰:'晉人踣之。'"

《廾部》:"弈,《論語》曰:'不有博弈者乎?'"

《攴部》:"斀,《周書》曰:'刖劓斀黥。'""敃,《周書》曰:'敃不畏死。'""敿,《周書》以爲討。《詩》云:'無我敿兮。'""畋,《周書》曰:'畋尔田。'""牧,《詩》曰:'牧人乃夢。'"

《𠬪部》:"𠬪,讀若《詩》'摽有梅'。"

《骨部》:"髍,《詩》曰:'髍弁如星。'"

《出部》:"𡴘,《易》曰:'槷𡴘。'"

《木部》:"櫓,讀若《易》卦屯。"

《巾部》:"㡒,讀若《易》屯卦之屯。"

《人部》:"伉,《論語》有陳伉。"

《衣部》:"襘,《春秋傳》曰:'衣有襘。'"

《山部》:"㺐,《詩》曰:'遭我于㺐之間兮。'"

《鹿部》:"麗,《禮》:'麗皮納聘。'"

《火部》:"煒,《詩》曰:'彤管有煒。'"

《水部》:"瀏,《詩》曰:'瀏其清矣。'"

《虫部》:"蚳,《周禮》有蚳醢。"

《土部》:"垿,《詩》曰:'不垿不𤬪。'"

凡二十四條。又《大部》:"奰,讀若'予違汝弼'。"係《書》辭。《魚部》:"鮁,鱣鮪鮁鮁。"係《詩》辭。《艸部》:"九州之藪。"語出《周禮》。《隹部》:"雉十四種。"語出《爾雅》。此類頗多,今以元書未箸經名,槩不採入。又書内録孔子之言,則"王"字下孔子曰:"一貫三爲王。""璠"字下孔子曰:"美哉璵璠,遠而望之,奐若也;近而視之,瑟若也。一則理勝,二則孚勝。""士"字下孔子曰:"推十合一爲士。""羊"字下孔子曰:"牛羊之字以形舉也。""烏"字下孔子曰:"烏,盱呼也。""儿"字下孔子曰:"在人下,故詰屈。"俱當補入。再書内因經及子,則"疋"字下《弟子職》曰:"問疋何止。"亦當補入。又《壴部》“鼜”字注云：“《禮》：‘昏鼓四通爲大鼓，夜半三通爲戒晨，旦明五通爲發明。’”今案：《周禮·鼓人》注引此文爲“司馬法云”。道光元年冬十月，儀徵程贊詠識。

以上清道光元年（1821）序儀徵程贊詠刻本

説文引經異字

説文引經異字序

阮　元

《説文》所載諸名，多不外乎經傳，錢竹汀宫詹曾畧舉三百餘名，載《經史問答》中矣。今吴子小巖先將許氏標明經傳異字分經羅列，凡通轉假借悉加辨别，用力可爲勤摯，而于經傳洵能起覆發微，直可上窺漢唐閫奥。小巖更有《解字釋例》之輯，編纂成書，于許氏之旨邃益抉藴無遺矣。道光五年十一月朔，揚州阮元題。

説文引經異字序二

果齊斯歡

丙寅歲於小巖令叔退旃同年坐上，獲交其尊甫子華水部，時小巖隨侍京師，應京兆試，暇即過從，見其説經鏗鏗，兼及許氏學，余固知其汲古之功深也。自庚午後小巖南歸，余亦出入中外，不相見者十餘年。今以建閫來海上，而小巖適至，因舉所著《説文引經異字》一書就質於余。余取而閲之，條分縷晰，無罅隙漏，實可併二徐，而爲功於許氏也。阮雲臺開府亦偁賞不已。余以此書爲一家藏，何若公諸士林，爲小學通經義之梯航焉。因慫恿而授之梓。時在道光丙戌春三月，果齊斯歡識。

説文引經異字序三

段玉裁

取鄦氏之書所偁經文與今經文異者，摭而匯之成書，系以箋釋，疏通證明，靡不條貫，使通經者開卷即能融會經恉，知小學之指歸，實能左右六經，不可不由此問津也。新安爲經學淵藪，小巖能世其家學，潛心如是，則其他所發明者，必更可觀勉乎哉。余將歸矣，固書數語于簡端。壬申十月朔，茂堂老人段玉裁識于新安郡齋。

以上清道光六年（1826）刻本

説文引經考異

説文引經考異自敘

柳榮宗

今世經傳，非今非古，據《説文》所引以攷同異，是猶不量鑿而正枘也。然由魏晉流傳到今，師法雖亡，其文不異，特字隨時易，多俗書耳，且蒙非第以是攷正今本也。漢儒傳經既分今古，文字異者固動以百數，即共治今文，同爲古學，字亦錯出，良由師授不同，讀有或異。許君博綜兼采以入其書，用廣異義，存師讀。《自敘》雖云其偁《易》孟氏、《書》孔氏、《詩》毛氏、《春秋》左氏、《論語》、《孝經》皆古文，棕覈所引，率多今文家學，不可不察也。據《敘》所云，疑許引《易》《書》《詩》古文皆繫以某氏以爲識别，今無之者，後人刊落之也。古文多省假，非無正字；今文多正字，非無省假。蒙夙承庭訓，粗識端委，就許所引，撰爲《攷異》，究今古文之别，明其通假之指，師讀之異，兼正今本俗書之謬。不揣檮昧，輒付剞劂，非敢自多，欲以就正有道，匡所不逮也。若夫自立部分，爲古音㶁同部相假，不同部不相假之説，則非蒙所及知也。咸豐五年歲次乙卯夏四月，柳榮宗敘於泰州海安鎮旅舍。

説文引經考異敘

李玉貴

余友柳君翼南，胸無俗累，好讀書，不主一家之説。余前延請課子姪，君授以《尚書》，多於聲音訓詁中發明微言大義，譔爲《解詁》，《堯典》《陶謨》，鉤稽今文家説，體大思精，爲江氏、孫氏《書疏》所未及，可謂宏我以漢京者矣。後余任贛榆學，君憚跋涉，不獲與君偕行，心常悒悒。日者君寄所箸《説文引經攷異》示余，受而讀之。凡許引《尚書》異字，孫氏、段氏訂爲古文者，君訂爲今文。《詩》則辜較韓、毛，多得齊、魯《詩》字，皆確有可信。諸經文字異者，以聲義求之，明其通省假借，曲證旁參，不强古人以就我，古今用字之變、俗書苟簡之陋，一展卷而無不瞭然焉。若夫於琨瑻，知貫鼎之爲昆鼎；於蠙蚍，識賓連之訓比連，則又於通假之中得經傳從來未解之誼。是攷證文字同異，豈小補哉。余方治《易》，於異文異字亦多研究，讀君是箸，獲益良多，因從臾付梓，以爲讀經者之助，而又望君《尚書解詁》之告成也。咸豐二年，同里李玉貴識於海州贛榆學署。

説文引經考異跋

柳森霖

右《説文引經考異》十六卷，先叔父翼南公之所箸也。公質短而貌癯，言呐呐如不出諸口，目光且不及寸，顧性敏悟，讀書時把卷就目，上下其卷，甫一過而一簡已終，雖明於視者，未能或之先也。好經古，不喜時趨。嘉慶庚辰，公年十九，受知於姚文僖公文田。然生而坎壈，屢躓場屋。道光戊戌歲試，學使祁文端公寯藻閲其經解卷，大加賞歎，置第一，正試拔取第二人，將食餼矣。適聞祖父病亟，乃不終試而歸。祖父卒，遂絶意進取，專業古義，而尤致力於經，凡微言奧旨、聲音訓詁，靡不殫心竭慮，索隱鈎深，《考異》特其一也。立品純厚，與人和易，然後生見之，即素所親暱，亦不敢以謔語游詞聞乎其耳。蓋其介然不拔之操，固有不假聲色而自然流露者。書法不師一家，性尤近鍾太傅，自小楷以及尋丈，莫不古雅絶倫。摹鐘鼎書端重渾樸，絶似三代法物，但不常作，得者珍之。間爲駢儷體，胎息魏晉，同時如業師敬庭陳先生及悔廬張先生諸前輩咸極力推許，目爲淵雅雋逸。壯歲嘗館城西李氏，李君良甫極相契合，後李君任贛榆教職，邀公偕往，公憚於跋涉，弗與俱。粵寇之亂，李君解組歸，邀公同避寇居海安，欲竟《尚書解詁》之義，未卒業而殂，年六十四。娶宋氏，先公卒生二子，皆不育，家君命以季弟甡春繼之女一，適陳，亦無子。丁卯歲，森霖檢公遺書，悲公學術過人，而受阨於天者獨甚，爰述其梗槩，以告世之閲是編者。同治六年八月，姪森霖謹跋。

以上清同治六年（1867）柳森霖印本

説文引經考證

説文引經考證後敘

程際盛

字書自《凡將》《訓纂》無傳，惟藉《説文》以考古，吕忱《字林》補之，李陽冰刊定之，二徐校正之。守其説者，張有《復古編》，郭忠恕《佩觿》，趙撝謙《六書本義》，柴廣進《聲音文字通》，趙宧光《説文長箋》。他如庾元威謂許慎穿鑿賈氏，乃奏《説文》，鄭漁仲《六書略》，楊辛泉《六書統》，戴合溪《六書故》，間議其失。近代方氏《通雅》《古今釋疑》二書中，謂《説文》多漏複譌舛，鄭康成與叔重同時，即已駁之。又謂許氏好言分别，不知六書古文之原，不過因漢時所習、所考、所增改者編之。噫！亦太甚矣。鄭玄注書往往引《説文》爲證，顔之推嘗言之。李陽冰出私意詆訶許氏，學者恨之，賴二徐相與反正由舊，李巽岩又言之。陳氏謂《玉篇》本《説文》，鄭樵亦謂《六書證篇》寔本《説文》而作，凡許氏是者從之，非者違之，《類篇》《集韻》字訓悉本《説文》。小學放絶久矣，欲崇起之，必以許氏爲宗，雖尊之若經可也。方氏又以《説文》引經"粉米、諼草"諸文，輒非本字。然攷《經典釋文》，《書》"粉米"引《説文》作"黺粎"，《詩》"諼草"引《説文》作"藼"，"會弁"引《説文》作"䯤"，"静女其姝"引《説文》作"㛮"，《左傳》"芟夷"引《説文》作"癹"，如此者甚多。《容齋隨筆》："《説文》引用經傳，多與今文不同。”引書十數條，以示學者。陸德明、洪邁在唐宋時已兼采之，而方氏訾之，何也？容齋又以“貒有爪而不敢以振”《逸周書》。“惟緢有稽”《吕刑》：“維貌有稽。”之句，謂今《書》中所無，獨未見《吕刑》與《逸周書》乎？蓋經學盛於漢，漢時去古未遠，學問各有本原，未可以今文之流傳，遂以經傳古文爲非。昌黎言爲文宜略識字，其《遠遊聯句》“開弓射鵰吺”，“鵰吺”即古文《尚書》“驩兜”字。《周禮·典路》鄭注引《顧命》“綴路”作“贅路”。王伯厚謂《説文》“得此䵶鼀”爲蟾蠩，“碩大且嬒”爲重頤，皆《韓詩》之説。博採旁搜，可廣見聞。如必泥漁仲論象形之惑，以許慎猶不達六書之義，遂謂其牴牾處不一而足，此猶見蜀之日、粤之雪耳。士生千載之下，可妄議古人乎哉？

説文引經考證跋

三益廬主人

曩得是書於武昌，見其詳引博證，洵爲讀書識字者必需之書。惟是校刻脱誤，未爲善本。如“竷”下引《玉篇》“竷，和悦之響也。今作坎”，則誤爲“竷，和響之樂也。今作竷”。“副”下《説文》偁《周禮》曰“副辜祭”，則脱“曰祭”二字。若斯之類，往往而有。至於自、凵等部之漏書，廴、延二部之倒置，猶是書之微疵也。兹逢長日多暇，爰鳩同志，詳加校讐。凡所偁引，一徵原書，正其譌誤，補其遺脱。付諸剞劂，以公同好焉。光緒甲申六月，三益廬主人識。

以上清光緒十年（1884）三益廬校刻本

説文引經例辨

説文引經例辨敘

潘鍾瑞

許氏之書,説文也,解字也,非詁經也,其引經者,爲其字之義作證也。所引之經,有與其字之義不相應者,古字少,經典字多假借,不盡用其本義也。許君引其用本義者,兼引其不用本義者,而字義之直指,字音之旁通,無不了然矣。後人不察,以詁經之法攷《説文》之引經,拘泥則窒礙,泛濫則穿鑿,均之無當焉。將欲廓而清之,必先理其緒而分之,然後能比其類而合之,此雷深之廣文所以有《引經例辨》之作也。夫許君引經,不自言有例,而廣文言之例者何?許君引經之微恉,説文也,解字也,非詁經也。先是吾吴江子蘭氏箸《説文釋例》,安邱王貫山氏有《説文釋例》二十卷,彼皆統論全書,此則專論引經,其糾嘉定陳氏之謬,而與之各自成書,蓋不欲竟没其書,見《例辨》之不得已也。此書出而後讀許書者無拘泥無泛濫,庶可與古人相質一堂哉。光緒九年癸未正月,長洲潘鍾瑞拜敘。

附來書:

日前得接塵談,幸甚。大箸《説文引經例辨》捧歸伏讀,雖未盡得其奥,而茅塞頓開。覺非是無以分其緒而貫於一,洵名山盛業哉。佩服之餘，謬擬一跋，别紙録呈，如以爲可乞加删削，刻於卷後，驥尾之附，竊所冀也。積雨泥塗，緩圖再晤。手此，敬請甘翁先生尊兄大人箸安教，小弟潘鍾瑞頓首。

來書謙言跋，而文實是敘。蓋跋與敘體微異，敘必敘其書之緣起，而跋則可以各率己意言之。予書尚無敘，而潘君文適至，遂刻爲敘，亦不再索敘矣。雷浚識。

俞蔭甫太史書：

深之先生尊兄大人閣下，前奉手示并賜讀《説文引經例辨》一書，體例秩然，辨論精細，具見經學小學所得至深。吴中學者自陳碩父先生後，斷推先生爲巨擘矣，瞻望靈光，無任欽仰。樾比年多病，意境頹唐，學問荒落，讀先生書，殊有莫贊一辭之歎。重韋來意，伏讀一過，勉綴數言，藉求清誨。手肅，敬請暑安。惟爲道自重，不盡萬一。俞樾頓首。

清光緒十年（1884）吴縣雷氏刻本

說文引經證例

說文引經證例跋

夏勤邦

先姑丈受亶先生,爲申耆太夫子高足弟子,箸有《經滯楬櫫》《斟淑齋稾》等書,而斁生精力尤萃于《說文引經證例》,本擬手自謄録,未竟而猝。粤逆之亂,先生手稾遺失殆盡,此書爲其季子彪雲攜以渡江,故得無恙。陳舍人熙治,先生門弟子也,恐其久而柀佚,乃取其艸稾,屬諸寶應劉孝廉冕延工鈔寫,未及蕆事而劉君又歸道山。勤邦乃取歸,細加讎挍,分類編次,勞爲二十四卷,繕寫成帙,將以質之宗匠,或能表而駮之,則所以嘉惠後學者豈淺尟哉。光緒丙戌立冬後七日,夏勤邦謹識。

說文引經證例跋

吴翊寅

《説文》引經,厥例非一,有今文,有古文,有異文;有證字者,有證聲者,有證叚借作某義者,有證偏旁从某義者,有證本訓外别一義者;有偁經説而不引經文者,有用經訓而不箸經名者，有櫽括經文而併其句者，有删節經文而渻其字者，有引一經以證數字者，有引兩經以證一字者，有引毖緯偁《周禮》者，有引《大傳》偁《周書》者，有引《左氏傳》偁《國語》者。綜觀全書，前後義例雖或槮縒，然理而董之，則皆若网在綱，有條不紊。國朝陳氏瑑、吴氏玉搢、雷氏浚、柳氏興宗，于鄦所引經，皆攷其異同，明其通叚，詳其訓故，究其形聲，靡不釐然可觀，斄然有敘，然于引經之例，未暇殫精覃思，以求合乎作者之怡，故蹖略殊甚，抵牾尚多。竊謂《説文》一書，凡經所有字，其解詁一本經説，故以經證字而字之義明，即經之義亦明，其或偁經或不偁者，類皆諸經同訓，不容專舉一經，鄦例雖緐，斠若畫一。特唐以前《説文》今無完本傳世，僅散見于經史百家注疏音義中。唐以後所傳惟二徐本，或疑爲羼亂之書，或疑有竄敓之字，或謂唐代《説文》與《字林》合而爲一，已非鄦氏之舊，則不得以此議洨長，審矣。先生服膺鄦書，深知其意，剖析條例，以經爲次，無穿鑿，無坿會，使千載之下，憭然共明。後世學者，皆以《説文》爲字書，不盡合于經説，豈知羣經古誼藉《説文》以存其真，羣經舊文亦藉《説文》以存其佚哉？先是陽湖李申耆先生爲祁淳甫侍郎叚得影宋鈔小徐本，刻于江陰使院，屬先生撰《校勘記》三卷坿《繫傳》後，已流播海内矣。因念鄦書以引經爲大耑，而例最踳駮[①]，疑後人所删改，《校勘記》中已發其凡，别纂此書，疏通證明，冀復鄦舊，由形聲以攷訓詁，今所引《説文》與二徐本時有不同，皆先生所諟正者也。歾後手藳尚未寫定，江陰夏君勤邦繕録成帙，釐爲二十四卷，合肥李编脩經畬謀刻未果，藳藏其家。適粤中書局采訪遺籍，陳君名慎攜之以來，詳加讎校，始

①踳，當據文意改作“踳”。

以付梓。先生箸《經滯揭橥》若干卷，經亂已佚，幸留是編，彌足珍已。光緒壬辰閏五月，郡後學陽湖吴翊寅識。

以上1920年番禺徐紹棨彙編重印

清光緒二十一年廣雅書局刊本

説文新附考

説文新附考序

錢大昕

六書之學，古人所謂小學也。唐時國子監有書學，《説文》《字林》諸書，生徒分年誦習。自宋儒以洒掃應對進退爲小學，而書學遂廢。《説文》所以僅存者，實賴徐氏昆弟栞校之力。而大徐書流布尤廣，其尊信許氏，駮正流俗沿習不知所從之字，至今繆篆家猶奉爲科律。唯新附四百餘文，大半委巷淺俗，雖亦形聲相从，實乖《蒼》《雅》之正。而張謙中《復古編》不能别白，直仞爲許君正文，是誣許君矣。鈕子非石，家莫釐峯下，篤志好古，不爲科舉之業，精研文字聲音訓詁，本本元元，獨有心得，謂："《説文》，縣諸日月而不刊者也，而後人以新附殽之。"于是博稽載籍，咨訪時彦。如"琡"即"琨"、"緅"即"纔"、"塾"即"墉"，本後代增加；"刹"即"剝"、"抛"即"抱"，乃傳寫譌溷；"打"即"朾"、"辦"即"辨"、"勘"即"戡"，乃吏牘妄造。一一疏通證明之。而其字之不必附、不當附，瞭然如視諸掌，豈非羽翼六書，而爲騎省之諍友者乎？予初讀徐氏書，病其附益字多不典，及見其《進表》之"復有經典相承及時俗要用而《説文》不載者，承詔皆附益"，乃知所附實出太宗之意。大徐以羈旅之身，處猜忌之地，心知其非而不敢力争，往往於注中略見其恉。今得非石糾而正之，騎省如可作也，其必引爲知己，決不爲梁武之護前也夫。嘉慶三年歲次戊午冬十月，嘉定錢大昕書於吴門紫陽書院，時年七十有一。

説文新附考跋

金　蘭

前賢説經，務在明理，略于識字，故元明以降，許氏之書闕焉不講。我國家崇尚實學，碩儒茂彦，靡不講求形聲，研覃事意，一洗前代空疏之陋。金壇段大令玉裁彙集大成，箸有成書，同時吾邑鈕先生樹玉更有《説文攷異》《説文新坿攷》《段氏説文注訂》等書。段書體大思精，初學猝難洞其幽賾，鈕書專究異同，訂正舛譌，以《玉篇》爲綱，旁參羣籍，凡有異于《説文》者，悉爲采摭而折衷之，誠小學家不可少之書也。乙丑冬，得《説文注訂》殘版而□補之，今又得《新坿攷》版，殘缺更多，復爲補亡苴漏，用廣行世。至其鉤索之精，引證之博，錢宫詹《序》言之詳矣，兹不厭瓚[1]。獨惜《攷異》一書，卷帙煩多，未經剞劂，曾訪其文孫惟善，云有先人手寫本，闇檻經久，無力栞行，深爲怅性，惟冀同志君子醵金助梓，俾觀厥成，不獨鈕先生甯令地下，亦可以嘉惠後學也已。同治七年戊辰孟春，後學金蘭跋。

清同治七年（1868）吴縣金蘭碧螺山館補刻本

① 厭瓚，義不匹配。疑爲“敢贅”之誤。

説文新附考挍正

説文新附考挍正自序

王　筠

《説文》新坿字，鼎臣固自知其不典，每於注中明之，然唐以前書所引之《説文》而今本譌者捝者，乃未能訂補。鈕氏攷正其誤，説甚精核。海昌許珊林進士槤贈我一帙，乃以秕見所及，或爲之助證，或爲之駁正，兼挍其字之譌捝。異日寫一通，坿珊林寄之。道光癸巳夏，安邱王筠記。

清光緒十三年（1887）海寧許氏古均閣刻本

説文新附考

説文新附考序

鄭　珍

《説文》新附四百一字,徐氏意乎?非也,承詔焉耳。然實徐氏病盡俗乎?非也,不先漢亦不隨後,字孳也,何俗乎爾?然則病徐氏何?病有二:有注爲後人加者外,皆意古有矣,不知其正體,《説文》具未暇審。如譌變者具注中,至古有《説文》俄空焉,亡矣,並有據。若補録,善于醆趄等而不能。雖承詔,夫安不病?匪獨病徐氏也。彼所附,世多即爲《説文》,亂舊章,迷後學。好古者矯之,又不别其爲譌寫隸變,概俗之不屑道,則《説文》亦病焉。愚爲此乃臚列之,稽諸古,推箸其别于漢或變增于六代之際,使《説文》正字犂然顯出。逸者詳前攷,不復言。庶許君無遺漏之譏,亦令兒輩執經問字,知時俗增變原委云爾。道光昭陽大荒落歲壯月,鄭珍書于巢經巢之東室。

説文新附考序

姚覲元

余曏讀《説文》新附四百字，而疑其多非古有。逮見王氏玉樹《説文拈字》中有《考附》一卷，意主正俗求古，恉趣誠然。而推證本文，或簡畧，或未允，粉爲大路椎輪焉耳。既得鈕氏樹玉所撰一編，寖加博辯，而仍覺其未盡詳確，説多牽就。竊意俱非傳信之作也。光緒改元，余分巡東川，遞校枲小學家言。適南皮張太史孝達典學蜀中，爲言遵義鄭徵君有考箸特善，其子伯更屬在幕中，常挾稿隨行。慫余爲剞劂，公諸世。輒諾之。逾年，伯更持本來，受而讀之，則見其於文字正俗，歷歷指數其遞變所由，雖曠衍連篇，而逐字窮原竟委，引據切洽。第服其縷悉條貫，絶無支蔓贅辭，且其間闡發文字誼例大耑，抉摘近儒師心矯飾之弊，尤爲中綮，蓋不僅爲考附作也。顧其説半爲伯更所益。余初疑徵君功或未竟，詢之伯更，乃爲述此。徵君少作本有全文，中年自忖其每未審覈，且聞鈕氏書率典贍，初不欲傳，繼聆友人數輩詆鈕氏動疏舛，晚境再思釐訂，而懈於窮搜插架，爰乙去未諟。命子緟羼許書，廣稽載籍，務求確當古字。凡數易稿，徵君覆爲點定，而後告竣。迨伯更游張太史幕，獲見鈕作，始信其多可議。太史因謂："鈕説既涉紕謬，奚不爲之繩糾，令觀者豁然，勿更留疑誤之爲愈。"伯更遂徧揭其違失凡若干事，一一辯詰，各附當條之末。余乃知是編竭兩世精能，積數十年攻討之勤，宜其洞晰及此也。伯更又爲言鈕氏於小學原未深造，不守偏旁聲讀以談古今字，任意摶撦影射，編中業屢折之，乃其綱領，尤失所主名。考新附諸文詁訓音切，十九取諸《唐韵》，間采《玉篇》。鈕作既獨標正文，削除本注，又逐字後全列《玉篇》，偶參《唐韵》，至下己説，了不關徐氏。因之於徐氏音義之是否與異同《唐韵》者，置不一辯。似爾，則所考者何事乎？捨本書音誼，復何所根據以得古字，詎不悖乎？故兹編必全列篆注，校以《唐韵》，是者仍之，而舉正其音誼之不合古初與徑誤者，然後原文可得的指也。余乃歎卓乎誠盡證俗之能事矣。曩亦嘗從事於斯，時有所見，比覩全文，已具入網羅之内，益信囊括無遺。然徵實綦難，挂萬不無漏一。如"盋"字指爲"鉢"之尤俗者，固已，而"鉢"字尤有顯證也。《衆經音義》卷四云："鉢多羅，又云波多羅。此云薄，謂治厚物令薄而作此器。鉢乃近字。"知"鉢"爲"薄"俗，"鉢"在齊梁或唐初始有。又"毬"字指爲"鞠"聲之轉，《西京雜記》始見"打毬"。而"毬"之爲"鞠"，亦有明徵。《封氏聞見記》卷六云："打毬，古之蹵鞠也。"引《漢·藝文志》"蹵鞠"顔注云："蹵蹋爲戲。近俗聲譌蹋踘爲毬，字亦從而變焉，非古也。"知"毬"亦出齊梁以後。若"狘"字證爲"狨"俗，説至詳矣。而"狨"之變"狘"，據伏生《洪範五行傳》云："禦聽於怵攸。"康成注："怵讀爲獸不狘之狘。"鄭君蓋以"怵"爲"狨"之假借，"狘"即"狨"之俗改，故讀"怵"誼從《禮記》之"狘"，謂非"狨、狘"同字之正案歟？是並偶或遺忘宜補苴者，究之似此，殆亦無幾，且其本説自已切合。矧全編援引兼該，無巇可抵者，復何間乎？宜張太史一見傾心，亟圖梓行也。余爲手校，付梨棗。越至戊寅，工甫克就，爰序梗嵩如此。歸安姚覲元。

以上清光緒五年（1879）歸安姚覲元刻本

説文徐氏新補新附考證

説文徐氏新補新附考證序

徐乃昌

《説文徐氏新補新附攷證》一卷，嘉定錢可廬徵士所著。徵士爲竹汀詹事之弟，淹貫經史，著書滿家。生平精研六書，著有《説文統釋》六十卷，厥例有十：一曰疏證以佐古義，二曰音切以復古音，三曰攷異以復古本，四曰辨俗以正譌字，五曰通義以明互借，六曰從母以明孳乳，七曰别體以廣異義，八曰正譌以訂刊誤，九曰崇古以知古字，十曰補字以免漏落。此卷係六十卷中之一，攷證徐氏新補新附字極精博。道光乙巳，徵士文孫師璟以全書卷帙紛繁，先梓此卷行世。兵燹之後，版既零落，書亦無多。余得副本於其家，亟梓行之。詹事所著《説文答問》，每引徵士説，且謂新附内增入俗書出於太宗之意，鼎臣處猜忌之朝，不敢引古誼以力争，而間於注中微見其旨，真能諒鼎臣之苦心矣。徵士此書亦間引詹事説，蓋昆弟以古誼相切礲，互爲徵引，皆足闡明經義也。刻竣，誌其顛末，以告世之讀此書者。光緒十六年歲次庚寅季冬，南陵徐乃昌謹識。

清光緒十七年（1891）南陵徐乃昌刻本

説文新附通正

説文新附通正序

邵灉祥

《説文》新附四百餘文，徐騎省因經典相承傳寫及時俗要用《説文》不載者，承詔附益之，而世多嫌其淺俗，有乖《倉》《雅》之正，抨擊幾無完膚。然余攷其中或因《説文》遺佚，或與古字通假者不少概見，苟能通其遷變，正其本原，亦讀書識字之一助也。如先哲鈕樹玉、毛際盛、錢大昭、鄭珍、鄭知同、王玉樹、李賡芸諸先生，及近人丁氏福保爲之辨證攷釋，言之詳矣。維余疏狂，學又荒落，豈敢雷同剿説，再贊一詞。然而讀書稽古，會心貴當，積久研求，非無管見，爰采衆長，斷諸己意，理董成書，離爲四卷，名曰《説文新附通正》。姑付剞劂，以望世之治許學者匡正焉。中華民國二十一年五月，電白邵灉祥自序於廣州始一山房。

1934年桐華館廣州鉛印本

説文逸字

説文逸字自序

鄭　珍

右上、下二卷，凡一百六十五文，皆《説文》原有而今之鉉本亡逸者也。許君記文字十五篇，孔壁遺式賴以不墜。而歷代迻寫，每非其人，或併下入上，或跳此接彼，淺者不辨，復有删易。逸字之多，恒由此作。然如《左傳》"譝"字，孔氏得之《字書》，而陸氏則見之《説文》。《爾雅》"蛤"字，陸氏又止見《字林》不見《説文》，而陸法言、孫愐乃及見之。又如"禰"字，張參已謂《説文》漏略，而下訖南唐，存於鍇本，至雝熙間，更有"禋、禰"並完之一本。知傳寫雖各有脱漏，亦復互爲存逸，非亡則俱亡也。宋徐騎省鉉奉敕挍定，其時自集書正副及諸家藏本，見者甚富，佗唐已前書亦往往尚存，苟參互而詳攷之，不難訂補以還許君之舊。顧即《繫傳》有者，已無一字録入，乃僅據本書偏旁敘例注義增一十九文，而偏旁逸者凡三十有七，㢊、咼、𡗜、卌、岀、蓺、由、晥、魋、叡、拜、差、吴、午、𡍮、䉶、冎、𣎳、廾、𢉖、廿、希、㞋、免、𢈈、騂、𢍏、𡰥、志、㓞、晶、妥、𧮫、綦、𦸈、劉、畬。又止補"魋、綦、晥"三字，敘例則録"詔、借"而遺"亘、希、蓺、第"四文。其餘見注義者，"志、笑"而外，又皆出後世俗增。以全書刊謬正俗務爲嚴慎，謹守相沿，不敢如李監妄有出入。新增或非本意，故僅略啟其端。然失此時不及整補，已後一遵官定，其前諸本寖以湮滅，逮乎北宋之末，雖有晁氏留心參記，而所見僅唐本、蜀本，欲盡稽合同異，末由也已，可勝慨哉。今世所傳，又惟存一鉉本，外則其弟鍇《繫傳》而已。而鉉本有上虞毛氏、大興朱氏、新安鮑氏、陽湖孫氏諸刻，皆出於宋小字本，大概相同。珍嘗以宋世遵用鉉本如《集韻》《類篇》所引者挍之，乃時時有所不見，是即今本亦非徐氏點檢寫雕之舊。其原挍所有，又有逸於後之重刻者矣。嘉慶初，金壇段懋堂先生成《説文注》，其書審正譌脱，發明義訓，貫穿古今，精深宏博，洵是當代殊絶之作，獨於補逸取鉉增者五文，别增三十六文，其佗則多所不具。珍嘗竊思，古書傳者，歷世久遠，勢必譌闕，但萬五百字同條共理，其從母之字遺去，似無大損，然於經字正俗、分隷本原，所關已巨。至於生子之文，或僅孳一二，或乳及數十，苟一或見遺，是有子無母，尤不可也。而言《説文》者但遇所無，不曰“某當作某”，即曰“某書當引誤”，不識何愛於明明誤脱之本，而必强爲回護牽就若此，是亦惑之甚矣。自弱冠已來，稍涉許學，誦覽之餘，輒有所疏，餘三十年矣。再四推證，審知漏落，謹依部次，稡而記之，有必連攷其上下字始明白者，雖非逸文，亦隨列出。段氏補者説已詳，乃不復贅。兒子知同間有窾啟，取其略得，增成一家之説。劭凱雖泰，昔例可援，不嫌附之。極知讇陋，未盡古籍，偏私曲見，時所不免，庶有達《倉》《雅》者，將以諟其誤而廣所不逮云。咸豐戊午孟陬之月朔日戊寅，遵義鄭珍序。

説文逸字序

劉書年

今年秋，鄭君子尹刻所記《説文逸字》成，出初印樣本，屬審勘且序。余反覆其書，博綱載籍，確證爲許君原有。今鉉本逸者多至百六十五文，又得令子伯更《附攷》三百字，以明所以不録之故。其爲書嚴慎如此，余復奚以難之？然而有疑者，因問之曰："聞子説許氏要者夥，奚先蒇是爲？"曰："《説文》，文字本經也，而失其舊者三：曰逸字，曰僞字，曰誤字誤注。三者不先治，則本書益以難讀。段氏注於《説文》大原，雖略昧許君本旨，要是絶作，不許代興，中間誤字誤注，十證七八，厥功甚偉。逸者僞者，即不詳盡，亦其經緯浩博，未暇專及而然。蒙此記欲先補所未暇耳。"余又曰："據徐君《敘》，其文并重者凡萬五百有奇，今鉉本已溢出百九十四字，若又原有此，如舊數何？"曰："去其僞，箸其逸，當約略相等，逸與僞，有無跡可求者，必不能適合本數，亦無如何。六經且不能，何況是。"余又曰："子於段氏補者，依之略盡。如《刀部》以《篇》《韻》無則之古文鼎，而從《玉篇》補劚爲刻之古文。《仌部》據《詩·大東》疏增冽字。《牛部》注云：'當增牸爲籀文犅。'《二部》注云：'當改[illegible]作[illegible]。'下增篆文𠄢。其集又以炮、炰是二字，今本脱炰，此又奚而不從也？"曰："唐人書多就俗用引《説文》本字，《篇》《韻》古文不盡出許書，亦不盡載許書，鼎之爲《説文》古則字，已見《汗簡》，今取冽而改瀨，沾劚而删劚，與[illegible]、炰皆臆斷。惟牸字似可從，要無明據。且此部特、犙、牭、犢四文，今本久失次譌亂，安知非特字失‘牛體長’之訓，漫取其下犕字注當之，而犕注遂妄作‘籀文从貳’乎？”余又曰：“子以《集韻》《類篇》求鉉本，以《韻會》求鍇本，如《六書故》稱《類篇》餤字引《説文》‘食也’，今《説文》無餤，據此知鉉本有餤，奚遺餤字？《韻會》丰下云：‘《説文》本作丰。’是鉉本丰於鍇是丰字，但作丰，不應入《生部》，當是丰正篆，丰重文，後脱丰以丰當之，子補丰爲丰或，奚不及此？”曰：“《集韻》餤同啗，引《説文》‘食也’，明餤即啗俗。《類篇》餤在《食部》，啗在《口部》，故分引其訓。戴氏蓋未識此。《韻會》丰注當云：《説文》本作丰。其書凡遇隸形省改篆者，引《説文》必明本體，今寫誤耳。”余又曰：“契丹僧行均成《龍龕手鑑》，當大徐校《説文》前後，所載籀文有⿰靃刂劆、雁⿸厂⿰爿隹、⿰豕冈毅、⿱𠆢⿰爿目⿱𠆢⿰爿目、蠢⿱一⿶凵舌等，時雜俗書。若⿰靃刂字《玉篇》已云籀文，劆又見《汗簡》，當采自舊本《説文》，其正文劆《廣雅》有之，《汗簡》亦有之，自是古字。今《説文》蓋篆籀並脱，又奚爲不載？”曰：“此必許君原有無疑，篇中證顧書籀體之僞，於⿰靃刂亦以非俗置之不論，特無明按據補。凡意知爲原有而以無明按不録者，率類是。”余更無以難之也。蓋鄭君於貴州實始爲許鄭之學，而其於許鄭又守之甚堅，不肯影傍響和，務求新異，以佩離師法。嘗曰：“明人講程朱而程朱晦，近人講許鄭而許鄭晦，其弊一也。”覽此記者，當自見之。余故即所與論難者，次之卷末云。咸豐八年戊午十月丁卯，河間劉書年。

説文逸字後序

莫友芝

據許君記十四篇字數，以徐鉉本核之，文多於九千三百五十三者七十八，重文多於一千一百六十三者百一十六，解説少於十三萬三千四百四十一者萬七百四十二，是解説脱漏，而正文有羼坿矣。然鼎臣校定，已就本書偏旁敘例注義增十九文，固瑕瑜參半，而偏旁逸者尚三十七。近段若膺氏注亦頗補逸，取鼎臣五文，又取楚金本、晁記唐本合佗引別增三十六。而自宋《集韻》《類篇》，上溯唐已前書，引在今本外猶夥。是正文脱漏與解説等，豈都數傳本誤一二字歟？而本朝老輩言《説文》其株守鼎臣者，不敢一字溢出，雖唐已前明白引據，輒以鉉無，不信，甯依聲取佗代。其傅會私造者，又騁一時肊見，説或穿鑿不經。夫二者之病，株守爲輕，然其回護牽就，去傅會私造幾何矣？子尹卅年前從程春海侍郎問故，晢通許學，見段、錢諸老書證義雖備，而補正譌脱未有專力爲者，瀏覽條記，分別審録，得凡百六十五文，謂之《説文逸字》，係以解説討論，分爲二卷。偏旁所逸，本書可定，猶取佗徵。外百二十餘文，益有憑證。復有傳本譌旁，楚金竄衍，鼎臣誤增，及諸家引佗籍冒許，或引者譌改不應今本，今本譌改不應所引，今行《韻譜》闌入俗書，且三百文，不苟一字溷入。令子知同懼觀者謂本書疏漏，執爲議端，又述其説爲《坿録》一卷。此其致勤極慎，既未由蹈穿鑿不根，亦無失於株守曲護，其功於南閣甚鉅矣哉！夫許君取諸經傳古文、史籀大篆、郡國鼎彝，合《倉頡》下十四篇，采通人、依秦篆、傅漢制，以爲此書,主明字例之條,匪鄉壁虚造不可知,不謬於史籒、孔氏,非舉漢秦前文字一皆備録,亦猶謂羣書所載略存云爾。其謂"《易》孟氏、《書》孔氏、《詩》毛氏、《禮》、《周官》、《春秋》左氏、《論語》、《孝經》皆古文"者,核之往往不具,長鄉子《國經》無傳,偶一二見《釋文》《正義》,即許所漏。《易》如"懲忿窒欲",釋文引孟"窒"作"恎"。《書》如《堯典》疏偁《吕刑》"劓、刵、劅、剠"是鄭本;《盤庚》,疏偁壁内書"治"皆作"乿"。"乿"亦見《隸續》載《魏石經》。古文《石經》出邯鄲淳,鄭、邯鄲皆傳古文學,"劅、剠、乿"等字即是壁本,而許君不載。《詩》專取毛而略三家,故收三家字少。即毛本古字,亦有不盡收者,如"零露瀼瀼、姣人懰兮、有蒲與蕳、來獻其琛","瀼、懰、蕳、琛"必毛公原文,而許未録。三家如前人引《韓詩》"于以鬺之、飲餞于坭""室人交徧譙我""青揚畹兮""駓駓騤騤""皋門有閌","鬺、坭、譙、畹、駓、閌"之類,許皆不取。齊、魯字無可徵,意亦當然。《禮》古今文率收古遺今,收今遺古,如《士昏》"當庪"、《既夕》"兩桙、玪坎、軿軸、革鞋"、《士虞》"脰膉",許君收其古文"阿、杅、掘、拱、殺、嗌",而遺"庪、桙、玪、軿、鞋"。及《聘禮》"羹胣"、《士喪》"銘旌、侇于堂、檡棘"、《既夕》"木鐸"、《特牲》"酳尸",許君收其今文"飪、名、夷、澤、鍩、酌",而遺"胣、銘、侇、檡、錧、酳"之類皆是。《周官》頗有舍故書而收杜子春改讀者,如《染人》"黗元",《夏采》"建禯"、《司服》"絣絰"、《巾車》"有毦、轙車、軟飾"、《輈人》"緛其牛後",許君不取"黀、禯、絣、毦、轙、軟、緛",而從改讀之"纁、綏、弁、翣、藻、桼、緧"之類皆是。《春秋》古本不可知,《魏石經》遺字略見一二,甚合於古,而許闕如。如"齊"古作"[illegible]",惟象麥穗上齊。而"少"象地之二,"來"作"逨",來往用"來麰"字,本假借,加辵乃其專字。"率"作"[illegible]",从行从止,率省聲,與《説文》"衛、達"字可並行。"年"作"[illegible]",从禾在土上會意。此必皆古字,許並不收。《倉頡》《凡將》時見佗引散句,亦尚遺落。如《玉篇》引《倉頡》"瞶,極視也""壄,大阜,在馮翊池陽縣北”、《廣韻》引“衞[①]，通道”“嵌，開張山皃”、《衆經音義》引“齆，鼻疾也”“瘀，秃也”、《華嚴音義》引“駛，速疾也，字从史聲”、《晉書音義》引“翓，音結”之類，皆不見許書本書。《口部》“嗙”下偁司馬相如說“淮南宋蔡舞嗙喻”，即《凡將篇》之一句，而録“嗙”遺“喻”。其佗末由舉核，計亦當然。故自經師異文、先秦諸子、傳記百家之書，降及史遷、班固、子雲、相如，能識古文奇字，通儒所爲文筆詞賦，有裨文字足記録者，知無不入網羅，亦不能無放失。段若膺撰《尚書異文》，謂“許君一人之書不能盡天下之字”，誠通論也。故許、鄭兩大儒，鄭君說字多與許異，而不得謂其非古。如《周禮·封人》“置其絼”注：“絼字當以豸爲聲。”按“絼”即《禮記》“牛則執紖”之“紖”，鄭意古字當以“絼”爲正，而《說文》有“紖”無“絼”。《媒氏》“純帛”注：“純實緇字也。”古“緇”作“紂”，以“才”爲聲，蓋謂古“紂”隸作“紂”，與隸“純”相似致譌，而《說文》有“緇”無“紂”。故使鄭君操筆記字，與許並驅，必多異同出入。故張揖之《雅》、吕忱之《林》、葛洪之《苑》、野王之《篇》，不乏代興，並以羅逸文、廣字路，惜半無存，存又蕪釀。故程侍郎見子尹初稿，即言欲稡《說文》逸收漢已上字不謬六書者，别自爲篇，以輔許作。迄未成書，遽歸道山。今子尹書畢功，鉤稽掇拾，僅完許有。上說諸事，既不容及，而本書文字羼溢，解說脱漏，刊除補綴，又尟憑據，姑從蓋闕。然持此辞通人、曉學者，已絶作希遘矣。子尹邇歲益通貫鄭學，又夙出程門，傳業有人，先緒不隕。巢中多暇，陰鳴能和，佗日推司農之引端，罄侍郎之遺例，别成《說文》逸收之編，與此《逸字》並存，爲許君羽翼，尤於六蓺非小補也。咸豐戊午大雪節，獨山莫友芝書。

以上清咸豐八年（1858）刻本

---

①衞，當據《廣韻》作“衜”。

説文逸字辨證

説文逸字辨證自敘

李　楨

甲申夏,余始得見遵義鄭君《説文逸字》上下卷,反覆研審。竊以爲所補輯多違許恉,似未深究許君所以棄取之意也。間就愚管所及,爲辨説筆之上方,繼加蒐討,益以左證,凡辨正文、重文六十有五,不忍捐棄,更寫定,條坿鄭説後,授之剞劂氏,而繫以言曰:自《周官》保氏教廢,六書之學寖以不章,古人齠齔肄業所先,後儒或皓首不能通其義,所資以爲學者,獨賴許氏一書。許書嚴體例,謹甄别,雖壹遵用秦篆,苟違古籀,皆擯不在録。兩京以降,隸俗孳衍,許書之文,遞有增加。今綜核徐本,文多於九千三百五十三者七十有八,重文多於一千一百六十三者百一十有六,證知後人所羼,不惟鼎臣新修十六文及三重文而已,其間見百家所引據,猶不在此數。小學之徒,率爾同辭,指爲逸文。竊嘗參稽互證,所謂逸者,出於唐本《説文》爲多。攷唐制明字試《説文》《字林》,士取便誦習,合二書爲一,復删併其注。當時引據已多誤偁,如"騀",《御覽》引《字林》,《藝文類聚》誤爲《説文》。"蛤",《爾雅·釋魚》音義引《字林》,《廣韻》誤爲《説文》之類。歷久益殽。《開元文字》首定隸書,次存篆字,備所遺缺,因隸造篆,厥弊滋甚,學者各以私臆録坿《説文》。又李監陽冰篹《字統》,展《説文》爲三十卷，悉偶以隸體，於篆文妄有出入，是以晁説之參記唐本互箸同異，大徐所見羣臣家藏本有古文“禰”是其證也。嘗慨諸部文正俗雜厠，無能劃清以復許舊。世儒雖致疑，皆無敢是正，乃以信古之過，復多所輯録，謂大能爲功往哲。余竊惑焉。夫有累增，豈必無遺奪？而世遠炎漢，學媿洨長，意從羣籍闕亡之後，補苴擴摭，如權多寡者之圭撮無失，疇克臻玆？鼎臣新坿，取譏後世，鄭君既嘗攷而正之矣。《逸字》所采，視新坿雖未及半，要其踵襲譌謬與類推臆度，非夫以約失之者所可同日語也。其嗣君知同按語雖詳盡，亦頗有誤者。顧野王元本《玉篇》殘袟，邇得自海外日本，或以爲不皆可據，然中引《説文》差足證明許所無有。其逸如《言部》“謡”、《糸部》“絺”下或體“希”，顧注明白，並當據補，他文甯闕無濫焉可也。若苟以厭求多者之意，豈罄於鄭君所補而已哉！余友嵇有慶曰：“子非鄭書，安知海内專精小學之士見子説者，不猶子今日之非鄭君乎？”曰：“鄭書之失，猶未盡乎此也。余之爲此，非敢有詆毁前賢之心，以求衷諸至是而已。令他日非余者果一衷諸至是，使許書之恉畢闡顯於後，豈惟余獲諍友之幸，是六書之所賴也。而余即以是編爲之嚆矢，奚不可者？豈好辯哉？”光緒十一年歲次乙酉仲春月，李楨自識於畹蘭室。

清光緒（1875～1908）間善化李楨家刻本

說文外編

說文外編敘

俞　樾

孔子曰:“必也正名乎。”鄭康成謂正書字也。自周内史達書名之職廢而文字亂,漢人改篆爲隸,但求便美,罔顧形聲,許叔重於是有《説文解字》之作。古人制字之本意,後世猶有知者,此書之力也。顧經典爲後人傳寫,多非本真,字體苟簡,動成詭異,學者童而習之,以爲固然,而許君所收之九千三百五十三文,轉有似乎隱僻而不適於用者。積非成是,良可慨也。一二好古之士,蒐輯遺文,冀存古字,若宋張有之《復古編》、元周伯琦之《六書正譌》、明焦竑之《俗書刊誤》,糾正俗體,不爲無功,然小學之晦久矣。以王厚齋之博學,猶懜然於“孝、孝”之辨。重恎䰨繆之後,欲一一理而董之,宜其得失參半也。本朝經學昌明,超於唐宋,乾嘉間大儒輩出,於諸經皆有論定,而小學之精,亦遂非宋元明諸儒所能及。所見錢氏大昕《潛研堂集》、陳氏壽祺《左海經辨》,皆以經典相承之俗字,於許氏之書求其本字。而李氏賡芸箸《炳燭編》,有《文字證古》一篇,辨明某字之爲某字,不下百餘條。然未有專簒一書成鉅觀者也。吳中經學,首推惠氏,惠氏傳江氏。雷君深之親及江明經沅之門,多見乾嘉老輩,與聞緒論。今年春,訪余吳門寓廬,以所箸《説文外編》見示。其書十五卷,先舉《四書》中字，次及諸經中字凡《説文》所無，鈕氏《新附攷》《續攷》未及者，皆於《説文》中求其本字，於他書求其通字，疑則蓋闕，而《玉篇》《廣韻》中字之常用而不可廢者，亦附及焉，其用力可謂勤矣。余語君《大學》《中庸》宜歸《禮記》，諸經以《易》爲首，《論語》《孟子》宜列於後，君頗以爲然，而以寫定久不能改。然此編次小失，不足論也。其大要别僞體、定正假，無一字無根據，自是治經學小學者不可少之書。宜急刊行之，傳播藝林，俾承學之士家置一編，如宋元憲之寶玩《佩觿》，其於正名所裨非淺也。光緒元年冬十有二月，德清俞樾書。

清光緒二年（1876）謝文瀚齋刻本

説文佚字考

説文佚字考跋

張鳴珂

予少時喜臨碑帖，筆畫減媘，不合六書。同治乙丑，受知泰興吴少宰師，師精小學，命肄許書。越歲丁卯，菏澤馬端敏師奏開書局於杭州，派充分校，時會稽李蒓客農部、錢唐家藴梅同年、仁和譚仲修大令同在局中，風雨一鐙，互相商榷。庚午去杭游吴中，與邵陽魏槃仲刺史同客江南提督戎幕，飛書馳檄之餘，屏棄詞章，塼治小學。一時名宿如吴縣馮景亭年丈、興化劉融齋宫允、南匯家嘯山先生、嘉善鍾子勤孝廉、長洲潘麟生明經、吴縣吴清卿中丞，皆得時聆緒論，頗有發明。竊以鉉本注解中有其字，而篆文遺佚者不少，雖其間不無後人校語羼亂，非叔重原文，然“劉、由、希、晶”等字，決非後起。因隨筆記之，得如干條，並博采通人之論，都爲一册，攜至江右，先後就正於錢唐汪郎亭學使、黄巖王子莊同年、長樂謝枚如中翰。郎亭録副以去，子莊、枚如均嫌蕪雜，縱臾分類。今秋病起，重校一過，略爲區别，釐成四卷，以諗世之讀汶長書者。光緒十有二年歲次丙戌秋七月二十八日，嘉興張鳴珂記於豫章蒲萄架寓齋。

説文佚字考弁言

李慈銘

自大徐補十九字於許書,國朝桂冬卉氏作《義證》於每部下坿載更多,然不可據者半。近時遵義鄭子尹輯《説文逸字》一書,别擇頗慎。公束仁兄復晉此篇,其體惟列前人之説而不自爲論斷,蓋其慎之又慎也。折衷一是,存乎其人,丘蓋不言,達人通例。宷讀一過,跋而歸之。光緒彊圉赤奮若之歲厲相月,會稽弟李慈銘識。

説文佚字考弁言

王棻

同治丙寅,余客杭州,始與嘉禾張君玉珊相識。明年秋試,復同館寓,時玉珊充書局分校。昕夕晤語,把酒劇談,甚相得也。方是時,會稽李蒓客慈銘、仁和董仁甫慎言以經術名,錢塘王松谿麟書、張子虞預,仁和譚仲修廷獻、湯春谷繩和、陳藍洲豪,海甯羊辛楣復禮,嘉興朱亮生采、李子長宗庚,山陰沈少鳳榮,桐廬袁爽秋昶皆以詞章顯。而玉珊驂靳其間,華實春秋,兼擅其勝,余固心敬之勿敢忘。後十餘年,諸君或翺翔館閣,或需次郎曹,或應官州縣,獨仁甫早棄世,而余自辛未後不復入都,亦與諸君相闊久矣。今歲余客西江,則松谿、玉珊在焉。余方喜千里故交,十餘年不相聞問,一旦相聚於此，謂可相與講明舊學，啟發新知，不有得於今，必有傳於後。而玉珊乃欲請假以去，何其恝也。雖然，玉珊宰奉新，有惠政，其去也，士民送行，積詩盈帙，亦已有得於今矣。所箸《説文佚字攷》，援據詳明，辨論精博，而案語又極矜慎，蓋已可傳於後矣。然余以謂許書之外，如《石鼓文》"逰、駐、籑、貃"等四十餘，《繹山碑》"以、熘"二字，"詔"字徐本已補。而鐘鼎彝器款識若"𢿱、𦇇、趦、鋘"之類，尤指不勝屈，宜各彙爲一卷，以補洨長之遺，而疑者闕焉。又如"牾、窑、棹、茗"，蓋誤字也；"池、拖、餁、著"，皆俗字也；"單、弱、繼、長"之偏旁，則非字也。似當别爲一卷，目曰《辨誤存疑》，然後佚字以全，而條理秩然，無疏舛漏略之失，可以爲許氏功臣矣。請并質之松谿、蒓客、仲修諸君，未知不我河漢否也。光緒八年元黓敦牂之歲余月中瀚書於經訓書院之不畱畣齋，年愚弟黄巖王棻。

説文佚字考題辭

謝章鋌

玉珊仁兄以所箸《説文佚字攷》惠讀，并出《校經圖》命題，倚裝作此。長樂謝章鋌枚如。

窮經非市名，校經非佐鬬。精心慎刊訛，鉅功能補漏。藜閣塵久昏，委編叢衆陋。馬肝論豈毒，狗曲詩何詬？䚟䚟張夫子，元氣謝雕鏤。珠明宛轉穿，鋒及單微湊。示我《佚字攷》，崛起無雙後。欲崇五經郛，須闢衆説囿。當官不離書，清氣天所厚。休投班超筆，且射臣朔覆。落葉紛盈階，奉帚比弓轂。仰屋時一笑，知是思適候。

以上清光緒十三年（1887）嘉興張鳴珂豫章刻本

重文本部考

重文本部考敘

張文虎

湘鄉曾劼剛公子，嘗依《佩文韻府》編次《説文》之字，其許氏所無而見於《篇》《韻》諸書者别出之，蓋所以補阮氏《經籍纂詁》之闕，而兩便於今學古學者也。兹復剌取許書重文古籀或作之字，依其偏旁，分别部居，爲書一卷，其無部可歸者坿列於後。蓋此類字散寄各部，每苦無從檢尋，今得是帙，展卷瞭然，誠大有便於學者，宜與前書並行也。若夫公子之學，研精經義，究極指歸，其聞之於過庭之餘者，此又其淺淺者矣。同治七年歲次戊辰仲秋之月，南匯張文虎識。

清同治八年（1869）半畝園刻本

説文重文管見

説文重文管見敘

陳　衍

丁丑、戊寅閒，衍從事攷訂之學，方治《説文》，取坊閒重刻孫氏本，屬先室人每字翦爲紙片，小注屬焉，分重文、闕訓、指事、象形、會意、形聲、叚借各類，黏貼紙本，采別部居，不相雜厠。室人獨取所謂重文者一册，反覆諦究。别購孫氏本，自一至亥，圜點一遍，不解，則翻閱段氏注本，乃語余曰："君治篆文，吾治古籀，何如？第治古籀，有待篆文者百之一二；治篆文，有待古籀者十且二三也。"室人讀古書，時有神解，善蹈瑕隙，字書形聲義，辨識豪釐，宋人所畧，往往洞毌壼硋，會亼乖踳。然情韻高遠，雅好奇服，不願爲人人之爲。推究哲理，於人天死生，妙悟深澈，以身後名易其自適之趣，非其志也。日常把卷，意有所得，時弄筆札記之，旋棄擲不愛惜。所撰《列女傳集解》十卷，《蕭閒堂札記》四卷，《然脂新話》三卷，《詩古文辭》《長短句》《雜記》各一卷。此書一卷二百一十有餘解，多藷落粿莽，然一條之中首尾畢具，無未完之義理，而敘列之不難也。室人嘗語余："近人治許學，有所撰箸，惟段氏偁《説文解字注》，其它《説文義證》《説文句讀》之類，命名率省'解字'二字，非正詞也。吾此本專釋重文，宜可單偁《説文》，又吾名管，即以'管見'名其書，在他人爲謙詞，在吾直質言而已。”今言笑如昨，墓木已新。《詩古文辭》《雜記》《列女傳集解》稍已雕本行世，此書辨釋之精，如：“旁，兩旁象滂沱形。”“膩當从三，或係㣺籀。”“周从及，並及之意。古从天及厚省。”“誥从祭省。”“童从竊省，即其罪。”“鞭象形。”“尹與君同意。”“㫃从廿聲。”“殺象田獵旗。”“䆷从丘，丹穴之人智。”“剛从石省。”“㽬从井，用助法。”“夏从法。”“梅、楳乃兩字。”“杻非杶古文。”“穅非庚聲。”“仁、夷同意。”“伊非从古文死。”“㚟从兔聲。”“光从古文疾。”“愆，侃侃言有口過。”“涿象形。”“沬缺廾。”“陰从白雲。”“開與閉互誤。”“閔从弔意。”“續非从庚。”“遙象形。”“封从之土。”“艱从嚭省。”“勞从營省。”以及“旅、霸、栗、色、瀼、慎、漢、邕、閾、握、義、醢”諸疑義，皆如拂明鏡，如啟秘鑰，如鑄生鐵，如老吏斷獄，折以片言，遠追懋堂、貫山，近譬孫仲容《古籀拾遺》，殆未敢讓。往君爲余跋《考工記釆證》，甘苦所在，燭照數計。余舉此報君，君已一瞑不視矣，悲夫！際此國學荒蕪，學子罯不識字，尤不宜韞而不出，乃序而刊之。衍亦著有《說文釆證》《說文舉例》二書，方之此作，甚媿辭費矣。壬子重陽節，陳衍重至京師，書於面城寓廬。

民國蕭閒堂刻硃印本

説文便讀重文提要

説文便讀重文提要小引

周炳蔚

夫文以載道，然非形聲相益之字，亦無以見文。字者，孳也。義理無窮，字亦與之孳衍於無窮。余幼承庭訓，帖括之餘，兼攻小學，春闈屢躓，益憬然於根柢之宜培。己卯家居，猶子慶雲六齡授讀，課以《爾雅》，申之以《説文解字》。慶雲知向學而苦其難記，始輯《説文》部首爲便讀，手自寫之，不數月全部編成。享帚自珍，存篋中未敢示人也。癸未夏仲，湘潭吴劭之熙過吴門，索觀頗喜，借録《部首便讀》以去。甲申，三弟少藩爲寫楷書全帙，余自作篆，忽忽二十餘年。辛亥，慶雲至都，始將重文草本補録成書。今春，遹臣壻復録副本。秋間，自漢言旋適長兄，熊濤老人館於津門，得以就正。慫恿付印，以廣幼學耳目，錫以弁言，且謂《重文便讀》鉤玄提要，宜俾先覩爲快。兄精犟小學數十寒暑，向因課華姪等，纂有《説文瑑法七言》一篇暨《説文部首五言》，與余不謀而合。竊念飢驅瓠落，何能自信，承兄心賞，藉可析疑。華姪已畢業大學，賅通中外，刻充保定軍官學校教員，又獲同官校友楊、陳諸君相與贊襄，摹印上石。特述端委，用志墨緣。歲在柔兆執徐保生降日，炳蔚自識。

説文便讀重文提要敘

張申府

小學之不明也久矣，無論敬身明倫，養正作聖之功也，即當時學僮之所諷習，且有形聲莫辨，瞠若望洋者。無他，其教之不豫，而讀書識字之義疏耳。丙辰秋，晤我虎如仲氏於津門，出其所輯小學數種以相質，蓋由夙深根柢，尤嗜六書，於凡《史》《倉》《急就》《訓纂》各篇，靡不罙究，謂夫精審兼賅者，終莫洨長若。又惜世之汎涉《説文》者多不得要領，致樸學之愈失其真也。爰以古籀奇篆爲綱，而經之以或體，緯之以今隸，合始一終亥全編，部分條析，輯爲韻語，其會、指、轉、假各義，力與發明，而於形聲之易辨者則畧焉。更爲括以部首，别以重文，綱舉目張，燦然大備，是豈惟便學僮之誦讀，直可該《蒼》《雅》源流而樹之赤幟矣。同人以先覩爲快，慫恿付印。仲氏以卷帙較繁，先以重文屬校，并志其緣起如此。夫小學興則人才懋，敢撮大凡，用諗同志。丙辰天醫節，老兄崧年書于龍福精舍。

以上1916年川明書屋石印本

説文古籀疏證

説文古籀疏證序

莊述祖

皇帝造甲子以通八卦之氣，而文字興，文字之於六書，猶月之於日也。溯有文字以來，自童子束髮就傅以至耄老，無一日可離。而其於道也，若遠若近，忽明忽昧，亦猶晦朔弦望之隨日消息，終身由之而莫知其所以然者。故執文字而即以爲道，不知道者也。習文字而終身不知道，不知文字者也。由文字以求甲子，由甲子以求八卦，知歸藏納甲之義，與《周易》相輔而行。八卦非文字，而八卦之名有不能不假文字以明之者。余嘗致商周彝器文，如"震、兑、巽、艮"，其字皆取象於月，是殷人歸藏之卦，亦流傳於吉金銘勒。推而廣之，一名一物、一動一植有文字者，悉寓至道於其中，非兵燹所能侵蝕，決可知也。

聖世化成，人文大啟，承學之士，無不吟誦編摩，發前人所未發。不及今舉小篆偏旁條例一爲變通，使倉籀遺文竟同弁髦之敝，誠有難已於言者。《説文》所收九千三百五十三字有轉寫之訛，無虚造之妄，惟分析偏旁以篆文爲主，古籀从之，或有古籀爲部首者，亦必篆文所从之字。蓋古文自嬴秦滅學之後，久絶師傳，當時初除挾書之律，閭里書師各以意指授，皆小篆也。相傳孔子壁中書臧於祕府，謂之中古文，能讀者勘。《尚書》家言今文者，皆自伏生，伏生爲秦博士，不得私習古文，至老而求得壁臧書，諒亦以意屬讀而已。張懷瓘云："漢文帝時秦博士伏勝獻古文《尚書》，是伏生亦以今文讀古文，與孔安國同。王莽使甄豐改定古文，豐不能明，往往雜以小篆，今所傳刀布是也。又秦八體之大篆即秦篆之繁者，其省者謂之小篆，在漢時皆以秦大篆爲籀文，謂之史書。"《尉律》云："諷籀文九千字乃得爲吏。"《漢·蓺文志》有"《史籀》十五篇"。秦時先代之書掃地盡矣，安得籀文獨完？且首例於八體，此理所必無，特秦大篆間有從古籀增損者耳。古籀既亡，建武時大篆亦殘缺，故舍小篆無可徵信，至始一終亥，乃文字之所由起。其據形聯系，不以甲乙，但據偏旁，亦有不得已而然者。顧或謂《説文》之五百四十部，如《易》之六十四卦，不可略有增損，其然，豈其然乎？《鶡冠子》云："倉頡作法，書从甲子。"今即許氏偏旁條例，正以古籀，自甲至亥，分爲二十二部，條理件繫，觸類引申，至賾而不可惡，至動而不可亂。冀以通古今之變，窮天工之奥，辨萬類之情，成一家之學。桑榆景迫，二豎相侵，不能卒業，姑就舊稿中擇其稍可自信者著於篇。思慮昏眊，繁穰無裁，俟後之君子匡其非、竟其緒焉。

説文古籀疏證跋

潘祖蔭

武進莊珍藝先生箸《説文古籀疏證》，原名《古文甲乙篇》，先生之意以爲書契肇於軒轅，而大撓所作甲子與誦、頡同時，是幹支實爲文字之祖。許叔重生炎漢之季，其時古文熸滅殆盡，而郡國所得鼎彝尤罕，故五百四十部不得不仍用小篆建首，而以甲乙等二十二部歸於篇終，則明乎其爲正名百物之本也。先生嘗言《連山》亡尚有《夏小正》，《歸藏》亡尚有始一終亥之《説文》，略可稽求義類，蓋以《歸藏》爲黄帝《易》也。自漢以來，古器日出，縱真贋不無雜糅，要爲許氏所未及見者，實難枚數。先生於是蹈間覃思，就許書偏旁條例，以幹支别爲敘次，先古文而後小篆，一一探其原本。惜屬草未竟而歿，子稚蓂先生續纂之，亦未成，僅刊其目及義例數則於叢書中。庚申亂後，原稿流轉至粤東，爲張振軒宫保收得，以歸莊氏。甲申春，余奉諱里居，假録副本凡四册，不分卷，不標目，部首屬字顛倒陵雜，取原目檢校之，約存十之四，叢殘賸稿，未易卒讀。爰屬元和管明經禮耕理董之，分爲六卷，就所存者重爲編目，并附原目條例於後，付諸梓人。雖非全璧，而先生復古之鋭意可藉以略窺焉。乙酉仲冬，吴縣潘祖蔭識於宣南寓齋。

説文古籀疏證跋

莊殿華

曾王父箸《説文古籀疏證》，曾敘偏旁條例刊於叢書中，原稿藏於家，庚申之亂，蕩焉無存。張靖達收得四册，屬何君棣孫歸之先大夫。嗣潘文勤假録副本，重爲編目，分六卷梓成，介吕君庭芷郵寄先大夫。得之亟思鋟板附之叢稿，以永先澤。未幾，先大夫遽歸道山。殿華客津沽，因依文勤刻本付之剞劂，以竟先志，以廣流傳。助校勘者，趙君次凝之力爲多。殿華讀曾王父《序》云："有文字者，悉寓至道於其中，非兵燹所能晦蝕，决可知也。"然則是書雖賸稿，歷刦猶存，曾王父已先見及之矣！他日倘續有蒐獲，尤吾莊氏子孫之厚幸也。曾孫殿華謹坿記。

以上清光緒二十年（1894）武進莊殿華津郡重刊本

説文古籀補

説文古籀補自敘

吴大澂

古籀之亡，不亡于秦，而亡于七國，爲其變亂古灋，各自立異，使後人不能盡識也。幸而有三代彝器，猶存十一于千百。攷許氏《説文解字》記云："壁中書者，魯恭王壞孔子宅，而得《禮記》《尚書》《春秋》《論語》《孝經》。又北平侯張倉獻《春秋左氏傳》，郡國亦往往於山川得鼎彝，其銘即前代之古文，皆自相似。"又云："其偁《易》孟氏、《書》孔氏、《詩》毛氏、《禮》、《周官》、《春秋》左氏、《論語》、《孝經》皆古文也。其於所不知，蓋闕如也。"不言博采鼎彝文字者，殆許氏所未見，闕而不録，所謂"稽譔其説，信而有證"矣。竊謂許氏以壁中書爲古文，疑皆周末七國時所作，言語異聲，文字異形，非復孔子六經之舊簡，雖存篆籀之跡，實多譌僞之形。自宋以來，鐘鼎彝器之文始見于著録，然吕、薛之書傳寫覆刻，多失本真。我朝乾隆以後，士大夫詁經之學，兼及鐘鼎彝器款識，攷文辨俗，引義博聞。阮、吴所録，許、徐所釋，多本經説，有裨來學。百餘年來，古金文字日出不窮，援甲證乙，真贋釐然，審擇既精，推闡益廣，穿鑿傅會之蔽，日久自彰，見多自墧。有許書所引之古籀不類《周禮》六書者，有古器習見之形體不載於《説文》者，撮其大略，可以類推。如許書"示"古文作“□”，“玉”古文作“□”，“中”古文作“□”、籀文作“□”，“古”古文作“□”，“言”旁字古文皆作“□”，“革”古文作“□”，“及”古文作“□、□、□”，“叚”古文作“□”，“畫”古文作“□、□”，“目”古文作“□”，“敢”籀文作“□”、古文作“□”，“死”古文作“□”，“乃”古文作“□”、籀文作“□”，“丹”古文作“□”，“青”古文作“□”，“韋”古文作“□”，“棄”古文“□”从几之類，以古器銘文偏旁證之，多不相類，其爲周末文字可知。古器習見之字，即成周通用之文，如“王在”之“□”，“若曰”之“□”，“對揚”之“□”，“皇考”之“□”，“召伯”之“□”，“邾子”之“□”，“鄭伯”之“□”，以及□、□、□、□、□、□、□、□等器，“□、□、□、□、□、□、□、□”等字，“甲”作“十”，“丁”作“口”，“壬”作“工”，“丑”作“□”，“寅”作“□”，皆許氏古文所無。故全書屢引秦刻石，而不引某鐘某鼎之文。又按《説文》“睪，引給也”，不曰“古文以爲擇字”；“乍，止也。一曰：亡也”，不曰“古文以爲作字”；“各，異辭也”，不曰“古文以爲格字”；“令，發號也”“命，使也”，不曰“古文令、命爲一字”；“不，鳥飛上翔不下來也”，不曰“古文以爲丕字”；“酉，就也。八月黍成，可爲酎酒。象古文酉之形”，不曰“古文以爲酒字”；“對，膺無方也”，“□”下云“對或从士，漢文帝以爲責對而爲言，多非誠對，故去其口从士也”，今所見古器文多作“□”，無从“口”者，自非漢時所改。然則郡國所出鼎彝，許氏實未之見。而魯恭王所得壁經，又皆戰國時詭更變亂之字。至以“文考、文王、文人”讀爲“寧考、寧王、寧人”，宜許氏之不獲見古籀真跡也。大澂篤耆古文，童而習之，積三十年，搜羅不倦，豐岐京洛之野，足跡所經，地不愛寶，又獲交當代博物君子，擴我見聞，相與折衷，以求其是。師友所遺拓墨片紙，珍若球圖，研精究微，辨及瘢肘。爰取古彝器文，擇其顯而易明、視而可識者，得三千五百餘字，彙録成編，參以故訓，附以己意，名曰《説文古籀補》。蓋是編所集，多許氏所未收，有可以正俗書之謬誤者，閒有一二與許書重複之字，並存之以資攷證，不分古文、籀文，闕其所不知也。某字必詳某器，不敢嚮壁虚造也。辨釋未當，概不羼入，昭其信也。索解不獲者，存其字不繹其義，不敢以巧説衺辭使天下學者疑也。《石鼓》殘字，皆史籀之遺，有與金文相發明者，古幣、古鉩、古陶器文，亦皆在小篆以前，爲秦燔所不及，因並録之，有抱殘守闕之義焉。至“[illegible]”之讀“賂”，“[illegible]”之从“須”，“[illegible]”之从“雞”，雖近希聞，實資深討。後之覽者，或有以究聖人作述之微，存三代形聲之舊，仍不乖許氏遵修舊文之意云爾。夫《倉頡》《爰歷》《博學》《凡將》《訓纂》諸篇，世無傳書，其詳不可得而聞。若郭宗正之《汗簡》、夏英公之《古文四聲韻》，援据雖博，蕪雜滋疑。小子不敏，誠不敢襲其舊，蹈其轍也。光緒九年癸未夏六月，吴縣吴大澂撰。

乙未夏秋閒，增輯一千二百餘字，有前編所遺漏者，亦有近年續見之古器、古鉩，因在湘中，重付欹劂，以公同好。大澂又識。

説文古籀補敘

潘祖蔭

余八歲即見阮文達於兵馬司後街之邸，以《齊侯罍》拓本爲賜，後爲陳頌南師弟子，始爲鐘鼎文字之學。洎通籍，交海内名流，如劉丈燕庭、陳丈壽卿、吴丈子苾，皆好金石者也，稍稍得聞緒餘。同治辛未、壬申年間，官農曹，以所得俸入盡以購彝器及書。彼時日相商榷者，則清卿姻丈、廉生太史、香濤中丞、周孟伯丈、胡石查大令，無日不以攷訂爲事，得一器必相傳觀，致足樂也。忽忽十餘年矣。今年夏，清卿姻丈以其所爲《説文古籀補》刻成，命之爲敘。曰：古籀廢絶二千年，至於今日，孰從而極其變哉？《説文》所載重文，後人或有增加，真僞參半。郭忠恕《汗簡》所輯，皆漢唐六朝文字，點畫不真，詮釋不當。夏竦《四聲韻》相爲表裏，其謬則同。所謂商周遺迹，無有也。《説文》言"郡國往往於山川得鼎彝，其銘即前代之古文，皆自相似"，知許君參稽金刻爲多。自宋以來，三代法物日出而不窮，其文矞皇𡾊茂，倜傀離奇，《説文》不盡有，以形聲求之，無不可識。今清卿之作，依《説文》部居，始一終亥，以類相從，有條不紊，一一皆從拓本之真者摹其形。信而有徵，湝説其文，詳解其字，語許君所未盡語，通經典所不易通。如"蔑、曆"之類若干字，雖有各家之攷証，另爲一編，坿於其後。嗚呼！慎矣。余與清卿交最久最深，余弟祖年又清卿之姪壻也，余謂清卿振荒如富彦國，治軍如戚元敬，而其於金石彝器文字之好，又不止如吕大臨、翟耆年、趙明誠、薛尚功、王俅也，不亦盛哉！是爲敘。光緒九年癸未冬十一月，吴縣潘祖蔭。

説文古籀補敘

陳介祺

今世無許書，無識字者矣。非古聖之字，雖識猶不識矣。今世無鐘鼎字，無通許書字、正許書字、補許書字者矣。斯相之長逢，祖龍之焚坑，豈意孔子宅壁尚存古經，郡國山川往往得鼎彝，有所不能盡燔者乎？許氏之書，至宋始箸，傳寫自多失真，所引古文，校以今傳周末古器字則相似，疑孔壁古經亦周末人傳寫，故籀書則多不如今之《石鼓》，古文則多不似今之古鐘鼎，亦不說某爲某鐘某鼎字，必響搨以前古器字，無氊墨傳布，許氏未能足徵。宋《宣和博古圖》、吕與叔《考古圖》版本、薛尚功《款識帖》石本，以後雖摹其文，多以己意及宋人所謂古篆法寫大意，不能傳真，矩矱形神無從攷索。至我朝而許氏之學大明，鐘鼎之字亦大顯。儀徵阮文達公先成《積古齋鐘鼎款識》一書，最爲精善，傳布於天下，所收王復齋《鐘鼎款識》拓册，亦爲最古。文達爲先文慤公童試師，官太傅時，謁於京第，知祺好古文字，以天機清妙爲譬，書《論鐘鼎詩》於紈扇以賜。時漢陽葉東卿駕部、海豐吴子苾閣學、道州何子貞同年，皆以文字及先公門。諸城李方赤外舅、劉燕庭世丈、安邱王菉友媚丈、日照許印林同年，皆在京師。嘉興張未解元、徐籀莊明經，皆南中未見忘年交，共以古文相賞析。祺嘗欲輯本朝許氏學之説，爲《説文統編》，以一字爲一類，先列鐘鼎古字，次以許氏籀文、古文字，古文無則前闕文，古字不可釋則附各部後存之，再次以許氏學各家説，又次以古訓詁、古音韻各家説，有志而學與力不能就。同治癸酉，友人爲乞吴縣吴清卿館丈古篆楹帖，書問先至，十餘年來，雖視學於秦，振荒於燕豫晉，籌屯防於古肅慎，未少間，軍旅之暇未嘗釋卷。癸未，成《説文古籀補》十册，三千五百餘字，溯許書之原，快學者之覩，使上古造字之義尚有可尋，起未重而質之，亦當謂實獲我心，況漢以後乎？曰許氏之功臣也可，曰倉聖之功臣也可，後之學者述而明之，必基乎此矣。光緒十年歲在甲申正月三日己卯，濰縣陳介祺敘。

以上清光緒二十四年（1898）刻本

説文古籀補補

説文古籀補補自敘

丁佛言

余生好篆書，又好治印，嗜之至廢寢食。少聞人言："篆宗秦，印仿漢。"至矣盡矣！叩之則曰："非秦前無篆，毛穎不能寫漆書也；非周秦無印，字古不可强辨識也。"余時心疑之而無據，不能置辨。中更世變，走四方，涉險怪，雖極至危疑困迫，無不以椎刀自隨。如此者幾二十年，而所交游日多，所見聞日廣，所癖好日深，所搜集亦日富。上自鼎彝龜甲，以至鉥匋化布，傳形精拓，博搜遍覽，不下七八千種，皆秦前文字也。試以紙筆刀石，所向無不如意，於是乃恍然前説之非是。雖然，其及此者，要非余之愚所能創獲。蓋自有清一代，好古家收藏古器刻，考訂詮釋，已集大成。而自趙宋迄晚清，前後數百年間，書家印人遷流代謝，推陳不能出新。加以秦石壞則小篆窮，鄧、浙極則流愈下，於是朱椒堂、楊詠春、張菊如初試毛筆寫古籀，至吴愙齋而始著。吴侃叔、王石泉、陳子振始用鐘鼎入印章，終推陳壽卿爲大宗。風氣之變，非伊朝夕，是雖小道，要亦有運會存焉。獨是陳、吴既殁，流風未息，衆好所趨，雅俗競奏，浸至江湖之士操刀弄筆，僭竊制作，敢於淆亂古今，拼湊偏旁，斯固由世之好怪，要亦未嘗非秦前文字之不敷應用，有以致之。余既好此，重以爲憂，誠恐自兹以往，字益多而益不可識也。爰取吴愙齋《説文古籀補》一書，就生平所見秦前文字爲吴箸所未及者，更補三千八百餘字，名曰《説文古籀補補》。用之篆刻金文，足濟秦篆之窮。匋鉢可爲刻印之宗，而類别攸分，通叚足用，庶乎三代周秦各爲一家，下接斯繆，截然不紊，或亦足爲篆刻之一助，而爲吴氏所許可乎？世有同好，其能更補余之不足，是則斯道之幸，亦余之所大幸也。至文字之考釋，疑義之辨證，此篇不能詳及，别有《續字説》在。甲子三月朔，丁佛言自敘。

説文古籀補補序

姚　華

文字之學有三術，曰形、聲、義。義析而三，曰詁，一字一義。曰彙，一字數義。曰通。數義而一貫之。聲析而三，曰聲，本聲。曰音，讀不必本聲，或近或遠。曰韵。類音而部之。近世學者，各有箸書，盛已！惟治形之書特少，蓋事近制作，苟非其材，不足與於斯也。愚意肊分亦有三術，曰正，曰省，曰補。形書據許氏，舊傳李少温有所是正，顧根柢未深，無以徵信於後人。其餘《六書精藴》之屬，自詡探賾，實同虚造，至今無稱焉。余弱冠即治《説文》，積四五年，妄擬箸述，成《説文三例表》不分卷，一凡見經傳者正字，二不見經傳者俗字，三或見經傳或不見經傳者或字，將以存正删俗併或，一意主省，所以盪滌繁蕪，歸諸易簡。宜於今而不謬於古者，豈斯作耶？既而主講興義縣之筆山，游勇犯城，行李盡失，藳亦遂亡。再上公車，世益多故，因不更屬艸。然往常見鄉先生鄭柴翁《説文逸字》

而心善之，及得吴吴窓齋中丞《説文古籀補》讀而心尤善之，是皆補也。余主省者而又主補，是若矛盾，其實不然，省者所以疏《説文》之壅，補者所以鑑《説文》之固。文字不據許，則如履地於浮漚；不正許，則如仰天於覆盆，是二者不可一廢也。夫典籍以漢儒而傳，亦以漢儒而亡；文字以漢儒而理，亦以漢儒而亂。乾嘉以來，《説文》十四篇，校訂、注釋、考證之作朋興，推崇許君，幾於無上。其後古器刻辭屢出，初援許以釋辭，既因辭以疑許。及於同光，金石學益昌，益覺許君所見山川鼎彝文字蓋猶不足，不然，何所收古籀之少也？且其説解雖曰博采通人，抑亦泰半鄙俗，"屈中、止句" 之見議人而已，由之者比比而在。是以不觀人戴圜之字，不知"一大爲天"之淺也；不識持主爲父之字，不知 "从又舉杖" 之謬也；不得"不、丕" 二形之互證，不知 "鳥飛不下" "从一，不聲" 之囿也；不探 "㳄" 本从 "㫃"、"亯" 本象形之淵源，不知 "徒" 从土聲、"冑" 从冃由聲之晚也。如此之類，更難悉數。故非補與省並不足正許，正許而後得據以正形。若夫 "文王" 不爲 "寧王"、"厥心"不爲"乃心"，經典之待正者又循是可推也。吴補未盡，猶俟後益。余友黄縣丁佛言乃乘積薪之勢，鼓當仁之氣，取吴《補》補之，復成書十四篇，附録一篇，藁數數易，余獲數數讀，時有貢獻，多見採擷，其益我者，更倍蓰於我益也。惜乎！余方有《聲貫》之作，法先説本義以直通諸義，循本聲以旁通諸聲。例如説 "公" 字云："虚其中而施於外也。" 則直通旁通諸義，皆可貫穿於是矣。不獲爲其省焉者，與之相輔行焉，或亦期諸將來也乎。佛言不余謬，欲得一言，因並箸於耑。甲子九月既望，京師蓮華盦書貴筑姚華重光甫。

説文古籀補補序

李汝謙

書契肇興，豈非自然而然與？其後孳乳浸多，變化各異，又不得不然者也。士生數千年後，有志稽古而文獻無徵，此誠不易之事，乃遽歸咎祖龍焚坑，爲李斯助長，亦若七國之時古文具在，不幸均爲殘暴君相之所澌滅。甚且以許慎《説文解字》但備今文，貽譏疏畧錯繆，亦若兩漢以還古文仍具在，不幸許書一出，適以速其湮没焉者。吁！何其傎也。試思始皇統一區宇，僅止十年，雄猜大畧，方且致力其它設施，何暇顧及文字？李斯之奉令畫一，殆如逡世之書局，例以名位較崇者領之，不特在斯爲不經意，且恐其未必精八法、通六書也。又況叔重之世，其先不少此種字書，因其固有本所習見，殆亦如後世之彙集著述，第取其通行一時者連類而埘志之，其義例不同，效用亦異，固不必奉之過高，責之以備也。常謂吾人之視秦篆，當喜其模形備具，適成爲古今文字之樞紐云；視許書，亦第喜其部居分列，足爲古今文字尋溯之途逕而已。吾友丁君佛言，篤嗜三代文字，作書必遵古籀，刻印必仿古鉨，近年以來，復就吴縣吴氏《説文古籀補》一書逐字增輯，多至三千餘字，名曰《説文古籀補補》。然此不過收羅宏富，攷訂精詳，由此而互相印證，互相發明，且有《續字説》之撰，以之歷究遞嬗之迹，上溯制作之源，必有以收融會貫通之大效。可見三代文字代謝已久，第散見於鼎彝、龜甲、陶鉨、貨布，必待其時，待其人而後顯，則即今日古文，將以復興，純由時會之自然。例如隸書行於漢，楷書盛於唐，明人多能行艸，清代復精篆隸，誰寔使之？可知當日古文，以次漸廢，亦由時會之不得不然，并非秦篆、許書使之然也。吴氏謂古文亡於七國，亦非。無論三代歷時二千餘年，早已蟬蜕變化，自即於亡。即謂立異亂古，仍從古出，縱可暫亂，未必終亡。例如秦新之“罪、疊”等字，不過僅存一二，而武氏所造十餘字并不能行。蓋不特憑空結撰爲難，無端强迫之認尤所匪易。今第多方集證，凡重文異體即有錯誤，亦不無義意可稽，故《續字説》之撰，愈不可緩。前歲，佛言逿里，過予作别，以予方有《金田疑史》之輯，相勖努力，語至警痛，一時激發，僅成《紀傳》一二。而所謂《説文古籀補補》者，佛言先已手自寫定，即付印行，而《續字説》亦且屢易稿矣。佛言高曠堅卓，所志易成，予則日即衰頽，重以羸病，承一弁言，且更百日始草草以應。其對之，增慨爲何如也？夏歷歲在乙丑春正月，北平孫壯書。

以上1924年上海商務印書館石印本

説文古籀三補

説文古籀三補序

馬敘倫

許慎取壁中書及《史籀》《倉頡》以下諸書文字，爲《説文解字》十四篇，大氐以《倉頡》諸篇爲主，所謂小篆者也。雖兼録古文奇字、或體俗書，則十之一二。壁中書與《倉頡》諸篇異者，别出古文，《史籀》與《倉頡》異者，復出籀文，古籀亦兼録其異體。於是文字得其會歸，而其形制亦畧莆。獨惜許取册籍之所傳，而遺器物之所栔，蓋由許時鼎彝之湮没者猶多未出，墨拓之術又未明，故有所慎耳。其《自敘》曰："郡國亦往往於山川得鼎彝，其銘即前代之古文，皆自相似。"固已隱示其意矣。清代治許書者亦多率由舊章，徒取册籍相證，唯王筠頗徵於諸金器刻辭，而不能詳，莊述祖獨盡取金器刻辭文字，爲《説文古籀疏證》，庶其補許氏之闕憾者矣。是時錢大昕、阮元之流，往往以治經籍之方法治金石刻辭，於是治金石刻辭者率首據許書以爲繩墨，而治許書者亦援金石刻辭以爲質劑。晚近吴大澂遂一本許書之例，爲《説文古籀補》，其所救正許氏違失者，雖不盡中，固多足以啟發來者。吴書之視莊書，可謂後起者勝矣。近二十年金器逾出，又有商代卜貞之辭栔諸龜介者，其文字多與金器刻辭合，學者益奮。若容庚依許例爲《金文編》，商承祚亦依許例爲《殷虚文字類編》,要皆欲補許書所未及也。丁佛言者,復踵吴書爲《説文古籒補補》。吴書雖兼録匋鉩,而實等坿庸,丁書所録匋木爲多。檢周之末世,泉布及兵器刻辭文字已多詭異,蓋詖省改,不中法度,苟非舉其全辭,無以下判。匋鉩文字,抑又過之。而丁於文字之學識尤陋譾,故其書無足多偁。溧陽强夢漁先生運開,治金石刻辭三十餘年,垂老成《説文古籒三補》,其審覈伯仲吴氏而過於丁。若據《集韵》“祰”或作“禞”,以證《禞祀敦》之“禞”即“祰”;據《説文》“麓”之古文作“禁”,以證《乙亥方鼎》“[illegible]”之即“逯”;據《春秋》定十四年“石尚來歸脤”,證《大敦》“王在[illegible]侲宮”之“[illegible]”即“饋”之籒文;以《不嬰敦》“方”字作“[illegible]”、《录伯敦》作“[illegible]”,證《曶鼎》“木[illegible]用責”之“[illegible]”即“枋”字;據玄應《一切經音義》兩引《説文》説“煩”字從“又”,證《毛公鼎》“勿作先王[illegible]”之“[illegible]”即“煩”字;以《書·舜典》“柔遠能邇”,證《番生敦》“[illegible]遠能執”之“[illegible]”即“脜”字;以《書·禹貢》“涇屬渭汭”、《周禮·職方氏》“其川涇汭”、《左·閔二年》“虢公敗戎犬戎於渭隊”杜預作“渭汭”,證《者沔鐘》“汝亦秉虔不湼”之“湼”即“汭”字而借爲“隊”。謂《叀仲鐘》“吉蠲明𥙊”之“𥙊”爲“禋”之異文,諸金器中“[illegible]”字即“𥂕”字,爲瑚璉之本字,《番生敦》《鞞䩮静敦》“王錫静鞞刹䩮爲”訓射韝之“遂”本字。皆異於鑿空妄斷而空可信於後世。若釋《番生敦》之“[illegible]”爲“畓”,《師寰敦》“勿[illegible]我東䤋”之“勿[illegible]”與《詩》“念彼不蹟”之“不蹟”同,“[illegible]”是“臚”字,“[illegible]”是“貯”字,“[illegible]”是“爵”字,“[illegible]”是“封”字,“[illegible]”是“復”字,“[illegible]”是“飤”字,《沇兒鐘》“皇皇[illegible][illegible]”與《王孫鐘》之“鉠鉠趣趣”同皆是“趣”字,所以正舊釋及吴、丁、王國維之失者,又皆甚當也。夫許書雖本於壁中書及《倉頡》《史籒》諸篇,而輾轉傳寫,易於移譌,即許所簿録，亦頗本有乖謬。若“䙴”之誤“頁”爲“西”，“射”之誤“□”爲“身”、“□”爲“寸”，“彝”之誤從“糸”，“邵”之誤從“卪”，殆可以百數。今以金石刻辭及卜貞文字相校，其失顯然，不可爲諱。蓋今之所謂古籀，即商周通用之文字，其書於竹帛者雖猶未見，而契於金石甲骨者，苟非後世所僞爲，則塙爲前代之古文。雖或剥蝕殘壞，薈而觀之，固足以明制作之原，非僅達其流變而已。倫末學膚受，然嘗欲借許書以明中國文字有其極規則之構造方法，而一洗中國文字難識之謗㬰，爲《説文解字六書疏證》，每於許所簿録有百解而難通者，得金石甲骨契文相校，輒如冰釋，而深有感於莊、吴諸家最録之益。得先生此書讀之，又多所啟悟，以先生之命，遂不辭陋而謹序之。若倫所見有不敢苟同於先生者，則箸於倫致先生論此書書中，不復及也。廿二年六月廿三日，馬敘倫在北平。

1935年上海商務印書館石印本

說文籀文考證

說文籀文考證序

葉德輝

《説文解字》據徐鉉校定本用籀文爲部首者二，各部重文引籀文二百有十。籀文即周宣王太史籀所箸《史籀篇》中字，史籀謂之大篆，多本于古文。此二百十字或有許慎以前字書不載及史籀所改造者，故重文特著之，以與古文相參證也。大篆乃指字體有小篆，則不得不別白之曰大篆，其實即倉頡所造古文書，與秦以後所出孔壁古文、鼎彝古文、奇字古文三者各異。史籀之後有李斯，李斯之後有衛宏，有張敞，有杜鄴，有爰禮，有秦近，有揚雄。揚雄之後有杜林，有賈逵，有許慎。許慎之後有孟喜。其人皆見《説文敘》。論其初祖，總不出於《史籀篇》，故史籀者，古篆之樞紐也。大抵文字遞變，始則由簡而繁，古文變爲大篆是也；繼則由繁而簡，大篆變爲小篆是也。結繩以後，書契代興，其文約略象形，點畫極少，迨孳乳漸廣，形求其具，義求其詳，倉頡因之而作六書，而文字之用以備，至史籀部分爲十五篇，倉頡之文始有傳受。秦時厭其繁重，乃省改之，此其遞簡遞繁、遞繁又遞簡，溯其遠流，其詳可得略説也。《廣韻·六魚》兩引《世本》云："沮誦、倉頡作書，並黄帝史官。"《初學記》二十一《史傳二》云："案《世本》注，黄帝之世，並立史官，倉頡、沮誦居其職矣。" 是作書者，倉頡之外，尚有沮誦其人，而世知有倉頡，不知有沮誦，則以倉頡之字自周秦迄兩漢傳習有人，沮誦則失傳已久故也。《漢書·藝文志·小學家》首列“《史籀》十五篇”，云：“周宣王太史籀作大篆十五篇，建武時亡六篇矣。”《説文敘》云：“倉頡之初作書，蓋依類象形，故謂之文，其後形聲相益，即謂之字。字者，言孳乳而浸多也。著於竹帛謂之書。書者，如也。《周禮》：‘八歲入小學，保氏教國子，先以六書。一曰指事，二曰象形，三曰形聲，四曰會意，五曰轉注，六曰假借。’及宣王太史籀著大篆十五篇，與古文或異。至孔子書六經，左邱明述《春秋傳》，皆以古文，厥意可得而説。”蓋此六書者，本倉頡所傳，保氏以之教國子，宣王時史籀復著于篇，曰“及”者，承上保氏文也。而保氏本之倉頡，則爲古文，入于《史籀篇》中，則爲大篆，故《太平御覽·工藝部·篆書》下引《書斷》云：“《吕氏春秋》：‘倉頡造大篆。’知古文與大篆本無别也。或云今本《吕氏春秋·君守篇》作‘倉頡作書’，恐《書斷》引誤。然《書斷》云‘《吕氏春秋》云倉頡造大篆’，非也。若倉頡造大篆，置古文何地？即籀篆，子孫之事也。”《書斷》既加以辨説，則所見吕氏原文是倉頡造大篆，非倉頡作書也。彼之所非，正余之所是。吕不韋與李斯同時，其稱倉頡爲大篆者，倉頡即是古文，古文即是大篆也。《漢志》于《史籀》後列《倉頡》一篇，云：“上七章，秦丞相李斯作；《爰歷》六章，車府令趙高作；《博學》七章，太史令胡毋敬作。”又列《倉頡傳》一篇、揚雄《倉頡訓纂》一篇、杜林《倉頡訓纂》一篇、杜林《故》一篇，其後又云：“《史籀篇》者，周時史官教學童書也，與孔子壁中古文異體。《倉頡》七章者，秦丞相李斯所作也。《爰歷》六章者，車府令趙高所作也。《博學》七章者，太史令胡母敬所作也，文字多取《史籀篇》，而篆體復頗異，所謂秦篆者也……

漢興，閭里書師合《倉頡》《爰歷》《博學》三篇，斷六十字爲一章，凡五十五章，并爲《倉頡篇》。武帝時司馬相如作《凡將篇》，無復字。元帝時黄門令史游作《急就篇》，成帝時將作大匠李長作《元尚篇》，皆《倉頡》中正字也，《凡將》則頗有出矣。至元始中，徵天下通小學者以百數，各令記字于庭中，揚雄取其有用者以作《訓纂篇》，順續《倉頡》，又易《倉頡》中重復之字，凡八十九章。臣復續揚雄，作十二章。凡一百二章，無復字，六藝羣書所載略備矣。《倉頡》多古字，俗師失其讀。宣帝時徵齊人能正讀者，張敞從受之，傳至外孫之子杜林，爲作訓故，并列焉。"《説文敘》則云："周時諸侯力政，分爲七國，文字異形。秦始皇帝初兼天下，丞相李斯乃奏同之，罷其不與秦文合者。斯作《倉頡篇》，中車府令趙高作《爰歷篇》，太史令胡母敬作《博學篇》，皆取史籀大篆，或頗省改，所謂小篆者也。漢興有草書。《尉律》：學童十七已上，始試，諷籀書九千字，乃得爲吏。又以八體試之，郡移太史并課，最者以爲尚書史。書或不正，輒舉劾之。今雖有《尉律》，不課，小學不修，莫達其説久矣。孝宣時詔通《倉頡》讀者，張敞從受之。涼州刺史杜業、沛人爰禮、講學大夫秦近亦能言之。孝平時，徵禮等百餘人，令説文字未央庭中，以禮爲小學元士。黄門侍郎揚雄采以作《訓纂篇》。凡《倉頡》以下十四篇，凡五千三百四十字，羣書所載，略存之矣。"按此所稱皆治《倉頡》學者，其所治或雜大小篆，書雖散佚，據《説文》本書所引及唐宋人類書、唐釋慧琳《一切經音義》所甄取者，校其文字訓詁，初無與《説文》十分異同之故，知倉頡之書雖佚而未佚也。杜業，《漢書》作"杜鄴"，本傳云："其母張敞女，鄴壯，從敞子吉學問，得其家書。初，鄴從張吉學，吉子竦幼孤，從鄴學問，亦著于世，尤長小學。鄴子林，清静好古，亦有雅材，其正文字過於鄴、竦，故世言小學者由杜公。”據此知終漢之世治小學者，無一非倉頡文，而倉頡之文大都出於史籀，今籀文除引見《説文》以外，尚有周宣王石鼓可以取證。其文有與《説文》相合者，有不合者，有爲《説文》所采者，有不采者，此其故何也？蓋與《説文》合者同爲倉頡舊文，故不必分别爲籀文、篆文，全書所采者是也；不與《説文》合者，則此列入重文二百有十字，其字或史籀創改，或史籀所采者，非《倉頡篇》中文。觀於《艸部》分兩部，前部末云：“左文五十二，重二，大篆从茻。”所謂“左文”者，明自“芥、蔥、藿、䓞”以下諸字皆从茻，所以與前从艸者異。然則前从艸者，是與大篆無異，則《倉頡》《史籀》所同者也，今石鼓有“𦿆、𦽏、𦾐、𧂇”等字，僅一“草”字在五十二文之中，餘如“䔩、𦷋”二字《艸部》無之，“薦”則别爲部首，亦不从茻。《蓐部》首重文“𦳊”，籀文，从茻，而以部首爲字之故，不在五十二文。是《説文》有采有不采者，皆視《倉頡》與《史籀》出入異同，而石鼓聚訟千年，亦如此可斷定爲周宣王時物矣。《説文》爲書十四篇，此本揚雄《訓纂》之舊，揚雄則本《史籀篇》之舊。《史籀》十五篇者，蓋并敘目數之，《訓纂》“《説文》十四篇”者，除敘目數之也。《説文》部首采籀文者，《人部》首云“天地之性最貴者也。此籀文，象臂脛之形”、《亣部》首云“籀文大，改古文大。亦象人形”、《鼎部》首云“籀文以鼎爲貞字”，此明稱籀文，必其異于《倉頡》者也。《沝部》“𣴼”重文“㳅”云“篆文从水”，又“𣻢”重文“涉”云“篆文𣻢从水”，今二字見石鼓，“𣻢”作“涉”，體别字同，此不明稱籀文而實籀文。又《鱻部》“𩺰”重文“漁”云“篆文𩺰从魚”，今石鼓有“𩽸”字，“漁”下从“寸”，“寸”當是“又”字。“寸”下“一”者，石泐文；“又”者，二魚也。此亦不明稱籀文而實籀文，必其同於《倉頡》者也。《丄部》首重文“上”云“篆文丄”、

《亯部》首重文“亯”云“篆文亯”、《吕部》首重文“膂”云“篆文吕,从肉,从旅”、《市部》首重文“韍”云“篆文市,从韋,从犮”、《く部》首重文“甽”云“篆文从田,犬聲”、《𦣝部》首重文“頤”云“篆文𦣝”、《㣇部》首重文“豚”云“篆文从肉豕”、《厹部》首重文“蹂”云“篆文从足,柔聲”,此篆文者,小篆也,重文爲小篆,則本文必大篆,此亦不明稱籀文而實籀文,必其同於《倉頡》者也。至各部字重文稱篆,其本文必大篆,尤不可枚舉。《説文敘》明稱“今敘篆文,合以古籀”,又稱“世人詭更正文,諸儒説文解經誼不合孔氏古文,繆於《史籀》”,其尊信古籀之心,可云篤至。然《史籀》不根據《倉頡》,許君必無此尊信之專,而籀文之根據《倉頡》,古文于《説文》時可推見一二。如《口部》“周”重文“𠛱”云“古文周,从古文及”、《馬部》“驅”重文“敺”云“古文驅,从攴”、《邑部》“郊”重文“𡵸”云“古文郊,从枝,从山”,此三字明見石鼓。又《宀部》“宜”重文“𡧪”云“古文宜”,“宐,亦古文宜”,以籀文疊畫之例求之,古籀本自同體,石鼓有“𡩟”字,正與“宐”同。《雨部》“賈”重文“䨲”云“古文賈”,石鼓有“鼏”字,與此“䨲”同。《𨸏部》“陳”重文“𨸂”云“古文陳”,石鼓有“𨻰”字,與此“𨸂”略同。是又可見《史籀》之根據《倉頡》古文,《説文》雖無明文,而實有可據者也。夫《説文》一書,字則參以古籀,誼則博採通人,不考古籀不知文字遞禪之因,不採通人不知故訓相傳之古。《説文敘》稱“郡國亦往往於山川得鼎彝,其銘即前代之古文”,是“鼎、彝、銘”字正可證古籀之變遷。宋宣和《考古》《博古》兩圖,薛尚功《歷代鐘鼎彝器款識法帖》流傳日久,一再入木,不免失真。若近世收藏家如濰縣陳簠齋介祺、潘文勤祖蔭、吴子苾式芬、吴平齋雲,其拓本之精,載入吴大澂愙齋《集古録》者,實足掩阮文達積古齋、吴榮光筠清館之長，取精用宏，於古籀文多有徵信。昔余治羣經、《説文》，字例不闌入彝器銘文，以宣和薛氏之書未敢取證也。今則地不愛寶，數千年沈薶土中、河流之古器悉出，而供經師學子之研求，其物可覘上古三代之文明，其文可訂宣和、薛氏之訛謬。稽譔而明諭之，是固治小學者所必從事者矣。

説文籀文考證跋

葉啟勳

先世父考功君于丁巳春月刊所作《六書古微》十卷成，命勳任復校之役，勳於是始從事于《説文》。癸亥仲冬，世父作《説文籀文考證》，以勳爲可教也，命時侍硯側，因謂勳曰：元明以來小學垂晦者，殆五百餘年，至乾嘉乃大明，諸家學子争爲許君之功臣，校注詮釋，不遺餘力。然莊述祖之《説文古籀疏證》、嚴可均之《説文翼》，至欲以鼎彝銘字補《詩》《書》之遺佚，糾許、鄭諸儒之繆誤，疑經惑古，余竊非之。蓋三代法器之載於宋宣和《考古》《博古》圖者，其文字大半雷同，全不與經典所載。㚟氏爲《量銘》，湯之《盤銘》、《宋正考父鼎銘》相類。即好事如王俅、薛尚功之流，問以何器爲夏，爲商，爲周，固未有確證，莫得而詳也。夫宣和僞造糅雜其間，木槧傳雕易滋形誤，諸家訓釋，人各一辭。覩于許君《説解敘》曰："郡國亦往往于山川得鼎彝，其銘即前代之古文。"許君生於東京，所見鼎彝必較今人相倍蓰。許《敘》又曰："雖叵復見源流，其詳可得略説也。而世人大共非訾，以爲好奇。"然則此等銘字，惟許君能篤好之，特以其無源流可考，僅能略詳其説,故説解中所録重文,既未注明何者鼎彝,爲某代法器,復未注明何種銘字,爲某代鼎彝。許君當時固博采,而仍出以矜慎之至矣。而世人猶復非訾之,故許《敘》云云。士生數千百年後,贋鼎日出,考釋或疏,既無古書以相證明,復非人人所能共見之物,則求古而不免實戾于古矣。邇者地不愛寶,沉貍於荒土河沙之器,時見人間。《毛公鼎》《周頌敦》《齊侯罍》《盂鼎》之類,文辭古奥,動至數百餘言,雖典謨訓誥,其精深殆又過之,決非後人所能擬作,更非後人所能僞牿。且許君當日所見鼎彝銘文皆自相似,則不能以其如出一手而或疑之。又得吴子苾、吴平齋、張叔未、徐籀莊、陳壽卿、潘伯寅、吴窓齋諸先生精研博考,著有成書,非如楊升庵之補綴《石鼓文》、何義門之誤信《隱秀編》,滋人疑竇也。此余三十年前所不信者,三十年後始漸信之,特參稽衆説,纂述兹編,獵鼓紛紜,藉兹論定。然以之證許則可,以之補經,則仍不敢苟同。啟勳勉承訓誨,粗涉藩籬,誠不足窺世父堂奥。頃因大兄尚農檢付梓人,囑啟勳讎校,不揣固陋,聊記録曩時習聞之緒餘而爲之跋。時庚午夏五日南至也,從子啟勳謹志于拾經樓。

以上1935年長沙中國古書刊印社彙印本

説文古文疏證

説文古文疏證序

舒連景

許叔重敘篆文、合古籀，成《説文解字》十四篇，後世言文字者皆宗之。籀文出于《史篇》，其見于《説文》重文中者約二百二十餘字，王國維氏已疏證之矣。古文出于壁中經，其見于《説文》重文中者約五百餘字，然自漢以來，論者或誤以爲殷周古文，或詆之以爲漢人僞造，嚮言臆説，無从徵信。自王國維作《史籀篇疏證序》，始謂戰國時秦用籀文，六國用古文，其後作《桐鄉徐氏印譜序》，更徵以傳世六國兵器，若陶器若璽印，若貨幣，若魏《石經》，字之形體，大都與《説文》古文合。而《説文》古文之爲六國東土文字説，遂大信于世。去歲承丁山先生命以六國文字，證《説文》古文之源，校許書傳寫之譌。疏證既竟，然後知許書古文不盡出于六國也。如“中”古文“[illegible]”、“信”古文“[illegible]”、“羌”古文“[illegible]”、“則”古文“[illegible]”、“乃”古文“[illegible]”、“舞”古文“[illegible]”、“白”古文“[illegible]”、“雨”古文“[illegible]”、“手”古文“[illegible]”、“拜”古文“[illegible]”、“勇”古文“[illegible]”、“矛”古文“[illegible]”、“申”古文“[illegible]”，凡此等字，皆于殷周古文無徵，于六國古文亦皆不合，而“[illegible]”之从“羽”、“[illegible]”之从“心”、“[illegible]”之增“戈”，尤微見漢人經説之意。許君云：“亡新居攝，甄豐等校文書之部，頗改定古文。”凡此之類，意必甄氏所改定矣。

至于字形演變，或譌舛不倫，或微有乖互者，已詳篇中，兹不具述。民國二十四年五月。

1937年上海商務印書館石印本

説文古語考補正

説文古語考補正跋

李慈銘

許、鄭家法，皆以今語釋古，取易曉也。閱代既久，昧其語意，彌以滋惑，析而求之，引申觸類，不特所釋之古語明，并其所引之今語形聲通叚包緼古誼，凡經子古書散文奥恉，往往而在於是。當時之今語，又爲古語矣。程氏元書頗爲簡略，得傅君補正之，爬梳剔抉，勃萃經腴，可以疏瀹羣疑，資糧小學。非止功許，逞言諍程，京華塵坱，汩没貲秩，獨能嫥精素業，深鍥古歡，亦今之刻楮屠龍者也。光緒辛巳涂月，會稽李慈銘識。

説文古語考補正跋

張　度

"終葵、掉磬"之解，"伊緩、矢台"之偁，方言也。埘入經不得目爲方言者，尊經以尊聖人也。經有方言云者，大史輶軒所采風繇而經典也。漢時去古未遠，馬、鄭諸儒博引各國異辭以證經，揚子雲《方言》首題《輶軒使者絶代語釋别國方言》,是爲尤箸者也。後儒異趣,目不怪以爲怪,其斆失,經遂忘矣。雲龍以澹雅之材,沈鬱之志,紬繹許書,就程氏《説文古語考》補正之,辨嚴氏氐氏,誤糾齋齊,攘席據位,殆有過之,巨只館娃榛娥之補漏已哉。用功尤有深意者,漢時之俗語,于今爲古語,即度之所謂"方言埘經不得目爲方言,以尊經也",直破舉世一大惑矣。善哉!景純之言曰:"三五之篇箸,獨鑒之功顯。"巨不嗽乎?巨不嗽乎?長興張度。

直呼尊名,方合古道。嚴鐵橋《説文校議敘》直呼姚文僖爲文田,近世猶有行之者,度卻不敢,謹剔二尖格,聽尊意填寫,儻壽棗梨,先覩爲快。度頓首。

説文古語考補正跋三

李端臨

凡字先求本誼,此夫子治《説文》主見也。嘗語端臨曰:"欲萃國朝《説文》家言之精者,紬繹所未盡,粤形而聲,而誼,成一家言,曰《説文解字故籑》。"光緒庚辰,籑《順天府志·方言》,又語端臨曰:"許書所引俗語,即其時方言,于今則爲古語。與經並引,蓋語而經矣。惜程氏《説文古語考》未就本誼以考通叚,奪舛無論已,補之正之,亦《故籑》之先路。"既脱稾,借鈔踵接,幾佚者再。端臨付之手民,述語以跋。光緒十一年七月丁酉朔,烏程李端臨識于紅餘籀室。

説文古語考補正跋四

傅雲龍

靜程且難，敢云功許？然願學焉。不以是書之淺薄自畫，非詡井觀，難忘蠡測，以志功候，即以求啟發，覆按一過，憤悱彌滋，書目偏舉説文，不及解字，雖仍程舊，竊所未安。以考名書，説當有據，許采某説，其例也，説偶闇符，宜讓出之。王氏《釋例》曰："或忘段説而與之複。" 通人不免，矧在末學？亦有難可塼屬某説者，如 "自、鼻" 古今字，王氏一再及之，大徐已先言之，"自，古鼻字"，説在 "臭" 下，而雲龍則據許書今俗誼及《集韵》，以 "自" 爲 "鼻" 之古文言也。"其" 加 "金" 猶之 "玆" 加 "金"，亦《釋例》印林曰："鎡從金，猶錤從金。" 意若此之類，先撿偶疏，後出則煩，意各有在，即謂本厥恉可也。"椎，齊謂之終葵"，唐本 "椎" 作 "棰"，"謂" 下無 "之"，"葵" 下有 "也"。"襤" 下程引《爾雅》"布褐而紩之謂襤"，是《小爾雅》文。"鞮" 一科當在《鬲部》前，自糾未能，奚云靜程？知不足然後能自反，有此一刊，不足乃益見也，雲龍識。

以上清光緒十一年（1885）烏程李端臨紅餘籀室刻巾箱本

説文徐氏未詳説

説文徐氏未詳説序

譚　獻

許書行世，鉉本較完，奉敕審定，鼎臣氏識語矜慎，每曰“未詳”，亦不知蓋闕之義。顧其學識粗觕，尚在弟鍇之下，故成書在後而疏陋不逮《繫傳》。所謂未詳也者，大抵不明古音，自生疑障。稽古聲音之學口耳遷變，雅言方土授受且殊别，任城有長言、短言之例，高密有讀爲、讀若之分。如其聞一知一，迷方而已。先正有亭林顧氏，漸以《説文》从聲爲古韻部居，如裘之有領。《廣韻》以來，聲讀之不合，今昔傳譌者十七，雙聲轉讀者十三。四聲已非漢魏人所知。至動静以義改讀，等攝以呼辨音，緐而不治。衡以六蓺之科，甚難而實非者與？鉉、鍇治《説文》，等之篳路藍縷，而前之少温，後之夾漈，彌不逮矣。聖清鴻生接踵，實事求是，六書之學，大小具舉。凡徐氏所未詳者，疏通證明，推説略盡，卮言日出，亦人人殊。吾友海甯許子頌孝廉，承珊林先生家學，研精不已，好學深思，最録諸家訂徐之論，編爲《徐氏未詳説》一卷，可使承學之士於夙昔之癥結漸解，而因以識文字之大原，舉一反三之學也。徐氏於“莊、隸”二文貢疑，亦在義形，而揭其大凡，則聲類爲多。獻竊以爲不廢叔然、神珙之法，不能循任城、高密之軌，不循任城、高密之軌，何以讀南閣祭酒之書？請以子頌緝朞之散指求之。光緒十四年二月，仁和譚獻。

清光緒十六年（1890）海寧許槤古均閣刻本

讀説文理董後編

讀説文理董劄記

譚　獻

弱歲時,施君庭午贈予吴西林《臨江鄉人詩》一册,爲蔣靄卿攜去,今日陳星村忽貽此本,蟲蝕叢殘,手治之,讀竟,如遇故人。西林詩温潤縝密,比德于玉。研精小學,著《説文理董》,未竟也。藏書最富,瓶花仙館圖籍散如雲煙矣。卷一。

閲《説文解字釋例》《句讀》卒業,王氏宅心和厚,舉體寬博,可爲讀書著書法。以《玉篇》校勘,爲予有志未竟之業。許書有段、桂、嚴、王,可謂四大家。予猶欲以吴西林《理董》之例,鰓理其微言大義,以爲由後漢求周秦至西京經學之塗徑。卷二。

校吴西林先生《説文理董》前編四卷、後編六卷,先生尚志著書,朱霞白鶴。讀蘭泉撰傳,如見古高士。童幼學詩,私淑臨江鄉人,非一日矣。《吹豳録》,《樂經》剟業,不表于世。《理董》遺編,若存若亡,垂莫得見。此殘稾十卷,乃知儒師卓爾,獨照開先,後來江、戴、王、段諸大師,其書滿家,而引耑開山,約略具此矣。舊草《師儒表》,前不及西林,後未及融齋、蘭甫,誠非定論也。卷七。

讀説文理董後編後敘

柳詒徵

仁和吴西林先生，殫心小學，精究相宗，生平箸述等身，詳見王德甫所爲《傳》。顧禮堂寫定，多未刊布，諸家傳述遺箸卷目，言人人殊。《小學攷》載《説文理董》三十卷，《杭州府志》據王《傳》作四十卷，《復堂日記》謂殘稿前編四卷、後編六卷，丁福保《説文目録·存目》載《説文理董》二十四卷、《後編》六卷。馬敘倫《清人所著説文書目》亦未定箸卷數，惟據諸宗元説杭州古懽堂書肆曾收得蕭山謝氏書，中有此稿，不知流落何許。噫！以王氏所偁"功在先儒，教施後學"，譚氏所稱"師儒卓爾，獨照開先"者，竟無人網羅放佚，刊行人間，亦可唏矣。盋山圖書館有《理董後編》鈔本六卷，蓋諸氏所云"原稿外之福本"，中社同人以世之治許學者多未之見，亟取而影諸石。是編糾彈羣書，力尊許誼，駁斥鄭漁仲尤不遺餘力，雖未獲《前編》足本，發皇全豹，即就是編推繹條怡，已可與王《傳》偁述《前編》之誼例相稽。如謂"稾禾也，三字作句"，即王《傳》所謂"許氏原文上下相連"也。轉注之説既取楚金，又云轉注義有五，即王《傳》所謂"轉注一義，尤闡其奥也"。寫本頗有脱誤，卷二駁鄭説即脱轉注一則，無從斠補，姑仍之。己巳上巳，鎮江柳詒徵識。

以上1929年中社影抄本

説文闕義箋

説文闕義箋引言

丁　山

民國十四年冬，山讀書北京大學研究所國學門，沈兼士先生命以《慧琳音義》引《説文》斠今本之異同，補《段氏説文訂》、鈕氏《校録》、嚴氏《校議》、沈氏《古本考》之闕失。間亦參之《毛詩》鄭箋、《三禮注》《爾雅》《方言》之流，探許説之原，驗之秦漢金石刻辭，正篆文傳寫之誤。私心自忖，段、沈諸校，已復唐本之舊矣，然由唐上溯許君成書之日，相去又六七百年，中間展轉傳寫，豈能無譌。斠許書而徒依慧琳所引，其所得終不越段、沈規榘之外，不如舍唐言漢，以漢代故訓文字之書，還訂唐本之失。質之于沈先生，亦曰可。因降唐人徵引者爲副料，而以《三蒼》《急就》之流，今古文師經説爲斠勘主材，亟亟焉惟許書原本是求矣。時閱年餘，未畢一卷，一卷之中，若“帝、王、士、中”各字，即符合兩漢經説，得許君原本矣，證以甲骨刻辭及先秦彝器銘識，則又義與形違、形與古異，然後知兩漢經説不盡合于古義。《説文》爲書，以秦篆爲質，合以壁中古文及《史篇》文字，其所謂古文，去殷周前世古文不知其幾千年也，其所謂本義，去造字者真意亦不知其幾千里也。《説文》正篆，不過彙萃晚周兩漢間一切文字，説解不過襲兩漢間今古文師經説而已。以言文字原始、造字原則，蓋猶“馬頭人爲長”“人持人爲斗”[①]“虫者，屈中也”“苛之字止句也”。至于“惟初大極，道立于一，造分天地，化成萬物”“二者，地之數”“三者，天地人之道也”“一貫三爲王”“推十合一爲士”。幹支之名解以月令，六九之數解以陰陽，“五”謂“陰陽在天地間交午”而象五行，“金”謂“西方之行，生于土。從土”，凡此之類，皆今師之奮言，方士之誕論，其與荆公《字説》何以異？而許君説字，于形之簡易、誼之未聞者，一委之三才、五行、陰陽、月令，以神其説，以蔽其陋。與其正隋唐傳寫之誤，毋寧即卜辭、金文訂許説之謬；與其斠復許君原本，毋寧即許書尤古之古文以探中國文字原始矣。齊一變，至于魯，魯一變，至于道，雖無田潛《慧琳音義引説文箋》，山亦不屑屑于字句異同之比勘，將肆其力于許書匡謬，即許書以探中國文字原始矣。

雖然，即許書以探中國文字原始還訂許説之謬者，不自山始也。遠若洪亮吉、朱駿聲，嘗據《詩》《書》故訓訂許君訓詁之謬矣；有若王筠、吴大澂、林義光，則嘗據金文訂篆文之誤矣；有若孫詒讓、羅振玉，則嘗據卜辭以溯金文之源矣；有若高田《古籀篇》，則兼卜辭、金文、泉布、鉥印等古文以綜論三代文字之詭變矣。然或失之博而寡要，取材不嚴，或失之斷章取義，無徵不信。至王静安先生考之制度文物，本之《詩》《書》義例，通之古音假借，參之彝器文字變化，討論一字，揆之本文而協，驗諸他卷而通，蓋自洪、朱以來，未嘗有精貫如此者也。然其説散在各書，撣其粹醇，亦未盡刊許君之謬。纘前修未竟之功，光中國古文之業，天下之大，才知之廣，吾知其必有人焉。顧自秦火以來，書又不止五厄，古籍淪亡，數

①後“人”字當依《説文序》作“十”。

逾其半,夏禮殷禮,久不足徵,以卜辭、金文皮傅許書之事易,以制度文物、古音通轉、古文義例證許書形體訓故之誤難,以故作者如林,而能貫串百家,洞澈語言文字之源流者,尚不數數覯。如山之學殖膚末,豈敢有所論列,亦將求其放心而已。兹先擇許君所未詳者五十字,正其筆畫之譌變,詳其師説之是非,辭而闢之,名曰《説文闕義箋》,且述其譌闕之由曰:

字有自古文而籀文,自籀文而篆文分隸,展轉蜕變,而失其本形初誼。許君不見殷周前世古文,不能考其形誼而言闕者,"旁"從"冂","篆文譌"冂"爲"[illegible]";"戠"從"[illegible]",篆文譌"[illegible]"爲"音";"幽"從火,篆文譌"火"爲"山";"𪊽"象獸,篆文譌從"肉、丮、亯"之類是也。字有形聲明白,篆變失其聲,許君不得其聲而言闕者,"遾"諧"遂"聲、"㚔"諧"[illegible]"聲、"朕"諧"[illegible]"聲,篆文譌"遂"爲"逯"、譌"[illegible]"爲"囟"、譌"[illegible]"爲"[illegible]"之類是也。古文不拘形體向背,反形即是正形,許君强别二字,既别之後,反形無義可説而謂之闕者,"爪"與"爪"、"丮"與"𠬪"、"邑"與"邑"、"卩"與"𠨍"之類是也。字有疊形不成字,其字即本字許君以古籀偏傍從疊形而强謂之字。既謂之字,亦無義可説而言闕者,因"嵞"從"屾"而立《屾部》,因"㵛"從"𣏟"而立《𣏟部》,因"𤅊"從"㸚"而立《㸚部》,因"瀗"從"𤋱"而立《𤋱部》,"柬"從"𠂤"而别爲"𢎘"字,"某"上象果實而謂"從甘",此不必闕而闕矣。字有象兩物之合,篆文變爲疊形而失其形誼者,"[illegible]"象柲檠不從二弓,"[illegible]"象質劑不從二斤,篆文譌爲"[illegible]、[illegible]",許君因就疊形爲説而闕其本誼矣。字有單象名物形,疊之以表其動者,如二東爲"𣗥","𣗥"之爲言轉運也;三兔爲"㲜","㲜"之爲言急走也,許君不能自其聲音求其形義,此不當闕而闕也。若夫"叜"從又持火室内,象有所搜尋,許君以漢時通行尊老誼訓“妄”爲老;“艅”從舟𢍏聲,本謂舟縫也,許君以相沿施身自謂誼訓爲我,此以當時師説失文字古誼,此非篆變之罪,實許君未之詳考而妄闕也。乃嚴氏弟兄不求其端,不訊其末,一則曰:“許君《自敘》云‘其于所不知,蓋闕如也’,此言引經,非關説解。蓋經典多假借,《説文》皆正字,惟恐後世不明經術,故引經以證某字。《説文》一書,本非録舊,何有于闕?”嚴章福《校議議》。一則曰:“凡言闕者,轉寫斷爛,校者加闕字記之。小徐等指爲許語,皆承李陽冰之誤也。舊本闕反切。”嚴可均《校議》。凡字之古誼失傳,篆變失真者,兄曰闕反切,其弟則謂闕引經,“旁、羸、戠、弜”等豈引經所可解乎?“邉、㝹、朕、㠱”等又豈魏晉後反切所能明許君前之古音乎?雖然,今本“䡅”下不言“籀文䡅”,“𢀷”下不言“古文亞”,“𧇾”下不言“盂或從虘”,而皆闕之,誠如嚴説校者所加,然而非闕反切也。“謚、尨、𦥑、䜌、舂”等,誠如王筠説,不但闕爲後人所加,竝其本篆亦不可信,然而非闕引經也。彼二嚴者,謂闕義盡非許君原本,毋乃太過乎?論其傳本,則有大徐闕而小徐不者,若“謚、妄、䣚、𪇴、祀”,有小徐本闕而大徐本不者,若“𥞊、所、𢎘、東、㝹、弜、畕”,考其本誼,大抵言闕者近是。亦有二徐本不闕,考之卜辭、金文、故書、雅記而皆可闕者以千數,其許君之蔽于師説乎?抑篆變之失其真乎?欲知其詳,請俟來日。惟自沈先生啓兹編之緒,復承師友前賢發其疑滯,使四年積稿得以殺青,俱不可不感也。即此且致謝意。民國十八年十一月十五日,丁山識于北海歷史語言研究所。

1930年歷史語言研究所北平石印本

說文類解

說文類解序

陸　炯

讀書必先識字，識字而不知六書之指，猶不識也。象形、指事，多者爲文，會意、諧聲，多者爲字，轉註、假借，文字兼之。《說文解字》，六書之總匯也。篆籀罕識，視同河漢，六義晦矣。因於本字下附孫愐音切，作一楷字，分爲四類，各繫小序，俾全書大指曉然。先羣經異字，稽古也；次重出字；次《說文》無其字而云从此字者、非此字之聲而云此字聲者；次正字誤爲通用之字、别作字以當正字，及徐鉉《新附》中爲後人所加者，辨古也。由流泝源，全書具在，亦奚藉《尉律》之課而小學始明歟？當湖城南舊史陸炯識。

清道光十六年（1836）聞諸室刻本

説文解字雙聲疊韻譜

許氏説文解字雙聲疊韻譜敘

鄧廷楨

許氏《説文解字》，小學家形聲之書也。書爲形聲作，而顧汲汲於訓詁者，蓋因聲求義，義明而聲亦愈以無疑。觀其《自敘》曰："前人所以垂後，後人所以識古。"又曰："將以理羣類，解謬誤，曉學者，達神恉。"蓋其津逮後來之意深矣。嘗考其例，以疊韻訓者十之五，以雙聲訓者十之一二。如天、顛之爲疊韻，旁、溥之爲雙聲，明顯易知，讀者皆曉。惟其於注語積字長贏中，必有雙聲疊韻字以爲之主。如"神"下云"天神引出萬物"，"引"與"神"韻也；"祇"下云"地祇提出萬物"，"提"與"祇"韻也。取諸同部以供指撝，殆屈子所稱"玄文處幽，離婁微睇"者。後來引申，罕發其祕。惟金壇段氏作注始明爲指出，而意非專主，遺義尚多。余喜其能發微且可證余素論，因推廣之。既於許書所以用意之處，有見其斷出於是而非苟焉爲之者，於是按部求索，一一標舉。積久成帙，輯爲專書，於以闡明許恉，疏通段説，俾奧博之誼，粲然復明於世。復取各家注本，聚相讐勘，闕其疑者，從其長者，期於求是而已。至段氏所求之音或猶有未允者，如"妻"字韻"室"，當爲一部，段氏既以妻聲入十五部脂微齊皆灰，又以至室聲入十二部真臻先，謂"至讀如暫聲"。若是者，段雖讀疊韻而余書則不敢從，不以不同部者誣許書亂古音也。蓋許書教人因聲以求義，余書則欲人因義以求聲，知義之出於聲而聲以正，知聲與義之相比附而古音以明，知許書之雙聲疊韻鑿鑿如此，而羣經之雙聲疊韻無不可讀，固無俟碻磝元護之偶焉舉似也已。

許氏説文解字雙聲疊韻譜敘

林伯桐

尚書制軍嶰筠先生既刱《詩雙聲疊韻譜》，研北存稾，經緯成音，汝南遺書，丹黄殆徧，因聲即可求義，識字所以審韻。爰於《説文解字》專譜聲韻，其視《詩譜》如驂之靳也。在昔《凡將》《訓纂》，蚤肇重輕；《滂喜》《彦均》，各具清濁。許書獨出《史篇》，集成大誼，本乎諧聲羣類，由之孜韻，《爾雅》叚借，即在同部，《毛傳》闇合，有如響應。迨鄭君釋經，晉灼注史，當時已相引述，元音信其在中。流傳既遠，扶翼猶微。吕忱字逸，徒據《玉篇》，孫愐書亡，惟留《廣韻》。舊音不講，虚造方滋，誤大道於多歧，圖捷徑以窘步，非一日矣。尋五經至教具箸有韻之文，六朝大師未改循聲之注，學判南北，都恥虚語，才析華實，俱知古音，得非聲義一定遵修師法而不穿鑿乎？惟是門聞、户護説非專條，日實、月闕解未如貫，二徐都無纂組，時賢偶有會合。舊典猶缺，新書遂成，稽譔隱括，例同譜《詩》，往復際會，功傒開卷。蓋根柢之業深培乎堂構，而畦畛已化特箸於聲畫，期勗學以尊聞，俾先覩而爲快，殷勤古初之思，振迅膚受之見矣。深惟吃文易誤，選和難喻，薛荔待乎善對，蓬萊疑於廋辭。自非聆音求古，推十合一，輒欲揚搉遺聞，討論前載，不幾於方枘而圓鑿邪。且八體未興，已有依聲；《三倉》不備，正須論韻。務本者鉤玄，就實者求故。然則辨無瑣碎，必通轉獨精；語非汎濫，由選言至當。取譬相成，同條共理，洵小學會通之觀也。至近取諸本不遺所長，孫刊眆宋可證，汲古段書在邇，尚考松崖聲系，旁搜斠詮，間及餘多集善，非可更僕。若其次列有倫，演贊不紊，章灼良略，觸類玲瓏，剔歷聽靈，取材洋溢，五聲先於五際，六義貫以六書，通學牽屬，褋而不越焉。息版攸戒，字例孔昭，匪待爹述乎鋪觀，聊用綴陳爲籒繹云爾。道光己亥日躔壽星之次，番禺林伯桐謹識。

説文解字雙聲疊韻譜序

方東樹

古小學之事，形聲義三者兼併而聲爲易。人之生也，有先得於聲而後始辨其形與義者，亦有同得於聲義而竟莫識其形者，故曰聲爲易也。故兩漢以上，無專求音之書，蓋其時去古未遠，文字亦少，皆有以得其正聲本音，大抵假借譬況，第曰讀若而已明矣。世降而音殊，所以讀是音者，有案之心與目而了然，接諸口與耳而茫然者，則所以求是音也，不能不爲書以專箸其事矣。是故古人詁經解字，第使人因聲以見義，後人立部定韻，又當知有因義以求聲。是故魏世始有反語，齊梁始有雙聲疊韻，唐人始爲《切韻》之書，雙聲疊韻爲之體，反切以爲之用，其於求音至精也。故必雙聲之同而後韻之部同，不明乎雙聲之同而强切以立爲部，此古今韻書所以多歧也。雙聲疊韻者，天地之元音也，古人由之而不及言，後人言之而時有戾。蓋古者人少而氣正，教一而風同，故其音不相遠，本天者多也；後世人繁而氣亂，氣亂而音厖，學者雖立法以求之，而不知反古以合天，故多眩惑也。故聲韻之學，求之於古則愈合，求之於後則愈棼。是故自其不變者言之，雖唐虞至今無異也，自其變者言之，則數家之説百里之遥而有不可同者矣。是故欲通古義，必先明古音，而欲明古音，非仍於古書求之，則卒莫能得。許氏《説文解字》，主於形以解義之書也，其於求聲不過曰“某從某聲、讀若某聲”而已，此固兩漢小學書之通例也。近金壇段氏作注，始於許氏所解説間注曰“某於文爲雙聲、某於文爲疊韻、某於文爲雙聲兼疊韻”，然後知許氏於雙聲疊韻雖不名而言之，而固已號而讀之，雖不以之反切以求聲，而實可因以得聲之原，且其所讀皆古音，其諧聲莫不取於其所同部。學者尋其類例，觀其會通，於以識音均之原嚴而不可越，則文字之音讀正，而義亦無不昭，而凡假借、轉注交相用之故亦無不畢貫，率由其讀可以證古經音，可以證魏晉以來之譌音。與夫周、沈、陸詞諸人審音分部之不當，舉古今輕清重濁、弇侈緩急之所以殊者，悉迎刃以解矣。嗚呼！可謂不苟作而至精微者也。獨是許氏書行千餘年，而曾無一人精讀而發其祕，經段氏揭而明之，遂成稀有奇特，邈前世而未聞。論者謂音韻小學爲《唐韻》所蔽昧，沉霾千載，直至國朝諸儒始復大箸，豈不信哉？顧段氏雖言之，而不爲雙聲疊韻專明其用，其義猶晦而弗章，又其所言猶頗不無漏遺誤讀之處。高郵王觀察曰：“雙聲疊韻之字，義即存乎聲，求諸聲則得，求諸字則惑且鑿。”故作二十一部韻以明之。此皆知主於求聲以明義，特不知即古書專以雙聲疊韻明之之尤爲易明也。蓋不明雙聲則不能定所切之音，而不求之古書則不知所切聲韻之或有牴牾，故有雙聲非聲、疊韻非韻者矣。甚矣！學問之道，非一人之智所能畢其全功者也。尚書南陽公名世應，期維周作輔，文羅武絡，兼綜條貫，而學海津逮，陶分不舍，《七志》之外，餘事及於聲韻，神解天授，匪人所希。其於近世諸家之書，靡不弗穿周洽，結解冰釋，參伍出入，纖豪必臻。當其詣微獨獲，有非成説所能圉。昨以政暇，成《詩雙聲疊韻譜》，不著一語，昭顯覈密，遠益毛、朱，近埤顧、孔，既冠古今而獨出矣。玆復取許氏書，引申段《注》，爲《説文解字雙聲疊韻譜》，所以發明許恉，補正段説。見於所自序者，章畫志墨，如列宿之錯置。賤子怐愗向於此學，未嘗識塗，徒以相依之久，時時竊聞緒論，而性分有限，竟莫能通，第以一孔之見測之。竊以劉熙譔《釋名》因聲以求義，孫炎注《爾雅》即義以求聲，以今方之均，若未逮此書之明箸也。二書輔行，可使前之言雙聲疊韻者，媿悔而不知近求；後之言雙聲疊韻者，愉快而逸於捷獲。絶學之明，關乎運數，豈偶然哉，豈偶然哉！道光己亥冬十一月，桐城方東樹謹序。

以上清道光十九年（1839）刻本

說文舊音補注

說文舊音補注敘

胡玉縉

向讀《説文》,見二徐俱用反切,以爲許君既言“從某聲、讀若某”,不煩反切。後讀隋、唐《經籍志》,知有《音隱》,惜其不傳。迨覩畢秋帆先生輯本,寶玩莫已,穆然想見其抱殘守缺之盛心。顧其書於所采之書止載書名,未標篇第,因仍梁氏《倉頡篇補註》意,一一攷其所出。又於諸書所引未及比坿,往往誤仞通俗字爲正字,間正其失,并益以補遺若干條。初非敢自矜箸述,惟於畢氏所譏不知珍重者陋,庶乎免焉。光緒十三年丁亥人日,元和胡玉縉。

清光緒十四年(1888)江陰南菁書院刻本

説文審音

説文審音序

俞 樾

自孫炎始爲反切，而反切播滿經傳。今試問人以反切法，則夫人能言之曰："上一字雙聲，下一字疊韻也。"余謂疊韻易知，雙聲難辨。試問以何爲雙聲？任舉一字，而問以與此字爲雙聲者共若干字？則皆莫能對矣。《廣韻》所載雙聲法，以"章、掌；良、兩；廳、頲；精、井"等字當之，不且混雙聲於疊韻乎？可知雙聲之法，自來知此者尟也。然雙聲固不易知，即疊韻亦有難言者。一韻之中，多者數百字，至少者數十字，此一韻中任舉一字以爲疊韻乎？抑有可用不可用者乎？則又莫能對矣。又況三代以上，初無韻書，今所謂古韻若干部者，皆後人依《詩》《騷》所用之韻强分之。然同一"求"字聲，《谷風篇》與"舟、游、救"爲韻，《終南》篇又與"梅、哉"爲韻；同一"曹"字聲，《載馳》篇與"悠、悠、憂"爲韻，《公劉》篇又與"牢、匏"爲韻。執是以求古韻，則尤、侯、幽三韻，支、脂、之三韻，皆可與蕭、宵、肴、豪四韻合而爲一，而《廣韻》之二百六韻不可通者寡矣，又將以爲疊韻乎？張子乳伯於是有《説文審音》之作，先定雙聲之例：凡平、上、去三聲之字與本字之入聲爲雙聲，如"得"字爲"當"字之入聲，故"得、當"雙聲也，"灼"字爲"章"字之入聲，故"灼、章"雙聲也，此一例也；凡平、上、去三聲不同，而其入聲同者亦爲雙聲，如“根”字、“廣”字入聲同爲“革”字，故“根、廣”雙聲也，“隆”字、“閭”字入聲同爲“勒”字，故“隆、閭”雙聲也，此又一例也。有此二例，而雙聲之律嚴矣。任舉一字，以此求之，或得雙聲三十餘字，或得四十餘字，而雙聲之用廣矣。次定疊韻之例：凡一韻之字，必分喉、舌、唇、齒、鼻五聲，如“東”字當以“通”字爲疊韻，皆舌聲也，而《廣韻》以喉聲之“紅”切之，則不合矣；如“真”字當以“春”字爲疊韻，皆齒聲也，而《廣韻》以舌聲之“鄰”切之，則不合矣；此疊韻之例有定而不可移者也。至於古人用韻，有用其本音者，有用其雙聲者。如“基”字，《南山有臺》篇與“臺、萊”爲韻，其本音也；《絲衣》篇與“紑、俅”等字爲韻，其雙聲也。“敖”字，《車攻》篇與“苗、囂、旄”爲韻，其本音也；《桑扈》篇與“觩、柔、求”爲韻，其雙聲也。用其本音者吾從之，用其雙聲者吾不從，則古人用韻，似有出入，而實無出入。豈獨用韻，雖字之所從得聲者亦然。許氏《説文》但言某聲，而實有從其本音者，有從其雙聲者，自來以字之同聲者即爲同部，此可謂識字，未可謂知音也。於是分平、上、去爲八部，入聲自分三部，是爲古音十一部，而古韻亦定矣。蓋君於此事用力獨深，故能得不傳之秘，而成此必傳之書。昔王伯申先生見焦理堂《易通釋》，歎爲鑿破混沌。余於此書亦云。惟其書添注塗乙，旁行斜上，未有定本，支、脂部以下尚未得見。余衰且老，每有趙孟視蔭之意，歲不我與，深盼君之早成此書，而余及見之也，故爲之序，以速其成。光緒十六年二月，曲園俞樾。

校刻説文審音跋

劉富曾

湖州張子中先生以鹾大使需次兩淮，恥於干進，落落寡合，以著述自娱。博通諸家之學，尤邃於《説文》一書，著有《説文發疑》等種，已行授梓。身後蕭然，僅有中郎之女，斯亦文人之境至阨矣。爽秋廉訪與先生爲道義交，先生没後，存恤其家，索其遺著，得《説文審音》手稿，計十六卷。先生存日，僅刊成首三卷，其中缺佚四卷，計存者共九卷。廉訪篤念故舊，掇拾叢殘，以此編雖未全之帙，而先生心力所萃，吉光片羽，賴兹以傳。爰取以付梓，而以校字相屬。富曾於音韵之學夙未究心，當先生兩淮需次時，僑寓邗上，不時造先生廬，仰望丰采，飫聆緒論。惜所談每在算術，未及於音學，殊爲憾焉。兹編係先生手録之帙，旁行斜上，本非寫定。凡刊刻酌定體例，均與先生同邑淩子與先生霞、涇縣洪君幼琴槃商榷，以資考正。涇縣翟君展成鳳翔夙精韻學，時寓于湖，亦每與參訂焉。刻既成，爰記其緣起如此。《凡例》則另爲編云。光緒戊戌年五月，後學儀徵劉富曾謹跋。

以上清光緒二十四年（1898）桐廬袁昶通隱堂刻本

説文讀若字考

説文讀若字考序

葉德輝

東漢以前，文字無直音，於是有“讀若、讀如、讀爲、讀曰、讀與某同”及“當爲”之例。其傳於今者，許君《説文解字》、鄭君《三禮注》《毛詩傳箋》、高誘《吕覽》《淮南》兩注，皆其最著可考者也。《説文》本字書，祇“讀若、讀如、讀如僅《匸部》“匿”字下一見。讀與某同”，“讀若、讀如、讀與某同”者，比擬其音，或比擬其義，不改本字爲他字。“讀爲、讀曰”者，以同聲或形近之字改其本字，此解經之法，與釋文字者迥然不同，故《説文》不用此例。若“當爲”者，則直認其字爲有誤而徑改之，以爲當如此也。凡一字之音，以方言之變遷，而有疾徐、高下、輕重之異，故高誘注《吕覽》《淮南》，乃有“急察言之、長言之”等例，劉熙撰《釋名》，又以“開口、合口、舌頭、舌腹”等類定音之異同，至孫炎而成翻切，《經典釋文·敘例》：“孫炎始爲反語。”服虔、高貴鄉公而有直音。《經典釋文》：“爲《尚書》音者四家：孔安國、鄭玄、李軌、徐邈。案漢人不作音，後人所託。”陸氏此語誠然，《書》孔傳僞本，不可考，鄭注《三禮》、箋《詩》，無直音也。然《左傳》列有服虔、高貴鄉公兩家音，則在漢末已有之。且高似孫《史略》載服虔有《漢書音》，則直音可斷其以服虔爲始矣。然音切生而聲與義離而爲二，不如“讀若”得知文字聲音之原，此余撰《説文讀若字考》，所以發明古字通假之奥，將使人人能讀古書，不至妄有疑義，動加改竄也。錢繹曾撰此書，未見傳刻，意亦未必有過於余書，故敢授之梓人，以質世之治許學者。是書成於光緒壬寅，至今壬戌，二十年，時有修改，然猶有未如己意者。炳燭餘光，不復有待，如有隙漏，後人糾之，是固同爲許氏之功臣也已。壬戌冬至，葉德輝序。

説文讀若字考跋

左念康

漢人注書無直音，有韻之文亦無四聲，其所以證明字音者，有“讀若”之法。“讀若”亦或云“讀如”，亦或云“讀與某同”，此見於《説文解字》者也。其他有“讀爲”，有“讀曰”，有“當爲”，見于漢人經子諸注，而以鄭君《三禮注》《詩箋》尤多。“讀爲、讀曰”，是因其字而改其義，“當爲”則直認其字之誤而糾正之也，其義與《説文》“讀若”不同。蓋“若、如”皆譬况之詞，“曰、爲”則改變之詞，不可一例論也。“讀若”有用本字者，明字有兩義，此一義之字即彼一義之字也；有用同聲字者，明彼此可以通用，義由聲出也；有用本字所從得聲之字者，明其音之原也；有用本字所孳生之字者，明其聲之委也。昔金壇段氏玉裁注《説文解字》，後附《六書音韻表》，每於讀若字下，輒曰“古音在某部”，或曰“某部與某部合音”，致讀者茫然，每多疑竇。夫古音分部，誠哉其然，但部之分别各異，至少者七部，至多者二十一部，其間分合增消出入，時有參差，惟讀若之字多與本字同音，苟非於《説文》外多有取證而發明之，讀者終不能尋字音之原，以窮文字之妙。吾師郋園年丈邃於小學，於《説文》致力尤深，此《説文讀若字考》一書，二十年前即見之，今將付梓。適康回湘修先祖太傅文襄公墓，而吾師亦由蘇回湘省親，手出是編，命爲校正，因得檢讀一過，爲識於後。壬戌冬小寒，受業年家子左念康謹跋。

以上1923年葉氏觀古堂刻本

通志・六書略

影印元至治本鄭樵六書略序

沈兼士

北京大學將影印元至治本鄭樵《六書略》，徵《序》於余。余於鄭氏書之研究，不甚感興趣，且至治本之得失短長，亦未遑考校。加之俗宂，因循數月，愧無以應。比以出版在邇，屢被敦促，重違來旨，爰爲序之如次。

竊嘗謂自唐宋以來小學家之研究，約可區畫爲三階段：

一、六書分類之《説文》學。後漢許慎𠜂作《説文》，魏晉字學，師承尚異。唐宋而後，始定一尊。陽冰刊定，原書已佚。小徐《繫傳》，重在《通釋》。若以六書隱栝《説文》全書，其法蓋𠜂自鄭氏。自爾戴侗之《六書故》、周伯琦之《六書正譌》、楊桓之《六書統》、魏校之《六書精藴》、趙古則之《六書本義》、趙宧光之《六書長箋》演之，遂成六書分類之學。餘韵流風，迄清猶盛。致令一般治《説文》者，以爲捨六書分類之外，别無他法。而此研究之結果，復不能利用之以治其他學問，是之謂孤立的研究。

二、實用之小學。章太炎先生《國學講習會略》説云："以古韵讀《説文》，然後知此之本字，即彼引申假借之字；以古韵讀《爾雅》《方言》諸書，然後知此引申假借之字，必以彼爲本字。能解此者，稱爲小學。若專解形體及本義者，如王菉友所作《説文釋例》《説文句讀》,衹可稱爲《説文》之學,不得稱爲小學。若專解訓詁而不知假借引申之條例者,如李巡、孫炎之説《爾雅》,郭璞之注《爾雅》《方言》,衹可稱《爾雅》《方言》之學,不得稱爲小學。若專解音聲而不能應用於引申假借者,如鄭庠之《古音辨》、顧寧人之《唐韵正》,衹可稱爲古韵、《唐韵》之學,不得稱爲小學。兼此三者,得其條貫,始於休寧戴東原氏。”戴震主張以古韵爲治小學之工具,以通經爲治小學之目的。其弟子王念孫、段玉裁輩踵之,益宏其業,遂成有清一代之樸學。

三、理論之語言文字學。章氏又曰:“自許叔重創作《説文解字》,專以字形爲主而音韵屬焉。前乎此者,則有《爾雅》《小爾雅》《方言》,後乎此者,則有《釋名》《廣雅》,皆以訓詁爲主而與字形無涉。《釋名》專以聲音爲訓,其它則否。又自李登作《聲類》,韋昭、孫炎作反切,至陸法言乃有《切韵》之作,凡二百六韵。今之《廣韵》即就《切韵》增潤者。此皆以音爲主而訓詁屬焉。其於字形略不一道。合此三種,乃成語言文字之學,此固非兒童占畢所能盡者。然猶名爲小學,則以襲用古稱,便於指示,其實當名語言文字之學,方爲塙切。”章氏倡此正名之議,頗具時代之精神,足以促小學之進步。其著作有《語言緣起説》《新方言》《文始》等,不愧爲原始要終獨具體系者矣。近三十年來,文字學之名已爲學人所習知,更當推廣範圍,於中國舊日小學現代方言之外,進而涉及東方語言及西方比較語言學,多面綜合,以完成語言文字學之理論的研究,此我輩今日所當取之途逕也。

鄭氏在文字學史上爲第一派之刱始者,固自有其時代之價值。今試刺取其書中有關於治《説文》之眼光及方法者,撮要評騭一二,以資隅反。鄭氏曰:“臣舊有《象類》之書,極深研幾，盡制作之妙義，柰何小學不傳已久，見者不無疑駭。今取《象類》之義，約而歸於六書，使天下文字無所逃，而有目者可以盡曉。”又曰：“臣《六書證篇》實本《説文》而作。凡許氏是者從之，非者違之。其同乎許氏者，因畫成文，文必有説，因文成字，字必有解。其異乎許氏者，每篇總文字之成，而證以六書之義，故曰《六書證篇》。”顏之推《家訓》推崇《説文》，謂其書：“檢以六文，貫以部分，使不得誤，誤則覺之。”其實許君固未嘗以六書部勒全書，六書分類之法，蓋自鄭氏之《六書略》始。鄭氏又曰：“許氏多虛言，《證篇》惟實義。許氏所説多滯於死，《證篇》所説獨得其生。蓋許氏之義著於簡書而不能離簡書，故謂之死。《證篇》之義舍簡書之陳迹，能飛行走動不滯一隅，故謂之生。今舉“一、二”之義爲《説文》首篇者，可以見矣。《説文》於“一”則曰：“惟初太始，道立於一，造分天地，化成萬物。”故於“一”之類則生“元”生“天”，生“丕”生“吏”。然“元”从“上”，“丕”从“地”，“吏”从“又”，皆非一也。惟“天”从“一”。《證篇》於“一”則曰：“一，數也。又象地之形，又象貫物之狀。”在上爲“一”，故生“天”生“百”；在中爲貫，故生“毋”生“毌”；在下爲“地”，故生“旦”生“丕”。爲貫爲地者無音，以無所麗，則復爲“一”矣，是以無音。《説文》於“丄”則曰：“丄，高也。此古文丄，指事也。”故於“丄”之類，則生“帝”，生“旁”，生“下”。然“帝”本象形，“旁”則形兼聲，“下”非从“上”而與“上”偶。《證篇》於“丄”則曰：“二，音貳，又音上。殺上者爲上，殺下者爲下，在物之中者，象編連之形，在物之上下，象覆載之位。”故於“二”則生“竺”，生“亝”，於“上”則生“元”，生“帝”，於“下”則生“再”，生“爾”；於中則生“册”，生“再”；於上下則生“亟”，生“亘”。在中在上下者無音，以自不能成體，必有所麗，是以無音。

鄭氏説象形之體,其音義隨字變動,較之許君之執著形體者,固有生死之别,誠此善於彼矣。雖然,儻以現代學者之眼光視之,上述兩端,皆尚有可議,而尤以六書分類之法爲不合理。請分論之於下:

論六書分類。六書爲"字例之條",殆猶文法之於文章。文法之用,爲便於解釋一切文章之構造,初不必剖析文章使其分隸於各類文法之中,方爲能事。又如幾何學定理之於問題,問題之性質愈複雜,則其應用之定理亦必愈繁多,凡解一題,固不應限用一定理也。六書之於文字,何獨不然?蓋造文字時,運用六書之法,此是追述之語,當造字時固無六書之目。少則僅一,多容至四,其排列組合,有式可計。吾人於每一文字,可視其用六書之多寡,定造成之後先。大概少者必先,多者必後。此謂取法之多少,不關結體之繁簡。緣造字者之思想,由簡單漸趨複雜,由具體漸趨抽象,由表意漸趨表音。試觀六書之次第,本班固説。可知演進之勢,大劑如此。然則六書之分,固非絶對有别判若鴻溝者也。今鄭氏舍本逐末,到果爲因,以六書爲綱,别立細目,而以文字分類件繫於其下。脱有出入,復削足就屨,設變例以彌縫之。如象形中有形兼聲、形兼意,指事中有事兼聲、事兼形、事兼意,遂使後之學者變本加厲,争論紛紜,岐路愈多,真義愈隱,庸人自擾,甚無謂也。今之新學乃起而倡,打破六書之論,是豈六書本身誤人,抑不善於利用六書之過也。余以爲六書本是文字之注脚,不應反以文字爲六書之注脚。六書祇宜藉作造字史觀,從縱面察其遞衍嬗變之迹,不宜横面强爲切斷,使之失其脈絡,此余對於鄭氏六書分類法之駁議也。次論"一、二"之所生。鄭氏謂"一"有多面意義,極爲宏通。惟改《説文》之訓爲"數也",則似是而實非。緣古小學書多爲四字韵語,《史篇》《三蒼》佚文可按。許書體裁雖志在革新，然於開宗明義故仍舊貫，殆亦有暗示直傳小學正統之意歟？即如許書部首之制，亦由《急就章》之“分別部居不雜廁”悟出，《急就》多以偏旁相同之字類聚成文，與《倉頡》僅以義聯者有別。與其如段玉裁所云“此前古未有之書，許君之所獨刱”，無寧謂其爲歷史自然的演化，爲較有意義也。至於“惟初太始”四句，似覺含胡不了，惟如此方足表示“一”形可以象徵多面之意義。或以爲漢代陰陽五行之説，波及字學，故許氏有是説。易爲“數也”，反成膠柱矣。又於“二”則曰：“二音貳，又音上。”其説頗怪誕，然不得謂之毫無見地。古者象形文字之發展，蓋經歷二階段，先有文字畫，而後有六書象形字。詳拙著《從古器款識上推尋六書以前之文字畫》。前者爲繪畫的，其結體複合流動，義既不固定，音亦或有或無。迨蜕化爲六書象形字，則成單體之符號矣。然其音義仍未嘗如後世之拘泥也。例如“舟”形，在“俞”既爲舟，又象穿木户，又象築牆短版，又象廁牏受糞函者。其字則孳乳爲“窬、牏、腧”等。在“般、即“盤”之初文，《説文》誤爲从舟車字。受”《説文》从舟省聲，金文作“受”不省。皆象承盤。《周官·司尊彝》：“六彝皆有舟。”鄭司農注：“尊下臺，若今時承盤。”按今俗尚有茶船之語。且疑“瓜”字與“舟”原始亦是同形。在“履、歬”皆象屨，“歬”爲納足於履前行之象，《説文》誤爲从舟車字，故下“不行而前”之訓。是“舟”爲一切物空中之共象，不僅指舟車，自不應皆讀作舟車之音。又如“口”形在“谷”象地之汙窪，在“㕣”象山之洞壑，在“器”象其空中能容，金文卜辭亦多以“口”象器形。在“龠”象竹管上見，是“口”爲上述各物之共象，不僅指口舌，自不應皆讀作口舌之音。大氏文字畫多作象徵母型，以汎象若干事物之共態，而非代表其語言。及至所謂六書象形時代，乃漸分別形體，固定音義，而爲文字矣。然其中殘留之遺跡，往往而有，尚可推尋。鄭氏之説，猶覺未達一間，且舉"上、二"爲例，尤爲不倫。其他鄭氏所主張之"子母相生、文字有間"，莫不與此有連帶之關係，知是可以類推矣。此余補訂推闡鄭氏"證篇獨得其生"之説也。

鄭氏此書又多刊定許君舊注，上承陽冰，下啟元、明諸家之説，雖與近代以金文卜辭匡正《説文》之意相類，而其法則異，前者憑肊説，尚獨斷，後者重比較，貴證據，區以別矣。是此書之在今日，僅存歷史上之價值，又何貴乎印行？不知學術之能推陳出新，端賴反正兩種潮流之相激相盪。有六朝之靡麗，然後有唐宋八家古文之質實；有明代之空疎，然後有清乾嘉樸學之考據。居嘗以爲張之洞《書目答問》太重家法，忽略史觀，是其缺失。然則北京大學之重印此書，豈爲多事哉！民國二十四年沈兼士敘於北平之段硯齋。

1935年北京大學影印元至治刻本

六書故

六書故敘

戴　侗

侗也聞諸先人曰："學莫大乎格物。"格物之方，取數多者書也。天地萬物、古今萬事，皆聚於書。書之多，學者常病乎不能盡通。雖然，有文而後有辭，書雖多，總其實六書而已。六書既通，參伍以變，觸類而長，極文字之變不能逃焉。故士惟弗學，學必先六書。古之教者，子生十年始入小學，則教以六書。六書也者，入學之户門、學者之所同先也，以爲小學者，過矣。由秦而下，六書之學遂廢，雖有學焉者，往往支離傅會而不適於道，至與曲埶小技下爲曹伍，故士益不屑，而其學益不講，千載而下，殆無傳焉。夫不明於文而欲通於辭，不通於辭而欲得於意，是聾於律而議樂，盲於度而議器也，亦誣而已矣。先人既以是教於家，且因許氏之遺文，訂其得失，以傳於家塾，而不果成。小子懼先志之隊，爰摭舊聞，輯成三十三卷，《通釋》一卷。其所不知，固闕如也。抑其所知，亦焉敢自是乎哉！姑藏家塾，以俟君子。

六書故序

趙鳳儀

書始乎指事、象形，變而爲轉注、會意、諧聲、假借，謂之六書，文字之本原也。獨立爲文，判合爲字，文立而字孳，天地事物之載，孰有外於是者？自篆籀禪而隸楷行，刀筆廢而毫楮用，傳寫轉易，譌繆滋甚，有求正於六書之故者蓋鮮。合谿戴公侗獨能探索於千載之下，因許氏遺文，釐其舛忒，弟其部居，傅以義訓，群經子史百家之書，莫不爰据，示有徵也。析爲部九，卷三十有三，約而不遺，通而不鑿，父以聯子，子以聯孫，若網在綱，瞭然如示諸掌。噫！亦勤矣。公之父蒙从學于武夷，兄仔舉郡孝廉，父子昆弟自爲師友，是書之成，淵源有自。延祐戊午，予來領郡，命其孫坌出諸家藏，郡博士與諸儒咸謂是書誠有益於經訓，宜傳以惠後學。予既鋟《四書》與《郡志》，明年捐奉廩以倡，刻而庋諸閣。徐騎省有言："非文字無以見聖人之心，非篆籀無以見文字之義。"通經者舍是書，何以哉？延祐庚申冬十月，古汴趙鳳儀序。

以上明萬曆三十六年（1608）嶺南張萱清真館刻本

六書統

六書統序

倪　堅

鄒魯多鴻儒，燕趙多奇士。僕隨朝三十載，獲交鄒魯、燕趙士大夫非一人，獨於辛泉先生楊公，在祕府則有同寅之好，在成均則有交承之誼，故於古道之交尤深。每論及所著《六書》，則慨然歎曰："世變日下，文字亦隨之。予欲援古以變今，不徇今而變古。竭盡平生心力，凡三起草而成是編。自守之堅，信之篤，天下後世之知不知不計也。"愚謂古者變結繩而書契，皇而帝，帝而王，所謂龍書、穗書、雲書、鸞書，與夫科斗、龜螺、鐘鼎、薤葉等書，皆絶無聞。絶無聞而僅聞者，惟軒轅之史倉頡、周宣之太史籀二篆而已。攷之傳記，史倉之鳥篆，羲農龍穗之變也；史籀之大篆，顓頊科斗之變也。漢許氏亦云五帝三王改易殊體，王降而霸，去籍於七國，焚書於孤嬴，而李斯始變頡、籀二篆，省文而爲玉筯，亦曰小篆。既而戍役興，獄事繁，程邈又變篆爲隸，以趣約易，史臣謂施之徒隸，故曰隸。厥後愈變而愈不古，古文遂絶。説者以爲自倉頡至漢初，書經五變：古文變而大篆，又變而小篆，篆變而隸，隸變而草。草始於漢初，不知作者爲誰。他如署書、藁書、楷書、蓬書及懸針、垂露、飛白、偃波等數十種，皆出於六文八體，因事而生變者也。漢孝武時，雖得孔壁科斗古文，時人無能知者。孝宣嘗召通《倉頡》讀者,以授張敞,敞後傳之杜林。孝平聞爰禮等能言頡書,徵爲小學元士。雄又采禮説以續頡,而固又續雄。孝和申命賈逵修理舊文,慎又采史籀、斯、雄之書以解逵,而鍇又解慎。此則頡、籀之變而屢變者也。魏邯鄲淳以曹喜學斯而學之,蔡邕雖采斯、喜之説爲雜形而不如淳,韋誕師淳而亦不及。又有《史籀篇》《倉頡篇》《三倉》《廣倉》等篇,皆出於晉之汲冢,而頡、籀之舊,又不知其幾變也。君子謂篆經五變,而至漢初已非古矣,魏晉而下不論也。故唐李陽冰自謂"斯翁之後,直至小生",徐鉉以其言爲不誣。蓋籀者頡之變,斯者籀之變,而冰又斯之變也。舒元輿謂斯去千年,冰生唐時,冰後無人,篆止於斯。愚謂冰未千年而有辛泉,與漢許慎如相後先,其《書統》之與《説文》,則相表裏。其六書之序,則有同而異者焉。許氏之序六書,周保氏之變也;辛泉之序六書,漢許氏之變也。其《自敘》云:"六書之有象形、會意,而後有指事、轉注、形聲、假借,亦猶八卦之有乾坤,而後有震巽坎離艮兑。"其《後敘》又參天地之化,合四時之序,關盛衰之運而言之,蓋得古人不傳之妙於言外,亦善變者也。先儒謂《易》爲聖人通變之書,愚亦謂是書爲變變而作也。變在彼,變變在此。彼之變,變古而降爲今;此之變變,變今而返之古。愚故謂是書亦變變之書也。慎之子沖,於漢建光之元上其父書,父書得以不泯。辛泉之子守義,亦於皇元至大之元,以其父書聞於朝,朝命板行。愚知二氏之書將並行於世,而相傳不泯也。守義奉朝檄往江浙刊父書,將行,詣史館,泣且請曰:"先君子辱知於先生最厚,所著《六書》亦先生所夙知,敢告序引,以信來世,以爲子孫藏。"愚嘉其能守父學而不變,又念疇昔古道之交能幾,其敢以一死一生而變邪?遂爲序其槩,以俟後之君子。先生諱桓,字武子。夫人孔氏五十三世孫，子男五人。所居魯城南之三里許曰逵泉，疏而爲辛泉，因以自號云。至大改元，歲在著雍涒灘良月朔，翰林直學士、奉直大夫、知制誥、同修國史，三山倪堅序。

六書統序

劉　泰

書，六埶之一。孔子曰："游於埶。"游，玩物適情之謂；埶則禮樂之文，弧御書數之法。皆至理所寓，而日用不可闕者。朝夕游焉，以博其義理之趣，則應物有餘而心不放矣。況書爲五埶之府，以其五埶之明，必待書成彣字，而後各識其所以然，則書尤不可易而學之也。抑書之奧，不獨該夫人事之五埶，雖天地万物亦莫不該之也。一曰象形。天地以生物爲始，物生而形各不同，故隨其物之形，模寫以成文，所以象形爲六書之首。如"日、月"之類，"日"昜精，其體常盈；"月"侌精，其體多缺，而藉日爲光。此形不同而文各有取也。二曰會啻。天地万物之形既異，其文又不一而足，故模衆物變動之啻以成文，如"从、比"之類，取義兩"人"相从爲"从"，兩"人"相比爲"比"也。三曰指事。文既成於象形、會啻而理不能該者，則字生焉。字雖有似乎人爲，其實亦莫不因其自然之理也。如"本、末"之類，指其"木"之下者爲"本"，指其"木"之上者爲"末"也。四曰轉注。指事之外，啻有不能盡者，則取文字轉相附注，以足其啻。如"聖、賢"之類，"聖"从耳，从口，从壬，以其聞無不通、言無不中，"壬"則人在士上，"聖"又士之大者。"賢"从臣，从寶省，以其臣有守，則國之大寶也。五曰形聲。物之形音非轉注所能盡，故於形之傍附之以或文或字，因聲以明之。如“曈、曨”之類从日，以童、龍爲聲也。六曰叚借。其聲義於上五者俱不能該，故取一字兩用以足之也。如“去、取”之類，去，往也，借爲上聲除去字；取，善聽也，借爲取舍字。此其大畧。至於脉絡條目，備見各書小序，矧又有泝原以復古，正韻以達今。嗚呼盛哉！若《統》書不作，隸字既變舊形，則雅音自何而知耶？大抵古人制作文字，不徒記事，而每寓教於其中也。如“孝、尊”之類，“孝”是善事父母之名，从老省，子在老下，老在子上，承事之，所謂老者安之也。“尊”本酒器，象口有蓋、腹有文，兩手奉之之形。君父所以稱尊者，不敢斥言，但指其當前所用之器言之，猶今“御前、殿下”之稱，敬之至也。隸字既失其本真，則此意何以明哉？斯辛泉先生所以爲恖，《六書統》所以作也。先生識見高明，洞徹物理，六書奧妙，究極精微。至於一文一字，用心推求，注釋簡要，莫不得其至當之理，於古人寓教之妙，發其所未發，以新天下後世之耳目，可謂方今之盛典也。苟存心於游埶者得一觀之，於世教豈爲小補哉？先生幼子守義得父之傳而精其業，多士嘉之。朝廷特命馳驛往江浙行省，刊板印書，以廣其傳，可見崇重至美之意云。將仕佐郎國子博士，門生劉泰序。

以上元明遞修至大元年（1308）江浙行省儒學刻本

六書正譌

六書正譌自敘

周伯琦

六書者，文字之本也。不達其本而能通其用者，不也。世當鴻荒，結繩爲治，風氣漸靡，聖人憂之，於是乎跡其衡從圜方，著夫形體音義，放象爲文，孳乳爲字。有文而後有字，猶奇偶之有卦象，皆天地自然之理也。後世推之以爲六書，曰象形也，指事也，會意也，諧聲也，轉注也，假借也。凡有形者象之，"日、月"是也；形不可象，則指其事，"上、下"是也；事不可該，則會諸意，"信、義"是也；意不可盡，則諧諸聲，"江、河"是也；聲有不可窮，則因形體而轉注焉，"帀、乏"倒"㞢"爲"帀"，反"正"爲"乏"。是也；因音義而假借焉，"令、長"是也。書之六義，大略若此，包羅事物，靡有或遺。以之格物則精，以之窮理則明，以之從政則達。古人之學，循敘而進，未有不由是者也，是故《周官》保氏以教國子。要之三代，莫不皆然。蓋乘其真淳之質，使誦習其名義，終身不忘，以爲大學之地也。蓋曰學莫先於是也，豈止爲小學設？不然，《詩》《書》《禮》《樂》之言，非文字何以傳世哉？自古文一變而爲籀篆，周室既東，列國爭雄，異政殊俗，不同文也久矣。再變於李斯，約爲小篆，古灋浸微。最後程邈變省爲隸。秦人貴其國字，獄訟滋緐，籀篆盡廢。漢興，購求散逸，尊尚古學。《尉律》，太史試學僮，能諷誦籀書九千字，課以八體，乃得爲吏，吏民書或不正，輒舉劾之，恐失其本也。奏事下，而誤書“馬”字者，恐獲譴死。石建爲郎中令，奏事下，建讀之，驚恐曰：“書馬者與尾而五，今迺四，不足一，獲譴死矣。”其爲謹慎，雖它皆如是。上言城皋令、丞尉印文不同者，下大司空，正郡國印章。《東觀記》曰：“馬援上書：‘臣所假伏波將軍印，書伏字犬外嚮，城皋令印皋字爲白下羊，丞印四下羊，尉印白下人，人下羊，即一縣長吏印文字不同，恐天下不正者多。夫符印所以爲信也，所宜齊同，薦曉古文字者。事下大司空，正郡國印章。’”奏可。是時猶知考古同文，而《三蒼》《凡將》《急就》《元尚》《訓纂》之書，咸知記誦。逮許慎氏以賈逵之學集古、籀、斯、雄之跡，爲《説文解字》十四篇上之，學者始見全書焉。然而隸書行之已久，八分、行艸紛然迭出，事章句者傳訓詁，工詞藻者資聲韻，日趨便易，本原漸失矣，猶幸許氏之書獨存，學者有所據依。李陽冰附新義以廣其旨，徐鉉增翻切以明其音，鉉弟鍇撰《通釋》以衍其義，雖或辨其舛戾，而猶淆以俗體。繇是作者，張有次《復古編》，鄭樵作《六書略》，戴侗述《六書故》，莫不原於許氏，然張失之拘，鄭過於奇，戴病於雜。鄭樵言許氏之書詳於象形、諧聲而昧於會意、假借，其論至矣。數家之書，互有得失，綱領之正，鄭氏爲優。會通而求之六書之義，庶得其槩矣。書雖具存，知者蓋尠，魯魚帝虎，踵襲因仍，未有能正其形體音義之譌者，遂使古人之學不可復見。伯琦垂髫讀書，先君子即教以《説文解字》，長游四方，博覽精思，頗知所擇，乃以始子終亥五百四十正其錯簡，名之曰《説文字原》矣，思欲釐其全書，有所未暇。間嘗摭字書之常用而疑似者，以聲類之，參稽古法，集而書之，推本造耑，定其始音，訓以六義，辨析今古，訂别是非，凡二千餘字，名之曰《六書正譌》。蓋《説文字原》以敘制作之全，而《六書正譌》

以刊傳寫之繆也。采用諸説，折以己見，慮傷於緐，不復識别，此編非古文全書也，姑以備遺忘、便討閲耳。烏乎！六書者跡也，形而上者寓焉。苟得其説以讀聖賢之書，由蓺而進於道，則存乎其人矣。昔朱子論《易》，至字義猶有"恨蚤衰，無精力整頓"之歎，則凡有志於古學者，豈得以易而忽之哉？因書於篇耑，以志毋忘其所能云。至正十一年歲在辛卯秋九月既望，翰林直學士、大中大夫、知制誥、同修國史兼經筵官，鄱陽周伯琦伯温敘。

六書正譌敘

宇文公諒

文字之原，昉于卦畫。世代既邈，科斗古文再變而爲二篆，秦火蕩滅，所存無幾，學者所知，惟許慎氏《説文》而已。然掇拾殘缺，類多舛鑿，苟不稽其原而辨析訂别之，則六書之旨無由而明，又惡能精其義以達其用哉？翰林直學士鄱陽周公伯温甫績學有年，考覈貫穿，立論證據經史下筆，追蹤姬、嬴，流俗所昧，一歸之正。至正初，皇上建宣文閣，開經筵，公時爲授經郎，奉詔大書閣牓，知遇既隆，名重天下。公嘗以暇日著《説文字原》《六書正譌》二編，敘列篇章，發明音義，萃叢衆美，折以己見，深得古人造書之意，可謂集書學之大成而會其至者也。都水庸田使康里公溥脩博究羣書，一見推服，因屬平江監郡六十公子約、郡守高公德基，遂相與命工刻梓于校官，以永其傳。其有功於後學，不亦大乎？噫！字書之譌，非周公莫能正；而二書之傳，非三君子亦莫能廣也。公諒繇吴興赴召，道經平江，適刻梓訖工，獲盡閲成書而袪素惑。謹題于端，以諗來者。至正十五年龍集乙未三月既望，奉直大夫、國子監丞，京兆宇文公諒敍，都水庸田使通議公閔里不花字。

以上明崇禎（1628～1644）間海陽胡正言十竹齋刻本

六書本義

六書本義自序

趙古則

六書何爲而作也？惟皇昇羲，繼天立極，將以開物成務，載道傳世而作也。蓋至朴未散，六書之理已悉具於沖漠無眹之中。粤自元气庫分，天浮地降，日月箸明，星宿縣象，云雨變化，山川流峙，與夫人物、中木、鳥獸之紛然賁若者，莫非自然之書。天不能畫，於是滎河出圖，假手皇羲，而六書之文興，時則有若朱襄侯剛从而廣之，而六書之字備。六書既備，則結繩之政代而人文昭，天地之理載而萬民察，六書之時用大矣哉！洋洋乎虞夏商周之世，其道大明而司徒之職設、保氏之教立。及嬴政暴興，燒毁文籍，李斯乘時改作，豕用其私。程邈、王次仲苟趨省易，分隸豕行，於是其道始微。漢箸其法，大史試學童，諷書九千字以上乃得爲史，吏民上書，字或不正，輒舉劾之。至宣帝，乃命諸儒修蒼頡法。光武時，馬援上疏論文字譌謬。和帝命賈逵修理舊文。於是許慎博采稽考，訪之於逵，箸爲《説文》，後世宗之。魏、晉及唐，能書者輩出，但攻乎點畫波折，逞其姿媚，而文字破碎，然猶賴六經之篆未易。至天寶間，詔以隸法寫六經，於是其道盡廢。其有作興之者，如吕忱之《字林》、李陽冰之刊定、徐鉉之《集注》、徐鍇之《繫傳》、王安石之《字説》、張有之《復古編》、鄭漁仲之《六書略》、戴侗之《六書故》、楊桓之《六書紅》[1]、倪鏜之《六書類釋》、許謙之《假借論》、周伯琦之《正譌》之類，雖曰有功於世，然猶凡例不立，六義未確，終莫能明。其以指事爲象形、會意爲指事，既非矣，至有以轉注爲假借、會意爲轉注，則失之甚者也。於乎！正書之不顯，俗書害之也；俗書之相仍，六義之不明也。古則自早歲即嘗研精覃思，折衷諸家之説，附以己見，僎集六書之義，正其以母統子，以子該母，子復能母，婦復孕孫，生生相續，各有次弟。分爲十類，以象天地生成之數；箸爲十二篇，以象一年十二月；部凡三百六十，以當一稘之日；目該萬有餘數，以當萬物之數。其相重亦俗變省譌通之類，不能悉計，而亦不之計者，又以見世道無窮之變焉。凡五謄，始克成編，而名之曰《六書本義》。嗟乎！士之爲學，必先窮理，窮理必本夫讀書，讀書非識字義之所載所該，以俟心悟神入，豁然貫通，則於上達乎何有？此古聖臤之設教貴夫博文也。古則不敏，何足以知之？然區區一得之愚，不敢不取正於有道，好古君子，尚恕其僭而取其心焉。時洪武十有一年春正月朔，餘姚趙古則自序。

六書本義序

林　右

吾聞天下之學傳之於師者，皆不過古人之成迹也。至於成迹之外，古人所不能道，師所不能傳，將闕而弗省歟？抑

①紅，當據《元史·楊桓傳》作“統”。

將强而通之歟？闕而弗省，則非博學之士；强而通之，則喪義敗理之害起矣，是以君子有不得之論。與其喪義而敗理，弗若淺學之無患，故曰闕疑。然豈若顯嘖畢貫，瞭然無豪髮遺遁之爲俞哉？六埶之在天下，其失也久矣，惟書獨行，其所失者，惟書爲尤甚。漢去古未遠，揚雄、班固、許慎之徒鼂焉有作，後世所尊者，惟慎而已。觀慎之《説文》，誠非雄、固所及，然其所得者，惟象形、諧聲而已。指事、會意雖間得一二，至於轉注、假借，則味乎弗之究矣。故其穿鑿附會，强説曲解，使子母混然駁謬，義理亦以之弗明者有矣，是慎之失也。由慎以來，作者代起，皆不若宋之鄭樵爲偉觀。觀樵所著《六書略》《證篇》《象類》等書，分析豪毛，排挈沈晦，亦自謂得書之奥室者矣。然考其所得，亦不過加慎假借而已，至於轉注，雖言而弗明。故其書所遺失者亦多，或以指事爲象形，或以諧聲爲會意者，亦有之矣。夫二公可謂屹然於千載之下者，所失若是。佗如李陽冰、徐鉉、王介甫、戴平甫，皆掇拾二公之成説者，又何論焉？烏乎！字學之不明，義理之不明也，有志之士，寧不慨然於斯乎？此趙君撝謙《六書本義》之所由作也。撝謙以卓越之資，兀坐萬山中，揖謝世事，按讀古書，潛思夙想，怳然有得，謂庫於象形，滋於指事，廣於會意，備於諧聲，四者不足，然後假借以通其聲，聲又有未合，而又轉注以演其聲。持是六者以攷天下之書，不假智爲，不待斧削，而曲直上下、内外左右之形，抑揚開闔、翕散出入之聲，奇雄雅異之觀，盈虚消長之理，皆合於自然之數。譬如衡之稱物，鐙之取景，了乎莫之遁臧，豈此得於口耳之淺哉？要古人所不能道、師所不能傳，而所得者在於一心也。烏乎！先王之於字書，非小事也。大而天地造化之所寓，日月、星辰、雲雨之流形，山川、中木、鳥獸之紛錯，遠而千載之上，曠而四海之外，近而一心之微,莫不於書焉是賴。故其盛時,家傳人習,雖匹夫孺童,皆知義理之所繫。豈知世變一降,雖博如許、鄭二公,有弗盡知者乎?吾知撝謙此書,所以包貫古今,卓然特立,其有功于先王也大矣。或謂六經至朱子而後明,六書得撝謙而后著,其功稱雖大小,而用心則一,可與知者言也。撝謙名古則,宋秦掉巍正十二代孫云①。天台林右序。

六書本義序

鮑　恂

《六書本義》者,今成均典簿餘姚趙君撝謙之所編也。其書首論六書綱領,次論古今字體,至於末乃作六書總論及六書各爲一論,猶以爲未盡,又各分爲一部,凡若干卷,以詳言之。其剖析曲盡而不遺,其引證切當而不紊。凡五謄寫,始克成編,其用功可謂至矣。自非耽古嗜學,博覽多識,參攷諸家之説而得其奥義,焉能及此哉?予因此竊有説焉。夫六書之學,自虙戲氏作《易》始畫八卦,而其文實肇於此,其字則未之有也。及蒼頡制字,而其字始備,其義則未之聞也。自兹以後,論六書文與字者多有之,求得其義,則鮮有之也。殆去古日遠,俗書紛紜出乎其間,非惟六書之義不明,而承譌踵誤,反有悖夫古者,誠可慨歎也。烏乎!六書之學,以得其義爲本,未有不通其義而得文字之情者。苟不得文字之情,則莫知制作之故。既不知制作之故,又焉足論六書者哉?今趙

①掉巍正,當作"悼魏王"。《本朝分省人物考·趙古則傳》:"趙古則,字撝謙……宋秦悼魏王之後。"

君輯是編而名之曰《本義》,其意蓋在於此,世之人或未知之也。君年方茂,學甚力,其所造未易量測。辱不鄙棄,乃以是編介予友人程原道來求爲之序。予老矣,舊學荒陋,深有不及之歎,弟以請之之篤,粗舉平日之所聞於人者,僭書于篇首。若夫當代諸士君子有素精究其義者,必自能發明其説,以爲是編之重。故予深有望焉,君宜博采而廣取之可也。是爲序。洪武十有三年歲次庚申孟夏朔日,環中老人檇李鮑恂謹書。

六書本義序

徐一夔

古者,六書之灋皆掌於官。成周保氏之職,官六書教國子。而書之設,以同文爲盛,故又有外史掌達書名、行人掌諭書名。漢循其灋,太史試學童,諷書九千字者得爲史。吏民上書,字有不正者,則糾率之,其掌於官可知已。夫書非曲埶也,大而二帝、三王、周公、孔子之道,次而古今成敗得失之迹、九流百氏雜家之説,又次而官牘、家乘、錢穀、獄訟、米鹽碎務之記注,莫不有賴於書,蓋不容於一日廢者也。而爲書之灋六,曰象形,曰指事,曰諧聲,曰會意,曰假借,曰轉注。其爲灋也,有子母相生之類,形聲清濁之穴,五方言語之異,用之者易流於譌舛。自夫官失其守,大夫士務趨簡便,以指事爲象形者有之,以會意爲指事者有之,至有以轉注爲假借、會意爲轉注,其失兹甚。於是六書之義不明,而義理之精微有失其本真者矣。越人趙君撝謙深以爲病,取許叔重而下諸家論箸之書，攷其得失，推子母之相生，俾各歸其類，正五方之言語，律以四聲，而以子母相生之例統之，爲《凡例》以提其綱，爲《圖説》以括其要，分爲十類，箸爲十二篇，釐爲三百六十部，於是六書之義明，而六書之用無譌舛之患矣。嗟乎！大夫士之於六書，譬之麻縷絲絮莫不以爲衣也，而或不知其出於蒔育；稻粱魚肉莫不以爲食也，而或不知其出於佃牧。習而不察，此固人情之大較。撝謙非有官守如古者外史、行人之所掌，而能用力於衆人所略之地，何其用心之專也哉！撝謙裔出宋宗室，志慤而守恬，其學邃於經術，諸子百氏，莫不記覽，箸爲文辭，抑揚反覆，能沛然盡其所欲言，而不畔於道，觀其所箸《六書論》可見已。至於《六書本義》，則其尤盡心者也。方國家校正《韻譜》，徵至京師，稍試其所學，擢中京國子監典簿，旋以疾引退，遂克畢力於此書。書成，俾余序之。雖然，余固習而不察者也，安能發其藴？以請之力，姑箸其用心之專云爾。始豐徐一夔序。

以上明正德十二年（1516）邵蕡刻本

六書精蘊

六書精蘊自敘

魏　校

嗟周之衰，天王之弗攷文也久矣。秦以凶德閏位，彊取文字而同之，乃後世惟李斯是師，先秦古文，則既闕有間矣，其别出者，多列國未同之書，然則文終不可攷與。曰：文者，非它也，心之画也，所以體天地卍物之撰也。古文先得我心之所同然耳。心之所同然者何也？天然而然也，心學而明也，貫若一矣。古人之心學大以密。倉頡之作六書也，猶之伏羲之作八卦也，若剖混沌而開之，其道易簡，愚夫愚婦，可使與知，不知不足以言道。乃其精藴，則有學士大夫不及盡知者，是故傳久則易以譌。有王者作，議禮制度而攷文，心瀍同也。昔者周宣嘗攷文矣。古文之變而爲大篆也，史籀所述也，文字浸以備矣，開闢而後，與有功焉者也。心瀍之微，傳與否與，今固弗能知。矧秦之斯，彼何人乎？而其心乃敢曰古亦莫予若矣，兹其卍惡之根矣。大篆之變而爲小篆也，斯實棼更之，文字則大備矣，混沌之鑿也亦多矣。秦以吏道易君道，天下日擾擾焉。程邈因是以隸書代篆書，六義亦墜地矣。要之二人者，同于輔桀者也。校嘗曰：三代而上，一宇宙也；三代而下，又一宇宙也。自秦限之矣。秦弗卟古師先王，而歷代師秦以爲故，詎惟六書也哉！校生千載之後，悼斯文之久亜，欲請于上,因古文是正小篆之譌。擇于小篆可者,尚補古文之闕。多病未遑,則爲之贊發大義,以闡心瀍。學者毋滯于書,而博之天地卍物。毋徒求之天地卍物,而反求諸心,天機之不器于物也,古猶今也。噫! 天而欲興斯文也,玆其濫觴也已。或曰:師无道秦,百代羞也。請廢斯篆,一洒空之。无寧慊于志乎? 曰:斯篆亦詎能盡廢古文,今亦何必盡廢斯篆。天王而攷文也,亦惟祖頡而彡諸籀,若盤盂書,定而之一。斯篆可者取之,其不可者釐正之,惡而知其美,曠若天地之无容心焉。邈隸亦也修之,與俗宜之,翻篆而楷,俾无失六書,埽官府之繁苛,灰書籍之叛經離道者,復歸民于樸,毋或琱琢其天,或曰:噫! 信斯言也,古道可還也,六書云乎哉!

六書精藴跋

魏希明

《六書精藴》成,諸弟子及門人請業者病于傳寫,謀梓行之,而伯父不可,曰:"今也吾未衰,尚睎吾學有進也。"希朙每見伯父不自足己,寓書同志請益,往往不能具百名,乃請曰:"昔者嘗聞大人有言,吾平生无它寸長,唯服善而已。是故人有是大人而弗當也者不色喜,非大人而弗當也者不色怒。是大人而當也者必請益焉,非大人而當也者亟謝之而亟从之矣。玆書版行,同志者獲睹全袠,寧不有大揚搉乎? 雖不相問者聞大人之好善,固有輕千里而來告者矣。"伯父乃首肯之。希明因請于家君,刻版家塾,以目之羞朙也,命大順校正之,雖未若宋刻精好,然一字一體,千字一致,點画皆有瀍度,殆過之无不及焉。嗟乎！天而无意于斯文也，必不使吾伯父之贊其始也；天而有意于斯文也，更得上命使吾伯父修正六書同文，刊定五經疑誤，謂補千古之闕文，非邪！乃若七音之學，則有伯父弟子王應電《聲韻會通》在。雖然，伯父之作匪在六書，在闡心學也。反本還元，挽回造化，斯其伯父之志乎？嘉靖庚子八月朔，从子太夆生魏希明謹跋。

六書精蘊後敘

陸　鰲

《六書精藴》者，鄉先生魏太常子才所作也。先生何爲作《精藴》？憫古道之亡而作也。或曰："復古道者，盍亦先正人心，其次乃正灋度，至于六書，抑又其次矣。今舍其本而末學是先，毋乃語道而非其序乎？"曰："子言則知本矣。欲正人心者，豈將憑虚而正之邪？心外無事，事外無道，因事皆可以正人心。倉頡之作六書也，卍世文字之祖也，後世逐流而迷其原。先生因古心画，闡明心學，將使學者披條而核其實，曠然省所由。刊落浮華，復還本元，固先生所以正人心也。知道者，終曰言末皆本也；不知道，則終曰言本皆末也。如子所言，本末毋乃衡決乎？"或曰："小篆行世也久，无貴賤，无臤愚，咸師資焉。今也一旦反之，毋乃好異與？"曰："夫斯人裁也。騁其私知，以瑕釁輔始皇，君臣一于凶悳，滅古典籍，獲辠于上帝，家滅而國隨之。顧以書雄眡百代，擅變亂古文，百代頫焉宗之，知有斯而不知有倉頡，其間英君迭作，而灋度所沿革，一則襲用秦故，二則采秦儀雜就之。有志堯舜其君者，安可不任其責也？《精藴》之作，學者因是而見天地之純，古人之全體，眂斯其猶一察乎？”或曰：“六經者，聖人之心瀍也。今將闡明心學，何不于六經焉求之，而拘拘于六書乎哉？”曰：“聖人之學，蠹于訓故也久矣。其言流散无窮，善令人窒其天明天聰。然而學者舍訓故，則无由通經，以不知字原也。六書而明，譬若航海有筏，指月在天，六經可无訓故而自明矣。”是書之成，先生自敘于首簡，其从子希哲以鰲嘗與聞先生作者之意，授簡于鰲，請敘其後。鰲既述其所聞，以驅俗惑。雖然，知不知，于先生无所益損。鰲嘗聞于先生曰：“上天之載，无聲无臭，惟潛龍爲近之。”鰲嘆曰：“玆其渾天之學乎？是故六書者，開混沌以寓諸文字者也；《精藴》者，闡文字以還諸造化者也。”先生蓋不得已而言，非有言也，將引學者而歸諸无言也。嘉靖十有九年冬十有二月甲子，後學陸鰲譔。

以上明嘉靖十九年（1540）魏希明刻本

六書索隱

六書索隱自序

楊 慎

慎自志學之年，已嗜六書之藝，枕籍《説文》，以爲折衷，迨今四十餘年矣。其遠求近取，旁搜曲證，《説文》而上，則有大禹岣嶁之碑、周宣岐陽之鼓、吕氏《考古圖》、《宣和博古圖》、郭忠恕《汗簡》、薛尚功《鼎韻》，皆古文也。《説文》而下，則吕忱《字林》、顧野王《玉篇》、陸法言《集韻》、唐玄度《九經字様》、張參《五經文字》、徐鉉《係傳》、林罕《小説》、張有《復古編》、黄公紹《韻會》。鄭樵、周伯温、楊桓、戴侗、趙古則，于六書皆有論箸，悉繙討之。又嘗受業西涯李文正公，友太原喬公希大、永嘉林生應龍，亦以斯藝相取。文正公少愛周伯温篆形之茂美，肆筆斆之，晚乃覺其解詁多背《説文》，有誤後學，欲犁正之而未暇也。太原公嘗集諸家之篆，以韻分之，而無所升汏。林生亦箸《通雅逸古編》，博矣而無所裁定。謫居多暇，乃取《説文》所遺、諸家所長、師友所聞、心思所得，彙稡成編，以古文籀書爲主，若小篆則舊籍已箸，予得而畧也。若形之同、解之複而不删者，必有刊補也。書成，名之曰《六書索隱》。以韻收者，俾易繙耳。遂申前説，序而系之曰：伏羲觀圖畫卦，文字生焉；虞舜依律和聲，音韻出焉。神皇聖帝君師萬禩，垂此二教。至周公出，文則制六書，詩則訓六義，郁乎備矣。古之名儒大賢,降而騷人墨客,未有不通此者也。秦之吏人,猶能誦《爰歷》《滂喜》,漢世童子,無不通《急就》《凡將》。至後漢許叔重箸《説文》十四篇,五百四十部,本《蒼頡》之篇,九千三百五十三字,則秦篆之全。其所載古文三百九十六、籀文一百四十五,軒周之跡猶有存者。重文或體六百二十二,則上有孔子説、莊王説、韓非説、左氏説,下有淮南王説、司馬相如説、董仲舒説、衛宏説、揚雄説、京房説、劉歆説、杜林説、賈逵説、桑欽説、傅毅説、官溥説、譚長説、王育説、尹彤説、張林説、黄顥説、周盛説、逯安説、歐陽喬説、甯嚴説、爰禮説、徐巡説、莊都説,咸宗古人,不雜臆見,可謂有功小學矣。自程元岑之隸、史游之章、鍾繇之行楷出而字日譌。梁大同中,顧野王箸《玉篇》,凡二萬二千七百七十九字,以楷書寫籀古,十譌其九,已自可憾。唐上元中,南國一妄處士孫强又增加俗字,如"竹尚少爲笲、昇高山爲抄",此乃童兒之見、俳優之嬉,何足以污竹素也?其間名爲字學者,若李陽冰則戾古誣俗,陸德明則從俗譌音,吾無取焉。宋則郭忠恕之雅,楊桓之博,張有之精,吴才老通其音讀,黄公紹泝其源委。若鄭樵則師心妄駁,戴侗則肆手影撰,又字學之不幸也。元猶有熊朋來、趙古則窺斑得晵,擷英尋實。何物周伯温者,聞見既陋,經術不通,類撼樹之蜉蝣,似篆沙之蝸蚓,字學之重不幸,又十倍于戴與鄭矣。今日此學,景廢響絶,談性命者不過剿程朱之湑魄,工文辭者止于拾《史》《漢》之聱牙,示以形聲孳乳,質以《蒼》《雅》《林》《統》,反不若秦時刀筆之吏、漢代奇觚之童,而何以望古人之宫墻哉?慎爲此感,欲以古文籀書爲祖、許氏《説文》爲宗,而諸家之説之長,分注其下。以衰耄之年,精力不逮,且圖籍散失,徧閲不能,乃拔其精華,存其要領,以爲此卷。深于六書者試欽玩之,知其會同發揮乎古人，而非雷同勦説于諸家矣。所收之字，幸勿厭其少，可以成文定象，砭俗復古矣；所注之義，幸勿厭其繁，可以詁經正史，訂子匯集矣。或覽之曰："是則藝矣，其如道何？"荅之曰："藝即道也。夫子之性道，不離乎文章，子貢未之合一耳。司馬子長愈益昧此，作《孔子世家》，乃曰：'晚而喜《易》，韋編三絶。'其以孔子爲揚子雲，以《易》爲《太玄》，而《詩》《書》《春秋》爲甘泉四賦邪？子雲若悟此，則藏心美根，豈出于雕蟲篆刻，何必悔其少作乎？必以玄爲極致，而識字爲非，則吾夫子從心之年，亦何嘗屏撤《詩》《書》，焚棄《春秋》，而後爲不踰矩哉！"書成，并識此於卷首。吾黨有喜高論而厭下學者，聆于斯言，其必喙咈而心俞矣夫。嘉靖庚戌長至，升菴楊慎書。

六書索隱跋

葉德輝

楊升菴先生《六書索隱》，《四庫全書存目》謂其略而不備，又不注所出者十之四五。此自明時陋習，不足專責先生也。六書之學，昌明于聖朝，乾嘉諸儒如段氏玉裁、桂氏馥、孫氏星衍、嚴氏可均箸書發明，爲晉唐以下所未有。明人因元人舊學，往往摭拾金石遺文，漫無抉擇，輕改故書。如先生，固猶近大雅者也。此書五卷，以平仄韻分部，爲當時寫本，國朝臧宋牧仲冢宰犖家[①]，故前有"商邱宋氏藏書"印記。卷

①冢，當據文意作"冢"。

首綾幅標題,謂爲先生手書,字體絶似小歐,決非假手書傭之作。此種書籍于小學無甚係屬,不過以其爲二百年前古物存之已耳。光緒三十有四年戊申歲夏五端陽,後學葉德輝識。

六書索隱跋後記

葉德輝

或疑先生工篆書,無所取證。余按:王文簡士禛《秦蜀後記》下:"武侯祠南有碑三,其一明翰林院修撰縣人楊慎撰《八陣圖記》,書篆皆出升菴筆。"據此,則先生工篆書有明徵矣。碑出模刻,此爲墨蹟,其珍貴當何如?後有得此,當共寶之。時宣統庚戌七月八夕,德輝再記。

以上清抄本

六書總要

六書總要自序

吴元滿

伏羲造書契以代結繩之政而人文著，蒼頡初制文字，師鳥跡科蚪古文，尚猶未備。後世凡言六書者，必本于蒼頡，亦猶談《本艸》者必祖于神農。唐虞夏商，其考文之制，不可得而知也。《周禮》："八歲入小學，保氏教國子以六書。"及宣王太史籀著大篆十五篇，与古文或異。其後諸侯力政，分爲七國，車涂異軌，文字異形。秦始皇初兼天下，丞相李斯乃奏同之，罷其不與秦文合者。斯作《蒼頡篇》，中車府令趙高作《爰歷篇》，太史令胡毋敬作《博學篇》，皆取史籀大篆，或頗消改，所謂小篆者也。是時秦興役戍，官獄訟務繇，初有隸書，以趨約易，而古文由此絶矣。漢興，蕭何定《尉律》，學童十七已上，始試，諷籀書九千字，乃得爲吏。又以八體試之，郡移太史并課，最者以爲尚書史。書或不正，輒舉劾之。自後雖有《尉律》，不課，小學不修，莫達其説久矣。平帝時，徵沛人爰禮等百餘人，令説文字未央廷中，以禮爲小學元士。黄門侍郎楊雄采以作《訓纂篇》，凡五千三百四十字，羣書所載，略存之矣。及和帝時，申命賈逵修理舊文，于是太尉南閣祭酒許慎采史籀、李斯、楊雄之書，博訪通人，考之于逵，作《説文解字》十四篇，凡九千三百五十三字。當秦漢之間，卜商弟子集詩書箋注作

《爾雅》三卷,不載作者姓名,俗遂謂周公所著,或曰叔孫通、梁文增補者,晉郭璞爲之注,唐陸德明爲之釋文,宋邢昺爲之注疏,遂列于十三經之内,其尊之也至矣。梁沈約撰《四聲韻譜》,專辯音韻。自後小學分爲三家:一曰體制,謂點畫有縱横曲直之殊;二曰訓詁,謂稱謂有古今雜俗之異;三曰音韻,謂呼吸有清濁高下之辯。論體制之書繼《説文》而作者,晉吕忱《字林》,唐李陽冰《六書刊定》,南唐徐鉉《説文集注》、徐鍇《説文繫傳》,宋王安石《字説》、張有《復古編》、鄭樵《六書略》及《象類書》、戴侗《六書故》,元楊桓《六書統》、倪鏜《六書類釋》、徐謙《假借論》、周伯琦《字原正訛》,皇明趙古則《六書本義》、魏校《六書精藴》之類是也。釋訓詁之書繼《爾雅》而作者,漢孔鮒《小爾雅》、史游《急就章》、楊雄《方言》、劉熙《釋名》,魏張揖《廣雅》,隋曹憲《音解》避煬帝諱,更名《博雅》,唐李商隱《蜀爾雅》,宋陸佃《埤雅》、羅願《爾雅翼》之類是也。廣音韻之書繼《韻譜》而作者,隋陸法言《廣韻》,唐孫愐加增注釋曰《唐韻》,宋丘雍《禮部韻略》,宋祁景祐《集韻》、王宗道《切韻指玄》及《四聲等第圖》、吴棫《韻補》、韓道昭《五音集韻》,元周德清《中原音韻》之類是也。其三家相雜者,梁顧野王《玉篇》,蜀王孟昶《集儒臣編》《書林韻會》,宋丁度《類篇》,司馬温公《名苑》、黄公紹《韻會舉要》之類。已上數十家,皆博而不精,詳而寡要。滿自弱冠讀許氏《説文》,病其槩爲諧聲,誤以轉體指事爲轉注,至于假借,昧乎弗之究矣。心固不然其説,未敢指其瑕疵。及觀《宣和博古圖》、吕大臨《考古圖》、薛尚功《鐘鼎篆韻》、成都楊慎所藏《石鼓文》全帖,乃三代金石遺文。許氏後出之書,斯固可證《説文》字體之訛謬者。自李陽冰刊定,至周伯琦正訛,皆掇拾許氏之餘論,無所臧否。惟鄭樵詳于假借,至《六書本義》條例精詳,而六義始明，可補《説文》訓釋之闕略。然《本義》分部止于三百六十，以象形不能生者附于各類之後，過于簡略。以日月爲形兼指事，妄增四體、五體會意，則條例緐瑣，字體不原于古文，惟宗小篆，以星齒之類爲形兼聲，諧聲論雖有宫、商、角、徵、羽、半商、半徵七音，篇内不載其實，此其失也。滿不揣愚陋，會合三家爲一，裒集諸説所長，述《六書泝源》十六卷，取象形二百七十文，指事二百五十六文，會意八百八十四字，諧聲七千一百七十字，闕疑五十三字，缺義八十字，共八千七百二十字，復周禮舊制，六埶羣書之詁，皆訓其意，而天地鬼神、山川屮木、鳥獸蚰蟲、王制禮儀、世間人事，莫不畢載。屮稿雖成，尚未謄録。以注疏浩瀚，無力鋟版，乃删去諧聲字六千八百五十，别集《諧聲指南》一卷，摘取象形、指事、會意及諧聲復可爲聲母者，并闕疑一千八百三十字。字數不多，而要領具在，因名曰《六書總要》。雖不敢以同文自任，其于經典訓詁，少補萬一。後之君子欲窮究六書者，覩是編，知所趣向耳。萬曆十二年孟春望日，肖峰山人吴元滿識。

明萬曆十二年（1584）刻本

六書溯原

六書溯原自敘

吴元滿

昔在蒼頡之初，放象爲文，孳乳爲字，文而後有字，猶畸偶之有卦象，此天墜自肰之理。蓋文字，經埶之本，王政之始，前人所以垂後，後人所以識古。大而式帝王王之典謨[①]、周孔之垂訓，次則史傳之紀載、九流百氏之雜説，莫不有賴于書。古者八歲入小學，教以六埶，謂禮、樂、射、御、書、數之文，乘其真淳氣質，使誦讀其名義，終身不忘，以爲大學階梯，因以窮理盡性，格物致知，此古人之學循敘而進，未有不由于是也。《周禮》保氏教國子以六書，至宣王命史籀作大篆。秦始皇時，李斯奏同文字，減史籀爲小篆。漢興，蕭何定律，亦箸其法，太史試學童，能誦籀書九千字，乃得爲史，此同文之制見于政令可知也。自後小學分爲三家，尚點畫者逞姿媚，事章句者傳訓詁，工詞藻者資聲韻，三者皆逐末而忘本，于是重文俗字紛肰雜出，不可紀極。至梁顧野王集録《玉篇》、隨陸法言編述《廣韻》，文字逾多而注疏逾晦。使學者當年不能通其義，歷歲罕有究其旨，蠹害文字也深矣。滿自弱冠讀鄦氏《説文》，迄今二十餘年，歷寒暑而不輟，始得其要領。懼小

① 王王，當作“三王”。

學日趨于鄙陋，乃遵六書爲律例，從真楷求分隸，由篆籀索古文。其點畫集鐘鼎籀篆，叙援古以正今，方合形事意聲之體；其訓詁雖引證廣博，不徇今而違古，以極假借之用；其音韻雖有古今南北之殊，不出四聲反切之外，以通方爲貴，轉注之用備矣。三者會通爲一，字簡而義精，由博以歸約，匡救小學龢雜之失，譬若逆流窮其原，因名曰《六書泝原》。其中形聲謬誤，轉借疏略亦多，設存疑、闕義、備攷三類，以竢博雅君子删正焉。萬曆丙戌孟夏，歙人吴元滿識。

明萬曆十四年（1586）刻本

諧聲指南

諧聲指南引

吴元滿

六書，形、事、意、聲四者爲體，假借、轉注二者爲用。四體之中，惟諧聲居多而最難辯者，何則？音有清濁，韻有古今，又有轉聲、轉音及旁紐、正紐之别，此《指南》所由而作也。泝源五百四十部爲文字之統，指南一千三百字爲聲音之統。泝源主母而統子，《六書相生圖》是也；指南從子以該母，三十一字分清濁是也。余嘗觀鄭樵《諧聲圖》、趙古則《諧聲論》，皆無定見，惟楊桓《六書統》分諧本聲、近聲、本音、近音四類爲簡要。其曰近者，疑似未決之詞。今《泝源》倣《六書統》定爲四種，曰諧本聲、諧叶聲、諧本音、諧叶音。《指南》新增四種，曰諧轉聲、轉叶聲、諧轉音、轉叶音。而八種之内，各分平、上、去、入四聲，計三十二類。類緐則覽者易惑，非鄭氏之《圖》、趙氏之《論》可能詳悉。乃集録是編，以爲聲音準的，因名曰《諧聲指南》。時萬曆癸未孟冬日，肖峰山人吴元滿識。

明萬曆十二年（1584）刻本

六書賦

六書賦自序

張士佩

自字代結繩，備萬物之體用者，莫過於字，盡方策之字，明若觀火。在稽古之士，孰無厭心？第世之或掇青紫者，不皆諳乎《爾雅》，以此字學不爲游藝之重，而六書之習，浸浸乎微矣。雖窮經之士，不廢立言，然"友、友；湏、須"之辨，不無茫如也。余悵兹沉痾日在，《洪武正韻》幸獲鍵便，但韻字星涣，難於成誦，檢獲未幾，不免旋忘。余欲服膺勿失，因而勉爲韻句，句咸四言，促文鏗鏘，便於三復。況乎字以形類，檢閱爲易；義以區分，尋究非艱。兼之聲韻拘諧，意指典淺，肄之蒙養，吟識尤利，正韻户誦，此亦一梯，似於國家同文之化不無小補云。且字生於音而成於形，一形數音之字，生於轉注、假借，而一音數形之字，則象形、指事之錯出也。賦會意而諧聲，惟執簡而庸一，餘悉附之注中，蓋恐複之而贅也。字有點畫少異、音義頓殊者，必稽《説文》，朗析疑似，而注詳厥旨，蓋恐傳寫或誤也。《賦》字逾萬，注附倍焉。中智朞月，可與研精。第患翻切之法或有未諳，誠習之，即家傳户曉，人人子雲矣。不然，字散典籍，帙繁充棟，徧觀盡識，皓首未易也。視之朞月可精者，其遲速繁簡，何相懸矣乎？以此相揆，欲昭昭于六書者，或不棄《賦》矣，故授之鋟焉。或曰：《類》《譜》

《篇》《韻》，世之習云衆矣，《賦》鋟而傳習，其易風乎？余曰：《賦》，賦《正韻》也。《正韻》者，採擇群哲之長，參考五方之音以成書，非若《類》《譜》《篇》《韻》，僅僅以一人之技、一方之音爲編也。其雅其陋，相去逕庭，習不易，風可乎？易則其陋可免，斯字無不正之音矣。謹鋟以俟之。萬曆三十年歲次壬寅冬十月朔，都察院右都御史、前吏部左侍郎，雍韓張士佩序。

六書賦序

戴章甫

章甫從師受章句時，每聞搢紳先生慕説吾蜀子雲博物君子也，而多諳奇字，其書賦燁燁今古，幾與六經並著，而讀者難之，則其旨沉閎而其字奥衍也，然亦備載《洪武正韻》中矣。因求所謂《正韻》讀之，始知點畫辨在毫釐，音義睽于千里，人或習矣不察。“攴”而“支”用之，“冢”而“冡”呼之，“采、釆；苗、苖”之錯出也，“贏、羸、嬴、蠃”之槩書也，“肓、盲；豐、豊”之溷淆，則其尤大彰明較著者。諸如此類，不可勝言，無非授者訛傳，受者舛襲。竊喟然嘆曰：“文字炳于六書，猶之乎星辰耀天、山河麗地，其指事、象形，岐音異用，則參商之不偶，而嵩恒淮泗之域分而區别也。倘茫然于光芒之輝映，而象緯不昭，漠如于峯壑之參差，而方隅靡辨。至指北辰爲東璧，目西華爲南衡，名號淆稱，舛訛無筭，識者豈不掩口而笑哉！字學不精，而沿謬承訛，何以異此？”援是手披《正韻》有年，而吟誦無從恒，若得若失，苦於記憶之多忘也。幸竊禄韓原，得侍張公左右，每談及字學，公輒津津辨晰者久之，善乎其言曰："夫字談何容易。余沉潛其中且四十年所矣，未既其深，而頗悉其概。夫乾坤之撰，摸寫於尺幅之中，而會意、象形，發揮千聖相傳之閟，六書之寓義，何淵穆也。顧形溷于點畫之彷彿，而'犮、友'靡分；音淆于誦讀之舛訛，而'湏、須'莫辨。其形未晰，其音隨訛，其音既訛，其義愈晦。所爲事各有指，聲取相諧，一轉注而反側殊稱，稍假借而抑揚岐響者，豈其若是之茫如也？余今次韻諧聲統萬有幾千幾百字，皆以四言賦焉，辨音晰義，附註類形，考訂四聲之訛，參互六書之變，叶宫商而成響，纂組繪而爲章。按牘披吟，或不艱於記憶；牖蒙習誦，諒有補於將來。"章甫因亟請付諸梓。公曰："余三十年斗升之羨，不皇皇第宅爲贍後之圖，而纖約固藏，惟以需今日，豈其競一得之流布，而以騷然煩費相累爲也？"於時梓工若干人，皆衣食於公，閲十月而工告竣。書成，章甫得受而讀之，則見珠聯璧燦，英藻焜煌，其文蔚如也；縷析條分，而六書之精華瞭於眸而指諸掌，其義井如也。探索五音之玄微，擷收百家之芳潤，窺之莫測，其有咀之彌覺其腴，其旨味淵如也。敲金戛玉，自竅於天倪，而斗星河漢之章，奚事青黄雕琢之彩？其音響色澤，則渾如穆如也。涉其粗者，考核有據，得免弄璋之錯書；味其精者，包茹靡涯，寧至金根之誤改。方且博同左史，芳步子雲，《正韻》一書，將家傳户誦無難也。竊謂《正韻》猶六經也，《六書賦》則註疏六經以淑來世者也。註疏傳而六經洋溢于千古，《六書賦》出而《正韻》昭揭于中天，翼盛代之文明，醒後學之矇瞶，壤霄共敝，經史並悠，其功偉矣！章甫風塵下吏，得睹字學之大全，慚久頓於迷塗，爰三復而發覆，蓬心頓剪，痼癖若瘳，罔惴瞽狂，僭言末簡，慚謭荒陋，莫知所云。萬曆壬寅冬十月吉。

六書賦小引

張士奎

《六書賦》者，蓋余宗兄大司憲濠濱公揭《洪武正韻》之字，而聿爲詠歌之章，以便初學之吟哦，以衍昭代之文教，俾人人皆濡聖化而識奇字也。然賦，綱也；音釋，目也。目或數行，則綱不能不隔遊，而誦之惟艱矣，故賦復以直音録焉，無非多方便肄計爾。余奉讎校之役，既竣厥事，僭引簡端，不既願言。萬曆三十年歲次壬寅冬十月朔，四川威州知州張士奎撰。

六書賦序

蘇　進

夫六書所從來尚矣，六書而繫以賦者何？迺大司憲張公演《洪武正韻》而協之歌詠，以端蒙養，以淑來世者也。蓋《正韻》纂自國朝，頒行天下，壹以中原雅韻爲準，其所以一民心而昭同文之化者，於是乎在。然而點畫稍異，音響各别，奈何習者不察，目"采"爲"釆"，指"豐"爲"豊"，"己亥"之誤，奚啻"三豕"？庸知聖道載在六經，而六經之奥悉歸文字，字義不明，而徒訛承舛襲，轉傳轉失其真。譬之貿薪者，轉相貿也，而不知其所由。經學之晦也，職此之故。張公憫世沉痾，嘗於《正韻》中揭爲玉鍵，以付剞劂。猶念韻字星涣，記憶頗難，且四聲五音翻切之勞，後學未易以遽諳，爰取《正韻》萬有幾千幾百字，而以四言賦焉。酌形分類，叶韻成章，字必有音，音必載其經文出處，復以《爾雅》《説文》諸書訓其大義。挹之則雲蒸霞起，而葩爛天章也；叩之則戛玉敲金，而响奏宫商也。徐玩之，則條分縷析，而絲毫眇忽之井如也。窮經者以此爲梯航，無難探千聖之閟奥；輔世者以此代綸綍，允足翊昭代之文明。其裨益《正韻》，詎淺鮮哉！昔太史公挈數千年行事而撰《史記》，雄文馳騁，照耀今古，百代稱良史云。公生太史之里，立朝勛業，彪炳宇宙，退居圠泉，著《心性》等篇，已足表章正學。自此《賦》出，而六書精微，洞於觀火，此其才力又何宏且鉅也！公殆質之前修，有耿光矣。進章句豎儒，不自意濫籍南宫，儌上命，綰符韓原。甲辰冬，歷條山，遵鹾海泛槎，踰河而抵龍門焉。既視事，則公實典型在望，凡敷政決疑，咸於公咨之。一日，公出所刻《六書賦》以示，三復卒業，躍然夙矇若啟。用是不憚黯淺，颺言簡首，抑以表公羽翼六經，以嘉惠來學之雅意爾。萬曆乙巳季夏之吉，知韓城縣事大梁蘇進識。

六書賦音義序

張士奎

是書演《洪武正韻》爲四言句，分類成賦，猶《正韻》玉鍵意也。一便檢字，一便記誦，于初學識字，啟發之功爲不小矣！毋以兔園册陋而棄之，與玉鍵竝藏，以備字書之嚆矢可耳。張公濂濱以少宗伯致仕林下，撰此，其弟士奎校訂耳。士奎，號聚軒。

六書賦音義序

沈　鯉

蓋六書之難窮久矣，繁星麗天，何能一一辨識？即通經學古之士，長于舌而舌下多訛，長于筆而筆底多舛者，往往而是。其以字學之書爲埶林指南者，僅僅可數也。晚乃得《六書賦音義》，大較原本《説文》，而旁訂之以百氏，凡休文所定、吴棫所補，與今古中原之韻，靡不畢載，而中間别四聲，聲有韻，韻有義，義有考，如遡河源者，直窮阿耨而親見九轉，入中國亦各有名姓不混。蓋昔郭景純註《爾雅》，究心閲一十八載，然後多識于鳥獸草木之名。是書之作，亦討論二十年而後殺青，積思良苦，其有造于來學也，不尤出景純右哉！書成自韓城張公，舊曾爲天官少宰，與余同寮，有山公啟事之畧，比自南御史大夫歸隱西華，猶篤意竹素，白首不輟，其生平大畧可覩已。夫世稱讀書不識字者往往而是，如公其識字者哉！抑公且探心理窟，與濂、洛、關、閩諸君子，日羹墻相揖讓，則凡讀此書而專以字學知公者，淺淺矣！萬曆癸卯嘉平月，崑山沈鯉仲化甫譔，新安後學吴序書。

以上明萬曆三十三年（1605）刻本

六書準

六書準自敘

馮鼎調

虙虧氏觀圖画卦而文字生[①]，蒼頡仰觀俛察而六書具。六書者何？一曰象形。象形者文也，字之母也，如“日”滿“月”虧，皆象其物而画其跡者是也。二曰指事。形不可盡，則屬諸事，如在上爲“上”，在下爲“下”，直著其事，指而可識，察而可見者是也。三曰會意。比類合誼，以見指撝，如人言是“信”，止戈爲“武”，合其體而兼乎義者是也。四曰諧聲。先主母以定形，附他字爲子，以調合其聲音者是也。五曰叚借。本無其字，或叚形、事、意、聲之義，或叚形、事、意、聲之體，而借爲他義之用者是也。六曰轉注。亦無其事，蓋轉展形、事、意、聲之體義，而注釋他義之用，蓋一字而有數聲、數音、數義之用者是也。形、事，字之原；意、聲，字之流。轉注、叚借，又補原流之不足，而以形、事、意、聲爲變化者也。書之六義，大畧如斯。蓋讀書而不解字義，如有眶無瞳；欲解字而不通六書，如瞽者失相。故秦之吏人猶能誦《爰歷》《滂喜》，漢世童子無不通《急就》《凡將》。漢平帝時，徵沛人爰禮等，令説文字於未央庭中，以禮爲小學元士，黄門侍郎楊雄采以

①虧，據文意當作“戲”。

作《訓纂篇》，五千三百四十字。及和帝申命賈逵修理舊文，於是太尉南閣祭酒許慎采李斯、楊雄之書，博訪於逵，作《説文解字》十四篇，始一終亥，五百四十部，九千三百五十三字，載古文三百九十六，籀文一百四十五，重文或體六百二十二。至宋雍熙三年，命徐鉉等重爲校定。病其概爲形聲，昧於指事、會意，肰頡、籀遺文，猶賴僅存，其有功於小學者多矣。余幼而癖嗜鼎彝之跡，好奇探秘，至忘寢食。但家尠藏書，商周之跡十僅一見。若世所流佈《六書統》楊桓箸。《六書故》戴侗。《六書畧》鄭樵。《正譌》周伯琦。《本義》趙謙。《索隱》楊慎。《精蘊》魏校。《正義》吴元滿。之屬，書之六義詳見一二，未甚分明。欲較一全書示世而未能。間嘗摘象形、指事、會意之混淆，轉注、叚借之錯亂，及尋俗譌謬者，注分六義，較正誤差，采集諸家，間參己意。其可依俗成文，無甚深義者，已詳載諸書，不能盡述。嗚呼！自画卦造字以來，越幾千百年，學者去古愈遠，杞宋無徵，六書之學，幾已影廢響絶。即使籀、斯復出，極欲究心研討，從何攷古證今？是書之作，非敢曰承前啟後，聊於繼續之際，僅存一綫，以俟博雅君子互相攷訂云。時皇清順治庚子七月晦日，華亭馮鼎調雪鷗甫謹述。

六書準跋

馮昶世

先君子博學嗜古，出於至性，生平自課藝賦詩外，於周鼎商彝靡不悉心研討。是書博採諸家，手自較輯，崇真辨譌，稿凡數易，垂三十年乃成，經營心苦，具見一班。猶憶辛丑歲先君子彌留時，親授斯編，諄諄囑昶梓以問世，因而嘆曰："人間不復有《廣陵散》矣。"昶涕泣再拜受命。珍襲以來，又逾十年，惟恐湮没弗彰，上負先人遺志，特授諸剞劂，用公同好，非敢誇羽翼先賢、津筏後學，第值古學微危之際，庶幾宇内博雅諸君子起而再加闡揚攷訂，纘微言之將墜，扶風雅於不衰，是足慰先君子之志也夫！男昶世百拜謹識。

以上清康熙（1662～1722）間馮昶世傳忠堂刻本

六書通

六書通自序

閔齊伋

《六書通》者何？通六書之變也。孰通之？通《説文解字》之執也。叔重爲蒼史功臣，蒼史之道千古不墜者，叔重之力也。第謂字當止於《説文》之文，而餘皆棄而不録，則非蒼史之意矣，亦非天地鬼神之意矣。昔蒼史氏創爲五百四十字，天雨粟而鬼夜哭，何爲者？以爲五百四十字之變，將不可勝窮，必且十三經，必且廿一史，必且諸子百家，必且篆隸真草，贊天地之化，奪鬼神之靈，於是焉在夫！是以天爲之瑞，而鬼以之感也。不然，五百四十字耳，且不足以適於用，其能動天地鬼神耶？今觀岣嶁片石，其文皆《説文》之字也，而字非《説文》也，其略同於《説文》者十許字耳。計其事，當在舜相堯之日，於時去蒼史未遠，而其變已如斯矣。降而夏、商、周，而列國，而秦、漢，不知其幾岣嶁也，其爲變可勝言耶？蓋世與世禪，字亦與字禪，不有損益，不足以成其禪。於焉而各是其是，各非其非，可曰蒼史是而岣嶁非乎？《記》曰："書同文。"同也者，異也。同乎昭代，正其異於前代也。是故一代之同文，即爲一代之變體，變變相尋，充塞宇宙，而五百四十字者，方新而未艾也。故曰："贊天地奪鬼神者存乎變。"或曰："羲皇之畫在書契先矣，其猶未足以動天神耶？"曰："兩儀初闢，五行之遞生也，不壹而足。天一生水，必待地六以成之，文明之肇開也，亦不壹而足。羲之畫而不字，猶天之水而不成也。不字則不辭，不辭則何以前民用？故羲之畫必待蒼之字而後成也。使天不生蒼史，是無羲皇。使蒼史而無後世之變，亦無蒼史。若是乎，變之不可以不通也。”順治辛丑仲冬，五湖閔齊伋寓五父記，時年八十有二。

重訂六書通序

畢既明

《六書通》爲五湖閔寓五先生稾本，余得之苕谿程子赤文家。先生集三代、秦、漢篆法，其體以《説文》字爲標首，下列古文、籀文以及鼎彝、符印，有變體必載，使觀者知其全、得其變與通也。而又繼之以“附通”。“附通”者，如“東”字之後附之以“涷”，“先”字之後附之以“姺”，“東、先”具各變體，加“水”、加“女”則無變也。然即“東、先”之變，參之以“水、女”，亦不可謂無本也。附之以不變，通之以無不可變，義精而體詳，有功後學不淺。惜殘闕，且淹没而不復傳。余爲之討求數載，增補篆，訂爲成書，同學諸公爲之參訂，相與贊成，授梓人。諸公好古如斯也，先生學古之學不淹没而果傳哉。《説文》一書爲三代以來古本，自不待言。如元周伯琦著《説文字原》，楊升菴譏之，然自不失爲好古之士。升菴爲《索隱》，祖《説文》而加詳矣。若《金石韻府》《正韻傳》，體例與是編近，而是編更加詳矣。於戲！自秦火而後，古學淪亡，不可復見，學者幾不識一字，日流變于下，不復窮變于上，而學術之衰也可勝言哉？楊升庵曰："秦之吏人猶誦《爰歷》《滂喜》，漢世童子無不通《急就》《凡將》。後漢許慎著《説文》，軒周之迹猶有存者。若程元岑之隸、吏游之章、鍾繇之行楷出，而字日訛。顧野王著《玉篇》，以楷書寫籀古，十訛九矣。"元黄芳曰："文字之變，自龍穗而鳥篆，而科斗，而大小篆，而八分，而隸，而行艸，率皆去難即易，厭詳就省，而世道升降淳漓之象見矣。"周伯琦曰："漢興，儒者各以所記者私相授受，類多踳駁。"又曰："漢制，學僮十七以上始試，諷誦籀書九千字，乃得爲吏。又以八體試之，郡移太史并課，最者以爲尚書史。書或不正，輒舉劾之。故遷、固之書，字頗近古，六經皆古文。唐天寶三年，詔集賢學士衛包改古文，更作楷書，以便習讀，今世所傳，並俗體矣。"於戲！六書之夆，焚于秦，壞于漢，絶于唐也，愈變而愈下。欲窮其變于上，而通之于古，則興繇學于既亡也，蓋其難哉！先生自敘曰："通者何？通六書之變化。孰通之？通《説文解字》之執也。峋嶁去倉史未遠而變，世與世禪，字亦與字禪而變。"又曰："使天不生倉史，是無羲皇；使無後世之變，是無倉史。"先生既以叔重爲倉史功臣，又通乎叔重之執，乃真見倉史矣。夫世運窮于變，則必返乎盛，是非盛世同文之應，而軒周復見哉？學者知窮變于上而通焉，又何疑矣？余又焉辭夫傹陋，而不爲之增訂，以公諸同好哉？康熙五十九年歲次庚子清和之望，海鹽畢弘述既明氏識。

重訂六書通敘

程　煒

凡著書可傳者，皆有得於天，得於天，故終不泯。古賢傑所著書，往往沉埋播棄，積歲月，勢且銷亡，不傳而卒傳者，其精神與天脗合，天則不忍喪之者也。韓愈文，唐人大小怪之。越數百年，歐陽脩、蘇洵父子抉其藁於殘牘敗紙間，而推以爲起衰之作。司馬遷《史記》，魏晉名賢槩置弗重，及徐廣考異同作《音義》，裴駰作《集解》，而《史記》行於世。甚者，《詩》《書》《易》《春秋》《三禮》及孔、曾、孟諸書俱爲餘燼，而數十百年後復炳然出於人間，非天不忍喪斯文也歟？而後之名賢可無懼焉矣。晟溪閔寓五先生，好古讀書，生明季，能遠紹倉頡微旨，於三代秦漢諸篆法，遐搜備其形體，窮討遡其本原，參互辨其疑似，勞精竭神者五十餘年，輯成書，題曰《六書通》。而先生老死，是書流傳散失，幾付之荒烟。而又六十餘年，煒得之。煒交于畢殿揚先生，先生弟既明先生工文詞，善書，尤精篆籀諸法。余因殿揚先生以《六書通》請正焉。先生一見驚絶，謂周秦古法復見于今，惜殘闕非全書，且傷其幾于泯滅也，爲之加參考篆訂，閱四載書成，且付之梓人，以傳于後。嗚呼！兩先生學同也，攻苦同也，前後相間六七十年而共成是書，非天之不忍喪之哉？又非特歐、蘇之於昌黎，徐、裴之於龍門矣。余感其精神與天有脗合，故爲之敘，以記其異焉。康熙庚子清和月穀旦，苕溪程煒赤文氏識。

重鐫六書通序

李希祁

吴興閔寓五先生生明季,讀書好古,集古篆文並印藪之字,詳註本原,歷數十年而僅成稿曰《六書通》,歿後幾至散失。迨於康熙五十五年,程子赤文得之,畢既明先生爲補缺增訂。又四年,方成書付梓,始傳於世。搜求之功,匪伊朝夕。惜書行未廣,而板災於火。今坊中所售,翻刻凡幾,其字體之訛錯者不勝枚舉,只存糟粕,良可慨也。咸豐丙辰,髮逆竄擾。丁巳歲,奉先慈避亂赴都。己未,隨先兄之任括蒼,歸途舟次蘭谿,友人程堯民携來《六書通》原本一部,重價購之,珍若拱璧。顧自秦漢而後,晉魏六朝及唐宋元明,各家篆體雜出,"叟、更;免、兔"之類甚夥,若差之毫厘,即謬千里。予得此本,常恐年久湮没,山居無事,精神尚覺强健,躬自較訂,命姪孫祖望、外孫余天隨同爲繕寫,倩精工重鐫成書,公諸同好。俾學古之士,得覩廬山真面目矣,亦以繼閔、畢二先生之志云爾。時光緒七年辛巳歲陽春月上浣之五日,金谿七十七老叟李希祁杏卿氏識,姪孫李祖望硯孫敬書。

以上清光緒十九年(1893)平遠書屋重校印積山書局石印本

六書通摭遺

六書通摭遺自敘

畢星海

先大父輯《六書通》若干卷，剞劂後，曾復爲手訂。星海猶及見藁本，塗乙改寫，不知幾歷歲月，後竟失去，每痛惜焉。星海少弄筆學篆隸書，以習舉業，恒作輟。既而久困埸屋，乃棄帖括，稍稍肆志及之。歲丁巳，同郡葛君杖陂槃延余課其子。杖陂好學，與其兄春嶼嵩每與余商確古今疑義，余無所隱。杖陂不以余爲妄，嘗令余作箋註數種，不欲問世，垂成，輒置之，獨於篆籀結習耽焉。杖陂以余所好亦好之，爲出金石文字甚夥，相與摩挲參考，點畫形聲，究所指歸，往往有前人所未發者。而二三同志，若張文魚燕昌、吴穎父東發、張叔未廷濟，每以古器物銘、漢晉磚拓本及秦漢印譜寄示，凡《六書通》所未載之字及筆跡有不同者，輒爲摹録。杖陂昆季勸令編次爲《六書通摭遺》，且促付梓。星海以是實先大父之志也，遂手書成上、下二卷，附《六書通》後。意星海老矣，無所成就，而祇區區字畫之末，聊足以繼先人未竟之緒者，亦賴杖陂有以贊成之，則星海之所有憾於生平者，不誠多矣。夫方今彣教昌明，即六書之學亦度越前古，海内金石家相望成風，尚搜羅剔抉，無復潛隱。吾烏知此二卷者之所遺及所訛者，不更多于前書耶？是不能無望於好古君子。嘉慶六年八月朢日，海鹽畢星海書於基聞艸堂。

清嘉慶六年（1801）基聞堂刻本

六書分類

六書分類序

李根茂

字學之不講於天下也，久矣。近日坊間刊書，率多俗字，即五經中亦不勝指摘。由於校讎者不知古文，而學士大夫亦因陋就簡，莫能釐正。然欲點畫戈波之無譌，必由楷而遡之隸，由隸而遡之小篆，由小篆而遡之鳥跡蟲文。蓋篆者，字之始也。篆苟不明，而求今書之正，豈可得乎？古文雖經秦火，而《嶧山》《秦望碑》皆李斯手跡，迨漢後而《尚書》出於孔壁，《逸周書》出於汲冢，《神禹碑》出於岣嶁，《穆王書》出於贊皇，《史籀書》出於陳倉，以及鐘鼎敦匜諸銘往往得之於巉巖破冢之中，唐虞之書復顯於世，此以見天之未喪斯文也。古以篆書名家者，秦有程邈、王次仲，漢有叔孫通、司馬相如、曹喜、蔡邕，魏晉有邯鄲淳、鍾繇、韋誕、索靖、衛顗[①]，唐有李陽冰、韓擇木、蔡有鄰最著。然《凡將》《爰歷》《急就》諸篇，久零落於寒烟蔓艸間矣。惟吾汝南許叔重《説文》稱爲全書，南唐徐鉉補葺其缺漏，後人賴以取正。然非有出塵之才、好古之志，必不能探源窮流，使倉頡書契晦而復明。心摹手追，不爲氣運所遷移也。賓石甫弱冠時愛古嗜奇，凡金石遺文，

①顗，史書多作“覬”。後同，不另注。

極力蒐羅，不惟得古人作字之顯跡，並得古人作字之精意，手録成書，歷今幾三十年，所見益博，增補删削，凡數脱稿，誠足昭兹來許矣。昔王逸少書度越今古，而韓昌黎云："羲之俗書趁姿媚，張旭書獨步一時。"而杜少陵云："草書非古空雄壯。"豈非薄輓近之翰墨，而思覩鴻濛之汗簡乎？是書集古文之大成，正今書之多舛，吾知學士大夫必翻然從古，而坊間所刊書自漸去其譌謬。字學之興，其由此也夫！時康熙三十八年歲次己卯仲夏中澣，眷生李根茂致菴甫題於夕佳軒。

六書分類序

李來章

書學有三：一曰義理之學。象形、指事、會意爲體，假借、轉注、諧聲爲用。其始緣起於文，文生字。字者，孳也。孳息繁多，後以萬數，乃至於不可勝窮。然要其大旨，必使天下義理歸文字，文字歸六書。其可見於今者，若世所傳《説文正譌》《六書本義》《精藴》《長箋》諸家是也。一曰音韻之學。字有獨音，有衆音，有一音一義，有數音一義，音辨而義正，用之篇章，乃獲當於律令。不然，譌謬相仍，方音土語遞出於口，識者鄙之，古人無是也。其可見於今者，若世所傳《廣韻》《韻補》《轉注古音畧》《古韻通》諸書是也。一曰結構之學，點畫戈波，侵讓斷續，隸楷行草，各有法度，龍跳虎躍，空中神語，一藝之精，乃至通於鬼神，亦奇矣。其可見於今者，若世所傳《定武潁水絳帖》《閣帖》諸本是也。顧音韻、結構，始僅濫觴，後乃益詳，而六書之義，則已備於軒轅氏之世，其爲學也稱最古，但探討無人，久益不振，金石僅存，法益荒落。考亭朱子嘗欲一爲釐正，迫於暮齡，亦不及爲，識者惜之。西陵毛稚黄每推轂趙凡夫所編，許爲集字學之大成，然中多穿鑿，引據失當，言雖著於簡册，亦非定論。至於晚近，陷溺俗學，馳騖詞華，其所爲孜孜矻矻者，期於朝塗夕就，取足炫世已耳。欲求上友千古，追沮誦、倉頡，下與陽冰、擇木諸君子異世同心，考究古聖未墜之緒，以探義理之本源者，蓋寥寥乎未見其人也。汝南傅君賓石既稟異姿，又承家傳，且生晦伯、於田兩先生之鄉，習其流風，學稱宏博矣。而於篆隸尤有夙癖，三十年來探索搜括，區别體製，著有《六書分類》一書，最爲精核，好古者咸嘉之。都使周君毅公，好古君子也，欲爲刻之於南海。乙酉春，予于役羊城，獲過高軒，毅公因舉原本相授，俾加讐正，且以弁言見委。予視其卷面，大書"篆文第一種"，知賓石纂輯六書，其意蓋不止於分類已也。予嘗論字學一書，須首存古字，附以後世所增，祖述叔重，重爲補正，薈稡衆説，無令闕漏。大要原本於經，推類於史，廣徵於諸君子，旁及於百家，務於點畫中發揮從古聖賢相傳之義理。斯其爲學也，乃吾儒之津筏，寧僅雕蟲篆刻小技云乎哉？豆目之見，舉似賓石，不知以爲何如？康熙乙酉歲仲春穀旦，襄城禮山李來章譔。

六書分類弁言

胡簡敬

沮誦、蒼頡作書契以代結繩之政，而字由是以興。自黄炎以及商周，其間不無增損，大率不外鳥跡蟲文者近是。秦始皇時，天下簿書繁多，篆字難成，李斯、趙高、程邈輩變易古文，以從簡省，今之所謂小篆、隸書是也。東漢後，真草書興，崔實、張芝、王羲之諸人，當時有草聖之稱，學者從風而靡，而古文於是幾廢。惟扶風曹喜、潁川邯鄲淳、陳留蔡邕、河東衛覬以古文相傳授，故馬伏波辨成皋令印之謬，而張茂先不識顯陵内策文。可知漢晉之際，知篆書者已寥寥不可多得矣。嗟乎！篆書不明於世，何怪乎真書之多譌也？况後人輕爲改作，如光武以各隹爲"雒"，孫休以雨單爲"䨺"，隨文以去走爲"隋"，武后以日月當空爲"曌"，劉主以飛龍在天爲"龑"，如此之類，未易殫述，苟不衷之於篆文，今書之真贋，烏從而辨之？噫嘻！彦和字妖之誚，其能免乎？余自遷汝來，每晤賓石，言及古文，辨晰甚詳。兹復以《六書分類》見示，乃少年時所手輯者，歷今幾三十年，屢經校讐，辨點畫於毫髮之間，正戈波於錙銖之際，誦、頡古蹟，大顯於世。今書之正，其有日乎？昔鄭餘慶得《石皷文》於陳倉榛莽中，尚缺其一。皇祐年，向傳師極力蒐訪，乃於民間得之，始足其文。何子一聞衡嶽有"神禹"字，跋涉山谷，久之，遇樵人，引入岣嶁峰，乃覩真蹟。今予一展卷，而名山之所藏、石渠之所祕，俱得之於明牕净几之下，何快如之！是書出，不惟古篆正，而今書亦因之而正。如蔡中郎書石經成，立於鴻都市，四方來摹寫者車數百兩，填塞街衢。歐陽率更觀《索靖碑》，坐卧其下，三日不能去。吾知海内從此紙貴矣。時康熙歲次己卯且月中澣之吉，厚丘眷生胡簡敬翼齋甫識於摯亭之存誠軒。

六書分類敘言

何源濬

書契繼結繩而作，古聖王治天下之大經，歷千百世，遞有變更，求所以溯厥源流、攷晰而釐正之端，有藉於博學好古之士。粤稽蟲魚、露穗、雲章大篆，以迄商彝周鼎、秦斯漢籀，而折衷於小篆。篆學之書數百家，自許氏《説文》出，而六書八體舉以爲準則。但《説文》依四聲韻列字，查考維難，韻之所無，缺焉未載，究於篆學有歉也。余過錦城，遇資陽令尹傅君賓石，出其所輯《六書分類》一編示余，悉依《宣城字彙》偏傍，攷正篆體，俾海内學者奉爲楷模。正篆之下，復列古文奇字，凡鐘鼎金石遺文，靡不廣羅旁採，諸體咸備，開卷斑斕繡錯、光怪陸離，如對《郲鄏鼎》《岣嶁碑》，俾後人復窺古奥，洵篆學之津梁也。今天子聿脩文教，崇尚古學，禮明樂備，已駕黄農而軼虞夏。乃宸衷稽古，天縱之餘，精研六法。則是編也，獻之清廟明堂，未必非考文之一助。於以紀皇極，勒功德，誓河山，以供軒輶採擇，豈淺鮮哉？傅子，汝南名宿，學本六經，史才文學兼擅，經國輔世之事，靡所不通。他日鼓吹休明，佐治平之績，始得展其懷抱。而六書一編，亦其博學好古之見端云。時康熙甲子秋九月，山陽年家弟何源濬梅莊甫拜撰於芙蓉城旅舍。

六書分類跋

賴帝夢

《六書分類》何由作乎？賓石之言曰：吾竊悲夫古人之遺文將湮没而不傳也，抑怪夫今世之俗書多而莫由正也，且慨夫六書之集繁而善本少也。曷言之？自洪荒既闢以來，而書契聿興，亦天地必不容秘之精華也。因而一畫肇其端，鳥跡蟲文繼其後，或倒薤，或垂珠。若斯若籀輩，踵事增華，文明日啟，體制日繁，殺青囊簡，泐鼎鐫石，無非此篆籀之文，日在天地間，以與學士經生相周旋。無端而隸書興，無端而真艸盛，臨池搦管者競趨簡便，篆籀之文於是幾廢。至今日，積習日敝，慢易愈生，師真艸者尚憚遠宗，誰復問及字之始造乎？漢時去古未遠，究心古學者尚不乏人。蔡邕、邯鄲淳諸人精工篆籀，各有手跡，以近日好尚者無多，故諸公之真蹟澌熸，而許重叔之《説文》巍然獨存。降及唐、宋、元、明，又有徐鉉兄弟、李商隱、趙琬璋、裴光庭、郭昭卿、崔希裕、王存乂、李守言、田藝衡、吴元滿、戴侗、朱謀瑋、魏校諸人，討論而蒐輯之，各有成書。延及今日，藏者益寥寥。功名之士、性命之儒，苟見其言，無不推而置之，曰："此不過鐫刻石章家之物料也，我輩讀書窮理，烏用是？"於是相戒弗顧。即間有一二好奇嗜古之士，或喜玩三代之遺，或博侈藏弆之富，亦復購求數册，高拱鄴架，曰："此我之六書某某部也。"又誰復究心日摩挲其間耶？嗟夫！真艸出於隸，隸出於籀，籀出於鳥篆蟲文，始非沮誦、蒼皇創蝌蚪於前，顔、柳、鍾、王又焉能擅真艸於後？好畫龍而不好真龍，乃致六書盡付祖龍。僅剩如真老人所集《摭古遺文》兩小帙，日隨鐫章之夫，奔走市朝，爲覓蠅頭以供饘粥之具已耳。浸淫而再傳三四傳，烏覩更見人間有六書種類耶？詎知六書者，真艸之鼻祖，真艸者，六書之支派？祖緒既湮，支流自紊，所以近世書家，舉手半譌字，脱口多謬音，童而習，老而授，展轉波靡，日甚一日。窮一人之一手一口，又焉能家爲喻而户爲説耶？即復羣聚州處，聆其舛誤，告以正鵠，彼反啞然哄笑，指爲異端，直使研精六義者救謗尚且不暇，焉能自正以正人乎？雖然，天下大矣，人物廣矣，細心考究者，不可謂無其人矣。欲慨然復覩誦、頡、籀、斯之舊既不可復得，所賴者仍是世所傳之書耳。而書顧弗善，則奈何？《説文》初創，實號楷模，第依韻分部，部復分韻，以篆作文，不註楷書，門類參差，茫無定見，匪但初學視之瞀然不知所從，即留心尋論者欲檢一字，亦頻加繙閲，搜討維難。即如“衡”字不入《行部》而在《角部》，舉世師承沿習，中皆从“奥”，誰復知乃“角大”，而于《角部》覓“衡”字耶？“臨”字不入《臣部》《品部》而在《臥部》，舉世“臥”字皆寫“臣卜”，誰知“卜”乃“人”之譌，而“臥”爲“臨”之首耶？又如“覃”字不入《鹵部》《十部》、“肸”字不入《肉部》《八部》，而“覃”在《㫗部》、“肸”在《十部》，此二字更難摸索。蓋篆文“覃”字上作“鹵”下作“㫗”，楷書“覃”字上作“西”下作“早”，此已大相懸絶矣。况“㫗”乃篆文“厚”字，乍見“㫗”字尚且不識，又焉能更於《㫗部》覓“覃”字耶？篆“肸”字“从肉，从八，从十”，俗書“从月，从兮”，按肸蠁字原借象虫類紛布狀，自應“从肉，从八”，今歸《十部》，是何義理乎？他如“虜”字不入《虍部》《力部》而在《毌部》，“隆”字不入《𨸏部》而在《生部》，“隋”字不入《𨸏部》而在《肉部》，“藹”字不入《艸部》而在《言部》，“蓐”字不入《艸部》而另立《蓐部》，此皆不可解者也。種種混淆，不一而足，姑指一二，以例其凡。《説文》一書，煌煌垂千百年，紕繆尚且至此，何論其他？毋怪乎人見齟齬，開卷則思睡也。余維欲留古文，定應編集；欲正俗書，先傳篆體；欲善本頭，先分部類。宣城梅氏艸創《字彙》，已集今文之大成，近日張爾公窮一生之心力又爲增訂盡善，字字俱從篆籀内討出源頭，支分縷析，名曰《正字通》，真誦、頡、籀、斯之功臣矣。舍此不爲依歸，更將何恃？因照其分門列字，衰集一書①，先小篆，次經傳鐘鼎碑銘，各以類從，大集小部，胥用羅採。一字未當，竭數日之精神；半畫弗工，廢彌日之寢食。虢虢此中，幾三十年矣。去春得病杜門，今夏尚然謝客，因向晨牕，藉玆尋繹，以解煩敲，五月濡毫，遂成卷帙。不敢謂工於前人，然而計畫覓字，既省檢韻之難；按類編文，遠杜參差之弊。疑似之形，辨别務真；假借之文，屏之殆盡。庶幾學士經生，家藏一帙，揮灑時可借以考書，煩憊時可用爲躭翫。雖未能使古人之面目昭揭來兹，亦可俾上世之精華少留天壤。裨益染翰，畧有微長，斷不致如《摭古遺文》，隨營利者趨蹌街市已也。是又何能已于作乎？賓石之言如此，而賓石之用心良苦矣。余無以易之，爲識其所言以爲跋。時康熙歲次已卯相月中澣，同里眷弟賴帝夢兆輔氏拜手跋。

①衰，當據文意作“裒”。

六書分類後跋

羊和奏

記二十年前與賓石共事鉛槧，風雨晨昏，無間寒暑，斯真少時之極致矣。賓石既登仕籍，佩符民社，歷燕趙齊梁之野、荆吴徐越之區，河山百二。弔三秦之故墟，灧澦瞿塘，歎蜀宫之茂草，十五國幅員之廣，轍環幾遍，乃發爲文章，堂皇錚鋐，絶非凡響。太史公言："讀萬卷書，行萬里路。"賓石歷山川名勝，固不止於萬里，而弘才博學，腹笥五車，則不在於行萬里路也。蓋由其穎資天授，明敏性成，故於班、馬之史，韓、歐之文，李、杜之詩，辛、劉之詞，皆會而一之，浩浩然，落落然，渺乎不知其才之畔岸也。且工於篆隸，古勁蒼秀，每一臨池，直逼往古，蔡中郎之《鳥篆》，戴安道之《雞碑》，無以過之，然非夙具慧業者，斷不克有此。迨請告歸來，杜門掃軌，於承歡定省之暇，即讀書染翰，亹亹不輟，較之曩昔之丹槧共對時，不少異也。著作之盛，不能枚舉，如游華嚴之海，無物不珍；覩旃檀之林，是香皆異耳。今歲夏，復取昔年所輯《六書分類》一書重爲增訂，上自禹碑石鼓、周鼎商彝，下迄秦漢，探岣嶁之奇，蒐汲冡之秘[①]，以及盤盂几杖、鐘鼎尊匜，無不蒐羅攷究，罔有遺缺。復印證於諸家成書，增補其未備，博洽詳明，固已盡美盡善。諸君子序之悉矣，余曷能更贊一辭？第於考訂之次，竊見其綜核之精、用心之細，而歎夫一畫開文字之始，籀、斯肇篆隸之宗，高文典册，代不乏人，而博綜廣輯，薈萃菁華，

①冡，當據文意作“冢”。

莫盛於此，可“謂自有溪山，無此佳客”者也。於戲至矣！集千狐之腋以成裘，調百牢之美而爲饌，賓石殆集諸子之大成者乎？乃語之曰：“入中郎之帳，悉是秘珍；啟虞氏之廚，無非拱璧。余將進而更訂其餘矣。”時康熙己卯重九日，眷弟羊和奏予雅甫拜跋。

以上清康熙三十八年（1699）聽松閣刻本

六書例解

六書例解敘

焦袁熹

不觀晉明帝之言“日遠”乎？曰：“見人從長安來，不見從日邊來。”又言“日近矣”，曰：“舉目見日，不見長安。”今有人從長安來者，問以長安事，則無不知。若使人從日邊來，當無不知日。乃人日擧目見日，而不知其廣輪之大小，其出没于榑桑虞淵者，幾萬里而遥，而立景表者測其晷，明律度者紀其程，璿璣玉衡以齊七政，不失秒黍，夫豈猶敂槃捫燭之見？夫六書之在今古也，猶日月之經天而皆見者也。試問之佔嗶者曰：“曷爲形，曷爲聲爲義？”則老師宿儒或讘吺而不能道，豈非謂大遠于古，而叵測其原流者邪？黄之倉，宣之籒，嬴之篆，程之隸，晉已後之八分，極紛貤繇變之數矣。西漢時，學僮十七已上，始諷籒書九千字乃得屬吏，又以八體書試之，郡移太史并課，最者以爲尚書史，書或不正，輒擧劾之，故小學得盡達六書之恉。自篆籒闇废，隸文日繇，在昔制作精意，僅存許慎《説文》，而世罕窺睨，蓋小學之不明其説也久矣。我友楊子顒若氏，苦志績學，好古文篆籒及四體書，研心數十載，得古人制作之原，而知其流失。其言曰：“六書之義，後世晦而不明者，漢隸亂之，石經亂之也。今之載籍，皆沿石經，故形體多譌。不攷篆，不知隸之失；不知隸，不知正楷之所以失。其失也，失義也，失聲也，而皆由乎失形。有可從者，趨簡就易，面目未離。隸有之，今何必不從？有必不可從者，三失皆備，轉借轉譌。隸固有之，亦不可從，從之則六書之義亡矣。篆文九千餘，今加三倍有畸，過半俗譌，是又字書不加刪訂之失也。愈多則愈亂，愈久則愈晦。六書之義雖存而亡，致不可究詰。”其箸書有四，曰《秦篆韻編》，曰《漢隸偏旁點畫攷》，曰《正字啟冡短箋》，而終之以《六書例解》。泝原窮委，援古証今，汲汲然以洗石經之譌、正俗學之謬爲己任。先以《例解》屬余參訂，余覽其文，盈數萬言，言根柢準許氏六書條次，一指事，二象形，三諧聲，四會意，五轉注，六假借之例。詳説其義，增廣其文，探賾索隱，肌分理劈，剖昔人疑似之解，正經史傳寫之譌，暢發厥恉，晦者明而疑者釋。六書之義，洞若觀火而揭日月，是殆得景表律度以見日者也，非猶夫舉目見日者也，因書《日喻》以歸之。雍正乙卯春仲，南浦焦袁熹敍。

六書例解辨通總引

馮　浩

金山楊錫觀，字顒若，晚號門月居士，世居洛北村，簪紳舊族也。顒若篤學多文，壯年從其叔父楷人閣學於京師，身入人海，心澹世味，一編而外，不妄交遊。試屢不售，歸以明經教授，古文學韓昌黎，詩出入唐之中晚，有《顒若文稿》《蘭祕齊詩鈔》。尤好篆隸之學，徧搜秦漢碑，手追心摹之。嘗論篆法云：“自李少温而後，惟趙子昂得其精妙，如李西涯、文徵仲輩盡生平氣力，徒勞爾。”王虛舟先生歎其書之工，論之當今，不知吴下雲間有傳筆跡否。雍正甲寅、乙卯間，成《六書例解》《雜説》《八分書辨》。乾隆壬戌，成《六書辨通》五卷，又有《補》《續補》，大旨謂六書中相通多在轉注、假借，假借更易混淆。《辨通》之作，就假借一例言之，可其可，不可其不可，理豪析芒，博稽詳証，助註疏而裨經典，一例既明，引伸觸類，六書咸得其義。余近年收其鋟版，稍有訛缺，覓初印本校補。惜乎《篆學三書》，僅存一序，原標嗣出，豈竟未訖工耶？余於六書研究未深，徒觀其尊尚之正、援據之審、辨釋之確，紹“五經無雙”之絶學，綜羣説而歸一，是功與徐騎省兄弟亞矣。余抱痾瑟縮，不克泛淞泖之棹，屬友人訪其從孫心源，乃得聞其概。嗟乎！文人窮年著述，敝精耗神，類皆自信必傳，顧傳不傳，又似有數。身後遺書零落湮滅，吞恨於荒墳破屋間者豈少哉？余雖未全知顛若，但爲傳播此編，不泯其苦心，亦可無憾於終古已。乾隆五十一年丙午八月朔日，檇李馮浩書。

以上清乾隆五十八年（1793）馮浩修補重印
雍正十三年瑞石軒刻本

六書辨通

六書辨通自序

楊錫觀

六書形、聲、事、意，有分畔岸，未嘗相通。通者，其轉、假乎？轉注轉其音義，假借假其形聲，其爲涂也廣，神明通變，文字之用，由兹不窮。肰假借者，本無其字，依聲託事，非若轉注之有其文而轉展注釋也，二者徑庭，又大有判。竹桼既燬，不律經典者駁雜篡亂，傳注因之立説，轉、假二義，幾於無分。本無其義而注之，是假借也，非所云轉；本有其文而他假，是誤借也，非所可通。誤之通之，則制作之精意亡，六書之用乖矣。其失安在？非篆隸秦漢之際歟？夫象數攸寄，文字爲之大輅，載籍爲之六轡，豪氂點畫，形義天淵，倉、史繼庖犧之畫六義，開天文，簡類垓，周史彍而九千，轉、借以爲用，大備蔑以加矣。小篆增損點畫，數無所加。篆者，傳也。作述遺意，猶班班可攷。自隸書捷於秦，簡易成體，佐吏治急疾之用，而古籀之制亡。漢初承灰炱之餘，馬上未遑，挾書之律未除，孔壁未出，舍小篆散隸，無所師法。逮竹簡書出，渠蒦具在，而隸文行之已久，習之已工，典册咸便之。自賈魴《三倉》後，程隸三千遂廣如篆籀之數，而古籀之跡亡，小篆亦廢。時隸無定法，人自爲師，增損點畫，迻易偏旁，變换形體。于是形失其象，聲失其諧，意無可會，注非其轉，不當假而假，非所借而借，六書之義，由此大亂，貽誤首及經典矣。後漢和帝時，始命賈逵等修理舊文，許慎迺采史籀、李斯、揚雄之書，作《説文解字》十五篇，大小篆九千餘文之舊，賴以不墜。靈帝時，懲隸文篡亂，命蔡邕刊定六經。邕兼工篆隸，乃修正隸法，勒石鴻都門，是爲石經程式。今古其印合小篆者，仍不失六書遺意也。肰隸爲篆之艸，傳習三百餘載，形體或指鹿爲馬，假借則對音繙譯，承譌襲謬，訂不勝訂。今觀石經殘碑，宋洪氏、婁氏所緝《分韻》二編，西漢人之失具在，何曾一一釐正也？魏晉而降，隸備八法爲楷。唐開元中，刊訂隸俗之謬，爲正書名《開元文字》，意在證合篆籀，誠盛典也。唐末始有墨版摹印六經，景福中始摹印司馬、班、范諸史，而所摹之文，仍漢人流傳舊本，筆法雖正，其通假變亂，仍未校定也。且傳寫屢更，俗書又復譌之，經傳而下，《史》《漢》之譌文，不可勝紀。其形體改錯失聲失義者，攷篆易明。若通假之誤，先後相師承，誦讀者視爲固肰，謂古字少，古書通用，某即某字，某義與某通，且爲轉注之曲説之，不辨其爲非是。故昔人云："六書惟假借爲難明，假借明則六書明，六書明則經典始明。"此言似矣，而未審制作之原也。夫文字各有本來面目，識其本來，則假借自明，故鄙見謂難明者在轉注，不在假借。轉注有制作之轉注，有後人之轉注，制作之轉注隱微，後人之轉注汎濫，故難明。假借爲後人能事，無字而有聲之用，藉其形而不取其義，故易辨。若本有其文，本不必借，而反他假，此漢隸文之亂，豈古初之經典本如是邪？蓋篆籀固非闕略不備者。觀《周易》秦所未焚，今譌文絶少，可知古籀經典無譌，而譌在漢隸也。宋徐鉉云："六籍舊文相承傳寫，多求便俗，漸失本原，不可觀矣。"此嘅形體之失，小學廢置也。而其中假借一涂，紛綸雜糅，尤不容無辨。僕昨於《例解》末條，曾箋疏數百字，簡陋寡當，每思竟其緒，苦桑榆之末，目眊心盲，益滋舛謬，而不諒僕者目僕爲老蟫魚。隘前例之略，慫恿續之，以備觀覽。因勉効隙光，箋六書雜説數則，又增廣末例非所借者，蒐羅獺祭，得千餘條，名曰《六書辨通》。蓋止就假借一例言之，辨文四千許，可通不可通，涂轍詭異，古今變亂之能，大較可睹。固非敢改易舊文，要當剖証其義。所媿學則不博，説之不詳，仍多挂漏，未足發皇。冀當代閎通博識，同有古嗜者，不惜訂其踳駁，擴其固陋，理豪析芒，博取而詳説之，庶六書疑義渙若冰釋，經典譌文豁肰日朗，未必不爲注疏之一助云。乾隆七年壬戌十月既望。

六書辨通序

黄之雋

顒若楊子宏樹勳績於字林，嘗箸《六書例解》諸書，予曩敘之矣。絫十稔，復成《辨通》五卷，示予，屬賡言焉。予釋之曰："不同而同之謂通，同而不同之謂辨。"楊子曰："二語盡吾書之藴矣。"則從而繹之曰：楊子之箸書也，其道達於經綸，一比而合之，一理而分之。凡字之見經傳者，以聲通者、以形通者、以義通者、以轉通者、以借通者，又或以諱而通、以譌而通、以俗而通、以省而通。不通所可通，失則拘，少見多怪，若驪黄、驊、駱之皆馬也，可以不辨矣；通所不可通，失則混，是非雜糅，若董葿、秭、稗之皆禾也，不可以不辨矣。顒若氏彙而通之，以同其不同；疏而辨之，以不同其同。考据精博，心力湛勇，以立此不朽之言也。贊文苑而禪學海，用鉅效溥，詎唯奏功小學，屢進不竭哉？古今字書，於君家得兩人焉，漢有子雲氏，明有用修氏，子雲作《訓纂》以擬《倉頡》，好事者從遊學奇字，用修作《六書索隱》，自爲序，臧否前人。顒若氏之書出，而三楊先後成鼎趾已。楊子邨居，爲閣學公猶子，偕贊昆、葆素、涵貞諸君相釁濅於家學久。今春送公葬，獲登其堂，敞雅閒寂，箸書之境也。每泚豪數行，輒引滿小酌，牋硯壺尊，雜進於前，以爲常，而不强飯，故善病，畏入城市。學富而澹世腴，文豐而寡俗紛，其爲人和而介者歟？和者通之謂，介者辨之謂，是故知人必於其言。嘗讀子雲自序譜諜，稱："先世周伯橋食采於晉之楊，爲楊氏，後有楊侯、楊季。"而班傳从手爲"揚"，是"楊、揚"通。用修論姓氏載晉羊舌氏伯石食邑於楊，曰楊食我，後分其田爲縣，曰平陽，曰楊氏。因謂"羊、楊、陽"通。若是者，其有辨乎否邪？然顏師古謂子雲多疎謬，王元美謂用修有疎忽，則皆不若顒若之書緻密無罅隙也。乾隆癸亥歲立夏日，黄之雋序。

以上清乾隆八年（1743）瑞石軒刻本

許氏説文解字六書論正

重録王石隱先生説文論正紀略

吴嘉樹

一、徐鉉所校許氏《説文》原本,其序次仍始一終亥,若始東終甲者,係巽巖李燾編輯,向有自序兩篇,詳述其所譔原委。近代刻本秪存許氏舊序,其間因有"徐鉉校定"等字,遂誤認爲徐氏原本。今特録附原序兩首,庶知改作原委。

一、始東終甲爲次專依聲韻,故於每部之内亦律四聲,分平聲上下爲五,加圈以别,不啻指示之曰"此下係某聲字"也。是編删去其圈,檢查未便,欲仍還其故,更欲以平上去入填寫圈中,庶便閲者。

一、凡新附字,徐本另列於各部之末,是皆雜入,辨别無从,此經巽巖編次故也。石隱先生未窺原本而認誤之,且云"分别部居,悉从徐鉉",肰以徐本校對,又間有闕文,若以爲衍,亦應注明。今將所遺闕之字,録補目後。

一、每部後新舊篆文數目,不應删去。按古籍注詳載字數者,預防闕失也。况此書爲字學津梁,奚容脱漏一字?今每卷增目録一葉,詳載每部原字若干、附文若干,以存其原。

雍正癸丑,新安吴嘉樹先生稱篆學失傳已久,此書直有關絶續,从婁東沈子大桂軒先生借抄,因於篇首略附紀畧。賓王先族叔祖麴齋先生暨直藩沈桂軒令祖,同爲石隱翁壻,翁無嗣,名垂不朽者，此耳。原稿藏於翁甥沈天來家，賓亦得之桂軒，中脱《辵部》平聲以下及《邑部》《谷部》之首，無从補足。乾隆壬戌秋，乃得李《序》，手抄附訂卷首。古東倉後學宋賓王記。

清宋賓王抄本

六書存

六書存引

周天益

曩余成《字義補》二卷，敘而藏之，既爲不義之徒竊去，徒深惋惜。比年以擋摒來時文，留心覽古，偶有可得，輒復鈔存，甄其字之見遺，廣其義之未備，雖較前録已失十之二三，而新者固已加倍矣。不揣老病，握三寸不律，孜孜汲汲，黄昏風雨，一燈熒然，極之腕指俱殭，腰背俱困，頭目俱惛，茶然疲役而不肯少休，抑亦迂矣。顧余竊念有其字而前人失收，是藝海之遺珠也；有其義而後人弗綜，亦儒林之缺典也。余也愛之惜之，因而存之，雖亦自覺其迂，而轉借以消遣老病，不猶愈於博奕者乎？况余之兢兢取裁者，初不敢存俗譌以亂真，遑穿鑿而背古，比於方子之著《通雅》、顧子之録《日知》，蓋有辨名考義之思焉，而特未之逮云爾。獨計如余之弇陋，何殊蠡測井觀，而其所得已如此，後有博雅君子，尚當繼余而補之也。龍飛乾隆乙酉臘月既望，周天益謙菴甫書於汾陽之寓齊。

六書存跋

温德端

粤稽蒼頡造字而結繩廢，書契之興，其來古矣。唐虞夏商各重其事，但相傳既久，不無差謬，故周先王以同文之權寄之保氏，而令其以六書教國子，務使天下萬世曉然知形聲所在，非可以私意造作、土音牽合也。於時文教遠播，不惟華夏宗邦恪守成憲，即届荒服，猶共凛一王之制。迄今讀屈子《離騷》，與大聖所删之《詩》脗合無間。降及先秦，焚書坑儒，而考文之事蕩然。漢興，除藏書之禁，下購書之詔，而經書始從煨燼之餘，掇拾斷簡殘編，以存什一於千百。爰有許氏著爲《説文》，闡明六書，固云詳悉。漢魏而下，他如韻書、字書傳世者多至數十種，大抵各有抵捂，是非互見，要不若聖祖仁皇帝《字典》一書典該精當，永爲海内程式也，豈非同文人之教，千載一時之盛哉？近我謙菴師體列聖同文之盛心，而纂爲《六書存》，其中辨體析義，不苟異，亦不苟同，凡諄諄筆端，不憚煩苦，止期不悖於六書之本音本義而止，而况别具隻眼，不循衆論，寔發從來所未發。嘗有積誤相沿，無人是正，而吾師撥雲見天，累千百言而未休，授數十家而是証，總鑿鑿有據，並非補風捉影、徒自誇博雅者所可比。將見羣書之乖違，悉爲指摘；藝林之缺略，詳爲縷陳。誠哉！字無弗收，義無弗綜，堪作芸窗之金鑑也。端捧讀再三，如獲拱璧，因於課徒之暇，親爲恭抄，幾歷三載，功始告竣，爰訂本成帙，跋而藏之。嗟呼！自制藝興而字學荒，士之攻舉子業者沉没於時文中，一切古書概置弗問，所以魯魚亥豕，往往弗辨，即形聲點畫，亦惟其所便，謂："吾苟取功名，遑顧六書之本音本義乎？"吾師生平留心覽古，子集經史及字書韻書，無不融會貫通，即是書所載，特吉光羽片耳。至若學之所底，端雖北面有年，終如登泰山而望東海，浩乎莫測津涯而已。乾隆三十三年歲次戊子仲春上浣旬之吉，中陽門人温德端方儒氏薰沐恭跋於汾邑古西河養正書屋西窗下。

六書存再跋

温德端

曩乙酉，謙菴夫子成《字義補》，端受而讀之，三歷寒暑，鈔成副本。繼成《唐韻餘論》暨《唐韻綜》，而總冠之曰《六書存》。時夫子將北上，而端不及鈔矣。戊子，夫子赴銓，攜入都，重訂手録，裝成二函。庚寅宦閩，就正當代名公，屢蒙賞識。甲午復遊都，夫子字學，愈譟一時。戊戌春，我郡太僕寺少卿前史官曹孝如先生、關中候補知縣前進士賈來青夫子並作序，醵金山右同人，謀刊行世，後因他事寢。不知夫子此書，亦豈《字貫》等所可同者哉？仲夏歸，又重删補，未及録真，而於庚子冬疾作矣。辛丑春，端得重讀，更覺如金經百鍊，精液獨存焉。既而夏四月，端僑寓於青堆鎮，而夫子於是月初九日亦即世，然後知此書愈不可傳於世，而欲令傳於世，伊誰責與？端即於課徒暇鈔存下函，亦歷三載，合成全書。嗚呼！此書存而夫子已不可復存矣。書在人亡，傷也何如？而今而後，晨昏展玩，宛坐春風，因悟書存即人存也。雖然，夫子道貌不獲目覩，由今思昔，日月幾何？蓋不勝秦山梁木之悲[①]，而淚涔涔欲下云。癸卯仲春晦日，中陽門人温德端拜書青堆寓館。

六書存敘

曹學閔

儒者治經論古，以能文章自命，而一啟卷，一涉筆，輒於字韻齟齬，蓋小學不講久矣。《周官》六書之教亡，漢許叔重《説文解字》略見梗槩，厥後《字林》《玉篇》漸以增廣。而韻之名萌芽於魏晉。至隋陸法言《切韻》，折衷南北，撰爲定本，今其部分猶存。後此《唐韻》《廣韻》《集韻》展轉相承，互有出入，其因是而更求之古音也。如吴棫《韻補》、鄭庠《古音辨》、顧炎武《音學五書》、江永《古韻標準》，亦展轉相承，大致由疏而加密。學者欲稽字韻源流，斯其正宗也。余同年友周君謙菴博討典籍，充然有得，撰《字義補》暨《唐韻餘論》《唐韻綜》，凡若干卷，統名之曰《六書存》，咸以補前人所未及，廣後學之異聞，用心可謂勤矣。余曩爲詩古文詞，尋聲檢韻，尤愛《音學五書》據證精博。然《唐韻正》列佳皆灰咍及真以下諸韻，用陸德明"古人韻緩，不煩改字"之説，不復置辨，未能擇所疑。今周君舉而詳之，然後得以豁然。夫佳皆灰咍四韻，今音侈而古音歛，有不轉其讀不可者。真諄臻文殷魂痕之與元寒桓删山先仙，則當以歛侈分爲二，而先韻字當區别，其與

①秦，當作"泰"。《禮記·檀弓》："（孔子）歌曰：'泰山其頽乎？梁木其壞乎？'"

真文通者，轉其讀以入真文。陸法言次魂痕於元之後，唐初許敬宗遂注元魂痕同用，於是《三百篇》截然不相淆雜者，唐以後律詩轉去界限。元楊桓作《書學正韻》移魂痕於元，清《古韻標準》分真以下十四韻爲二部，二書周君未之見，而其言如合符節，余故表而出之。其佗發昔人所未發，要歸於至當不易者，不勝悉數，贍涉之士，宜何如寶愛之也！旃蒙協洽極且之望，太僕寺少卿、前史官，汾陽曹學閔敘。

六書存序

賈天禄

天地自然之音，今古皆同，而今古遞變之聲，通轉斯協，通轉非古也。以近代分切四韻之官韻部韻，上而讀《易》，讀《詩》，讀《書》，併周、秦、漢、唐諸子史有韻之文，而不正通旁轉以比其音，其音之協焉者有幾？然考史皇造字，觀天察地，探賾索幽，以通神明之德，以類萬物之情，豈爲文律用哉？虞廷始以詩歌聲律教胄子，自後文字漸增，形聲稍異。周天子懼其變而滋巧僞也，乃以六書定考文之令，參取龜雲魚鳥諸體，酌通重濁輕淺諸方，而命保氏教轉諧，自國子下逮比閭，童而習之，於時家尊小學，人人各能調字音死生，喉吻開闔，隨聲出内，而鐘吕協焉。雖《楚騷》已降，土音偶操，秦火之餘，缺書有間，而學士家口授師承，宗傳義例，不過取閑于五均十二律之節，故東庚支魚不齊響，而出均立度歸一宫。蓋古文簡略，古韻和緩，論轉注不論叶音，分五音不分四聲，非如後世音竅之切，銖銖研揣，尚煩通轉爲也。揚子雲采方言于輶軒，審形命名，審方命音，所收寄字乃出于史籀大篆、李斯小篆、程邈隸書、王次仲楷體之外，自是字形迭更，字音歧出，古體盡變爲今文，而六書之古文不存。六書之古文不存，而《周官》轉注、諧聲之古韻亦遂沉埋閉遏而不可通。然其時去古未遠，説文釋言慎詳，篆隸古文或數字轉通一義，或一字轉通數義，其元音尚在也。而諸儒轉治六經，貫穿箋注，實能推尋音義，暗度《三百篇》金針，爲相傳不刊之韻經而無取，別作聲律。聲律自魏李登《聲類》而來，三國六朝因“蝃蝀”古雙聲，取漫聲、急聲之義，多有翻音，而別《聲類》之聲，分《聲類》之類，則有周顒《切韻》、沈約《類譜》、陸詞《切韻》，總皆創定四聲，一破古音五均不同聲之例。而陸書更名《聲律》，又名《律韻》，後代試士者，多參變而沿用之。雖唐有李涪《刊誤》，極詆《切韻》取分上去與東冬分部、中終分切之謬，然天寶間孫愐所更定之《唐韻》，則各仍其舊。宋韻頒于禮部，先有《廣韻》，後有《集韻》，亦因《切韻》改竄，奉作準繩。而平水劉淵則始以壬子新刊通併陸法言所分之二百八部爲一百七部，於是元明迄今，依爲試韻，雖家多駁正，而部類不可復更。別有以“詞備三聲、曲備四聲”强作詞韻者，而隋韻、唐韻、宋韻概不可通矣。隋韻、唐韻、宋韻不可通，而古韻尚可通乎哉？古韻不可通，而三古有韻諸經籍暨漢魏已來之賦頌詞銘，烏得不從不通？古韻之律韻彙分門類，立名通轉，以取叶音乎哉？且夫通轉叶古，其法仍本六書之諧聲、轉注，而六書所謂轉注、諧聲之法，必以指事、象形、會意、假借爲宗譜。則讀書須多識字，而協字音之今古，未有不先通字形之正變者也。然而金石文闕，南北音殊，應劭、服虔本無杜撰，李軌、徐邈間亦訛傳。譜等韻者復攀華嚴之字母，造僞經者謬襲泉州之《補篇》《音海》《海篇》諸書，載籍極博，於見諸正傳者，反多遺文遺義。而歐陽德隆之《釋疑》、楊升菴之《轉注古音略》，説者又以爲均非韵書内事。我朝通儒，各有撰述，獨吴門顧氏之《音學五書》、關中李氏之《古韻綱》，博極羣互，書相参訂[1]，考据甚爲精確。而西河毛氏所論兩界兩合有八十七部與無入十三部回互通轉之説，質諸李、顧兩家，時復参差抵格不相通，蓋字學蕪而韻學之難言久矣。山右周君謙菴，早聞嗜古，於書史無所不窺，自乾隆辛酉登賢書後，南遊北憩，考辨于山經水注、藝海書林者復三十六年，乃述其生平之異聞神解，著《六書存》若干卷，曰《字義補》，宗《説文》也，而釋文所未詳者推論之；曰《唐韻餘論》，闡《韻補》也，而七音所未辨者確証之。其例先形後聲，而正通旁轉，糾謬正譌，則一取徵于魏晉已上之經傳本義、子集明文，而定以《三百篇》爲古人之音書。蓋通今古遽變之聲，直可轉而協天地自然之音矣。不學如天禄，讀之猶傳警欜也。山右同人，爰始公鳩付梓，而聞當世博物之君子。乾隆戊戌三月，關中賈天禄拜。

六書存序

常贊春

歲庚申，趙城許君紹芸以校印洪洞韓大令仲弢《説文聲類分韻表》屬余爲序。嘗深慨安邑宋半塘先生《説文疏》今不可見，吾晉六書之學僅盛於清之道光，咸豐以來，讓壽陽祁氏專提倡之美，良足慨已。癸亥歲，陳君芷莊以其邑周謙齋

---

① “博極羣互，書相参訂”，“書、互”二字當乙轉。

先生《六書存》見示，且云將以付印，校勘之責，一煩諸子矣。余受而讀之，其書署區爲《字義補》十二卷，則蒐奇嗜博，所爲《唐韻餘論》四卷、《唐韻綜》一卷，則於顧亭林先生《唐韻正》或申其蘊，或補其疏。作書大恉，見諸汾陽曹宗丞學閔所爲序。嗚呼！先生以鄉舉就職鹺政末秩，名位既未大昌，而晚歲歸來，教授汾陽，未得與爾時大雅宏達相爲砥礪，至所以傳者止此。雖核以著書體例，未爲閎雅，然其苦心孤詣，在吾晉夫亦難能而可貴已。余往讀祁縣喬氏煌所爲詩，多載奇字，且注出處，方詑前哲措辭之精詣，固非後學所擬於萬一，然即其用字之賅洽，亦斷非後學鹵莽滅裂者所能擬。今讀先生《字義補》，其淵博無涯際，若喬氏之用字者，殆有同其杼軸者乎？昌黎韓子嘗云："凡人讀書爲文，須畧識字。"先生著書，殆深有感於韓子者。惟書中於明梅氏《字彙》，揭其書名，或不免鴻碩所訾議。然則此雖先生著書體例之未精，而先生之真與勤，其亦即此而著見歟？以較諸疏陋自足或鄙夷一切者，夫固不可同日而語矣。况乎《唐韻餘論》《唐韻綜》，又深味乎《詩經》通韻中，分界極嚴，非若後人之狃於通韻之説而未瞭其意者。蓋勞心苦思，洵軼出尋常萬萬者已。兹原本經岐山馮君星垣所藏弆，而得芷莊及徐君仙舟爲醵資付印，於以發潛闡幽，甚爲盛舉。校勘既竣，略述其故於簡耑，一仍前此所撰《説文聲類分韻表》之舊。至其對於顧氏著述之爲主者何如，則讀先生是編，隨在可證，固無俟後進之妄爲肊測也。猶有惜者，先生與宋先生時代相接而不相謀，殆確守爲己之學而不爲張皇以邀名者乎！是抑重可思已。中華民國十三年仲秋，榆次常贊春序。

六書存序

孫奂崙

箸書所以羽翼經傳、啟迪後人，而傳與不傳，殆有天焉。士窮然後箸書，箸矣而弗能梓行，至與草木同腐者多矣，或以爲不幸，而未必皆真可傳之作也。真可傳者，靈光巋然，天未忍喪，歷年雖遠，必待其人以行之，箸書者庶幾無憾乎？徐君仙舟，松龕先生之裔孫也，篤學嗜古。一日，以忻州周謙庵先生所箸《六書存》原稿示予，丹墨爛然，削補再四，蓋門人繕録而先生親筆更易者也。觀賈序有付梓之議，及觀温氏後跋，知謀刊未果。今仙舟將刊行之，而問序於予。予，俗吏也，曷克知此？然六書之學，周之國子、秦之吏人、漢之學童，靡不習之，吾輩束髮受書，即聞之師曰："讀書必先識字，比音而後成文。"蒼史所造，僅五百四十字耳，而天雨粟，鬼夜哭，豈非以五百四十字之變不可終窮，將以資天地之化，奪鬼神之靈，是以天爲之瑞，而鬼以之慼也？許氏《説文》全書凡九千五百五十三字，幾二十倍於《蒼》《史》，而逸佚猶多。若《玉篇》，若《字通》，若楊桓《書學》、升庵《索隱》及《奇字》等書，惟恐搜羅弗盡。今讀此書，《字義補》若干卷，攷據之精博，詮釋之新異，堪與諸書抗手，洵許氏之功臣也。許氏曰："形聲相益謂之字。"蓋字體之變、本義之乖，皆繇於諧聲之旨晦。故歷代名儒，靡不殫力於六書音均之學。孫愐《唐均》至宋已佚，後世所存者，以《廣均》爲最古，而《廣均》之二百六部，則依隋陸法言之舊目，爲均學之祖本。亭林顧氏《音學五書》與江慎脩之《古均標準》、毛西河之《古今均通》互有出入。厥後段若膺注《説文解字》，訂《六書音均表》爲十七部，而訓詁之道大明。今讀《唐均餘論》《古均存》二書，反覆推勘，引徵詳實，惜乎前之顧氏、後之段氏均未之見，見則必許爲益友矣。嗟乎！制藝興而六書之學微。今科舉雖廢，而經子諸書晦盲否塞，尤甚於昔。此書沈薶一百四十餘載，一旦假仙舟而傳，謂非天未喪斯歟？人以爲非時而至之祥麟，予則以爲否極將泰之先機也。質之仙舟，以爲何如？甲子九月晦日，孫奂崙敘。

六書存弁言

陳敬棠

敬棠稍解讀書，關懷縣故。戊午之春，聞關中馮君星垣購得周謙齋先生所著《六書存》原稿，借閲之下，愛不忍釋。顧曩者家居，尚不聞先生有何著述也，至是詳詢同邑之深悉縣故者，始知先生少耽經史，不拘拘帖括，生平著述頗富，後裔亦知保存，乃值邑有水災，遂陷洪流，今所傳者，僅遺文三篇及《先德誥命墓表》而已。於是敬爲録存，以待集資付刊時增入，藉爲攷獻徵文。癸亥秋，五臺徐君仙舟，故松龕先生裔孫，且甚篤晉故者，覩是編劇慕之，方擬醵金付印，商諸馮君，並蒙慨允。敬棠竊幸人之欲善，誰不如我。於是致書縣長貴州彭公子猷，請籌助刊資，旋得覆函，允以百部爲訂。其書徵引宏博，校讐綦難，敦約榆次常君子襄勉任是事，歷數月，至今甲子夏季印校完竣。嗚呼！前輩遺著，阨於水火及人事者，詎堪覼數？幸有廑存者，或爲珍重弆藏，乞借力不易，即借得矣，而刊資所限，獨力難擎。兹何幸馮、徐兩君慨助於前，縣長彭公玉成於後，在先生幽光潛德，積久聿昭，而邑人士快覩先哲有此宏博之著，於焉寄景仰或發揮而光大之，詎僅敬棠鄭重鄉賢，區區之私幸哉？欣焉述此，不敢云弁言也。中華民國十三年孟秋月，忻縣後學陳敬棠芷莊識於并垣之分緑軒。

以上1924年陳芷莊鉛印本

六書會原

六書會原序

潘肇豐

上古結繩而治，自倉氏體伏羲畫卦之義，從事物命名之理，始作鳥跡蟲文以爲書契，所謂文字也。其義始於指事、象形，繼之會意、假借，益以轉注、因聲[①]，六書之旨寓焉。後世代有更增，體格或異，文字益繁，因制六書以教國子。若史籀作大篆，李斯作小篆，程邈作隸，鍾繇作真，體格錯出。自經秦火，六書失焉。漢興，搜獲舊典，纂緝餘編，略存舊跡。後人增删臆僞，不一而止，卒後變隸爲楷，益失本真。漢唐迄今，前儒代有注説，其或詳或略，未必不俟後人之參考。豐幼侍先君子几席，日講六書，得其旨趣，而賦性嗜古，於頡、籀、斯、邈數家之書，從事數十年，其中筆法之曲折斜正從合等字，無不悉心體會，辨别毫芒。見有體格無釋義者，察其形跡，攷其從用，不憚辭繁，詳加注釋，譌者非之，疑者闕之，審晰六書，意會古人制字之原，編成十卷，名曰《六書會原》。所著各字，悉由攷正，不敢强爲臆斷，或可當考古者之一助云。嘉慶六年中秋節，潘肇豐序。

①因，據文意當作"形"。

六書會原序

葉　蓁

夫欲讀書者先考字,欲考字者貴窮原。古文篆書,文字之原也,原清而流遂矣。近世學者,專重音義而略六書,於古今形體之辨,從用解義之分缺如。文字之創始於倉氏,象鳥蟲之迹,六書備焉。後世代有更增,體格漸繁。秦漢間,篆變而隸,隸變而真,真去篆已遠,其間體格更易,俗僞頻增,篆文之見於世者,多失古人制字之正義。如“之”本靈芝,舊原無艸;“于”本吁氣,後人加口;“角”從夕肉,卒謁爲“㒼”;“望”並日月,乃誤作“明”。如此之類,難以枚舉。前賢編輯字書,注釋從義,每多同異,此皆未深究其原也。吾鄉古堂潘君,好古士也,自少時已擅頡、籀、斯、邈之書,壯歲所書,各體益工,而於篆書尤所究心。後官閩南,於公餘之暇,益加搜討,著《六書會原》一集,舉凡隸楷中,於“ロ、口、○”,體各不分,名各各形,常相類。“夊、牛”之不察,“䒑、ㄓ”之任從,體會古法,考校諸書,逐字指摘,分别引證,注釋無遺。予於己未歲客閩,得覩其書,若獲異寶,讀之每不禁拊掌稱快。余向亦嘗屬意於此,遇有格迹可疑,諸書注釋未顯者,輒格格不相入。玆閱古堂是編,體正釋詳,向之滯目礙膺者,今皆可以屬讀而無復牴牾矣。不寧唯是,經典之文亂於字迹者不少,得斯編以爲證,益足以互相發明,俾讀書者攷字窮原,而並以爲解經之助。是皆古堂數十年稽古之厚力,實有功於羣經,而豈徒區區於藝學之末者哉?曷可不付梓而亟傳也?余故不揣譾陋,用加校訂,而爲之序。古虞葉蓁桂巖氏,嘉慶六年歲次辛酉二月朔日書。

六書會原序

錢學彬

尋河源者，踰積石，過崑崙，以上溯於悶磨黎山之北，自以爲無遁吾目矣，而都實闊闊，乃得之於火敦腦兒。求江源者，超東陵，越沱澧，以遠尋於茂州汶山之上，自以爲無逃吾見矣，而緬甸宣慰，乃得之於吐番犂石。此以知沿流溯源，後人誠有過前人者。即小學一道，亦何莫不然？夫古今言小學者，皆知求源於古文六書，而不知古文□□之原[①]，正未易辨。蓋文字之祖□□卦圖[②]，畫一象乾，斷--爲二，而其餘遂相尋而不已，故倉頡只以五百四十字該天地人物之象。此亦如河之發源，粲若列宿，江之發源，小可濫觴而已，有千里一曲，萬派同歸之勢，所以爲統有宗而會有極也。自時厥後，代積文繁，支分派别，而字以數千計，是猶河之釃而爲二渠，分而爲九支，江之流爲九派，導爲雙流，雖極蕩雲沃日之奇，其去源已遠矣。又况汩没以莽休之僞造，填壅以嬰龔之强名，紊亂以解家書手之異詞變體，則後之人雖欲爲張騫之訪、桑欽之述而已難，况能探源星宿而窮委金沙乎哉？異哉！古堂潘君乃生今日，而爲六書之都寔緬慰也。古堂餘姚人，幼即擅頡、籀、斯、邈書，及宦閩，公餘之暇，細加研繹，著成《六書會原》十卷，録以示余。余細讀之，若鑿砥柱，通華山，經雲夢，灌具區，浩乎莫測其涯涘也，爲嘆絶者久之。我國家同文盛治，遍及遐方，古堂此書，行將爲泛洪流之巨楫，適遠道之斗極。余

①□□，當據《四庫未收書輯刊》所收該文補“六書”二字。

②□□，當據《四庫未收書輯刊》補“生於”二字。

雖未測其淵源，而涖政之餘，載酒而問之，庶不至望洋而歎，自崖而返矣乎？滇南錢學彬謹序。

以上清嘉慶六年（1801）鳴鳳堂刻本

六書原始

六書原始跋

沈壽嵩

儒者讀書稽古，其道宏矣。結繩而後，恒有光於天壤間者，莫大於書契之流傳。凡鳥跡蟲書、龍章龜篆，歷代增制，文體寖繁，浩渺而莫窮其際。自《周官》著六書之義，而許氏《説文》因之以出。宗其説者，又有桂氏《説文義證》，惟達許説，不參己意。段氏《説文解字》例多前人所未曉，後此諸家之説，皆莫能過之。賀杏楂先生學問淵博，欽仰素深。今杏楂之官西蜀，道出關中，出示所著《六書原始》。壽嵩於摟塵稍暇，一再展讀，則見其不規規於許氏，而直探一畫開天之始，抉其奥義，開示來兹，殆遠駕前賢矣。其義類十五：一原生數十干，二原成數五行，三原十二支，四原天文，五原地理，六原人倫，七原形體，八原工，九原服，十原樂，十一原器械，十二原艸，十三原羽屬，十四原毛屬，十五原鱗介蠃屬。分類別統，言義極精，有許氏所未備者，乃創以新義，大約取資於《易》之方圓圖者不少。夫方員圖出於宋代，邵康節傳自陳圖南，儒者因其晚出，或疑爲誣，不知雷風相搏、水火不相射，孔子繫《易》已言之矣，况井田八陣、聖王規制，皆本乎此。圖南先生固當時隱君子也，傳千古之絶學，雖考亭亦無異辭，亦胡可言其道之非耶？觀集中壬癸從一，丙丁從二，甲乙從三，庚辛從四，戊己從五，水從六，火從七，木從八，金從九，土從十。上自天地人之大，下至羽毛鱗介之微，罔不條分縷析，究厥本原。學者見之，既足怡神悦志，初學讀之，亦足啟發顓蒙，有裨於世，豈少也哉？壽嵩於字學源流未嘗學問，且又鞅掌頻年，何敢妄於佛頭著糞？然觀星有爛，啖蔗既甘，亦聊陳其梗概焉爾。時咸豐十一年歲在辛酉七月，小梅愚弟沈壽嵩謹跋。

清同治三年（1864）賀松齡四川劍州刻本

六書管見

六書管見序

周廷揆

自徐氏鼎臣、楚金兄弟後，治《説文》者粗舉大綱，或以己意附益之，移易次第，更其義訓，寖失許氏本意。至國朝，金壇段氏始爲深窮其義例，取先秦以來古書中之訓詁聲音，求之是書，多所發明，於是古義古音益可窺見，大旨疏通證明，務求合乎許氏之例，非元、明諸家好異臆説者可比也。岳祖華杠先生著作宏富，卓然名家，尤精究於《説文》，因承學之士潛心小學者少，特取六書中大要，條分件繫，各爲論説，名曰《六書管見》，意在指示後進，明晰曉暢，不爲深邃之詞。既有象形矣，復爲繪形以示之；既有指事矣，復爲象事以明之。於《辨字》《音韻》二類，言之尤詳。貫串淹通，浩瀚淵博，發前賢之橐籥，作後學之津梁，誠盛製也。今年夏，雲衢外舅校刻既畢，郵示廷揆，兼命弁言簡端，因謹述其梗概如此。時光緒三年重九日，孫壻周廷揆敬識於錦城知樂仁壽之軒。

清光緒二年（1876）臨桂況氏登善堂家刻本

六書舊義

六書舊義序

廖　平

予丙子爲《説文》之學者數月，後遂泛濫無專功。辛巳冬，作《轉注叚借攷》，頗與時論不同。丙戌春間，乃知形、事之分，援因舊藁，補爲此編。葉公子義聞有此書，勸爲刊行，並助以貲，因檢以付梓人。一知半解，本無深義，知必見嗤乎通人，藏之家塾，聊備童髦之一解而已。丁亥孟冬，廖平自識。

清光緒十三年（1887）刻本

六書類纂

六書類纂自敘

吴錦章

僕生長山僻，夙尠師承，束髮受書，章句之外，帖括而已，不知有所謂小學也。弱冠後，從高要少宰馮展雲夫子游，略聞古人爲學次弟，並諭以讀經之法必自許氏《説文》入，宜兼讀錢曉徵、戴東原、段大令、阮文達諸先生書，然後可通古義。謹志之不敢忘。時粵氛甚熾，錢、戴諸公書不可得，僅就毛刻大徐本、段氏《説文注》讀之，粗識涂徑，未究指歸。尋晤懷甯鄧少白先生，數從講問。先生故陽湖李申耆高足弟子，通漢學，工篆籒，於六書形聲，辨覈極嚴，非古本《説文》所有一字，不肎下筆，專守家法，或疑其隘。然雅俗攸分，古今不雜，學者篤信好古，固宜如是。後余薄宦湘中，先生適主衡、永等郡講席，歲必數見，見即以所疑相質，偶有會心，隨手記録。風塵奔走，不獲專力於斯，短札零篇，久委匧笥。丁亥春，奉諱還里，繼丁外艱，忽忽四五年。負土之餘，檢理艸稾，重加芟訂，各從其類而編纂之，總成十二卷，以存於家。淺見㥯聞，不足爲外人道。然使初學閱之，知小學一道，致力非難。讀二徐、段氏書，即以此編佐之，端緒分明，入門較易，自可由淺而深，由粗而精，漸臻於古人徵實之學，而諸經奥窔，亦可探尋而得，固未必無小補也。若夫援引載籍，博攷聲訓，自二徐、段氏外,尚有桂氏《義證》、高氏《字通》、阮氏《經籍籑詁》、陳氏《説文引經攷》等書,學者皆宜徧覽,以極旁通曲鬯之致,兹編則概不及録。誠慮餖飣成篇,徒滋煩複,稍從芟節,絓漏轉多,體例既乖,詒譏大雅矣。編既畢,有友人見而韙之,謂足開悟後學,竦恿付梓。余笑曰:"一知半解,敝帚自珍可耳,曷足以甾梨棗?"友人復敦促不已,乃俾手民刻之,而志其緣起如此。時光緒十七年歲在重光單閼夏至日,郢西吴錦章。

清光緒二十三年(1897)崇雅精舍刻本

六書辨

六書辨序

梁守文

許學之在本朝，以阮文達居吾粵時爲極盛，其時朝野士夫，經術多燦然可觀。蓋惟能識字，始可與言讀書。洎乎近世，卮言龐雜，短識之士眩於歐學，視古義如弁髦，墟拘一流，又多墨守帖括，尠通訓詁，國文殆幾乎不絶如綫矣。外舅徐公固卿以知兵聞於時，人第知究心於太公、孫吳之學爲公中年得力之地，不知其點竄二典，浸灌百氏，於經史古義，靡所不窺。要皆自束髮受讀以來，即師承學海軌跡於識字之涂徑者，良有俶始。所著有《四書質疑》《孝經質疑》《三國志質疑》《後漢書朔閏攷》《勾股通義》等編，已載在《學壽堂叢書》，此外未梓者尚夥。今歲三月，教守文以讀書之法，偶拈是稿。守文受而讀之，覺所論六書名義，剖析至精，雖未通許氏學者，讀之亦不難豁然貫通，因日抄若干字以自課。抄既竟，輒付手民，以嚮後之學者。光緒丁未孟夏，南海梁守文寫記。

清光緒（1875～1908）間南海梁守文刻本

王氏六書存微

王氏六書存微敘

王闓運

六書之學大壞於隸，但取流傳，不問所由。若馬援所言"四下羊"、許慎所言"馬頭人"，猶知有形聲者也。自唐以來，師説殆絶，二徐始復究之，然觀其新坿及非聲諸説，非能達董者也。至於近代，乃有諸儒致力於此，然皆以遵許爲能，未敢發明，其蔽在不分六書而重解字，以説爲經，莫能致疑，至以後世里語上誣經典。如以"鬼"爲可畏，以"醜"爲恥，其可閔笑，非文字之細也。余既冠，乃知讀經則先識字，聞羅先生與曾文正説轉注而疑焉。時左文襄教子作篆，余亦以篆教女，既而子女篆皆勝，其父乃悔幼之失學也。今之教識字者，翦紙各書，余以爲即《内則》所謂"方名"。值兵亂，經二十三年，乃得居家教授，始欲分别六書，以教小女。分别形事，似易實難。蓋"口、耳"之類，並曰象形，及其畫成，實又非物，既乖許説，又亂古傳，此之不分，何云識字？於是粗發其端，判分其類，方欲徧窺經義，解釋積疑，顔子所歎竭才，曾侯譬之敗葉，誠不暇也。同縣郭子、衡陽喻生，並好學深思，郭有《六書討原》，始分形事。今來東洲，喻生以《六書述微》十二卷見示，驚其鉅製，讀之旬日，其分部釐然，誠可謂當矣。夫以有跡之文，舉隅昭示，歷年二千，曾莫之分。乃著作滿車，自謂經師，儒林流傳，不其悉與？今既區別，誠便後學，就有微異，大指可導。惟其標題乃云“王氏”，雖同三家四氏之義，而本非章句，掠美爲嫌，故宜仍本許書，庶幾理董云爾。乙卯五月乙亥朔，王闓運題。

王氏六書存微述

喻　謙

古者六書之敎，掌於保氏，世有傳書，以養國子。大哉孔聖，宏我籀史。天地之道，一畫原始。貫三爲王，合十爲士。牛羊舉形，黍禾入水。鳥者盱乎，狗者叩爾。分别六書，燎於掌指。吁嗟秦火，不焚史篇。漢興尉律，諷籀九千。新莽居攝，徵求遺編。更始之亂，缺而不全。鄦慎《説文》，廣收俗字。“鵻”入《鳥部》，互相雜廁。“隹”本象形，加鳥何意？復訓隹聲，自亂其例。近代諸人，各有疑議。畫物不明，混形於事。轉注取聲，叚借取義。悠悠衆口，莫之能易。紛紜萬耑，疇區其類。湘綺夫子，天縱將聖。學博思淵，方名昉始。教篆裁箋，判别精細。厥誼昭然，蘋藻教成。有齊季女，因以遺焉。故六書之説，唯桂陽陳氏獨守其傳。完夫部郎，默志師法，信古彌堅。假自瓊閨，手寫一通，題曰《王氏六書存》。莘莘學子，羣欲借觀，迺屬謙讎校，釋其疑難。偶下己意，略致推研。首説形事，敬呈講筵。未達微旨，莫稱哲顔。及再削藁，親承訓言。始知師説，更殊於前。條説數事，猥蒙獎勸。謁選入都，就正於陳。益加贊勖，雅意諄諄。乃時易世殊，斯編付刊。而良朋殂謝，撫卷增歎。因爲摹篆，略窺一斑。匪敢自擬，用志不諼。

若夫俗文乖謬,諸家異説,偏旁誤加,方音各别,皆就陳編,逐類剖決,將以曉學僮,通玄恉,理羣侖,究萬始。尋道之原,繹文之理。既竭愚才,不能罷止。幸卬高山,景行大雅。承命校勘,手篆心寫。梨棗已殘,見聞猶寡。擁篲清塵,企望達者。丙辰春三月庚午朔,衡陽喻謙謹述。

以上1916年東洲刻本

六書古微

六書古微序

孫宗弼

讀許書而僅知疏證字義，不求會通，烏可哉？古聖造字，無空言虚義，本乎聲音，根乎實象，人文之所胚胎，天地之所終始。由許書説解，上溯倉聖創造之初，世之相後如此其遼遠，而文字之孳乳，隨時代而繁滋，人類之知識語言，亦隨文字循環而增進。治此學者，能於此中理解，前後貫通，並吾世固未見其人也。郎園先生著述等身，久負海内重望，於古今《七略》《七録》之流别，四裔重譯之皮編，學無不通，言無不盡，問者懷疑以往，無不豁然涣然而歸。其高懷朗識，津逮後學之盛心，概可見矣。先生邃於經術小學，而尤篤好許書，嘗言："文字有上古、中古、下古三世之分，取象有人身、草木、鳥獸百物之異。許氏九千餘字，已視造字時之數倍蓰過之，即較楊雄作《訓纂》時亦幾增半，然則五百四十部首，亦可斷其非《倉頡篇》之原文。當時博采通人，囊括今古，成一代之文典，爲六藝之指歸，循其迹以推尋，猶可得始制文字之精意。"先生又言："文字同於《易象》，因悟倉頡以前即有文字，倉頡以後復有師説，探賾索隱，神明在人。"偉哉斯言，洵聞所未聞已。夫許氏之書，自唐宋以來相傳不接者，實賴大、小二徐之功。今傳者，小徐《繫傳》、大徐校定本二書。顧《繫傳》經張次立竄改，已非原書，不如大徐校衆本以定一尊爲可依據。蓋大徐奉詔修定，必盡窺中祕之藏。觀其按語及表附新修字義，辨正俗書譌謬、筆迹異同，其矜慎精詳，必無擅改之病。然自毛汲古閣刻本剜改至四次、五次，殊違徐氏之初心。而乾嘉諸儒校注此書，乃至依《玉篇》、《廣韻》、《經典釋文》、諸經正義、唐宋人類書所引校改增删，既不辨引者之迻易舊文，復不知各書多有《字林》《續説文》羼雜，而徒好奇逞博，迷惑後人，此先生所以大闢其謬也。弼於光緒乙未、丙申之間，從江建霞學使校士湘中，習聞先生言論風旨。今還故里，奉手時多，因出《六書古微》稿本十卷，屬爲校勘，且命序引。陳書展誦，服其鴻識玄解，洞徹條流，無義非新，無訓非故。其例以本書證本書，佐以六經、《史》、《漢》、周秦兩漢諸子、漢人經史子注，非獨一埽乾嘉校注諸家之固陋，即於許書本誼，或有古書異訓，亦必擇善而從。以視俗儒株守一家之書，奉爲神明而不知辨别者，所見超越遠矣。先生自言識字之始，亦取徑於乾嘉先儒遺書，久而博覽深思，遂破其藩籬以出。蓋自二徐氏以後，天下言治小學，莫先於吾吴。先生世居洞庭，習承家學，本之鄉賢之師法，擴以八紘之見聞，故能獨出心裁，别下己意。聞先生尚有《説文解字故訓》一書，曾爲弼言其凡例，浩乎淵博，恨不及早刊行。然則是編又豈足以窺先生之堂室哉？丁巳仲春月望，同里孫宗弼序。

六書古微跋

劉肇隅

葉郎園吏部師撰《六書古微》十卷，尚農世兄授之梓人，屬爲校勘之役。肇隅從師問字，先於及門諸子，又日居會城，與師門接近，見師終日座上客滿，應對不遑，退則兀坐著書，略無倦色。與諸生論學，隨取插架書指示得失，遇有疑滯，必翻覆詳辨，俾聞者釋然。師固富於藏書，而諸家校注《説文》之書，尤搜羅罄盡。師恒言：乾嘉以來治小學者無慮百數十家，而黄茅白葦，彌望如亂叢。如段玉裁、王筠、桂馥三家之書，號爲首出，然段則妄改舊本，王則識解凡庸，桂則博引繁稱，漫無抉擇。嘗取三家互勘，謂其襲謬沿訛，實段氏一家階之厲。如《艸部》"蘄"下云："江夏有蘄春亭。"亭者，莽制，非"縣"之訛。《漢書·地理志》明言王莽改郡縣爲亭，而段不省，貿然改"亭"爲"縣"，自謂得之。《吅部》："䍜，亂也。一曰：窒䍜。""窒䍜"爲"擾攘"之同聲字，其義易明。而段改"窒䍜"爲"窒䍜"，謂爲周漢人語，竟不知出於何書。《肉部》："臑，臂羊矢也。"此鍼灸三穴名，見《甲乙經》。而段以"羊矢"爲"羊豕"，并改本文爲"臑，臂，句。羊豕曰臑"，肊竄妄增，實爲大謬。《我部》首："施身自謂也。或説：我頃，頓也。""我傾"即"俄頃"，故《人部》云："俄，頃也。"而段於"我"字絶句，以"頃頓也"爲一句，不知"頃、頓"二字於義不能連文。此但舉其易見者言之，其他類如此者尚夥。雖有《注》訂、匡謬、訂補諸書，未之盡也。師解篆籀，不信金器銘辭，以爲金文見於宋《宣和博古圖》、薛尚功《鐘鼎款識》、王厚之《復齋鐘鼎款識》者，不盡依據原文。且其書一再繙雕，非如《説文》有徐鉉、徐鍇兄弟專門校勘，可以取信。至近世，乾隆《西清古鑑》、阮文達《鐘鼎彝器款識》、吴榮光《筠清館金文》、吴雲《兩罍軒彝器圖釋》、潘文勤《攀古樓鐘鼎彝器銘文》，雖考訂精嚴，然其真其僞，不能千人皆見。即如莊述祖《説文古籀疏證》、嚴可均《説文翼》、吴大澂《説文古籀補》，意在補《説文》之闕佚，其實與許意絶不相符。蓋許君生於東京，所見鼎彝銘文，必視今人相倍蓰，許撰《説文解字敘》云："郡國亦往往於山川得鼎彝，其銘即前代之古文。""往往"云者，恒見之辭。乃取之至慎，故各部掇拾之字，頗覺寥寥。諸家後于許或二千餘年，或千餘年，安得據私意以相續纂？此師三十年所持論，而未有改易者也。師又云：今世刻本《説文》經二徐傳校，于宋以前古本必具有師承。小徐稍爲張次立校改。凡六朝唐宋人經典、類書、釋氏經音義所稱引者，往往羼雜他種字書，或意爲删消。姚文田嚴可均同撰。《説文校議》、沈濤《説文古本考》之類，但可取備参校，不得信爲故書正文，如毛刻段注之据改不疑，正由不知墨守之故。此皆肇隅習聞於講授之時，一一可以筆載者也。此《六書古微》十卷，發端於日本松崎鶴雄君。鶴雄從師問業，留湘八年，師撮其綱要，述爲此編。其有與許書異義者，欲探求文字之原，固不必比於注不破經之例也。師有恒言：《説文解字》非字學，乃漢學。旨哉言乎！丙辰夏正冬月，受業劉肇隅謹跋。

六書古微跋

左念康

吾師葉郎園年伯，近著《六書古微》十卷，墨板後即以一本貽念康，若以康爲可與語者。康年舞勺，即從師問字，時猶溺於帖括之學，未能專力於此。忽忽廿餘年，滄桑大變，一事無成。見夫今之號爲文士者，日讀蟹行書，幾不知横目之倫、所應識者何字，是足悲已。康昔始治六書，師告以讀《詩》《禮》注疏及周秦兩漢諸子，有不通者，則檢王念孫《讀書雜志》、王引之《經義述聞》、阮文達《經籍纂詁》考之，不可惑於戴震、段玉裁師弟之謬説，塞聰蔽明，致終身不知其究竟。康時唯唯，不敢有所疑信也。師又爲言，字非一二聖人所造，倉頡不過整齊之，如周公制禮樂、孔子訂六經之例，不得謂周公以前無禮樂，孔子以前無六經，即不得謂倉頡以前無文字也。且倉頡同時，造字者尚有沮誦，而今不傳者，以倉頡之書漢人獨表章之。治其學者，如張敞、杜業、爰禮、秦近皆其徒。自楊雄作《訓纂》，而衆家遂廢。許氏博采通人，褎録其遺説，而成《説文解字》一書，其文不必皆倉頡之舊，亦猶倉頡不必皆古文之舊也。古文多出於知識初開之野人，凡盤古萬物之形象、史皇結繩之記載，一點一畫，皆出於自然，倉頡修之改之，或轉失其初意。幸六書所存古文體，猶可一一推尋，使非傳刻多訛，必一一可以取證。師之邃於小學，其持論大都類此。今讀此書，如舉昔年所聞見者，背誦一周，惜康猶廿年前，故吾不得有所造述，爲滋愧已。今日神洲棣通，鄒衍之談，皆不得謂之虚誕。師嘗有言：大秦之學，自以爲絶地天通，析辨名理物性至精至密,而不知六書中無不有之。乾嘉諸儒或不知其義,則妄爲改竄,以就己説。此許氏所謂“俗儒鄙夫,翫其所習,蔽所希聞,不見通學,不覩字例之條”者也。師一生寢饋經史百家,出入釋、老二氏,旁及海外大荒,經文睥睨一世,謂“并世三經師”。王湘綺似清談,俞曲園似房卷,陳東塾似鄉約,其餘一知半解,多如牛毛者,更無足比數。由今思之,師之好學深思,誠有超然物表者,宜其視近世人,無一有可當意者已。師與同門論治經,謂不可讀宋、元、明三朝之書;論撰文,則謂上自諸子,近而方、姚,皆可取法。故師雖爲考據之文,條理委曲,無不如志。今讀此書,益見取多用宏,平生所得者深矣。此書未成,以先聞師言:吾有一書,不求今人知,當通之重譯,俾異方之人讀吾書者,知吾國文字之英靈,非佉盧、梵夾之徒所能比擬。其書篆體,多非玉筯文,蓋欲見者知古代文字之真形,以探求聖哲制作之精意,非與斯、冰角筆陣也。嗚乎!師誠有功於字學哉。康先太傅文襄公、家大人崇丞公,皆以政事之餘,涉及篆籀之學,康雖無似,自幼習聞庭訓,又得吾師口講指授,似有密諦于心者,輒爲書所聞於後,世有厭棄皮編者,當勿河漢斯言。丁巳二月春分,受業年家子左念康謹記。

以上1916年長沙葉氏觀古堂刻本

六書綜

六書綜自序

史蟄夫

學者崇尚六書,舊矣。蒼聖以來,書體不知幾經變更,悠悠者,執今日之楷書,謂古聖賢之精意在是,嘻！惑甚矣。蟲書鳥篆,邈焉難窺,三代方策,蕩於秦燼,登云亭,陟梁父,流連俯仰,求所謂七十二家之玉檢金泥,曾不可覩。惟是鐘鼎彝器及塚中、壁中之漆書竹簡,爲古人所寶藏,摹寫流傳及今者,少存六書之真,然其存者不過千百之一二。許叔重作《説文解字》,所得古籀僅一千一百六十三字,知古文字之亡失久矣。嗣後嗜古之士裒集廢墜,恒不乏人,是耶非耶,靡得而知。而碑碣彝器之紛出,有遠在夏商時者,雖未必悉屬古人之真,而真者故自不乏。則今日所見三代上之古文字,較叔重所見,固什佰倍之矣。加以秦漢筆札去古未遠,唐宋名流時多作述,即未能上擬邃古,於古聖賢之精藴,亦各有所得,按之六書本義,或不背焉,言六書者,未容畧也。余自束髮以來,即耽小學,求諸許書,覺象形、會意二端往往未愜,乃徧求《岣嶁》《石鼓》諸碑而讀之,訖未有得益。旁徵諸《宣和博古圖》,暨薛氏、王氏及近代阮氏、馮氏諸鐘鼎彝器款識,恍然於古所謂六書者,在此不在彼也。世之求六書於楷書中者,其失固甚,即奉許書爲六書準繩者,亦未爲盡得也。古人謂字不易識及書不讀秦漢下，誠不我欺。今之明六書者，已甚寥寥。矧旁行斜上之書，風行宇内，更數十百年，斯道將成絶響，是則大可懼者。緣是博採羣書，都爲一集，屑金碎玉，於焉匯歸。孤則易折，衆則難摧，余也不才，謬附斯意。夫當此科學昌明之日，而爲此迂緩不急之務，不免爲識時務者所哂。然而精衛銜石，樂此不疲；春蠶吐絲，任人非笑。世有好古之士，余將持此贈之，由是而上溯籀、斯、蒼、沮，俾六書之學綿而不墜，則三十年之心力，未始無蒙泉剥果之希望也。嗚呼！祖龍燔古籍，孔壁尚有藏書；慶元禁僞學，新安未輟講席。茫茫世宙，其能償余此志否耶？中華民國十七年二月，溧陽史蟄夫識。

六書綜序

顧　實

方今世界交通，而人類所用文字，以表現其語言思想者，無慮數十種，要不越夫衍形、衍聲兩大派而已。説者謂原始民族皆用象形文字，其後進步，未有不用標音文字者，然未可一概論也。葱嶺以西之文字，衍聲爲主，遠源埃及，雖原始象形，而已具拼音之範型，由其語言詰屈繁重，一義多音，非文字衍聲則不便也。葱嶺以東之文字，衍形爲主，中國者，東方之宗主國也。今美國學者盆孫氏謂埃及文化之古，必經過二萬年前後，而中國文化，則更古於埃及焉。然中國文字，自始象形，今存鼎彝骨甲銘文，具可履按，必非若埃及文字象形而已具拼音之理法者也。是何也？則中國語言，簡潔奥括，一音一義，非文字衍形則不便也。今之社會學家，窮研人類原始文化，發掘地藏，考古工作日益進步，尤以文字爲人類留其過去之殘影，實貽於百代之寶物。由此論之，則衍形文字遠勝於衍聲文字多多矣。何者？衍聲文字在本民族所用語言之意義全消失時，則其文字之意義亦全消失而不可曉矣，獨衍形文字不然，以其猶圖畫也，雖歷萬古而意義常新可也。况我國古今語言相去不遠，一方求其音韻之轉變，又一方求其文字之遞嬗，則居今稽古，無難如數家珍也，此不能不謂爲衍形文字所賜予學者之鴻恩也。然吾國未經秦火以前之古文，必以或書於竹帛，或鏤諸金石，而顯有不同之跡象。况晉發汲冢，得其書於竹簡者，已有繁簡兩種乎。漢晉以還所傳古文，盡爲竹簡古文派，其時鐘鼎拓墨未興，故上自孔壁，下訖汲冢，經生學士，競相傳習，莫不由此。其末流至於郭宗正之《汗簡》、夏英公之《古文四聲韻》而止矣。自拓碑碣始於唐人，拓鐘鼎始於宋人，而宋、清兩代，鼎彝款識之學，邁越前古。訖乎最近時期，而甲骨刻文發現於殷墟洹陽，其傳布則宋、清以氈墨拓本，最近又以西法印行，而益便於學者矣。將來地不愛寶，發掘日多，吾爲此懼，故急急於整舊以待新，不容一日緩也。曩著《中國文字學》一書，聊爲發凡起例，而於總集舊文滙爲一編，以供學者之探討，則飢驅迫之，未遑從事也。余友楊君芷廷，極富於經驗之教育家也。一日，介其友史君蟄夫所著《六書綜》一書，囑爲序。余受而讀之，驚先我以著鞭，逾球圖而彌珍，第據其卷首自序及例言而已。欽史君之寢饋於斯者，功至深矣。其言曰："今旁行斜上之書，風行宇内，更數十百年，斯道將成絶響。"尤不禁感慨繫之。是以出其三十年之心力所得之成績，貢獻於學者社會，此豈非學者不朽之盛業哉？抑古文之見於鐘彝銘刻者，輒大小錯落不齊，而史君手寫篳摹，惟妙惟肖，斠若畫一。余尤心折其富於藝術之天才,雖爲之執鞭,所欣慕焉。民國十八年己巳季春,武進顧實序於新都之穆天寄廬。

以上1929年上海商務印書館石印本

説文重文

説文重文自識

丁　午

長樂梁敬叔觀察，嘗以茝林中丞《楹聯叢話》贈松生仲兄，乘暇繙閲，中有杭州瓶窰古廟一聯，云："𩇔䨺雲内神仙府，⿱⿰山山⿰山山㠭山中道者家。""䨺、㠭"見《字典》，餘二字無攷，姑録以俟博雅。余因徧檢字書，得"𩇔、⿱⿰山山⿰山山"音切，私喜逾望。而類此者尚夥，隨手鈔輯，編分二卷，名曰《重文》。博雅之稱，則吾豈敢，掛漏之誚，當不辭焉。光緒己卯嘉平月，錢唐丁午。

説文重文序

俞　樾

今所謂字，古所謂文也。《傳》曰："物相雜謂之文。"《説文》曰："文，錯畫也。象交文。"蓋必相交相錯而後成文。昔伏羲氏既畫一以象陽，又以所畫之一並之爲以 -- 象陰，於是文字生焉。然則文字之中，有並二字爲一字者，正如有"一"而又有"--"，斯固文之所以爲文矣。籀古之文，每多緐重，如"孖、竝、贏、戩"之類，率重疊成文。而傳世既久，日趨簡易，學者既不循用,浸至失其音讀。《説文》所載,如“祘”讀若筭,“秝”讀若歷,明白無疑者,固有之矣。而如“从”之但云“兩從此”,“轉”之但云“𣈅從此”,不得其音讀者,又豈少哉?余今年曾以“玆”字音義詢之詁經精舍諸君子,或云宜音胡涓切,或云宜音子絲切,迄無定論。然則《左傳》所謂“何故使我水玆”者,宜何讀歟?丁君奚生,固精舍中高才生也,其家藏書爲大江南北最。奚生篤學嗜古,有子勝斐然之志,余方謂天假之年,必大有成就,孰意其秀而不實,與顔氏子同慨也。其從兄松生明經,出示其遺書,有《重文》二卷,皆就重疊成文者,如“从”字、“轉”字之類,博考諸書,求其音義,此在小學中止爲一端,然其用力固已勤矣。余因勸松生付諸剞劂,以廣其傳,使學者藉此以窺古人制字之原,其於小學也,亦庶乎導く巜而至於巛矣。光緒辛巳二月,曲園居士俞樾書於右台仙館。

説文重文序

黄以周

錢唐丁孝廉修甫,余七兄竹亭之同年也。二月既望,出其從父奚生遺書示余,且命爲之序。余以爲是書有蔭甫先生題其耑,馮孝廉跋其末,復何言?抑又思之,字書以許氏《説文解字》爲宗,許氏於異文同字者謂之重文,其同文者,或左右相並,或上下相疊,第曰“从二某、从三某、从四某”而已。後人於左右同文之字名之曰“並文”,上下同文之字名之曰“疊文”,亦苟焉而已。丁君奚生輯是書,自命之曰《重文》,蓋取重卦之義，非許氏所謂重文也。夫許氏之書，義例嚴密，即以同文之字而論，自古在昔，先民有作，或並之，或疊之，各有取義。而籀文祇悉茂密，好作緐緟，轉無甚意。故同文之字，有異於本字者，亦有同於本字，許氏一以音義定之，音義相同者，悉歸之本字之下，以爲重文，其迥異者，則别出之於他處，以明爲異字。亦有音近之字而别出之，如"廿"之於"十"之類，其義異也。其義異，其字異也。亦有義近之字而别出之，如"臸"之於"至"之類，其音異也。其音異，其字亦異也。亦有音義並闕而别出之，如"棘、丣"之類，以所从之字其音不同於本字，則其字亦異也。疊"朿"字以象棗之高，並"朿"字以象棘之卑而成叢，其義自别。則以"多、夞"同字爲例，而謂"棗、棘"同物亦同字者，非矣。二"百"爲"皕"，二"斤"爲"所"，其義亦别。則"絫"曰"二余"，"㸚"曰"二爻"，可以例推，而謂"絫、余；㸚、爻"音義相同者，亦非矣。丁君是書，既詳字義，又辨字音，以明其字之不同於本字，有合於《説文》之指。惜天不永其年，未卒業而身先殍也。校而刊之，吾有望於修甫。光緒辛巳清明後二日，定海黄以周識。

説文重文跋

馮一梅

明萬厤間，吴氏從先《小窗别紀》采集合二字爲一字者曰"雙並文、雙疊文"，合三字爲一字者曰"三並文、三疊文"，合四字爲一字者曰"四疊文"，並載入第一卷《字攷》中。而雙並文止八十五字，雙疊文止二十一字，三並文止六字，三疊文止五十二字，四疊文止八字。今讀丁君此書，較吴書更多數倍，而其引徵所出，悉根據《説文》《玉篇》《廣韻》《集韻》及《龍龕手鑑》《篇海》諸書，尤覺較有元本。其《别紀》所載之字有未采者，惟雙並文之“⺉⺉、㼌、𣏌”三字、雙疊文之“𢎘”字、三疊文之“𩰥”字。然《别紀》“⺉⺉”字注以爲即“从”字。據《説文》：“儿，古文奇字人也。”則“⺉⺉”即“从”之古文。“㼌”字注以爲即“昆”字，據《篇海》“𧕈”字音昆，則“㼌”即“𧕈”之壞體。“𢎘”字注云：“胡先切，草木盛。”據《説文》：“𢎘，艸木马盛也。”則“𢎘”即“𢎘”之變譌。“𩰥”字注云：“音被，怒也。”據《説文》“不醉而怒謂之䣀”，則“𩰥”亦即“䣀”之誤筆耳。惟“𣏌”字注云：“音派。”未詳所出。然明人著書不盡可憑，亦未敢妄據以增丁書也。我朝自段、畢、孫、嚴諸家研究小學精益求精，唐宋以來，未有此盛。而我浙自阮文達營構詁經精舍，提倡後學，緜延不絶，以至於今。丁君肄業有年，而其家藏書又甲於杭郡，故能學有師承，所得獨富。《詁經精舍三集》載其《購求文瀾閣遺書議》一篇，知其有心世教，欲爲斯文緜一綫於我浙，以惠後之學者，固不僅在此書也。今當事者且用其議，而其人已不及見矣，不禁爲之揮涕云。光緒庚辰大雪後一日，慈谿馮一梅識。

以上清光緒八年（1882）刻本

六書轉注録

轉注録自敘

洪亮吉

敘曰：六書自諧聲外，轉注最多，惟轉注斯可通訓詁之窮，轉注又半皆諧聲。即以《易》言之，《象》及《説卦》云："乾爲天，天行健。乾，天也；乾，健也。"《繫辭》云："《易》者，象也。象也者，像也。盛德大業至矣哉，富有之謂大業，日新之謂盛德。"以及《序卦》一篇，皆轉注也。其餘各散見九經與諸子傳，下迄迄漢以來，儒者注釋箋疏中，如"宫謂之室""室謂之宫"、"羅謂之離""離謂之羅"、"明明，扃扃""扃扃，明明"、"迹迹，屑屑""屑屑，迹迹"、"烏乎，吁嗟也""吁嗟，烏乎也"、"游亦豫也""豫亦游也"之類，特其顯著者耳。自"羅、離"以下，又皆諧聲，是轉注又通乎諧聲矣。唐宋以來，學者不明轉注之理，遂横生異説，而轉注益晦。暇日偶剌取經傳中轉注之字，以《爾雅》《説文》《小爾雅》《方言》《釋名》《廣雅》爲綱，已共得八卷。止於《釋名》《廣雅》者，以漢儒詁訓之書已盡于此也；旁采則迄于周、隋者，以非此不足盡轉注之變；又録及《釋文》者，以陸元朗此書卒業于隋代也。嘉慶十一年歲在丙寅四月，洪亮吉敘。

六書轉注録序

陳慶鏞

治經必先於聲音訓詁文字，而聲音訓詁文字莫備于許書。許解字從《周禮·保氏》指事、象形、形聲、會意、轉注、叚借六書原恉，而六者轉注一門爲最寬。轉注者，所以用指事、象形、形聲、會意四種文字而包叚借者也。劉歆、班固、鄭衆皆曰："轉注猶言互訓也。注者，灌也。數字展轉，互相爲訓，如諸水相爲灌注，交輸互受也。"許曰："建類一首，同意相受。考老是也。""建類一首"，謂分立其類而一其首；"同意相受"，謂羅列其字而通其義。《爾雅》開宗"始也"，是建類一首也；"初、哉、首、基、肇、祖、元、胎、俶落、權輿"，是同意相受也。《説文·老部》："老，考也。""考，老也。"以"老"注"考"，以"考"注"老"，是謂轉注。"老"从人毛匕，會意字；"考"从老，丂聲，形聲字，而義訓則歸於轉注。部中有同部爲轉注，亦有異部爲轉注。有錯綜其辭者，如"初"下曰："始也。""始"下曰："女之初也。"同而異，異而同也。有綱紐其辭者，如"䛐"爲意内言外，而"㹨"爲兄䛐，"者"爲别事䛐，"魯"爲鈍䛐，"曾"爲䛐之舒，"尔"爲䛐之必然，"矣"爲語已䛐，"乃"爲䛐之難，是皆以䛐爲綱紐也。經典中有云"之爲言"者，如《禮記》："躬之爲言者，繹也。""春之爲言蠢也。"有云"之言"者，如孔子曰："貉之言貉貉惡也。""狄之言淫辟也。"有單云"者"者，如《論語》："政者，正也。"《孟子》："庠者，養也。""校者，教也。""序者，射也。""徹者，徹也。""助者，藉也。"有云"猶"者，如許書"不"下云："一猶天也。""爾"下云："麗爾猶靡麗也。”“䆅”下云：“𦏧猶齊也。”而“會”下云：“曾益也。”“曾”即“增”。“㿝”下云：“匕合也。”“匕”即“比”。“䢱”下云：“允進也。”“允”即“粃”也。是又以叚借爲轉注矣。《爾雅》訓“哉”爲始，叚“哉”爲“才”也。《毛傳》訓“瑕”爲遠，叚“瑕”爲“遐”也。但既叚借而後與叚義之字相轉注，未叚借則不能與本義之字相轉注。晉衛恒曰：“轉注者，以老注考。”而宋毛晃亦曰：“六書轉注，謂一字數義展轉注釋而後可通。”語本自明。自後世不得其解說者，遂紛紛誤仞。而明楊慎《轉注考》一書，穿鑿益甚。稚存先生究心小學，潛擘數十載，著爲此書。首以《爾雅》《說文》《釋名》《廣雅》《小爾雅》分編類纂，復譔爲《比雅》，依《爾雅·釋詁》《釋訓》《釋言》之例，屬辭比事，歸當合一。凡經傳遺言以及《老》、《莊》、《管》、《荀》、《逸周書》、《白虎通》、馬班二史，彙集條貫，成十册，爲《轉注録》。洵聲音訓詁文字之要歸，而學轉注者，當以是爲圭臬。余丙午秋舟次毘陵，造先生家，令喆子齡舍人抱遺書見示[①]，其書從祖龍中敓出，首尾頗焦爛，然其字畫尚完具無恙，蓋天亦留之以嘉惠士林也。治六書顓學者，近張皋文編修有《諧聲譜》及《象形三書》，而吾師孫愓齋先生亦有《叚借考》，指事、會意尚無專書，抑海内有之而未能見也。讀畢，爰喜而序之，願亟付之剞劂氏。道光二十六年秋九月癸巳，晉江晚後學陳慶鏞識於常州舟次。

以上清嘉慶十一年（1806）洪亮吉抄本

①示，疑爲“示”字之譌。

形聲指誤一隅編

形聲指誤一隅編序

宋綿初

古人有言:"讀書人宜略識字。"諒已。經史既多典奧,習見習聞,又忽焉不察。有一字本無他音而不識者信口譌傳,有兩體音訓各別而不識者溷而同之,展轉迷謬,不可究詰。又或知其一,不知其二,穿鑿附會,通人病之。今就見聞所及,隅舉其類,用相起發,書塾中人授一編,以免伏獵、杖杜、金銀之譏。直音取其易曉,或釋或不釋,從其便爾。由是推廣,日見所未見,日聞所未聞,博觀古文奇字,會通其意,究六藝之淵源,則大雅君子,於是乎在。嘉慶己巳九月上浣,高郵宋綿初書於袁江學舍。

清嘉慶十四年(1809)書種堂刻本

説文諧聲孳生述

説文諧聲孳生述略例

陳　立

古韻之學，蔽蝕久矣。自鄭庠作《古音辨》，實開古韻之先，然止析六部，未免於略。崑山顧氏分爲十部，援引該洽，而九經、諸子、《騷》、《漢》以下書乃可讀。江徵君又分爲十三部，戴編修則爲十六部，孔檢討別爲十八部，而分陰陽二聲。王觀察更爲二十一部，段大令定爲十七部，劉禮部又爲二十六部，休甯所謂“古音之學，以漸加詳”者也。然或有意求密而用意太過，因思聲音之原起於文字，《説文》諧聲則韻母也。歸安姚尚書有《説文聲系》一書，第部次不分，無所取擇，且於會意、諧聲不無歧誤。乙未客京師，假館於廣陵汪氏，因剌許書中諧聲之文部分而綴敘之，以象形、指事、會意爲母，以諧聲爲子，其子所諧，又即各綴於子下，名曰《説文諧聲孳生述》。其部次以《廣韻》爲質，諸家之或始歌終談，或始之終歌，或始元終緝，皆不敢取，恐鑿也。不立部首，而以一二爲目。其部分以顧氏爲主，而參以江、孔、戴、段諸家。其一部曰東、鍾、江；二部曰冬，用孔義也；三部曰支、佳；四部曰脂、微、齊、皆、灰；五部曰之、咍、尤之半，用段説也；七部曰真、臻、先；八部曰諄、文、欣、魂、痕；九部曰元、寒、桓、删、山、仙，亦段義也；十部曰蕭、幽、尤之半；十一部曰宵、豪，用江義也；十六曰侯、虞之半，用段義也，其轉虞入侯，則用江説；十七曰侵、覃、凡；十八曰談、鹽、添、咸、嚴、銜，用孔義也；而去之祭、泰、夬、廢，入之月、曷、末、鎋、辥爲十九部，則戴義也。緝、葉、帖、合、盍、洽、狎、業、乏獨爲一部，爲二十部，則用孔説；其入之屋、燭附十六部，沃、覺附十部，則亦用孔説；麥與昔、錫之半附三部，職、德附五部，則用段説；質、術、櫛、物迄没、屑附四部，則用孔説，而去其月、曷以下者也。餘如六部爲魚、模、虞之半，麻之半；十二部爲歌、戈、麻之半；十三部爲陽、庚；十四曰耕、青、清；十五曰蒸、登、與入之藥；鐸之半、錫之半歸十一部；陌、昔、鐸之半、麥之半附六部，則皆仍崑山之舊。其《説文》原闕之音，徐氏雖强爲翻切，要亦多由臆造，則别爲二十一部，循不知闕如之旨也。其有子母異部，如“充”从育省聲而在一部，“委”从禾聲、“氏”从乀聲、“狄、迹”从亦聲而在三部，“矞”从冏聲而在四部，“兑”从㕣聲、“舌”从干聲而在十九部，“醫”从殹聲而在五部，“莫”从茻聲、“奭”从皕聲、“股”从殳聲而在六部。諸如此例，不可枚舉。蓋或取雙聲，或由轉韻，亦分注於各部下，以免歧惑，餘如“因、兼；沾、誓”。“兀”亦讀敻，“矍”亦讀穬，仍以本音爲主，而以别音附之，不以異説淆正也。其“聲”字之誤衍，俗字之妄增，槩從決汰，庶以存洨長真面目耳。道光丁酉三月既望，句容陳立譔。

説文諧聲孳生述書後

薛　壽

《説文》諧聲之字，音義相兼。許氏分别部凥，大旨主明字義，而諧聲散見於其中。段氏玉裁云："凡韻書以聲爲經而義緯之。"商周當有其書，而亡佚久矣。陸法言雖以聲爲經，而同部者蕩析離居。段氏于陸氏以後言韻者概置不講，誠卓見也。《説文》之諧聲，即後世言韻之祖。大箸分古韻十九部，本江、孔、戴、段四家，析其分，溯其合，罙究於聲之相轉，母繫而子屬之，較段氏十七部尤覺完密。即如一部、二部、十七部、十八部本孔氏而分爲二十九部，獨立一部，不隨顧氏合侵、鹽而一之，此韻部分，自景祐修《禮部韻略》，請韻窄合用時所亂。其立論皆不存苟同之見，亦不存立異之見。惟是入聲十九部有與十八部互收，四部之入聲或有轉入十九部者，鄙意尚有一二未浹處。江氏有誥《十書》，論入聲頗覺精審，惜全書未竟讀，莫能正是，俟他日辨析貢疑，以資採納可也。至如字義，《説文》多載本義，仍當各繫每字下，庶幾聲義俱備，可實段氏聲經義緯之書矣。吾願後之由古韻以求古訓者，亦以余不苟同、不立異之説爲是書質焉。且即是説以説經，亦庶幾可免門户之習矣。江都薛壽。

以上清光緒二十六年（1900）南陵徐乃昌積學齋刻本

説文假借義證

説文假借義證序

張鳴珂

《周禮》:“八歲入小學,保氏教國子,先以六書。一曰指事。指事者,視而可識,察而可見。二曰象形。象形者,畫成其物,隨體詰詘。三曰形聲。形聲者,以事爲名,取譬相成。四曰會意。會意者,比類合誼,以見指撝。五曰轉注。轉注者,建類一首,同意相受。六曰假借。假借者,本無其字,依聲託事。”此六書之大旨。漢南閤祭酒許叔重,乃敘篆文,合以古籀,博采通人,稽譔其説,成《説文》十四篇,爲部五百四十,文九千三百五十三。迨至南唐徐氏鉉、鍇兄弟,而有解字、繫傳之分,其學始昌。我朝人文蔚起,通許氏之學者,崑山顧氏、元和惠氏、高郵王氏、金壇段氏、曲阜桂氏、嘉定錢氏、餘姚邵氏、儀徵阮氏、涇縣胡氏、安邱王氏,類皆詳稽博攷,疏通證明,而未聞就一義以定指歸也。涇縣朱蘭坡宫贊博通經史,著《小萬卷齋詩文集》若干卷,而又熟於聲音訓詁之學,就《説文》假借一義,證以羣經、《史》、《漢》、周秦諸子及漢碑、《文選》,所引旁敷曲暢,悉有依據。以視李氏富孫《説文辨字正俗》、錢氏坫《十經文字通正書》、朱氏駿孫《説文通訓定聲》諸書[1],

①孫,當作“聲”,涉上而誤。

緐簡不侔，精碻可信，惜經兵燹，間有缺佚。族孫培真觀察，曾以稿本屬勘一過。丁酉冬仲，予重赴章門，培真介弟幼拙部郎正擬開雕，爰屬爲重斠，閱二十月而剞氏斁工。予亦有鄱陽榷鹺之役，行將就道，因歎校讐雖細務，亦若與作者之精神默相感召，而非偶然也。讀是書者，於"通借、互借、兩借、連借"各義，尋源竟委，觸類旁通，亦可窺測夫指事、象形、形聲、會意、轉注之大凡，而豈僅囿於假借之一端也哉？光緒二十有五年夏五月，嘉興後學張鳴珂。

説文假借義證序

朱蔭成

《説文假借義證》，族叔曾祖贊善蘭坡公輯也。公淹貫經籍，箸述閎富，博通音義，精許、鄭學，嘗謂訓詁者，説經之樞機也，世儒忽焉不知，因字釋義，因義詮經，泥執本訓，紆迴遷就，或狃部分，音韻鑿枘。夫古文字少，一字常有數音，後世字多，數字仍歸一義。况經由口授，音不必同，學守師門，義多旁訓。因推《説文》假借之字，爲之義證。兀兀窮年，時懼弗克卒業，及脱稿，即陲付某前達，將謀刻。逾年公卒，旋遭寇亂，室家奔走，書籍多燬棄。公孫古漁，蔭師也，授業之餘，述公往事，蔭憾生也晚，不獲侍公几杖，親聆訓誨。爰廣搜公之箸作，顧惟《國朝古文類鈔》板存蘇州沈氏，《文選集釋》近年族兄叔若刊於漢上，《小萬卷齋經進稿》及《詩文集》板燬，從兄樹齋爲之重刻。《國朝詁經文鈔》則甫刻竣，即值亂離，板之存亡不可知。至《説文假借義證》及《經文廣異》，劫後雖搜得稿本，然多殘缺焉。蔭請讀之，見《説文假借義證》實包括《經文廣異》而匯通數十家之説，以文證義，尤爲有益經學，因請剞劂，以廣流傳。師曰："如殘缺何？"蔭曰："《説文》之學，本就字解字，與他文不同。許氏原書在唐已有錯落，後經二徐纂輯，仍多闕如，今之殘缺庸何傷？且卷首《序文》《凡例》既已失去，無從窺此書之淵源，即先人撰述，又豈後輩所宜補彌？不及此刻，恐終於散佚已。"師首肯，爲重録其黴爛破損者。歲己丑，蔭春闈試罷，供職部曹，淹滯數年。乙未請假南旋，則書已爲從兄啟山刻成矣。顧其中時以《經文廣異》及他氏《説文》有似假借者添入之，殊失其真。蔭乃請其原本，重爲釐正，謄清復刻，殘缺仍舊，不敢一字增損，共書二十八卷。適嘉興張玉珊先生、族兄小帆夫子到省，因請督校工人之謬誤，復請族弟龍雛摹其篆文，三閲寒暑，始告成。蔭非敢好事也，抑恐先輩箸作羼集，難永其傳耳。其《經文廣異》僅存《書經》一種，又缺第四卷。蔭方重刻同邑趙琴士先生所輯《涇川叢書》，并搜刻鄉前輩箸述爲後集，《經文廣異》即刻以附焉。時光緒二十有五年歲在己亥陽生之月，族曾孫蔭成謹識。

説文假借義證序

朱　彝

是書爲族曾祖蘭坡公所著。公好學，老而彌篤，彝幼從塾讀，猶及親瞻儀範。時見公姪培元督鈔此書，詢知清本將寄他處，思深慮遠，録藏其副也。庚申兵禍，里無人煙，公季子葆元遣人搜求，獲鈔本并手稿，俱損敗不全。公孫之塝理手稿之叢殘，謄出三四兩篇，拳拳寶護，懼或失墜，復摘取《經文廣異》中義及他説，補其缺佚，識者病焉。光緒癸巳，族弟麟成授梓，郵畀一部披讀，間有魯魚，以原鈔急就，未及精審故也。迨戊戌返洪都，則蔭成弟已遵原本釐清，正在重刊。落葉之掃，復就紅本讎勘，遇有譌誤，必檢查經典，校正其疑，係援據别本，曁無書可攷者，姑從闕如，惟其慎也。噫！公晚年精力全萃是書，越五十年始克出而問世，緗囊著他書，甫脱稿，即有交好請爲刊行，此編亦有人樂任剞劂。遭亂幾至散失，幸而不亡，則培元庋藏之力。信乎！顯晦有時。苦心孤詣，終不能湮。而蔭成與麟成均能念先型，務實學，有足重已。光緒己亥冬，仲族曾孫彝謹識。

以上1929年中國圖書刊傳會據清光緒二十五年約古閣本影印

説文字原

説文字原敘

周伯琦

《説文字原》者,《説文解字》本其所以然也。昔在神聖,繼天立極,開物成務,迺畫八卦,造書契,以述天地之德,以類萬物之情,繇是文字興焉。獨體爲文,文者,依類放象也;合體爲字,字者,孳也。形聲相益,孳乳浸多,文之所生也。箸於竹帛者謂之書,書者,如也。書學有六,盈天地之間者皆物也,裁成輔相天地之化者皆事也,故象形爲先,而指事次之。象形者,畫成物象,日、月是也。指事者,視而可識,上、下是也。人之五事,曰:皃、言、視、聽、思。聲藴於言,意萌於思,故諧聲、會意又次之。諧聲者,以事物配聲,“齒”从止、“旨”从匕是也。會意者,比類合意,兩人爲“从”、兩火爲“炎”是也。形也,事也,聲也,意也,合而爲文字矣。未盡者,則轉注以足其意,假借以足其聲。轉注者,反側取義,變形成類,側“山”爲“𠂤”、倒“之”爲“帀”是也。假借者,本無其字,依聲托事,令、長是也。此六書之大旨,經蓺之本,王政之始,而天地鬼神、山川艸木、鳥獸蟲魚、雜物奇怪、制度禮儀、世代人事,凡可以傳遠近而詔後世者,未有不藉乎是者也。古者天子巡守方岳,文有不同者,則協而同之。人生八歲入小學,誦其名,通其義;十五入大學,則又因其名義,物物格之,而竟其致知之功焉。故《周禮》保氏以六書教國子，而孔子贊《易》，亦明取夬之義，其爲學大矣。《説文解字》五百四十，象形、指事者，文也；會意、諧聲者，字也；轉注、假借者，文字之變也。文最古，字次之，變又次之。肇於羲、頡，備於史籀，約於秦斯，暴君焚滅，雖有八體之名，講學遂絶。漢興，儒者各以所記者私相授受，類多踳駮。惟許慎氏受學賈逵，稽古討論，集次是編，部分類屬，粲然可考。或謂即《漢》《史》所謂《倉頡篇》者也。蓋文字之初，止此五百四十而已，餘字八千八百一十又三繫於各部者，胥此焉出。漢制，學僮十七已上始試，諷誦籀書九千字，乃得爲吏，又以八體試之。郡移太史并課，最者以爲尚書史。書或不正，輒舉劾之。故遷、固之書，字頗近古，六經本皆古文。唐天寶三年，詔集賢學士衛包改古文更作楷書，以便習讀。今世所傳，反雜俗體，學者慊之。烏乎！不能識字則不能讀書，不能讀書則不能明理，不能明理則修己治人酬酢萬變，有不舛戾者乎？是以君子大博文而貴約禮也。先君汝南公研精書學餘四十年，嘗謂許氏之書雖經李陽冰、徐鉉、鍇輩訓釋，猶恨牽於師傳，不能正其錯簡，强爲鑿説，紊然無敘，遂使學者昧於本原，六書大義鬱而不彰，苟非更定，何以垂世？伯琦般承有年，忘失是懼，緬惟畫卦造書之義，參以歷代諸家之説，質以家庭所聞，未敢釐其全書，且以文字五百四十定其次敘，撰述贊語，以著其説。複者删之，闕者補之，點畫音訓之譌者正之。字系於文，猶子之隨母也。分爲十又二章，以應十又二月之象，疏六書于下，於是許氏之學漸有可考，不待繙其全書，而思過半矣。名之曰《説文字原》，留之家塾，以授蒙士，或小學之一助云。至正九年歲在己丑仲春，鄱陽周伯琦伯温父敘。

説文字原敘贊

周伯琦

衡從圜方,剖分玄黄。日月縣象,著明侌昜。人參兩儀,身爲紀綱。皃言視聽,内思外莊。動植柔剛,品彙流形。開物成務,器用有常。窮數盡變,六義括囊。始一終亥,厥旨寔宏。圖書卦畫,表裏發揚。自非神聖,制作孰當。嬴廢劉興,古學昧茫。編蠿簡紊,踵襲面墻。爰繹先訓,部列敘明。啟蒙致格,人文化成。

以上元至正十五年(1355)高德基等刻公文紙印本

説文字母集解

説文字母集解敘

足利基祐

韓文公嘗云:“讀書先須識字。”於乎！猛虎且識字,讀書者不爲石勒可也。古人載酒以問,良有以也。觀齋者,姓長谷川,名良察,舊仕城州淀剌史永井氏,肥遯而隱於醫。少而耆字學,蒐獵靡遺,亦非敢淑諸人,盡盡然粹成一家也。余曩日有載之酒也,輒扣其學,應答如響。至於同字殊音,假音如字,繭絲牛毛,隱微之極,無不昭然矣。非包羅今古者,殆不及此矣。其門人井夬菴,能承獨步之業,精六書之學,方今爲字學之稱首。夫然故,追師繼志,纂箸爲帙,名曰《説文字母集解》。諗余曰:“覬賜一語,以爲是編之冠冕矣。”雖我備一命之員,能薄材譾,不惟辭不麗之愧,爲之賢乎已歟？抑亦不爲之之賢也哉？然於觀齋乎？吾哭諸寢之義也,由之則折枝任耳。雖不爲之之賢,而有不得而辭者,因爲之道其所以然之由也矣。元文三年歲戊午春二月癸未基祐識。

説文字母集解敘

林信充

萬物之爲象也,非八卦,則無資生之理。八卦之所本也,羲皇一畫昉之,而太極陰陽、奇耦爻象之狀,昭昭乎備於六書之中。誠能從事於斯,用力之久,則動静之幾,有察於隱微之間,而字學之功,可以默識於心胷。不然,則運筆之功,猶爲無益也。蓋聞字猶孳也,夫字畫之相生而無窮者,譬諸母之孳乳也。此乃許氏《説文》五百四十字母所以爲後世字書之祖也。有母以生子,有子以分族,抑亦氣存則形立,參天兩地,而萬物之數成焉,可知字學不異於《易》學也。井上央菴素好字學,親炙其師,有年于兹,其授受亦非無淵源也。然後三十餘載,研究六書之學,可謂勤而精矣,嘗箸《説文字母集解》。顧其爲書,則籀篆隸楷之同異得失粲然而明矣,經史子集之聲音訓義確乎而正矣。雖接其師之傳,不敢用自家之意見,會萃古人之衆説,而文獻足徵焉耳。開示六書之藴奥者,亦至哉斯書也。請序於余,余有感乎天下同文之化,得今日之盛,是故託羲皇畫卦之始,而述六書之本原,出於天理之自然云。元文戊午春王正月穀旦,從五位下守大學頭林信充士僖甫識。

説文字母集解敘

井上夬菴

六書也者，何也？藏混沌，生奇耦，肇創書契也。蓋伏羲卦爻、倉頡文字，相爲表裏經緯，天地陰陽萬物變化，並行而三才之道全備矣。然而文者道之神用，而六書者文之輈軸乎？故能傳流，奧典鈎深，聖謨耀光，所謂"經藝之本，王政之始，前人所以垂後，後人所以識古"也。古之聖賢，精神命脈之所傳，有心所獨得而口不能宣者，一皆寄之于字，故點畫形象之間，要皆心法之所寓也。若夫不研考六書，不識文義，則雖日讀六經，猶弗讀也，學者何可忽之邪？夫文字之傳于本邦，由來尚矣。是以設教施法，經世治俗，垂帷閉户，而覿遐年之世，藏形晦蹟，而識遠方之風，今猶法乎三代郁郁之英也。雖然，字學之法，古有而不傳于今歟？無可見其篇者焉。而先師觀齋先生生千載之後，創闡於斯學，其功可謂大乎！夬雖非通敏，因平素攸聞之師説，而得於字義之大略，於是不揆蕪陋，采《説文》五百四十字母，校讎羣註，以成一家之製，而初學之士或有取焉，則亦庶乎六書發蒙之一助云爾。元文戊午春正月哉生明，日東六書學創業、長谷川觀齋良察門人、武江城外井上夬菴章倫敬誌。

以上日本寬保元年（1741）東都書房刻本

説文偏旁考

説文偏旁考自序

吴　照

《説文偏旁考》者，取《説文》之偏旁而考之者也。偏旁之文凡五百四十部，本於倉頡，後漢許氏叔重據之爲《説文解字》十四卷。會意象形謂之文，形聲相益謂之字，其中八千八百一十又三，皆從是焉出。則偏旁者，字之原也。考歐陽《集古目録》有郭忠恕《小字説文字原》，《崇文總目》有《説文字原》一卷，唐李騰集李陽冰字書，又陜榻有《夢英篆書偏旁》，五代蜀林罕有《字原偏旁小説》，皆取五百四十部，分刊爲一書，惜照未之見耳。憶甲辰歲舟下江南，謁西莊王先生于吴閶，先生首以偏旁之學相詰，謂宜詳考《説文》。照退而披覽，則文義奥密，滯目礙膺。去秋倦遊而歸，閉門謝客，重取《説文》繙閲，又得顧氏南原《隸辨》互核之。其書于四聲之後另列偏旁爲一卷，依《説文》排纂，指其正變譌謬，可謂精且詳矣。第其書專爲隸而辨，故篆文轉録于隸文之下。余因手自摹寫，先《説文》者，是書之主也。而重文之古籀即次于本字下，又次列隸，著其筆迹相承或同或省、或變或譌之由。而其辨字體之荒離舛錯者，則删節而括録之。纂輯既成，名曰《説文偏旁考》，非敢問世也，將藏之家塾，以訓子弟云爾。乾隆丙午孟秋，南城吴照照南書于聽雨齋。

説文偏旁考序

王鳴盛

天下之書，皆文字之所積也，故欲讀書，必先識字。語曰：高以下爲基，識字爲讀書之基。基苟不立，何由而進於高大哉？然欲識字，必當有所宗主而遵守之。史籀、李斯、趙高、胡毋敬、司馬相如、楊雄輩所作，皆已不存，而許叔重《説文解字》獨巋然完好如故，學者欲求六書之本原，舍此則無可求者矣。吴生照南爲江西南城人，以儒雅世其家。照南天才卓越，唾棄凡近而湛深好古，能直探古學之所以然，力追古人而從之，慨然嘆《説文》一書自唐至明妄肆棓擊者多，篤嗜而發揮者絶少，在唐如李少温，在宋如鄭漁仲，皆偭規矩而改錯，至金之楊桓，元之戴侗，明之魏校、吴元滿，尤蕩無紀律。蓋唐、宋人既夸其籓圃，金、元、明人又實之以蕭艾蓬蒿焉。即亭林顧氏多所難駁，亦皆非也。因思學者欲强所不習甚難，若先通其畧而漸進之則較易，爰作《説文偏旁考》，於五百四十部每部之首篆隸變改之由，輒爲條析其故，辨其舛譌，使人一覽而瞭然心目，豈非先通其畧而漸進之之善法歟？可謂能得所宗主而遵守之者矣。能識偏旁則能識字，能識字則學之基立矣。夫倉頡古文，一變而爲史籀之大篆，再變而爲李斯之小篆，三變而爲程邈之隸書，其隨時遞變者，蓋勢也，亦理也。予非必欲人之舍隸而用篆也，要惟手作隸書而心存篆意，斯可矣。學者得照南此書，覺《説文》不難盡通，由此以窮經，而經中之詁訓明，旁及歷代史鑑、諸子文集，亦皆可讀。豈非基於下以爲高，而積於小以爲大者哉？稽諸

《周官》,保氏掌教國子以六書,所爲六書,即《説文》所載者是也。今照南方以高才生受知於學使翁覃谿先生,選拔貢入太學,遠近咸頌覃谿能得士。夫照南業已爲國子矣,從此偕三舍士相與講明切究,務窮實學之指歸,洵無愧保氏之教也夫! 庚戌新春,東吴友人西莊老史王鳴盛譔,維時行年六十有九。

説文偏旁考序

楊　譓

南城吴照南,負絶世之才,自少以詩文知名,而於詩尤工。食貧客遊,所至輒傾其名俊,而嘉定王西莊、錢塘袁簡齋兩先生尤深許之,以爲可幾古之作者。余亦數讀其詩而好焉,肰未始知照南之於學篤於古而務窮其本原也。今年照南示余以所著《説文偏旁考》,因爲余言:"六書之瀍衰於隸,昔賢求古人制字之意,必本之許氏《説文》,而偏旁之義不明,則《説文》不可得而通也。"余韙其言,受而讀之。其書首《説文》,次古籀,次隸,凡原流之故、變失譌舛之由,縷析條分,粲然具見,又皆手自摹寫,務致其精而後止。照南之爲此,斯已勤矣。君子之於學也,務其所自得而已,不以衆人之不好而不爲,不以朴學之難而爲之不力。自小學無專門之業,諷書識字,少而不習,故《説文》一書,攻之者寡,又其文深奥繁密,學者尤苦其難通。以照南意气之儁豪、文采之麗逸,方馳騁跌宕詩酒之間,更宜無暇於此者。顧其用心與力之勤如此,信乎爲篤古而能窮其本原者也。余交於照南五六年,每見益親,照南所學亦益進。蓋昔吾所知固未也。即此書，又豈足以盡照南也哉？金谿楊謨序。

以上清乾隆五十一年（1786）南城吴照聽雨齋刻本

字原考略

字原考略自序

吴　照

照頻年游歷燕、齊、吴、楚，車塵馬跡，倦而求息，將朝韲莫鹽爲終焉之計。今夏五月，遂攜家累僦居南昌，交游既寡，剥啄甚稀，念飽食無所用心，聖人所戒，博弈猶賢乎已，乃取曩者所輯《説文偏旁考》重加排纂，自《玉篇》、夢英、忠恕以及伯琦、南原所訂偏旁五百四十之文，皆合而彙之。而南原《隸辨》，昔所依據者，删十之七八，存篆隸相承之由而已。其諸家分部，升降損益，細加考訂，綴詞篇末。既削許氏五百四十字解，而楚金《部敘》固許氏之羽翼也，統名之曰《字原考略》。至於五經異字及漢制，雖與字原無涉，以其爲《説文》所引，摘録以資檢閲。而史游《急就篇》、洪适《擬急就篇》，有裨於小學者，咸附録焉。自惟年已老大，今此無聞，敢希來者，猶復齗齗終日，僅比《尉律》所課諷書之學僮，古人所以致嘆于差池也。乾隆五十七年歲在壬子冬十一月長至日，南城吴照照南書於南昌寓館。

説文字原考略序

段玉裁

小學有形有音有義。聖人之制字，有義而後有音，有音而後有形。儒者之識字，審形可以知音，審音可以知義。義書，《爾雅》《方言》《釋名》《廣雅》是也。音書，魏李登《聲類》已下，今存《廣韻》《集韻》是也。形書，今存漢《説文解字》及《玉篇》是也。言小學者多矣，皆以字言小學，不知以經言小學也。聞諸東原氏曰："以字考經，以經考字。"玉裁竊謂："以字考經，而字義爾，經義不爾，則以字妨經；以經考字，而經義尔，字義不尔，則以經妨字。"其所以然者，字之用本一著于經，則字有引伸錯出之義，有同聲假借之字，有同聲譌誤之字，有古今異用别國異語之字，故必博觀周秦漢魏傳注，通乎古今，孰乎訓詁，然後合形音義爲一。以字説經而字不妨經，以經説字而經不妨字，得其經權常變之理也。夫言小學必自形始，言形必自偏旁始，南城吴學博白广爲《説文字原考略》一書，凡顧野王、郭忠恕、釋夢英目録之不同，諸家筆畫之異，剖析盡致，分理其偏旁，博之以《急就》，雖有深于形者，無以過之也。學者得此書而潛心焉，庶可因形識音，因音識義，因《説文》以通經，又因經以通《説文》，小學之大明，其此書兆之與？白广爲王西沚、王述閽兩公所知，試以余言質諸兩公，當謂其不謬也。乾隆癸丑十二月二十日，金壇段玉裁敘。

字原考略序

王鳴盛

南城吴生照南，高才好古，究心文字之學，纂輯《説文偏旁考》，刻以行世，予既序之矣。今兹癸丑仲春，復郵寄《説文字原攷略》，乞予弁言。予行年七十有二，老病侵尋，而平生撰述未付梓人者尚居其半，大懼所業之無成，早夜孜孜，曾無暇晷。念照南用力專苦，戢孴有法，腹笥既博，致思亦精，實儕輩中所稀覯，故爲輟一日功。閲訖，作而嘆曰："嗟乎！夫學之基不在是哉？人而不説學則已，人而欲從事於學，舍是則無門户矣。"照南蓋欲爲承學之士啟軌盦、通窾綮，是以條析縷解，若是其勤也，後之人其可不盡心乎？溯昔史籀已撰有大篆十五篇，載《漢·藝文志》，今不可知其體例矣。許氏《自序》則云："分别部居，不相雜廁。"徐楚金曰："分部相從，自慎爲始。"今考《蒼頡篇》四字爲句，《凡將篇》七字爲句，不過編成文義，以存其字，可教童子而已，不足以發明六書之義藴。惟許氏特刱分部之法，功莫大焉。自兹以後，歷代各家亦皆祖其意，所惜者鮮能守家法，或多偭改耳。自照南從而論次之，而六書之指趣益明備，許氏之美亦益著矣。夫人即未能徧識九千三百五十三文，但略通五百四十部部首之字，而天下之字不外乎此，況又埤之以顧野王以下衆家而折其衷邪？若夫許氏引經之不同於今本者，其説許已備述於《自序》中，蓋皆孔壁之真，而今本乃承襲唐《開成石經》，開元中衛包所改也。許氏所述漢制，王伯厚《漢制攷》似尚遺漏未採，照南皆爲之考核而標舉之，洵學之津梁矣。至於《急就篇》，其體七言，正類《凡將》，非《説文》比。要之漢人字書，存者難得，故取而附之。此雖提挈綱領之書，而其智亦可云周矣。予深喜照南之用力專苦、戢孴精博，且幸實學之大昌，而徽風氣之日上也，於是乎書。乾隆癸丑季春，吴中友生王鳴盛西沚氏撰。

以上清乾隆五十七年（1792）南城吴照南昌寓館刻本

説文字原集注

説文字原集注序

蔣　和

我國家久道化成，文思光被，開設四庫，炳炳麟麟，碩學纂編，皆由宸衷鑒定。休哉！郅治之覃敷，洵足遠紹唐虞，超越百代也。其中追宗往古，輔翼經傳，可以統經史子集者，則有篆隸一書。原夫篆者，文字之始也。漢許慎集篆籀古文諸書作《説文解字》十四篇，其《敘目》凡五百四十部，以母統子，次第相生。蓋《敘目》者，又篆體之原也。唐李騰集陽冰篆書，賈耽乃名之曰《字原》，用爲世法。臣鼓篋學書，留心篆隸，見宋僧夢英《字原》石刻，求其注解，散見卷帙，未有成編。下士愚蒙，管窺蠡測，欣逢熙朝盛舉，千載一時。甲乙既分，全書告竣。又發帑繕寫三分，存貯江浙，嘉惠士林，特示曠典于來兹，並擴宋唐所未有。臣以菲材，忝列篆隸校對，於是得窺天府之秘奥，極藝苑之大觀，抑何幸歟？謹於急公餘晷，復加採掇，迄今三載，輯《説文字原集註》十六卷。爰敬謹繕寫，校覈成書。冒瀆聖聰，仰邀訓示，無任悚惶。謹序。乾隆五十二年春二月二十五日，欽賜舉人充三分四庫書篆隸校對，臣蔣和恭擬進呈本。

清乾隆五十三年（1788）刻本

説文字原表

説文字原表序

蔣　和

《説文》後敘云:“其建首也,立一爲耑,方以類聚,物以羣分,同條牽屬,共理相貫,雜而不越,據形系聯,引而申之,以究萬原,畢終於亥,知化窮冥。”此論字原一篇之大凡也。字原爲《説文》之綱領,而字原又以天地人及支干爲小綱,今謹編次爲表,分別部居,支節相貫,横而有直,上下相蒙。如“三”字蒙“示”、“艸”字蒙“屮”讀若徹。也。既直又横,會歸成部,如“王”字、“玊”玉。字俱从《三部》,而“釆”讀若辨。字、“半”字俱从《八部》也。蒙體或疊出,如《口部》“品”之下爲“龠”,“龠”之下爲“册”也。或因類相生,如《口部》有“言”字,因“言”而生《丵讀若浞。部》,又因“菐”而生《廾居竦切。部》也。或一字分晰數體,如“教”字之下,《卜部》《爻部》左右相蒙也。“高”字之下,《冂同冋。部》《京部》上下相蒙也。若意連形斷,衆部相隔難以了然者,加圈識之。平横溯源,圈爲接脉,以虚求實,得相因遞轉之由。如“士”字从王省上畫會意,而丨古本切。字从一而縱之也。又如“目”之連類爲“鼻”,而“日”之連類爲“月”也,分類相次,一格之中,各有部領,又加直畫界明。如“示”不與“艸”爲類,“犛”讀若罔。不與“牛”爲類也。噫! 去古已遠,次第難免舛錯,横列爲表,恐更致紛紜,因於横格中仍分直行，順其高下，亦與原文相合。兼撰《字原表説》一篇，系於後云。欽賜舉人充三分四庫書篆隸校對，臣蔣和謹撰，恭擬進呈本。

清乾隆五十三年（1788）刻本

説文字原韻表

説文字原韻表引

胡　重

許叔重《説文解字》五百四十部，始一終亥，乃文字制作之原。南唐徐楚金爲作《繫傳》，有《部敘》一篇，以發明其偏旁相生之故，其兄鼎臣在宋初校定雕版。逮郭恕先譔《汗簡》、司馬君實修《類篇》，皆沿其目，蓋不可移易也明矣。先是唐貞元五年，李騰陽冰從子。篆《説文字源》一卷，賈耽作序，徐璹正書。後蜀林罕編《字源偏旁小説》二卷，並勒于石，惜未得見。惟宋僧夢英《偏旁字源》舊刻尚存耳。若梁顧野王《玉篇》删“哭、延、音梃。教、眉、白、自同。𨛜、音巷。㱃、飲同。后、介、大同。弦”十部，增“父、云、喿、音噪。冘、音淫。處、北、磬、索、𣏟、弋、單、丈”《説文》“攴”即今“支”字，“支”即今“丈”字。十二部，又改《畫部》爲《書部》，竄亂舊章，恐非顧、孫原本。即如“云、雲”妄分，“云”即“雲”之古文省。“者、老”混合，“者”从𠂢，古旅字；从白，即自字。《説文》在《白部》。《玉篇》入《老部》，非也。“老”从毛，从人，从匕，因隸作“者”，“老”致混。“父、冘、索、𣏟、單”既列部，而“又、冂、坰同。米、音輩。木、吅”音讙。部中複出此五字，此昧于所从而未之校也。元周伯琦《説文字原》删“蓐、辛、音愆。𦣻、音衪。丯、音剳。鼓、豈、䔢、華同。有、马、音含。卤、音調。臼、凶、儿、人同。介、大同。飛、匸、音徯。矛、酉”十八部。增“廿、音入。以、以同。𠂔、音搦。亍、音畜。𠦌、音鋳。𢍏、𠬶、音奏。𦫳、卉同。不、蘗同。爿、音牆。丣、酉同。肯、音腔。㐌、也同。㚔、音逵。𠂒、尤同。百、乀、音弗。乂”十八部。又改《裘部》爲《求部》、《危部》爲《𠂣音姽。部》，又改篆文“畫”作“画”、“丘”作“ΔΔ”、“禿”作“𠘧”、“五”作“㐅”、“寅”作“𡨸”，附託許書，雜以陽冰衆説。即如“爿”外加“爿”，重案：《説文》無“爿”字，而“牆、牂、戕、牁、斨、牄、壯、狀”等字注皆爿聲，其爲脱文無疑也。《木部》“牀”字下注从木爿聲，徐鍇《繫傳》曰：“爿則爿字之省，象人之衺身有所倚箸。”至于“牆、牂、戕”並从爿字之省。又爿下“𡛷”字云女革反，㽿字所從。此乃注中之注，讀之自明。今刻《繫傳》爿字皆譌作牀，遂不能解矣。又案：李陽冰言“木字右旁爲片，左爲爿”，徐鍇駁之曰：“爿从爿，與片字殊異，片字直而爿字攲斜。”蓋伯琦宗陽冰説而立部也。“匚”音方。中雜“匸”，《匚部》如“匡、匪、匱、匵”之類，《匸部》如“區、匿、医、匹”之類。又指“酉”爲“酒”，而别出《丣酉同。部》。以“壴”音駐。爲“鼓”，而併删“鼓、壴”二部，伯琦《字原》注曰：“壴，古鼓字，果五切，借爲壴樂、振壴字，可亥切，又借爲語助詞，去幾切。”重案：此臆説，無理。此以意妄改而不足信也。重初讀二徐本，艱于記憶，後得李巽巖《五音韻譜》始東終甲者，攜之行笈，則以幼嫺聲韻，頗易尋檢焉。許氏五百四十部中，凡讀若某者六十六條，是漢人舊音，鼎臣本用孫愐《唐韻》翻切，已與許讀不盡合。許氏有兩音者，“㗊、戢、呶二音。㲋、奭、儁二音。䀠、拘、瞿二音。瞿，去聲。㕯、獷、𦙶二音。㚔”瓠、籋二音。五部，鼎臣本有兩音者，“句、鉤、屨二音。瞿、屨、衢二音。亯、享、亨、烹三音。畐、伏、愊二音。彡、杓、衫二音。惢、瑣音。又㡯、蘂二音。且”苴、且二音。七部。巽巖本依《集韻》編部，一字不紊，而翻切仍用孫愐《唐韻》。其與鼎臣本有異者，“犛、音茅，非。臤、音鏗，是。皕、音逼，非。丿、音瞥，非。𠂤”音阜，非。五部而已。

重案:李《目録》與徐《目録》異者,尚有“句、亩、且”三部。然此三部徐本有兩音,《目録》是後人所加,不足據。重細核之,有平聲而誤作上聲者,“𦫳”許讀若乖,《十四皆》。徐、李皆改音寡,《三十五馬》。非也。“马”許讀若含,《二十二覃》。徐、李皆改音頷,《四十八感》。非也。有平聲而誤作入聲者,“皀”許讀若香,《十陽》。徐、李皆改音急,《二十六緝》。非也。有去聲而誤作入聲者,“皕”許讀若祕,《六至》。李改音逼,《二十四職》。非也。“𣎵”許讀若輩,《十八隊》。徐、李皆改音潑,《十三末》。非也。有同爲平聲而誤音者,“雈”許讀若和,《八戈》。徐、李皆改音丸,《二十六桓》。非也。有同爲上聲而誤音者,“惢”許讀若瑣,《三十四果》。李改音蘂,《四紙》。非也。有同爲入聲而誤音者,“苜”許讀若末,《十三末》。徐、李皆改音耋,《十六屑》。非也。他如“犛”徐音釐,《七之》。凡𠩺音僖。聲之字,“斄、剺、氂、嫠、釐”皆里之切可證,李改音茅,《五爻》。非也。“丿”徐音夭,《三十小》。觀少字夭聲可知,段氏玉裁説。李改音瞥,《十六屑》。非也。“𨺅”徐音隧,《六至》。李改音阜,《四十四有》。非也。近日邗上所刊小字宋本,翻切與李同而與徐異者,“犛、皕、丿、𨺅”四部,正襲其謬,此尤不可解已。重既一一理董,各注本部下,因李書久行,不遽改也。外弟金十二孝柏復取顧氏藹吉、周氏震榮、吴氏照、蔣氏和諸本校勘異同,仍依《集韻》列爲横表二卷,而注許氏篇目上下于旁,先正其體,後審其音,用示學僮之能解四聲而諷九千字者。嘉慶十有六年,歲雄在重光,雌在協洽,月雄在畢,雌在相,夏至日,日躔參七度,錢唐胡重書于秀水金氏之月香書屋。

跋説文字原韻表後

金孝柏

余髮覆額時，先子教以四聲，兼及六書之學。稍長，讀《説文解字》一編，不能驟通其意。旋得南城吴氏《偏旁攷》暨《字原》諸本，略闚涯涘。中表胡兄藕圃客笠澤六載，昨秋抱疴歸里，因以疑義相質，盡披其所箸書十種。余請先以《説文字原韻表》鏤版行世，以爲學僮之助焉。蓋欲諷九千字者，必先自五百四十部始，部居既明，偏旁易解，尋求難字，如獲珍珠。試令置始一終亥之徐氏本，及始東終甲之李氏本，而以此《表》比挍，似鎖啟鑰，若綫引鍼。至于點畫之微，豪氂是辨，拂塵掃葉，未敢辭勞云。嘉慶辛未夏五月栞成，孝柏爲之跋。

以上清嘉慶十六年（1811）秀水金氏月香書屋刻本

説文部目分韻

説文部目分韻序

陳　焕

《説文》五百四十部，始一終亥，分屬十四篇，猝難檢尋。宋李仁甫《五音韵譜》本改依陸法言二百六韵編次，較原書易得其部首。今先生依始一終亥成注，復命焕用仁甫法，始東終乏爲目，所以便學者也。其或與《廣韵》小異者，徐鼎臣音切用《唐韵》，或不與《廣韵》同，仁甫仍之耳。嘉慶乙亥春三月，長洲陳焕編。

清乾隆嘉慶（1736～1820）間段氏經韻樓刻本

説文部首讀補注

説文部首讀補注原序

王　筠

《説文解字》部首在許書序内,原無句讀。況自唐以後,增減顛倒,不可枚舉。小徐有《部敘篇》、蔣氏有《部首表》,皆据形系聯,發明其誼,未明讀法。余耆許書有年,其部首衹能强識。玆爲桂氏家傳寫本,其五百四十文皆從大徐次第,惜蠹蛀過半,難以意改。又取苗氏本證之,但求其誼貫,不狃於韻叶,句用圈而讀用點,不易識者以楷文音之,所以便初學也。適尹怡堂孝廉公車來京,問字於余,且將歸以課其子。余既以《字學蒙求》示之,復以是寫本屬其録出攜歸,俾學僮潛心熟讀,庶可爲入許學之初桄矣。道光二十年歲在庚子三月,安邱王筠書於都門。

説文部首讀補注序

尹彭壽

安邱王菉友先生精鄦氏學,所著《説文釋例》《説文句讀》,爲當代稱許。先人昔赴春闈,曾從先生問,故於鄦學頗得門徑，惜爾時彭壽尚幼，不能領受也。洎先君通藉，内外從公，不暇及此。見棄後，始從菉友先生嗣君同人先生學鄦氏學，此《説文部首讀》雖出自曲阜桂氏，實傳自王先生，弆臧篋中近五十年，恐日久陻没，因命肅兒依樣篆成，並録王先生原序於卷端，付諸剞劂，用廣流傳。世有同好者，即以是發軔焉。光緒己丑八月，諸城尹彭壽敬識於尚志書院西齋。

説文部首讀補注後序

孫葆田

齊魯間通許氏學者，自曲阜桂未谷後，尤推安邱王氏菉友。吾友尹竹年明經家藏桂氏《説文部首讀》寫本，蓋其尊人曾從菉友學《説文》，菉友之子同人復與竹年遊，故得之。余舊聞其書，未見也。今竹年將付手民，以廣其傳，乃問序於余。余惟竹年於同治三、四年間曾篆寫王氏所箸《説文》二部，由禮部呈進，奉旨留覽。又於光緒十三年因入成均校修《石經》，取王氏所箸《禹貢正字》諸書，由國子監呈進，請入《儒林傳》，奉旨留覽。竹年於王氏可謂師誼彌篤矣。是書之刻，幼學得以入門，將由是而辨形聲，通訓詁，有裨於經學，不尤足多乎哉？光緒十有五年冬月，榮成孫葆田書於尚志堂講舍。

説文部首讀補注跋

尹彭壽

欲求識字，先明六書。六書體用不明，易于羼譌。《説文》九千餘字，象形、指事、會意、形聲四者説解中屢見，叚借惟“韋”字注言之，而轉注則全書絶不一及。況五百四十部首，説解注象形者十之九，其佗則不多注，以造字自象形來也。然初學徒讀部首，無以識六書之誼，則説解仍迷誤不諭。因取菉友先生《文字蒙求》，合以大小徐六書字例，注記字旁，靡不兼載。其許書原注者記于字右，所采佗説注於字左，絶無鄉壁虚造之處，俾初學開讀了然，厥誼可昭矣。歲在光緒甲午之年十月，諸城尹彭壽書於金泉精舍。

以上清光緒二十年(1894)諸城尹彭壽斠經室刻硃墨套印本

説文建首字讀

説文建首字讀自敘

苗　夔

戊子落第，設帳汪孟慈揚州江都人，容甫先生子也。户部家。日照許印林瀚持孫馮翼《問經堂叢書·説文正字》一本求點句讀，外有荀卿《成相篇》。己丑出京，應永定河南岸通知竇喬林司馬之聘，魚臺馬友泉星壁先在焉。馬與許乙酉選拔同年，聞予《建首字讀》，朝夕過從，日讀數句而歎。庚寅迴家，縣尊王月船先生因其西席熊湘雲名士鴻問《説文》大、小字本“熊”何以從“炎”省聲，予畣“炎”爲“□”譌，後人寫“□”作“大”，遂譌成雙“火”。月船先生賞其精絶，遂修翼經書院，延予主講，略其召杜之尊，而講賈、許之學，此豈俗吏之所爲哉？知其素好小學者深也。熊之公子南生，名丙，又名惪尃，及其饒陽門生趙瑩章同受《倉頡》讀焉。辛丑，祁春浦尚書刻予《説文聲訂》及《聲讀表》，同年旌德吕鶴田賢基在袁江與許印林同事校刊曲阜桂天香《説文義證》，聞予《建首字讀》，來京，遂亦時求點定。戊申秋，應馮展雲譽驥山東學幕之聘，遂束裝就道。己酉，登、萊、青三府棚迴。展雲在京見予《聲訂》及《聲讀表》，遂酷好之，暇以建首字求正句度而成誦焉。庚戌迴家，縣尊秦鳳山与邑司鐸劉子重同受五百四十字句讀。庚戌秋杪來京，王月船先生亦以升知府，引見來京，其猶子春遠,亦從前在京從予受《建首字讀》者也。己酉下場留京,相見甚歡,予適刻此將成,遂排其顛末如此。記辛卯秋与王氏伯申父子往來,曾以此呈政懷祖先生,先生歎曰:此小學絶作也。六朝五代以來,讀字謁繆,皆坐不知此耳。漢宣帝召能通《倉頡》讀者張敞、杜業、秦近、爰禮。孝平時,徵禮等百餘人,令説文字未央廷中,以禮爲小學元士。黄門侍郎楊雄采以作《訓纂篇》。今《訓纂篇》不可得見,得見此《讀》,亦猶肸蠁,聞聲而知踊躍者矣。今寄一本与王子蘭太守,不知得達否也。時咸豐元年正月十一日,河間苗夔自敘,時年六十有九。

説文建首字讀敘

祁寯藻

"《説文》奥祕,不可意知,尋求一字,往往終卷",此大徐敘小徐《篆韵譜》之言也。《説文》揀字之難如此,此而不求之五百四十字,將從何入手哉?宋潛谿學士濂《篆韵集鈔》謂部端五百四十字蓋即《倉頡篇》云。據此,則先路明經此書,亦可謂能通《倉頡》讀者矣,不知与漢張敞、杜業、秦近、爰禮諸公異同何如,而其用心亦可謂至矣。先路每云寱中曾見古本,予每誠其言寱。彼言魏敏果公《寒松堂集》婁婁言寱,而予亦不許也。然予細思之,《説文》之傳於今者,不下數十百種,凡聲誤者,佗家不能盡明,而先路何以獨能歷歷舉之,不爽毫髮?思之思之,鬼神通之,理或然也。如"牧,从攴,从牛",先路謂當補"牛亦聲","牛"古音泥,使"牧"無牛聲,而

“枚、玫”二字將從省何聲也?“敨”从占聲,今譌古。“彭”从彰省聲,今脱落賸彡。“夏”从筥省聲,今譌亩。“狄”从奥省聲,今譌亦。“熊”从炛省聲,今譌炎。“雁”从隹厂,倴省聲,今譌瘖。“羑”从火,羊聲,今譌千。皆由魏晉反語大行,講韵學者徒守婆羅門書,不知尋求倉頡六書之䚡聲而致然也。佗如“扇、霏、需”三字,皆當从本部建首字雨聲。“鮮”从魚,美省聲。省大,是省聲也。《詩·杕杜》,“杕”从木大聲,音弟。先路嘗言“高麗、朝鮮”,朝、高疊韵,麗、鮮疊韵,宋吳才老《韵補》“鮮”收《四紙》可證也。予辛丑爲先路刻《説文聲訂》,凡六朝五代以來聲傳譌者共八百餘字,《聲訂》已詳言之。兹又特舉其鑿鑿可證經韵者,使人知先路於《説文》正聲之功不細也。先路不自詡其靈心慧業,而必謂得諸寤中見本,抑又何也?高郵王石臞先生推此書爲小學絶作,知言哉!先路此《讀》,準以《毛詩》韵部,定其音紐。六朝五代人無能得其句度者,皆以俗韵失之也。漢孝宣召能通《倉頡》讀者,其識超百代矣,識字乃可通經。昔人謂韓昌黎詩音節得自漢黄門令史游《急就篇》,吾謂先路此《讀》神髓全得自荀卿《成相篇》。明江南邵寶容《春堂集》有《倉頡廟碑》一篇,在南樂縣,先路曾有詩云:“矦剛何代起明禋,異表傳來四目真。擘氐龍蛇能哭鬼,壁中科斗定通神。每思春祀功歸漢,最怕冬烘火勝秦。除卻汝南許祭酒,瓣香可有入門人?”南樂縣,戰國時趙地也。荀与毛皆趙人,先路此讀,樂操土風,其亦有老而懷鄉之志也歟?咸豐元年二月二十九日,愚弟壽陽祁寯藻敘。

説文建首字讀序

王樹枏

《周禮》:“八歲入小學,保氏教國子,先以六書。”蓋史頡之遺法也。漢時,學僮諷籀書九千字,乃得爲吏,又試之八體,課最以爲尚書史。宣、成之間,召通《倉頡》讀者,以爰禮爲小學元士。蓋通經必先識字,字之體用,備於六書。《説文》者,六書之正軌,羣經之詁皆具於是。唐之選舉,凡學館諸生,於九經外讀《説文》《字林》《三倉》。凡書學,《石經》三體限三歲,《説文》二歲,《字林》一歲。《唐六典》載書學博士之教,以《石經》《説文》《字林》爲顓業。當是時,書科士子蓋無不通習《説文》者。許氏收集籀篆古文諸家之學,博采通人,集其大成,述而不作,論者謂自有字學以來,未能或之先也。至其所謂聞疑載疑及字義未明而注曰闕者,皆其所承之本未有明文。若云許氏創作,何言疑且闕耶? 清代經學大明,治《説文》者無慮數十家,可謂盛矣。今仿漢唐教課學僮之法,先取《説文》建首五百四十字以爲先河,約採段氏玉裁、桂氏馥兩家之注,間以己意,發明六書之指,其音讀則一本苗氏夔《建首字讀》,以其便於誦習也。建首字明,則全書之字同條共貫,而三代古經、先秦載籍,亦莫不得其會通。許氏所謂“本立道生,知天下之至嘖而不可亂”者,比物此志也。庚申孟秋,樹枏識。

以上清咸豐元年(1851)壽陽祁氏漢專亭刻本

説文提要

説文提要序

陳建侯

許叔重《説文解字》，始一終亥，凡五百四十部，而古今論字者祖焉，所謂偏旁之學也。偏旁合而字體成，如日在木中爲“東”，日在木上爲“杲”，日在木下爲“杳”，艸生田上爲“苗”，鼠居穴下爲“竄”，此合二體者也。“盥”从水在皿中，兩手臼之；“冠”从冖覆元上，以寸制之，此合三體者也。“廛”从土，上有广，八分其里，此合四體者也。“鬱”从臼，持缶置几上，中有鬯酒，飾之以彡，此合五體者也。“爨”从𦥑，象所持甑，臼奉之，冂象竈門，廾推林入火，此合六體者也。今之學者，於偏旁之易識者，既莫曉其分合之故，至於一丶、一丿、一乀、一丨之無非字母者，則更莫能舉其音義。是雖口誦萬言，於制字之意仍茫乎其莫辨也，幾何不爲博雅所譏哉？蘇氏有言曰：“以字解字，其義自明。左形右聲，動逢其原。”可謂切要矣。然而左右之説，亦有不可以盡拘者，蓋形聲左右皆有，即上下外内亦然。賈公彦《周禮疏》謂：“江、河左形右聲，鳩、鴿右形左聲，草、藻上形下聲，婆、娑下形上聲，圃、國外形内聲，衡、銜内形外聲。舉一可以反三矣。”余深病近今字學之不明，而俗儒訓解之多誤也，欲通其原。念非宗《説文》不能得其要領，我朝之精是學者，以段氏《注》本爲最，而桂氏《義證》次之，然卷幅繁重，初學者恒苦其難，而貧士每病其費。因於公餘之暇，取《説文》部首五百四十字，摘録字義，附以音考，爲《提要》一書。其首尾次第，一依許氏所編定。間有一字而兼數義數音者，則取梅氏《字彙》附列於下。學者誠能熟記於胸中，則每見一字，先求其母，如山旁必言山，水旁必言水，此則萬無移易者。因於其偏旁所合之字，詳其爲何義，審其爲何聲，雖不中，不遠矣。由是而觀其會通，將見天地之大、品彙之緐，与夫朝廟之禮儀、細民之日用，無不可於字知之，又豈僅臨池學篆，足以窺斯、冰之奥，正隸、楷之訛云已哉？書將付梓，客有以"簭、艫"二字詢者，余直應之曰："簭，竹形而器聲，其義則竹器也；艫，舟形而霝聲，其義則舟有窗也。"客啞然笑。夫亦可以悟此書之用矣。是爲《序》。同治十一年歲在玄黓涒灘皋月既望，三山陳建侯仲耦述於安州官廨。

清同治十二年（1873）湖北崇文書局刻本

説文楬原

説文楬原敘

高行篤

儒者窮經致用，尚已。嗞三五六經，莫非文字綴緝而成，不通曉文字，而謾言解經，抑知經之意誼果如是乎？否乎？嗞則既欲窮經，宜先窮究文字，此古人八歲入小學所爲先教以六書，而張君子中《説文楬原》一編所爲作也。張君此編，舉《説文》五百四十部，上隸下篆，以點畫多少爲次，其意蓋爲引蒙而發。而其中甄明《説文》之通例，疏證經典之假藉，實能使初學引伸觸類，舉一反三。至如"上"字、"彡"字、"可"字、"衣"字、"亥"字、"走"字諸説，尤能探索幽隱，裨補缺扇。嗞則是編也，雖謂爲《説文》全書之綱領可也，引蒙云爾哉！愚少承庭訓，讀書之暇，輒使肇求小學。久思綴緝一編，俾初學不經指授，自能通曉六書，而少躉固陋，長羈職役，婖婖未逮也。今年春，張君出是編示之，歎爲先得我心。而余君淮卿讀書好古，即慨嗞力任剞劂，是皆有功小學者，即皆有功經學者，爰不辤野鄙而爲之敘。光緒十年歲在甲申八月之吉，閩叔徲高行篤譔。

清光緒十年（1884）長塘鮑廷爵後知不足齋刻本

説文解字述誼

説文解字述誼序

李兆洛

兆洛少知治小學，即讀許氏書，積久覺其説解頗不應經法，而文字亦不盡出於古，欲少少疏通證明之。惜時無通經大儒賈逵、杜林其人爲之質正以析其疑，徒積於匈肊而不敢筆也。既從先師盧抱經游，師教人讀書必先識字，其治《説文解字》尤精。而錢少詹辛楣、江處士艮庭、段大令懋堂皆集於吴郡，郵札往還，互相商榷。少詹主引伸其義，處士墨守，大令則攻治其所失。師以少詹爲長，謂許氏書有奪有賸亦有譌，後人可以疏通而不可逕改，則守先待後之義云爾。及錢州倅獻之《説文解字斠詮》、鈕處士匪石《新坿攷》之類，其書並出，兆洛讀之，頗有所會通，遂輟不爲。吾友毛君生甫，學博而邃，不以小學名家，出其尊甫清士先生所著《説文解字述誼》見示，雖爲山之一簣，其學本於少詹而益精之。《述誼》既長，《新坿通誼》亦確鑿可依据，讀之終卷，向所疑滯涣然夂釋。先生自敘畢事於重光大淵獻之歲，乃乾隆建元之五十有六年也，是成書在《斠詮》《新坿攷》之前，雖未刊布，而用心之勤，則足以俟諸百世矣。武進李兆洛敘。

説文解字述誼跋

王宗涑

右《説文解字述誼》《新坿通誼》各一卷，毛清士先生譔。清士先生綜貫經史、詞章、金石，尤邃於形聲訓詁，未竟其學而早世。卒時，生甫先生甫晬，比長，能讀父書，殫心纂述，恒阻於貧。上章困敦歲，乃刻而傳之，去清士先生之没，四十餘年矣。明年秋杪，刻未過半，先生遽捐館舍。時先生友人連平練太守立人、同郡黄丈子仁，相與搜索先生詩文以授，先生弟子元和陳君梁叔，次其篇什，而獨亡《述誼》稾本。又明年，練太守以錢若干業其家，復屬黄丈營先生窀穸，而同郡徐觀察桓生、仁和張刺史東甫師、上海郁君泰峯共佽助之。又二年，黄丈以《休復居詩文集》授之梓人，并爲先生孫端請於朝，得襲雲騎尉世職。而宗涑復檢得《述誼》稾本於先生家，郁君曰："是固先生所欲傳者也。"以宗涑曾親炙乎先生，又嘗從聘侯陳先生講求訓詁形聲之學，遂屬宗涑以斠讐之事。末學檮昧，罔識體要，惟抒平日所聞於先生與陳先生者，博攷詳説，實事求是，凡六閱月，再易稾始畢事，而《詩文集》之刻已先告竣矣。嗚呼！先生豐於學而嗇於遇，嗣子病廢痼，承門蔭者惟一稚孫，饘鬻幾不自給，何暇傳先世之遺文？而是書與先生譔箸，卒不至於莫傳，謂非郁君黄丈之力與？惜先生友人有力而尊顯者多宦游四方，先生之子若孫無由自達。若使得聞先生之凋謝，則所以收恤其遺孤者，當不後於郁君與黄丈、練太守諸先生之用心也。至是書之根據儒先，論譔矜慎，已詳清士先生自敘及申耆李先生敘中，故不復述云。道光二十有四年歲在閼逢執徐月在圉涂癸巳朔越三日乙未,門下後學同郡王宗涑謹識。

以上清光緒二十七年(1901)貴池劉氏刊本

説文五翼

説文五翼自敘

王　煦

鄦氏《説文解字》，六書鼻祖也，唐宋以來，寖失原本。蓋李陽冰、徐鉉之徒以工篆名于時，于六書本未有得，祇以被命纂修，不得不勉爲解事，遇不可通，輒信手點竄，遂致玉石雜糅，真贋莫辨。煦弱冠遊京師，从事小學，始于《説文》。悉之甚，既乃疑之甚，即思有以翼之，東塗西抹，弗能藏也[①]。歲辛酉，恭奉大挑奉檄秦西，旋攝崇信篆，邑小而事簡。公餘檢行篋，得舊讀《説文》，紙端簡尾，乙注殆滿，乃剌取其説，俾以類从。未脱稾，適合水令歐陽梅塢札薦剞劂氏到崇，因先以《音義》數卷付梓。未幾，爲惠制軍延課公子讀，遂卸事不复卒刻，故《五翼》惟《音義》單行。粤明年，補授通渭，甫帀歲疾作，投劾歸。點檢宦囊，故紙堆積，因重加釐訂，以授梓人，題曰《説文五翼》，从初志也。半生心事，未罄涓埃。今年甫五十，而羸羸如七八九十者。大恐神思恍惚，得少失多，微特不能爲叔重功臣，或轉蹈李陽冰、徐鉉覆轍。惟當世大雅宏達君子，誨而裁之。嘉慶十三年歲次戊辰四月望日，上虞王煦空桐氏識于芮鞫山莊。

清光緒八年（1882）上虞觀海樓重刻本

①藏，當爲“蔵”字之譌。

説文測議

説文測議敘

劉彬華

六書之學與經訓相爲表裏,是以《漢志》倉、籀十家列於六埶。許叔重博通五經,擅無雙之譽,既撰《五經異義》,以辨傳説臧否之不同,復作《説文解字》十四篇,以明六書之旨,檃括有例,剖析窮源,顔之推謂康成説經每援以爲證,弗誣也。顧其書訓詁簡質,猝不易通,又形聲之辨,微而難明,傳本往往譌異。魏晉而後,研小學者無慮數十家,其排斥許氏者莫過於李陽冰,其闡明而羽翼之者莫過於二徐。至李燾撰《五音韻譜》,始盡改《説文》舊第。伯温《字原》,亦與許氏不無牴牾。若明趙凡夫《長箋》,多至一百四卷,亭林顧氏極詆之。攷其書實用李氏《五音韻譜》之本,而以爲二徐刊定,源流已昧,遑論其他? 夫六書經五變而古意亡,古意亡而經義寖失,《説文》一書,所繫誠鉅,而諸家疏證,即二徐猶有遺議。甚矣! 立言之難也。安康孝廉董樸園先生,儒行粹然,學問淵雅,鄉薦後,一上公車不第,歸即日擁書城,杜門撰述。晚年著《説文測議》七卷,藏之篋笥,謙不以問世也。今先生歸道山數年,其門下士王松亭監州自嶺外數千里郵致其書,鋟版於廣州,余得卒讀焉。其書爲綱者四:曰訂經,曰存古,曰通變,曰惜逸。綱各有目,總爲目十有六。其援據極博,其辨證甚精，其學實貫穿經史百家，而於訂經尤審。余嘗讀叔重自敘，謂《易》稱孟氏，《詩》稱毛氏，而解“虓”字曰“虓虓，恐懼”，實馬氏傳語，疑非孟氏經文。解“洍”字則曰“江有洍”，“掔”字則曰“赤舄掔掔”，亦非毛氏今本。嗜奇者或欲援是以改經，而拘牽者又必據經以斥許氏之誤，二者胥失。是書訂經上、下二篇，曰參經攷異，曰據經審誤，曰繹經存疑，曰檢經補遺。一語之歧，一字之舛，條而舉之，多所折衷，不爲偏執。原其指要，實以羽翼叔重，非若陽冰之曲爲排斥，而疏通證明，過於二徐矣。松亭在粵，二十年前嘗撰《説文拈字》七卷，與其師説不必盡同，而精博無異。今又惓惓于其師遺著，梓之以傳，其古誼爲可風。而先生是書，攷訂精密，大有裨於經訓，其可以不朽也已。時道光二年歲次壬午秋八月朔，賜進士出身、翰林院編修、越華書院掌教，番禺後學劉彬華頓首謹序。

説文測議敘

葉世倬

《説文》洵六經筦鑰，通其義可以釋六經之疑，違其義將以滋六經之惑。六經之義，浩如溟海，固非管窺所得而測，亦非淺識所得而議也。《漢志》小學十家，當時玩其所見，蔽所希聞，謬作史籀，不有《説文》，後人惡從而窺六經之旨哉？其排斥《説文》如李陽冰者無論矣，即精博如鉉、鍇，稱許氏功臣，而校訛則輒刪“聲”字，《繫傳》則多疑非聲，尚不能絶無紕繆。他如李燾《韻譜》、伯溫《字源》、鄭樵《六書略》、戴侗《六書考》,率皆測古無識,取古人而妄議之,烏乎可?安康董樸園先生,予甲午同年畏友也。予守興安,欽先生德邵學博,延主關南書院講席。公餘涉獵經史子集,有疑義輒問字焉,罔不原本以示。先生於書無不讀,鄉薦北歸,閉門却掃,日擁書城,諸子百家、四部七略,精研無寒暑間。其著作等身,而於《説文》尤兼綜條貫,稽經証史,無繁固之失,擅精核之能。前守鄧蕢山先生服其宏博,慫恿開雕,先生謙讓未遑焉。今先生歸道山數載矣,其門人謝隺齡將以所著《説文測議》鋟之棃棗,自錦城郵致其書。予讀之,卷分者七,類分者二十,或參經以考異,或據經以審誤,或釋經以存疑,或檢經以補遺,而於古之逸者述之,通者參之,繁者誌之,省者增之。篆同義異表其異,篆異義同從其同,篆分義通會其通。文重無妨疊見,字缺不憚再增,疑則與之闕疑,逸並補其所逸,測其精微,議其缺略,皆歸於以經註經,就史補史,從流溯源,自端竟委,靡不原原本本,得其典要。其爲功於《説文》,豈其微哉?夫六書凡五變而古意亡,古意亡而經義失,學者安於所習,毁所不見,無由得六經之綜要。今先生能於點画疑似間明辨以晰,而確然不易。由其採測羣書,得其玄微,故一議出而羣議可息。視鉉、鍇之精博,或且過之無不及也。以此羽翼經訓,其述之之功將與作者等,其沾丐學者,不益厚歟?隺齡通籍後爲蜀令,捲捲於師之所遺,誼固近古,則其能以經術爲治術可券也。予於樸園,常使關中子弟師之。書成寄予,將使閩中子弟亦師之,書出天下,人將共師之,是大有功於名教也。方今文治昌明,經學邃古,學者誠於是編觀其會通,測六經之綜要,息羣議之淆惑,用以佐同文之盛,詣八體之精,則兹編固不第許氏之功臣也。是爲序。道光二年歲在壬午仲冬,巡撫福建年愚弟上元葉世倬拜撰。

説文測議跋

謝玉珩

玉珩厠先生門牆垂二十年，所謂經師、人師悉於是在。先生恭敬淡泊，不夷不惠，人莫測其氣宇，而學問宏博，人莫測其淵微。生平謂著作難，故文章不自檢，惟《説文》一册，嘗三易稿，亦謹秘不示人。珩固請，晚年始以原本付，且曰："此淵源意也。"珩謹誌之。嘉慶庚辰，珩藉先生緒餘成進士，授蜀令，道經里門，先生歸道山已十八日矣。聞易簀時數問珩歸期，似欲一見而有所言。何相距十八日，竟不允一見而聞所欲言也？是年闔邑請以先生崇祀鄉賢，大府徵其實行上之，蒙恩俞允，經師、人師俱足不朽矣。先生學不矜名，而一時名卿大夫如簣山鄧太守、蘭泉王司寇、健菴葉中丞，咸尊禮之。嘉慶初，南山教匪不靖，筠圃松相國總制西秦，謂"正學不明，斯邪教煽惑"，諭興安守聘先生主書院講席，昌明正學。同時節制聞先生賢，就問方畧，先生陳八則，逆藉以平。先生以古聖賢之學發爲經世之用，固非僅拘守章句者，此書特一斑耳，未足窺先生之全也。珩從先生遊最久，先生考終歲，雖五更，情如曠世，愧鈍拙不能繼先生之學，今作吏，更愧不能以先生之學見於施爲。而於先生之教惟恐失墜，故於《説文》敬梓之。雒誦遺編，猶恍如侍側時正襟危坐，氣象巖巖也。謹述其淵源所自如此。至表揚絶業，珩烏從而測其氣宇與淵微哉？道光四年歲次甲申仲夏日臨，北陸受業門生謝玉珩謹跋。

以上清道光二年（1822）羊城竹香齋刻本

説文字通

説文字通自序

高翔麟

《説文》一書，向有唐、蜀本，多不傳。今所盛行惟鼎臣本，而其遺脱字句，間散見經傳注疏、《史》《漢》書注及《字林》《玉篇》《釋文》《御覽》諸書中。唐李陽冰手寫《説文》，然或改其筆蹟，戴侗《六書故》間引之。蒙少習句投，有志于六書之學，竊嘅篆籀遞變，文殊古今，古字少而引伸、假借爲多，如有一字兼數音者，有一字兼數義者，有一字音異而義異，有一字音異而義同，有一字音同而義不同，且有今文以爲此字，古文以爲彼字者。叔重解字注專釋本音、本義，而間及引伸、假借，全書之字，多未之備。典午以降，文字日益增，古意日益乖，武曌劉龑，輒憑臆造，尤所顯著。歸田無俚，因即許氏編中有見于他書，其某字即爲今某字者，犓一援引詮釋，名之曰《字通》。襲繆沿訛，知復不少。然其舛本，先儒習爲典故，有識之士，自能辨之。或間參一得，亦述師承，敝帚之享，何敢問世？同年查琣齋侍御見而好之，謂可嘉惠後學，索本爲付之梓。其中掛漏弼盭，誠嗤管窺。博疋君子，尚其惠以新知，匡所不逮，企予望之矣。道光戊戌花朝次日，吴縣高翔麟譔于白門之尊經講舍。

説文字通敘

查元偁

余弱冠受業於同里陳仲魚先生鱣。先生之學，長於《説文》，作《繫傳釋詁》十餘萬言，援据精博，丹鉛不去手。余因授經請益曰："《説文》無'其'字，蓋與'箕'字通用也。然范長生《易》'箕子之明夷'作'其子'，乃讀爲'荄滋'。范西晉人，去叔重未遠，何音義迥别？意者魏晉亂離，許氏原本亦不無散佚耶？"仲魚師曰："六書之學，轉注、假借皆由諧聲、會意輾轉相通，非苟而已也。後學去古漸遠，字畫既乖，音訓亦誤，如《説文》雙聲疊韻部分之旨，楚金兄弟猷或昧焉，何况餘子？"古人云："讀書須略識字。"世之能識字者幾人哉？今時惟蘇州惠定宇、嘉定錢辛楣兩公當代碩儒，精研經史，往往援引《説文》以證明古義，得聞其緒論，庶發矇耳。余時方學帖括，困場屋，而仲魚師試南宫不第，歸里入詁經精舍，與諸名公游。所著書屢易藁，迄未授剞劂。迨余歷西臺，乞假南旋，則師已歿，後裔式微。求所著釋《説文繫傳》書，零落不可考，心竊瞢焉。道光乙未，僑寓吴門，同年高芇堂出示以所著《説文經典異字釋》，根据精核，知爲錢嘉定之高弟，故能述其師説，嘉惠後學。迨歲戊戌，又示以所著《説文字通》，則與六經及古子史書靡不通貫，字簡而用博，深得古人微旨。余嘗恨未及游錢、惠兩公之門，今適寓惠氏故里，閲其《讀説文記》，多所發明。兹又覩芇堂書，獲私淑錢氏之指畫，以證吾仲魚師之遺訓，是余之幸也夫！芇堂將爲金陵之游，以是書屬余校讐而付諸梓，因述舊聞，以爲之序。時道光十有八年春正月，同年臺侍海昌查元偁謹敘。

以上清道光十八年（1838）查元偁刻本

説文管見

説文管見跋

胡培系

先世父春喬公，諱秉虔，嘉慶己未進士，官刑部主事，改就知縣，歷官至甘肅丹噶爾同知。公箸作詳竹邨先兄培翬所譔《遺書記》，兵燹後書多散佚。此《説文管見》未成之槀，培系曩時手録，凡三卷，謹先付剞劂。《卦本圖攷》一卷、《漢西京博士攷》二卷、《河州景忠録》三卷，金山錢氏曾栞入《藝海珠塵續編》，其版已燬。《尚書序録》一卷、《古韵論》三卷、《甘州明季成仁録》四卷，匧中幸有存本，它日當次弟栞布，以廣其傳云。同治十二年夏五月，從子培系謹識。

説文管見弁言

林植梅

今世爲《説文》之學者不下十數家，其有叢編巨册，積帙裒然，若段氏《説文解字注》、桂氏《義證》、王氏《釋例》《句讀》、朱氏《通訓定聲》，皆證引廣博，詮釋遍詳，突過二徐之作。此下則錢氏《答問》，鈕氏《考訂》，嚴氏《校議》，吴氏、陳氏《引經考》,亦能各出己見,獨抒心得,於許書有所發明,胡氏《管見》其一也。胡氏論列諸條,具由實學,凡先儒之説,誤者正之,遺者述之,不欲苟同,雖爲卷無多,其有裨學者,正非淺也。向有滂喜齋及家藏刻本,以近時風尚,人欲讀其書,而多病於不獲見,因爲讎校再四,更付手民。并得菊舲張先生一跋,亦藉以知其疏處,然不害夫大體之搮雅也。今春工竣,爲弁數語於首云。光緒辛巳三月朔日,鄞林植梅癯僊甫識。

説文管見跋

張壽榮

林君癯僊重栞胡氏《説文管見》,屬予校讎,并爲跋語,將以疏其略而徵其實焉。案是書獨抒己見,論議恢廓,於今世言《説文》之學者,若段氏、嚴氏、孫氏、姚氏諸家,多不爲苟同,並能發其所未發,故近時尚之,然亦有不盡與《説文》印合者。一、許書引經,於《自敘》言皆古文,明其學之所宗也。至義有相通,文足取證,亦兼及各家,非必盡置之不言,然大要從古文爲多。今謂許君偶用今文,亦必並載古文,已不免蹈入葛籐。又謂《易》之"旳、駒"、《書》之"救、逑"、《詩》之"永、羕"等傳寫異手,形體遂差,不害其皆爲古文,説益支離。同一古文家,不應歧異錯見。且《説文》兩引《虞書》,一作"旁救",一作"旁逑",以古文"方"今文當作"旁"例之,則"旁逑"當爲今文,"旁救"之"旁"當從小徐本作"方"爲古文。《詩》:"江之永矣。"《文選·登樓賦》善注引《韓詩》"永"作"漾",明楊氏《丹鉛録》引《韓詩》作"羕"，則作"羕"者明爲《韓詩》。"救、逑；永、羕"，何得概以爲古文？《易》之"的、馰"，從可知矣。所引鄭、杜二説，彼自就各家異本言之，豈專主古文言乎？一、《説文》分部，以義爲經而聲緯之，段説塙不可易。今舉"后、囪、不、丩、句"等部，謂以聲爲經，並疑及"䛐、庸、辡"諸字，豈許書中形聲兼會意所偁爲亦聲者，將盡改隸之乎？"詬、悤、否、䛐、糾、拘、笱、鉤"等字，皆以義有專重，特立各部隸之，此正許君精意所在。"䛐、庸、辡"三字，不立《柬部》，"䛐"本形聲字，胡氏謂當"从申柬，申亦聲"，是以爲會意兼形聲也，然義尚可通。不入《庚部》《言部》，意亦猶是，豈亦以聲爲經乎？一、"穴"下引《孝經説》"上下有别"，"𠫓"下引《易》"突如其來如"，此因字形、字義與經語可以比附説合，故引經明之，非經之本文字亦相同。今謂《孝經》古文本作"有穴"，《周易》古文本作"𠫓如"，固無由審知隸變篆文不合者甚多，非能一一代以同聲字，"别"可代"穴"，"突"可代"𠫓"，則如"𠫓"之或體，到古文"学"爲"㐬"，展轉相生，又有"毓、疏、𣟴、棄"等字，更將何所取而代之乎？凡此三事，立説皆不能無誤，因爲辨之。餘則多所發明，具關考訂。末論二徐書，尤有灼見語，可想其致力之深。言《説文》之學者，於是書挹取之，所得正非淺尠已。光緒辛巳三月朔日，鎮海張壽榮鞠齡甫識。

以上清同治十二年（1873）績溪胡培翬世澤樓刻本

説文發疑

説文發疑自序

張行孚

《説文解字》之學,莫盛於我朝。三百年來,老師宿儒,接踵輩出,生其後者,幾於無復埤垍矣。走能薄事寡,歲月多閒,幡閱小學諸書,輒有甄録,亦復何補? 譬諸簙弈,殆曰猶賢乎已云尔。歲在昭陽協洽,高君叔徫節湝少府佽助縱臾,爰以《説文發疑》六卷先付剞劂。古人云:"與其過而廢之也,毋甯過而存之。" 其高君之意歟! 惟走思高君,寒素士也,其小學之功之深,又倍灑於走者也。今一旦自韜其甚深之學,而以甚難之錢絜此無甚益之書,世之君子,毋乃有議其傷惠者歟? 抑走更有説焉。孟子所謂 "傷惠",即孔子所謂 "好仁而蔽於愚" 也。世誠有如高君之蔽於愚者。人之好學者日益衆,所謂 "買駿骨而駿馬自至" 是也,非所謂其智可及,其愚不可及者歟? 走恐人之感其愚慕其愚者,正不獨區區鄙人而已。光緒十年歲在閼逢涒灘如月,安吉張行孚自識。

説文發疑序

俞　樾

張子乳伯，余主講詁經精舍時所許爲高材生者也，俄歌鹿鳴之《詩》以去，未幾來見余於吴中春在堂，則已以鹽鐵使之屬需次兩淮矣。今年又來吴中相見，余問："宦游樂乎？"曰："録録無所試，月得薪水之資，不足餬其口。"言次，出巨編數衺見示。余歎曰："古之君子仕而優則學，今吾子之仕不可得而優者也，然而學則優矣，斯亦古今之異乎？"其書凡數種，皆治《説文》者也，惟《説文發疑》六卷已寫有定本。讀其書，信乎於許氏之書韋編三絶矣。其論指事之異於會意者，會意則兩體皆字，指事則兩體不皆字；異於象形者，象形之形有定，指事之形無定。論轉注，謂每類立一首字，而同類之字從之。皆可謂要言不煩者也。又論古韻之所以不能强合者，皆方音爲之，而方音之所以異，則不外乎雙聲。余謂明乎此理，則古音固至今猶存。蓋今日四方之音，有與韻書不合而實與古音合者，如徽人讀"風"如"分"，吴人讀"夔"如"岡"，細審之，實皆雙聲。今世有韻書，故雖方音各異，而不能入詩；古人無韻書，則詩之韻各隨其方而殊矣。後人乃欲於數千年後爲古人釐定一韻書，何怪其勞而無功乎？誠知其爲雙聲也，則不必强古人以就今，而古人之用韻亦自秩然不紊也。他若因"睽"字目不相聽之義，解爲兩目乖隔不通，而悟《周易·睽卦》"二女同居，其志不同行"正取此義。又以"雅"字與風雅義絶遠，當作"夏"字，因而推之，得"風"與"雅"之所以别，又因是而定《豳風》一篇《七月》爲風，《東山》爲雅，《破斧》

以下爲頌。烏乎！小學之有益於經學如是夫。余往時曾命精舍諸生釋“新、舊”二字，“舊”字迄無定説。余據《説文》“肍，讀若舊”，謂“肍”即“舊”之本字，然以經典無“肍”字，未敢自信也。今讀此書，亦有是説，則余説不孤矣。又云“扶即伴字”，亦與余舊説合。然許君云“讀若伴侶之伴”，則知漢時固自有伴侶義。許君於“伴”下止曰“大貌”，此本義也；於“扶”下出伴侶義，此别義也。蓋許書别義有即見本字下者，如“祥，福也。一曰：善”是也。有見於他篆説解者，如“戲，三軍之偏也。一曰：兵也”，並無戲謔義，而“謔”下曰“戲也”，則戲謔之别義見矣。“匹，四丈也”，並無妃匹義，而“妃”下曰“匹也”，則妃匹之别義見矣。“濟，水出常山房子贊皇山，東入泜”，並無濟渡義，而“渡”下曰“濟也”，則濟渡之别義見矣。“約，纏束也”，並無儉約義，而“儉”下曰“約也”，則儉約之别義見矣。“虚，大丘也”，並無空虚義，而“廫”下曰“空虚也”，則空虚之别義見矣。“止，下基也”，並無留止義，而“稽”下曰“留止也”，則留止之别義見矣。“白，西方色也”，並無告白義，而謁下曰“白也”，則告白之别義見矣。“乾，上出也”，並無乾燥義，而“晞、暵”皆曰“乾也”，則乾燥之别義見矣。“殿，擊聲也”，並無今所用“殿”字義，而“堂”下曰“殿也”，則今所用“殿”之别義見矣。“扇，扉也”，並無今所用“扇”字義，而“箑”下曰“扇也”，則今所用“扇”之别義見矣。因伴侶義而縱言及之，或有可少資啟發者乎？余衰且病，學問之事日益荒落，因歸其書，漫書數語，不足副吾子所需也。光緒九年九月，曲園俞樾。

以上清光緒十年（1884）長塘鮑廷爵後知不足齋刻本

説文染指

説文染指敘

吴　楚

六書爲經義權輿，原開闢之初，政教未興，甫爲文字，以覺世牖民。凡天地萬物之情，身心家國之理，一切寓之於形聲，俾之循文而見義，六書即政教也。後聖繼起，制度大備，尼山倔興，經義迺垂，要其身任斯文，實亦推闡宗恉。嬴秦代周，小篆雖有省改，而淵源未昧，憲章依然。自隸體變亂，而古法迺就湮矣。許氏當畐夫貤繆之秋，博采旁搜，部分縷説，使人猶得窺㪚造本始，其功在鄭、賈釋經之上。然而詁訓殘毁，衆喙揣摩，有説之而定者焉，有説之未定而載二三四説者焉，甚或付之蓋闕焉，豈自信無憾哉？近儒崇尚樸學，競攻是書，辨形析聲，破疑瀹滯，以金壇段氏爲之伯，匡正斐弼者踵起日衆，而六書之恉因以大明。然墨守與更張，時亦不免於韋戾。楚讀經之餘，覃心翫玩，深見至味。醰醰經義數十百言，可以一字賅之；經義叢荆密棘，可以字義決之。蓋非《説文》無以通經，亦非通經無以《説文》。自維膚陋，不敢縱談，而中有所覺，亦輒援筆伸理，用示兒輩。積久成册，時一瀏覽，覺凡支離蒙冒之處，小有裁決，亦似不盡誣讕。因復重加删訂，㮚爲二編，付之梓人。惟志務求是隱爲同心者，當更有以教我。時光緒强圉大淵獻之歲花朝前八日，西陽小山吴楚識。

清光緒十四年（1888）刻本

古均閣讀説文記

古均閣讀説文記書後

嚴曾銓

外曾王父許珊林先生覃精小學，嘗纂《説文解字統箋》一書，積藁累數尺。猶憶咸豐季年，先生已引疾不仕，寓公吴會，斆門箸書。曾銓雖在髫齔，及見先生據長几，手寫目注，昕夕不倦，縹帙旁午，皆乾嘉以來小學未刻本。庚申之亂，倉卒辟兵，先生首攜諸家藁本出，曰："毋令前輩數十年心血，一旦自我而捐棄也。"寇至，不旋踵城郭爲墟，《統箋》手藁因之散佚，未及行人間。先生臧汲古原本，隨筆校録，旁行斜上，丹墨殆徧，其中或直抒己見，或采輯他説，蓋《統箋》之萌芽也。今哲嗣子曼刺史子頌孝廉，仿惠氏、席氏之例，分條録副，名曰《讀説文記》，以付手民，殆將與定宇、子侃兩先生竝傳不朽矣。雖然，先生箸述閎富，書不悉傳，讀是編者，其猶窺豹之一班，嘗鼎之一臠也，亦可慨已！光緒十有四年戊子夏六月，外曾孫仁和嚴曾銓謹識。

古均閣讀説文記書後

許頌鼎

古均閣者,先府君自顔其讀書處也。府君少工詩,宗温、李,年十七,以《秋江曲》受知于長洲蔣先生夔,學者偁“吴門三蔣”者也。府君造廬請業,詣益進,有《紅竹艸堂詩鈔》二卷。壯爲四方之遊,識陽湖孫觀察、高郵王文簡,又與嚴鐵橋、王菉友、苗仙麓、江伯蘭諸先生締交,聞見益廓。始鋭意治南閣祭酒之學,有志饗述,箸《説文解字統箋》。書凡六十四卷,每字首列祭酒原文,而以二徐音切系之其下,有與祭酒聲讀違戾者,援古有韵之文参訂其失;次最録經傳,剖析古誼;次博采諸家,以廣睹記;末坿論斷,或折衷佗説,或直抒己見,不苟依坿,亦不好爲詰難,惟求其是而已。藁數易,汔未寫定。比咸豐庚申寇至,遭亂散佚。是時府君辟兵如皋,春秋七十有四矣。念治六書數十年,一旦委棄,良可惋惜,因復删緐就簡,依古韵編次,别爲《識字略》一書。兩閲寒暑,屬藁甫畢,而府君捐館舍。頌鼎年方踰冠,仲兄誦宣,什襲珍臧。迨光緒庚辰,頌鼎之官山左,道經揚州,見仲兄舟次,藁本猶置案頭。時兄客海陵,明年七月,病中風暴卒,遺孤幼不更事,書笈皮複室中,雜沓無次。季弟溎祥自杭州馳往,一再檢理,終不可得。夫使兄在,則此書不亡,不則頌鼎當日攜諸行匧,亦奚以佚?今悔已晚,罪無可逭矣。府君臧汲古《説文》原本,尻恒校讀,隨筆札記,書眉紙尾,密綴無罅,雖屬緒餘,亦手澤之僅存者。爰與季弟分别校録,放惠氏、席氏例,繕成副本,出示同年生譚君獻,譚君曰:“善。”乃亟鋟版,而詩文坿焉。詩藁亦燬于兵，文則隨作隨棄，存者本尠。今搜羅若干首，先付手民，續有所得，當再補栞，曰《古均閣遺箸》，仍府君《古均閣寶刻録》例也。敬述其顛末如此。光緒十有四年歲次戊子夏六月，孤頌鼎謹識于平度州署之喬蔭堂。

以上清光緒十四年（1888）許頌鼎刻本

說文粹言疏證

説文粹言疏證序

姚福均

敬讀尊藁,繁徵博引,體大思精,曷勝紉佩?既蒙惠愛,詢及芻蕘,敢不以一知半解窺得者塵坋鉛槧内?如詮"惟初太極"用《繫傳》本引《易》"大極"。案此"極"字似訓"中",猶皇極之爲大中也。又引《禮》"大一"。案此"一"字似訓"上","大上貴德",猶言至尊至初也。道家言"太上老君、元始天尊",雖俗不可耐,然"太上"二字則已古。"元始"二字見劉向《列女傳·母儀篇·有虞二妃傳》贊,云:"元始二妃。"棲霞王恭人注云:"元,大也。始,初也。"則"元始"二字又甚古矣。據此,似虞仲翔説尚少一層。又如詮"元,始也"引段注:"元者,氣之始也。"案《列子·天瑞篇》云:"昔者聖人因陰陽以統天地。夫有形者生於無形,則天地安從生?故曰:有大易,有大初,有大始,有大素。大易者,未見氣也;大初者,氣之始也;大始者,形之始也;大素者,質之始也。氣形質具而未相離,故曰渾淪。渾淪者,言萬物相渾淪而未相離也。視之不見,聽之不聞,循之不得,故曰易也。易無形埒,易變而爲一,一變而爲七,七變而爲九。九變者之究也,乃復而爲一。一者,形變之始也。清輕者上爲天,重濁者下爲地,冲和之氣者爲人,故天地含精,萬物化生。"《列子》此説,似本《易緯·乾鑿度》篇及《詩緯·推度災》篇文，惜不全耳，稍詳者見高郵王氏《廣雅·釋天》篇疏證。趙氏所輯七緯，可覆視也。據此“元”字一條，尊説可從畧，而以此義補入“道立于一”下，未識以爲然否？辛卯十月十七日，姚福均識。

清光緒二十年（1894）木活字排印本

説文體例

説文體例敘

陳朝爵

《説文》之學，至清而極盛，名於世者無慮數十家。然大者精深浩博，卷帙已不易披尋，細者掇拾畸零，又非所以明其體要。惟安邱王氏《文字蒙求》一書以象形、指事、會意、形聲四者爲綱，剌取許書二千餘字，開示學僮，洵可謂舉一反三，循循善羑者。顧王書不限部首，是於南閣科律相韋，即不得爲入門最善之瀘，又説解多麤略，間亦凌襍，教授亦未盡便。厥後爲許學者，多裁取部首五百四十字刻之，以訓初學。然或僅寫原文，了無發明；或任意變亂，易滋疑誤。求其體例謹嚴、説解精要者，未嘗有也。桐城何蟄卿先生樸學名家，殫精許誼，取五百四十部首，以王氏例分別類聚，又逐字説釋，根據故訓，疏原竟委，例嚴而識閎，恉約而誼博，以視王書，殆尤完宓而簡要矣。先生及門多通才，羣謀印行，余喜覩其盛，亟爲綴一言。因思去夏獲見懷寧馬鍾山先生手寫《説文》部首曰《書學濬贏》，又類舉篆體之回轉變化者曰《屈曲辨似》，明斤條秩，尤多精碻，皆引導許學之階，嘗爲讐校補綴，勸馬氏付印，乃迄今未成稿，且不知散落何所，寤寐時爲眷眷。今先生書克及身流傳，其可幸實過馬先生。然而時方晦盲，舉世仇聖文，嫉儒宿，後生小子，競以俳詭媟謾相媚弄，則亦孰知夫荒山老屋中，猶有此獨寐寤歌之人，窮老盡氣，以與羲、黄、倉、籀相追從者。是又余所爲投筆四顧，虩虩然不知所云者也。時庚申冬小寒後八日，長沙陳朝爵謹敘。

1920年石印本

説文鑰

説文鑰緒言

丁福保

學歐美各國文字而欲求深造,必須讀拉丁文,蓋追溯其造字之源也。西文如此,漢文亦何獨不然?追溯漢字之構造,隸書楷書固不足言,非求之篆籒不爲功。夫集篆籒古文之大成者,當推後漢許叔重氏之《説文解字》。善夫謝啟昆氏之言曰:"《説文》爲天下第一書,讀盡天下書,不讀《説文》,與不讀書等。"此猶云學西文而未讀拉丁文者,終不能明西文之源流也。然處今之世,亦非欲學者盡爲小學專家,要在略識隸變之譌謬、六書之概要,及文字之構造而已。唐韓昌黎有云:"凡爲文詞者,宜略識字。"其即此之謂歟?

然學者初讀《説文》,往往因文義古奥,乾燥無味,輒半途中止。於是小學家乃爲之編輯五百四十部部首,略加注釋,或别編初學入門之書,或爲種種歌訣。雖名目繁多,意在便於初學則一,惟閲者仍索然寡味,不待終卷而已置之高閣。或有迫於父師之嚴命,勉强卒業,而味同嚼蠟,仍不得小學之門徑者。此何故歟?蓋編書者雖爲許學專家,而所謂教授法者,則未嘗注意及之也。余不揣檮昧,於三十年前即擬編許學入門書,初以爲甚易易也,及一執筆,則如入海量沙,茫無涯涘,至是始覺其難爲。厥後毁稿者三次,易稿者五次,敝精費日，歷三十餘年而不克成書。乃以殘稿一束，囑沈生博元賡續之。久之，博元亦以不易編輯爲辭，仍以稿還余，藏之篋衍者又一年矣。今年秋，蔣竹莊先生謂現在各學校教授文字學，苦無初學適用之書，慫恿余從速脱稿。余於舊稿既不愜意，於是苦思力索，别定體例，或對食忘餐，或中宵起立，如是者三晝夜，卒盡棄其舊稿，用圓周教授法編輯之，名曰《説文鑰》。嗚呼！余年已六十，精力就衰，此書不成於三十年前，而成於秉燭餘光之今日，亦可謂不知老之將至者矣。特未知於初學《説文》者，果爲捷徑而有所裨益否耶？

冠本書之首者曰前編，陸士衡云："宣物莫大於言，存形莫善於畫。"余意教授初學，應使言畫合一，故選字若干，皆以繪形出之，以引起興趣，想造字之初當如是也。至圖畫及注解，皆採自《六書管見》及《文字學初步》，爰識於此，不敢掠美。

羅兩峯山人爲桂未谷明經繪《説文統系圖》，凡八人，其最老者，許慎也；扶掖左右者，江式、顔之推也；接踵三賢之後者，李陽冰也；後之肩隨若偶語者，徐鉉、徐鍇兄弟也；爲道士服者，張有也；眇一目跛一足者，吾邱衍也（以上用張塤跋語）。又有盧文弨、王念孫、張塤、翁方綱、丁杰、桂馥等之題辭，實爲歷史流傳之劇蹟重寶也。故將繪像及題跋原蹟，悉付影印，輯入前編，俾海内治許學者，一見此圖，即油然起羹牆之慕焉。圖之真蹟，價逾千金，今藏周美權先生家，蒙先生慨許印行，以廣流傳，附識於此，以矢勿諼。

本書用圓周教授法編輯，共分四周，每周分五類：一、《説文》總論。統論《説文》之概要也。二、隸變。自篆變爲隸，六書之恉毁裂殆盡，欲知古人製字初心，宜先知隸變之弊。三、六書。六書爲造字之本，指事、象形、諧聲、會意爲四體，人無異説,轉注、叚借爲二用,異説最多,此宜折衷一是,使閲者豁然而無疑義。四、《説文》舉隅。《説文》全書有九千餘字,兹略述其最淺近而富有趣味者,爲舉一反三之用。五、許君事蹟。蓋數典而不忘祖,兼爲論世尚友之資也。殿本書之末者曰後編,甄録各書之精要,凡三種:一、《説文》原敘王貫三先生注一卷,王注擷段、桂二家之精華,而别有確實之發明,實爲許敘注釋中之最完善者。二、南唐徐鍇氏《説文·部敘》上下二卷,效《周易·敘卦傳》而爲之,將《説文》部首説成一串,推原五百四十字所以次弟相生之故,雖間有顛倒闕略附會之處,然仍不失爲讀部首之善本也。三、顧廣圻氏《説文辨疑》一卷,辨嚴可均氏《説文校議》之誤也。雷浚氏曰:"顧氏《辨正》各條,無一條不細入豪芒,出人意外,入人意中。"真定評也。此三種讀者如能卒業,非但入許氏之門牆,實已登其堂奥矣。

人之腦力久用於相同之一事,必生厭倦,故宜變换其種類以蘇息之。如是則面目一新,研究之精神亦爲之一振,此圓周教授法之所由立也。設將本書四周中之五類逐類相併,則每閲一類,皆易令人厭倦而不能卒讀,此所以又有四周之分也。學者每閲一周,即可得五類相當之知識,迨畢四周,則已非門外漢矣,况又有前、後編之互爲資助乎?

本書之體例,在三晝夜中粗定其大凡,已如上述。照此編輯,似可無所阻礙矣。而孰知尤有最大困難不能解决,即在弟一周六書中之叚借,許君原序云:"叚借者,本無其字,依聲託事,令長是也。"古今來之小學名家,論叚借者無慮數十家,其説大抵牽引支辭,莫知本意,雖捊撦不少,而附會偏多,實無一家能知許意者。余展轉思維,不得其確解。如是者又一日夜,既而忽有所悟,曰:"得之矣,得之矣!"鄭康成氏與許君爲同時人，其注《三禮》，亦引用《説文》，若以鄭説通許説，必深中事理。因攷《經典釋文》序引鄭氏之論叚借，曰："倉卒無其字，或以音類比方叚借爲之，趣於近之而已。"夫"倉卒無其字"，即許氏之"卒無其字"也；"或以音類比方叚借爲之，趣於近之而已"，即許氏之"依聲託事"也。惟隸書"卒、本"二字因形近易誤，遂譌"卒"爲"本"。千餘年來之小學家，未審訛文，强爲解釋，致説逾多而辭益支。兹據鄭説正之，改爲"卒無其字"，乃犂然有當於人心矣。《管子》曰："思之思之，鬼神將通之。"非鬼神之力也，精氣之極也，其吾今日之謂乎？

吴稚暉先生以爲"令長"即"令良"之譌文，立説精確，其全文皆詳載於《詁林補遺》及本書中，大致謂以令發號也，引申而爲縣令、令長、使令、法令之令。長，久遠也，引申而爲滋長、長幼、縣長、家長之長，皆轉注也。轉注由於意義，叚借由於聲音，二者本絶然不同。或有駁之者曰："譬如講師口言縣令，而筆受者可書作縣長，或口言縣長，亦可書作縣令，故令、長可互相叚借，不必改爲令、良。"余謂此説非是。凡叚借者，須以雙聲音近音同之字爲之，故曰"依聲託事"，"令、長"非雙聲音近音同之字也，此不可叚借之故一。攷《漢書·百官表》："縣萬户以上爲令，萬户以下爲長。"《續漢志》："每縣邑道大者置令一人千石，其次置長四百石，小者置長三百石。"令與長，其石數之多寡懸殊，此不可叚借之故二。惟"令"之與"良"，《詩》箋皆言"善也"，"令、良"雙聲，故可互相叚借，如良妻可作令妻，《詩》"令妻壽母"是也；良人可作令人，《詩》"我無令人"是也。以引伸歸轉注，以音類比方歸叚借，如是則轉注、叚借之界説晝清，其真義始出。學者知此，可判别古今人論六書之轇轕矣。

叚借之困難已解，許敘之譌字已正，於是開始爲編輯之事矣。本書大抵采録成書，皆注明出處，以便學者之檢討。又本書之版式仿照《説文詁林》，因字小而直輕，可便學生採用，若字大而直昂，則非所宜。舍此取彼，區區之意，當爲好學者所深諒也。自開始至付印，凡七閲月而畢事，非敢云獨闢町畦，自新壁壘，惟雕弓鏤楮，深慚稽遲而已。

或謂前編繪形及四周之《説文》舉隅中有某字宜删，某字宜增，或某説宜改，以及某某篇宜前宜後，後編中有某篇宜去，某篇宜補等，此事本無一定，仁者見之謂之仁，智者見之謂之智，隨各人意見，鈎乙之可也，删補之亦可也。惟循是以窺六書之源，則在善學者之隅反焉爾。民國廿二年十一月廿日，無錫丁福保識於詁林精舍。

1933年上海石印本

漢學諧聲

漢學諧聲自序

戚學標

今天下争言《説文》,學者以不讀許君書爲恥。其論音學,則務宗孫愐《唐韻》,詆宋人併韻一百七部爲非古。實則讀《説文》未爲知《説文》,即於《唐韻》,亦不過謂韻書傳者莫先於此,其中得失無辨也。許君書名《説文解字》,固統字之形與聲解之,後學略習篆古,苟自矜異,惟形是求,至某字某讀,一從徐氏所附孫《韻》之音切,於本書云"从某,某聲""讀若某"概置不問,有顯相違背而安之爲固然者,如是何取於讀《説文》邪？六書之體,三曰形聲,言聲不離形,形者聲之本也。而聲又隨乎氣,氣有陰有陽,故一字之音,而或从陰,或从陽,或陽而陰,或陰而陽,或陰陽各造其偏。《淮南子》云:"輕土多利,重土多遲。清水音小,濁水音大。"五方風氣,有遲疾輕重之不同,其爲聲固未可以執也。昔人知其然,故但以"某聲"者明字音所出,以耑其本,以"讀若某"者設爲譬况之詞,使人依類而求,即離絶遠去,而因此聲之本以究此聲之變,無患其不合。《易》曰:"同聲相應,同氣相求。"諧聲之法,引而上,引而下,即氣求之理。若反切之興,在於漢後,許君時烏有此哉？鄭康成《毛詩箋》云:"古聲填、寘、塵同。"其注他經言"古者聲某某同、古讀若某"之類,不一而足。周秦先代之音,不能不變而爲漢,漢不能不變而爲魏晉六朝,固亦其時爲之。韻書之作,彙取各家音注,凖以當時所讀,别其輕重清濁,爲之部分。學士遵行已久,所謂古今異宜,何必盡非?至論字音之本,實與《説文》違異,以《説文》形聲相繫,韻書就聲言聲;《説文》聲氣相求,韻書衹論同聲之應。又其部居錯雜,分合類出肊見,此學興而學者苟趣其便,衷於一讀,且狃于平上去入之界之不可移易。諧聲之法廢,而許君之學從兹晦矣。昧者至以徐氏之《説文》爲《説文》,如宋祁《筆記》引《説文》:“率鳥者繫生鳥以來之,名䍖。䍖音由。”蓋宋人已不知辨,後此無論已。鄭樵譏《説文》爲目學,《廣韻》爲耳學,今以孫《韻》音切,强綴許書之後,不幾於兩失而兼聾瞽乎?夫學必明乎古今,讀魏晉六朝以後之文,用韻書可也,若讀漢世之文,循而溯於周秦先代,韻書不足用也。《詩》《易》《楚詞》,其音節皆出於天籟自然,作者不知有韻,據韻書而通之叶之,或反疑前人之假借,尚得謂有識哉?兹書論聲一本許君,由本聲以推變聲,既列本注,旁採古讀以爲之證,於徐氏所附孫《韻》音切悉芟去之,復就原書别爲之次,俾人可循聲而得,雖亦韻書之意,而未始有韻之一見横於中。計卷二十三,《總論》一卷,名曰《漢學諧聲》,於以推究音理,表章許君,庶與今世之言《説文》者異焉。嘉慶八年十二月十二日,涉縣知縣兼理林縣,浙江太平戚學標鶴泉氏自識於林慮官署。

漢學諧聲序

黄河清

《漢學諧聲》一書，予老友戚鶴泉用《説文》明古音之作也。鶴泉病夫爲《説文》之學者惑於徐氏所附孫《韻》音切，不究本讀，而一二宿儒言古音亦第就韻書辨析，不復知許君書爲音學之本，不可無以訂正之。先予在文安，寄示爲書大指，至是郵其《自序》《例言》及《總論》，徵序於予。予於小學莫涉其藩，且未獲見全書，而《例言》又輾轉失去，何能有所發明？無已，就《序》《論》所及，一揚搉焉。昔皇頡造書契，百官以治，萬民以察，聖之所爲開天也。逮許君作《説文解字》，立一爲耑，畢終於亥，賢之所爲述聖也。許君於文字泝其初曰："依類象形謂之文，形聲相益謂之字。"推其變，亦曰："言語異聲，文字異形。"形、聲不能相離，故其書於文若字下，既竝曰"从某"矣，而又曰"某聲"，曰"某亦聲"，曰"某省聲"；又曰"讀與某同"。而"讀若"之類，又有但云"讀若某"者，有云"讀若某某"者，有云"讀若某書曰某"者，有云"讀若某，又讀若某"者。有本字而亦云"讀若"者，即後人讀如字也。有云"讀若"而並不著字者，以俗呼無正體，但取聲也。要皆形聲兼舉，音學誠莫備於此，亦莫先於此。夫自隸俗代變，翻切盛行，於今可見古人文字形聲之遺者，獨賴此書之存。鉉、鍇兄弟稱爲最親近跡，其《祛妄篇》云："楚夏殊音，方俗異語，六書之内，形聲居多。"又云："自《切韻》《玉篇》之興，《説文》之學湮廢泯没，能省讀者不能二三，弃本逐末，乃至於此。"如其言，意必抑《切韻》而獨崇《説文》，於其所云"某聲、某亦聲、某省聲”,與夫“讀若某、讀與某同”者,均當推論求合,不復直用後人音切,即有古今異呼,亦當申明本讀某,今讀某切。否則專明許讀,斯爲放截俗學、羽翼邵陵,何乃仍以音切溷原文,漫無界畫? 甚或舍古从俗,顯相背馳,疑誤後來不少。豈其以形義爲本,而聲爲末,不知音固有本乎? 乃竟自蹈之若是。故雖其黜陽冰之新義,信洨長之微辭,用功非不專且久,而其闕失終有不能爲之掩者。且古無“韻”字,亦猶無翻切也,《詩》《易》《楚辭》,何得以韻求之? 顧寧人本裴光遠,明“韻”爲“均”,作《音學五書》,近江慎修又匡其不逮,作《古韻標準》,二書視陳季立《毛詩古音攷》《屈宋古音義》爲尤密。惜其於《說文》“某聲”云云,均未之及,恐不免如執蕭何之律以議咎繇,循叔孫通之儀而疑官禮,果有當乎? 今鶴泉於文字,一以許君讀爲宗,舉四聲音切,掃而空之,審音之所從出,究音之所由變,陰陽清濁,因其自然,弇侈重輕,取之各得。遠近相逮,刊補兼施,考信正譌,取證詳覈,然後許君之學大明,而古音亦因以明。或謂諧聲一耑,未可以槩六書,然是書於象形五者,未嘗不備載各文字下,特意在明許君本讀,不取後人音切耳。徐氏既以形聲最淺末,致古讀反爲俗音所湮,而元楊辛泉《六書統》於形聲自天象以迄怪異,分十八目,總其體有四:曰本聲,曰諧本聲,曰近聲,曰諧近聲。則又徒見其支離煩碎,而不必盡合於古讀。故惟是書可爲許功臣。或又謂書明許讀,其部敘建首詎得或殊? 不知《繫傳》最尊許,雖倣《易·序卦》作《部敘》上下卷,而其《通論》《類聚》《錯綜》諸篇,未始不自爲條貫,亦論其有功於本書何如耳? 是又何足爲疑? 於戲! 皇頡之遺,許君述之,許君之意,吾友明之。潘稼堂太史顧謂《說文》不可以該音學,而《廣韻》一書可以該六書之學。彼敘《廣韻》固應爾,然得毋言之易乎？今吾友昌明許學，別白古音，惜予文不足繼，太史又第就《序》《論》揚搉，莫罄淵微。顧即此使後學知讀古人書，必當推明其意而表章之，不爲皮附。而音學亦當求其本，勿爲後代四聲音切所拘，有裨於學古者甚大。吾友爲書之指，其在斯乎！其在斯乎！嘉慶甲子二月中澣，年家同學弟黄河清頓首拜序。

漢學諧聲自跋

戚學標

余撰《漢學諧聲》廿四卷，明許君舊法，而於其建首字置不用，名宗《説文》，而故違之，議者紛起矣。竊謂《説文》一書，自宋後行者皆徐鉉校本，其前傳者，南唐徐鍇本及李陽冰所刊定而已。許君《敘》稱"立一爲耑，畢終於亥"，此自爲書前後之起訖，其部端五百字，所謂"共理相貫，據形聯系"者。今以理推，以形求，往往不合。"齒、牙、足"一類，"眉、目、鼻"一類，"首、面、須"又一類。"牛"在一卷，"羊"四卷，"馬、鹿、兔、犬"均十卷。"四、五、六、七、九"數相接也，而"一、三"在卷首，"八、十"又錯見卷二、三。蓋多有經後來羼亂非原次者。又建首字例有"凡某之屬皆屬某"，今如"甲、丙、丁"，止虛存其目，所謂甲屬、丙屬、丁屬字何在？以此悟偏傍字悉後人妄取聯綴，若如原次，則从"甲"字如"匣"，如"柙"，如"狎"，如"窜"，必隸"甲"下；从"丙"字，如"邴"，如"炳"，如"柄"，如"鈵"，必隸"丙"下；从"丁"字，如"汀"，如"玎"，如"阠"，如"亭"，必隸"丁"下。自六書道微，制字本意浸失，俗儒鄙夫，謬謂《説文》以形次不以聲次，舉从甲、从丙、从丁字各以偏傍附入他部，而虚其本目，其目下“子”字僅存。惟“句”目“拘、笱、鉤”三字復嫌於例不合，謂此會意兼聲字，於本注“句聲”增爲“句亦聲”。若“絞”从交糸聲、“匏”从包夸聲，皆以其不當在“交”下、“包”下而妄易之，而左形右聲之見，牢不可破。至有以“仁”从人二聲、“朙”从囧月聲者，見之《繫傳》，可笑也。大抵反切行而諧聲廢，隸書盛而篆法衰。《聲類》《字林》繼出，并《説文》之部居次弟亦亂。議者謂余宜如徐鉉析出新附字，鉉新修字義上言“有許慎注義序例中所載而諸部不見者，審知漏略，悉從補録。復有經典相承傳寫及時俗要用而《説文》不載，承詔皆附益之”，前人言《説文》多幍令所加，蓋雖欲析之，不勝析也。古書經千百年後，鉤鋠析亂，加以魚魯，傳録不一，就其存者，以意通之，期不先前賢作書本恉而已，亦安得原書而讀之述之耶？甲子七月，戚學標自跋。

漢學諧聲跋

洪頤煊

右《漢學諧聲》二十四卷，同郡戚鶴泉先生所撰也。先生以名進士出宰河南涉縣，政事之暇，鋭志古學，因取許叔重《説文解字》，删孫氏之附音，袪徐氏之謬説，專求諧聲，以發明漢學。夫古人制字之旨，依類象形謂之文，形聲相益謂之字，覽其字即可知其聲，審其聲即可通其義，故六書之中，諧聲居其大半。自魏晉以後，反切盛行，學者舍字求音，於是有部分之説，而漢人之家法始變。近儒講求古音，復拘四聲之例，如“東、江”同部也，未聞東聲中任舉一字皆可讀作江音；“東、董”同部也，未聞董聲中任舉一字皆可讀入東韻。且古人假借之字，多於同聲互相通轉，槩而求之，則猶未得其精也。先生是書，不守二百六部之次，專以諧聲相從，而於每字之下，各闡其本音，俾讀者一覽而知諧聲之本，實爲前人所未發。其中如論聲音流變，明乎“和、桓”之通，而“難”轉爲“儺”、“番”轉爲“播”無疑也；明乎“祇、振”之通，而“摯”讀若“晉”、“䛟”讀若“指”無疑也。“調”之叶“同”，猶以“巙”通“猱”、以“懵”通“悰”；“訬”之讀“毚”，猶以“操”改“摻”、以“禫”讀“導”。許君於聲之有斂侈者，特著讀若之例以明之，明示人以諧聲之法，皆得自然之理。書成，郵字問序於頤煊。先生於頤煊爲鄉前輩，又家君乙酉同年友也，不敢以固陋辭，因畧舉大旨，以跋於左方。若夫考訂之精、駁辨之覈，則有全書在，無俟區區之縷陳焉。嘉慶九年太歲在子日月會於降婁，同郡後學洪頤煊拜書，時在槀城官舍。

漢學諧聲跋

宋世犖

“精誠於白日”與“思遺餐而忘寐”爲韻，故從日聲可爲“是”也；曹攄《圍碁賦》“星羅宿列”與“綢布四裔”爲韻，故從列聲可爲“例”也；揚雄《羽獵賦》“騁嗜奔欲”與“殊鄉别趣”爲韻，故從谷聲亦爲“裕”也；江淹《擬古詩》“岑崟還相蔽”與“丹井復寥泬”爲韻，故從敝聲亦爲“瞥”也。諸如此類，觸緒可尋，謹就耳目之前，記憶所及，撮舉以質諸先生。其爲本書所已載者,不敢複陳,恐先生以爲勦説也。其在十卷以外者,不敢類及,恐先生以爲儳言也。時嘉慶九年歲在焉逢困敦春分日,臨海後學宋世犖識於京師西華門之近蓬寓舍。

以上清嘉慶九年(1804)涉縣官署刻本

説文聲系

説文聲系自敘

姚文田

古音至江左盡變，所賴以不亡者，惟《説文解字》一書。其於諧聲之文，枝分派别，條理秩如。迺四聲久行，學者口耳相承，遂不免迷而無主。南唐徐氏兄弟，於是書最有功，然鼎臣音學極疎，凡字以今韻讀之不諧者，則輒言非聲；諧聲多半兼義，楚金見義即衍聲字，是其失也。夫許書傳世既遠，轉寫非一，其中不能無殘缺譌謬。文田嘗取北宋以前諸書有引《説文》者挍之，則今本篆文、説解其譌脱不下數千事，豈獨言聲遂無一舛？即叔重生東漢之世，網羅篆籀，間以時代，又雜方音，故讀若兼收，異文備列，其所言聲，亦不必盡符於古。是在證之以經籍之言，然後是非明著。苟執其文而曲爲之説，則其弊又失之鑿。竊嘗論漢人釋經，一則曰聲相近，一則曰聲之轉。大抵諧聲之瀍，亦不出此兩途，聲近者則屢變而不離其宗，聲轉者則再傳而即爲異類。譬如子姓，聲近者其族屬，聲轉者則女子之適人者也。故如“叚”從古聲，“闞”從叚聲，“古、叚”爲近，“古、闞”則遠矣。“允”從以聲，“夋”從允聲，“以、允”爲近，“以、夋”亦遠矣。其有再傳復歸本類者，如秦取穆姬，晉納文嬴，終不可言同姓。近世自顧氏炎武、江氏永後，金壇段氏玉裁、曲阜孔氏廣森於音學皆有專書，然段書諸部皆言合韻，里巷歌謡，天籟自發，音諧則用，詎識部居？故合韵之説不可用也。孔氏又創爲對轉之例，鄉曲一隅，唇吻互異，惟變所適，衆類僉同，故對轉之説不可用也。曩乙巳歲讀書山村間，取虞山毛氏所刻徐鉉《説文》本，變類取聲，同條共貫，因其篇第，爲《敘目》一卷、《説文聲系》上下各十四卷。甲寅後，忝竊京秩，僦居京師宣武門外，與友人嚴氏可均往復商確，又益補其所闕漏。惟《韻會》引字較多，閲其全書，皆本《繫傳》。憶前從大興翁覃溪師借得徐鍇《説文韻譜》，見其於各部皆有增字，頗疑爲後人附益。黄氏所據或不免此，故並不敢采入。又因是書别爲《古音諧》八卷、《古轉音略》四卷，皆屬藁未就。會奉恩命視學粤東，遂先取《聲系》刊以問世。諸所編次，尚多差謬，惟當代通人取而正之。時嘉慶甲子正月望日，歸安姚文田書。

説文聲系跋

伍崇曜

右《説文聲系》十四卷，國朝姚文田撰。按文田字秋農，歸安人，乾隆五十四年舉人，淀津獻賦，召試，授内閣中書。嘉慶四年，賜進士第一人。五年，充廣東鄉試正考官。六年，提督廣東學政。屢司文柄，洊陟崇階，官至禮部尚書，卒謚文僖。所著《邃雅堂集》有《宋諸儒論》，謂三代以上，其道皆本堯、舜，得孔、孟而明，三代以下，其道皆本孔、孟，得宋諸儒而傳，五代以後，人道不至淩夷者，諸儒之力。至其著述之書，豈得遂無一誤？然文字之差，漢唐諸儒亦多有之，不足以爲詬病云云。則文僖固宗法宋儒者，而亦精研於漢學，所著有《易原》《春秋日月表》及是書。我朝《說文》之學遠軼前代，治漢學諸鉅儒，如顧亭林、江慎修、段懋堂、孔巽軒等，於音學各有專書，而皆以許氏爲宗者也，其論撰亦互有得失。説者遂謂許氏本書自有義例，後來治此者馳騖於外，遽相炫耀，非徒使叔重之指轉多沈晦，且致他書亦苦牽合傅會。意欲刊落浮詞，獨求真解，就本書之義例疏通而證明之，似於經學、小學兩有裨益。余未敢遽以爲然。文僖自序是書，則稱"是在證之以經籍之言，然後是非明著，苟執其文而曲爲之説，則其弊又失之鑿"，真通人之論矣。自序又稱："會恩命視學粵東，先刊以問世。"迄今粵東流佈漸罕，特重鋟版焉。而《古音諧》《古轉音畧》，尚未知其成書否耳。咸豐乙卯中伏後得雨涼甚，南海伍崇曜謹跋。

以上清嘉慶九年（1804）粵東督學使者署刻本

諧聲譜

諧聲譜序

阮　元

隋之韻學，定于陸法言、劉臻、魏淵等九人，部析豪氂[1]，分别黍累，所謂“我輩數人，定則定矣”。即如支脂之不同部，今金壇段氏覃精獨得，而陸氏等則本不相混，是何精覈耶？後如孫愐以下，有同自鄶。惟我朝古學振興，言古音者，自崑山顧氏以來，奚止十家。近時金壇段氏分十七部，高郵王氏分廿一部，亦精覈之至矣。嘉慶間，余曾聞武進張編修惠言有韻學書，未見而編修卒。道光中，編修之子成孫聰穎辛勤，能傳父學，踵成編修之書曰《諧聲譜》，奉以示余。余讀而歎之，歎其識力之超卓精細也。其書分中、僮、薨、林、巖、筐、縈、蓁、詵、干、萋、肄、揖、支、皮、絲、鳩、芼、蔞、岨二十部，惟至韻王氏分出爲一部，極確。編修不分，成孫不敢分之。然此數十字雖無多，終以分部爲安。此乃于《毛詩》中拈其最先出之字爲建首，加以《易》韻，而又以《説文》之聲分從之，犁然不紊，有各家所未及者。其言曰：“今之讀二百六部者，牽引之，分割之，甚無謂也。今故舉而空之，以《詩》求韻，佐以《易》、屈，以韻别部，以部類聲，以聲諧《説文》之字而已。”張氏此説奇而法，審

① 部，當據文意改作“剖”。

《説文》之聲亦細，足以見未有韻書時之本來部居。譬如造歷者，積年日法數十改，至元郭守敬始一切空之，專以簡儀仰儀實測天行爲主，不以私意遷就。今于聲韻，皆以《毛詩》《易》、屈、倉、籀爲定，許氏漢人，説此文解此字而已，至于用文之聲而諧之孳之以成字之聲，則倉、籀之時，已隱然有韻之部居，較《詩》《易》爲更古矣。亦郭太史之意歟？杜預言厤法當順天以求合，非爲合以驗天。吾于韻亦云當順經以求韻，非爲韻以驗經。序而歸之，願是書之行於世也。道光十七年九月，揚州阮元書于節性齋，時年七十有四。

武進張氏諧聲譜序

章　鈺

有清以來言韻學者，爲崑山顧先生、婺源江先生、休甯戴先生、曲阜孔先生、金壇段先生、歙縣江先生，皆刊有成書，承學之士得而讀之。高郵王文簡公與武進張皋文先生，亦均以韵學爲同時諸賢推重，王氏韵説僅古音二十一部，表載入《經義述聞》。上虞羅氏近印《高郵王氏遺書》，中有《古韻譜》一種，審爲初稿，不全本。海甯王氏爲補一卷，是完本佚矣。皋文先生《易》學諸書全刻，《説文諧聲譜》之名僅見阮文達《儀禮圖序》。長沙王氏《續皇清經解》，僅刻皋文子成孫名者九卷，係據臨桂龍氏本，亦非完本也。張氏父子兩代原稿，實藏陽湖趙氏天放樓，同年揆初葉君得之，且應君閎大令傳播之約。是書皋文先生撰者，分二十卷，題爲《説文諧聲譜》。彦惟廣之者成五十卷，無“説文”二字，其大別爲譜、表、韻、略四類,譜著得聲,表明分部,韻紀其源,略提其要,冠以論表,殿以序例,書名與王文簡同,而完備過之。揆初攜入舊都,就商寫定之法。適聞東方文化會又收一本,乞徐君森玉鄭重告借,其書不如原稿精整,而增益不少,且載阮文達序,謂出彦惟手與否無從斷定。互勘之次,種種歧出,欲合三本成一本,決非鈔胥所能。吴縣戴君綏之,素好六書音韻之學,慨然以寫定自任,名皋文本曰初稿,彦惟本曰稿本,後得借本曰鈔本,以稿本爲主,取兩本之異者加入之,凡淩亂歧出之處,悉附案語。一周寒暑,乃告竣事,蓋其功較張力臣寫亭林《音學五書》爲鉅,而詳審精密則同之,揆初即以寫本付印,俾免譌誤。沈埋百數十年,卒得津逮後學,足爲張氏父子幸也。二十卷稿全出皋文先生手寫,篆倣金刀,楷躋玉版,徒以行間眉上悉用黄筆,尚未得影照方法,則猶引以爲憾也。鈺廉知本末,爲述其大槩如此。當今藏書家競收宋元舊槧,揆初則重老輩稿本及未刊行者,所得以梁溪顧氏撰《讀史方輿紀要》清本、歸安嚴氏輯《全三代至先唐文》底本兩種爲鉅,顧稿中附同時人籤訂,及龍刻本所未删,嚴稿皆銕橋手録,校粤刻本,必有佳處,《諧聲譜》乃其一也。特附記之,以見揆初胸有鑒裁,汲汲以延古人慧命爲事,此其嚆矢也。歲在閼逢閹茂仲秋之月,長洲章鈺序。

以上1934年武林葉景葵石印本

説文諧聲

説文諧聲題記

莊惺橋

《説文龤聲》，武進丁若士先生遺著。先生生平著述甚富，有《春秋公羊例》《左氏通義》《毛詩名物志》《説文諧聲類篇》等先後刊行問世。是編爲其晚年所訂，因久處病榻之間，卒以志未成而竟歸道山。予於步青世丈處偶得其原本，如獲拱璧，俟將來得有餘資，用刊行世，以廣流傳。咸豐壬子秋，武進莊惺橋誌，時年四十有八。

清嘉慶（1796～1820）間著者手定底稿本

説文聲訂

説文聲訂敘

祁寯藻

不達古音,不可以讀古書,何論文字制作之原也? 顧昔之言音苦其疏,今之言音苦其密,太密則必有扞格不通之處,不通而變爲合韻、類近之説,是無異一堂區爲兩室,不許其隔垣對語,而許其越户相從也,且疑於以今律灋古獄矣。河間苗君仙麓篤守亭林十部之學,而於十部之疏踳丩葛者,析疑解滯,首首入貫。蓋亭林當椎輪之始,猶旁資衆説,不無雜越。苗君則一以洨長爲宗,惟專,故精也。二徐兄弟皆治《説文》,皆不達古音,然楚金第謙存案語,鼎臣則輒刊"聲"字。今以《繫傳》校之,知許書爲大徐所點竄者,指不勝僂,猶幸小徐書存,間足相証耳。寯藻前視學江蘇,假得景鈔《繫傳》宋本於元和顧氏,念汪、馬本至爲潦艸,更事剞劂。而苗君適在幕中,乃屬其於校勘異同外,别籑聲訂若干條,綴諸小徐書後。夫諧聲者,六書之一事也,漢以前學者蓋皆無疑於此。亭林於二千載下獨尋墜緒,實有興滅繼絶之功,後學補苴其罅漏可也,變亂其條理不可也。若苗君者,庶乎亭林之功臣歟! 寯藻樂得小徐之書,稍復許君之舊,更樂得苗君之説,以會顧學之通。爰爲醵金,敘而行之。道光二十一年冬十一月,壽陽祁寯藻敘。

清道光二十一年(1841)壽陽祁氏漢磚亭刻本

説文聲讀表

説文聲讀表自敘

苗　夔

昔虙戲一畫開天，苞符洩焉。皇頡造書契，百官以治，萬民以察，蓋取諸夬。夬者，決也，剛決柔也。又夬者，訣也，書有讀灋祕訣也。使當年無此，將官何以治而民何以察也？唐虞聲教四訖，周監二代，郁郁乎文。宣王時，大史籀箸大篆十五篇，文不厭繁褥，字皆有聲，而讀灋之訣露矣。秦焚《詩》《書》，斯文將喪，李斯改大篆爲小篆，字多省聲，下杜程邈隸書出焉。然秦之黔首，皆周遺黎民也，故先秦之書字少異讀。西漢宣帝召能通《倉頡》讀者張敞、杜業、秦近、爰禮。孝平帝徵禮等百餘人，令説文字未央庭中，以禮爲小學元士，黄門侍郎揚雄采以作《訓纂篇》，份份稱極盛焉。東漢明帝永平八年，佛灋入中國，始有以西音亂聖人之雅樂者。大尉南閣祭酒許君尗重有憂之，博訪通人，師事賈逵，作《説文解字》十四篇，意以諧聲一門爲經韵楷柱，誠有功聖道，萬世不刊之典也。惜魏世反語大行，而聲讀之灋亡矣。宋周續之、雷次宗同受《詩》義於慧遠灋師，捨絳帳之皋比，仰緇流之衣盋，佞佛成風，通儒無地，當時經學之無人可知。《詩》亡《樂》亡，汝南周彦倫等之韵學出焉，隨俗趨時，荒經蔑古。唐混一區宇，陸德明生於陳代，其所箸《經典釋文》時讀在前，正音在後，亦飲水忘原而承流莫辯也。宋大、小徐音學極疏，不能耤《説文》以存經韵。至鄭庠《古音辯》、吴棫《韵補》，皆苦經韵難讀，寤周、孔自有周、孔之韵，斷非近世之所謂韵，而始費此鉤稽也。明三山陳第《毛詩古音攷》，力辯叶韵之非。崑山顧炎武本之爲《詩本音》，復作《古音表》爲十部。其後婺源江永十三部，東原戴震十六部，金壇段玉裁十七部，曲阜孔廣森十八部，高郵王念孫、歙縣江有誥之各二十一部，皆費盡畢生精力，力復周、孔經韵，始稍得其梗概，就中而定一尊，則顧氏猶近之。嘉慶乙丑，余以經解詩賦受知於陳荔峯師，師勉以河間《毛詩》即韵書之祖，亦《詩》之原而樂之宗也。丙寅得顧氏《音學五書》讀之，復得大興朱學士筠重刊《説文》，《敘》謂"近日顧氏炎武修紹絶業，學者所宗"。丁卯授徒課《毛詩》，悉遵《詩本音》，獨於《斯干》末章之"裼"、《玄鳥》末章之"祁"，歎爲本節聲韵砥柱。《小弁》首章、《巧言》末章，並以"斯"字領韵，更無忽然改韵之理。顧氏分戈、麻别爲一部之説，心覺未安。後見《説文》"㡀之爲言微也"，《春秋説題辭》作"麻之爲言微也"，漢儒訓詁義兼聲，既以"微"字釋"㡀"與"麻"，知古人讀"麻"從"㡀"，必在支、齊部矣。《説文》"戈"從弋一，今本"一"下無"聲"字，必傳鈔者以今韵而删之也。唐僧玄應《一切經音義》一書，細玩味之，知"戈、麻"本西音，周人未嘗有也。《春秋》宣公八年"葬我小君敬嬴"，公羊、穀梁二《傳》竝作"頃熊"，"熊"何以不從"嬴"收耕清青而在東冬也？顧氏《唐韵正》謂"熊"當改入蒸韵。及檢《説文》，"熊"從炎省聲，如果炎聲，則又當收侵覃矣。思之不得，忘寢食者數晝夜，忽悟"炎"乃"奔"譌，後人寫"𠬞"作"大"，故譌成雙"火"。《集韵》"熊"与"雁"竝收《十六蒸》，因悟"雁"從隹廾，㑀省聲。《心部》"應"從雁聲，夫子傳《易》，於《蒙》，於《比》，於《未濟》，三用"應"字，皆與"中、功、從、窮、終"韵，顧氏《易音》謂夫子用方音，不敢强解，亦爲謬本《説文》"雁"從瘖省聲所誤，不知"熊"与"雁"所省之聲，乃[illegible]，本東冬部中字也。余成《毛詩韵訂》及此書，遂據《春秋説題辭》及《説文》"𣐈"下説解，併戈麻於支齊，復據《春秋公羊》《穀梁》二傳，併耕清青蒸登於東冬爲七部，計丁卯至今三十六年矣。因經證外無佗證，未敢輕以示人。昨見晉江陳頌南農部《齊陳氏韶舞樂罍銘》攷釋"週桼昀"即"調七韵"，知周人七韵即唐虞三代聲教之遺，亦何幸於經證外而又得此一確證也。去年冬，祁春浦尚書刻余《説文聲訂》，凡六朝五代以來傳刊《説文》者多非其人，人每以周沈音韵改許君聲讀，古籀倒亂及省聲、亦聲之類，《聲訂》已詳言之，兹不更贅。此書字以聲從，韵以部分，若網在綱，有條不紊。北齊黄門侍郎顔之推《家訓》所謂"使不得誤，誤則覺之"者此也。此以聲定韵，韵凖之以《三百篇》，尊周、孔也；經約之以九千字，溯蒼、籀也。文非許不録，瓣香祭酒也。韵定七部宗罍銘，而樂則韶舞也。洪洞李子德謂亭林韵學直接周、孔，吾謂許君聲學直通蒼、籀，自魏晉至今，薶晦二千有餘載矣。唐以《説文》《字林》試士，李陽冰外，求涉此學者蓋尠。宋大徐際雝熙之盛日，從事《説文》，不知許君以聲學冠古今也。我朝稽古右文，崇尚小學。孫淵如謂今世多深於《説文》之學者，歸安姚文僖公《説文聲系》，烏程嚴孝廉可均《説文聲類》，皆聲襲舊本之謬，韵与經乖，系而不系、類而不類者有之。今徹底澂清，其有舊本聲謬未能一綫串起者，思之思之，鬼神通之，前此之錯同鐵鑄，亂比絲棼，耆今則蟻穿九曲，而珠還合浦矣。天之未喪斯文，幸何如之？以聲爲綱，韵已桉部而就班，字則枝分而派别，經可窮流以遡原。將見六經明，而唐虞三代之聲教可復也。耤以仰追皇頡造書契，官治民察之盛，不難再見於今日，必如此而後庶可稍慰鄭、吴、陳、顧諸君子尊經復古之苦心也。夫邇來多病，恐風燭奄及，遂允尚書付梓。天下之大，後世之久遠，當必有能讀古書、嗜經韵如尚書其人信周、孔而謂余言之不妄者，是爲敘。時道光壬寅新正朔二日，六旬病叟河間苗夔自識於京師之宣武坊南。

清道光二十二年（1842）理董居刻本

説文雙聲

説文雙聲自敘

劉熙載

切音始於西域乎？非也。始於魏孫炎乎？亦非也。然則於何而起？曰：起於始制文字者也。許氏《説文》於字下繫之以聲，其有所受之矣。夫六書中較難知者，莫如諧聲，疊韵、雙聲皆諧聲也。許氏論形聲，及於“江、河”二字。方許氏時，未有疊韵、雙聲之名，然“河、可”爲疊韵，“江、工”爲雙聲，是其實也。後世切音，下一字爲韵取疊韵，上一字爲母取雙聲，非此何以開之哉？是編獨詳雙聲者，以韵有古今之别，雙聲則今古一也。徐鉉等註《説文》，字音以孫愐《唐韵》音切爲定。要之，許氏之聲本可爲切，由古人制字，其中本具字母也。是編韵借孫氏，母即用許氏之聲，如“江”字，許云“工聲”，註“古雙切”，今用許之本聲，易“古雙切”爲“工雙切”，不正切“江”字乎？由“江”字推之，如“脂”字許云“旨聲”，“模”字許云“莫聲”，孫氏業已取其聲以爲母矣。至於“虞、佳、殷、蕭、宵、尤”等字，“虞”吴聲，“佳”圭聲，“殷”㐆聲，“蕭”肅聲，“宵”肖聲，“尤”又聲，苟以許聲加孫韵，皆可爲切，而一切雙聲之字，不皆可知乎？夫雙聲之大略，不外乎清濁二聲之從類及開口、齊齒、合口、撮口四呼之相通。自有切音以來，學者固皆知之，惟其知之，則與余之溯源於古人制字之本音必有合也。余纂《説文雙聲》,僅舉崖略。及門陳仲英以爲裨於小學,孜矻助余成之。學者誠因是編以契許氏之聲,因許氏以契古人制字之音,庶無負諧聲之本指也哉！光緒四年十月,興化劉熙載書。

清同治光緒(1862～1908)間刻古桐書屋刻本

説文疊韻

説文疊韻序

劉熙載

書以《説文疊韵》名，疊韵也者，疊古韵也。古韵有與今同，有與今異，與今同者，即爲今韵。何以不疊今韵？今韵不勝疊也。夫古韵可據者，有若《詩》三百篇焉，有若屈、宋之辭焉。推之，凡古有韵之文，無不可見，何必許氏一人之書？顧許氏於字下繫聲，所以著韵即出於其字，雖雙聲亦在其内，要不及疊韵之多。即但以疊古韵而言，其字亦豈少哉？論者於"河、可"共知爲疊今韵，於"江、工"或但以雙聲目之，其實雖取雙聲，亦取疊古韵也。然則欲明古韵，舍《説文》其可乎？閒嘗以此語及門袁竹一，竹一所見輒符，余因與之輯《疊韵》上下卷，以明《説文》合體之字與獨體之聲體既相因，韵自相合，即有不合，亦由後人之失讀，類非古韵之本。然是編於許聲雖若有信之過者，然過信猶愈於過疑，況信固未必過也。同校者爲及門黄淵甫，蓋亦以其明於許書而屬之。至《古韵大恉》爲余舊著，今列爲首卷，雖所言不專在《説文》，要與《説文》相發云。光緒五年二月，興化劉熙載書。

清同治光緒（1862～1908）間刻古桐書屋刻本

六書系韻

六書系韻自敘

李　貞

余素不精小學，自鄂北解組歸，偶習篆籀，而許叔重《説文解字》分别部居，淺涉者苦難尋覛，於是《六書系韻》以作。其有古文篆籀者，摘録段茂堂本，分系《佩文韻府》各字下，而以大、小徐本參定之；無古文篆籀者，則以其所有，通其所無，觸類旁徵，不敢肊造。又由今韻以溯《廣韻》，由今音以考古音，而六書形、聲、義三者皆備。案頭摹索，垂二十年，雖於許書難逭割裂之愆，而初學由此入門，瞭如指掌矣。爰付棗梨，以公同好。至識見未到、援據未詳，則願海内君子更加考正焉。湘陰李貞自敘。

清光緒十六年（1890）湘陰李氏刻本

字　苑

小學搜逸·字苑敘

龍　璋

《字苑》,《隋志》不著録,《唐志》有《要用字苑》一卷,葛洪撰。馬國翰云:"顔之推作《家訓》,亟引之,則其書盛行於北。"《隋志》承梁《七録》,偶失載。然考《梁書·劉杳傳》,有人餉昉楉酒而作"梘"字,昉問杳曰:"此字是否?"杳對曰:"葛洪《字苑》作木旁若。"《南史·杳傳》亦云。則其書非僅行於北,不得以承《七録》爲《隋志》失載據也。攸縣龍璋。

清光緒十年(1884)龍氏刻本

字林考逸

字林考逸序

任大椿

《唐六典》載書學博士,以《石經》《説文》《字林》教士。《字林》之學,閱魏晉陳隋,至唐極盛,故張懷瓘以爲《説文》之亞。今字書傳世者,莫古於《説文》《玉篇》,而《字林》實承《説文》之緒,開《玉篇》之先。《字林》不傳,則自許氏以後、顧氏以前,六書相傳之脈中闕弗續。夫玉禾琁樹,至寶也;雲雷之觚、丁辛之卣,貴器也。藏而忽散,苟旦旦而購之,物物而積之,其復也雖未必稱其藏也,而纖悉足珍矣。余於《字林》,亦同斯志,爰是參覈典墳,兼及二藏音義,鉤沈起滯,積累歲年,遂成八卷。綴集既竣,復綜論之。昔人謂《字林》補《説文》之闕,而實亦多襲《説文》。《爾雅·釋天》釋文謂"霦",《字林》作"霢",而不知《説文》原作"霢";《五經文字》謂《字林》以"謚"爲笑聲,而不知《説文》原以"謚"爲笑聲。於此見《字林》本集《説文》之成,非僅補闕而已。乃其補闕,又非一端,有《説文》本無而增之者,如《五經文字》所云"祧、禰、逍、遥"是也;有《説文》本有而文各異體者,如《説文》作"蜡",《字林》作"禮";《説文》作"珌",《字林》作"琿"是也。至《説文》載古文籀文,李燾疑爲吕氏增益,後人因而附入,豈知叔重原書,本合古籀,不待增益。封演謂吕氏更按羣典,搜求異字,撰爲《字林》,然則忱所補者,書非一體,後人未必專取古籀,收系許氏,此其説未精究者也。余爲是編,蒐羅散佚,忱書體例,略見於兹,諸家異説,多所考鏡。然而載籍極博,耳目易窮,未克求諸六合之外,而先失諸跬步之閒,補遺正誤,是又俟諸博識君子矣。乾隆四十七年四月十七日,興化任大椿書。

清光緒十六年(1890)江蘇書局刻本

字林考逸補本

字林考逸補本原序

陶方琦

乾嘉之間,好輯古書,搜遺拾墜,具有條理,漏佚固非,淩雜亦失。任氏所輯《字林考逸》,最爲完峃,當時惟臧氏拜經、嚴氏鐵橋所輯之書足與媲美。竊謂洨長一書,千秋絶學,前惟《倉頡》,後惟《字林》,薈萃古今之文,曉泠篆隸之恉,開學稽古,後先暉映。故唐人試士,《説文》《字林》共爲一科。方琦補輯《倉頡》以後,復定是編,庶幾六書尚存凱式。近據所見惠琳《大藏音義》、希麟《續一切經音義》、《玉燭寶典》諸書,採出任氏未列者幾及百字,復見者不録。錢唐諸璞齋同年又附以《經典釋文》、蕭該《漢書音義》、《三國志注》、《晉書音義》,及學海堂刻任、曾兩家補本數十條,補其所闕。儻得徧觀異册,耆拾益宏,豈惟《字林》之幸哉?陶方琦書。

字林考逸補本序

龔道耕

陶編修方琦輯《字林考逸補本》，諸大令可寶益以任氏兆麟、曾氏釗所補，凡八十餘事，其中重複誤羼，幾居其半，所署據書，不詳篇目，且間或譖易原文。又《説郛》所載，決非吕書，既不辨而收之，而所取者僅廿餘條，尤未喻其何故。諸氏編録，未及訂正，其所自補，仍不免於譌複。光緒丁酉校刻《考逸》，因取《補本》刊落僞文，重加編定。復從諸書採出諸家所未引，或雖引而有詳略異同者，及錢大令保塘校本所引數事，隨條補入，爲《補遺》一卷，坿任氏書。刊行後，大關唐君百川以《齊民要術·菜茹篇》所引寫示，余又别有校補。近覽舊寫本《切韵》《唐韵》，攟拾尤多，爰更排比，仍爲一卷。書板已歸渭南嚴君穀孫，因付穀孫，俾改刻焉。日暮途遠，人間何世，猶爲此書僮笘籥之業，可笑亦可媿也。癸酉正月，成都龔道耕。

字林考逸補本後跋

瞿廷韶

六書之學，惟賴許書。然許書本於倉頡，合以篆籀，條分系屬，雜而不越。以後惟晉弦令《字林》相俌而行，故《唐六典》載書學以《説文》《字林》教士，字書之學，遂有準則。壬午、癸未之歲，陶子縝學使同年來領鄂北志事，廷韶亦承乏其間，過從談藝，知其於形聲訓詁之學尤爲深邃。爰出其校定孫輯《倉頡》、任輯《字林》兩册，并以所補兩本附之於後，謀爲畀梓，以公同嗜。舊編逸義，益滋美備，述古遵聞，後先暉映，匪啻小學之功臣，抑亦士林之良槼爾。北平瞿廷韶。

以上1934年渭南嚴氏補刻清光緒二十三年（1897）成都龔氏刻本

單行字

小學搜逸·單行字敘

龍　璋

《隋書·經籍志》:"梁有《單行字》四卷,李彤撰,亡。"今惟《文選注》兩引其説。又有引李彤《字説》者二條,《史記索隱》兩引李彤,《太平御覽》引李彤四部,《汗簡》引李彤《集字》、李彤《字略》。攷《隋志》,李彤又有《字指》二卷,而《字説》《集字》諸書未著。今補輯《單行字》而以李彤各書附列於後。攸縣龍璋。

清光緒十年（1884）龍氏刻本

原本玉篇

玉篇自序

顧野王

昔在庖犧，始成八卦，暨乎蒼頡，肇創六爻，政罷結繩，教興書契，天粟晝零，市妖夜哭，由來尚矣。爰至玄龜龍馬，負河洛之圖；赤雀素鱗，摽受終之命。鳳羽爲字，掌理成書，豈但人功，亦猶天授。故能傳流奥典，鈎深至賾，揚顯聖謨，耀光洪範。文遺百代，則禮樂可知；驛宣萬里，則心言可述；授民軌物，則縣方象魏；興功命衆，則誓威師旅。律存三尺，政仰八成，聽稱責於附别，執士師於兩造，勒功名於鐘鼎，頌美德於神祇。故百官以治，萬民以察。雕金鏤玉，升崧岳而告平；汗竹裁縑，寫憲章而授政。莫不以版牘施於經緯，文字表於無窮者矣。所以垂帷閉户，而覩遐年之世；藏形晦跡，而識遠方之風。遵覽篆素，以測九垓，則靡差膚寸；詳觀記録，以游八裔，則不謬毫釐。鑒水鏡於往謨，遺元龜於今體。仰瞻景行，式備昔文，戒慎荒邪，用存古典。故設教施法，無以尚兹，經世治俗，豈先乎此？但微言既絶，大旨亦乖，故五典三墳，競開異義，六書八體，今古殊形。或字合而訓同，或文均而釋異，百家所談，差互不少，字書卷軸，舛錯尤多，難用尋求，易生疑惑。猥承明命，預纘過庭，總會衆篇，校讎羣籍，以成一家之製，文字之訓備矣。而學慙精博，聞見尤寡，才非通敏，理辭彌蹪，既謬先蹤，且乖聖旨，謹當端笏擁籊，以俟嘉猷。

進玉篇啟

顧野王

竊聞兩儀俶啟，九皇始君，情性初動，有巢肇制，三聖代立，十紀遞興，龍牒浮河，龜書起洛，八卦既陳，六爻攸敘，篆素之流，是焉而出。至於精課源妙，求其本始，末學敷淺，誠所未詳。雖復研考六經，校讎百氏，殊非庸菲所能與奪。謹依條例同異，具以上呈。伏惟聖皇馭寓，膺籙受圖，德尚昊軒，功超嬀姒，通妙廣運，乃聖乃神。經天曰文，止戈爲武，百工維理，庶績咸熙，勸以九歌，撝之八柄，修文德以來要服，舞干戚以格有苗。是故仁風所扇，九服蒙靈，正朔可班，四荒懷德。取衣雒樹，則肅慎識受命之興；夷波海水，則越裳知聖人之德。豈但《中和》《樂職》，近播岷峨，德廣所覃，旁流江漢。殿下天縱岳峙，叡哲淵凝，三善自然，匪須勤學，六行前哲，寧以勞喻。是以聲覃八表，譽決九垓，規範百司，陶鈞萬品。猶復留心圖籍，俛情篆素，糾先民之積繆，振往古之重疑，簡册所傳，莫令比盛。野王沾濡聖道，沐浴康衢，不揆愚淺，妄陳狂狷。徒夢收腸，終當覆瓿。空思朱墨，懼必無傳。悚悸交心，罔知攸錯。謹啟。

原本玉篇零卷序

得能良介

清國公使藜莼齋氏，好古博雅之士也。與楊惺吾謀訪求古典，隨得隨刻，著《古逸叢書》若干册，中有《玉篇》二册，蓋集古鈔本存各處者。刻成見贈，但《糸部》前半缺焉。予偶借覽高山寺所傳古文書，獲卷子本《玉篇》一軸，取而校之，則《糸部》前半全存，合之爲完册，亦奇矣。因付寫真，更上梓，贈數部莼齋氏，併行于世。明治十六年十一月，薫山得能良介識。

重印原本玉篇殘卷序

羅振玉

去年冬，予既影印古寫本《玉篇》弟九殘卷，頗以黎氏所刊多出轉寫，欲求東邦所藏，一一就原本寫影印行。今年春，乃先遘崇蘭館所藏《册》至《欠》五部，已於西京博物館見某寺所藏《魚部》殘字尺許，已又假得高山寺所藏《糸部》之太半及石山寺所藏《糸部》至《索部》，凡殘卷四。乃課工寫影，將以爲前書之續。《册》至《欠》五部原在弟九卷“册”字至“瀲”字之間，顧前書已印行，不及補入；《魚部》雖戔戔十三行，而爲《經籍訪古志》所未載，黎刻亦不及；《糸部》黎刻據影照存，尚不失真，而《糸》至《索》諸部則據影寫本上版。今取卷首二尺許試一比勘，譌奪已錯見。如“絰”注以爲布帶齊衰之絰，黎刻“衰”誤作“衺”；“首絰象繙布冠之缺項”，“首”黎刻誤作“苴”；“緉”注“關之東西”，黎刻“關”字空落；“彝”注“鄭玄曰彝亦彝亦尊也”，原衍“彝亦”二字，後抹去作“彝亦尊也”，黎刻乃删“亦尊”二字，作“彝亦彝也”，又引《尚書》“无從匪彝”“彝倫攸□”，“攸”下奪一字，黎刻乃於“攸”旁下方擅增“彝”字。凡是之類，殆不勝舉，則傳鈔之本，其不能無失亦明矣。往者友人爲言大阪藤田氏尚有《水部》殘卷，託友爲之介，欲彙刊之，乃久謀不克踐。爰先印此四卷，以詒當世。黎刊所有而予未獲觀者，異日若幸得邂逅，再賡續焉。丁巳十一月，永豐鄉人羅振玉書于海東寓居之夢都艸堂。

以上元延祐二年（1315）圓沙書院刻本

大廣益會玉篇

重刊玉篇序

朱彝尊

小學之重于古，久矣。《周官》:“保氏掌養國子，教之六書。”漢制，太史試學童，能諷書九千字以上，乃得爲吏。吏民上書，字或不正，輒舉劾。自《凡將》《元尚》《滂喜》諸篇均失其傳，而《爰歷》《博學》爲閭里書師所合，入之《倉頡篇》中，許慎據以撰《説文解字》，古本部分自一至亥者是已。顧氏《玉篇》本諸許氏，稍有升降損益。迨唐上元之末，處士孫强稍增多其字。既而釋慧力撰《象文》、道士趙利正撰《解疑》。至宋陳彭年、吴鋭、丘雍輩又重修之，於是廣益者衆，而《玉篇》又非顧氏之舊矣。予寓居吴下，借得宋槧上元本于毛氏汲古閣，張子士俊請開雕焉。梨棗之材，尺幅之度，臨橅讎校之勤，不舍晨暮。并取《繫傳》《類篇》《汗簡》《佩觿》諸書，推源析流，旁稽曲證，逾年而後成書，爰屬予序其本末。以予思之，學奚小大之殊哉？毋亦論其終始焉可也。講習文字于始，窮理盡性、官治民察要其終，未有不識字而能通天地人之故者。宋儒持論，以灑埽應對進退爲小學，由是今之塾師，《説文》《玉篇》皆置不問。兔園册子，專攷稽于梅氏《字彙》、張氏《正字通》，所立部屬，分其所不當分，合其所必不可合，而小學放絶焉，是豈形聲文字之末與？推而至于天地人之故，或窒礙而不能通，是學者之所深憂也。孫氏《玉篇》雖非顧氏之舊，然去古未遠，猶愈于今之所行《大廣益本玉篇》，復上元本，而古之小學存焉矣。康熙四十有三年六月既望，南書房舊史秀水朱彝尊序，時年七十有六。

重刊玉篇後跋

張士俊

秀水朱先生彝尊嘗病字學之不講，魯魚晉豕，疑惑舛錯，而俗本所刻，尤乖六書，近鄙別字，流敝學者，數與華亭高君不騫、錢唐汪君泰來、同里毛君今鳳、顧君嗣立往復辨證。嗣見常熟毛丈扆所購宋板《大廣益會玉篇》一部，精核無缺畫，相與賞歎，冀共流傳。因延王君爲玉繕録授梓，其斥訛反正，毛丈之功多。始於康熙癸未歲之春二月，訖明年春而竣。揚子雲作《奇字》，杜少陵詩"讀書難字過"，古人覃思竭精，專以識字爲其典要。秀水先生啟厥端，諸君子贊成之，庶幾好學之一助。匠門家孝廉大受又爲之校勘一再，印行於世。吴郡查山六浮閣主人張士俊拜手而識之如左。

宋刻玉篇殘本序

高均儒

右《玉篇》卷首序目及《一部》至《玉部》共計十八葉半，

楷目鈔補一葉，宗湘文觀察春杪在扶雅書肆檢購，屬茗估沈錫堂裝治以示均儒，爰校以張氏存澤堂重刊宋本。序前標題下多一牒文，目則有篆書偏旁以冠楷目之上，標題曰《玉篇總目偏旁篆書之法》。其《一部》《玉部》字次第、行款間有不同，楷之點畫精渾，視張刻有過之無不及。展翫纍旬，不能識别爲何時刻本。中秋日，獨山莫子偲自江甯來訪購書籍，均儒以是卷質之，謂當是宋時坊間刻本，故行款視張刻宋槧上元本略爲排齊，須覓得明司禮監及曹楝亭局刻本互校，或即二本之所自出。二本輒覓不得。均儒復展翫索，牒文爲大中祥符六年所行，牒中書官數人，半已損佚。其集賢殿修撰陳彭年等及史館校勘吴銶，字蹟顯然，覈與張刻朱序"陳彭年"適符，"吴銶"，朱序作"吴鋭"，未知孰是。牒中吴銶之次主客員外郎，"郎"字下姓名損佚，或即邱雍，亦未可知。大中祥符六年歲次癸丑，歫建隆元年庚申凡五十四年，是卷定爲北宋歲時刻本。朱序所謂上元本，似刻在是卷之前，故無牒文。二本何者爲善，無從得校其全，未敢置議。而是卷目有《偏旁篆法》，所謂《凡將》《倉頡》之篇尚堪仰溯，而知小學之原有在。張氏所據上元本，未必竟無篆目冠前，本爲後人所遺。是卷篆目完好，洵足見《玉篇》自一至亥，悉本諸許氏之舊。近人輒謂篆躐爲楷，始於《玉篇》，是不知《玉篇》總目前冠篆法，後刊或遺，益以徵是卷爲僅見矣。曏與執友蘇厚子、邵位西、伊遇羹慨論世所讀之坊本經籍，《易》佚五贊，《書》《詩》佚大小序，讀者畢生昧昧。近年於《易》彙程朱傳義、吕氏《音訓》，於《書》依鄒氏《音釋》，先刻由浦城祝氏，再刻由盱眙吴氏。《詩》則依羅氏《音釋》，刻由海甯蔣氏，贊、序皆全，版既印行，大裨學者。是卷篆目，若合張本重刻印行，於小學亦非小補。然則是卷可貴，在有篆目，固不必沾沾以司禮監本、局本校異同也。此意於子偲去後月餘，再四展翫，忽然有會。仲冬中旬，得子偲蘇州書，謂仍當往江甯度歲，來春當書告，而先識於卷末，以復觀察，惟摧而正之。同治六年丁卯十二月丁酉，閩高均儒書于杭州東城講舍之鄭齋。

宋刻玉篇殘本序

趙之謙

右宋槧《玉篇》殘本凡二十八葉，起卷首，迄《玉部》之半止，序之前有大中祥符六年牒，部目之前有總目偏旁篆書法，爲各本所無。其緣起，有“予於總目必引篆書冠之”語，乃刻書者所加，非本有也。且其所作篆文，大都鄉壁虛造，乖謬之至甚者，則“墓”之作“[illegible]”、“囟”之作“[illegible]”、“㚔”之作“[illegible]”、“录”之作“[illegible]”，直不知文字者所爲。他如“[illegible]”作“[illegible]”、“[illegible]”作“[illegible]”、“[illegible]”作“[illegible]”、“[illegible]”作“[illegible]”、“[illegible]”作“[illegible]”、“[illegible]”作“[illegible]”、“[illegible]”作“[illegible]”，皆屬妄作。其餘筆畫小變而失旨者，不勝糾。此篆目不足信也。《玉篇》分部次字原本《説文》，坿益滋多，間有移易，然其旨尚不大悖前人。此本自《示部》以下次弟傎到，大率視字數多寡，任意排類，以便俗工之寫樣，更無足取。且如《二部》“亘”字各本皆同，此獨作“[illegible]”，“恆”之古文“亙”，此又作“[illegible]”，豈惟“二、匚”不分，抑亦不成字體。《玉部》“故君子貴之也”，此本作“改君子貢之也”，顯係誤字。“璿”下引“卷山之寶”，“卷山”《穆傳》作“舂山”，各本作“春山”，“春、舂”形近，“卷”則遠矣。“珉”下或作“敃”，各本作“玟”，《廣韵》“珉”下亦云或作“瑉、玟”，與《玉篇》同，自以

“玟”字爲正,“民、文”聲相近也。“敃”从攴,《説文》訓“彊也”,不當叚借,亦屬誤字。凡此數誤,展卷立辨,不足以貽誤來學。此確爲當時俗刻,子偲之言有見也。同治己巳七月客杭州,湘文觀察出示此本,并命校讀一過,因叕數語以正其失,不敢爲皮傅景響之譚也。會稽趙之謙。

宋刻玉篇殘本序

曹　籀

湘文觀察獲宋刻《玉篇》殘本,屬題僅存《一部》至《玉部》之半,紙墨俱古,其中不無舛誤,蓋宋時坊間刻本耳。然吉光片羽,堪與莫子偲所得唐本《説文·木部》並傳。明窗净几,時一展玩,亦足助人清興也。同治己巳中秋,仁和曹籀漫記。

宋刻玉篇殘本序

陸心源

湘文觀察出示宋刻《玉篇》殘本,有文氏玉蘭堂、竹塢兩印、項氏萬卷堂印、徐健菴兩印,曾經衡山文肅、篤壽、健菴收藏者。余以所藏元刊及曹刻互校,《示部》以下字之序次各有不同,《偏旁篆法》兩本皆無,惟牒文則同。張刻無牒,想所據本偶遺之耳。南宋蜀、浙、閩坊刻最爲風行,閩刻往于書之前後别爲題識，序述刊刻原委，其末則曰“博雅君子幸毋忽諸”，乃書估惡札，蜀、浙本則無此種語。此書字體與余所見宋季三山蔡氏所刊《内簡尺牘》《陸狀元通鑑》相同，證以篆法前題語，其爲宋季閩中坊刻無疑也。書出中“恒”字缺末筆，“敬、禎、慎、瑗”皆不闕，或者疑非宋刻，不知廟諱，或闕或否，官書已不能畫一，周益公曾言之，況坊刻乎？不必因此致疑也。宋本流傳日少，小學書尤不易得，譬之殘珪斷璧，彌足珍耳。光緒三年中秋前一日，䂂翁陸心源識。

以上清康熙四十三年（1704）張士俊澤存堂五種本

篇韻校刊劄記

玉篇校刊劄記後敘

鄧顯鶴

《玉篇》《廣韻》世所行凡二本，此本爲康熙朝吴人張君士俊仿宋槧本重栞，最爲精緻。嘉慶中，余客兩淮，購之舊書店中，珍藏行篋，出入必偕。後往來維揚、金閶間，遍索諸坊肆，欲再求一本，不可得。蓋舊板漫漶，海内亦無有續刻是書者矣。道光甲辰，余攜往朗江，舟過天心湖，爲水所漬，懊悔不已，因發願摹刊，嘉惠來學。己酉秋，客長沙，與同人談及，老友沈栗仲同年亟從臾之，且出所記《篇韻正誤》相示。歸乃召工摹寫精刻，别爲《校勘札記》一卷坿卷末。其中的然譌誤太甚者，如“天”譌“大”、“王”譌“玉”、“户牡”譌“户壯”之類，不難隨手更正。若夫字體古今不同，有當時通行而今推勘愈密者，亦有竟沿其誤者，若一一更改，反非史闕文之義，今一切仍舊，而彙集其説於《札記》糾正。中如“亘、亙”二字、“丯、丰”二字皆無分别，“習、魯”等字皆从日，“曷”内从止，“黑”上从里，“高、亭、享、郭”皆从月，“复”字从旦，“船、沿”从公，“窗、總”从匆，“叉”或从义，“舍”中从土，“戔”省一點，“鬼”之在左省厶，凡从口之字“肙、員、還、袁”多从厶，而“説、兑”等从口者亦或从厶，“關、聯”等字皆作𢆶，“登”皆作癶，栗仲以爲顧、陸二君皆著書訓世，豈有羼入俗字者，則當時爲通行之書可知。而“敬、朗、徵”等字皆缺末筆，“朗”缺月二點，則爲當時避諱所改，今亦因之。至恭遇本朝列聖廟諱、今上御名，敬謹省避，不敢輒用代字，以昭慎重。而反切之用類隔者，亦彙集一處，以存古音。始於道光三十年五月，訖於咸豐元年六月，書成，用識其後。新化鄧顯鶴，時年七十有五。

玉篇校刊劄記付刊記

鄧顯鶴

刊《玉篇》《廣韻》成，既取原書讎校，復檢老友沈栗仲《篇韻校刊記》，逐條互勘，有原書譌誤未經糾出者，亦有與他説參互者。因盡發藏書，自唐石經、相臺、五經、十三經善本，《經典釋文》諸籍，及近代顧、閻、江、戴、金壇段氏、嘉定錢氏諸家凡言小學之書，粗爲涉獵，日得數條，按部分系，名曰《校刊札記》。年老多忘，僻處邊郡，尠所質正。適邑子鄒叔績漢勛歸自黔中，出所記與之商榷，叔績留心六書，爲參訂數處，草草付刊，坿二書以行，非敢曰有功于是書，要于校刊是書之意，則不敢苟矣。栗翁精于此事，來往手札，辨駁甚勤，並坿刊篇末，以諗同志。咸豐元年秋八月，南邨居士鄧顯鶴謹識于古東山精舍之讀易窗。

玉篇校刊劄記述

沈道寬

隸楷之存於今者,以《玉篇》爲最古;古今音之存於今者,以《廣韻》爲最古。二書廢,則小學幾乎繇矣。秀水朱竹垞先生得宋槧本,以爲天之未喪斯文,付張君士俊校刊。張君又拉王君爲玉共襄其事,刻成板極精繇。顧二君於此事粗涉藩籬,未能深造,故筆蹟、翻切特多謬誤。伏處長沙,曾爲之糾正若干條。兹鄧湘皋同年爲之翻刻,以嘉惠後進,屬以校讎之役,因又爲之再校一過,通前共若干條。衰年耄及,漏略恐不少,又恐有誤糾者。海内鴻駿通儒,若就鄙人所指摘者加以是正,且即二書再加細勘,使成完璧,庶以慰竹垞先生九京之心,是所厚望也。鄞縣沈道寬述,時年七十有九。

以上清咸豐元年(1851)刻本

篆文詳注日本大玉篇

篆文詳注日本大玉篇序

石川英

古無字書，無類書，著書修文者傳習而識之。然所學不同，則所識亦自異，非博搜多索，不能悉識也，故識字爲甚難矣。凡萃類者以《爾雅》爲古，傳稱周公所製，而以有“張仲孝友”等語，議者或以爲後人譌作，然博雅純朴，爲漢以前之作固明矣。尋有孔鮒《小爾雅》，若彼《穆天子傳》及《八駿圖》中字，後人所作，無足信者。當成帝時，求遺篇於天下，命劉向父子及任宏、伊咸等，令校諸書。平帝時，復徵諸儒，令説文字未央廷中，揚雄作《訓纂篇》五千三百餘字，而稱雄獨識字。至安帝時，許慎撰《説文》一萬六百餘字，字書之成，是爲始焉。其他班固賦《兩都》，張衡賦《二京》，務搜輯古字，及於左思賦《三都》，窮探極覽，大率無遺，於是都邑貴豪傳寫以當類書，洛陽所以紙貴也。至梁顧野王始撰《玉篇》，是時印板未行，學者手書以傳焉。至唐處士孫强，稍增其字。至宋陳彭年、吴鏡、丘雍輩，又重修之。爾來明清諸儒，增益者多，而顧氏之舊，存十之二三耳。清聖祖憂字書不全，詔諸儒集宇内文字，凡宛委二酉墳典、周鼎夏彝刻文，罔羅博湊，無有遺脱，名曰《字典》，然未免粗漏。乾隆年間，王錫侯自作《字貫》，補《字典》不足者，諸儒嫉之，以犯廟諱爲罪，錫侯及其子其孫盡處重刑,而其書禁販賣,傳者甚罕矣。明治十六年,清國大使黎庶昌多搜求古書,偶得某公所藏明人手録《玉篇》殘篇,則合自己所藏先儒音義,裒類書若干卷,雖殘鱗賸甲不盡備,而爲學者之助者不尠也。頃者博文館主人將刻《玉篇》,謀諸余,余仍請黎氏謄寫之,悉收録焉。又以王氏《字貫》及《字典》《字彙》《六書廣義》《洪武正韻》《正字通》《篇海》《佩文韻府》等訂正之,詳反切四聲,審邦訓音釋,務正誤謬。且圍上鈔録許氏《説文》及《藝文備覽》,揭篆字數體,盡加註解。尚傭數名老儒,具經校讎,旁稽曲證,屢更裘葛而成,名曰《日本大玉篇》。凡宋明以來稱《玉篇》者,及本邦前輩所輯,不遑枚舉。而字數之多,註解之詳,獨以斯編爲最。於戲!揚雄、張華輩雖矜富贍,誇該博,恐未能悉斯編。我人生於千載之後,遇於文明之時,識古人未識之字,讀古人未讀之書,可謂幸亦大矣。上古神蒼作字,代結繩之政,其初未甚多也。及事物繁多,變篆爲隸,爲行爲艸,隨而增加幾萬千,然通常所用,僅僅不過二三千字。而明清以來,刻字書者務攟古字,摭古文,猶憂不洽。本邦亦刻《字典》《玉篇》之類,而皆誇多宗精,專搜索古籍,每一版成,製幾萬部,應其購求,以頒四方。而其所用字數,不過十分之一也,其他多屬無用,徒相陳列焉耳。安知此無用之物,千百歲後最爲大用之物,四方上下,至海内外盡用之哉?顧天之不亡斯文,尚日月蕃衍宇内者,使彼蟹行蝸涎之文,變爲龍翔鳳舞之字,亦未可知也。迨刻成,乃書之以冠焉。明治二十四年秋九月,鴻齋居士石川英撰。

明治二十四年(1891)東京博文館刻本

篆隸萬象名義

篆隸萬象名義識語

源弘賢

弘賢嘗讀弘法大師作書目録，有《篆隸萬象名義》卅卷，而不知其存亡。余固勤于小學，求之有年于兹矣。享和元年冬，稻山、秋月二公以寫本見寄，云："原本藏于山城國高山寺，其部首始一終亥，一依《説文》《玉篇》，至於音訓，與二書互有出入，不知當時據何書。"數十年聞其名而不得見者，一旦獲之，吾不忍文庫之榮莫加焉，十襲以藏。源弘賢踴躍歡喜識。

篆隸萬象名義讀序

楊守敬

《篆隸萬象名義》三十卷，日本東大寺沙門大僧都空海撰。空海入唐求法，兼善詞翰，歸後遂爲日本聞人之冠，今世彼國所傳假字母，即空海所創造也。此書蓋據顧野王《玉篇》爲本，而以一篆一隸配之，隸即今之楷書。其注文則如大廣益本，但舉訓詁，不載所引經典，唯所載篆書，每部中或有或無，當是鈔胥省之。自卷首至《面部》分析爲十二卷，而總目則仍顧氏原卷，此不可解。今古鈔原卷子本尚存高山寺，余曾於紙幣局見之，原卷雖古，亦非空海親筆。此蓋從彼傳鈔也。按野王《玉篇》一亂於孫强，再亂於陳彭年，其原本遂不可尋。余曾得古鈔卷子本《玉篇》殘本四卷，刻之《古逸叢書》中，可以窺見顧氏真面目，然亦只存十分之一二。今以此書與四殘卷校之，則每部所隸之字一一相合，絶無增損淩亂之弊，且全部無一殘缺，其可寶當出《玉篇》四殘卷之上。蓋廣益本雖删顧氏所引經典，而要義尚存，況經典義訓爲顧氏原書所遺者正復不少。惟顧氏上承《説文》，其增入之字皆有根據，而其隸字次第亦多與《説文》相合，其有不合者，正足與今本《説文》互相證驗。王貫三以今本《玉篇》校《説文》，惜不見此。則此中之源流升降，有關於小學者甚鉅。況空海所存義訓，較廣益本亦爲精詳，顧氏原書於常用之字往往列四、五義，廣益本概存二、三義而已。若據此書删其篆文刻之，直當一部顧氏原本《玉篇》可矣。然此惟段茂堂、嚴鐵橋、王貫三諸人能解之，稍涉藩籬、但知搜索逸書如任大椿兆麟輩，恐未必知之，餘無論矣。惜抄此書者草率之極，其中奪誤，滿紙皆是，此則不能不有待於深於小學者理董焉。光緒癸未秋八月，宜都楊守敬記于東京使館。

以上永久二年（1114）傳寫本（據敦文王本抄寫）

新撰字鏡

新撰字鏡序

釋昌住

詳夫大極元氣之初，三光尚匿；木皇火帝之後，八卦爰興。是知仁義漸開，假龍圖而起文；道德云廢，因鳥迹以成字焉。然則暨如倉頡見鳥迹以作字，史遷綴《史記》之文從，英雄高士、耆舊逸民，文字傳來，其興尚矣。如今愚僧生蓬艾門，難遇明師；長荆棘廬，弗識教誨。於是書疏閇於胸臆，文字闇諸心神也。况取筆思字，蒙然如居雲霧中，向紙認文，芒然如日月盆窺天，搔首之間，歎瀌之頃，僅求獲也。《一切經音義》一帙，廿五卷。雖每論字音訓頗覺得，而於他文書，搜覓音訓，勿勿易迷，茫茫叵悟也。所以然者，多卷之上，不録顯篇部；披閲之中，徒然晚日。因爲俾易覺於管見，頗所鳩纂諸字音訓，粗攸撰録。群文倭漢，文文弁部，字字搜篇，以寛平四年夏，草案已畢，号曰《新撰字鏡》，勒成一部，頗察泰然，分爲三軸。自尔以後，筆翰不捨，集無輟[①]。因以昌泰年中問得《玉篇》及《切韻》，捃加私記，脱泄之字，更增花麗，亦復《小學篇》之字及《本草》之文，雖非字字數等閑撰入也。調聲之美，勘附改張，乃成十二卷也，片數壹佰陸拾，末在部字等。文數貳万

①"集"前《日本訪書志》有"拾"字，當據補。

九百卌余字。又《小學篇》字四百余字。從此之外，連字并重點字等不入於數，如是二章之内字者，依煩不明音反，音反者，各見《片部》耳。亦於字之中，或有東倭音訓，是諸書私記之字也。或有西漢音訓，是數疏字書之文也。或有著平、上、去、入字，或有專不著等之字，大槩此趣者，以數字書及私記等文集混雜造者也。凡《孝經》云文字多誤，博士頗以數授者[①]，亦云諸儒各任意，或以正之字論俗作，或以通之字論正作。加以字有三體之作，至讀有四音及巨多訓，或字有異形同字，"崧、嵩""流、沶""巛、坤""憐、怜""叁、三""予、余""姦、奸""咈、唼""飜、翻"，如是巨多見《正名要録》。是等字雖異形，而至讀作及讀皆同也。或字有形相似，音訓各别也，"専、專""傅、傳""祟、崇""盂、孟""輊、輕"，如是巨多見《正名要録》。如是等字形相似而音訓各别也。或有字之片同相見作别也，"忄、巾""王、玉、壬""月、肉、丹、舟""角、甬"，如是等字，片者雖相似而皆别也。或有字點相似而亦别也，"馬、魚、爲"等字從四點，"焉、烏、与、此"等字從一點，"觀、舊"等字從少，大略如是。至書人而文作者，皆謬錯也，至内悉見悟耳。雖然，部文之内，精不搜認，若有等閑用也。後達者，普加諧糺，流布於後代，聊隨管神所撰集字書，敢爲若學之輩述亂簡，以序引耳。

①數，當據保孝本改作"教"。

書新撰字鏡後

鈴鹿連胤

右《新撰字鏡》，中古久湮晦矣，其顯乎近世者，誰不珍重之？而其書僅一卷而已。其序曰："昌泰年中，改張乃成十二卷也。"由之觀之，其顯現者蓋抄出本，而非原本也。予蚤歲得天治元年之古寫本第二、第四之兩卷，其不爲全部也，遺憾甚矣。爾後搜之索之，三十餘年于兹，至嘉永甲寅，會有攝人某得之，而非古寫本，同有天治元年書寫之跋言，而缺予所得之兩卷。若夫第十一之卷，素斯之無也。當時蓋得天治本，私所副寫者也，其原本及十一之卷，其散逸不可得而知也。故某就予乞補其兩卷，予欣其同志，何得不許之？予亦將以彼本補予缺也，交易而寫之，互以爲全本矣。嗟呼！天憫年來之深志而賜與者也歟？非人力也。大幸哉？大幸也！自今以往，更得見原本及十一之卷，則死且不朽矣。書以爲跋。安政二年乙卯十有二月，中臣朝臣連胤。

再書新撰字鏡後

鈴鹿連胤

乙卯年，予以攝人所得古寫本，與予所舊藏相照，得互補其缺，深以爲幸。但恨攝人所得者，非天治本，而猶缺第十一卷。以爲宇内已絶，不可得復見，何意丙辰年攝人又得其原本者，與予所藏者正相同，而併第十一卷皆有，於是此書初全，得復天治之舊觀。嗚呼！亦奇矣。前日之所爲幸，自今而視之，則未足以爲大幸，而今日之所爲幸者，則足以爲真大幸。因再書以志喜。安政四年丁巳二月。

新撰字鏡跋

藤原春村

右天治元年鈔本《新撰字鏡》十二卷者，往年出於大和國斑鳩寺一切經藏中矣，皇國無二之奇書，而希世之典籍也。但其第二、第四二卷者，京師鈴鹿氏筑前守中臣連胤。所藏，故伴氏源信友。傳摹之。余亦嘗就伴氏本，既得摹之。其他十卷者，攝津國岸田忠兵衛西成郡北傳法村農家云云。秘藏，而未流布于人間。然頃年，鈴鹿氏百計得傳摹之，余復懇請而借閲其摸本，以昨、今兩年間，漸卒書寫之功矣，實可謂生前之僥倖也。因不勝抃躍之至，記由來于卷尾，以諗後昆云爾。安政五年秋七月下旬，藤原春村。

新撰字鏡跋

木村正辭

今世通行《新撰字鏡》，享和年中丘岬俊平氏所刊，其書僅一卷，而卷首有昌住自序云：“勘附改張，乃成十二卷也。”

然則非全帙，不待辨而可知也。頃日，京師鈴鹿連胤氏獲天治元年鈔本以摹寫之。其書十二卷，與自序脗合，於是乎始得窺其全豹矣。書法遒逸婉美，優有六朝之遺風，展閱之間，不覺駭歎。今也去天治七百有餘年，豈無神物擁護至于此耶？黑河春村氏得借覽之，而求與予共謄寫，予乃諾。遂摹寫第六、第十一、第十二之三卷，以贈諸春村氏。後又費數月，别手摸全部十二卷，此本是也。筆筆必慎，欲一點一畫毫無謬也，唯憾未見天治原帙耳。後來君子有得其原本，請加訂正。安政六年八月戊戌朔，櫆齋木村正辭識。

以上安政六年（1859）木村正抄天治元年本

類　篇

類篇序

司馬光

雖有天下甚多之物，苟有以待之，無不各獲其處也。多而至於失其處者，非多罪也。無以待之，則十百而亂；有以待之，則千萬若一。今夫字書之於天下，可以爲多矣，然而從其有聲也，而待之以《集韻》，天下之字以聲相從者無不得也；從其有形也，而待之以《類篇》，天下之字以形相從者無不得也。既已盡之以其聲矣，而又究之以其形，而字書之變曲盡。蓋景祐中，諸儒始受詔爲《集韻》之書，既而以爲有形存而聲亡者，不可以貴得於《集韻》，於是又詔爲《類篇》，凡受詔累年而後成。夫天下之物，其多而至比於字書者，未始有也，然而多不獲其處，豈其無以待之？昔周公之爲政，登龜取黿、攻梟去蛙之法，無不備具。而孔子之論禮，至於千萬而一有者，皆預爲之説。夫此將以應天下之無窮，故待天下之物，使處如治字書，則物無足治者。凡爲《類篇》，以《説文》爲本，而例有九：一曰"榥、槼"異釋，而"吶、肏"異形，凡同音而異形者，皆兩見也。二曰"天"一在年，一在真，凡同意而異聲者，皆一見也。三曰"𦯄"之在艸，"㐱"之在㫃，凡古意之不可知者，皆從其故也。四曰"雰"，古气類也，而今附雨；"韵"，古口類也，而今附音。凡變古而有異義者，皆從今也。五曰"壼"之在囗，

“無”之在林，凡變古而失其真者，皆從古也。六曰“兂”之附天，“𡈼”之附人，凡字之後出而無據者，皆不得特見也。七曰“王”之爲玉，“㒳”之爲朋，凡字之失故而遂然者，皆明其由也。八曰“邑”之加“邑”，“白”之加“㿝”，凡《集韻》之所遺者，皆載於今書也。九曰“𡭽”之附小，“𧰼”之附𢑓，凡字之無部分者，皆以類相聚也。推此九者以求其詳，可得而見也。凡十四篇，目録一篇。每篇分上中下，總四十五卷，文三萬一千三百一十九，重音二萬一千八百四十六，具於後云。

類篇成書始末

丁度等

寶元二年十一月，翰林學士丁度等奏：今脩《集韻》添字既多，與顧野王《玉篇》不相參協，欲乞委脩韻官將新韻添入，别爲《類篇》，與《集韻》相副施行。時脩韻官獨有史館檢討王洙在職，詔洙脩纂。久之，洙卒。嘉祐二年九月，以翰林學士胡宿代之。三年四月，宿奏乞光禄卿直祕閣掌禹錫、大理寺丞張次立同加校正。六年九月，宿遷樞密副使，又以翰林學士范鎮代之。治平三年二月，范鎮出知陳州，又以龍圖閣直學士司馬光代之，時已成書，繕寫未畢，至四年十二月上之。

合刻集韻類篇跋

朱彝尊

六藝其五曰書，書有六體，比類象形謂之文，形聲相益謂之字，聲成文謂之音。保氏以書教國子，大行人屬瞽史諭書名，聽音聲。六體形聲獨多，左右、下上、外内審其形而聲從焉。國史六書著録次于經典，唐宋小學恒與太學並設，分教弟子，紹興中猶然，淳熙以後更洒埽應對進退之節爲小學，徽國文公别撰書一編頒諸學官，功名之士習四子書，奄通一經，足以應舉，開口代堯、舜、禹、湯、文、武、周公、孔、孟之言，朝士取其辭爲諸生法式，古文奇字安所用之。昌黎韓子有云："凡爲文辭，宜略識字。"江都李氏亦云："人讀書須是識字。"其亦不得已而言之也與？今夫聲音文字之學，講之正非易易已。五方之民，風土各異，發于聲不能無偏。輕土多利，重土多濁，比人詆南爲鴃舌[①]，南人詆北爲荒傖；北人不識盱眙，南人不識盩厔，此限于方隅者也。楚騷之音殊于風雅，漢魏之音異于屈宋，此易于時代者也。書文既同而音之不一者統歸于一，斯聲音文字必相輔以行而義始備也。聖天子文軌之盛包海内外，野無遺賢，終始典學，香厨中簿之藏分授詞臣編摹會粹，而通政司使巡視兩淮鹽課監察御史曹公奉命編㕑《全唐詩》歷五年所，較舊本廣益三百餘篇，鋟諸棗木，用呈乙覽。復念詩之醇疵，一本乎韻，韻之乖合，原于六書。既鋟《玉篇》《廣韻》，又求《集韻》《類篇》善本讎勘雕印以行，學詩者得而

① 比，當據文意改作"北"。

誦習之，既免四羊三豕之失，而音無奪倫，紐分畛域，注相引證，庶乎取諸左右逢源矣夫。康熙丙戌重九日，前侍直南書房翰林院檢討，秀水朱彝尊跋於揚州使院。

影宋鈔本類篇跋

潘景鄭

《類篇》四十五卷，舊題宋司馬光撰。按宋陳振孫《直齋書録解題》謂："丁度等既修《集韻》，奏言今添字既多，與顧野王《玉篇》不相參協，乞委修韻官别爲《類篇》，與《集韻》並行。"溯自寶元二年，歷王洙、胡宿、掌禹錫、張次立、范鎮、司馬光始成書，至治平四年光上之，熙平中頒行。蓋光於是書雖曾與參修，特薈萃衆力，繕寫奏進而已，實非一人所作。光所著别有《名苑》一書，當即纂《類篇》時所爲，迨後《類篇》既行，《名苑》遂晦。即晁公武《郡齋讀書志》及陳振孫《直齋書録解題》兩書皆不著録，至馬端臨《文獻通考》僅從序文列其目云。即此可証《類篇》作者，當以王洙始其事，而司馬光終其業焉。

《類篇》繼《説文解字》《玉篇》而成，雖不及兩書之謹嚴，然推原析流，而輕重、淺深、清濁之變，迭用旁求，不改《倉頡篇》部居之舊，猶存始一終亥之旨。書凡十五卷，卷各分上中下，故作四十五卷。卷末一卷爲目録，用《説文解字》例，其分部五百四十三，編例有九，所收重文五萬三千一百六十五字，已遠過《説文解字》《玉篇》舊數。《玉篇》已增《説文》，此書又增於《玉篇》。蓋字者孳也，時會所趨，輾轉相生，亦自然之規律。顧此書間有失誤處,如清朱士端《彊識編》所舉"《類篇》蒸、荃連文,《説文》明云:'蒸,香草也。' '荃,芥脃也。'《類篇》乃云蒸亦作荃,此不當并而并也。《説文》趌與跬同,《類篇》趌下引《説文》云'半步'而不言與跬同;跬下又引《説文》云'半步',反言'或作蹞、躝'而不言與趌同。《説文》齵、䶗連文皆訓'齒蠹',《玉篇》《類篇·齒部》齵下引《説文》'齒蠹',《牙部》䶗下又引《説文》'齒蠹',此不當分而分也。諸如此類甚多。"其他《類篇》所引《説文》,亦時有舛誤字,不勝枚舉。總之,此書自《玉篇》以後,繼往開來,集文字訓詁之大成,爲學者不可不備之著,大醇小疵,不足爲此書病焉。

《類篇》宋刻本今已無傳,僅有影宋鈔本見著録。現通行本,以清康熙間曹寅刻《楝亭五種》本爲善。光緒中姚氏咫進齋即舉曹本重刻。曹本未言所据是刻是鈔,又變易行款,已失宋本真面。上海圖書館藏有毛氏汲古閣影宋鈔本,經藏朱氏結一盧,影摹精工,與宋刻不爽毫黍。玆即据第一卷互校之。如《示部》"禬"下"匈"字,曹本誤"匃";"礛"下"虚甘切","甘"字誤"目";"袦"字誤"秈";"禶"字誤"襸";"祝"下"古作祝","祝"字誤"祝"[①];"禝"下"穀"字,"穀"誤"穀"。《王部》"琮"下"天地記合之象","記"字誤"訢"[②];"琨、瑻"下引《虞書》之"虞"字誤作"夏";"瓚"[③]下才滔切,"滔"誤作"淫"[④];"瑋"下"瑰瑋琦,翫也","琦"誤作"渏";"珇"下"又

①古作"祝","祝"字不誤。

②《類篇》各本皆作"訢",不誤。

③瓚,當據《類篇》作"瓉"。

④作"淫"不誤,"滔"乃"淫"之譌。

謨汳切”,“汳”字誤作“泼”。此外點劃之微異,更不勝僂數。即此一卷,可証曹刻之失,至姚氏重刻曹本更無論矣。近上海古籍出版社既重印上海圖書館所藏述古堂影宋鈔本《集韻》行世,兹復假所藏汲古閣影宋鈔本《類篇》重付墨版,合垂藝林,堪稱雙璧,俾兩宋要籍,并惠學人之研習,豈非盛業歟？屬繫數語,略爲考証。衰年學殖荒蕪,率而操觚,其徵引載籍,容有舛誤。至希讀者有以指正,尤所感幸。一九八四年一月,潘景鄭識,時年七十有八。

以上清康熙四十五年（1706）揚州使院刻曹楝亭五種本

龍龕手鑑

新修龍龕手鑑序

釋智光

夫聲明著論，迺印度之宏綱；觀跡成書，寔支那之令躅。印度則始摽天語，厥号梵文，載彼貫線之花，綴以多羅之葉，開之以字緣字界，分之以男聲女聲。支那則創自軒轅，制於沮誦，代結繩於既往，成進牘以相沿，辯之以會意、象形，審之以指事、轉注。洎乎史籀變古文爲大篆，程邈變小篆爲隸書，蔡邕刊定於石經，束皙網羅於竹簡。九流競騖，若百谷之朝宗；七畧遐分，比衆星之拱極。尋源討本，備載於《埤蒼》《廣蒼》；叶律諧鍾，咸究於《韻英》《韻譜》。專門則《字統》《説文》，開牖則《方言》《國語》，字學於是乎昭矣。矧復釋氏之教，演於印度，譯布支那。轉梵從唐，雖匪差於性相；披教悟理，而必正於名言。名言不正，則性相之義差，性相之義差，則修斷之路阻矣。故祇園高士，探學海洪源，準的先儒，導引後進，揮以《寶燭》，啟以《隨函》。郭迻但顯於人名，香嚴唯標於寺号。流傳歲久，抄寫時訛，寡聞則莫曉是非，博古則徒懷惋歎，不逢敏達，孰爲編修？有行均上人，字廣濟，俗姓于氏。派演青齊，雲飛燕晉，善於音韻，閑於字書。覩香嚴之不精，寓金河而載緝。九仞功績，五變炎涼。具辯宮商，細分喉齒。計二萬六千四百三十餘字，注一十六萬三千一百七十餘字，并注總有一十八萬九千六百一十餘字。無勞避席，坐奉師資。詎假擔簦，立祛疑滯。沙門智光，利非切玉，分忝斷金。辱彼告成，見命序引。推讓而寧容閣筆，俛仰而强爲抽毫。矧以新音徧於龍龕，猶手持於鸞鏡，形容斯鑒，妍醜是分，故目之曰《龍龕手鑑》。總四卷，以平上去入爲次，隨部復用四聲列之，又撰《五音圖式》附於後，庶力省功倍、垂益於無窮者矣。時統和十五年丁酉七月一日癸亥序。

重鈔龍龕手鑒序

沈大成

《龍龕手鑑》四卷，遼僧行均編撰，以平上去入爲部次，隨部復列以四聲，凡二萬六千四百三十餘字，注一十六萬三千一百七十餘字，釋藏之字胥在焉。統和十五年丁酉七月，燕憫忠寺僧智光爲之序。遼聖宗統和丁酉，即太宗至道之三年也。小學放失久矣，章逢之士肆筆爲文，茫然不知偏旁翻切者，相習以爲常。行均以異端曲學，乃能殫心精求而蒐是書，爲緇白之津梁，補前賢所未備，可謂有志者也。昔洛僧鑒聿著《韵總》，歐陽文忠以爲若櫛之於髮、績之於絲，雖細且多，而條理不亂，行均此書亦猶是也。蓋佛之徒無功名之念、室家之累，心專一而屏外慕，故其所就若是。世之逐逐者，中材既苦於不能爲，其上者又不暇以爲，雖杖杜雌霓接於前，亦無非之者矣，此學者之共患也。此書注所云《寶燭》《隨函》《郭迻》《香嚴》諸書，今俱不可見，而吕忱《字林》往往疏於篇中，則宋時猶存也。又智光序云："又撰《五音圖式》附於後。"今鈔本無之，豈亦如神珙《五音》《九弄》之類乎？然不可攷矣。余初聞此書於惠徵君松崖，求之數年，去春始從吴門朱君文游借得影鈔宋本。會經君井齋自禾來，願爲手録，總爲字一十八萬八千九百六十有畸，始於六月朔，大暑祁寒勿輟，歷半載乃竣，而君亦去館它氏矣。以此書求之之難如此，得之之難如此，鈔之之難又如此，而惠君告之，朱君假之，經君樂成之，洵非偶然也。凡楮筆饔飧之費，計糜白金三鍰，其裝而弆，則主人江君鶴亭實佐之。備書以諗後人，俾無易視焉。乾隆三十有一年，歲次彊圉大淵獻季冬，雲間沈大成學子撰。

以上清乾隆三十一年（1766）經井齋影宋抄本

重修增廣類玉篇海

大定甲申重修增廣類玉篇海序

祕祥等

夫字之所興,其來遠矣。自河圖呈象,伏犧則之以畫八卦,鳥跡分形;蒼頡體之以制六書,聖作明述。同源異流所致,文籍生焉。以此觀造字之理,天人之意,相合而成也。可謂道有妙用,因人以示;人有上智,見道以明。其有成功,垂於永世。從太昊及三代相襲,其文未嘗改作。周宣王時,史籀改以爲大篆。秦因奏事繁劇,難用其篆,故程邈隨便適宜,易爲隸書。而後增損者非一,不可具述。以至沈休文鍾誠明之性,知聲韻之微,辯其清濁,分其輕重,方立字之音釋,亦罕明其義。及有《字統》《字林》《説文》之類,時則音義雖全,而衆言淆亂,文徒浩博,莫能盡理。洎梁顧野王作《玉篇》,窮六經之文,達百氏之旨,縷分點畫,區别偏旁,分其篇爲五百四十二部,字之釋文,庶其詳矣。迨宋賢特編《集韻》,而比于《玉篇》字增之愈多。有陰佑者,取其《韻》有《篇》無者,編之以爲《餘文》。其《省》《塌》《川篇》《龕玉》《奚韻》,收字頗有不同,又《龍龕手鏡》《會玉篇》唯明梵語,而餘無所載。然而詳其數家篇韻,皆以包函音訓,陳發祕藏,輝耀千古,而義其不朽,實賢哲之能事。唯各司一端,篇秩衆異,終無統紀,難以撿尋,故索一字,有終朝而不能得者。儻能集而爲一,不亦宜乎？王太，洨陽人也，幼習音韻，常有心於此，時請諸明公，相與言曰："《篇》《韻》者，分文析字之樞筦，立訓申義之津涉，可使統之有宗，會之有元，多而不紊，詳而不雜，無眩於目耳。"故日以聚居，潛精勉志，歷乎數載，類八家《篇》《韻》，校其相犯者芟除之，考其當用者收采之，及諸家篇中隱注，盡立爲大字，凡自來諸篇中有闕者，今具言之。雖三教經書廣大而一無脱漏，其如積塵之山，納川之海，成其大，就其深，靡有遺焉。《玉篇》元數大字二萬二千八百七十二言，又八家篇内增加大字三萬九千三百六十四言，經及音訓計六十萬餘字，集成一書，号曰《增廣類玉篇海》。大要倣顧野王《玉篇》分部，又於每部以下字畫分爲二十段，每段内列八家明頭。假如尖"厶"之字立爲二畫，四角"口"字立爲三畫，舉此二字以爲其例，可從而推之。以類附字，以畫分段，有若葉之從條，珠之在貫，粲粲然使覽者無昧於字，而音義俱明矣。有《龍龕》《會玉》《類篇》中數部，難以編次，列在卷末。觀王公之用心，非爲貨利而圖有益于人也。故不自善，謹募工鏤板，以示四方。幸希後學君子審詳其理，豈小補哉？大定甲申秀秋望日。

金刻本

新修累音引證群籍玉篇

增修累音引證群籍玉篇自序

邢　準

夫依類象形謂之文，形聲相益謂之字。昔者黄帝因觀鳥跡，迺命史官沮誦、蒼頡體之以制六書，由是文籍始生，所以録言紀事，存往明來者也。聖作明述，同源共流，代代相沿，有益無損。周宣之時，史籀首作大篆，秦始之際，程邈改爲隸書。自後記事者彌繁於古，有聲者皆製之字，增多於舊不啻萬數，浩博混淆，莫可尋究。至梁大同中，博士顧野王始撰《玉篇》三十卷以總括之。然點畫縷分，偏傍區别，而釋文音義，未極詳備，故《集韻》《省篇》《塌本》《餘文》《龍龕》《龕玉》《會玉川篇》《奚韻》《類篇》等書出焉，其收字又頗不同，猶無統紀。逮我聖朝，彌文焕著，韻學尤工，是以洨陽王太集上數家《篇》《韻》，總之爲一，庶乎詳而不雜，條然不紊。抑又祕祥等八人校讎編類，以成一家之書。所學雖該，善猶未盡。如《川》《類篇》《奚韻》之字，並無五經音義，而同上、他音互有舛錯。其《餘文》反切，又多非是。《篇》中字他音訓義，極有脱遺，今略舉"敦"字已下五十六字以證之，具列於後。其"敦"字有一十三切，顯衆讀之義，餘者姑以諸書注釋他音明之。如此音切不足者，其中甚多，難以具載。《韻》中雖有衆讀之義，又不在一科之下，畧居四聲八轉之内，幽邃難窮，以致後學得門者寡。僕雖不達古人玄妙之閫，而稍通監言成凿之要，旁搜廣獵，採摭諸家《篇》《韻》數音之義，纂集編綴，僅二十年，增新諸韻一千二百四十字，添重音一萬二千五百四十，續添姓氏、郡望、複姓、三字姓，上自一郡，下至二十五望，依韻編注，一倣《玉篇》之體。於内增出“舌、光、关、鼠”四部，仍併“鬻”于《鬲部》、“鱻”于《魚部》，改“磬”爲“殸”，更“犛”爲“漦”，又添象形兼無偏旁可取者，目爲《雜部》，附之卷末。其偏旁多從上左，或同上、通作、亦作，注隱韻亡，悉該於注。如《篇》《韻》二義不同，各分兩書之注，或止有一音，或至一十三讀，並具於一字之下。其新增字，各著所出，已别立號樣。凡所錯誤，莫不革證，文悉該於古籀，字明辨於俗真，援引經史子書音義，補苴脱遺，故目曰《增修絫音》，引證羣籍《玉篇》，庶於後來少有禆益。時大定戊申秋七月望日序。

金刻本

改併五音類聚四聲篇

重編改併五音篇序

韓道昇

夫篇韻者，自古文章士常用者也。韻乃羣經之祖，篇由衆字之基，故有聲無形者隨韻而准知，有體無聲者依篇而的見。據兹，篇韻爲其副正。至於修書取義，豈可斯須而離也？自梁大同間黄門侍郎顧野王肇修《玉篇》，立成三十卷，計五百四十二部，雖區别編傍，而音義、釋文蔑然不載，失於擇而不精、缺而不備。至唐處士孫强增加字數，理尚未周，但依前賢底藴而已。故《集韻》《省篇》《川篇》《類篇》雜沓而興，其取字加損，各擅其能。又至大朝甲辰歲，先有後陽王公與秘詳等以人推而廣之，以爲《篇海》，分其畫段，使學人取而有准，其間踈駁，亦以頗多。復至明昌丙辰，有真定校將元注《指玄》。韓公先生孝彦，字允中，著其古法，未盡其理，特將己見刱立門庭，改《玉篇》歸於五音，逐三十六母之中取字最爲絶妙。此法新行，驚儒動衆。嘆哉！自古迄今，無以加於斯法者也。又至泰和戊辰，有先生次男韓道昭，字伯暉，搜尋古範，考校前規。然觀《五音》之篇，美即是美，未盡其詳，明之部目，尚亦文繁。只如“誩、吅”之部，“言、口”同倫；“虤、㸚”之形，“虎、爻”一類。本是一宗形質，何須各立其門？故以再行規矩，改併增新，詳其理，察其源，皆前賢之所未至，使後人之所指漏者焉。今特將"吅、品"隨"口"併入於溪,再定"雔、雥"依"隹"總歸於照,"灥"隨鹿走,"羴"從羊行,"余"即隨他人類奏形,送白天庭,背篇隱注覩偏傍,散在諸門。十五單身覷頭尾,布於衆部,添減筆俗傳之字少約二千,續《搜真玉鏡》之集多迭一萬,取《周易》三百八十四爻、六十甲子,二數相合,改併作四百四十四部,方成規式者也。仍依《五音》四聲舊時畫段,分爲一十五卷。取敘目爲初,見祖金部爲首,至日母自部方終。比於《五音》舊本,增加字數,計一萬二千三百四十五言,目之曰《五音增改併類聚四聲篇》,不亦宜乎?觀之上件,韓伯暉改併之能者,如明鏡之中照物,令久習之者不厭,好事之者無疑,酷似久居暗室,豁然而覩明焉,往者披雲倏忽而觀日矣。僕因覽之,固無暫捨,輿然爲序,以冠篇首。時泰和八年歲在强圉單閼律逢無射首六日,先生姪男韓道昇謹誌。

重刊改併五音類聚四聲篇海集韻序

滕　霄

字之大曰形與聲。形,母也;聲,子也。自《説文》作于許慎,而下至于《玉篇》諸書,而形以類;自《四聲》作于沈約,而至《唐韻》《廣韻》《韻會》諸書,而聲有類;自元魏用翻母,而下至司馬公爲《指掌圖》,而字有攝,然未有子母區别如今《篇》《韻》者也。蓋《五音篇海》者,金王與秘推廣《玉篇》,區其畫段者也,主類形而形各係之諸母;《五音集韻》者,荆璞取司馬公之法,添入《集韻》,隨母取切者也,主類聲而聲各隸之諸母。迨昌黎韓彦昭改《玉篇》歸於五音，逐三十六母，取切大備矣。而重加刪補，詳校彙萃二編，則國朝沙門戒璿也。厥後大慈仁寺釋真空又攷諸家《篇》《韻》，凡經史所不載，重譯貝經、玄言梵語、絶域荒徼之文，搜羅纂入，而部分訓釋亡遺焉。又作爲《檢篇韻貫珠集》《玉鑰匙門法》，提綱撮要，指示捷簡矣。《篇海》《集韻》故刊于成化之初，而歲久字多漫滅。今僧録左善世大慧寺子净持行高巖，尤邃于梵學，乃囑其徒衍法寺覺恒募緣重鋟諸梓，而真空實校正之，併以《貫珠集》諸門法及安西劉士明所著《切韻指南》一卷刻焉。于時司禮太監張公雄實振貲倡施，而一時貴人達官景從争先，正德乙亥告成。嗚呼！諸士用心殫力，亦勤矣哉，其大有功于六書音切之傳也。國子生東沂王君宗賢，乃爲恒假霄爲敘。霄疎陋無似，於六書音韻之學每切望洋之嘆，顧安能後？然竊獲觀其成書，如入瓊林、大盈而諸寶充斥，不亦大快哉？自持道釋來學，誦習其教，而疑文奥音，一覽而鮮矣。雖吾學士大夫，經史載籍之外，旁通博物之學，亦庶有賴哉！古謂儒者耻一事之不知，此豈啻一事也？其亦幾以不腆之言託之傳久邪。正德十五年庚辰秋八月望，後賜進士出身、奉直大夫、太子洗馬兼翰林國史編修、經筵講官，建安滕霄序，金臺衍法寺沙門覺恒勸緣重刊，大慈仁寺後學沙門真空校勘考訂，欽依説戒宗師大慧寺子喜檢對，衍法寺普光壽山謄録，白馬寺沙門覺寧書真，國子生王士彦、趙恕書真。

以上明正德十一年（1516）金臺衍華寺釋覺恒刻、嘉靖三十八年釋本讚重修

大明正德乙亥改併五音類聚四聲篇

嘉靖己未修補五音篇韻字板序説

釋本讚

詳夫文字之立,大矣哉! 蓋非文無以明道,非字無以成文。字有五音,文不加點,豈細事耶? 幸我衍法,重刊《五音篇韻》板一副,適空老翁校勘考訂,盛行天下,取字之便,莫便於是矣。奈何歲久模糊,雕殘板壞。由是後學本讚,感聖賢所作之洪恩,念師祖勸緣之重鏤,誠乃三教九流、諸子百家檢討經史,非此而不能盡其檢討也,欲其修補,自不能焉,敘謁内府恩官郭公恕轉答,内庭善信,施資相助,事果克完。況公賢姪郭大義熟讀《指南》,細玩《篇韻》,其《篇韻》中刊寫差訛字義切脚一一讐對,詳察改正,令其馬字還成烏焉也。於戲! 人能弘道,非道弘人。今郭公等輔成其事,真得其言也歟。予强書其説,以記修補之歲月云。重刊恒翁嫡孫本讚修補謹識。

明正德十一年(1516)金臺衍華寺釋覺恒刻、

明嘉靖三十八年釋本讚重修

篇海類編

篇海類編序

屠 隆

鴻荒漸遠，書代結繩，仰摹皇穹，頫括地媪，中盡人事，莫不繇書。探神理之大權，洩造化之靁秘。故蒼頡制書，天雨粟，鬼夜哭，玆豈小物乎哉？字學與時遞降，古篆降而爲八分，八分降而爲隸，隸者即今之近體，謂其通乎奴隸，則古灋蔑如矣。書雖不古，六義猶存，乃鹵莽之夫，漫不加研討，意義既慒，點畫亦譌，差之毫釐，謬以千里。以"臘"爲"獵"，以"璋"爲"麞"，以"芋"爲"羊"，以"魯"爲"魚"，此目不識丁者，不足深怪。雖號爲博雅君子，文藻自工，字學不講，多所疎脱，多所謬譌。漢識奇字，獨推楊雄；唐辨"畣、罶"，止存王起。字學之難也，從古寥寥矣。玆《篇海類編》，取類甚博，析義甚精，辨毫芒於棘猴，瞀幾微於鷦睫，可謂哲人獨照、良工苦心，粟應再雨，鬼當更哭乎？其本之國朝《洪武正韻》者，尊王制，示同文也。東海屠隆緯真甫題於姑蘇道中。

篇海類編序

陳繼儒

夫字製于蒼頡氏，始于象形，成于諧聲。舉三才之奥、百物之精，咸櫽括之無遺。稽古《篇海》一書，分門别彙，魚貫羅列，繇簡而繁，條緒不亂，便于蒐尋，爲世慈航日久矣。嗣是刻者無慮數十家，然一槩混掇，點畫鈎撥，中或增減，則形弗肖也；平上去入，妄意呼噏，則韻弗辨也。甚或“商、啇”莫辨，“壼、壺”不分，“亥、豕”任其差，“帝、帍”仍其謬。我高皇帝以同文之治一天下，緣訛究弊，定爲《洪武正韻》，令甲昭然，安可不遵守哉？景濂宋學士恐學者牽於俗、迷於教，而或識認不真，嘗以《篇海》原本，遵依《洪武正韻》而參合成書，聖經賢傳之所載，固精心考之覈之，即珠函貝葉之章、梵典道籙之秘、鄒碑汲塚之文、稗官小乘之句，靡不字櫛而詮釋之。蓋按義鑄形，依律諧聲，其取材宏而得趣深，睎《説文》《心鏡》《通考》諸集，玆其全備而尤雋永。不佞得卒業是篇，因笑曰：語言文字，雖載道之器乎哉。然理道弗得則弗晰，第作之者非粹美之規，故習之者鮮沉酣之益。夫臑熊豢豹，而後知含藜之淡也；美鱸膾鯉，而後知飯糗之淺也。玆輯《類編》，窮天地所必吐之英，極生人所不盡之態，微而名物昆蟲草木，種種情狀，一開卷而犂然在目。疇傲我以所不知，疇困我以所不識，所謂不出户而遍照四方、洞矚千古者，端必繇之。且訛舛必批，粹美咸備。字學若是，殆熊蹯豹胎之滋，鮮魚祥鱸之腴也。授梓以爲博洽者，咀之嚼之云耳。雲間陳繼儒題。

篇海類編序

虞淳熙

嘗聞心託聲於言，言寄形於字。字也者，言語之體貌，文章之宅宇也。考定貴真，從來舊矣。顧聲分脣齒，形辨鍼芒，意義參差，杪忽千里，世代遷而沿革異，好尚雜而真贋淆。文變於三豕渡河，音譌於於穆不祀，郢書燕説，終闇指歸。秦篆漢文，動成阻奥。往往臨池而筆閣，披卷而口噤。欲使玄解之宰尋聲律而定墨，獨照之匠闚意象而運斤，不其難乎？故張京兆以正讀傳業，楊子雲以奇字纂訓，去古未遠，尚或難之，代變滋多，譚何容易？後世瑩精翰苑、肆力藪林者，次韻審音，辨體徵義，代有著述，各效脩能，然而弔詭探奇者或瘦神於無用，夸多競靡者徒費日於旁搜。雖云文圃之壯觀，實非考文之通矩也。我聖祖統一區寓，稽古右文，慨類譜之失倫，采詞臣之博議，釐爲《洪武正韻》，用示典章，正體鑄形，犂然眉列，稱名取義，較若支分，書必同文，莫之易矣。乃字以韻别而形殊類分，欲稽其字者，莫測其統於何韻，未知其韻者，莫究其當屬何音。隻字之疑，必窮編而後得。刊布之久，或襲舛而非真。且字同者其韻殊，即見此者多遺彼，疑闋未闞，考古猶難。若景濂宋學士《類編》一書，即《正韻》之所載，從偏旁而類分，一袟而諸部森羅，儼郛郭之難越；一部而字分先後，若長幼之有倫。析同異於是非非是之微，正訛舛於見見聞聞之久。翻切必宗韻母，淄澠自分；訓故每綜舊聞，淵源可鏡。字一而音義夥，總之如貫珠；字别而音義同，聯之如合璧。指要壹遵乎王制，損益間出之新裁，使觀者隨形而類求，因類而知字,通《正韻》不煩窮袟,稽古文無患傳譌矣。或曰國有《正韻》,是爲聖經玉鍵,一書已稱翼傳,斯編之作,其贅疣與?余曰:否!否!玉鍵僅分統韻,音義闕如,觀者未睹全書,尚難通曉,若乃參古今以立則,酌繁簡而得中。攷覈既真,披檢尤捷,不失憲章之志,益裨聖制之隱,惟斯得之,豈云贅疣?然則《正韻》其源乎?斯其委乎?繇委而尋源,萬派斯得。《正韻》其岸乎?斯其筏乎?循筏而登岸,一葦可航,染翰司南,屬辭嚆矢矣。意在斯與!意在斯與!遂加較讎,付諸剞劂,用臣上佐同文之治,下資博古之長云。錢塘虞淳熙書。

以上明末虞淳熙刻本

直音篇

題韻直音篇

章　黼

夫《篇》《韻》者，文章儒士常用者也。兩儀俶判，結繩爲記。昔在庖犧，始成八卦，暨乎蒼頡，肇創六爻，政罷結繩，教興書契。爰至玄龜龍馬，負河洛之圖；赤雀素鱗，標受終之命。鳳羽爲字，掌理成書。至於修書取義，豈可斯須離也？今於諸《篇》《韻》等，搜集四萬三千餘字成編。所用直音，或以正切，使習者而利矣。又元篇有有音無註者三千餘字，今亦收之，俟賢參註，共善而流焉。時天順庚辰寎月朔日，章黼謹誌。

直音篇序

侯　方

昔太史金華宋公濂受詔序《洪武正韻》，謂其洗千古之陋習，而大樂之和在是。然則我太祖高皇帝之心，固有待也。正統間，嘉定章道常先生復本《正韻》，編習《直音篇》若干卷，藏於家。没後十餘年，子冕率孫瑛玟繕寫成帙，始謀刊行。

閭陽吴君克明以進士來令是邑，君既質於提學浙江水利僉事吴公廷玉而是之，則捐俸倡邑之好義者共成焉。其《韻》既成，而《篇》之費尚闕。臨淄趙君秉聰寔爲貳令，遂足成之。冕來，屬方爲序。竊惟昔蘇文忠公題滎陽趙惇《篆髓》，論學者之有《説文》，猶醫之有《本草》。而文公朱子序西山真氏之書，言其文欲别爲樂書，以究其業。今學者之有《正韻》，猶諸子之有五經，蓋義則參乎六書八體之正，而韻則究乎四聲七音之和，不但如《説文》詳於形體而略於聲韻者比也。若是韻之成，則五經之有傳註，雖其博採之詳，而各據凡例以歸於正，是其爲書，庶幾不戾《正韻》，有可傳者。矧國家承平百年，魯兩生之論，此其時也。萬一更定樂章，審音協律，以諧神人，而被命典樂之官，有能舉《正韻》以例是書，且參考邵氏《經世》聲音之法，而復因蔡氏之論定鐘律，以適厥中，以成聖祖欲爲之志，以大備乎千古不刊之盛典，則其有待於今日，而討論折衷之下，豈無復有西山其人耶？方固序是韻而竊有感焉。若其以是爲小學立教之一藝，而又爲大學格致之一端，則固不待序而見也。方之膚淺，非知音者，何足以揆之？姑書此以俟識揚子雲者詳焉。成化十三年臘月吉日，賜進士出身、承德郎刑部主事，華亭侯方撰。

以上明萬曆三十四年（1606）練川明德書院刻本

重刊詳校篇海

重刊詳校篇海序

李　登

《詩》曰："不愆不忘，率由舊章。"本朝考文之典，有《洪武正韻》一書，頒在宇内。諸凡章奏之有違也者，必摘之。及大比士，士書命題之有違也者，且革而勿入。所以令天下之率由者，何其嚴也。顧學士大夫之爲章奏也，且委諸習書之史而已，不與焉。棘塲自題目而外，亦不盡究，祇視爲法令之不敢違而已，匪真能率由之也。以故愆忘之患，士大夫且不免焉，况其他乎？夫惟端雅之士，則必求其是正，不欲以承譌襲故爲也，常致詳於字書。顧字書以四聲紀者，檢之爲稍繁；而以偏傍紀者，檢之爲甚易。古今紀以偏傍而字又甚備者，莫如《篇海》一書。其書大都出於釋子輩檢閱藏教之所爲，其人不可謂無六藝之學，而好奇務博、濫收而無辨者居多。學士大夫嘉其大備，而亦病其大備也。我舊公祖新盤趙翁，自束髮讀書，已循文切理，不苟於所從。一值所疑，務質諸字書，而若音，若義，若文，與夫假借、轉注二書中音義之别出者，亦參考而靡遺。於是取《篇海》舊本爲藁草，而參考者，自《正韻》而下，如《韻會》，如《集韻》，如《集成》等書，悉采而輯之，則知《篇海》舊本之載者傷於濫，而注則傷於踈。濫者思以損之，踈者思以益之，宦轍所至，輒貯行笥。當尹我應天時,正討論修飾時也。數年來,兹復總督南糧,猶以政暇,隨檢隨注,幾以成書,而縮於政務,未克成也。謂朽夫登嘗從事於藝學,雖精力不逮,而尚能佐校訂之役,舉而屬之。登黽勉而不敢辭,有所請質,則虚心而聽之,所未安者,不輕聽也。於以見小物之克勤,邇言之必察,斷斷休休之度,可占識矣。久之,任登恣所損而酌所益,公曰:"可稱成書矣。"遂捐俸入梓,以惠域中。且擬留版通都,不隨歸轍,意至厚也。是書行,舊本似在可廢,豈惟端雅之士得所需,少所病,抑以輔《正韻》之頒布,防海宇之愆忘,顧非不朽之盛業也哉!惜登寡陋,識不逮志,未盡如翁意者,竢後博雅君子據爲張本,亦猶今日之增損云。萬曆戊申孟冬吉月,上元舊治下晚生李登頓首拜書。

詳校篇海後序

秦鍾震

是編校自司徒新翁趙年伯,而訂之以如真李先生。舊刻《篇海》《海篇》二集,一有音無切,一有切無音,今兩收焉。舊之漏注者增其十之七,濫收者損其十之五,《篇海》至是始成書也。夫字學之要,形爲母而聲爲子,俗字之溷形,乃甚于方言之訛聲。秦邈漢邕,雖隸易篆,古意尚存。嗣而鍾、王、虞、褚諸人能書名世,工點畫,取恣態,古六書之意蕩矣。然載籍既繁,爲文字者趨約以爲便,亦古今之勢也。其迺不明古義,務博逞奇,梵書藏語,强譯附經,省手浪傳,具摭充帙,習矣不察,害莫大焉。吾閩之音號於中州最遠,顧學者猶得考八體之遺,按四聲之譜,竊從事於六秇之林,以不至背馳。何者?

夫固知其音之訛，不難于習而通之也。若字形一訛，踵謬襲舛，即修辭之家、習法之吏，僅而取辦，尚謂固然。嗚呼！此國家《正韻》之所禁也。而習《篇海》者，輒以爲沙門所採多絶域荒徼之文，視如瓊林大盈，眩目快心，無能一正其濫而歸之醇，是則吾趙新翁之所憮然不安者也。昔者子雲纂奇字，而世弗式也，而宗許氏之《説文》，非以揚書多不經見爲濫觴耶？新翁歷宦之政，一本經術，至讀書所疑，究之字書，務得其當而後已。故手校《篇海》一書，正訛去濫，意篤摯矣。而復質諸李先生，參訂而成之，間出以示震。震既産閩，弗諧于音書，雖喜探其義，然踈慵錮之，無所發明。入南都，則聞如真先生者，貞尚博雅，尤於書善析疑義，每心嚮之。今見是編，意傳之通都，嘉惠來學，使咸徵爲學士大夫之言，以垂不朽。蓋君子之不忍私其功，而必以公之天下如此也。温陵年姪秦鍾震謹書。

以上明萬曆三十六年（1608）趙新盤刻本

重刊訂正篇海

重刻訂正篇海敘

張　忻

《篇海》一書，爲上元李如真先生所彙定，舊京兆趙新盤先生梓傳者也。字之大曰形與聲，形爲母而聲爲子。《説文》作于許慎，下至《玉篇》諸書，而形以備；四聲起于沈約，至于《唐韻》《廣韻》《韻會》諸書，而聲以叶；自元魏用翻母，而至司馬公爲《類編指掌圖》，而字有攝。逮至皇明《玉鍵》《字彙》《廣義》諸書，或載偏傍而乏音義，或膠聲韻而牽象形，或詳點畫而嗛詮釋，率皆河伯自泛，未當望洋。獨如真先生攷稽《三蒼》，博通六故，其爲篇也，本之五音，區其段畫，而一歸于三十六母，音諧義備，芟舛勾謬，字學家奉爲暗室之燈、重陰之日，洵不誣焉。余幼好六書，間於《篇海》舊刻每字畫之譌、註解之漏謬，爲丹鉛補正。今夏重起南銓，清署多暇，弔訪先生，久已千古，搜其遺藁，亦鮮存者，二三坊刻，更多魯魚，不堪繙簡。余乃嘆息，恐久而漫漶也，遂將釐正初本，付之剞劂。古人在官抄書，尚爲風流罪過，余今爲先生表正，敢哆言爲字學忠臣？其亦曰觀過知仁，斯可矣夫！時崇禎甲戌暢月吉，賜進士、奉政大夫、南京吏部文選清吏司郎中、前吏部考功清吏司主事，北海張忻譔。

明崇禎七年（1634）北海張氏刻本

鐫玉堂釐正龍頭字林備考韻海全書

敘韻海全書首

李廷機

我太祖高皇帝，稽古右文，刊刻《正韻》，頒示天下，正欲天下一音、四海共韻，而同文之典，遐陬翕遵也。柰何明興以來，方二百餘年，而聱牙之音、鴃舌之韻，比比然天下皆是也。噫！此無他，以蒙養之年，比之匪人，故幼之受於師者，長則又教夫人，差傳差，訛傳訛，是以盈天下聱牙鴃舌，而音韻不辨也。夫音韻不辨，則字畫皆差，其虐也，豈譾尠哉？彼"听"之音韻，"引"是也，世俗皆以爲"聽"；"塲"之音韻，"傷"是也，世俗皆以爲"場"；"矣"之音韻，"奚"是也，世俗皆以爲"矣"。不知"聽、場、矣"與"听、塲、矣"之字面各有所從，古人豈漫立哉？若既以"听、塲、矣"爲"聽、場、矣"，則有時用"听、塲、矣"之字面，而書"聽、場、矣"可乎？此豪儁之操鉛槧而卻上進者，皆坐是弊，以蒙襲鈔之嫌，而不見録於主司也。可慨夫！我也，由文教之路，握文教之樞，豈忍天下音韻不辨，而同文之世，有若此之悖哉？是以取生平之究正《海篇》，出櫃加閲，筆倣古本定門，注則不倣古本錯音，義同古本建號，字則不同古本亂陳，井井有條，秩秩有序。又慮天下曉所音之字，而讀之韻不同，拳拳然欽遵高皇帝之《正韻》於上，名曰《韻海全書》，付夫剞劂。學者能潛心玩閲，則言焉音韻不錯，書焉字畫無差，天下其一音，四海其共韻，而高皇帝同文之盛典，其大行於今日歟。時萬曆乙未歲，翰林院太史九我李廷機書。

明萬曆二十三年（1595）書林安正堂劉雙松刊本

新刻月峰孫先生增補音切玉鑑海篇

序玉鑑海篇

陳辛鵝

蓋自蒼頡氏起，而誥作誓興，經典如縷，書亦既纚然備、井然别矣。然遞傳久而風音殊，枵腹之徒不睹金匱之蕴藏，妄造雌黄於筆端，而深識者遂不無有文體之隱憂焉。爰是嚴加綜覈，精辯真僞，配形□過方圓，切叶務恰宫商。字字欽承乎《洪武正韻》，人人庶睹以百世囿文，而魯魚亥豕之訛，不待舌争而自戢，誠聖世贊化奇珍，豈獨小補云哉？崇禎癸酉芰荷月，福順陳辛鵝禽化父題。

明書林存仁堂陳含初刻本

玉堂釐正字義韻律海篇心鏡

海篇心鏡序

朱之蕃

上古蒼頡製六書,字學開先,而義類章章蠹槖矣,今若大都市之貨平天冠然。夫世遠俗異,聲習人殊,詰曲聱牙,殊鏗金而戛玉,骫句三五,並淫哇之錯陳,非正聲也。聲畫不辨,則文字不通而義理裂,己亥之誤,不止三豕也。夫讀書不識字,學者大病,音響節族,關係匪輕,操鉛槧者,輒輒蒐涉,貿史而墳演之,不得正法眼藏,致真贗駁雜,鼠樸而混玉石耳。字學不明,模圖翎嗷。余慨同文之世有字不通方至此耶,歷紥金匱秘藏,直玉堂清暇,採粹錦于往哲,匯《心鏡》于明時,統之《正韻》,以一其椝,窺之六經,以難其義。析之分毫,有三呼而五夫者;辨之點畫,有一字而四解者。參攷互訂,別異會同,斤斤然理軌纖紀,餖飣齇噱,則余之分門列部,庶幾近裁割門之製美錦者也。抑人有言:凡書通即變,變則神明契焉。萍藻芳洲,字裹金生,儷殺青以圖不朽矣。而蠻譯傖語,似画蛇添足者,僂然無置説鈐焉。且也采史觀風,中書衡注,曷以拘攣枘鑿,妄肆雌黄,而貽灾于木,以禆舉燭之燕説,可乎?不可乎?觀變者存乎時,神而明之者人也。或者粹羽宫商,真聲金玉,得魚兔而忘筌蹄,此篋中之膾孍,亦備六府厥貢焉。毋曰雕蟲不篹草,可作話柄乎?因檢付剞劂氏,廣布海内，以正蒙求，而爲字學蔡鑑云。時萬曆癸卯歲春王正月吉旦，賜進士及第承德郎翰林院修撰直起居注，江左朱之蕃元价父書。

明萬曆三十年（1602）南都博古堂刊本

鼎刻臺閣考正遵古韻律海篇大成

刻臺閣海篇題辭

曾六德

《海篇》何昉乎？謂字學所聚，如百川之會海也。然字之點畫撇捺，猶人有形體也；音韻意義，猶人有姓字也。有人焉，知其形體，不知其姓字，雖日從斯人狎游，而他日相遇，終與未識荆者無異。讀書習其點畫撇捺，不習其音韻意義，雖日向六籍中，兀兀窮年，而執簡相問，竟與不讀書者何殊？甚哉！所係匪微也。今聖經賢傳、六籍詞章，多變亂於俗儒，不得一法眼校讐，使魯魚帝乕，因仍踵襲，此豈同文之世所宜有乎？余爲諸生時，已痛心於此。幸值玉堂之選，獲究金匱秘藏，採粹錦于往哲，集大成於明朝，大要遵奉《洪武正韻》，而其義則以六經爲祖，復以四聲協之，而同聲者又研毫厘以盡其義，且門部詳明，音解精切，俾事章句者易訓詁，攻典墳者便參攷，錫暗室以明燈矣。抑書通則變，變則神明竇焉。萍藻芳洲，字裏金生，儷殺青以圖不朽矣。而攣譯傖語，似画蛇添足者，懮然無置説鈐焉。且也采史觀風，中書衡注，曷以拘攣枘鑿，妄肆雌黄，而貽灾于木，以禪舉燭之燕説，可乎？不可乎？觀變者存乎時，神而明之者人也。或者粹羽宫商，真聲金玉，得魚兔而忘筌蹄，此篋中之膾臡，亦備六府厥貢焉，豈曰能號鬼而泣神哉？遂付諸攻木氏。翰林庶吉士建浦曾六德題。

刻臺閣海篇大成序

劉龍田

《海篇》之刻，無慮數十家，然非名公釐正，惟務苟簡捷徑，使覽者眩目惑心，甚切齒之。曾先生爲後學慮至深也，迺於木天之暇，爰勤校讐之功，復擇選良工，楷書精刻，廣布宇内，誠指南之車、西秦之鏡也。謂之集大成，洵哉！買者須認喬木山房原板。劉龍田端。

以上明萬曆三十二年（1604）書林喬山堂劉龍田刻本

洪武正韻彙編

洪武正韻彙編自序

周家棟

嘗攷漢太史試學童,能諷書九千字以上乃得爲史,吏民上書,字或不正,輒舉劾,著爲律。竊怪酇侯起刀筆者,而所先令甲,乃獨斤斤於文字之用。嗚呼盛哉!上下千載,惟漢楊子雲、宋王介甫爲知其解。然劉棻從莽大夫學奇字[①],意必别有一科,而今亡矣。荆公欲以家學易天下,而宋人摘其所失,并棄其所得,即有辨文致理,可裨於六書之奥,直以青苗擯矣。夫字固有難强訓者,苟必破壞穿鑿,誠不免于蘇文忠"水骨、土皮"之謔,第不可解者,不必使可知也;可解者,不可使不知也。我朝《洪武正韻》一書,字之可解者盡在此矣。余暇,彙而輯之,日向此中問奇字,儼若揖子雲于千載上。惜漢灋今廢,而余固陋,失之於學童者,又不能得之於今日也。萬曆壬寅歲,楚黄隺易周家棟書。

①棻,當作"棻"。劉棻爲劉歆之子,嘗從楊雄學奇字。

正韻彙編序

何湛之

司馬温公曰："備萬物之體用者，莫過于字，包衆字之形聲者，莫過於韻。"蓋自倉皇雨粟以迄晉唐，曰《麬》[①]《譜》，曰《韻略》，曰《補韻》，凡五十家。至我朝，曰《正韻》。字義至於《説文》，偏旁點畫正於毛晃。縱有四聲，衡有七音十二律，合于八十四調，經緯交正，取其聲歸韻母，而吴楚輕浮，燕薊重濁，秦隴以去爲入，梁益有去無平，江東、河北取韻之謬，一時釐正，猗與盛哉！嗣是有《玉鍵》，因形分韻，猝索爲便已，又有《彙編》，分部釋文，音義斯明。而先生謂其複且繁也，不有兩部全淆而爲一、一字偶錯而他歸乎？不有以雜部名而無當乎？斯彙矣，不有休文所然，國韻所不然，國韻所不然，訛韻所然乎？先生曰：某某作某形，某某歸某韻，據其宗，兼其派，博其稽，窮其奥。蘭臺金匱，編國乘者藉焉；海語徼聞，編野乘者標焉。旁蒐乎六書，比類列形，有精意焉。咕叶於牙舌唇齒喉，用全用半，察剽疾重遲之故焉。漢之歌、楚之《騷》，周之《雅》《頌》，可復作焉。因聲以吹天地之氣，因氣以識人物之名，因名以定禮樂刑政之寔。角音而民也，徵音而事也，金音而秋也，木音而春也，迭領其候而宫也，單出而爲聲也，成文而爲音也，嗚嗚臬臬，鬱啓以調而成韻也。韻和、氣和而人物之和、天地之和應也，豈曰小補之哉？余何幸伏覩一時之盛，訂千古之訛，先丿後東，與《正韻》相表裏，備物備情，

① 麬，當作"類"。此指李登《聲類》。

有體有用,乃知半世讀書,僅識字耶,則識字子雲亦浪傳矣。秣陵何湛之撰。

正韻彙編跋

朱光祚

蓋余讀史而一怪於秦,維時龍鸞科斗之跡燔滅殆盡,而丞相李斯能工小篆,假令秦無小篆,六書將遂已乎? 又一怪於漢,維時歌大風侈馬上,寧暇從事於八體六書? 迺《尉律》試學僮,不諷籀書九千字不得爲吏,又以八體試吏,其最者以爲尚書,亦猶行古之道也。矧在聖明,夫豈讓漢高皇帝同文之化,垂垂二百餘年,唯《正韻》一編爛於日月,學士大夫固未有能修倉、史、斯、雄之業,爲梁、許、顧、李之徒者,雖幸及寬政乎? 所貽譏秦相、漢太史遠矣。吾楚侍御周公博覽羣籍,尤留意於六書,暇出手録一帙,曰《正韻彙編》,命祚校讎。祚得受而卒業。大都以象索形,以形索聲,以聲索義,聲無遺聲,義無遺義,雜收之于梁、許、顧、李之間,而衷之於《正韻》《直音》之用。公曰:“我述也,聊以爲初學作舟航耳。”祚蓋三復於斯,而知作述之難爲功也。夫天地之理,始於無嘗,卒於亂,天不愛寶,賁極而粲焉。燦而成文,實始於因,因則緣其所自始,終則反其所繇始。因則沿,沿而相襲則匯,匯而潰,不勝末流之濫。方欲正其名,彼且竊其似,環而相證,且環而相疑。苟有一人焉,號於人曰:“我白首而能讀《八索》《九丘》,辨蝸書鳥篆者也。”必將羣而駭之,以爲售贋,以爲罔衆,而無徵不信,不胥而溺不止,又何肯以荊人之璞,易淚以血,以化蜀魄也？雖然，彼其人寔未嘗操金口木舌以揭於世，而令土鼓之徒，此倡而彼和，不有先王之典章在乎？噫！秦火興而古書無嫡系，漢法廢而字學少嚴師，《彙編》作而《正韻》有忠臣。即以流秦漂漢可矣。嗟夫！汗牛充棟，所竢公憲章者，寧翅一《正韻》也耶？今用之，吾從周藉乎於公者耳，余小子何足以知之。郢都上愚居士朱光祚謹跋。

以上明萬曆三十年（1602）刻本

大明同文集

大明同文集自序

田藝蘅

自漢叔重開先，字書之學多矣，惜乎偏旁之學未講也。蓋訓詁之不明，繇于字學之無本；反切之罔會，繇于形聲之未从。如“東”之爲字，起于“木”而成于“日”，“日”疑“曰”而“東”疑“柬”，凡“涷、棟、煉、埬、錬”等字皆从“東”而生，文固非由于“水、木、火、土、金”也；皆由東而得音，亦非由于“水、木、火、土、金”也。今諸書既棄其母而反從其子，又析其類而復分其韻，則“賁、數”與“啜”之十音，“敦”與“哆”之十一音，“標”之十二音，“卷”之十四音，“咥”與“苴”之十五音，皆將散漫而無所統屬矣。學者彼此互見，平仄莫諧，目眩心疑，曾不可以成句，況能窮其奥旨也哉？且點畫之形易淆，疑似之義罔辯，自古而變今，自篆而變隷，自隷變楷，自楷變艸，愈流愈忽，其敝已極。辟諸生人之初，由開闢來，得姓氏後，胡越各竄，音問莫通，譜牒不傳，而統緒日紊，宗祖既遠，而景響難追，如此而漫云某世家、某鉅族，吾見其索然無情，涣然罔合矣。讀書無本之學，何以異于此哉？因稽《説文》《玉篇》《書統》《正譌》諸家，輯爲此編。首之以楷，欲其易曉也；次之以小篆，欲知其原也。既正其訛，復辯其俗，畧總其韻，删訂其註，悉類而附之，然後證以古文，博以鍾鼎，并隷與艸而畧載焉，使龍文龜畫，重見目前，商鼎周彝，並陳几上，豈不爲學書者一大快事也哉？古者始于一而終于亥，今則始于一而終于萬，蓋一以貫萬，所謂得其一而萬事畢者也。庶幾可備一家之言，以資兒童之訓云爾，烏敢竊附于作者之林乎？

大明同文集序

劉　賢

書契興而文字繁，大小篆不同，實肇六書之法，秦漢變古，其意猶存。迨唐開元張説輩省減篆文，專爲楷法，雖體尚遒媚，文從易簡，而於象形、指事之制失矣。是故《廣韻》則以平上去入爲律，《玉篇》則以金木水火爲編，學者欲求某字象某形、某字從某生，則倀倀乎昧之矣。不佞每竊思之，而未得所宗。辛巳來歙，田先生間嘗辨説字體，推求同異，務與古篆六書爲合，而深闢諸家之失，遂出《大明同文集》以示。每字則先楷，使知字之名也；次篆，使知字之形也；次隸，次草，使知字之變也。楷之下，四聲備焉；篆之下，大小殊焉。而又以一字爲母，偏旁近似者爲子，各從其類，遡河而有原，尋枝而有本，千岐萬狀，舉目而睹，識之誠易易也。因請梓以廣其傳，先生難之，會婺源汪子奮然任之，而書克成，殆天假爾也。嗟夫！漢隸晉艸，秖爲書法之工；《海篇》《字説》，卒貽覆瓿之誚。是集也，四體兼該，古今備悉，則先生博矣；形聲畫蒐索詳明，則先生精矣；編劘五年而成帙，模搨百五十日而成梓，鬚髩蒼然，眸子瞀瞀，則先生勤且勞矣。讀者玩而得焉，其知先生之博之精、之勞且勤也與！黄岡劉賢撰。

大明同文集序

龍德孚

子蓺田先生《同文集》成，屬龍生德孚序之。序曰：書代結繩，昉於犧畫。畫演而文，文益而字，字以象聲，聲具乎音，心畫中聲，相合而成。下總萬形，上括元化，隆污之稽，與保氏以藝教國子，五曰六書，外史掌之，考而一焉。以故書同文，文同聲，文之所爲古也。叔代政異俗殊，聲譌形舛，周籀變爲大篆，秦斯變爲小篆，程邈、王次仲變爲隸書，爲八分書，而古文絶矣。魏繇善隸書，變隸爲楷書，又曰正書，其實一隸也。至唐衛包更爲楷書，雜以俗體，經生沿習，遂貽字學千古之厄。行書作于劉德升，而杜伯度、張伯英則以草書稱焉。今蓺文家所名四體，篆、隸、真、草是已。四體不同，統於六書。六書以象形爲本，形不可象，屬諸事；事不可指，屬諸意；意不可會，屬諸聲，聲諧矣可轉而注也。五者不足，假借生焉。會通於六者之間，曰母子相生而已。不習六書，難語字義；不諳母子，難語六書，繇母子以會通乎六書之奥。聲形允叶，文字攸同，俗釐雅復，文治斌斌古矣。聲同體異，考異歸同，同文之集，其可少諸？先太守公習書瀍，嘗手蒐四體諸集，授先别駕兄德化令裒成集，亦名《同文》，幾成而燬於災。不肖孚儗勉成之，未能也。兹序子蓺集，有慨感焉。字以母類，注附聲韻，體裁具悉，秘古旁蒐，編歷三年，稿凡六易，良工苦心哉！子蓺破萬卷，官外史，學優正字，職在考文，而遘兹天王右文，注神藻翰，同文之會，千載一時也，題曰《大明同文集》云。子蓺多所著述，可傳者不盡是，是亦足以傳子蓺矣。汪生以成，亟拜而傳之，無亦莱巴之徒與？萬曆壬午立夏日，楚武陵友弟龍德孚撰並書。

大明同文集敘

黄　衮

夫作者務稱古昔，尚矣！遡自犧畫，文字有所繇始，顧弗深考尊古之謂何，龍穗科斗之文，靡得而悉記，云頡、籀而下，變體紛紛，總之不離六書者是已。漢世去古未遠，孔壁鐘鼎所遺，存者什一。自賈逵脩復，至叔重因有《説文》始見全書。其它最著者，則有《玉篇》《廣韻》《六書統》諸集，豈不斌斌？第沿波流而忘彼岸，遂至子母多溷，則漸靡使然也。我高皇帝稽古考文，《正韻》一篇，足訂千古内制綵綸，學士經生，屬詞摛藻，率繇斯軌，同文之化，猗與盛矣！西蜀楊太史用脩氏，以博雅名海内，廋剔古文，至有偏旁未講之歎，竟力詘末年，論者惜焉，錢塘田子蓺先生因而成之。子蓺業富三餘，學窮二酉，故於字書獨究精微。斯集之彙，要在指摘偏旁，發明子母，破諸家之拘攣，直從所生彙析焉。俾後之覽者，猶之乎按譜牒以窮夫世系之自，大宗小宗，犂然較著，其羽翼文教之功，豈淺鮮哉？余先司理子秇尊公門下士也，余又忝與子蓺同官新安，顧區區好古，頗相臭味，嘗語余以字學之敝寖失初意，竊有同嘅焉。迺今三復兹集，蓋爽然適矣。夫師曠審音，離朱辨色，余于子蓺之字學，亦云。萬曆壬午夏六月十有五日，莆田黄衮撰。

大明同文集跋

吴夢生

總《大明同文集》,凡五十卷,則《易》大衍之數也。數始於元極,不獨卦畫,亦文字所由生,實開闢以來,未洩玄旨。夫子固旦暮遇之,闡發優詳,抑何奇哉? 集中有綱有目,經之緯之,而又孳乳相生,偏旁相配,羣分類聚,各歸其倫。是故察于母子夫婦之道者,其於是書也,觀其深矣,方諸頡、籀,豈所謂素臣者邪? 非也。夢生樗材,獲録門下,因覩事竣,敢紀其成云。休寧吴夢生大覺識。

書大明同文集後

余養元

史稱楊子雲識奇字,顧所著書,當時卒無知者,而曰:"吾以俟夫後之人也。" 至永元、建光之際,稍稍行於世。則許叔重從賈逵受古學,深察孳乳之義,因采撰《説文》十四篇。蓋既寢疾,而始遣其子詣闕上書,遂克頒布。厥後楊武子又作《書統》,與《説文》相表裏,然亦不能親見其傳,必待易世而後傳。是則文字顯晦,不有時哉? 田氏故稱錢塘世家,而田先生席父業,博洽兼綜,著作殆洋洋乎滿家矣。乃生平精神所獨淬礪者,則惟在于《同文》一集。蓋上自王公大人,下逮閭巷布衣,靡不延頸跂足,願得田先生書而一覽觀者。往雲杜徐公來守新安，則下車首咨田先生。及擢去，且行，猶束帛之幣，請所謂《同文集》者手録之，置橐中裝，然後趣車。未幾，復得四如以托於木。此其視楊雄諸人，果孰幸孰不幸歟？書凡五十卷，皆田先生手自讎校，間與素所厚善者參訂疑義，則時時謂曰："昔卜式願輸委助邊，豈其非人情者？良以謀臣贊畫，將士死綏，各欲自盡耳。田子，草莽臣也，生逢明盛之世，既不能論議廟堂，翊昌運，壯鴻猷，又不能執橐鞬，立殊勛于邊徼之外，則亦安所表見以荅主上？要惟不負所學爲庶幾耳。兹幸無煩内府金錢，而藉聖天子以成書，昭一代同文之治，誰謂百世而下，不有頌田子之遇者在也？"嗟乎！斯可以知田先生也已。先生居歙業已六年，所當遷者再，而卒不遷。四如因獲投分，以其所著《千文》就正，立談之頃，輒慨然爲先生成此不朽大業，意者天其以此而奉田先生乎？不然，主上需才若渴，而胡以獨後於先生？今事且竣，則固其時也。先生非久當乘傳詣京師矣。京師，古燕都也，碣石宫在焉，得無有願相與譚天者？先生往而胠天禄之藏，紬蘭臺之秘，則亦能事焉爾矣。不佞既有慨于四如之誼，遠過侯芭，而又重幸夫大明之景運隆盛，不獨文反之乎先秦，詩反之乎漢魏，書法反之乎晉，即文字亦且反之乎頡、籀，將不有以凌駕百代，而超軼千古與？因詳著之篇終，使後世得以尚論焉。若夫同文之義，與凡所以爲同文重者，則有自敘及作者之言在，不佞何敢與焉？横艾敦牂，萬曆十年律中中吕，鄣郡余養元食其撰。

大明同文集後序

汪四如

自書法興而字學廢，蓋始于晉，支離于唐宋，卒亂于胡元。雖世道之汚隆乎，而究文字之宗，察孳乳之奥者，要不可謂無人，則大明視千古爲獨盛矣。若田先生者，豈其揭日月而行者邪？先生于學無所不通，著述布天下。嘗以聖王之制字也，天地山川、艸木鳥獸與夫生人之理，罔弗攸寓，于是作《大明同文》一書，屬余纂《千字文》就正，因獲盡閲秘藏，上泝頡籀，下逮秦漢，合中國，達裔夷，鬼府僊官、梵典道籙，搜尋幾編簡練惟精，用心詎不謂之勤勞也哉？深有當于余衷，遽請縣書國門。先生笑曰："吾子休矣。不佞六書雖宗古昔，至于相生相配之妙，則以獨斷裁之，天下後世博洽多聞者不少，豈無可爲增損一字者在？苟有志焉，是余志也。"嗟夫！宇宙玄閟，非得時與人，固未易輕洩。而先生一旦發其扃鑰，容非五百年之昌會與？且□□□□貴有實際，即作者所操，誠人人殊，而其所□□□□□則一。若論極致，則子雲《訓纂》、叔重《説文》，寧無瑕瑜？若論一家言，則先生斯集實爲二書羽翼。然則不測气于律吕，不移心于高流，而猥焉以知音自鳴，信乎其終于聵聵也已。汪四如以成撰。

以上明萬曆十年（1582）汪以成校刻本

字　彙

字彙序

梅鼎祚

字學爲書以傳者，無慮數十家，要不越形聲之相益而已。《説文》《玉篇》皆立耑于一，畢終于亥，是後或次以四聲，或系以六書，權以母子，類族別生，固未有顓言數者。《篇海》從母以辨音，亦嘗從數以析類，惜乎其本末衡決，繙拾棘㦸也。吾從弟誕生之《字彙》，其耑其終，悉以數多寡。其法自一畫至十七畫，列二百十有四部，統三萬三千一百七十九字，每卷首爲一圖，俾檢者便若指掌，閲者曠若發矇。其義則本諸《説文》《爾雅》，而下之箋譯微固者，遵所舊聞，裁以己意，而刊其詭附，芟其蔓引，以卒歸于雅，攷信于《正韻》制也。若反切直音之合，則與趙司徒之所校，匪質劑而適叶符，以是信聲音由人心生者也。敘曰：古今之論文字者，必原始包犧氏之畫卦矣。其初特一奇一耦，以象陰陽，故《易》者象也，大衍以五乘十，當萬物之數，故又曰《易》者數也。《記》有之：字者，孳也，又乳也，言孳乳相生而無窮也。母之乳子伯仲者，非其名數乎？子始生，啼而可卜其終者，非聲氣之元乎？魏了翁論《易》，以經傳皆韻，魏晉間有爲《易》音者，故六書之本在象形，致變而最廣在諧聲。蓋天地之所有，形立則聲生，參天兩地而數倚焉，數生於象者也。昔所稱《易》爲萬世文字之祖者,非邪。大要以形、事、意、聲爲體,假借、轉注爲用。是編以字彙爲體,韻法二圖爲用,然而等切非始神珙也。紐字之圖,創于沈約,譜于唐元和陽甯公、南陽釋處忠,五音爲員,九弄爲方,正猶《易》圖之先後天乎。今兹之一直一横者,是其遺制也。古者六歲教數與方名,十歲入小學學六甲書計之事,周保氏教國子以六書,教與學咸以其序而成其材,然實昉之數。誕生少學《易》,爲諸生,誦通,將受餼,徙而游國子,精治六書,悟其終始于《易》,有數可循也,所篹著若此。夫自經術興,士率躐等而小學廢,《尉律》不修,薦紳先生,矢口肆筆,有不誤蹲鴟而解讀雌霓者幾何,儻即是劉覽不思過半哉!二子士倩、士杰,能讀父書而梓行之,請序于余。余念許氏《説文》初定,慎已老,遣其子公乘冲以獻。誕生方彊年,行且謁仕,抱書趨闕下,獲親睹聲明文物之盛,東觀南閣之選,宜必首被,此庶備同文之一助焉。逮若古文籀篆時存之,疏醳證援與字之會文適用者,時益之有餘力也。先太史晚嗜字學,有所訓屬,未成書。鼎祚不類,尟所涉,無以贊兹舉,有媿徐鼎臣之于弟楚金多矣。萬曆乙卯孟陬之月穀日立春,江東梅鼎祚撰。

雲棲寺重刻字彙序

楊　鼒

宣城梅氏《字彙》出,而歷來之字書俱廢,豈不以其顯而易求哉?先以畫之數攷其字之部,繼以畫之數攷其部之字,猶于百萬軍中按籍而召,所隸無不一呼而至,法無捷于此者。間嘗論之,古今之制,無不由樸略而趨繁重,由繁重而還簡易，六書之不能不近而從八法，猶漆簡之不能不廢而用楮墨，勢也。後人不察，徒咎秦之燔書，而使沮誦、倉頡蟲鳥之跡不再見於今日。豈知後世事變日繁，文告日多，即大小二篆已不能施之于秦，一變而從程邈之隸，至于今便之，雖晚出如汲冢古文、太學《石經》，昭然垂世，而人莫之宗也。自漢而下，以字學著書載在藝林，無慮數十百種，獨許氏《説文》人猶習之，以其繫隸于篆，不違于古，而兼宜於今耳，然略而未詳，後世文字多所未備。至于《四聲》《七音》《正韻》等書，獨可与已知書學者參攷之，初學之士，先不得其字之聲，何因知其聲之所在而淂其字，然後知以數考字之甚顯且易也？《字彙》之作，初亦仿《篇海》之法，第《篇海》分部時有錯綜，每令人移晷而不得所考，無怪乎《字彙》之孤行于世也。獨其中點畫，時有徇於俗而戾於古者，但于註釋之下，明晰其義，蓋亦便于初學之苦心。吾恐日久不覺，漫失其原，終有乖于畫一之制，嘗欲釐正之而未暇。嗟夫！聖言既遠，末學支離，今之文字，自六經、《倉》《雅》而外，多爲後人增撰，如漢朱育作《異字》，魏太武作《新字》，楊雄、劉歆作《奇字》，及孫和、武氏輩各有私製，不可勝計，且別有西竺方外之書，隨世收入，此今字之所由多于古文十倍也。今幸天下同文，制作大備，惟是點畫之間微有增損，第不謬于經史之正，斯可矣。後世增入之字，從其參差，姑以便俗，無不可者，又多乎哉！玆雲棲寺以是編之有裨内外典，于彼法門亦廣流通，將重以付梓，而問序於余，因爲述其大略，有所未盡，以俟來者。時康熙己未歲八月之望，西泠楊鼐撰序。

以上明懷德堂刻本

考正玉堂字彙

考正玉堂字彙序

知足子

《字彙》之有奚囊，自崇禎癸酉歲予刻始，與宣城本毫無異同。因攜遠弗便，遂祖王氏巾箱之學，束卷僅半尺許，度不甚累重，載之行笥驢背中，誠爲快事。年來翻刻甚多，以訛傳訛，竟失本來音義，求識字而反爲字誤，欲得解而反爲解惑，每爲之嘆息而不可藥救。偶遊白下，同人謂予曰："君年雖耋而目力尚強，何不重正其訛，以全初志乎？"予曰："然。"遂亟爲考訂授梓，以公四方之識正字者，聊述其概云爾。康熙庚午仲冬月，古杭知足子漫題。

清光緒十二年(1886)鉛印本

同文備考

同文備考自序

王應電

道也者，文之體質也；文也者，道之神用也；六書也者，文之輈軸乎？溥之宣教明化，遠之垂後憲前，故曰“王政之始，經藝之本”也。粤昔大猷之時，氣化純元，文字闡揚，于是經恒明而政日休。自時厥後，氣化漓而文字舛，六籍散而治教厖，蓋文字之興衰，實與道化相爲倚伏。故聖者作之，明者述焉，昭代之所隆，而否德之所畧也。自有書契已來，倉頡古文判洪濛而開之者也。意融而理勝，文約而義該，明如日星，賁如草木，易而易知，簡而易從矣。歷帝王而降，禮制至周始備，器瀀皆古所未有，故字亦多古文之所無，史籀變爲大篆，字學中不可闕焉者也。鍾鼎多出于三代之季，良庯真贋，不可復别，取二三册而已。小篆非聖王是師，以六國之所擅作者，參以己見，畫皆如箸，以便筆札，六書之體，于是大壞。至又變而隸而楷而草，存者幾希矣。自是已來，雖或以篆名家，皆子孫于李斯者也，或宗古文而真妄雜焉者也。至以私意作爲奇巧，或欲布置以爲齊整，夸紕者傳譌以爲博，滯陋者執守以爲經，而其義不可復尋矣。今欲釐正之，苟復循末世支離之迹，與之枰量較計，議論不愈煩，去道不愈遠也哉！故欲究作者之意，必盡解前人之縛而後可與言也。夫三才萬物，靡不有形。象形也者，肖其形而識之，日、月、星、雲、水、火、山、石。此字學之本也。其涉于影響思慮之所及，而不可以形傳也，則以其形而反仄增損，或重疊配合，反人爲匕、卩爲，仄山爲阝、田爲，增木爲本末、口爲，損木爲、月爲夕，重从、夘、屾、林，疊品、朤、茻、㸚，配、、、，合爲、木爲。于形不類，而意則可通。或配他文成字，土受昜明曰塲，心思成相曰想。凡動虫生爲風，禾味入口爲和。故曰會意也。天地氣化也，神而不有；萬物叢生也，蠢而無爲。裁成天地，曲成萬物，惟人而已。故酬酢萬變，紛紜百慮，孰非事也。以形以意，合數文而爲經綸之象，从又持肉于示爲祭事，从又持弓矢爲射事，从哭亡爲喪事，从目加木爲相度之事。故曰處事，謂以人處事。又曰指事，謂指人之事，即古語象事之謂也。書瀌有限而物類無窮，字烏能盡之哉？主一字之形而以他字之聲合之，因其形之同而知爲是類，因其聲之異而知爲是物是義，雨而从路、廷、林、于之聲，則爲露、霆、霖、雩；日而从夨、鄕、厤、京之聲，則爲昃、曏、曆、景。故曰形聲。霰之从散，霿之从矛，昨之从乍，映之从央。非本聲而諧之，故又曰諧聲也。夫聲出于天，或有餘焉，或不足焉。聲之有餘也，一義而各爲一聲，不能聲爲之制字也。故以一字而轉爲數聲，正轉平，中轉去。辟，君也，轉僻、譬、闢、避四聲。冘，卧器也，轉去聲，又淫、沈、酖三聲。轉注之謂也。聲之不足也，一聲而或兼數義，不能義爲之制字也，故以一字而借爲數義，風，氣也，借風俗。夷，東夷也，借平，又借傷。能，獸也，借才能。之，草盛長也，借往，又借語詞。假借之謂也。前人之論，雖各有發明，但不無得失。且六義人之所常言也，三母則人之所未講也。故畫母有十，雖體有萬變，不能違也。字母二百四十，子孫相仍，至不能生而止，雖字以萬計，不能遺也。聲母二十八，交錯于字母之中，雖聲以萬計，亦不能外也。自本而該末，挈之如珠聯網布，泝流而還源，理之如攻玉捕亡，用甲勾乙，損盈益虧，刊俗而復古，定一而歸同。故知三母可以制字，明六義可以釋經。六義之未定，三母之不講，又何六書之云？且夫結字有主客，筆勢有逆順，畫有清濁奇正，體有向背動静。故天文多圓，爛然一天星斗；地理多方，宛如大地山河；人道統成，叅于俯仰動植。玉箸施於數目，其畫直；科斗施於主點，其畫單。鳥獸動而草木植，取用于鳥跡柳葉也。服食居器，變動流行，化裁于鍾鼎諸文也。其類有八，書法亦異。考于古文，有潤色而無造作；驗之人心，有融釋而無阻礙。電蓋竊取之矣。後有覺者，欲知其方，曰法天也，崇古也，致虚也，研幾也，窮神也。天則開而我不與，古則因而我無作，虚則待其露而不先，機則成其能而不惰，神則天機流行，莫知其所以然而然也。可以與于斯義矣。昔者周公嘗設其官，曰諭書名矣，見于行事，故弗存也。孔門嘗載諸言，曰書同文矣，無王者作，故弗爲也。我太祖高皇帝操三重之柄，兼尊徵之善，嘗命儒臣爲《正韻》矣，但日不暇給，間以小篆正楷書之譌，而未嘗以古文正小篆之謬，且嚴于章奏而畧于經史，故今刀筆之吏或所玩習，而經學士夫多不識知。今上嗣位，五星聚室。夫室，天子之北宫也。壁實附之，爲文書之秘府，而五星聚焉，非天將興起斯文之兆歟？故今三才之義，幽隱畢揚，而文字之書，明習者衆。愚也生值其時，化機自中，光不容掩，流不能塞，撰述成書。然而病困之餘，功不逮識，指歸未竟。昔漢武中興，大協音樂而未諧厥成。兒寬云：天子建中和之極，兼總條貫，金聲而玉振之，遂一取裁于帝。六書之旨，其必有待于天皇考文而折衷之哉，因題曰《同文備攷》云。嘉靖己亥秋日，吴人王應電書。

録同文備考序

毛希秉

嘉靖己亥，吾友王子昭明寓婁城，取古文篆書而脩定之，至秋藁畢。次年歸崑山，復加參次，迺成今本。我師莊渠先生聞之，亟取以觀，題曰："比次倫理，訓釋簡明，前此未有也。"又嘗寓書曰："汝于六書，不但啟予，每見剖析一二，頓覺心開目明，殆天助我。汝之屯艱，亦吾之厄也。"我師德尊道嚴，少所許可，且《精藴》之作，天德王道畧盡之矣，何取于王子而云然哉？夫《精藴》者，主明道而寓諸藝者也；《備考》者，主述藝而括夫道者也。斯固並行而不悖矣。且六經之道，由六書以傳，六書毁則無以見六經，世之學書者，至斯篆而止矣，儒先之釋經者，至《説文》而止矣。夫斯篆，古文之罪人也；《説文》，斯篆之臣僕也。若《備攷》者，乃爲斯篆之士師，《説文》之宗祖焉，是豈宇宙内可少之書哉？或乃謂義非精深，詞率淺近，且俗書間存十一于千百，美矣，而未盡善也。葢王子嘗云："六義數千，古人惟取意勝者成字，非若命題作文，累數百言，義理可以具載。電述此書，皆取天機相感，義理自然呈露，一見而得者，即便札記，庶覽者亦易知。造道不精，不學之過也。艱深之語，非予所聞。至夫前人之説，電既泛其大病，而補其大缺矣。其所損益，則固寬而不迫，使後人得以游衍而斟酌之。且既以《備攷》名編，則盡善之道，固有待于作者。非惟不能，抑亦不敢。"或又謂："據理有更于舊，信己不同于人，奈何？"夫此書會通三母六義，貫穿萬餘字，目無全文，瀼外生意，不拘拘於故常，而推舊爲新，暗合古人之志。嘗見其於前人之説，始多不取，晚得他書，卒有與之同者，故尚有不同者，未可以之爲妄也。又見其於今人之説，始多抵捂，或辨論再三，卒有從之者，故尚有不從者，亦未可以之爲妄也。且王子所務，簡易不煩，每攻其所易，不困于所難，行其所明，不行其所疑，故其所就不勞而事集，覽者當究其宏綱大凡，超絶千古，振起方來而已。若指擿一二，律以後人承譌出説，考究百端，便窒礙難行矣。雅性不求人知，遇不知己者，雖羣居衆論喧呶，意中了了，竟無一字儳言。至有相處數十年，畧不自見所長，終不知之者。此書之成，或欲梓之，禁弗與，曰："容有損益也。"有借觀者，亦不欲，曰："良工不示人以樸。"但素多病，尤苦雀矇，絶不就燈，雖晴明亦須亭午。乃親筆硯，日昃而止，至有經月不下一字者。故此書每脱藁，不復能兀兀謄真。予乃使人就録之。復請之曰："盍爲翻本，庶幾有識者見之，將無俾益于子耶。"于是王子乃可之。予因識其月日，拜述其未盡之意，而附于篇端云。嘉靖辛丑春日，友人毛希秉書。

書同文備考後

羅洪先

濂溪子曰："聖人之精，畫卦以示；聖人之藴，因卦以發。"畫其見聖人乎？從而字之古文所以成也，籀其始變者也，變而爲小篆，爲隸，爲草，爲楷，則畫之意無復存，而聖人精藴隱矣。釋者出其胸臆而爲之辭，又并其隱者而變之。嗚呼！書且不盡言矣，而況非其書也乎？崑山王明齋氏執策莊渠魏先生之門,博學礪行,嘗取古文諸書正小篆之謬,別立體目而附以己見,名曰《同文備攷》,將以返古雅,翼聖教也。予始遇於毘陵,與之讎論,雖所見不無異同,要之皆不敢悖於聖人,雖未敢必盡得聖人之精藴,然視小篆俗書則甚遠矣。明齋避寇而南,前中丞可泉蔡君館穀于吉豐而書始成編,督學敬所王君刻之以傳。嗚呼!學者非有得於未盡言之意,以觀聖人之所畫,有不以爲好異者哉?豈徒不免於俗書之惑哉?嘉靖丁巳端陽明日,吉水念菴羅洪先書于石蓮洞之惟濂閣。

明齋先生注述後序

朱柔嘉

子謂子夏曰:"女爲君子儒,無爲小人儒。"夫既謂之儒,則非若凡民之從事於末作細務可知,而又謂之小人者,非以其没溺於儀章度數,而不見夫天地之純,古人之全體,與夫急知後世而不可用於時,徒言而不能行者哉!或訊余曰:"明齋先生註述之富,其諸訓詁家歟?"余曰:"柔嘉弱冠獲交於明齋,今白首矣,知之也稔。"始明齋弱而孤,躬耕以豫其恃,割産以資其兄,樹蓄蕃息,倉庚靡罄,鄉人嘖嘖曰:"是膏粱子,乃能知稼穡艱難耶。"明齋間謂余曰:"此吾適然耳,彼豈知吾志哉?大丈夫當以宇宙爲體,天下爲度,經綸參贊爲事,安能兀兀居牖下,憂百畝之不易也哉?"謂聖人之道莫備於《易》,一卦爲一事,六爻者,效天下之動者也。因而研精覃思,曰:"使義理渾成在心,以此應事,舉而措之,可以不忒矣。"於是學於《周禮》,曰:"後世治道,無出此書也。"參於乾象,曰:"天也者，王道之所從出也。”講於當世之務，曰：“學古所以通今也。”其志如此，豈儀章度數云乎哉？又嘗謂：“人不可不學一藝，可以游情，可以應務。”遂取六書正之。觀其囊括萬餘字，提其綱以爲二百四十，譜其聲爲二十八，總其畫爲一十，纍然若垂之貫珠，挈其衡而琚瑀璜衝靡有紛糾，肅然如淮陰用兵，舉其大吏，而旅卒兩伍多多益辨。苟推之於治，亦若是而已。豈彼腐儒執著陳言，付之一錢則亂者哉？然明齋夙遭閔凶，嘗自謂：“百體徒具，無一不病，天倫缺陷，靡有一全。”余每候之，十嘗九卧，雖三伏時，腹背長擁厚綿，而雅性爽朗，談吐發揚，不作愁苦萎靡態，故人莫覺之。家事屢起屢頓，遂不事家人生産，取諸札記，彙爲成書，曰：“人徒言不能行，是鸚䳇學言，侮聖言者也。始將以聖經見諸行事，不圖卒爲空言，吾所深恥，而人乃以我爲博學，何哉？”甲寅歲，倭難燬家，靡有孑遺，遂挾册至江右，主於念菴太史家。余速之，言萃於豐，笑謂余曰：“吾今幕天席地，前言殆不誣矣。”余應之曰：“兄萬里可飛，一枝可棲，當設行窩相待耳。”寓此復遭穿窬，行囊垂盡，然合則留，不合則去。有以金餽者，或受或辭，斬然不爽。雖余屢致其情，顧以禄薄辭。大中丞蔡公有延禮之典，縣令將以廢寺處之，直二百緡，以有僧不可。復措五十金爲置田廬，衆聞之欣然，謂鴻得其桷，獨愀然不樂，以爲處置失宜也。一子旅喪，曰：“申生、伯奇守父命，雖非常理，其可逆哉？天之方虐，無然謔謔。”行每加慎，屢有以宜子婦爲言者，不苟就也。余觀其平居坦夷樂易，翛然物表，不拘拘然者，及其困窮愈極，禮義愈明，確乎其不可拔，豈若高談仁義而行實背之者哉？會江右文宗敬所王公刻《同文備攷》或其他諸書，必有好而傳之者。余因著其註述之本旨以對，或人者以告於同志，其無以訓詁視王子，亦無以訓詁觀王子之書，庶有得於夫子告子夏之意云。嘉靖丁巳新秋望日，同邑友生朱柔嘉撰。

以上明嘉靖三十六年（1557）王宗沐刻本

新刻辨疑正韻同文玉海

同文玉海自序

黄道周

自一畫肇統，惟斆流萬禩矣。黄帝時，倉頡條秩書契以代結繩，至周宣王史籀始著大篆，秦以篆字難成，遂易之以隸，其何裨於古今祗服本義苞冠歟？李斯八體雖著，吾以爲厥罪甚乎坑儒，微壁間六書爍爍有光，斯世其不知有古文乎？漢興草書，又一變編紀亡庸也。昔人謂視於新故能見未形，思於濬故能知未始，予雖窺映，莫測《玉海》，然而六義具存，大槩獲備。如乾曰上形，坤曰下勢，盈虧類日月，因指事隨繼以象形，因象形而配以聲，故又緣止戈爲武、人言爲信以會意，加以轉注以老爲壽考，則又有假借之法，數言同字，聲雖異而文意實一。噫！字之義縮兹矣。國家以同文致治，帝王師相，文流墨人，誰甘蠡測？苟非博嵇詳註，未可謂覓碑飜帙，得恒量究度者也。故世有虞公，行笈之書遂不載。杖杜弗識，歷世留譏，而春蒐春菟，豈真把筆坐忘，良繇不經心目熟訂耳。故字惟我明《洪武正韻》核而詳，精而無雜，一經臚列，六義俱昭。今復參定以行世，能俾章之華也，學士立辯毫端；意之抒也，蘭朋分其玉屑。塗鵶何誚，三鱣誰訛，其爲狂闊砥柱，雖謂古今華夷，愚聖隻眼，遽窺玉海千尋，何不可顔之曰《同文玉海》，重字統也。清漳黄道周幼玄甫書。

明鄭以祺刻本

正字通

正字通敘

張貞生

乾坤定矣，繼以屯蒙，使萬物繁生，負陰抱陽，胥如屯蒙之初，雕刓不露，混沌長存，則天下後世竟相忘于無言。古先聖人，又何樂規摹點畫，爚亂聰明？惟不能安于故、返于初，于是易結繩爲書契。相傳日久，踵事增華，字不一義，書不一體，而且代各有諱，方各有音，世遠年淹，誣者益誣，疑者益疑。雖屢經博洽之士集諸儒之説，參考異同，採各家之書，搜求紕繆，而人相習于常，相安于便，明知其非，因陋就簡，童而習之，信手疾書。大學石鼓僅等斷碑，《洪武正韻》亦屬具文，孰有原本河洛，推詳蝌蚪，而審慎于有文之始，考究于未画之先，如我湟川廖公之爲《正字通》者哉？公夙稱博洽，究心理學，持船守官，罔不惟濂洛是程，間以課士之暇，編輯是書，以屬予序。予閲之而歎，是書之傳，當爲後來博古者之津筏，非僅爲小子習字者之範圍。且今日聖明製作，監于往代，郁郁彬彬，又博收圖史，延諮儒臣，象數字義，雖微必稽，得此以廣布之，藉以鼓吹休明，賡颺交泰[1]，昭一代之文章，而垂萬世之典謨，豈不盛哉？雖肰，天下英才輩出，不患無能書之人，而

①賡，當據文意改作“賡”。

患無能書而能言能行之人。書,心画也。心画形則君子小人見。柳公權對上,謂“運用之妙,存乎一心,心正則筆正”,蓋出于忠愛之誠,而因以筆諫者。舍此而求,其借倉史之書,佐唐虞之治,以翰墨爲規諷,以篆隸爲啟沃,孰足語此?吾願天下學者,得《正字通》而精研之,既有以晰理之真僞,且得《正字通》而引伸之,兼有以知心之邪正,修之家而獻之國,書之紙而告之君,無往而非,無逸之圖,無荒之戒,則此書之爲功于天下,當與古奏議並傳,豈獨字仙書聖壇坫詞場也哉?噫!以志道始,以游藝終,勿忘勿助,即此是學,當有味乎程子之言。時康熙庚戌仲冬穀旦,内翰林院侍讀學士簣山張貞生書。

正字通敘

黎元寬

夫以河洛之精微,依文而演,禮度之明備,考文而成,則字固内聖外王之業之所繫屬也。字以孳爲義,孳以生爲義,其數起一而生,至于盈萬,準夾漈所記,雖猥多不過倍萬而止,肰且往往失其正者,何居?或時之爲乎?抑非時之爲乎?蓋嘗稽之,蝌蚪以前者謂之古文,篆籀以後者謂之奇字,由古文、奇字而汎濫于末流,固未免陋庸,由末流而必追蹤于古文奇字,又未免怪僻,等之乎其未有正也。莊生曰“吾誰使正之”是已。劉士安專謂朋字未正,其意似有所切,不知將使同乎朋者正之歟?異乎朋者正之歟?同異果不足以相正,正之于其人可耳。六書之法,昉于《周禮》,而掌于保氏,則保氏者即其人也。保所謂保其身體,非僅如後世正字一官也。且其官即非正字，其人先須識字，以天上神僊尤識字是亟，況人官乎？昆湖廖公當右文之世，事文思之君，乃行其《正字通》之書，將以進御，而謂余序之。余何足與文章之觀哉？亦能言識字之義而已。昔蒼頡作書，天雨粟，鬼夜哭。或以爲後世學書者當廢耕而饑，故粟之，安知非爲獎識字者而粟之耶？姦僞萌生，故哭之，安知非爲悲不識字者而哭之耶？余竊觀公之出處，識忠孝字，其自理官以至郡守，識循良字，而其著書，識理學字。且其治文章則得之張二無、侯廣成兩先生，治經濟則得之李懋明、史道隣兩先生，守以終身，常變一致，雖所識朋字，亦未嘗不正也。《正字通》之述，尚矣。往者惟《洪武正韻》規矩甚設，百代不刊。後如王氏之《同文備考》、梅氏之《字彙》，差足頡頏。而公是集又得其大全，兼綜條貫，一無絓漏，猶《通典》《通志》，義取該括，而精核過之，可謂曰正。雖肰，正之以人，是正字之本矣；正之以一人，尤正人正字之本矣。公于是集，必之以清書，無寧惟是，華梵雜施，蓋所以尊功令而明有一也。馬伏波嘗奏成皋令丞尉三印文"皋"字各別，則異而不同。漢宣帝令張敞受書，惟學《齊語》，則同而不大。此猶是前所謂同異不足以相正者何如？正以國書之爲大同乎？天子方加意人文，博求天下能爲法書者而進用之。會當有王次仲就徵，終不欲化大鳥飛去者，使其奉此如金石，上以贊一道同風之治，下以息利欲鬬進之心，誠哉其非小補。抑聞之，上好而下甚，予欲觀古人之象，汝明天子之所好如此，蓋心正而無邪矣。是時即有柳公權復起，亦可無煩筆諫，而保氏之書，不聞詔惡，且與師氏並詔孅焉。夬，揚于王庭，乂百官而察萬民，庶幾以《正字通》爲之權輿也乎？辛亥孟夏朔日，南昌舊學年家治弟黎元寬拜手題。

以上清康熙二十四年（1685）秀水吴氏清畏堂刻本

康熙字典

御製康熙字典序

康　熙

《易傳》曰:"上古結繩而治,後世聖人易之以書契,百官以治,萬民以察。"《周官》外史掌達書名於四方,保氏養國子,教以六書,而考文列於三重。蓋以其爲萬事百物之統紀,而足以助流政教也。古文篆隸,隨世遞變,至漢許氏始有《説文》,然重義而略於音,故世謂漢儒識文字而不識子母,江左之儒識四聲而不識七音。七音之傳,肇自西域,以三十六字爲母,從爲四聲,横爲七音,而後天下之聲總於是焉。嘗考《管子》之書所載五方之民,其聲之清濁高下,各象其川原泉壤淺深廣狹而生,故于五音必有所偏得,則能全備七音者鮮矣。此歷代相傳取音者所以不能較若畫一也。自《説文》以後,字書善者,於梁則《玉篇》,於唐則《廣韻》,於宋則《集韻》,於金則《五音集韻》,於元則《韻會》,於明則《洪武正韻》,皆流通當世,衣被後學。其傳而未甚顯者,尚數十百家。當其編輯,皆自謂毫髮無憾,而後儒推論,輒多同異,或所收之字繁省失中,或所引之書濫疎無準,或字有數義而不詳,或音有數切而不備,曾無善兼美具,可奉爲典常而不易者。朕每念經傳至博,音義繁賾,據一人之見,守一家之説,未必能會通罔缺也。爰命儒臣悉取舊籍,次第排纂,切音解義,一本《説文》《玉篇》,兼用《廣韻》《集韻》《韻會》《正韻》,其餘字書,一音一義之可採者,靡有遺逸。至諸書引證未備者,則自經史百子以及漢、晉、唐、宋、元、明以來詩人文士所述,莫不旁羅博證,使有依據。然後古今形體之辨、方言聲氣之殊,部分班列,開卷了然,無一義之不詳、一音之不備矣。凡五閲歲而其書始成,命曰《字典》,於以昭同文之治,俾承學稽古者得以備知文字之源流,而官府吏民亦有所遵守焉。是爲序。康熙五十五年閏三月十九日,日講官、起居注、翰林院侍講學士加五級,臣陳邦彦奉勑敬書。

康熙字典上諭

康　熙

康熙四十九年三月初九日,上論南書房侍直大學士陳廷敬等:朕留意典籍,編定羣書,比年以來,如《朱子全書》《佩文韻府》《淵鑑類函》《廣羣芳譜》併其餘各書,悉加修纂,次第告成。至於字學,並關切要,允宜酌訂一書。《字彙》失之簡略,《正字通》涉於汎濫,兼之各方風土不同,南北音聲各異。司馬光之《類篇》分部或有未明,沈約之《聲韻》後人不無訾議,《洪武正韻》雖多駁辯,迄不能行,仍依沈韻。朕嘗參閲諸家,究心考證,凡蒙古、西域、洋外諸國,多從字母而來,音由地殊,難以牽引。大抵天地之元音發於人聲,人聲之象形寄於點畫。今欲詳略得中,歸於至當,增《字彙》之闕遺,删《正字通》之繁冗,勒爲成書,垂示永久。爾等酌議式例具奏。

重刊康熙字典原奏

玉麟、王引之

奏爲請旨遵行事。臣館奉旨刊刻《康熙字典》，所有書内列聖廟諱、皇上御名，俱應敬謹改避，經總理穆彰阿等面奉諭旨"著交提調處先將原本校看，再行刊刻。欽此"等因。臣等謹按：敬避字樣，應遵節次欽奉諭旨，並欽定科場條例敬謹缺筆。惟世宗憲皇帝聖諱向係用字恭代，於本字應缺何筆，未有明文。伏查雍正年間所刻欽定《書經》《詩經傳説彙纂》等書，遇廟諱上一字恭缺末筆，今擬敬謹遵照。下一字經書未見，惟查《書經》《詩經傳説彙纂》"真、慎、瑱、寘"等字皆缺末點，今擬仿照，遇廟諱下一字，敬缺末點。至"真、慎"等字，科場條例並未言應缺筆，查乾隆年間所刻御纂《春秋直解》，於"慎"字、"真"字未經缺點，擬遵照無庸缺筆。此外《字典》内一切行款，悉仍其舊。是否有當，恭候欽定。理合恭摺具奏，伏乞皇上訓示遵行。謹奏。道光七年十二月十五日具奏，奉旨："依議。欽此。"

慈淑樓校字圖記

章　梫

慈淑樓者，英僑歐司愛·哈同先生懿儷羅伽陵夫人讀書之所也。先生於滬西既闢愛儷園，園南更築媥垣以安宅眷，其第三重，曰燕譽堂。堂後有樓，榜曰慈淑，夫人料量家事暇，輒起居於是，左圖右史，琳琅滿目。數年以來，手校群籍，不下數十種，生平服膺倉聖，謂讀書必先識字，識字必先識篆字。西漢時，學僮十七以上，諷籀書九千字，乃得屬隸，書或不正，輒舉劾之。爲吏者且設嚴格以督識字，而況於儒？迨許氏《説文》盛行，篆、隸、真、草，歷代遞變，而新出之字，亦較漢時約增倍蓰。於是梁有《玉篇》，唐有《廣韻》，宋有《集韻》，金有《五音集韻》，元有《韻會》，明有《洪武正韻》，雖於字書不無裨益，而總其大成者，尤莫如我朝《康熙字典》，義詳音備，開卷瞭然。但僅有今隸而無篆文，猶未足滿讀書者之量。因取舊印殿版《字典》，增篆於眉，與原文互相印證，再三讎校，必精必核，凡閲一歲而全書告蕆，因寫圖以紀其事。圖中端坐操觚者，迦陵夫人也；倚几商榷若相問難者，歐司愛·哈同先生也；檢視群籍，蹀躞往來，爲夫人襄校者，睢甯姬君覺彌也。際此時衰道歇，國學將祧，而夫人猶能提倡尊倉淵源識字，其力既毅，其心尤專。展卨觀之，猶想見晴曦暮雨，丹黄雜下時矣。丙寅臘日甯海章梫記，錢塘吴士鑑書。

康熙字典跋

羅迦陵

有清康熙五十五年閏三月，《字典》告成，頒布天下，凡官府吏民，咸資遵守，將以昭同文之治也。迦陵識字之始，偶有音義未達者，輒借《字典》以便繙閲。凡古今形體之辨，方言聲氣之殊，自漢唐以來諸字書，未有若《字典》之釐然分晰、曒然明白者，六十年來，未嘗或離左右。嗣於今隸以外，兼識古篆，始知不通古篆，於今隸易滋謬誤。每於讀書餘暇，隨意臨摹，然僅形似，未敢言工也。光緒季年，學校林立，識字者因恐費研究科學時間，故羣趨簡易，甚或慕言文一致之效，創行字母，以省繁複。而坊肆中新出各種《字典》，割裂改竄，日新月異，每謂《康熙字典》卷帙太繁，引證太舊，將爲社會所唾棄，迦陵憂之，因思識字之祖，莫如倉聖，因創辦倉聖明智大學、女學及廣倉學會，徵聘耆碩，從事編纂，若《二千字文》，若《僮雅》，若《萬字韻珠》，若《小學字課圖説》，若《小學雅言》，有單録今隸者，有合録古篆者，其音其義，莫不折衷《字典》。然以既經貫串，終慮義有未詳、音有未備，頗思得《字典》善本，重付影印，以與同志者相商榷。適有殿板原槧，閱無訛敚，遂議縮以上石，而增古篆於書眉，昕夕操觚，逾歲始畢。外子偶來座右，恒絮絮舉音義相質證，蓋僑居吾國既久，亦能譯述大意，發爲論著。而始終襄成此舉者，則姬君覺彌之力居多，檢校同異，甄别真僞，往來蹀躞，無稍弛焉。覺彌亦邃於《字典》者，審音詁義，能琅琅上口背誦，洵乎難能可貴已。至袁君祖懷監督刊印，以底於成，其功亦未可没也。嗚呼！燕石自寶，敝帚終珍，耿耿此心，未敢稍易。讀是編者，或亦諒迦陵初志乎！丙寅臘八，慈淑老人羅迦陵跋。

康熙字典跋

姬覺彌

覺彌童年走燕趙，出居庸關，馳驟大戈壁，由土耳其趨歐洲諸國，歸而航海居扶桑三島間。凡謨罕默德及佉盧所流傳者，皆稍稍習之，旁究滿蒙回藏，以及片段注音等文字。倦而遄返，息轍海上，年甫逾冠也。聞迦陵夫人邃於小學，兼通梵典，因進而請業，願探吾國文字之梗槩。夫人即授《康熙字典》，曰："熟此始可讀書，並可悟切音解義諸例，使書中皆會通罔缺，無以等閒忽之。"覺彌謹受教，研究《字典》者凡一載，於其排纂之先後、引證之同異，漸有分寸，歎爲盡善盡美。由是博稽漢、唐、宋、明各字書，以供參攷。而夫人方懷鉛握槧，從事蒐輯，以爲倉聖造字之功，凡相傳千萬載，不可及吾身而見其墜也。爰設倉聖明智大學、女學暨廣倉學會，上自耆儒碩彥，下逮羈角學子，鮮不敬夫人保存國粹。而大人於校務、會務，悉皆命覺彌執鞭以從，十載於兹，所輯諸書，有已刊者，有校而未刊者，有纂而未校者，都凡數十種。夫人曰："諸書皆字學之流，非字學之源也。源何在？在《字典》。《字典》皆今隸，不可不增古篆，惜坊肆無佳槧，必得殿本而後可。"久之始獲，又久之始增篆於眉。覺彌不敏，亦嘗侍教慈淑樓，相與整理券帙，校勘章句，並屬袁君祖懷督手民排比裝訂之役，幸觀成矣。覺彌年已四十，略窺小學門徑，頗欲融合梵釋、佉盧、謨罕默德暨滿、蒙、回、藏，以逮片段注音各種文字，而歸納於倉聖，忽忽未果，引以爲憾。倘得夫人從容指授，因端竟委，以償夙願，則《字典》實其先河也。丁卯元日，睢甯北陵姬覺彌跋。

以上清康熙（1662～1722）間武英殿刻本

字典考證

字典考證奏書

奕繪、阿爾邦阿、那清安、王引之

奏爲重刊《字典》完竣，輯録《考證》，一併進呈，仰祈聖鑒事。道光七年十二月，經前任總理臣穆彰阿等面奉諭旨："《康熙字典》著交提調處先將原本校看，再行刊刻。欽此。"臣等謹將書内列聖廟諱、皇上御名，敬謹缺筆在案。嗣於八年七月，前任總裁臣玉麟等復面奉諭旨："原刻《字典》内間有譌字，今重加刊刻，自應詳查考據更正。欽此。"臣等當即督同提調及在館人員敬謹辦理，今全部校刊完竣，謹分四十册，彙爲六函，恭呈御覽。其應帶往盛京恭貯本二部，照例辦理。至應否陳設及頒賞若干部之處，仍另開單，恭候欽定，遵奉施行。欽惟聖祖仁皇帝欽定是書，體例精密，考證賅洽，誠字學之淵藪，藝苑之津梁也。其引據諸書，蒐羅繁富，自經史諸子以及歷代詩人文士之所述，莫不旁搜博證，各有依據。凡閲五載，全書告成。惟是卷帙浩繁，成書較速，纂輯諸臣迫於期限，於引用書籍字句間有未及詳校者。臣等欽遵諭旨，細檢原書，凡字句譌誤之處，皆照原文逐一校訂，共更正二千五百八十八條，謹照原書十二集輯爲《考證》十二册，分條注明，各附案語。總彙二函，恭繕進呈，伏候欽定。竊惟此次重刊《字典》，詳校原本，修改草樣，覆勘清樣，恭閱正本，逐條覈對，簽檔紛繁，辦理倍加慎重，謹查例載。常開各館有特交書籍纂辦者，書成時如有格外出力之員，聽該館臣酌量保奏各等語。此次書成，與他館移交刊刻者不同，今全書校刊已經四載，其間奔走承值、收發、校對、繕録各微員，應擇其勤奮者量予甄敘。又道光八年七月恭校《聖訓陳設本》一百一十卷完竣，彼時奏明將功課存記彙算，今擬併計考覈。除臣等總裁并提調官詹事府左春坊左中允王炳瀛、翰林院侍讀學士祝慶蕃及總纂、纂修、協修均不敢仰邀議敘外，所有校録、收掌、供事及監造董率匠役之筆帖式柏唐阿，可否照歷屆議敘之例，由臣等覈計功課，分別等第，移咨吏部内務府給予優敘，以示鼓勵之處，出自皇上逾格恩施。如蒙俞允，臣等詳覈功課，移咨辦理，是否有當，伏乞訓示施行。謹奏。

夾片

再查臣館供事，多係自備資斧當差。此次重刊《字典》，其在館鈔記簽檔承值奔走者，臣等未敢悉予保奏，惟擇其專司承發，格外出力者，謹遵歷屆議敘之例，酌量保奏。查得議敘間用之先選用之從九品席丙、周鵬展二員，前因校刊《聖訓》告成，奏准先選在案。今又承辦《字典》，始終奮勉，實係尤爲出力。該二員班次無可再加。合無仰懇天恩，俯准將該供事二員以應選之巡檢，遇有缺出，不論雙單月，即予選用，以示鼓勵，出自皇上恩施。謹奏。道光十一年三月二十九日具奏本日奉上諭："奕繪等奏重刊《字典》完竣，輯録《考證》，一併進呈一摺，所有校録、收掌、供事及監造、督率、匠役之筆帖式、柏唐阿，著准其照歷屆議敘之例，覈計功課，分別等第，給予優敘。至另片奏尤爲出力之供事候選從九品席丙、周鵬展二員，著以應選之巡檢，遇有缺出，不論雙單月，即予選用，以示鼓勵。該部知道。欽此。”

清道光十一年（1831）稿本

字典校録

字典校録首卷付梓序

英　浩

是卷末坿《補音》《增字》各一篇,《補音》摘取無多,《增字》亦同原書之例,無論古正俗譌,兼收併採,而供閲者自擇。然亦不遑詮次,隨得隨手劄録,或加案語論説,以期考核精確,毫無疑義。聞昔梁章鉅言,乾隆間霞浦舉人方鎮搜得《字典》未收之字,凡三千餘文,但至今未見梓行,恐亦佚其傳也,殊令人惋惜。兹復有原書《補注拾遺》二十四卷,統名之曰《校録》。今先付梓首卷,以質鑒於此書者。餘俟全稿校定,併梓而行之,以成全書焉爾。時光緒癸巳年寎月提日,英浩又識。

清光緒十九年(1893)硃慕純氏刻朱印本

疊壘字考

疊壘字考序

談　泰

昔韓魏公知揚州,有上書者多用古字,公笑曰:“惜介甫不在,其人頗識難字。”荆公以爲輕己,怨之。夫魏公不識古字,不失爲通儒,荆公頗識難字,適成爲小學。世之疏於六書者,往往以此藉口,而余不謂然,何也?識人人共識之字,我固了不異人也。識人人不識之字,則人屈而我信矣。且千萬人不識之字,唯一二人識之,則此一二人之聲聞,若勝於千萬人矣。能識千萬字之人,有一二字未識,則此一二字之音訓,轉難於千萬字矣。彼流俗之見成敗論人,每於倉卒之際與文人發難,萬一廣庭大衆之中,忽遇古文奇字,失於參攷,而竪儒在座,偶能辨識,則必相率而揶揄之,雖夙負盛名之人,有不慚而面赤者乎?雖然,古今文字浩如煙海,竭一生之聰明才力,冥搜幽討,未必無一字之遺。即有二十以後、三十以前,朝經暮史,晝子夜集,如古所稱高才生者,亦有不盡識之字。可見學問之事無窮盡,無方體,而又不可思議者,其文字之謂歟?然徒識衆人未見之字,專尚新奇,而於經生習見之文,反多脱漏,則逐末遺本,得粗忘精,適足貽方家一噱。嗟乎!字豈易識哉?古愚先生博極羣書,尤邃於六書之旨,凡文字之恒見者,既已洞徹無疑,而復取古文難字,另爲一編,以爲課誦童蒙之用。涉獵該洽，廣記而備言之，察訓詁之會通，究聲音之統貫。先生之於文，可謂勤矣。余嘗怪今之學僮專治舉義，一切《説文》《玉篇》等書束諸高閣，漫不經心，即六籍以内之字，有茫然不識者，遑問其他？蓋視識字爲小生之業，無關大義故也。殊不知宋《元憲》《寶翫》《佩觿集》三篇，坡公每出，必取聲韻音訓文字置篋中，晁以道晚年日課識十五字。古人之重小學如此，安得以其近而忽之？是以欲讀古書者，當先識難字，欲識難字者，宜先辨古文。誠使章句之徒熟讀古愚之書，深造自得，優柔而饜飫之，則包荒萬彙，其廣如海，自末尋源，照之如鏡，甯有難讀之書、未識之字，爲俗儒所詬病者哉？時乾隆甲寅二月杪上元，談泰星符氏拜撰。

清光緒十三年（1887）管可壽齋刻本

古今文字通釋

古今文字通釋自敘

呂世宜

昔張宏靖有言:"女曹挽六石弓,不如識一丁字。"異哉!張之辭之易也。夫字有古有今,有正有變,有真有假,有古有而今無,有今無而古有。即以"丁"字論,古文作"●",篆文作"[illegible]",隸書、正書作"丁"。"●",古文,字之正也;"[illegible]",今字,字之變也;"丁",今所用字,又變之變也。丙丁之"丁"爲"丁"真字,伐木丁丁之"丁"爲"丁"假借字。"●"今之所無,"丁"亦古未曾有。一"丁"字,遽易識哉?且自孔安國以今文釋古文《尚書》,則壁中古字,人多不識矣。自鄭康成、杜子春祖安國以今書改《儀禮》《周禮》故書,則周以來字有不能盡識矣。又自衛包奉詔以唐時俗字改羣經古字,則漢以來字欲識而無從識矣。宜自二十讀書,三十學隸,四十學篆,迄於今七十矣,於六書之指,猶茫乎若迷也。因取段氏《説文注》,或删或補,輯成此書。雖未能徧觀盡識,而於文之古今、字之正變,與夫六書之假借、習俗之譌謬,亦稍究心焉,題曰《宜略識字志實》也。吾友莊誠甫乃易以今名云。咸豐三年歲在癸丑十一月五日,西郭呂世宜敘。

古今文字通釋序

陳棨仁

不通六書之指，不足以治羣經；不通形聲義之原，不足以治六書。經猶鍵也，六書者籥也，若形若聲若義則其籥之笵也。不得其笵，不能以爲籥；不得其籥，又何以搏鍵乎？然則小學之所重者，彰彰審矣。雖然，得失難易之故，猶可言焉。自陳季立倡古音之説，而後學者知三代之正聲，循而至於顧、江、戴、段音韻之學，世固謂其無遺議矣。於是從百世之下，定百世以上之韻書，一則曰“某字古音某”，一則曰“某字古音在某部”，證之以曩籍，恢之以博辯，埽叔然、休文、法言、才老諸説而空之，其學不可謂不通也。然嘗總而按之，《賓之初筵》以“奏”與“鼓、祖”韻，《楚茨》以“奏”與“禄”韻；《大田》以“興”與“林、心”韻，《小戎》以“興”與“音、膺、弓、縢”韻；《抑》以“筵”與“秩”韻，《賓筵》以“筵”與“共、反、幡、遷、僊”韻；《竹竿》以“儺”與“左、瑳”韻，《隰桑》以“儺”與“阿、何”韻；《常棣》以“戎”與“務”韻，《常武》以“戎”與“士、祖、父”韻。同爲一字而前後乖異，求之今音而不合，求之古音而亦違。至如“民雖靡膴、周原膴膴、是用不就”諸句，依《韓詩》則韻協，用《毛傳》則聲睽，又將何所適從歟？支、佳一部，脂、微、齊、灰、皆一部，之、咍一部，似矣。然《讒鼎》之銘以“怠”韻“世”，《荀子》之賦以“佩”韻“異、媒、喜”，是支、脂可通也。《莊子·在宥篇》“疑、欺、非、譏、衰”爲韻，《百里奚妻歌》“奚、皮、扅、雌、時、爲”爲韻，揚雄《甘泉賦》“芝、虯、綏、纚、開、旎、旗”爲韻，是支、脂之可通也。執是以觀，吾未見二百六部之説之盡非，而十部、十三部、十七部之説之盡是也。蓋古今異諄，南北殊讀，據後世方隅之音，以上繩周秦經籍，質乎此而合，質乎彼而又離。其疏證之難，倍縰於形義之學，而又得失均焉，毋亦可以后乎？若夫倉頡造字、黄帝正名，鳥迒獸蹏，龍畫蟠書之屬，荒遠者勿論矣。其自古文而籀文，而小篆，而古隸，而今隸，凡鏤迹往牒，摹形逸竹，鼒彝盉獻之銘，廢塱叢祠，荒闕之碣，流別雖異，而跡象足尋。然求其精碻可據者，則莫如九千三百五十三文之書。其有一字而數形、同文而異訓者，通人樸學，類能言之。若乃經典相承之字，或索之許書而不得者，於是有疑其漏略，不知非漏略也。"僩"即《左傳》之"撊"，"癘"即《公羊》之"痢"，"㹠、豨"即《禮運》之"狘、獝"，"撅"即《明堂位》之"蕨"，"纚"即《内則》之"縰"，"稹"即《聘義》之"縝"，"槁"即犒師之"犒"，"濯"即守祧之"祧"，"殺"即《考工記》之"納"，"睸傅"即《禮經》之"賵賻"，"酌"即《特牲》之"酳"，"諰"即《論語》之"葸"，"纔"即《鄉黨》之"緅"，"覺"即《尔雅》之"鬶"，"璃"即《釋器》之"琡"，"麅"即《釋獸》之"麆"，筆畫雖殊，音義不判，此則古同一字而今分二文者也。"鬌發"之爲"滭沷"也，"栗烈"之爲"凓瀨、颲颲"也，"甹夆"之爲"徬徸"也，"參差"之爲"篸縒"也，"蹢躅"之爲"彳亍"也，"攢擅"之爲"讃遺"也，"節奏"之爲"弖丂"也，"迍邅"之爲"趁邅"也，"招摇"之爲"柖榣"也，"歌謡"之爲"哥䍃"也，"蒯聵"之爲"蔽頪"也，"提攜"之爲"褆攜"也，"嬰兒"之爲"嫛婗"也，"翦滅"之爲"揃搣"也，"菡萏"之爲"㔾嘾"也，"鞠窮"之爲"营藭"也，"踟躕"之爲"峙踞"也，"佚宕"之爲"跌踼"也，"蕉萃"之爲"醮頪"也，此則古昔經師之異文，而今以隱僻而不用者也。至若叚借之字，其類尤多，有同聲而借者，有轉聲而借者，有古用本字而今用借字者，有今用本字而古用借字者，知“周易、難易”之“易”，而不知其本爲蜥易；知“風雅、尔雅”之“雅”，而不知其本爲楚烏；知“萬”之爲數，而不知其本訓蟲；知“難”之爲艱，而不知其本訓鳥，借義嫥行，本義遂晦，斯又更僕而難數者矣。雖然，形義雖賾，探典籍而可徵；聲音雖存，叩寂寞而難信。然則欲通六書之恉者，捨形義之求而誰求哉？同安孝廉吕西邨先生精篆隸之法，盛有時名，沿波訂原，因而究心六書之恉，所著《古今文字通釋》十四卷，取金壇段氏《説文》之注而甄擇之，凡重文者、或體者、經典異文者、篆隸媘變者、假借者、通用者、俗作俗滑者，蓋四千三百五十三字，依郙氏部居詳爲疏證，最凡用段注者十之六，補段注者十之三，正段注者十之一，略音韻而嫥講形義。於戲！先生之書，可謂能得其要者矣。我朝《説文》之學推爲絶詣，始一終亥之説學僮胥知，蓋幾於家叔重而户洨長矣。而段氏之書獨夐出於嚴、錢、鈕、桂之上，雖其武斷者有可議，而其精碻者則不磨。先生獨取材於段，增删而折衷之，然則知段注之善，即可以知先生之書之善。精而審之，拓而充之，以之治六書可，以之治羣經亦無不可。光緒五年七月既望，門下生晉江陳棨仁撰。

古今文字通釋序

林維源

維源少日與先伯兄遜甫同受業於西邨吕先生之門，時先生年蓋高矣，日孳孳治經，治金石，治古文辭，未嘗有日稷暇。所譔《愛吾廬文鈔》《筆記》之屬，業已鑱棗墨楮，散在人間。

嘗以暇日進伯兄於前授手箸《古今文字通釋》一書，諄諄懃懃，思爲傳世計者甚棘，兄謹受而弆之，未及殺青，而先生夢奠。維源與兄復移家海東，鯤島鵬波，息耗闋隔，重以人事遣牾，塵軫驅牽，忽忽者且二十餘年。去歲伯兄徂謝，維源慘怛之餘，益復無俚。偶檢其書簏，得先生當日手授之稿，蟫蠹鑽蝕，幸未漫湮，而零紙殘纖，棼如紊糸。適莊養齋舍人理棹東睞，因郵商諸陳鐵香吉士，細加讎勘，畀之削人，以斁吾兄未竟之緒，而先生諄諄懃懃之心，亦藉手克告無罪焉。回念少日，杖履在前，鉛槧在後，親先生之色笑，承先生之訓方，案雪窗螢，依遲如昨。今者山頹梁萎，無復儀宗，吾兄復用家國劬心，望艾彫逝，箎孤鴒隻，學日就荒，披覽遺編，蓋不禁返袂拭面，涔涔承睫矣。光緒祝犂蟬焉之歲孟秋中澣，龍溪門人林維源謹識。

以上清光緒五年（1879）龍溪林維源校刻本

字　貫

字貫自序

王錫侯

字者，天地之管鑰，王治之舟輿，聖學之津筏，所以宣其蘊，揚其奥，顯于時而傳於後者也，故王者尊爲三重之一。自庖犧氏作，仰以觀于天文，俯以察于地理，近取諸身，遠取諸物，始畫八卦，文字之機緘以啟。迨黄帝命史臣蒼頡、沮誦探精索隱，象形會意，制作大備。于是結繩之風頓易，焕乎有章，業已先伊耆而光四表矣。自時厥後，事故日趨于殷繁，人情樂便乎簡易，古文而變爲大篆，大篆而變爲小篆，小篆而變爲隸、楷，隸、楷而兼以行、草，此亦天地升降之氣爲然，非盡斯人之好異也。顧隸、楷出自小篆，許氏《説文》所登共計九千餘字。漢代欲試爲吏者，亦必熟悉其字，方登仕版，不中程者擯之，著有《尉律》，以爲甲令，抑何嚴也！後人踵事增華，沿流失源，因方言之淆亂，長字林之荆榛，殊形詭製，雅俗雜糅，字則數倍增廣于前，而學者所識寥寥，欲求默寫九千文者，豈不難哉？是昔患無字以宣禾地之賾妙，今竟患字多以窒天下之聰明也。夫識字爲學者第一關頭，先儒已言之詳矣。攷字書於曩昔，或以形相比，如《説文》《五篇》[①]之類是也；或以韻

①五，當爲“玉”字之譌。

相附，如《唐韻》《廣韻》《集韻》《韻會》《正韻》等書之類是也。惟《字彙》以形相偶，而又以畫數多寡分爲前後，便于學者撿閲，其功頗鉅，但訓詁畧有乖遺，分部不免出入。《正字通》駁正闡發甚多，而又失於剪裁，正叶不分，亦有過爲抉摘者。欽惟聖祖仁皇帝性由天亶，學紹熙，命臣工纂定《字典》一書，搜千年之秘奥，垂三重之典章，煌煌乎如日月之經天，有目者共覩而快之矣。然而穿貫之難也，詩韻不下萬字，學者尚多未識而不知用。今《字典》所收數增四萬六千有奇，學者查此遺彼，舉一漏十，每每苦于終篇，掩卷而仍茫然。竊嘗思《爾雅》以義相比，便于學者會通，然爲字太少，不足括後世之繁變，亦且義有今古不相宜者。兹謹遵《字典》之音訓，擴充《爾雅》之義例，于是部署大者有四:天文也，地理也，人事也，物類也。于四者之中，析爲四十部，于每部之中，又各分條件，於條件之内，又詳加鱗次，其切用者居于前，其備用者尾於後。恭奉《淵鑑彙函》《佩文韻府》，下至《本草綱目》羣彙纂及諸經史有可證者，援引以助高深，其有重複可省者，稍節以便記閲。字猶散錢，義以貫之，貫非有加于錢，錢實不妨用貫，因名之曰《字貫》。生右文之代，食太平之福，沐雨露之恩，遊翰墨之場，爝火之光，雖無補于重離之照、兔園之抉，雖未窺乎天禄之藏，然序變寒暑，精勞日夜，已數年于兹矣。又喜同志者殷勤資助，得以盡寸心而付剞劂，斯亦草莽藉文事以報國之一端。尤望博雅者教督其不逮，更爲幸矣。時乾隆三十九年長至月，瑞州新昌王錫侯韓伯氏謹識。

字貫跋

王錫侯

天下凡事之成，皆有鬼神焉乘除運轉於其間，而人莫預知也。乾隆戊子、己丑之間，萃集《經史鏡》八十卷，既卒業，旋將字之切用者分類薈之，已就稿矣，然懼其弗備也。已而稿亦半爲阿誰持去。壬辰下弟後，特以《爾雅》義例條分縷析，以編其全。於是矮邸行篷，日夜窮其手眼之力。九月抵家，又以俗冗之紛也，須外避以綴之。因占句有曰："米鹽紛婦子，筆墨間昏晨。欲就鬔鬆草，扁舟問水濱。"十一月，南遊至瑞金，除日元旦，濡毫不輟，雖一力相隨，而行厨紛列，勝於椒觴聚慶，不自覺其岑寂矣。有友明經湯朝銓、文學彭左池見而稱便，欲訂同志代梓。然愚懼其擎寡而難舉也，況稿亦未完繕焉。五月家歸，十月復抵吉安，得接廬陵碩膚劉君，知愚有《字貫》之編，索稿覽，慨然遂以肩梓爲己任。隨得年友廬陵學博劉文英、萬安學博趙牧亭及龍泉文學郭月從、廬陵瀏江夙好王魯元、覆元兄弟、永豐司馬程忍廬及碩膚之友顔君贊兩、劉君履中、蕭君佐平，皆先後允可。乃擇吉甲午二月望，于吉安隆慶寺開雕。適奉新司馬涂先生及廬陵王拙山太守之姪孫紹蘧聞有此舉，皆同力樂于協成。瑞金文學羅竟軒不遠千里，亦擔囊踵至。於是將原註續加增益。至七月中旬，隆慶之局碩膚董之，乃同羅竟軒、王節庵、王仁堂分局，至省百花洲旅邸夾刻，期于速竣。時男霖霨又以鄉試來省分校，臘底復回吉安度歲，讎校摹印，而局工尚未息也。是役也，自編次計年者八，自開雕計年者二，刻工二百，費逾千金，然豈鄙意之初所能及哉？劉君碩膚，其家世積忠厚，澤《詩》《書》，至乃尊俊弼先生，尤慷慨樂施，孝友篤至，修橋路，濟先年，藉藉人口。今碩膚於此，又罄參校，兼揭貲五百餘金，始終無倦色，交遊中可多得哉？何不佞相遇之巧也。而且撲誠相契者，居距千里而遥，又多聚於吉安，俾得寬然以底於成，豈非有默爲之緣者乎？至參訂相助者，劉、趙兩年友也；兩年相較不倦者，羅竟軒也。王仁堂亦股勤與勞焉。王魯元年逾七十，路遠百里，坐待郡城五閱月，雪霜不厭，以樂觀其成，是皆可誌也。夫《正字通》出袁州張爾公先生手，或曰代刻者匿其名也，或曰張與代刻者相善，情願以名與刻者而自悔也。然是蕲顧黄公著有《字説》甚詳，緘于篋引《正字通》爲戒，囑子孫勿妄授人。今此編蒙碩膚及諸公厚義，得以藉手而鋟諸梨棗，豈非大幸乎？然愚於此數年於外，寢衣短卧，揩目旋起，不間寒暑，未嘗敢偷一息之暇也。雖如此，敢自謂有得乎？蓋字數之紛也，奥藴之廣也，載籍之繁也，愈探則愈出。若更假之以歲月，摩挲故紙，旁諮博洽，撫現在之胚模，擴未擴之雋永，或飾則必有更異於今之所得者，可以爲大雅質矣。又未知乘除轉運者之肯樂與爲緣也。乾隆四十年歲次乙未三月上巳日，王錫侯謹跋。

以上清乾隆之後（1736～1911）日本寫刻本

字孳補

字孳補自序

易本烺

臣聞之許慎曰："字者，孳乳而浸多也。" 許慎《説文》凡九千五百三十五字[①]，視《凡將》《急就》已不啻倍蓰過之。而自《説文》以後，若《玉篇》《廣韻》，下逮《字彙》《正字通》諸編，視《説文》又不啻倍蓰過之。蓋文字無窮，歲增月益，其勢然也。洪維皇朝《康熙字典》，集千古字書之大成，爲萬世學者所守法，正文之餘，別標續增，全篇之外，復有《備考》《補遺》，擇精語詳，美矣富矣！臣兄易鏡清昔奉職内廷，留心《倉》《雅》，恭讀高宗純皇帝御製文詩全集，中有文字未見於《字典》者，或經聖制，如"卒、仐、崴、犎"之類，則必謹書而備録之，以著考文模範。又或字見朝廷諭旨及臣下章疏者，亦必記之，以備掌故。流涉諸籍，甄録漸繁，題曰《字孳》，稿本粗具，未經寫定。出守慶陽，此事遂廢矣。臣清既歿，遺編幸存，臣烺覆校，時有采獲。謹案：《字典》小註有云"字亦作某"而未列正文者，《等韻》諸章有未收之字者，竊謂此當補也。《御定子史精華》《欽定國史》《明史》《授時通考》《大清律例》諸書，有《字典》所無者，竊謂此當補也。至若方輿志乘、

① "五百三十五" 誤，當作 "三百五十三"。

名人别集、《説文》字註、《水經註》、金石碑版、《説部叢書》，字具别體，文有後增者，苟不涉乎誕鄙，亦皆存其形聲。緝之十餘稔，釐爲十二卷，凡一千四百七十二文，謹依部畫，合臣清所記者通爲一編，曰《字孳補》焉。臣愚以爲收字不嫌稍俗而不可譌，方言土字雖不合古而公牒爰書沿用已久，市肆記簿，細民咸知，若必驟易正文，翻滋疑礙，且其偏旁點畫，尚有意義可尋，過而存之可也。若寫刻譌謬，不加讎校，如《字彙補》據譌本《吕覽》而《角部》有"觸"字，據譌本《三國志註》而《刀部》有"劗"字，甚且仿篆作楷，妄標古文，而"天"爲"兲"，"蕈"爲"韋"，"堲"爲"坐"，"蹝"爲"蚔"，"戔"爲"弟"，如斯之類，見譏通人，麻沙魚魯，可勝既乎？明人陳士元《古俗字略》，其鄉壁虚造者不可枚舉。臣於此尤加審慎，多所闕疑，然亦不敢謂所録者之遂無譌舛也。臣幸生右文稽古之朝，竊慕讀書識字之義，鄉曲媕陋，誦覽疎少，謹就聞見所及，寫爲副墨，以竢增删。自愧輕塵足岳，墜露添流，聊繼先臣未竟之志，仰答教思無窮之庥云尔。咸豐乙卯人日，臣易本烺恭誌。

字孳補序

易崇堦

崇堦總角受書，親見《字孳》上下二卷，已五十年於兹矣。先君趨值中書省時，每見題本中字有字書所無者，輒纂録之。因及載籍碑版異文奇字，或《字典》見於註中而正文轉略者，集爲一編。退食之暇，時摘舉二三，授堦以點畫音義之别，署曰《字孳》，積十餘年，凡得若干字。改官諫垣，出守慶陽，均無所增益，蓋亦未欲類次成書耳。道光甲辰，先君見背，堦敬裒集文詩、奏疏、雜箸各稿，呈叔父眉孫公選定。眉孫公釐訂其間，手録成帙，以授堦。堦萍梗浮蹤，靡所定處，至今有待校梓，深爲隱憾。《字孳》二卷，叔父則留之於家，依類增輯，題曰《字孳補》，堦故未之見也。同治初元，從弟晉庵鬻産刻叔父著書，《字孳補》與焉。鐫工甫竣，旋遭寇亂，版燹無存。越數年，於頹垣瓦礫間，得此卷初印本，急攜入蜀。堦受而讀之，猶憶耳提面命，依依若前日事。先君之意，蓋謂書契之興，因事生變，隨所見而製字，傳其物理，施之無窮，苟有意義可尋，即不必貴耳賤目，學者固不可無通識。先叔踵事善成，生平尤服膺"讀書必先識字"之語，故於《説文》、史籀、鳥篆、蟲書，靡不窮年研究，得其創造之原。是編古今雅俗兼收並採，要必有合於六書之意，其或音義未詳者，仍闕之俟方來。不惟擴人聞見，於字書庶亦有裨。若更不及時刊傳，是則不肖之罪矣夫！時同治九年歲在庚午，崇堦謹識於錦江之五知軒。

以上清同治九年（1870）京山易氏家刻本

類字略

類字略弁語

董承琨

《四子書》首見字僅一千二百有奇，其通借字又僅若千。幼慧者自詡書理了澈，但問字與音義，已多舛漏。爰爲略分五類，以付諸梓，俾知文字語言，互相同異，欲通書理，於斯三者，先當究心焉爾。湖東古堇董承琨識於玉杯書墅，時道光丙申三月日。

清道光十六年(1836)刻本

集字韻釋通便

集字韻釋自序

李　翼

孔孟之道，歷萬年而不朽，故雖荒陬遐域，莫不尊崇篤信，即既貧且賤之輩，亦莫不幼讀其書，蓋入於人心者深且久，雖左衽振興，莫能廢也。然有誦讀數年而一字不解者，一旦改習他業，即商賈尺牘，亦茫然莫達其意。回憶數年之精疲力倦，而父昆之拮据束脩，而先生之横施夏楚爲無益，而徒識其字也。然又因不能解釋字義，即所讀之字，亦積久仍忘，甚有可造之才，因之廢讀。其錮蔽靈慧，廢棄英姿，良可慨也。癸卯歲，予館於獻廷大兄家，與諸子講説《四子》諸書，乍説乍忘，艱於誘導。乃日取所讀之書，除生而能知如“風、雲、雷、雨”等字外，凡屬象形、諧聲、假借、會意及有實義者，各書五六字，爲之解説。弱冠者逐日注釋，計年餘，得字二千有奇。因一子欲棄儒就賈，予恐一旦舍去，仍屬茫然，乃取平日所能解之字，依韻成句，俾熟誦於口，庶終身不忘，即在闤闠中，亦可默念也。顧倉卒所爲，多未愜意，然所重不在此也。光緒甲辰年且月下旬，江陽李翼自識。

清光緒三十年（1904）刻本

文字通釋略

文字通釋略自敘

鍾祖綬

致用必本窮經,窮經不外訓詁。漢前六經無注,《爾雅》即六經之注而别行者,其書或一字而分爲數訓,或數十字而合爲一訓,只言用字之當然,而不箸造字之所以然。漢人取以注經,治經者玩其注,古籍之義理可解,五方之言語可通,讀書如此,似已足矣。惟一字有數形,問其誰爲本形,誰爲變形;一字有數義,問其誰爲本義,誰爲借義;一字有數音,問其誰爲本音,誰爲轉音,則茫然不知也。且羣經源合而流分,如《書》有古文今文之異,《詩》有齊魯韓毛之分,《論語》有古魯齊之殊,《春秋經》有《左》《公》《穀》三傳之别,彼此互勘,每有異文。如《尚書》古文"方鳩僝功",今文作"旁逑孱功";《毛詩》"江之永矣",《三家詩》作"江之羕矣"之類,問其前何以同,後何以異,異者何以仍歸於同,每扞格而難通,此何故哉?蓋由小學不講,《説文》六書之法不明也。古者男子八歲入小學,保氏教國子,先以六書。指事、象形、形聲、會意四者爲造字之法,轉注、假借二者爲用字之法。闇於造字之法,則古形古義古音不明,而文字之體不立;昧於用字之法,則引伸假借不箸,而文字之用易窮。《説文》者,造字之書也,而用字之法即寓於中;《爾雅》者,用字之書也,而造字之法不箸其説。

悉《爾雅》之學，雖羣經得其訓詁，而文字制作之原終未探其奧窔，譬之升堂猶未入室也。明《説文》之學，古形古義古音既憭，則引伸假借之義可由此而推，譬之乘舟，順流而下，沛然往矣。由是觀之，《爾雅》《説文》雖交相爲用，而欲有事於《爾雅》，必當先事於《説文》。許君生漢末，值篆廢隸行之後，當野説横溢之秋，作《説文解字》一書，所以箸篆體，明羣經，存王道也。大小徐傳於宋。近時其學益昌，注者頗衆，惟段氏若膺《説文注》、桂氏未谷《説文義證》、王氏菉友《説文釋例》、朱氏允倩《説文通訓定聲》四家之書極爲博雅，雖其辯説瑜瑕互見，要爲許氏功臣，治《説文》者必當究心也。惟其書卷帙緐重，初學之士有意問津，輒望洋興嘆，瀕戚而止者多矣。綬於許書紬繹有年，嘗欲采諸家之長，爲《説文》作集解，有志未逮。不幸中年雙目病瞽，夙志全銷，兀坐無聊，日令兒子誦《説文段注》，默識心融，每有新得，箸述之念又恒起伏於私衷。今年七十有二，自知去天無幾，終恨箸述無成。既而思之，雖限於財力，不能爲全書作注，而不箸一字，於心終覺歉然。乃起而率成此篇，經始於丁未仲秋朔，告竣於小除夕，五閲月而書成，顔曰《文字通釋略》四卷、《説文引經通釋》四卷。雖苦心分明，究挂一漏萬，不過爲初治《説文》者導其先路。若欲極文字之大觀，覽攷據之博洽，則有諸先生之成書在，進取而求之可。或曰：今尚新學，子講舊學，書雖成，得毋類冬之葛、夏之裘，其如無人檢閲何？綬曰：吾之爲此，亦如候蟲時鳥鳴乎其所不得不鳴，人以爲悦耳也聽之，以爲聒耳也亦聽之，書之行否所不計也。聊盡吾覺世之心，完吾秉彝之性而已。且今世雖尚西學以從時，亦兼存中學以遵舊，如鄂省存古學堂之設，可見有心人欲輓江河於日下，力存仁義於幾希，即寓有愛惜碩果、保護蒙泉之意也。況乎天道不絶，人道不歇，則聖經必不滅，聖經不滅，則羽翼聖經如許書者亦必不滅。許書不滅，則闡發許書之書，詎必不遇有心人愛惜如碩果、保護如蒙泉乎？獨是綬爲此篇，有數難焉：年老則思力衰，目盲則觀覽困，家貧則搜羅隘，學淺則識見庸，兼之倉猝成書，諸凡潦艸攷訂之踳駁，傳寫之魯魚，在在瑕疵，知所不免。尚望大雅君子，不吝教誨，摘譌誤，削謬愆，俾綬學問不致終迷，是猶棄敝屣而獲珠玉，斯則夙夜懇懇所拜禱者。時光緒三十三年丁未季冬，長沙鍾祖綬寄樵謹識。

文字通釋略敘

劉人熙

長沙鍾寄樵先生，少好許君之學，不幸中歲盲目，然默坐澂思，背誦昔聞，往往創獲新義，既自怡説，抑以津逮後學。欲解古經，須識古字，隸變以後，往往失其本義，以證古經，輒難索解。泰西學人，亦求拉丁文字，與我國經生援證《説文》、旁稽《爾雅》同也。先生年七十矣，握手甚歡。已覓口授門人鈔成《文字通釋略》四卷，枕祕自珍，欲梓以行世，而家貧難供梓費。同人惜之，思成其志，一以傳先生之苦心，一以爲學子之門徑，則斯篇也，將與左邱氏《國語》争光矣。時光緒三十四年戊申中春，瀏陽劉人熙記。

以上清光緒三十四年（1908）刻本

古文官書

小學搜逸·古文官書敘

龍　璋

《隋書·經籍志》:"《古文官書》一卷,後漢議郎衛敬仲撰。"《唐志》作:"《詔定古文字書》一卷。"玄應《一切經音義》引《詔定古文官書》數節。諸書引《古文官書序》,各有異同,皆據録。許氏《説文》及某韻各有引衛宏説,蓋皆《古文官書》中語,故並具于《存疑》焉。攸縣龍璋。

清光緒十年(1884)龍氏刻本

古文奇字

小學搜逸·古文奇字敘

龍　璋

《隋志》:"《古文奇字》一卷,郭顯卿撰。"《唐志》著録二卷,郭訓撰。訓別撰《字指》。顯卿,即其字也。攸縣龍璋。

清光緒十八年(1892)山陽顧氏刊本

俗書證誤

重刊俗書證誤序

傅雲龍

《俗書證誤》,隋顔愍楚書也,坊本沿明刻。元陶九成《説郛》本作"宋顔愍楚",誤。考宋無同姓名其人,且隋唐兩《志》、《經解·小學類》載愍楚《證俗音略》一卷,即其通小學之一證。《家廟碑》:"愍楚,之推子,直隋内史省。"《唐書·朱粲傳》:"隋著作郎陸從典、通事舍人顔愍楚謫南陽,粲初引爲賓客,後盡食兩家。"事在粲降唐以前,是愍楚之爲隋人無疑。同治甲戌七月辛丑朔三日,傅雲龍識。

清同治十三年(1874)味腴山館傅雲龍刻本

俗書證誤訂

俗書證誤訂自序

章震福

偶於叢殘中檢得字書四種，乃嘉慶間歙縣程氏得齡梓行本，中有一卷，題曰《俗書證誤》，齊顏愍楚著，蓋千餘年前書也。因校訂付梓，免致遺失，或亦小學之一助云。其餘三種，曰《金壺字攷》，曰《字林》，則善本已多。曰《字書誤讀》，乃宋人王雱譔，無事校訂。光緒甲午夏月，歸安章震福識。

清光緒（1875～1908）間鉛印本

干禄字書

干禄字書自序

顔元孫

史籀之興，備存往制，筆削所誤，抑有前聞，豈唯豕上加三，蓋亦馬中闕五。迨斯以降，舛謬寔繁，積習生常，爲弊滋甚。元孫伯祖，故秘書監，貞觀中刊正經籍，因禄字體數紙，以示讎校楷書，當代共傳，號爲《顔氏字様》。懷鉛是賴，汗簡攸資，時訛頓遷，歲久還變。後有《羣書新定字様》，是學士杜延業續修，雖稍增加，然無條貫，或應出而靡載，或詭衆而難依。且字書源流，起於上古，自改篆行隸，漸失本真。若總據《説文》，便下筆多礙，當去泰去甚，使輕重合宜。不揆庸虚，久思編緝，頃因閑暇，方契宿心。遂参校是非，較量同異，其有義理全僻，罔弗畢該，點畫小虧，亦無所隱，勒成一卷，名曰《干禄字書》。以平、上、去、入四聲爲次，每轉韻處，朱點其上。具言俗、通、正三體，大較則有三體，非謂每字總然。偏旁同者，不復廣出，謂“忩、殳、氐、回、臼、召”之類是也。字有相亂，因而附焉。謂“彤、肜；宂、究；禕、褘”之類是也。所謂“俗”者，例皆淺近，唯藉帳文案、券契藥方，非涉雅言，用亦無爽，儻能改革，善不可加。所謂“通”者，相承久遠，可以施表奏牋、尺牘判狀，固免詆訶。若須作文言及選曹銓試，兼擇正體用之佳。所謂“正”者，竝有憑據，可以施著述文章、對策碑碣，將爲允當。進士考試，理宜必遵正體,明經對策,貴合經注本。又碑書多作八分,任别詢舊則。有此區别,其故何哉?夫筮仕觀光,惟人所急,循名責實,有國恒規。既考文辭,兼詳翰墨,昇沉是繫,安可忽諸?用捨之間,尤須折衷,目以"干禄",義在兹乎?綆短汲深,誠未達於涯涘,岐多路惑,庶有歸於適從。如曰不然,請俟來哲。

重刻干禄字書序

楊漢公

太師魯公,忠孝全德,儀形古今,存道殁身,焕乎國史。文學之外,尤工隸書,盡鍾繇之精能,極逸少之楷則。頃因左宦,曾牧兹郡,才大事簡,居多餘閑,録《干禄字様》,鐫于貞石,仍許傳本,示諸後生。一二工人,用爲衣食業,晝夜不息,刓缺遂多。親姪頵頃牧天台,懼將磨滅,欲以文字移於他石,資用且之,不能克終。漢公謬憩棠陰,獲觀墨妙,得以餘俸成頵之意,自看摹勒,不差纖毫,庶使筆蹤傳於永永。時開成四年六月廿九日,刺史楊漢公記。

重刻干禄字書記

勾　詠

柳公權對穆宗用筆法曰:"心正則筆正。"是言也,雖公權時以筆諫,然論書法,理固如是。余觀顔魯公筆蹟,乃知公權之言不妄。魯公，忠正人也，功名事業，列於國史，其全德偉行，英風義烈，貫映千古。文學之外，尤工隸書，大小二體，筆力遒勁，如服介胄，如冠獬廌，凛凛乎若誚盧杞而咤希烈，有不可犯之勢。蓋其心畫所寓，誠可畏而仰之。往由左宦臨牧吴興，暇隙書《干禄字樣》，鐫刻于石，傳示後生。然石刻在刺史宅東廳院，傳之惟艱，故世罕得善本，而蜀士大夫所見惟板刻，尤鮮得其真。府尹龍閣宇文公比刺湖州，得魯公所書與楊漢公所摹二本，特爲精詳。公深喜魯公書，於《干禄字樣》尤致意焉。非獨愛其字樣，而且愛其書法之工；非止愛其書法，而又愛其心術之正。惟愛之篤，故惜其久而淪廢，於是俾以楊、蜀二本參校，若顔書之刓缺者，以二本補焉，不可推究者闕之。合通顔書之士，摹勒刊石于泮，使學者矜式，且欲所傳之廣。噫！魯公所書寔大曆九年，自大曆至開成，僅踰甲子，石已刓缺，姪顒欲移他石，不果。後刺史楊漢公摹勒成顒志，時開成四禩也。自開成歷五季迄皇朝，距今凡五甲子，漢公傳本亦寖磨滅，魯公真跡所存纔十四五爾。矧公去郡，今復幾載，其石存亡不可知，幸而存焉，無好古博雅君子寶而護之，且有風雨摧剥之虞，則彼筆蹤或未可保。今公再傳茲石，雖謂摹刻失真，然梗槩猶在，學者意解神悟，尚庶幾得髣髴於斯，抑自公始也。紹興壬戌八月既望，梓學教授成都勾詠記。

刻干禄字書跋

陳蘭孫

《干禄字編》，顔魯公書法也。書尚字，字尚體，某正、某通、某俗，音分類別，如印印泥，書法中之繩尺也。余少學顔書，奈以薑牙歛手，虚負是編。敬刻諸郴江精舍，與學書者共之。時方右文，以是干禄，或可無祇授賢良之笑矣。若夫心正則筆正，又每自得於書法外，干禄云乎哉？寶祐丁巳，嘉平郡文學，衡陽陳蘭孫書。

干禄字書序

孫　沐

右《干禄字書》，再以魯公石刻校之，多所更定，惟平聲有“篪”字，在《四支》韻中，是作壎篪之“篪”，當竹下從虒，今乃从虎，自讀爲虎，而非可音池也。上聲有“惚”字，在《十九皓》韻中，同爲“惱”字，攷字書“惱”字別無此體，即恍惚之“惚”也，音忽。夫此帖自唐入宋，已經傳刻，當時亦云寖磨滅矣，況後世苟簡，書寫而正之風日遠，又安知非烏焉之類乎？二字俱誤無疑，姑識于此。嘉靖丁亥歲春，丹陽孫沐書。

重刻干禄字書跋

傅雲龍

按顔元孫《干禄字書》一卷，見《唐志》，此碑題額、標首皆作《字書集古録》，因楊漢公跋題曰"字樣"，非也。元孫，杲卿之父，兩《唐書》並附見《杲卿傳》。碑首題"朝議大夫、滁沂豪三州刺史、上柱國、贈祕書監顔元孫撰"，據《傳》但云"歷官長安尉、太子舍人、亳州刺史，卒"，此云滁、沂、豪三州刺史，與顔氏《家廟》所述正同，則劉、歐兩史略也。次題"第十三姪男、金紫光禄大夫、行湖州刺史、上柱國、魯郡開國公真卿書"，考《家廟碑》敘顔氏世系，自後齊黄門侍郎之推生思魯、愍楚、游秦三子，思魯生勤禮，其兄弟行又有師古、相時、育德三人，勤禮生昭甫、敬仲、殆[①]、無卹、少連、務滋、辟彊七子，昭甫生元孫、惟貞二子，元孫生春卿、杲卿、曜卿、旭卿、茂曾五子，惟貞生闕疑、允南、喬卿、真長、幼輿、真卿、允臧七子，是元孫爲真卿之伯，以杲卿兄弟雁行數之，真卿應居十一，而云第十三姪者，或統男女計之，或尚有諸兄早殤，《廟碑》所不及也。此碑敘云"元孫伯祖，故祕書"，即顔師古。師古爲勤禮之兄，故稱伯祖耳。云："貞觀中刊正經籍，因録字體數紙，以示讎校楷書，當代共傳，號爲《顔氏字樣》。"又云："後有《羣書新定字樣》，是學士杜延業續修。"二書皆不見於著録，蓋是書既出之後，較師古、延業所著特爲詳善，而二書遂以不傳也。顔於宋、齊、隋、唐間皆爲著族，以簪紱世家，至

① "殆"後當據《家廟碑》補"庶"字。

開天時，更以忠節顯名天下。然顔氏自之推以後，類能研覃經史，著書立説，而於六書聲韻之學尤有專長。其所撰述，此書之外，載隋、唐兩志《經解·小學類》者則有之推《急就章注》一卷、《訓俗文字略》一卷、《筆墨法》一卷，愍楚《證俗音略》一卷，師古《匡謬正俗》八卷、《急就章注》一卷，真卿《韻海鏡源》三百六十卷，餘如之推《家訓·書證篇》、游秦《漢書決疑》、師古《漢書注》諸書，皆於小學家言再三致意。是則一門著作，多有淵源，其討論之功，非止旦夕。元孫《字書》，繁簡得中，辨證確鑿，爲歷代楷模者，宜也。唐制，取士之法兼及書判，有小學科。此書剖析正俗，便於蒙誦，故以"干禄"命名。書分平、上、去、入四聲，所列字以韻之先後爲次，統分通、正、俗三等，其例凡六。有舉二字而注"上俗，下正"者，"㓛功"之類是也；注"上通，下正"者，"蒙㩚"之類是也；亦有二字並正者，"躬躳"之類是也。有兼舉二字而分疏其義者，"童僮"之注"上童幼，下僮僕"之類是也。有舉三字而注"上中通、下正"者，"聦聰聰"之類是也；注"上俗、中通、下正"者，"兹玆玆"之類是也。雖通卷未必折衷至當、盡合六書之義，然唐承六朝之後，書體譌謬百出，得是書綜其大概，以津逮學者，實足以輔翼經史。且其時《三蒼》《字林》《凡將》《勸學》《飛龍》諸書尚存，采擇既博，説或不同，未可概以許氏《説文》律之也。原碑爲魯公刺湖州時所書，刻於大歷九年開成中，楊漢公嘗有摹本，《集古録》兼收兩碑，已云原碑殘缺過多，則自宋而後，寖已不顯。今楊漢公本亦不可見，而《湖州府志》猶存，其跋云："太師魯公，忠孝全德，儀型古今，存道没身，焕乎國史。文學之外，尤工隸書，盡鍾繇之精能，極逸少之楷則。頃因左宦，曾牧兹郡，才大事簡，居多餘間，録《干禄字様》，鐫於貞石，仍許傳本，示諸後生。一二工人，用爲衣食業，晝夜不息，刓缺遂多。親姪禺頊牧天台，懼將磨滅，欲以文字移於他石，資用且乏，不能克終。漢公謬憩棠陰，獲覩墨妙，得以餘俸，成禺之意。自看摹勒，不差纖毫，筆蹤傳於永永。時開成四年六月廿九日。"凡一百六十字。玩"謬憩棠陰，獲覩墨妙"諸語，是漢公所摹之本仍在湖州。而此碑後刻紹興壬戌成都句詠跋，稱"府尹宇文公比刺湖州，得魯公所書"云云，則宇文所摹自在蜀中，故至今潼川學宮猶存其石。《輿地碑目》稱"《干禄字書》湖州有二，一在墨妙亭，一在魯公祠"者，謂原碑及漢公本也。元談鑰《吴興志》稱"《干禄字書》今在墨妙亭"者，其時原碑已亡，僅據漢公摹本而言也。鄭元慶《湖録》論此碑，乃謂《輿地碑目》所云，即楊漢公、宇文時中所摹之二碑。談《志》在紹興之後，何以止載其一？則元慶誤以宇文摹本爲在湖州，而反疑談鑰之陋，其謬甚矣。宋、金兩《史》，皆有宇文虚中傳而無時中傳，《四川通志》但於《職官志》載時中名，注云"成都人"。據元費著《氏族譜》，則時中與虚中爲兄弟行，以直龍圖閣知潼川，與碑悉合，而不言其嘗刺湖州。且時中身爲刺史，留心古蹟如此，當時善政，必有可紀者，而《湖州府志·名宦傳》不載，並《郡守表》亦無其名，何歟？碑字方整有法度，尚存魯公遺意，句詠所云"令通顔書之士摹勒刻石"者，信非虚語。而《匏翁集》直謂詠所書與公頗類，則誤也。詠跋又謂"蜀士大夫所見惟板本"，是南宋初已有登諸梨棗者。其後寶祐丁巳，陳蘭孫亦嘗以是書雕板，尚存於世。近揚州馬曰璐所刊《干禄字書》即用宋本，然其中謬誤，不一而足，誠如《四庫提要》所云者。今石刻雖已斷缺，而可見之處猶有十之七八，以校陳氏之本，迥有逕庭。昶嘗手録其文，詳加校定，偏旁點畫，一依原碑，行付剞劂，冀復顔氏之舊焉。王昶《金石萃編》。

右碑在三臺儒學尊經閣下,《干禄書》爲顔元孫譔,魯公從叔也。按魯公本傳,代宗時公以忤宰臣元載貶湖州刺史,乃書《干禄字樣》,以永其傳。是刻於湖,非刻於潼也。《潼川州志》謂《干禄碑》公自書在州學,按乾隆間四川提學吴白華跋云:“歐陽公以《干禄書》真本開成中石已訛缺,世所傳者乃楊漢公摹本,潼安得有此? 亟訪之尊經閣下,碑石厚尺餘,穴兩旁如貫綘之制,其正面則表裏刻之,碑下斷一尺餘,宋人《跋》已不完,《跋》首言‘《干禄碑》在湖州刺史宅東廳,蜀士所見惟板刻,鮮得其真。府尹龍圖宇文公比刺湖州,得公所書’,以下缺。《州職官志》宇文氏三人:‘昌齡,雙流進士;時中,成都進士;峒,成都人,脩治學校。’《四川科第志》無時中名,惟《費氏族譜》言‘宇文氏凡六院,其自廣都院者,閎中、粹中、虚中選登第,時中賜進士第,後以直龍圖閣知潼川’,當即是跋所云‘府尹龍圖閣’也。虚中以建炎初使金遇害,與時中爲兄弟行。碑之立,當在建炎、紹興之際,容訪足本再考之。”據吴跋,自是宇文時中以湖州本摹刻於潼者。劉喜海《金石苑》。

書首元孫結銜稱“滁、沂、豪三州刺史”。按《唐書·地理志》濠州鍾離郡初作“豪”,元和三年改從“濠”。《廣韻》:“豪,州名,屬九江郡。”《廣韻》本於孫愐,愐撰《唐韻》在天寶十載,可徵其時州名之作“豪”。洪慶善考韓退之作《徐泗濠三州節度掌書記廳石記》在貞元十五年,因據《唐志》以證俗本作“濠”之誤。而吴曾《能改齋漫録》駮之,引杜佑《通典》稱“濠州”,以議《唐志》之失宜,《潛研堂金石文跋尾》不以吴爲然也。《金石文字記》云:“序稱‘姪男真卿書’,書‘姪’而又加‘男’,唐人俗稱古者兄弟之子皆曰子。”武億《金石跋》云:“徐氏謂元孫作《干禄字書》,其從孫真卿書之於石,從孫殆從子之訛。"《集古録》收顔書與楊漢公摹二本，真蹟杳矣。即云見楊本如《東觀餘論》者，亦不多得。至宇文摹刻於潼，乃一石而兩面書之，句詠跋泐其半，《金石萃編》補"與楊漢公所摹二本，特爲精詳，於是俾以楊、蜀二本參校，若顔書之刓缺者，以二本補焉，不可推究者闕之，令通顔書之士摹勒刻石於類，使學者矜式，且欲所傳之廣。壬戌八月既望，成都句詠記"七十五字，核與碑存殘字小有異同。考句氏系出句芒，王應麟《姓氏急就篇》："蜀有句氏，唐法雨殘石鐫人句海朝，《錦里耆舊傳》譔人句延慶。又宋句濤字景山，新繁人，高宗歎其忠，其蜀望族歟？"《中興藝文志》有宋婁機《廣干禄字書》五卷，明楊士奇等所編《文淵閣書目》猶存其名。"同治甲戌孟秋之月，傅雲龍識。

以上明萬曆（1573～1620）中刊本

五經文字

五經文字序例

張　參

《易·繫辭》曰:“上古結繩以理,後代聖人易之以書契,百官以理,萬人以察[①]。”蓋取諸夬,夬,決也。王庭孚號決之,大者決以書契也。逮《周禮》保氏掌養國子以道,教之六書,謂象形、指事、會意、形聲、轉注、假借六者,造字之本也。雖蟲篆變體,古今異文,離此六者,則爲謬惑矣。王者制天下,必使車同軌、書同文,故教人八歲入小學,文有疑者,則必闕而求之。春秋之末,保氏教廢,無所取正,各遂其私,故孔子曰:“吾猶及史之闕文也,今亡矣。”蓋夫子少時,人猶有闕疑之問,後亡斯道,歎其不知而作之也。蕭何漢制,亦有著法,太史試學童,諷書九千字,乃得爲吏,以六體試之。吏人上書,字或不正,輒有舉劾。皆正史遺文,可得焯知者也。劉子政父子校中祕書,自《史籀》以下凡十家,序爲小學,次於六藝之末。後漢許叔重收集籀篆古文諸家之學,就隸爲訓注,謂之《説文》。時蔡伯喈亦以滅學之後,經義分散,儒者師門各滯所習,傳記交亂,訛僞相蒙,乃請刊定五經,備體刻石,立于太學之門外,謂之石經,學者得

① 人,避“民”之諱改字。

以取法焉。遭離變難，僅有存者。後有吕忱，又集《説文》之所漏略，著《字林》五篇以補之。今制，國子監置書學博士，立《説文》《石經》《字林》之學，舉其文義，歲登下之，亦古之小學也。自頃考功禮部，課試貢舉，務於取人之急，許以所習爲通，人苟趨便，不求當否，字失六書，猶爲壹事，五經本文，蕩而無守矣。十年夏六月，有司以職事之病，上言其狀，詔委國子儒官勘校經本，送尚書省參。幸承詔旨，得與二三儒者分經鉤考而共決之，互發字義，更相難極。又以前古字少，後代稍益之，故經典音字多有假借。謂若借"后"爲"後"、"辟"爲"避"、"大"爲"太"、"知"爲"智"之類，經典通用。陸氏《釋文》，自南徂北，徧通衆家之學，分析音訓，特爲詳舉，固當以此正之。唯今文《尚書》改就今字删定，《月令》依其時進本，與《釋文》音訓頗有不同。卒以所刊，書于屋壁，雖未如蔡學之精密、《石經》之堅久，慕古之士，且知所歸。然以經典之文六十餘萬，既字帶惑體，若"鼏、冪"同物，《禮經》相舛；"蔿、薳"同姓，《春秋》互出；"詁、故"同義，《詩》題交錯之類。音非一讀，若鄉原之"鄉"爲"嚮"，取材之"材"爲"哉"，兩音出於一家，而不決其當否。學者傳授，義有所存，離之若有失，合之則難並。至當之餘，但朱發其傍而已。猶慮歲月滋久，官曹代易，儻復蕪汙，失其本真，乃命孝廉生顔傳經收集疑文互體，受法師儒，以爲定例，凡一百六十部，三千二百三十五字，分爲三卷。《説文》體包古今，先得六書之要，若古文作"明"，篆文作"朙"；古文作"坐"，篆文作"㘸"之類，古體經典通行，不必改而從篆。有不備者，求之《字林》。若"祧、禰、逍、遥"之類，《説文》漏略，今得之於《字林》。其或古體難明，衆情驚懵者，則以《石經》之餘比例爲助。若"宐"變爲"宜"、"晉"變爲"晉"之類，《説文》"宐、晉"人所難識，則以《石經》遺文"宜"與"晉"代之。《石經》湮没，所存者寡，通以經典及《釋文》相承隸省，引而伸之,不敢專也。若"𦗦"變爲"壽"、"㮚"變爲"栗"之類,《石經》湮没,經典及《釋文》相承作耳。近代字樣,多依四聲,傳寫之後,偏傍漸失。今則采《説文》《字林》諸部,以類相從,務於易了,不必舊次。自非經典文義之所在,雖切於時,略不集録,以明爲經不爲字也。其字非常體,偏有所合者,詳其證據,各以朱字記之,俾夫觀省,無至多惑。大曆十一年六月七日,司業張參序。

重印五經文字跋

毛　扆

吾家當日有印書作,聚印匠廿人刷印經籍。扆一日往觀之,先君適至,呼扆曰:"吾縮衣節食,遑遑然以刊書爲急務,今板逾十萬,亦云多矣。竊恐秘册之流傳者,尚十不及一也,汝曹習而不察,亦知印板始於何時乎? 蓋權輿於李唐,而盛於五代也。"後夏日納涼,請問其詳。先君曰:"古人讀書,盡屬手抄。至唐末,益州始有墨板,皆術數、字學小書而不及經傳。經傳之刻,在於後唐。"自後考之,後唐長興三年,詔用西京《石經》本,雇匠雕印,廣頒天下。見《五代會要》第八卷。宰臣馮道等奏曰:"請依《石經》文字刻九經印板。"又按《國史志》:"長興三年,詔儒臣田敏校九經鏤本於國子監。"扆購得《五經文字》一部,係從宋板影寫者,比大曆石本注益詳備,前有開運丙午九月十一日田敏《序》。按丙午,開運三年也,則田敏之奉詔在後唐長興三年,越十六年,至石敬塘之世而雕成印本。由此觀之,蓋祖於五代本矣。石刻舉世有之,但剥蝕處杜撰增補，殊不足據，要必以此本爲正也。虞山毛扆識。

以上清康熙（1662～1722）中揚州馬氏叢書樓刊、

道光二十九年虞山顧氏彙印本

新加九經字樣

新加九經字樣自序

唐玄度

臣聞秦焚《詩》《書》，塞人視聽，漢興典籍，以廣聰明。伏以龜鳥之文，去聖彌遠，點畫訛變，遂失本源。今陛下運契黄虞，道崇經籍，觀人文以成俗，念鳥跡之乖方，繇是遂微臣之上請，許於國學創立石經，仍令小臣覆定字體，謬當刊校，誓盡所知。大曆中，司業張參掇衆字之謬，著爲定體，号曰《五經文字》，專典學者，實有賴焉。臣今參詳，頗有條貫，傳寫歲久，或失舊規，今删補冗漏，一以正之。又於《五經文字》本部之中，採其疑誤舊未載者，撰成《新加九經字樣》一卷，凡七十六部，四百廿一文。其偏旁上下本部所無者，乃纂爲《雜辨部》以統之。若體畫全虧者，則引文以證解。於雅言執禮，誠媿大儒，而辨體觀文，式遵小學。其聲韻謹依《開元文字》，避以反言，但紐四聲，定其音旨。今條目已舉，刊削有成。願竭愚衷，以資後學。當開成丁巳歲，序謹上。

新加九經字樣跋

馬曰璐

唐大曆中，國子司業張參奉詔與儒官校正經典，乃取蔡邕《石經》、許慎《説文》、吕忱《字林》、陸德明《經典釋文》，鈔撮疑誤，取定儒師，部爲一百六十，分爲三卷，刻石長安太學。寶曆四年，工部侍郎鄭覃請挍定六籍，勒石太學。至開成初，覃以宰相兼判國子祭酒，奏起居郎周墀、水部員外郎崔球、監察御史張次宗、禮部員外郎孔温業等校定九經文字，擬令上石。二年十月癸卯，進石壁九經一百六十卷。又詔翰林待制唐玄度覆定太學《石經》，以補張參之闕，更作《九經字樣》一卷，爲部凡七十六。二書陝中石本有之，但人間藏弆者絶少，通經之士無從是正譌悮。宋直齋陳氏曾得開運丙午京刻本《九經字樣》，詫爲家藏書籍之最，古今已不可復見。余家舊購宋拓《石經》中有此，因依樣繕寫，雕板於家塾，庶廣其傳，於經學不無小補云爾。乾隆五年歲在上章涒灘辜月長至後二日，祁門馬曰璐識。

以上清康熙（1662～1722）中揚州馬氏叢書樓刊、道光二十九年虞山顧氏彙印本

佩　觿

題新刻佩觿後

徐　充

二王筆跡,冠絶古今,觀帖中往往點畫多忽,信字學與書法不同。字學者,根本六書是也;書法者,規模八法是也。故世鮮能兼之。能兼之者,惟郭恕先乎? 恕先篆籀外,歐陽文忠公又稱其小楷之精。至王黄州作《五哀詩》,深悼才美鬱,爲時輩推重如此。所著《佩觿》三卷,攷論字源,邃窮肯綮,學者宗焉,嘗與顔祕監《干禄字書》並刻于宋,遂成二妙,惜傳流未廣。丹陽孫太學志新好古博雅,尤工翰墨,續刻置家塾,以訓諸子,可謂知所崇尚。余舊藏二書寫本,俱手摹宋刻者,彼此互有異同,因屬參挍,微析秋毫,而寫本復多《辯證》,若"柹、梀"之反其類《辯證》爲得,亦不失郭氏忠臣,總增附卷末,始克完繕可觀矣。然《詩·芄蘭》言"童子佩觿",譏欲速成而無知識也。使世之幼學,果能究心于此,羣居終日,易飽食於博奕,以袪紈袴之習,則是書之行,豈直小子有造而已哉? 志新曰:"吾志也,識之。"嘉靖六年歲次丁亥春三月望日,江陰兼山徐充書于孫氏萬玉堂館中。

重刊佩觿跋

張士俊

《佩觿》一書，考諸宋《埶文志》，與《汗簡》竝列，皆郭宗正忠恕所撰述。其《佩觿》尤詳變隸以降字學浸失之由，其書世不多見。康熙歲在昭陽協洽，秀水朱檢討以《汗簡》授汪子立名付梓。閲三載，駕幸蘇州，四方士大夫雲集。而竹垞、查田、晚研、忍齋、樸邨競好古學，寓水周林，論及字書，余以汪子之僅刻《汗簡》，而《佩觿》未及見爲恨。忍齋起謂余曰："行篋適帶之，子能廣其傳，則大幸也。"噫！忍齋之心公矣，余敢不敬承之？爲細加讐較而授之梓。既成而忍齋卒，余哭之其靈，而酹之酒，以歸其原本。嗚呼！余可忘此書之所自哉？因并誌之於此。時康熙歲在上章攝提格，查山子張士俊書。

以上明嘉靖六年（1527）孫沐萬玉堂刻本

復古編

復古編序

陳　瓘

君尊臣卑，父坐子立，此六經之大閑也。大者之斆，斆此而已。然堯舜叶古之道、仲尼時雨之教，隨器大小，皆使有成，則道之有埶，埶之有書，小斆之所紀，亦何可廢哉？然而經天緯地之文，不在止戈之後；閑褒窒欲之誼，不叚皿蟲而知。其覺也晚，然後字書小斆亦有可觀者焉。觀矣而不可泥也[①]，棄本根而尋枝葉，仞漚體而舍溟渤[②]，辟猶厭沙出油[③]，用力雖多，而終無所得，其所成就者可知也已。吴興張謙中工習篆籀[④]，行筆圜勁，得李斯、陽冰之灋，校正俗書與古字盭者，采摭經傳，日孜月校，久而不解。元豐中，予官于吴興，見其用心之初，今二十有九年，然後成書。凡集三千餘字，名之曰《復古編》[⑤]。其說以謂専取會意者不可以了六書，離析偏旁者不可以見全字，求古人之心而質諸糟粕[⑥]，固已末矣。又取一全體鑿爲多字，情生之説，可説可玩而不足以消人之意，辟猶入

①原書批校曰：元本無“也”字。

②原書批校曰：“仞”元本作“認”。

③原書批校曰：“出”元本作“取”。

④原書批校曰：元本無“工”字。

⑤原書批校曰：元本無“之”字。

⑥原書批校曰：“質”元本作“覓”，元本無“諸”字。

海筭沙，無有畔岸，運籌役志，迷不知改，豈待達如輪扁，然後能笑其誤哉？昔揚子雲留意古字[①]，用之于《玄》，或笑其自苦，或譏其作經，然子雲意在贊《易》，非與《易》競。而劉歆之徒，方計目前利害，無意于古，"覆醬瓿"之語，足以發子雲之一笑而已。今去子雲又千有餘歲，士守所斆而能不忘復古之志者，可不謂之難得也哉？謙中用心于内，不務進取，一裘一葛，專趣内典。予方杜門待盡，亦讀瀍界之書，嘗聞棗柏之言曰："作器者先須立樣，造車者當使合徹。古無今有，即是衺道，不可斆也。"予嘗三復此語，因思斆道之要，不以古聖爲樣徹者，皆外斿爾。堯、舜、禹、咎繇之所謂叶古者，豈特可以爲方内之法哉？致遠恐泥，尚不可以違樣徹也[②]，而况于大斆之道乎？[③] 後之攷古者，觀俗尚論，將有叶于此焉。大觀四年十一月二十四日，敘復宣德郎陳瓘敘。

復古編後敘

程　俱

程子曰："斆之不可以不專也。"涉其流者，未有能極其原；游其藩者，未有能覩其奥。不極其原，不覩其奥，求其是且精焉，無有也。夫支左詘右，夫人而射也偁養叔；鈞弦柱指，夫人而琴也偁子野。上下千百載間，斆是者亦衆矣，而二子擅焉，豈不以其專且精乎？吴興張有，弱冠以小篆名，自古文

①原書批校曰："昔"元本作"往"。

②原書批校曰：元本無"也"字。

③原書批校曰：元本無"于"字。

奇字與夫許氏之書，了然如燭照而數計也，它書餘埶，一不入于胷中，蓋其專如此。故四十而斆成，六十而其書成，《復古》之編是已。予嘗論其書曰：小篆之作，繹山真刻不傳。至唐，字斆雖盛，而以篆法蓋一時名後世者，維李昜冰爲倆首。徐鉉後出，筆力勁古，遂出陽冰上。近世名筆固多，其分間布白，規圜繩直，不爲不工，而筆力勁古，尠復鉉比。今有自振于數千載後，獨悟周秦石刻用筆意，落紙便覺與岐陽、繹山去人不遠。《復古》二卷三千言，据古《説文》以爲正。其點畫之敓，轉側從衡，高下曲直，豪髮有差，則形聲頓異。自陽冰弆後，名人格以古文，往往而失，其精且博文如此。然其寄玅技于言意之表，守古斆于啾嘆之瀕，固非淺俗之所能識也。且漢之諸儒比肩立，而揚子雲以識字倆，韓文公言語玅天下，而猶自謂略頮識字，字豈易識哉？觀《復古》之編，則其于識字幾矣。嗟夫！使人之于斆與埶也，皆能致其專而求其是，既得之又能守其所斆，而不與時上下，則斆雖有小大，其有不至者哉？不得于今，必得于後世矣。張公求予文以信其傳，因敘次如此。政咊三年歲癸巳九月朔，信安程俱敘。

刻復古編敘

王佐才

書名之作，其來尚矣。自伏犧造書契而文籍生，降及三代，因革不同，蟲魚艸木之形，變于周史。逮至秦漢，作者間出，李斯、趙高作《倉頡》《爰歷》之書，一變而爲小篆，軍正程邈便于簡易，再變而爲隸。魏晉以來，籀篆既泯，維真艸盛行。至唐韓擇木、李陽冰踵繹山、秦望之餘,近代徐鉉宗陽冰之瀍,復以小篆行于世。然去古彌遠,未有能臻其妙者。吴興張謙中先生素留心此斆,深造古人之玅,自元豐以來,以小篆箸名天下,鮮儷焉。鄉人徐滋元象舊與先生爲鄰,親炙先生餘誨,揮豪落紙,得先生之法,先生亦雅愛奇之。其平昔所箸,如《復古編》《千字文》之類,屬纊之際,盡以遺之,臧于巾笥,如獲大寶。今將鏤板勒碑,以廣其傳于永久,命僕作敘以志之,聊書其梗槩云。時紹興十三年七月六日,王佐才敘。

復古編新敘

樓　鑰

文字之書,世謂之小斆,或者因陋就簡,指爲斆之細事而忽之,非也。古者四民,擇其秀者爲士而教之,所謂八歲入小斆者,教以禮樂䠶御書數。是六者雖不見古人之大全,《周禮注疏》亦見其略,是皆有名數灋度。及人之幼,真淳未散,記識性全,使習六埶,則終身可以爲用,此爲小年之斆,非曰斆者之小事。禮壞樂崩,䠶御弗習,數斆亦復罕傳,猶幸六書之説具存。《凡將》《爰歷》等書不可復見,《急就章》止存大略,惟許叔重箸《説文解字》垂範千載。李陽冰中興斯文于唐,若南唐二徐兄弟尤深此斆,楚金在江南既爲《通釋》《部敘》《通論》《祛妄》《類聚》《錯綜》《疑義》《系述》等篇,總謂之《繫傳》,又箸《韻譜》,備矣。鼎臣入本朝,殆事熙陵,命校定叔重之書,至今賴之。爾後楊南仲、章友直、文勛、邵疏、陳晞諸公皆以篆鳴,遺迹猶辡辡見之,然不聞有書以惠後來。吴興張有謙中篤志古道，傷俗斅混淆，爲書一編，號曰《復古》，用工數十年，書成于大觀、政咊之間，陳了齋、程北山爲耑、後《敘》，稱美甚至，足以不朽矣。鑰晚出，何敢容喙？尚有欲言而未盡者。謙中攷證精詣，字之合于古者，皆所不論，惟俗書亂之者，必正其譌舛，豪釐不貸，讀者説服，無有異論。聞其落筆作篆如真、行然，略無艱辛之態，惟體脩而末重，與人小異，不入俗目。漢宣帝時器械工巧，元、成間鮮及之，有谷口銅甬傳于世，款識字其體正爾，始知謙中之作蓋有自來，非以意爲之也。“巍”字从委从嵬，或省“山”以爲韓魏之“魏”，謙中爲林中書家篆墓碑，終不省去“山”字。古無“菴”字，謙中以謂當作“闇”，而難以題扁。山谷雖定从艸，謙中亦不用也。嘗篆楊龜山所作《踵息菴記》，終篇偶無此字，碑額雖从广，竟作隸體書之。其信古不从俗類若此。鑰不能作篆，心顧玨之。陽冰新義猶爲楚金所袪，使二徐見此編，殆亦無以訾之。陽冰務新，而謙中一意于古，優劣可以坐判矣。時嘉定三年八月朔，正奉大夫參知政事兼闕奉化郡開國公、食邑叁仟壹伯户，食實封陸伯户四明樓鑰敘于攻媿齋。

復古編書後

黎民表

自許氏《説文》之後，論六書者無慮數十家，李昜仌新義不復行於世，徐氏《繫傳》亦寖亡矣。元戴侗《六書故》、楊桓强《六書統》諸書，頗爲詳贍，然戴則古今混淆，楊亦説義繁多，六書之義離矣。惟宋張謙中《復古編》攷據精核，不爲浮詞，舉其一隅，真妄斯別，盍有功於許氏者。吾子行以爲載古今異文字，不可以爲字少，而周伯温之《正譌》，實祖尚其説耳。民表少喜篆學，往從京師，閲於顧舍人汝和，所以授范鴻臚子宣副墨焉。逾十年，復從范假請金陵陳文學子禮爲橅篆字。予告南歸，經豫章，又從朱貞吉得犇序，其書始完，得異書之難如此。暇日手勒入梓，而友人潘氏子朋爲醵金成之。近世操觚者，往往師心肊見，不復檢勘，私印銘石，十譌其九。使閲張氏書，豈至是邪？固不可以爲埶學而少之也。覽者因文見義，以泝制作之原，觀時察變，以復古始之道，則是書不爲無助焉。萬曆丙子夏五，嶺南黎民表書。

重刻復古編書後

丁　杰

安邑葛雲峯比部重刻張真静《復古編》，又僎《校正》《附録》各一卷，以杰爲真静之鄉人也，屬書其後。杰思真静祖述《説文》，力專且久，同時陳了齋、楊龜山兩先生敘之詳矣，亡已，則推其作書之意可乎。真静之言曰："專取會意者不可以了六書，離析偏旁者不可以見全字。"於乎！之兩言者，爲王介甫發也。介甫誤宋，始以《新經》愚天下，終以《日録》誣其君，而始終自欺欺人者，則在《字説》一書。《字説》今不傳，其零章斷句，猶散見於《埤雅》《博古圖》等書，而鄭宗顔《周禮新講義》載之尤多，皆離析偏旁，專取會意，故其《自敘》進表劄子，力貶《説文》。一時魁人傑士如劉公非、蘇東坡起與之争，然劉、蘇皆不精小學，且雜以謔詞，不足關其口而敚之气。真静故與介甫有連，自其少時，與介甫論字不合，退而箸書，名曰《復古》。復古者，復《説文》而已。盍原本朩重，羽翼其書，《字説》之非，不攻自破，其用力深，其用心苦，而世莫之知也。杰少讀《朱子文集》《語類》，知了齋先生有《四明尊堯集》，辯《日録》之誣，龜山先生又有《三經義辯》，南北往來，求兩書不得見。今觀了齋《敘》曰："君尊臣卑，父坐子立，此六經之大閑。"則《四明尊堯》之大旨可見矣。龜山《敘》云："圖書之文，天實啟之，非人私智所能爲。"則《三經義辯》之大旨亦可見矣。然龜山奏毀《三經》版，馮澥橈之，遂乞宫觀。了齋以《尊堯集》爲蔡京所擠，困危流離以死。而真静隱凥苕霅，晚遯黄冠，名不入黨人，書不遭毀棄，信道之篤，保身之明，兩亡媿焉。後之論真静者，不復推求本末，猥以鄭樵、楊桓之書，文勳、徐競之篆較量短長，烏知其書實許氏之功臣，其人亦陳、楊之畏友哉！於乎！東漢之初，孔氏古文散矣。"馬頭人爲長、人持十爲斗、虫爲屈中"，小學之一危也。北宋之季，許氏字指亦晦，"同田爲富、分貝爲貧、大坐爲奎"，小學之又一危也。《説文》作而六書明，《復古編》修而《字説》廢，力障狂瀾，後先一揆，彼介甫之徒，陸佃、王子韶輩，曾入資善堂修定《説文》矣，大約穿鑿小智，變亂舊章。今陸、王所更定者，與《字説》皆湮威，而真静之書巋然獨存，鬼神實呵護焉。方今小學大興，咸遵許氏，雲峯既刻《復古編》，復能刻諸家校正《説文》之作，相輔而行，以待後之朩重出而理董之，功豈在真静下哉？乾隆四十有六年春三月，歸安丁杰書於都城宣南坊寓齋。

重刻復古編跋

葛鳴陽

右《復古編》二卷，宋吴興張有謙中撰。初，謙中鄉人徐元象刻于紹興十三年，其後虞仲房刻于遂寧，旋遭莫簡之變，亡其板，元初重刻于吴興，今皆不可見矣。予友桂明經馥曾得寫本，復叚翁斅士方綱本、錢孝廉大昭本、汪户部啟淑元槧、吴均增修本、沈上舍心醇《六書正譌》初彫本，對勘一過，又從程編修晉芳乞得烏絲闌舊鈔，建立韻紐，迥異佗本，尺幅格眼，宛如宋式，雖不免譌漏，而字體瘦勁可喜。桂君謂予曰："昔錢唐汪氏得潛采堂所寫《汗簡》，登板流傳，君曷仿其例？"予曰："善。"并增《校正》一卷、《附録》一卷，開彫于瑠璃敞，屬宋君葆淳董其成焉。乾隆四十五年庚子，安邑葛鳴陽書于京師韓家潭芸素館。

重刻復古編又跋

葛鳴陽

余既刻張謙中《復古編》，考其家世，蓋衛尉寺丞維之曾孫、都官郎中先之孫也。維有《曾樂軒稿》，先有《安陸集》，殘闕之餘，散見他書。先以樂府擅名一時，毛氏《六十家詞》，初不及先。今搜輯遺逸，得如干首，合其詩爲一卷。維詩則采之《十詠圖》，自爲一卷。然因端踵事，實階于《復古編》也，故並爲鋟木。歸安丁小雅杰、海寧沈匏尊心醇、曲阜桂未谷馥、吾鄉宋芝山葆淳同與校讐，佐余不逮云。乾隆辛丑二月，安邑葛鳴陽跋。

重刻復古編書後

單秋岩

《復古編》原二卷，今合爲一卷，原分上下平、上、去、入五聲，今又分韻寘字，便於披閱。至聯緜字等類，仍遵式。葛雲峯外益《校正》《附録》二卷，兹篆《校正》一卷，《附録》不與焉。蓋《校正》辨是編遺漏錯譌，《附録》則雜引諸書，以爲謙中故實，非操觚者之要秇，姑不載焉。篆文一筆即作一字，筆畫斷接處不可無别。此本力求分晰，必使一目了然也。

重書《復古編》新入諸字：

《庚韻》“庚”，《咸韻》“銜、嶄”，《筱韻》“嫋”，《豏韻》“減、檻”，《宋韻》“用”，《吻韻》“醛”，《霰韻》“弁、昪、拚”。

重書《復古編》正誤諸字：

“斛”字“干”竪畫不出頭，“金”字令改從“今”，“札”改從“[illegible]”，“主”从“[illegible]”，“去”从“[illegible]”，“辵”字中畫不連，“厽”从“[illegible]”，“卝”从“[illegible]”，“旡”从“[illegible]”。辛亥嘉平月，仁安單秋岩記於六吉齋。

復古編校序

莫友芝

十有一月上旬，訪王少山于東鄉百里，見其案頭有吴稷堂先生所臧《復古編》舊鈔本，亟借持以歸。日來得暇，乃舉而披之，與去秋所寫安邑葛氏刻本相校，而吴本奪譌特甚。蓋拙手所書，遠遜葛本，而又幸其爲拙手書，至有真字、疑字不敢妄改，頗足以是正葛本，蓋數十處也。葛本所有字吴本或奪去，而葛本奪字吴本八九皆有，如“刣”下“玷”篆及諸别字、非字與“躬、欄”之類是也。亦有葛本寫到，吴本不誤者，如“晦、步、百”及諸字注。或有先聲後形之誤，皆當从吴本也。且如篆文“尾”之从到毛，“㞋”之从叉，亦皆勝于葛本。唯其敘字，每篇接寫，不以紐分，故其注文从字之字，多出于葛本者幾百餘，此因寫書人以行足空白，不容篆文，妄以間字足之，不宜據以沾改葛本。又張氏之例，俗字皆云“别作某”，其爲此别他正者，則曰“别用某”，二本皆有“作、用”互譌者，皆傳寫之差，可以意改也。又篆从省、隸不省之字，注皆曰“隸作某不省”，亦有數條“不省”下有俗字，疑此類中俗字後人所加，皆當删去之。今但就葛、吴兩本篆注小異同及互奪誤處，朱筆表識于旁或上下之方，俟他日多暇，當更爲清迻成完本云。道光十有六年十一月廿有四日，紫泉莫友芝記于蓮舫。

以上清乾隆四十六年（1781）安邑葛鳴陽據新安程氏鈔本京師刻

續復古編

續復古編前敘

曹　本

敘曰:昔吴興張隱君謙中篤志古學,據《説文》作《復古編》,攈摭羣書,博而能約,聲分韻類,上下卷,一十二類,二千七百六十一字,古今文字之異,粲然有别,學者不可以其約而少其功也。夫自保氏之教息,《尉律》之課不修,篆籀浸微,隸楷釁作,轉相譌亂,既多且久,《倉頡》《博學》以下諸篇咸亡矣,微《説文》,孰从質之哉? 世之尚異好奇者,忘許氏之功,力抑排舐,以爲不若是不足以名家。噫! 私學已見,心不師古,適滋謬亂,則何有於復古? 予方弱冠,竊留意於周鼓秦石,而宗叔重氏之説,頗欲明古文之通用,正今書之譌謬。及《説文》注敘所載而諸部不見者,經典所有而《説文》不録者,審知漏落,悉从補録而附益之,顧未能也。及得隱君是編,一見殊快。公餘稍暇,因其遺而未録者,間取而筆之,題曰《續復古編》,非敢增多以爲功,亦以發隱君之志,備拾遺耳。姑存篋笥,尚俟博雅君子是正。是稾也,四卷一十三類,六千四十九字,起於至順三年秋八月,成於至正十二年閏三月。魏郡曹本書于京城齊化門寓館。

續復古編前序

釋克新

宋大觀中，吴興隱士張有氏作《復古編》，以正俗書之譌，僅三千餘字。竊嘗病其太約，疑有闕遺，欲集而補之，未皇也。大名曹君子學以工篆籀，乃博採六經子史暨先代銘刻、器物款識、古文奇字，攟而集之，名曰《續復古編》。張氏之書，其類有六：曰聯緜，曰形聲相類，曰聲相類，曰形相類，曰筆迹小異，曰上正下譌。曹君如其類而加二焉，曰音同字異，曰字同音異，凡千餘字，積二十年始克成書。嗟夫！古文湮滅久矣，惟許慎《説文》十五篇僅存，爲世遵信。然其中間有遺脱，如"劉、免"之類，學者不知許氏偶失載，遂以爲無是字而不敢書，至以它字代之者皆是也。吾嘗考諸經而辯之曰："《詩》有'篤公劉'，又曰'勝殷遏劉'；《書》曰'無盡劉'；《語》曰'幸而免'，又曰'吾知免夫'。夫知字者，宜莫如孔子，《詩》《書》，孔子所删定，《語》又孔子嘉言也，豈有六經字而非古者乎？蓋許氏偶失載明矣。學者宜守經自信，不當泥乎許氏之爲是也。"世聞予説而膠其久習，反訾予以不知。予徐而自解曰："由許慎迄今千歲矣，有一克新者倡爲是説，而欲決千載之是非，褫衆人之所信，其抵捂而莫從也，宜哉！"噫！吾何汲汲以求乎今世？將存其説以竢夫後世之君子也，焉知不有同予説者焉？今曹君爲是書，於六經所有，許氏、張氏所遺，悉考證而殫集焉。觀其論辯，鮮不符吾説，庸是同予者，固無待於後世而有也。曹君與予未嘗相求而脗合如此，則千歲之後，如曹君宜不一二而已也。夫同予説，至於再，至於三，則衆人之所膠者,將不待辯而自釋然矣。斯吾所以有望於後世之君子者也。予喜曹君不相求而合也,于是書爲《續復古編序》。至正二十二年龍集壬寅夏四月八日,江左外史鄱陽克新仲銘序。

續復古編前序

宇文公諒

道出於天而字作於聖人,字之所形,即道之所形也,故《河圖》出而天一地十之數彰,《易》卦畫而易奇耦偶之象箸,字之本原,其肇於此乎? 軒頡有作,人文日孳,六書之教,愈精愈詳。逮夫籀、斯迭興,二篆呈巧,曲盡天地萬物之狀而無所遺。變而至於隸、楷,日趨於易,而益生生無窮矣。此亦理埶之自然,蓋有不容已者。然而轉相變易,雜以俗書,漸失古意。獨許叔重氏《説文》之作,條理嚴密,脈絡貫通,古人字學,賴是以傳,其有功於世多矣。自是而降,好奇尚異,承誤踵譌,或偏旁點畫之殊,或魯魚亥豕之舛,其錯亂有不可勝言者,此吴興張隱君謙中《復古編》之所繇作也。聲分而韻類,考古以證今,據許氏之書而推本徐氏正俗之意,其有功於字學,亦豈少哉? 然上下卷止三千餘字,惜其猶有所未盡也。洹陽曹君子學氏,博極羣書,其於字畫古今之異,尤所研究,慨然有志續張氏之遺而補其缺,求字之原,正俗之謬,從而筆之,積四千餘字,將俾後人識古今文字之變,而不墮於譌謬之域,苟非子學考索不懈,其於六書八體,安能盡古人之精意而得其大全? 其所著定當與許氏、張氏之書竝行於世,豈小補哉?

至正十八年龍集戊戌九月既望，京兆宇文公諒序于會稽白雲寓隱。

續復古編前序

李　桓

桓兒時侍祖父之旁，故治書侍御史東平李公交最厚，相見必講篆籀之學，本之《説文》，而凡字書之可取者，皆參究其説，數偁張氏《復古編》之善。聞之既孰，竊取而觀之，時猶未能盡曉，獨怪其文之約，疑有所未備而不敢問。其後稍長，日惟記誦詞章之爲務，於斯學也，廢不復習，迄於今數十年，昔之所疑，莫能自釋爲恨。洹陽曹子學好古篆，工其筆法，又明於六書之義，他日出《續編》示予，則因其舊文，裒輯彙次，增多四千□百四十七字。然後知張氏之編，特舉其槩，果有所遺而未録，將以待於來者。續而補之，使爲完書，不特有功於張氏，所以爲後學之助固多矣。然非志專而力勤，考覈精審，援据該洽如吾子學，其孰能？予雖衰惰，有愧於此，而佩服先訓，未之敢忘，願學之心，終不能已。書識其端，尚於曹子學而卒業。至正十五年歲在乙未秋八月廿有四日丁丑，中山李桓再拜謹書。

續復古編前序

危　素

古者保氏之職,其教國子以六埶,六書其一也。後世之設教,異乎成周之時,學者安於淺陋之習,往往馳騖於空言,而不究於實用,其於六書之義,一切棄而不講。於是上下數千百年之間,以此名世者,不數人而已,古學之泯絶可知矣。夫制作禮樂,天子之事,而躲御已亡其法,獨書與數,窮而在下者皆可習之。至於書,有許氏、戴氏數家之説,然猶稀闊寂寥若此,其人可勝歎哉?宋之中世,吴興隱士張謙中氏,考證俗書之譌謬若干字,甚有功於書學,終宋世三百餘年,篆籀見稱絶執者,莫或過之。大名曹君子學,篆書深穩圜勁,素嘗得之,婁言於當路有气力者,以爲書學將墜,一旦國家須才,非可冒焉以充其選,若曹君宜置諸館閣,以備任使,然莫有聽者。久之,君繇都昌丞調官京師,始相見,間出其所爲《續復古編》,將補張氏之未備者。君於是書,雖馳驅王事,寢食爲廢,莊周氏所謂"用志不分,迺凝於神",有不信夫推君之志,豈没溺於流俗者邪?素備官詞林,嘗代撰《三皇享祀樂章》,君爲書之,臧諸祕閣。已而力求補外,乃出佐信州幕府。其行也,序其書而歸之。至正十二年三月丙辰,臨川危素書。

續復古編前序

楊　翮

篆體變而爲隸、楷，去古日遠，往往多繆於六書。秦漢以來，千有餘年，學士大夫習染深痼，徒事於斯、冰之學，而襲隸、楷之譌者，莫或取正。宋元豐中，吴興張有謙中篤志斯文，嗟徇俗之非是，悉爲刊定，稡成一編，題以《復古》，學者誦其功，然其間闕略未備者十二三。元興崇尚文學，而得洹陽曹子學氏補其闕遺，然後六書之義始正。蓋子學氏之於篆，幼而習之二十餘年，其厘如一日，故謙中之書，未嘗去左右。間益考求，凡有得者，附著于編。久之，合若干字，輯而傳諸學者，名曰《續復古編》。君子謂子學氏之於斯文，其功當不在謙中之下，爲其絀俗而反之正，是亦猶謙中之志爾。夫謙中之志，卒待於子學而成之，信乎復古之難哉！自古道之既微，豪傑之士莫不有意於復古之度，其執有非一時一人之所能致於此，蓋可覩矣。予因子學氏之所輯，足以裨張氏之未備，遂論次之，以告于世之學古君子。子學名本，方仕于時，將有光顯云。至正十一年歲在辛卯正月十又二十，上元楊翮序。

續復古編前序

蔣景武

自人文既肇，風氣日開，科斗鳥迹之茫昧，凡幾變而至於籀、斯，斯時已弗古矣。蓋邃古之初，書始萌芽，民俗醇朴，以之代結繩足矣。降及三代，典謨訓誥誓命之文作，而書法由是兹焉，亦孰使然也。今其遺文可見者，不過鼎彝之間，石鼓、嶧山亦漫滅而僅存，籀斯之文椒落於人間者無幾。然鼜周者，秦最爲近古，意三代之文，大率類此，籀、斯特其名世者耳。宋吴興張謙中志於古道，病俗書之亂古，作《復古編》上下卷，心思無窮而目力有限，蓋詳而未備者也。洹陽曹君子學，惜謙中之編尚有缺遺，政成之暇，旁搜博采，作《復古編續》，所以備謙中之未備。噫！用心亦勤矣。間嘗觀曹君之書，而見其體制骨法，遠追古作，得心應手，本乎天成。曹君何以得此於古人哉？聞之濠梁董灝曰：君天資穎悟絶人，年十七八時，輒喜作石鼓嶧山，篆法籀、斯而主《説文》，徐、李而下不數也。静坐一室，置圖書于左右，仰而觀焉，久之，若有得也，徐起而書之，蓋已得其彷佛矣。又久之，則心領神會，目無全牛，筆意之妙，亦不自知其然矣。予因爲之説曰：字書，形而下者也，而形而上者之道存焉。世人習書，其用心非不勤且勞也，而屑屑求之於形似之間，譬之木偶人焉，其形皃則甚肖也，至於精神風采則無有。吾知曹君之書，蓋有進乎道，兹特其緒餘耳。君既有志乎復古，必將愈讀古書，行古道，以古人自期。是編一出，當與字書竝傳。世有知君者，安知君之不猶古人哉？而君亦何愧於古之人哉？至正十年冬十有二月望日，四明蔣景武敘。

續復古編後序

曹　本

至順、元統間，本隨侍先君子寓豫章，後至京師，頗喜工篆籀，往往爲人書，及自書，日不下數幅，祈寒盛暑，未嘗辭憚，亦未嘗自信自欺。蓋古者字少而用多，故有正文叚借通用。尔後方言名物，傳見滋繁，甚有無從下筆者。一幅之間，常數字或十數字，多至數十字，大抵疑異譌誤，悉空之。時於筆惓意懶之際，取《説文》旁搜徧討，此即此字，某當作某，見諸注説者如此，散在他部者如此，載於經史子集者如此。質之先達，訪於通人，亦義有歸，考之有據，即於向之所空者補足之，然後敢以歸於人。人惟見遲延不快寫，豈知疑而未得者，詎敢苟且哉？考既有得，則筆之於帙，日積時久，彌以益多，他日褭帙而指計焉，得四千餘字。好事者見之，咸謂宜類集如張氏之編，使學者知字有而《説文》無者，則未始無有也。予曰：張隱君篤信《説文》，故能推徐氏正俗之意而成《復古編》，予始寤於俗誤，今考輯若此，其未考者尚不少，緩以歲月，加之考索弗惓，當復有是編之多，孰謂是編能盡張氏之遺哉？後編之出，亦猶我之續張，則又我之續我也。於是乎書于《續編》後。至正十五年歲在乙未四月廿五日，曹本子學甫識。

續復古編後序

張　紳

向見子學隸古，能不背《説文》，今覩是書，知其用功篆籀深矣。子學平生負氣，有志事功，竟抑鬱下僚以死。爲是書，蓋其餘力也。紳與子學姻親，知其人而惜之，獨幸是書之僅見於好事也。烏乎！世之不得行其所學，而僅以一埶聞者，豈獨吾子學哉？張紳後序。

續復古編後跋

姚覲元

右《續復古編》四卷，元曹本撰，蓋補宋吴興張有《復古編》而作，自來臧書家未見箸録。仁廟時阮文達始從吴江潘氏鈔獲，進呈内府，中闕"上正下譌"一類，今底本在湖州凌塵餘處。吴門葉孝廉鞠裳嘗録其副，以貽繆編修筱珊，編修以歸覲元，將校刊而未遑也。旋自粤東罷歸，歲乙酉，復從吾友陸子剛甫叚得景元鈔本，則"上正下譌"一類具在，竟完書也，與阮本對勘，各有譌闕，亦互有短長。因手自景模，斟酌於兩本之間，擇善而從。其兩本譌闕竝同，無宋元以前舊籍可稽者，悉姑仍之，雖明知爲某字，不敢輒更焉。篆文圓湛茂美，爲子學手書與否未可知，要是元人舊蹟，亦依樣景模，不敢參以己之筆意，所以存廬山真面也。閒居無事，日課一紙，即付穆生子美鐫之，期月而工始畢。又因大病，束之高閣。頃間病起，稍親几席，遂理而董之。墨本流播，而記其端委如此。時光緒十有三年中秋節，歸安姚覲元書於咫進齋。

以上清光緒十二年（1886）歸安姚覲元咫進齋用皕宋樓影元鈔本影印

增修復古編

增修復古編序

張美和

文字之先，本乎虙羲立畫，暨黄帝之史蒼頡，觀鳥迹以依類象形，故謂之文，形聲相益，則謂之字。字者，孳也。孳孕而生，無窮之字出焉。由是象形、會意、指事、龤聲、假借、轉注，是謂六書。成周之世，八歲入小學，先以此教之。漢許慎《説文》以五百四十二字爲部，以統古今之字，遂爲百世不刊之典。然所載之字，象形、龤聲爲多，而指事、會意、轉注、假借之義，略而不備。至有同母而各分爲部，又或以子爲母而取類不同，則不能無可議者。及唐李陽冰、宋二徐祖《説文》，俱有箸述，而皆不能有所匡正。後之諸儒，乃始擿其謬誤，各立議論，自成一家，然得之於此者，或不能不失之於彼。獨張有《復古編》所載字辨别古今，號爲精密，其有功於字學大矣，然其間文義注釋，尚多遺缺。吾友吴氏仲平力學好古，齋居之暇，取張氏之書，一以《説文》爲主，詳加校正增補，凡若干字。而又旁閲諸家，若戴衕之《六書故》、鄭樵之《六書略》、林罕之《偏旁小説》、倪鏜之《韻釋》、周伯琦之《字原正譌》、趙撝謙之《六書本義》，取其有合於古，可以發明是書之恉者，則附注于下，别立《凡例》《圖説》，以就此編。於是形、聲、意、事、轉、借之六義備焉。書成不敢自祕，敬謀刻之梓，以與好古學者共之。予嘉其有志於復古者,書此以序之。前翰林國史院編脩官張美和書。

明公文紙影抄本

字　鑑

字鑑自序

李文仲

黄帝史倉頡,仰觀天文奎星圓曲之象,俯察地理萬物之宜,遂爲鳥迹蟲魚之書,由是文籍生焉。上古之書,代莫得聞,蓋世之遐,雖有存者,而不能論也。《周禮》保氏掌養國子以道,教之六書:一曰指事。指事者,視而可識,察而可見,上下是也。二曰象形。象形者,畫成其物,隨體詰詘,日月是也。三曰形聲。形聲者,以事爲名,取譬相成,江河是也。四曰會意。會意者,比類合誼,以見指撝,武信是也。五曰轉註。轉註者,建類一首,同意相受,考老是也。六曰假借。假借者,本無其字,依聲託事,令長是也。六者制字之本。雖蟲篆變體,古今異文,離此則謬。周宣王太史籒箸《大篆》十五篇,與古文或同或異。秦丞相李斯頗删籒文,謂之小篆。因政令之急,職務之繁,小篆不足以給,下邽程邈始變篆文而作隸書,以趣約易。後漢和帝命賈逵修理舊文,於是許慎集篆籒古文諸家之書,質之於逵,作《説文解字》,體包古今,首得六書之要。其於字學,處《説文》之先者,非《説文》無以明;處《説文》之後者,非《説文》無以法。故後學所用,取以爲則,歷代諸儒,精研箴究,寧免闕遺。宋紹興間,三衢毛晃增註《禮部韻略》,因監韻字畫差謬,斟酌古今,裁較點畫,辨正黜俗,特爲詳舉。

以今參之，珠纇玉瑕，尚存指擿，如"衮、諡"之類是也。"衮"，《説文》从衣公聲，《增韻》从口作"衮"，誤。"諡"，時利切，《説文》："行之迹也。从言，从兮，从皿。"《增韻》作"謚"，誤。"謚"音益，笑皃。夾漈鄭氏發明六體，可謂備矣，然俗字混殽，學者罕能留心，承謬襲譌，去真愈遠，六書之法遂隱，經典之文益差。愚不自量，雅尚古典，本之《説文》《增韻》，參以諸家字書，以《説文》箴《增韻》之誤，以六書明諸家之失，因作《字鑑》，遺諸同志，以兹正體，施之高文大册、奏章箋表與夫經典碑碣，則辭翰俱美。偏旁同者，不復廣出，凡所未盡，觸類而長。所正之字，隨韻收入，遞互研攷，謂如"耆'字，《説文》收入《老部》，从老省，旨聲，俗書中从變匕字，下从日月字，今收正字之外，又於"旨"字、"匕"字、"甘"字，互皆收入。如此者衆，庶使久後雖多傳寫，□有證據。務▨必▨明。

字鑑序

顔堯焕

伯英李君，酷嗜古書，旁搜遠紹，作《類韻》□□卷[①]，閲十載甫脱槀，用心良苦。余爲敘其□末[②]，未及鋟梓，而伯英下世矣。余懼其齎志九京，其傳泯泯。一日忽其猶子文仲□余[③]，出《字鑑》一編，謂："伯父無恙時，常在左右，繙閲舊書，講求遺事，伯父器之。《類韻》備矣，韻内字畫有未正者，伯父

①□□，天頭補"三十"二字，與《元史藝文志》合，可從。

②□，天頭補"始"字，可從。

③□，天頭補"謁"字，可從。

欲正之,未及,留以遺後人。今以《説文》箴《增韻》之誤,以六書明諸家之失,以卒伯父志。子既敘《類韻》矣,幸併及今編所由作,可乎?"余觀歐陽公《集古録》,原父楊南仲所書韓城鼎銘,愛其篆籀,以今文古文參之,喜形跋尾,重致意焉。信哉!字學之所當深究也。今子用志字編,以續伯父之書,昔人所謂芝蘭玉樹,欲其並生於庭,以其能增光先猷也。以子之志,爲子之書,方今聖朝崇重儒道,持此以往,隨和在褒,將□所遇矣[①]。於是乎書。日顔堯焕書。

字鑑序

干文傳

梅軒處士李君嘗訓其子伯英曰:"吾聞經典中用字類多假借,非止一音,凡有疑,必須究諸字書,參之訓詁,毋怠。"伯英謹受教,故其平日所讀經史傳記、諸子百家之書,遇有字同而音異者,未嘗不深求博采、遠引傍證,必使音義瞭然而後已。如是者有年,手抄成帙,於是箸爲一書,名曰《類韻》,示不忘先訓也。至治改元,甫脱稾,鄉先生前進士顔公敬學爲之敘。未幾而伯英殁,其猶子文仲求韻内字之未正者正之,爲《字鑑》一編,復求顔先生敘之,所以卒伯父之志也。吁!醫不三世,不服其藥。蓋以夫人有所傳授,察脈明而用藥審,是以服之無疑,不然則否。今夫《類韻》之作,始於梅軒翁,終於伯英,至文仲而大備,更三世而成一書,信乎其能傳遠

① □,天頭補"有"字,可從。

矣。梅軒之卒，先子嘗爲誌其墓。伯英由儒入吏，終澧府令史，其兄弟子姪皆與余游，故樂爲之書。五十又一日，吴郡干文傳書。

字鑑序

黄　溍

古之小學有六藝焉，學之者必自數而書，而樂，而射御，而禮，其爲法至詳且密，其爲事又皆有次第，而無敢以捷疾取朝夕之效。士生其時，自幼至于成人，非是六物者不以役於四體、接於心思，磨礲長養之有其素，故其進而博之以大學之教，咸有以成其材而就其實，《詩》所謂“成人有德，小子有造”者也。小學之廢已久，近世大儒始采古經傳，緝以爲書，學者誦其言，徒知有六藝之目，而未嘗身習其事。其習焉而不廢者，書而已，而又昧形聲事意轉借之辨，迷文字子母音聲之原，然則雖書亦廢矣。聖賢之託於簡策以傳者，魯魚亥豕，其存幾何？後生小子，方且玩思空言，高談性命，而以爲資身譁世之具，切近之意微，誇傲之氣勝，此士之所以成材就實如古者少也。吴郡李生文仲，年未弱冠，本《説文》作《字鑑》若干篇，誠有志於小學者，豈不猶行古之道哉？雖然，此小學也，以生之有志於古，又能弗失其爲學之次第，如此則夫從事於大人之學，以成就其材實者，無患乎不古若也。子夏曰：“君子之道，孰先傳焉？孰後倦焉？”予於生則有望矣。庸識諸篇端，以爲之序云。金華黄溍。

字鑑序

張　楧

字學之晦,久矣。余每讀經典,怪其音與今四聲不協,間有協者,亦不多見,豈古今之殊音邪?抑制韻者不能會經典之文以成書邪?蓋書有六體,唯假借爲難明,假借明則六書明,六書明則經典始明,故凡古音與今不通者,皆假借之弗明爾。吴郡李君伯英,迺獨潛心於此,考抉經傳,搜羅子史百家之言,凡有涉於四聲者,必彙而次之,積十年而成,名曰《類韻》。以字爲本,以音爲榦,以義訓爲枝葉,自一而二,井井不可紊,用功既已勤矣。至其從子文仲,又能廣李君之未及,辨正點畫,刊除俗謬,作爲《字鑑》,以備一家之言,余覺而嘉之。然則後之觀《類韻》者,循流尋原而音以明;觀《字鑑》者,□歧達道而字以正[①]。其有補於經史□□[②],故述其作之之由而書其首。西秦張楧敘。

字鑑序

唐泳涯

字之爲文,始於蒼頡之制作,備於《周官》之六書。頡之所制,去古既遠,不可得而考矣,惟六書之義,載在方册,尚可

①□,《六藝之一録》作“因”字。

②□□,《六藝之一録》作“甚鉅”二字。

尋繹。而□□諸先達之敘于前者，已嘗歷言其詳，何俟余贅。顧惟六書之中，假借爲多，如《漢史》所載“祠官祝釐”，是借“釐”爲“禧”也；“瘽身從事”，是借“瘽”爲“勤”也；至於“務省繇費”，則借“繇”爲“徭”；“神爵數集”，則借“爵”爲“雀”。是皆所謂假借者也。後世不考古字文義，往往自出己意，“砭劑”之“砭”改而從金，“互市”之“互”易而爲“㸦”，已不逃或者之議，甚至書“魯”爲“魚”，寫“帝”爲“虎”，而弄麞伏獵，又有大可笑者，豈非不學之過邪？姑蘇李君伯英，博考載籍，嘗編《類韻》一書，有識者已印其可。猶子文仲又作《字鑑》五卷，援證詳明，視荆公《字説》，何嘗霄壤，□□□□□□可知已。余故表而出之。檇李唐泳涯謹書。

字鑑後序

朱彝尊

元至治間，長洲李世英伯英受其父梅軒處士之旨，以六書惟假借難明，於是就典籍中字同音異者，正其字畫，輯《類韻》一書，凡三十卷。其從子文仲復輯《字鑑》五卷，仍依韻編之，予抄自古林曹氏。嗟夫！字學之不講久矣。舉凡《説文》《玉篇》《佩觿》《類篇》諸書，俱束諸高閣，習舉子業者，專以梅氏之《字彙》、張氏之《正字通》奉爲兔園册，飲流而忘其源，齊其末而不揣夫本，爽謬有難悉數也已。李氏之學，遠引《説文》而證以諸家之説，所謂元元本本者歟。遼金元文字，雜以國書，字體轉益茫昧，其詩詞落韻，有出于二百六部之外者。兹編所道者古，洵可傳也。康熙己丑三月，小長蘆朱彝尊識。

字鑑後跋

張士俊

《字鑑》一書,撰自吴門李氏。康熙戊子夏五月,秀水朱先生過余師子林,酒後出是書云:"此子郡人之書,而予鈔得之古林曹氏者,前荔軒曹公屬購字學書,故攜之以來,不識更有善本否?"俊對曰:"無。願先生留以授俊,何如?"先生笑曰:"予不過欲古書之傳耳,子與荔軒何異?子有志,予當成之。"俊唯唯敬受教,并請序以傳不朽。先生時年八十一。

錢校本字鑑序

吴　騫

《字鑑》二册,錢緑窗處士校本,先君子購臧,識後云:此亡友錢廣伯處士遺書也。廣伯生平尤精究小學,所校《正字鑑》及郭氏《汗簡》,予昔嘗从之借校。今廣伯既没,遺書盡散。予偶見苕賈攜示數種,皆手澤宛然,亟以善值購而臧之,每一披對,不禁□然,要奉峩各賦詩以悼焉,並志於此。嘉慶癸亥三月,吴某時年七十有一。又一本,張刻,先君子手録錢處士校言于上,並書簡耑云:李氏《字鑑》深有功小學,惜刊本率多譌舛。余友錢君廣伯名馥,見上聲《二十五潸》上方,其籍貫出處則皆未詳。精究六書,尤明《説文》之學,間爲之攷覈偏旁,校正亥豕，并以匡李之失。如“薌”字下當補“薌穀气也别”五字，按全書無此文法，“薌”當是“香”字之誤。蓋“香”下从甘，隸書偏旁从曰，非从日月之日也。如錢説，則當云“俗與薌通用。薌，穀气也”，與此異。“潸、散、柭、朮”等字，當詳注其字義，“冖”不音覓，當與“内”之“冂”同，乃門也，引《詩》曰：“洒埽廷内。”按當从段校本作“冂”，音扃。《説文》有“颸”而無“颸”□《説文》無“颸”，錢亦□，《説文》有“颸”字。諸説，使作者復生，亦當心折，此小學庵中弟一善本也。爰照録於此本，吴氏本亦即澤存堂張氏所刊。并識其大凡云。兔牀吴騫。一字槎客，海昌布衣，其臧書之樓，顔曰“拜經”。所箸有《愚谷叢書》。

校刻字鑑敘

許　槤

憶十四五時，欲諷九千字，茫乎不得其指，下筆亦多礙，竊竊然疑之。一日獲是書，紬繹數四，始砉然悟。夫自篆變爲隸，隸復爲真，而小學寖微，經典率鍥俗書，士夫狃於習尚，承譌襲謬，流遁莫返，不有以捄正之，幾何不人人牆面邪？是書根據《説文解字》，釐正點畫，刊除俗謬，能得去泰去甚之指，可謂務通變而示津筏者矣。書凡五卷，編以二百六韻，世久無傳本。康熙中秀水朱檢討鈔自古林曹氏，長洲張士俊刊行之，偏旁譌誤，尚所不免。嘉慶庚辰寓京師，偶獲明人寫本，視張刻特異，因排比參校，頗多是正。今年春，朱君碧珊過余古韻閣，見輒心喜，爰授剞劂。而是書賴以不泯，從此家各一編，以捄正俗學之失，斯誠藝林之深幸也已。鋟成，爲識數語，以弁諸端。道光五年歲在旃蒙作噩橘月,海昌許槤書於孿經書塾之蒔華選石齊。

方校注字鑑序

方成珪

唐韓文公有云“凡爲文辭,宜略識字”者,非徒通其音切之謂,必深明乎原流正變、訓詁異同,與夫點畫之不同少譌、行用之不可稍紊,而後謂之能識字也。流俗之學,承譌襲謬,其所謂字有出於《類篇》《集韻》外者,而父以傳子,師以授弟,千手一狀,萬喙同聲。吁!可怪也。或鑒此而矯其弊,又昧乎古今通變之宜,而一以《説文》繩之,“音韻”必作“音均”,“衣裳”必作“衣常”,“心膂”必作“心吕”,“肘腋”必作“肘亦”,施之篇翰,令人目瞪口噤而不能卒讀,自誇復古,其如無濟實用何?夫隸楷之不可盡繩以小篆,猶小篆之不可盡繩以古籀也。世代遞積,字體益孳,執古繩今,如以漢律治唐獄,何能奏讞而不失當哉?善夫顔元孫之言曰:“自改篆隸,漸失其真,若總據《説文》,便下筆多礙,當去泰去甚,使輕重合宜。”徐鉉《進説文表》亦曰:“高文典册,宜以篆籀箸於金石。至於常行簡櫝,則艸隸足矣。”此二君子,皆精通小學,非苟且從俗者,而其言若此。然則字學之權衡,可於此而得其平已。元李文仲《字鑑》一書,述古而不泥於古,凖今而不徇乎今,斟酌適中,當與宋張有《復古編》、明焦竑《俗書刊誤》並傳不朽。視黄諫之《從古正文》,以篆作楷,奇形怪態,重譯乃通者,相去奚啻霄壤?暇日手鈔一過,詳加攷訂,每字必録取音義,以資講解，注明出處，以便檢閲。復得錢廣伯校本於海昌拜經樓，吴氏益精，藉以匡所不逮。近時通儒辨論，亦博采旁搜，用備參校。於道光癸卯五月五日脱稾，臧諸家塾，質諸同志，庶幾小補字學之萬一焉。惟是文仲以年未弱冠纂成此書，而余皓首龍鐘，猶沾沾從事於其後，此誠昌黎子所謂"踵常途之役役，窺陳編以盜竊"者也。清夜自維，殊增顔甲耳。時道光甲辰如月望後一日，東甌後學雪齋方成珪謹識。

以上清初毛氏汲古閣影元抄本

从古正文

从古正文敘

黄　諫

文章有六書，猶天墬有元氣也。元氣爲生物之祖，六書爲古文之祖。元氣或虧，生意息矣；六書或譌，古文晦矣。俗書壞，古文乖，沴傷元氣，害莫此甚。然則元氣傷不可不調，六書壞不可不正，此諫所以不敢辭也。諫自幼讀書取科弟，知慕學古文，得吴郡鄒弘衜、三衢徐蘭、天台姚文昌諸公遺稿觀之，未冒下手。誠莊沈先生，弘衜鄉人恒得親炙者，嘗謂諫曰："古文莫古六經，子事舉子業，熟讀六經，下手何難？"自是沈潛諸書，頗得大義，及下筆爲文，往往用字便錯，每至此失，數日悔憾不已。自信讀書不多，所見不真，故爾。復質諸鄉先輩陳太素，又□："子曷不參諸六書乎？六書明，六經始指諸掌。"既而玩味六書，始知用字不可苟簡，如此尻詞林歲久，求文與書者無虚日，凡成弌文、書弌字，必檢閱搜索，不求其當不敢予人。積以歲月，盡得六書之義，然藾於記憶，棄本數日即忘，欲因所得録之，碌碌未遑。兹出判廣州，諫阻臨清，寓韓氏樓中，因取向所攷訂文字之正有合於古者从之，戾於古者正之。弌字之从舍，如沙中揀金，真僞弗雜；弌畫之校正，如士師執法，毫釐不貸。閲兩月書成，目曰《从古正文》。客過，出示請正，喜諫用心之勤，撫卷歎曰："弌氣未分，六書在天墬；兩儀既判，六書在人心，古文是已。古文雖莫古六經，自泯絶于秦，傳之者不過灰燼之餘爝，讀之者不采俗譌之交纚，理不晦者難矣。今人開口以古文是尚，字畫依稀，不能攷正，隨口以誦，信筆以書，本欲明理弌字弌畫，差謬適以害理。今子是書之作，學由是精，理由是明，政由是達，天墜鬼神、日月星辰、山川艸木鳥獸，以至萬物萬事由是而别白，其不有功於造化哉？”諫謝客曰：“此書適爲文字而作，非敢立異以違衆也。倘蒙是許，謂有功於文字則可，謂有功於造化，則吾奚敢？”天順三年冬十月望前二日，判廣州府、賜進士及第、前翰林院學士奉議大夫，金城黄諫書。

敘再刻从古正文

李宗樞

夫書，一而已矣，二之者，後世之失也。是故古書之文，一一斯正；俗書之文，二二斯譌。俗文尚則古文晦，古文晦則大義謬矣，是故君子正之。正之者，从古以復正也。彼習之不晵者或異焉，亦惑矣。嗚呼！五帝之後，改易殊體，六國之世，文字異形，光王之教化浸微，六藝均之失傳矣，豈惟書哉？嗚呼！孔孟既遠，群議日興，畔聖人大中至正之道，而爲同異之辯者，賾如也，豈惟藝哉？昔余之適浹，得是書於高大夫蘇門氏，乃吾鄉茾學士蘭坡公之作之者，嘉樂敷求，刻也亡矣，是故再刻以存之。君子晵於此，盍亦審所从也夫。嘉靖丙申春莫廿又四日，秦中石疊李宗樞序。

以上明嘉靖十五年（1536）李宗樞石疊山房刻本

字音正譌

字音正譌序

王道升

載道傳世之功，莫大於書，書有六義，其來已久。古者小學之教，自十歲教以書計，而大司徒之屬有保氏者，所以誘掖夫未成之材，六書居其一焉。蓋將使之自末以窮本，由藝以達道，因小學之流，泝乎大學之源，終其身習之而不厭，古人於六書之義，其重如此。溯羲皇氏仰觀俯察，畫"一、--"以象陰陽，而文字始開。繼此則景隆有書，嘉禾有書，至蒼頡而書契聿興，天下咸宗之。迨周太史籀作大篆，秦李斯作小篆，程邈作隸書，漢王次仲作八分，蔡邕作飛白，史游作章書，張芝作草，劉德昇作行，魏晉間鍾、王作楷，而字書若無遺法矣。配以宫、商、角、徵、羽五音，弁以見、溪、群、疑等字，三十六母而各隸諸部，而字之清濁輕重，在牙舌脣齒喉之正半。五方風氣不齊，土音各别，定以等切，瞭如指掌，而字學若無遺音矣。漢揚雄採之爲《訓纂》。許慎受學賈逵，兼采史籀、雄、斯，爲《説文》，梁顧野王增益《説文》爲《玉篇》，沈約始爲《四聲》，隋陸詞輩又增修爲《韻會》，唐孫愐改《切韻》爲《唐韻》，顧後陳氏又輯《唐韻》爲《廣韻》，丁度又修《廣韻》爲《集韻》，司馬氏爲《類篇》《類韻》，王氏復區畫段而爲《篇海》，而字學若無餘藴矣。然歷稽往代，罔非避繁就簡，避難就易，避遲就疾，遞趨省便，去古文日遠，畫愈少而字愈多，音愈淆而義愈混。著書者不乏人，知音甚稀，可由往而見其來矣。今者《正譌》一書，復編自吾鄉丁君人可，雖卷帙甚約，觀其博採羣書，四聲四音，反切子母，轉借異同，鄉俗沿習之處，靡不詳盡，頗便檢閱，有功於字學不小。在昔豫章張氏，以字有同形異音、同體異詞，點畫分毫不似，聲韻各別，因作《問奇集》，人可即以其集爲底本。而是集原版剥蝕，又不免亥豕魚魯之訛，人可取而正之。其中於奇字考及假借圈發字音二條内，更爲詳訂增補。緣假借最易混淆，故此條多本夾漈鄭公樵《六書略》一篇。按古證今，考覈精整，簡明要約，粲然一掃諸書之陋。蓋亦謂世革風移，好事者每多私智，轉借方音，清濁譌變，因乘始音難知，不第“銀、根；羊、芊”莫辨。是書之編，實深爲世道憂，所幸篇幅無多，可以家有其書，則以此讀聖賢之書，於音義或庶幾焉。然則此書之津梁後學，良非淺鮮，又寧僅爲讀書不識字者面汗三升哉！韓昌黎鄙《爾雅》，謂非磊落人，《爾雅》固諸經之一，亦學之一端，而鄙之過矣。或曰昌黎曾教人須畧識字，何也？昌黎之言，大略不過爲文章家聲韻錯誤言耳，聲韻誤則義亦多誤，在昌黎未嘗根極性命道德之指歸也。以故《原道》一篇首句云：“博愛之謂仁。”全未見仁之本原，固爲後儒呰議，是昌黎猶未得爲識字也。予知學未爲不早，而作輟無時，小學工夫固大缺略，讀諸經字多錯識，音義殊昧。癸酉官淮南鹺使，鹺使本俗吏閑官，姑假官職之閑，爲讀書求道之地，特取《四書》中諸字，分別音義，訪陳北溪先生《字義》之旨，名曰《四書字學音義》，書未成。又明年春，被劾來蘇，其已成帙者，散逸場寓。他日得竣其功，質之丁君，較正剞劂，或可爲讀書識字者百尺竿進步，而亦崑崙滄海之傑觀云。乙亥夏五，廬陵愚弟王道升序。

字音正譌序

李尚美

書體之壞,始于程邈,苟趨簡省,以便徒隸,謂之隸書,而古文、大篆、籀書之法迺晦。漢章帝時,又變分隸爲楷書,而古意漸蝕。然有蔡邕《石經》訂正,後學取裁。自唐開寶間,詔以楷書寫六經,而古法蕩然矣。洎乎沿習之久,不特攷篆籀者無人,如許慎《説文》、吕忱《字林》、鄭漁仲《六書畧》、戴侗《六書故》、楊桓《六書統》、倪鏜《六書類釋》諸書,置之庋閣,即楷書之日用常行者,亦復亥豕魯魚,承訛襲妄,通正俗旁,交錯互異。蒙師盲瞶,童孺習傳,視爲固然。八識田中,罔非謬種。郭忠恕之《佩觿》、顔元孫之《干禄字書》、適釋之《金壺字考》[①]、顔愍楚之《俗書謬誤》[②],毫不流覽,縉紳與愚蒙等誚,文人與俗士交譏,皆因學爲制舉,不必古文奇字,已足芥拾功名,欲如《周官·司徒》保氏之教,及漢太史令試學童,諷書九千字以上,乃得爲史,其令不行,而學士大夫又無揚雄之多識奇字,韓退之作碑碣須略識字之説,發聲落筆,貽笑大方,所由來也。吾友寧都丁君,以穎異之姿,淵博之才,鴻文雅什,膾炙人口,貢入京師,名動輦下,當道巨公,咸稱國士。平昔留心字學,凡喉唇齒舌等韻,字母反音切音之法,條分縷晰,如指諸掌。頃來吴門,就張君《問奇集》原本,詳加參校,删蕪補遺,授梓以嘉惠來者。俾佔畢拈弄之士,得辨論其聲音點畫,不失楷書制作之本義。且由是溯而上之,及於

①"適釋"二字誤倒,當作"釋適"。
②"謬"字誤,當作"證"。

古文篆籀，詳究乎六書之全，則此書其先河後海也夫！乾隆乙亥秋，虹山弟李尚美書於石湖漁舍。

字音正譌序

張九鉞

小學之廢於世也，久矣。小學廢而諭書名、聽聲音之法不行，字畫舛午，音義混淆，益畔於古。而世又競趨爲帖括之學，塾師父兄見村夫子挾兔園册，朝夕憮倣，弋科第以去，終身不知有《説文》《玉篇》等書，雖觸目僧襦之疵，靦然不愧。故其所以教子弟者，益奉敗簏中本，鋃根羊芉，轉相塗借。取士者亦僅較其文之順否，不復計字音。嗚乎！帖括之文，所以發經旨、闡聖言，而荒謬假襲，安得復有文義？豈非小學之時，六書五音之理有未講明而切究耶？夫讀書莫先於明理，明理莫先於識字。《易》曰："蒙以養正，聖功也。"欲正字音，要自養蒙始，此吾年友丁君南阿《字音正譌》所爲作也。夫字音之學，一弊在於泥而不通，周伯琦之《六書正譌》是也；一弊在于强通，郝敬之《讀書通義》是也。南阿是編，窮盡字變而從以音，推駁前人，皆原本六經及《説文》《玉海》等書，奇而正，變而通，核而不煩，嚴而不漏，使初學者不煩搜索而指歸了然，其所以爲養蒙者，用心亦可謂苦矣。使世之學者無爲過高之論，思小學與大學貫通一理，由字以範音，因音以審字，洗四羊三豕之失，而以此釋經則醇，以此作文則順，于以揚同文之治，而和其音以鳴太平之盛，則是編其亦天下讀書者之嚆矢也，詎初學云哉？乾隆乙亥仲商月，湘南年愚弟張九鉞拜敘。

字音正譌跋

丁序賢

右《問奇》一集，吾鄉張氏本也，雖有意於存古，要皆略而不備，疎而不精。又舊板漶漫，不勝魯魚亥豖之訛，讀者病焉。余乃爲之修其缺忽，校其簡率，惜其片羽吉光，而續以《補編》一帙爲終卷，始獲成書。嘗慨聖人之道，惟藉六經，六經之作，惟藉文言，文言之本，在於六書，六書不分，何以見義？古有《尉律》以教小學，童子十七歲以上，始試諷籀書九千字乃得爲吏，不正者劾之。夫廷尉治獄之律，於書猶不敢苟如是，况讀聖人之經乎？觀朱子《答楊元範書》，切切於字書音韻爲經學急務，恨早衰無精力整頓。故余訂補此書，必以朱子之言殿其後，而孜孜謀梓以裨益來學者，有以也。或曰：今人咸習舉子業，止爲進取捷徑之學，視此字書音韻爲迂愚。然迂愚非敢避也。世之學者，儻矜其迂愚，更能補其所未及，則固余所深望，而又可以慰朱子答元範之苦心矣。乾隆二十年乙亥秋月，寧都丁序賢人可識於吴門寓齋。

以上清乾隆二十年（1755）詠春堂刻本

問奇一覽

問奇一覽自敘

李書雲

揚子雲以淵博絶世，門多載酒問奇字，學固不易也。《易》云："蒙以養正，聖功也。"字無譌稱，全在蒙童時正之。邇來章句訓詁之師，多係麤淺者流，附會相沿，語句不清，音律不正，加以方隅所囿，平仄不協。童而習之，如白染皂，入之詩詞歌賦，類多乖舛，深可歎息。蓋緣較試取士，初不重此，即縉紳中言譚，亦多含糊，遂致六書假借、轉注二義，置若罔聞，而聲音釐正，間存一線於梨園，無惑乎操觚家徧天下，識字者寥寥也。偶閲豫章張氏《問奇集》一帙，析疑辨難，不爲無功。第蒐羅未廣，詿誤猶存。適吴門朱子下榻蕭齋，因取經籍中奥僻駢字及轉音通用者，相與尋繹，隨檢隨筆。又以楊升菴《古字駢音》賦詩則宗沈韻，填詞則宗周韻，沿循至今，未之或歧。然以二韻合論，則高安較勝。蓋正曰聲[1]，辨五音，晰陰陽，嚴翻切，數百年來，詞壇奉爲典章，無庸變亂，居然使天下之音不一而一，衆趨共軌，亦曰吾從衆而已。兹因《問奇集》成，復及韻學，一以正字，一以正音，二者固不可偏廢。是集以高安爲主，吴興附見於下，賦詩填詞，一舉兩得。其間舊所合者今分之，舊所誤者

①曰，據文意當作"四"。

今更之，則予折衷諸家，畫一以定也。至切韻捷法，已具《問奇集》中，兹不更及。藁就，竝付剞劂。雖守轍循途，猶是前人囿習，而於詩詞家未必無小補云。康熙庚午秋日，祕園李書雲識。

問奇一覽敘

汪　燾

《問奇一覽》暨《音韻須知》，總爲書若干卷，廣陵李秘園先生所輯，皆有裨小學之書也。夫形聲相益謂之文，孳而生之謂之字，偏旁所以正其畫，翻切所以辨其音，詁訓所以釋其義，三者相輔而行，不可缺一也。《説文》《玉篇》《類篇》，偏旁之書也；《廣韻》《集韻》，翻切之書也；《方言》《釋名》，詁訓之書也，皆小學之津梁，六書之淵海也。先生之爲是書，其論偏旁，則本於豫章張氏若、新都楊氏，而益以經史之奥僻駢字及轉音通用，而詁訓亦隨字並見。其講音韻，則本於高安周氏，分陰陽，區清濁，而所謂切韻捷法者，則本於檇李陳氏，而其原實出於宋之劉須溪。經以字母三十六，而緯以四聲，即《元音統韻》中之經緯韻、雙聲疊韻，不煩思索而即得，便之尤便者也。夫是二書，苞括偏旁，辨析翻切，兼綜詁訓，卷帙簡而易尋，攷訂審而可據。庶幾紹述前人，洵足有補學者，不可以耳目之近而忽之也。惟是行世既久，不無漫漶缺佚，余既爲之脩整，而復識以此者，以見先生當日著撰之崖略云。乾隆三十有一年歲在丙戌仲冬，汪燾撰并書。

以上清康熙二十九年（1690）李書云刻，
乾隆三十一年汪燾重修本

問奇典注

問奇典注自序

唐　英

余童年就塾，自六經成誦外，即留心古學。嘗讀《揚子雲傳》，謂有好事者載酒過雄問奇字，心竊疑焉。夫六書之散見於典籍，炳若列星，考古證今，耳聞目擊，其於音義一道，諒無有詭僻險異以滋人疑竇者。即于方言俗語，或有不經見之字，爲引文繩墨者所不恒用。此固不必狂搜海釣，馳鶩於無益之地，又烏有所謂奇字者，必待後學探索攷問哉？顧復思之，古人一物不知，引爲己耻，五車二酉，載籍甚繁，六宇九州，語音不一，奇字之需問者，應復不少。余雖少失問學，長有蠹魚之癖，矻矻孳孳於殘編斷簡間，殆不知老之將至也。每於供職鞅掌之隙，留心音義，稍有疑竇，即銘懷以待折衷，務期歸于一是。所幸者，余年十六，供奉内庭，相與趨蹌晨夕，悉名卿鉅儒，每有所疑，即從而質證，或泥于字跡而乏變通，或囿于方隅而岐音韻，索解互淆，傳疑莫辨，不僅方言俗語多所舛錯，即經史子集所載，亦皆以訛傳訛，未盡釐正，以至音義典故之失，雖在學士大夫亦多所未免，安得如子雲其人，遍寰宇而一正之？粤稽近代有心之士，纂輯《字彙》《正字通》等編，悉足嘉惠來學。至我朝《字典》一書，分經列史，博載廣蒐，尤爲美備，第以卷帙繁多，未能家置一函，以資考訂，且其書皆就一字以晰其音義出處，至駢字之音義典故、今古異同，則鮮及焉。讀者泥一字之音義以槩駢字，遂致經史子集之駢字音義既失，而讀者之誤日益滋甚。今之所謂奇者，非奇也，實誤也。蓋誤之相沿既久，則習以爲常而不覺，兹以其本音正義告之，靡不愕眙驚訝，咄咄否否，是誤者習以爲常，而常者反以爲奇也。是編以問奇名者，以誤者之奇而奇之，欲引其問而歸於常耳。夫經史子集之昭垂，與天地同其悠久，其義藴典故，如日光月彩，炳耀萬古，特風雨晦明，時有以變其象，如山之高、水之長，而雲烟湍激，時有以異其形。至若鳥號爰居，果稱萍實，禽獸草木之雜出，在不經見者，悉怪而奇之，烏知爲天地所固有，而奇之者之眼界自奇也？吾人讀書不深，少見多怪，魯魚亥豕，久矣承訛，伏獵弄麞，妄不知舛，良可慨也。乾隆甲子，余奉命司榷潯陽，偶得《問奇集》二册，殘毁闕失，幾不可攷。究所自始，一則廣陵李書雲重鐫，一則明宗伯張位之所手輯也，惜其板不存，而臚列駢字，畧而不詳，且多訛誤無稽之言，使讀者明於體而不達于用，是猶授瞽者以南車，仍昧昧而無所適從也。因於公暇，搜輯羣書，于駢字之下，備臚出典，註解分晰，正其訛而删其誤，不去其條款，惟補益其詮釋，並余嚮之銘懷，折衷質證，歸于一是者，悉皆增入，顔之曰《問奇典註》，三閲寒暑而卒業。今梓之以質同志，俾細心讀書者，考字音而知典故，明典故而識字音，不致疑似混淆，復蹈訛誤之習。將見對飏染翰，聲韻叶而鳳池之珠玉鏗鏘；論古談今，學源真而臯比之指揮確鑿。至於寫情譜拍，咏月吟風，被之管絃，歌之雪玉，又其餘技矣。是則斯編也，置諸案頭，而奇參疑釋，不多於載酒閣下僕僕過從者哉？爰自爲序。乾隆十一年歲次丙寅長至日，瀋陽唐英譔。

問奇典注序

秦勇均

古蒼頡制文字，而史載有感動天地鬼神之説，字之由來，亦奇矣哉。然考其六義，皆即兩間自然之理，以著爲自然之形，發爲自然之聲，故能使天下義理必歸文字，天下文字必歸六書，則仍歸於平易確實，而無奇之可言也。第古字不多，率假借爲用。自古文屢變其體，字日益繁，而五方之風氣不齊，聲韻各異，彼不求甚解者，既相沿於誤而不自知，即有好學深思之士，又務爲鉤深索隱，勉强附會之説，未得其解，而漫以己意解之。故有固陋寡識，忽聞所未聞而稱奇者；亦有各執其信，忽聞所異聞而稱奇者，此問奇字之説，昔所以傳於西蜀乎？唐俊公先生以駢字之音義世多舛誤，得《問奇集》舊本，廣其條目，詳爲註解，而成《問奇典註》一書，屬余爲之序。余考歷朝字學諸書，自《説文》《玉篇》《廣韻》《集韻》而外，不下數百十家，其中就一字之音義，載及駢字以參証者，固間有之，而駢字之散見於經史百家，摘而取之，羅而列之，自然風雅矜貴，可以供人探奇於不窮者，尚闕有見。先生之爲是書也，隨所披閲卷帙，凡駢字之涉於疑似者，即字以審音，即音以辨義，究其原本，而典則以昭，别其異同，而訛謬以正。其於天文、地理、人事，以及鳥獸、草木、蟲魚之屬，無所不該，而六經百子、史乘雜著諸編，悉經經緯緯以燦著於其間。讀者但覺其光怪陸離，如商彝周鼎之不少概見，遂驚而訝之以爲奇，而實則何奇之有？今夫人習居其里，而不知里之名何自昉也；習用其器，而不知器之義何所取也。甚有呼以俗名，書以僞字，而愈訛愈謬者矣。遇一故老而爲之述其舊，遇一耑家而爲之道其由，遇一文人學士而爲之証其得失，則必愕然曰："奇哉！余數十年來身與俱焉，而竟不知其義有如是之出人意表者哉！"究之，昧者之所爲奇，正明者之所爲無奇也。彼自矜窮經討史，博涉羣書，而以訛傳訛，習焉不察者，何以異此？惜其未遇先生而一問之，夫安知所爲奇？且安知所爲無奇耶？先生於書無所不窺，其視五車四庫，皆平平無奇，有好奇而來問者，即指其無奇者而告之。是書固特其一隅，善學者得其意而推類以求，將披卷寓目，皆可得六書之典要，而於天下之文字義理，漸以擴其識焉。則是書之津梁後學，其功正不淺也。余學殖荒落，邇復敝其心於案牘間，向所覩記，且已茫然，乃得與先生宦遊同方，公餘過從問答不倦，忘其奇，并忘其無奇，惟相引於古今圖籍之中，而賞心自永也。斯又余之幸也夫！乾隆十一年歲次丙寅長至月，梁溪弟秦勇均拜書於潯陽之雙桂艸堂。

問奇典注序

開　泰

古者六書，著録次於經典。漢制能諷書九千字以上，始得爲史，吏民上書，字或不正，輒舉劾，蓋字學之重如此。《傳》稱揚雄通古文奇字，當時劉棻、侯芭輩並從問焉。韓昌黎云："凡爲文辭，宜略識字。"在昔敦實學者，皆以此爲先河之祭，未敢忽也。夫自科斗遞變，而籀而篆而隸，形聲訓詁，具有原委。第小學廢缺，陋者游目未廣，猝遇難字，舌撟然不下，或疑似未能釐析，苦於無從質問，迺眩惑以爲奇爾。如古碑碣、鐘鼎、器御之流傳，苟記録未盡磨滅，博雅之士皆得尋其文而究其義。幸生制作大備以後，舊典具存，而衹憑私智，率多乖誤，詎非儒林羞邪？字書之傳於今者益夥。瀋陽唐使君仕學並優，間取前人《問奇》原本，重加增訂，徵引典故，備註音釋，令搜奇者一展閲而得所依據，持此爲答問之教，可不必隨造子雲之閣矣。其間雙字、單字卷分部從，視《佩觿》《正譌》等編尤爲該洽，誠文苑之圭臬，案頭之寶鑑也。雖然，使君酌古準今，考據詳慎，遭逢郅隆之世，胸次網羅，必更有獨得之奇，足以裨國計而下益民生者。余他日有暇，還欲就使君而問之。乾隆十二年正月上元日，韓江開泰識。

問奇典注序

顧錫鬯

倉頡造字而書契興，後世讀書者未盡識字，蓋書多而字不能遍認也。我朝聖祖仁皇帝御製《康熙字典》，教化大行，風會日上。歷世宗憲皇帝，崇儒重道，攷訂羣書，發微闡幽，窮極山海。至我皇上聰明天縱，學問日新，萬幾之暇，揮灑宸翰，即《樂善堂》一集，固已見其博綜典籍，莫測津涯矣。豈猶有音韻之未辨，筆墨之或舛乎哉？顧六書既備，而人恒苦於經史子集之浩繁、心思目力之有限，不能盡所謂奇字者而一一識之。由是有錯寫者，有訛讀者，有見而不敢出聲者，有駭而莫知攷究者，即嗜古通經扢雅揚風之士，亦所不免，誠足爲吾儒恥也。瀋陽唐夫子於焉，因張、李之遺書而脩輯增訂之,編成六卷,凡屬奇字,蒐羅殆盡,音切解註,點畫悉辨,瞭如指掌,帙不繁而人易覽,洵可謂昭雲漢而燦日星,其有補於功令者不淺焉。錫鬯拜而受之,奉爲拱璧,公餘鍵户日記數條。吾師乎!吾師乎!不啻日坐一子雲先生於斗室之中耳,爲提面爲命,而令我無奇之不曉矣。誠有如所云“置諸桉頭,而奇參疑釋,不多於載酒閣下,僕僕過從者哉”。而鬯以爲非但此也,蓋有説焉。倉頡造字而天雨粟,鬼夜哭,解之者曰:“字出而人多詐僞,天知其將餓,故雨粟;字出而人洩秘藏,鬼愛其菁英,故夜哭。”是解也,非定論也,何則?天既不欲人之多其詐僞,則何如不生倉頡而無人造字之爲得也?鬼既不欲人之洩其秘藏,則何如奪倉頡之錦心繡腸,而使之化爲懵懂男子也?夫不生倉頡與生倉頡而懵懂之,其權總在天在鬼,乃天與鬼計不出此,而徒勞勞焉雨粟之,號號焉夜哭之,無是理也。然則天曷爲而雨粟也?鬼曷爲而夜哭也?噫!吾知之矣。天以爲有字必有書,人生百年耳,將必欲讀盡上下古今之書,何暇爲謀食計也夫?是以雨粟也。鬼以爲識字必讀書,將必欲讀盡上下古今之書,而識字豈不磨煞英雄也夫?是以夜哭也。然乎?否也?然天亦不能盡人而粟之,鬼亦不能盡人而哭之,在天在鬼,仍有付之無可如何者矣。徒使人窮年累月,勞精敝神,而目注之,而手寫之,而口哦之,而心誌之,竭畢生之精血,而終不能讀盡上下古今之書,則終不能識盡上下古今之字矣。然則爲之奈何?其將罪倉頡之造字乎?曰:“不必也。倉頡不造,必别有聖人焉造之也。”其將罪倉頡造字之太多乎?曰:“不可也。何莫非字,何字不當識也?”其將罪倉頡造字之過奇乎?曰:“不敢也。倉頡之字不奇而不識者,人自奇之也。”然則爲之奈何?揚子雲又不復作矣,奈何真奈何。而鬯則有以應之曰:“無慮也,有瀋陽夫子之《問奇典註》在。”是書也，無字不奇，無奇不解，可以盡一月兩月之力而遍覽之，可以假一年半載之功而悉録之。快哉！是書不費精神，不費時日，天不必其雨粟也，鬼不必其夜哭也。天不必粟，則是書有功於上帝；鬼不必哭，則是書有功於冥靈。且也倉頡之所不能執人人而告之者，是書得以家喻而户曉之，則更有功于古聖。裁成輔相，繼往開來，藏之名山，公之宇内，洵足以鼓吹休明，光昭文治，世之祥麟歟，威鳳歟？玉簡歟，金册歟？其爲千載不朽之業可知也。啚故曰不僅爲載酒問奇者告也，喜極而急爲之序。時龍飛乾隆丙寅陽月望後三日，錢塘顧錫啚頓首拜撰。

問奇典注序

納　敏

丁卯冬，余奉命撫皖，道出九江，因在粤東久，耳俊公唐使君名，隨往造謁，蒙款洽甚歡，出所著《詩集》示余，余乘興率唫七律一首奉贈。瀕行，使君復出所輯《問奇典註》，囑余作序。受之，未遑啟函也。旋以入覲，來往奔馳，兼值母后大事，竟成高閣。今細閲之，舍然喜曰：“古人稱學於古訓有獲，其信然與。”使君自束髮窮經，壯而益力，迄於今垂四十年，而搜討不倦，宜其奇之日進於夥也。雖然，世之求奇者衆矣，一詞之綽爐，一字之蜿蜒，非不目營心誌，奉爲珍秘，而於源流所在弗之省焉。即省矣，而便便自得，亦必私之在己，不輕告人，欲其問無勿知、知無勿答者，往往難之。使君讀書稽古，不沾沾爲攬奇計，而洽聞殫見，薈萃自深，所在金石之文、山海之録,陋儒所鉗口咨訝者,一一摩挲博考而識其據。且慮世之學者目圍未廣,或至少見多怪,相習於謬,因取前人《問奇》舊本廣輯之,爲答問之資。其書以譔古傳信爲事,凡單文駢字散見於經傳者,莫不審音辨義以訂其訛,視《説文》《玉篇》《集韻》《正韻》等書尤爲要約而明晰,以之衣被後學,功不偉與?余嘗考六書之學與著作,通昔漢子雲氏以能知奇字爲世所師,故其《反騷》諸篇,咸陸離光異,進媲於古。唐昌黎韓氏亦嘗以識字訓天下,及今讀其《南山》《陸渾》諸詩,瑰奇絶特,不與時同。使君稱詩躭賦,以文章鳴者久矣,今復輯是書,以惠來學,其將以爲學古者倡,而使天下知其詩賦文辭之喬皇典茂者,固有所自也。然則世之閲是編者,不得僅目爲使君之碎金也而忽之矣。乾隆十三年閏七月中浣,年家眷弟納敏拜識。

問奇典注序

鄭之僑

僑始筮仕鉛山,即聞瀋陽唐雋公先生以博雅名儒,出典陶政,兼司榷務比量,移昌江,乃獲接先生言論。不以僑鮮所知識,出《問奇典註》一編示僑,且屬僑爲序。僑受而讀之,於今幾二載矣,未敢輕弁一言,豈相慕之殷而相應之疎耶?蓋僑性固僻,古人載籍,自六經而外,惟篤信宋儒之書,當世名公大人著作,非周環熟復,確見其不昧於古、不欺於今,輒不敢妄爲稱説。朱子嘗謂揚雄以艱深文其淺陋,當時劉棻乃從雄作奇字,雄又自言好學者載酒問奇字,殆亦遇尤淺陋者而始奇耶？至邵子，則朱子所推服也。即其音韻之學，括天下文字，隸之三十六字母，以三十六字母分爲牙、齒、舌、脣、喉五音，後世等切皆宗之。今先生之書仍舊本，以《問奇》爲名，其所典註，亦註其奇字之典也。切韻諸圖，更直指邵子之誤而刪訂之。僑始讀焉，而不能不以向所信於宋儒者爲先生疑也。爰於案頭誦習之下，取先生所列駢字、單字拈之壁間，凡經史子集無不備之憾也，索其一二，掛漏不可得也。更取切韻之法，息氣潛聲而肄習之。邵子三十六字母内，其相類相通者果可删也，牙與齒果無別也。按圖索音，雖婦人孺子無不可能也，所謂奇者無奇，則先生自序早已斥言之，以爲六書間義無有詭僻險異，緣誤者而始奇也。僑於是乃信先生能好古也，不欺世也，能爲宋儒功臣，而不蹈子雲輩支離之弊也，且猶有説焉。先生之是書因仍舊名，所自作特附諸後，先生之謙也。讀先生之書者，先即先生所作切韻諸圖習之，有得而後讀先生之全書，讀宇内無盡之書，將共信其嘉惠無窮耳。謹拜手而爲之序。時乾隆戊辰夏四月，韓江鄭之僑頓首拜撰。

以上清嘉慶二十三年（1818）牧野張晒武昌雄楚樓刻本

字　學

字學跋

葉秉敬

《説文》等書，皆以楷釋篆，是編以篆釋楷，不倍時尚，使人易从。且古今字學諸書，互有矛盾，令人罔知取从，得是編可以昭然發曚，盈庭之訟，吾知免夫。

校字學并跋

李慈銘

是書依據《説文》，采别精細，尤便于記誦，在明人中最爲有功小學。嗍頗信戴侗之説，又好自出新意，故時有與鄦氏背者。如解“門、進、身、凡、父、舌”等字，亦解叵近理，而或不免穿鑿。言“孝、孚”爲一字，“斅、學”爲兩字，殊涉武斷。説“學”説“无”，尤病支離。至説“萬”字，取《埤疋》“蠭多”之旨，而不知千万自有“万”字。説“執、埶”兩字之外别有“蓺”字从幸从丸，而不知“蓺”正从埶，並無“蓺”字。説“劦”字外别有“劦”字音黎，“荔”字从此，而不知“劦”正音力制切，“荔”字从劦爲聲，並無“劦”字。此皆失于眉睫者也。同治丙寅冬至後二日，戡讀一過，時無它本可校，略是正之，并識其大都如右。悉伯書于受禮廬。

以上清道光二十八年（1848）小石山房補修蕉雨軒刻本

古文奇字輯解

古文奇字輯解序

朱謀㙔

昔楊子雲好奇字而不釋奇字，許叔重釋秦文而不釋古文。夫字本於文，文本形事與意，各有攸當，非有奇也。自我識之，磽陿淺尠，遂以爲奇也。傳寫得真，斯稱古文，一涉譌脱，遂成奇字，古文得解，則奇字自昭。奈何兩漢博雅多聞之賢，舍古文不一措意，顧較義例訓詁於斯、邈小篆之間，使後世不復知先聖人制作文字之精微。乃"馬頭爲長、持十、屈中"之説交眩耳目，鍥入肝脾，欲古文宣朗，豈不難哉？予自弱冠潛心丘索，尤嗜六書，逮今四十餘年，日窺月測，似有獨寤，嘗撰《六書本原》三篇，推明《字統》。陳大中丞著《説文異同》，采所訂正文字四十有五，既傳之矣，别撰《説文決疑》《六書貫玉》各十數卷，皆有條緒。自念變易積習，未若追研古始，乃取家藏弘正間楊氏《書統》善本，并諸金石史籀舊文，分别部次，博采羣説，折衷己意，爲《古文奇字輯解》十二卷。方欲就正大方名碩，而仲子錋用所鈔本，遂雕梓之，以故其間錯綜重疊之未删，訓故辯駁之未正，往往而有。雖然，予年運而往矣，所當先事整齊者亦不少矣。持此因循，駸至老朽，誰肯任是哉？愈其删正之弗暇，無寧存之，以俟當世好古君子是正，不亦可乎？至如《禹碑》《蒼室》，事涉敻古，《金石韻府》

所載，類多譌誕，皆未附入。今之録者，大畧八千有奇，一點一畫，皆仍史籀、鍾鼎之舊，無敢改變，以墜失先聖人本指，其有擬議傳譌者，則附之註中。嗟乎！古文無譌也，傳寫之久，不得不譌也。信傳寫之譌而妄爲解説，則先聖人之意隱；因傳寫之譌而妄肆更變，則先聖人之意亡。隱可尋也，亡之不可復得也。存其譌而顯其隱，泝其流而尋其源，殆亦考文復古之道乎！萬曆壬子春正月望日，南州朱謀㙔鬱儀甫書。

明萬曆四十年（1612）南州朱氏家刻本

字學類辨

字學類辨自引

徐與嵇

嘗攷《周官》,保氏掌養國子,教之六書,太史試學童而録其課最。唐選舉法有四,而楷灋遒美居一焉。瑋哉乎！説字之重於古昔也。及今進御覽者,非《正韻》不列章疏,而程録射策以至廷選,一唯古制是遵。乃居常不加研討,意義既紊,點畫失真,雖號博雅君子,多所踈脱。甚且方語混淆,譌指謾授,臨池而筆閣,披卷而口噤,非遇識者,誰爲政之？夫天下同文,同此形象聲音之文也,亂古爲今,同文之謂何？音韻且誤,安問精義？章縫失之,安問闤闠？業已秉筆授簡,無論射策及章疏,即入校蓺林,司衡者鑒賞古體,寧不令文章增價哉？然韻書浩漫,苦難搜閲。斯編也,芟繁剔冗,摭拾諸書,於分毫疑似者别之,于傳寫差譌者正之,有字一義夥者析之,有字異義同者合之。且各分四聲,復立款類,開卷了然,或以啟羣蒙耳。有難者曰:任臆影射,運用不廢,何必深窮其解,白首蠹魚哉？亦唯命矣。

字學類辨序

蔡毅中

夫字學之不明也，久矣。蓋古先聖哲制書契以代結繩，言孳乳而浸多，故名曰字。然一字有一字之義，如象形、諧聲，其類甚嚴。有聲同而母異者，若“仁、然；兵、邊”之類；有形似而實殊者，若“傅、傳；搏、摶”之類。而五方之音，萬有不同，歷代相沿，浸失其真，可勝慨哉？我高皇帝文明揭日月而中天，《正韻》一書，卓哉萬世文字之祖。今博士家狃于見聞，音義點畫，不加考究，承訛踵謬，長于才而短于舌，優于筆而拙于口，摛詞一章，錯誤盈幅。蓋緣庠序不以課程，棘塲不以輕重，童而習之，自紛如耳。是編也，毫釐必辨，音義詳明，析而分之，比而合之，不煩翻閱而一覽無遺，何異撤豐蔀而覩繁星，覺迷途而履周道哉！余素攻此業，今謬典成均，喜得是書，傳而廣之，以嘉惠我多士，且進爲經筵日講之資，非所稱不朽之盛業乎？徐友原古，家學淵源有自，閱詩草，得唐人之正脉，是書益見苦心。余爲世交，邂逅京邸，乃于其别也，輒題數語，以致惓惓。汝南蔡毅中撰。

字學辨類題辭

蔣之驎

自結繩以後，書契漸興。古唯鳥篆、史籀文僅見，而所謂龍穗、雲鸞，與夫蝌蚪、龜螺、鐘鼎、薤葉等書，皆絶無聞。迺説者謂倉頡至漢初，書經五變，古文變爲大篆，又變爲小篆，篆變而隸，隸變而草，於是説字之學，愈遠而愈失其真，寧唯宫徵不辨，亦聲體懵然矣。夫解字以詮經也，今操觚家緺挐銶胥[1]，童習白紛，即霞宫丹甲，直欲耿諸其胷，乃臨編而含胡囁嚅，交譚而金根杕杜、伏獵弄麞，貽哂識者，博雅之謂何？余友原古氏，夙禀靈根，世承家學，以尊君中丞公多藏書，每於山莊嘯詠之餘，劌心此道，謂字以説經，唯得其體，斯得其音，而義可繹。於是有點畫疑似者析之，俗傳謬誤者正之，即字同而音異、體異而義同者分疏之。其要本於六書，壹軌昭代《正韻》，殆許慎忠臣哉？夫漢自楊子雲訓纂奇字，蔡中郎詮刻石經，安國、中壘考訂古文，賈逵、服虔傍通經義，其於羲農龍穗、顓頊科斗、籀斯篆隸，夫豈不代相表章，何獨闤闠六經之世，而影嚮謬迷，厥體弗究，則音不確，義於何指？況一字數音，一音而數義，考部定班，臚列櫛比者哉？故余謂玆集行，詎惟説經者之圞，抑亦徵文射策之噣矢乎？其裨贊良匪鮮矣。余於原古爲世兄，而比歲殉業碧山，因其付殺青也，敢僭弁數語。四明社弟蔣之驎題。

字學類辨序

徐應亨

自書契之興，作者寖備，大約祖漢許慎《説文》一書。至

---

①䚕，當據文意改作“觚”。

宋徐鉉重加補正，弟鍇更發明奥義，足爲許氏忠臣。近代書家增損字畫，襲舛承訛，甚且不辨宫徵，取譏識者。要以字書汎濫，浩乎山海之藏，覽者病之。吾家原古氏，爲中丞公伯子，上自白如先生、益菴先生，世禪雕龍，家多墳籍。原古少習公車業，俊聲奕奕諸生間，壬子就試南都，主司奇其文，幾得而復失之。既歸，卜築近郊，巖壑幽勝，劉滄嶼先生爲題額“碧山莊”。花辰月夕，時與二三同社吟咏其中。所著有《自怡艸》四卷行世。嘗慨書學舛訛，乃手自排纘，辨字畫，審宫徵，精核出之簡約，誠考文之通矩也。刻成，屬余爲序。余惟昌黎韓子有言，作文者須識字義云，握管而談，先秦兩漢、建安大曆，人多能之。試詰某字某音某義，則百人或不能一也。夫六書與六籍相表裏，高皇帝以文章取士，首命儒臣集《洪武正韻》，昭同文也。使書學訛舛，經術何由而明？兹刻研摩字指，豈直爲吟咏之助，夫亦公車之指南也。即以視鉉、鍇兄弟，奚讓乎？余不敏，僭題首簡，抑足張吾軍也夫！天啟元年三月，社弟徐應亨題於婺之玄暢樓，弟與參書。

以上明末刻本

字畫辨譌

字畫辨譌自敘

許炳亨

壬寅、癸卯、甲辰歲，館於葉解元旬卿家，諸生輩點畫多訛，思有以正之。爰取字書數種，衷其繁簡，酌其可否，悉遵《字典》，而取材於段懋堂先生《說文注》，彙成《字畫辨訛》一書，顔之曰"沁香亭"者，所居齋名也。書既成，諸生艱於傳鈔，慫慂付梓，因弁數言於簡端云。道光甲辰仲春，候官許炳亨蘭修氏記。

清道光（1821～1850）間刻本

正字要覽

正字要覽自序

張中發

夫字有一定體式，即古篆籀之變隸書，隸之變今文也。蓋世日趨於簡，而俗或失其初。諸家音釋，篇秩浩繁，檢尋雖易，未能周覽。其少者若李如真《正字千文》，似便蒙求，仍病疎略。獨舊刻周隆之《正韻彙編》四卷，撮其樞要，靡失本原，且辨監本之不無錯誤、韻本之偶有是非，其於古文今字，殆非徒耳食也。余以《説文》《篇海》《字彙》諸書義釋尤備，家曉案列，乃於斯編采輯其有關點畫、大辨結構者，更删僻繁，僅存音切，刻爲今卷，務使翻閲易徧，大略不遺，以爲文家小補。若博雅君子留心簡牘，視之若布袽常飯，不足以問奇抉異，無疑也。康熙五年歲次丙午仲春，西泠張中發士至甫謹識。

清康熙五年（1666）純祉堂刻本

辨字摘要

辨字摘要自序

饒應召

甚矣，字義之浩繁也！非獨幼學不能盡識，即白首窮經、螢窓静習之士，而執筆茫然，往往有之。抑無論出於經史之難者，辨之不悉，即日用常談，偶索其字形，而百思不得，凡比皆然。余嘗欲立少觀多，使無煩若之憾，因不揣譾劣，殫厥心力，詳查《字彙》，凡係五經諸史以暨常用必需之字，載之簡中，其餘無與於舉業、無益於家務國政者，則一槩弗録，越數月而此書告成。雖義理淺易，不能如子雲之造奇字，然持此以詔幼學，厥功匪淺，即老成細閲，亦未必無小補云。乃或者曰：字義浩繁，何止限之以此？苟據此書而求之，不幾掛一而漏萬乎？余曰：否！否！不觀此書命名之意乎？謂之“辨字”，解其理也；謂之“摘要”，反之約也。編之夫復何咎？但鈔謄實多錯誤，不得已而授諸梓焉。匪敢曰傳世也，聊以供一時之便覽云爾。倘同志而賜弘覽，幸諒其亥豕魯魚如恕首事焉可。瀟水饒應召題於漱芳書軒。

清乾隆二十二年（1757）玉川弘農氏刻本

四庫全書辨正通俗文字

重刻四庫全書辨正通俗文字序

王朝梧

閣學陸老前輩丹叔先生，嚮有《四庫全書辨正通俗文字》之刻，蓋正者，斯字之本體也；通者，古今繁簡不同，凡隸省及前代碑揚可從者也；俗者，承襲鄙俚，《後漢·儒林傳》所謂别字，今轉音謂之白字，斷不可從者也。恭繕館書者倚爲司南，顧版行既久，模糊失真，習焉不察，轉滋魚豕。近奉諭旨，續辦《四庫全書》，三分頒貯東南。傭書者既衆，凡鄙俗字體，以訛傳訛，誠慮愈歧而愈甚，必待校閲諸公糾正，甫行改補，則每頁已不免百衲之誚矣。用是參訂陸本，重爲刊布，其間有未備者，就鄙見所及，略爲補綴。若夫六書之通變精微，則有《説文解字》在，正無取乎區區者爲也。錢唐王朝梧。

清嘉慶二十一年（1816）經國堂書坊刻本

偏旁舉略

偏旁舉略自序

姚文田

六書既隱，譌體日滋，學者失其本原，往往增損隨俗，遂使部居易舛，聲義全乖。是書專爲校士而作，故但取俗書之相沿者，條分派別，使覽者易明，至其字本不譌及非習用者，槩不復載，因名之曰“舉略”云爾。

清刻本

正字略定本

正字略自序

王　筠

《四庫全書辨正通俗文字》陸、王兩先生原本，余皆有之，辨白精寀，楷法秀整，其不合六書者，數字而已。今雖剞劂屢新，未免豕魚增謬，詒誤後學，亦復孤負前賢也。同人謬以筠讀《説文》，屬爲栞正，爰改其譌文，補其未備，即以字畫多少爲次，用便稽考。字有相亂，因而附焉，去泰去甚，不敢泥古以戾今，或足述《干禄字書》之意乎？益都陳山嵋雪堂書之，介休楊煦和亭爲之鋟木，於道光九年良月訖功。安邱王筠菉友序。

正字略又記

王　筠

刻既成，同人嫌其略，乃檢《廣韻》，增三百字。初刻誤以"積"之古體爲俗，又用段茂堂説華鄂从卩，既思圻鄂、柞鄂古皆借"鄂"，若欲風别，自當依《廣韻》之花蕚、垠堮、柞樗耳。《集韻·十九鐸》："鄂，口中上鄂也。"亦無花蕚義也。今皆改之。且所輯者衹以諗初學,非以詒通人,故影始稽川,陣由逸少,遂與景陳,音義兼别。又如《左傳》"燠休",今用"噢咻";韓文"擩染",本之《儀禮》及《説文》。今用"濡染",既舉世而皆同,容一人之獨異。他若重言、謰語,止以耳治,"朐忍、牂柯",亦多舛誤,而兔園册子,不能徧及。又念王先生原本"負、偩"並出,此須善會,"陪尾"亦作"負尾","丕子"亦作"負子","負"有"陪"音,此皆可證。蓋猶"受"有"到"音,而姓之者作"受"爲别也,宋槧書猶多用"偩"爲抱負,致多此辨。顧既非古訓,又非時俗要用,不出可矣。所輯雖云率略,而以之應試,止此已足。童蒙求我,或可靦顔爲知途之馬乎?和亭復欲付梓,乃再浼雪堂書之,而聊記之如此。壬辰春日,筠又記。

正字略再記

王　筠

數年來友人屢促增改,竊以其不足重輕,未遑暇也。戊戌夏,雪堂以大字本見示,出自安岳周君重栞,深幸世之君子不我遐棄,所惜者少加訂正,而未盡其譌誤也。銅仁楊承注銕菴曰:"君再校正,我當栞之。"於是詳加釐訂,更爲補苴,其不能決者,決之日照許瀚印林,反覆審視,其不安於心者,固已少矣。惟念近來力求復古,或涉矯枉過正,如"眔"从目而篆文上出,可以"皀、卤"二字爲徵。《説文》"皀"字説曰"象嘉穀在裹中之形",則□象裹也,中注者象穀也;"卤"字説曰"象形",則外象匡也,中象穤也。篆於裹與匡之上加上出之筆，非物形也。蓋篆文□字一筆作之，而於上方正中起筆，筆偶露鋒，後人遂爲典要，古文“𠷎、𡆠”無上出之筆可徵也。且“目”形本横，而字體則縱，惟“罘、罣”等字猶横之，既不能改“目”爲“罒”，即亦不必改“衆”爲“眾”矣。蓋以變篆爲楷，即各相其部位而以意爲之，必不能充類至盡。篆同而楷異者有之，篆異而楷同者亦有之，豈能据篆文以正楷書之譌乎？況如“衆、皀、囟”者，更以古文正篆文之譌乎？故所輯者，祇期無背於楷法，不敢屈曲周章，不篆不隸，蹈非驢非馬之誚也。其有猝難明者，印林曰：“以篆照之，自明矣。”從之。然不多出，恐反引人入岐路，如字書之“似”作“𠈉”也。乃再倩雪堂書之，鋏菴栞之，並將郵寄周君，以贖前愆。七月廿五日，筠又記。

重刊正字略引言

周景濂

正字之難有二：曰戾古，曰泥古。妄增率減，以趁姿媚，戾古之失也。迺泥古者，蟲書鳥篆，僻以爲正，又非同文之義。余自甲戌赴春闈，客留京邸者九年，每借正書瀍於諸閣學暨鄉前輩，惟以陸、王兩先生《辨正通俗文字》爲準，惜間有不合六書者。歲辛卯，余莅任温邑，至癸巳，京邸友人始以王菉友《正字略》見寄。其書原本《説文》，而雅符館體，雖書以“略”名，其酌古準今詳矣。公暇，每舉以爲卜里諸生式，而傳鈔爲艱。爰授余同鄉余君柘皋用大楷繕寫重梓，以廣其傳。體例一遵元本，略加辨正，仍附下方，不敢蹈金根之誚也。其重校，則武陟任蕙叔莖生、邢伊子純云。道光十三年癸巳長至後十日，安岳周景濆星舫識。

重刊正字略跋

陳慶鏞

余友菉友精于六書，上及倉頡、史籀牿書遺意，著有《説文釋例》廿卷，未梓，兹先付棸《正字略定本》。其書簡明易曉，使初學者一覽了然，讀許氏書者，以此爲津逮可也。道光十有九年三月既望，晉江陳慶鏞跋。

以上清道光二十六年（1846）大盛堂刻本

增訂字學舉隅

字學舉隅原序

龍光甸

昔人云讀書須略識字，不通六書，難言識字。長沙黄虎癡學博，以近日通行之《四庫全書辨正通俗文字》足爲士林模楷，因與兒子啟瑞重加增輯，成《字學舉隅》一編，仍以辨似、正譌標目，而附以誤用諸字。余喜其簡明便閱，付之剞氏，以廣其傳。若循是以窺六書之源，則在善學者之隅反焉爾。道光十八年戊戌長至日，知湖南黔陽縣事，臨桂龍光甸識。

字學舉隅重刻朱序

朱　琦

書者，小學之一也，童而習之，至老不廢。自六書以會意、轉注及象形、諧聲遞相傳述，而漢《藝文志》復有八體、六技之説，似專爲古文、篆、隸言之，而於今之俗書，或未合也。及觀許氏《説文》，上溯軒頡，下暨秦漢，數千百年，循流溯源，會而通之，可謂詳且核矣，然卷帙浩博，雖通邑大都，家有其書者蓋尠。自昔稱善書者，如鍾、張，如二王及歐、虞、褚、薛輩，林立麻列，其妙或在紙墨之外，而流露於氣韻之間，於偏旁點畫，每不屑錯意。獨唐之顔魯公集書學大成，碑版照天下，所輯《干禄字書》謹嚴不苟，蓋示學者以規矩準繩之可守也。吾友龍子翰臣工於書，究心長史十二筆法，頗抉其奥。暇時出所輯《字學舉隅》見示，考核詳審，分類簡明，最便初學。夫《説文》非不古也，然其書繁富，讀者或不能徧識。近世坊間所行，如《辨正通俗文字》及《正字略》諸書，非不適用也，然其中間有遺脱，或拘泥古訓，觀者憾焉。是編斟酌古今，芟繁挈要，且其意在舉隅，亦猶《干禄字書》之以規矩準繩示人，而詳而不失之駮，約而不失之陋，俾操觚之士觸類以推，可以上窺作者之意，而究六書之源，亦一快也。是書初刻於星沙，偶攜行橐，中都人士見而愛之，請重刊，問序於余，辭不獲，因推字學源委，而述其厓略如此。道光庚子十月既望，同里朱琦撰。

字學舉隅跋

龍啟瑞

《字學舉隅》一編，歲戊戌隨侍黔陽，與學博黄虎癡先生所輯者也，初鋟板於長沙，再刻於京師。江右張仲眉同年復是正之，而刻於南靖官舍，間攜其書至都中貽余，余閲而善之，謂能匡所不逮，惜其中猶有未盡糾正者。京居多暇，乃取前後所刻本及張君重刻本，互證而詳校之，增其舊之所闕，而易其未安。復得同年李君子迪、鄧君雙坡、蔣申甫前輩商搉其疑義，編定重付剞劂。蓋兹編至是凡四刻矣。夫六書之旨極博，是區區者誠無足道，然辨别豪釐，校正譌誤，將以下示承學之士，而上窺制字之原，或亦通人之所不廢也。世有惠余如張子者，是則鄙人之厚幸也夫！道光二十有六年夏四月望日，啟瑞謹跋於都門寓齋。

以上清道光二十年（1840）重刻本

重校字學舉隅

重校字學舉隅序

程恭壽

龍翰臣方伯《字學舉隅》一書,於偏旁點畫講求精當,誠藝林之圭臬也。年久板刻漫漶,且多脱落處,初學轉無所依據。翰苑諸君分加校訂,重書以付手民,所以嘉惠後來者,用意良厚。卷首敬增應避字,竊謂關帝諱於場屋文字,如可不用,亦敬避爲宜。末卷摘誤條後,如《左傳》"仁人之言,其利博哉",俗多作"利溥",亦非。似此之類,不可枚舉,是在學者之以三隅反矣。辛未二月錢塘程恭壽識,光緒二年正月中浣津門王維珍書。

清光緒二年(1876)京師老榮録堂刻本

續字學舉隅

續刻字學舉隅序

汪敘疇

龍翰臣方伯《字學舉隅》一書，於偏旁點畫講求精當，誠藝林之圭臬也。不佞不揣譾陋，復即其舊之所闕者，分韻編輯，辨似正譌，愈覺簡明而便閱矣。友人持去，以付手民，將以之示承學之士，而上窺制字之源耳。使學者由此而探邈、斯之精意，夫詎無少助乎？是在善學者之隅反焉爾。丙子孟秋朔日，榮洲汪敘疇識。

清光緒二年（1876）刻本

增廣字學舉隅

增廣字學舉隅自序

鐵　珊

結繩廢而書契興，六書之傳以載道也，學者苟斤斤焉致力於此，可因字以思義，因義以立行，若徒於偏旁點畫考據，見長抑末矣。然魯魚亥豕，沿襲多譌，使非童而習之，先入者爲之主，臨文作書，勢且茫無依據。而今世子弟就傅後，六經之外，厥惟時藝試帖，坊刻不諳字學，貧士購書無力，此黄學博、龍殿撰《字學舉隅》之所以作也。珊自典守蘭垣，每閲生童文卷，字學恒多不講，故有文理佳而轉爲破體俗書所累者。爰不揣冒昧，特就原本增輯，分晰註釋之，欲初學者易曉，故不厭其稍詳也。並附《音略》各門，雖出自草剏，要皆人所習見而易忽者，僻典概不贅入，然字類多矣。珊不敏，學力淺薄，一行作吏，此事久廢，又宦游不能多致書，僅就幼所聞諸父師與習見諸書，參考互證成之。當校訂時，有不愜心處，輒數易稾。稾定後，仍多遲疑，以一人而前後意見參差如此，其他謬誤爲己所不及辨，洎挂一漏萬處，固無論矣。若謂舉業家助，則吾豈敢，以之啟發童蒙，或有裨於萬一。至正其謬誤，再加增廣，俾免簡陋貽譏，則實有望於多聞博識之君子焉爾。同治十三年仲冬上澣，襄平鐵珊謹識。

增廣字學舉隅序

陳秉彝

蓋自二篆微而古體散，八分破而隸書興，數千餘年，於今爲烈。然而四羊鎸成皋之印，三豕傳晉史之文，西極之國指爲邠，東漢之都增爲雒，書肖書立，益復紛紜矣。翰臣殿撰刊刻《字學舉隅》，校正譌誤，而甘省僻遠，尚少是書。紹裴太守課士蘭山，見諸卷中往往義乖孳乳，形失鈎須，因取原書，重爲增輯八十宗，參稽異説，先辨其非；百二章，纂續前篇，務求其是。俾考義遵《説文》之旨，諷書準《尉律》之條。將見小學風行，英材雲起，不獨成宿士，掇巍科，即由此而上繼冰、斯，旁通佉、梵，不難矣。其所以嘉惠士林者，豈淺鮮哉？故不辭鄙陋而爲之序。時光緒乙亥仲春之月，元和陳秉彝譔。

以上清同治十三年（1874）蘭州郡署刻本

辨譌一得

辨譌一得自序

吴巨禮

古人讀書,不求甚解。所謂不求甚解者,不穿鑿支離耳,非謂於音義亦畧之。予少失怙,未能從師友遊,開卷茫然,了不知爲何音何義,間有知者,稍爲指示,亦復過而輒忘。於是竭數月力以訂其譌,未嘗不深今是昨非之歎。顧國家同文之治,四海如一,其開迷覺昧之篇,汪洋浩瀚,則區區覆瓿之物,何敢自矜?然黄鐘大吕之旁,亦有蛙鳴蟬噪餖飣之學,聊以爲芻蕘一得云爾。梅川吴巨禮仁山氏題於四遠山房。

辨譌一得自識

吴占春

六書之法,尤莫要於象形、諧聲,蓋非形與聲,無以識字之真也。春祖少時慕元孫之《字書》,喜王雱之《誤讀》,仿《正譌偶談》,集爲《一得》,分爲數類,既可以便記憶,亦足以啟顓蒙。顧形有同而實别,音有别而仍同,如“陶、陰;憑、滿”之沿,“趙、肖;齊、立”之誤,不必言矣。若“觀卦”之爲“老鸛”,

“小雅”之爲“老鴉”，雖一時之戲，而後之以譌傳譌，較齊人以“得”爲“登”，邾人以“都”爲“豬”，其誤人不更甚乎？孔子曰“一貫三爲王”“推十合一爲士”“粟之爲言續也”“黍可爲酒，禾入水也”“烏，盱呼也”“貉之爲言惡也”“牛羊之字以形舉也”“凡在人下，故詰屈”“狗，叩也。視犬之字，如畫狗也”，審如是，其形其聲，實有一定之義，而未容或紊也。然亦有形異而音同者，子思論《詩》“於穆不已”，其徒仲子則曰“於穆不似”，豈師徒異讀與？蓋古者“似、已”字同也。《書》伯禽作《費誓》，《史記》伯禽作《肸誓》，《索隱》《尚書大傳》伯禽作《鮮誓》。《索隱》古文“在治忽”，今文作“采政忽”，《史記》作“來始滑”。《易》釋文“彙”作“胃”，“翩”作“偏”，“介”作“砎”，“枕”作“沈”，“蹢躅”作“躧躍”，“繻”作“襦”之類，實與本文無殊音也。又《禮記》，《漢志》云：“漢興，始於魯淹中得古《禮》五十七篇，其十七篇與今《儀禮》正同，而字體多異。”至《左傳·隱公十一年》“盟”注：“盟，盟津也。音孟。”《史記·周本紀》“武王東觀兵於盟津”，《書》作“孟津”，《穀梁·隱公八年傳》：“盟詛不及三王。”注：“周武有盟津之會。”《釋文》：“盟音孟。”他如《大學》“此之謂自謙”，以“謙”爲“慊”；《孟子》“吾何慊乎哉”，以“慊”爲“歉”，“行有不慊於心”，以“慊”爲“愜”，非形異而音同乎？又有形同而音異者，一字兩讀，如“邕”之音雍、音壅是也；一字三讀，如“賈”之音假、音價、音古是也；一字四讀，如“夜”之音夜、音社、音一、音石是也；一字五讀，如“調”之音調、音掉、音弔、音窕、音周是也。又如“不”字六讀，“單”字七讀，“從”字八讀，“敦”字九讀，“湛”字十讀，難以殫述。倘非審同辨異，字箋而句釋之，則拘於一説，必謂他處皆謬，而形聲兩失。夫“𣹟”字無文，姑付於殘碑斷碣；而“紇”字不識，何解於論世知人？古人於此，每多遺憾。

春用是就目前之事,引目前之書以注釋之,同異犓分,舛譌頗少。或曰:隸事不多,遺議罣漏,且所引證,僅經史子集,唐宋以後畧焉,所見不猶未廣乎? 春曰:誠然。然唐宋以來,諸子百家,皆有臆説,總以無叛於經、不悖於史爲宗,故引證皆從其朔,而他處略焉。後之形音相似,間亦附之,亦春耳目所及,故敢徵信。雖滄海一粟,以之作門内觀,備一家言,不亦可乎? 欣逢聖朝右文爲治,士争濯磨,共著博浹之才於光天化日,其臻實去浮於字,真聲穩中,愈見大雅宏通,敻乎尚矣。宋人之心,竊有慕焉,故於輯繕九經之餘,復有斯役,亦就春祖之所裒集者,考訂其詳,以求確據。初未敢自矜臆見,妄參已説,以見嗤於大方也。時强圉大淵獻之余月,孫占春謹識。

辨譌一得敘

潘光藻

余鄉吴仁山先生,枕經葄史,淹貫百家,嘗手輯《辨訛一得》,津逮後學,考据精覈,詮解檃括,藏之家厨者,已歷年所。嘉慶庚辰,喆孫庾莊由明經官蜀之宜賓,其弟一枝從之官。一枝學有淵源,十餘年前見其所爲詩文,知其留心古學,得其家傳。歲乙酉,視學來蜀,聞其方補輯是編,亟欲睹之,校衡匆匆,未之求也。丙戌夏,按試敘州,一枝出以見示,并屬弁言。余固深嘉一枝克世家學者,見其書益信,因識之曰:六書自祖龍一炬,碑珉鐘鼎率剥泐不可復讀,其孔壁所存、處生所授,字多茫漫,音亦佶倔,洎後篆隸遞變,率臆師心鹵莽滅裂之士,魯魚帝虎,不復考其原委,雖欲辨之,其奚辨之? 漢末許祭酒《説文》猶存古文遺意，楊氏用修宗之，衍爲《六書索隱》，惜其流傳未廣。厥後陸氏《釋文》、李氏《字略》、郭昭卿《字指》、李守言《釋字》、朱時望《金石韻府》、周亮工《廣金石韻府》，義例層出，可謂博且精矣。顧浩如觀海，學者不特無力購之，且苦目光不逮。此外唯吕氏《字林》辨及毫芒，而落落數幅，又慮遺漏，亦難云盡善也。仁山先生祖孫濟美，提誘來學，發藏書，躬鉛槧，矻矻數十年，成此鉅製，體大而思精，於古今之義韻形體，正通同異，臨文之錯綜變化，一書之中，釐然賅具，俾初學知象形、諧聲，因文孜義，無誤讀"雌霓"、妄稱"杖杜"之誚，厥志勤矣。吾知自兹以往，學者得以考證舛乖，未有不爽然自失，復咍然以喜者也。則《辨訛》一書，豈但一字疑似，洞若觀火，抑亦於六經、諸史、百氏補遺訂錯，其羽翼之功，正未有涯。余奉命典學，有揚搉經義之責，故於其屬也，走筆書此以復之。俟其梓成，當爲借搨數十百册，以給膠校之士之欲得是編者。余愧無以嘉惠我士子，而爲吾鄉耆舊推廣其著述以傳，且爲同好者先焉，或亦古人之志也夫。全蜀督學使者鄉後學潘光藻識於成都使院，時道光丁亥四月既望。

辨譌一得敘

宋鳴琦

甲戌夏，吴子一枝出其祖仁山先生所集《辨訛一得》示余，且屬爲敘。余受而讀之，其書稱引淵富，考核詳確，誠足以釐正俗士之謬誤，開拓末學之心胸，蓋藝林之功臣也。我國家同文之治，百數十年於兹矣。《字典》一書，折中古今，盡美盡善，靡不家置一編，奉爲矩矱。而賢而在下者，又能出其所得，以羽翼其間，可謂盛矣。前賢邵子湘《攷訂韵略》一書，海内多有其本，然其書或詳音而略義，識者病之。今先生是書，皆能一一析其源流，其功自當出邵氏上。一枝博洽士，又重加補集，俾無遺義，盍梓而行之，以加惠士林，且使乃祖之苦心，與當世賢士大夫共證之也。余行將赴粤，與一枝相去遠，他時剞劂就，其以一編寄我乎？賜進士出身、欽命廣西蒼梧鬱林鹽法道、前禮部祠祭司員外郎，奉新後學梅生宋鳴琦識於四川嘉定府署。

辨譌一得跋

鄭行素

自伏羲畫卦，與其臣朱襄作爲書契，爲文字之祖。及黄帝，史臣沮誦、倉頡又踵而增飾之，於是乎字之形立，而人皆識字矣。六書分而音韻出，學者益得指歸。《説文》而後，字書之善者，不一而足，皆能流通當世，衣被後學。夫山中之葉，蟲可雕文；鄭氏之牛，蹄猶點畫。物尚有靈，人可不講？乃魯魚亥豕，承誤既多；幫滂曉匣，舛謬不少。白頭蓺苑，不知“晉、晉”之分；青衿小子，焉通“商、商”之别？其爲郭知元之所識者，知復何限？雖屬訛以傳訛，皆由辨不早辨。吾宗一枝二弟，心細如髮，眼高於頂，胸羅萬卷，筆灑千言，觀其著作，一字必討其源，一音必叶於正，真吾道藩籬也。以省親來蜀，藉聯風雨，咳唾珠玉，役使雲山，在洛陽年少中當讓一頭地也。素見同井蛙，舌類橿木，亢倉方良，貺我良多。久之獲覩手訂字學一通，考古證今，貫經穿史，諧聲韻，辨形象，因端竟委，本本原原。得是書而讀之，可以嘆日月出矣，汗牛充棟何爲焉？素請梓之，俾嘉惠來者。一枝曰："此予先祖仁山公半生苦心，留課後裔，非求問世，什襲笥篋，於今數十年。樓頭火光，曾經三四見，不知爲祥否也。君欲急登梨棗，幸陸士衡已歿矣。"素笑而應之曰："今蔡中郎復生矣。"蜀南遠孫鄭行素沐手拜跋。

辨譌一得跋

王文暉

字有形有聲，辨其形不審其聲，非所以識字也。自四聲創，七音傳，可以無訛。無如吴楚輕淺，燕趙重濁，關隴去聲爲入，秦益平或似去。加以村師膚學，土白俗沿，益已無稽。如"武"爲"螋"，"楊"爲"梟"，"蕭"爲"蛸"，"孫"爲"厲"，自有由來，而"黄公"之易"皇恐"，"杜父"之轉"主簿"，雖不學之過，抑亦不識字之所致也。蓋嘗論之，其弊有四：一曰傳寫之訛。王羲之弄筆寫"林禽"爲"來禽"，而世亦千年不知，反云"果熟禽來"；隋文帝惡"隨"文之從"走"，乃去"走"而爲"隋"，不知"隋"自音妥，祭畢守祧藏器物之名也。二曰聲音之誤。沛公立横陽君爲韓王，拜張良爲信都，信都者，司徒也。后遂爲"申屠、勝徒、申都"諸氏，不知"申屠、勝徒"，"司徒"之聲轉，"信都"又"申屠"之聲轉也。王明妃琵琶壞，重造，新樣差小，明妃笑曰："渾不似。"後遂訛爲"胡撥四"，又傳爲"虎拍思"。三曰解釋之謬。山西有丹朱嶺，蓋堯子封域,廟前竟鑿猪形,以丹塗之。韓昶改“金根”爲“金銀”,林甫白“杕杜”爲“杖杜”,遂使伯趙埋冤,雋周喪類。四曰呼讀之舛。《國名紀》“車”列“官”傍則爲“陣”[①],古無從“東”者,今竟以陳國之“陳”爲“陣”字之正。他如沛郡之“酇”本自爲“鄌”,而古人借之;牢丸之實本自爲“九”,而東坡誤之。如此之類,指不勝屈。此訓詁之學,不可少矣。吾邑吳仁山先生,聚古今之精英,核音韻之的當,乃六書之雜俎,真四聲之綜雅,已足資多識而裨後學。其孫一枝,又廣爲搜羅,重加補輯,集腋成裘,釀花作蜜,真如絲繡平原,金鑄少伯,而是書遂爲完璧矣。夫撐黎孤塗,雖陸機罕識其義,而提宫隗魏,使無田恭,則朱輔其何以傳? 揚子雲作《訓纂》《方言》,識者宗之。劉子方欲作《方言志》而未果,識者恨之。今得是編,有宗無恨矣。然一枝猶曰:“是不過續前人未了事,作門内觀,備一家言耳。公之同志,必貽譏荀爽,見誚張璠,指摘丹鉛也。”余曰:“不然。余嘗懸想袁氏了凡,采詩家註釋,分爲六韻,四曰正音。正音者,正其誤讀之音也。凡一字而有數音者,詳證之,未暇卒業。今有此集,可慰我數十年懸想矣。”蓋音一繆戾,害中文字,乃祖作孫述,功非淺鮮。陳眉公謂王氏有向、歆父子,余羡一枝有兼謨之風焉。是爲跋。同里後學重軒王文暉謹跋。

① 官,疑爲“自”之譌。

辨譌一得跋

陶廷翼

字書之學最難，要爲學者當務之急，不則金銀、伏獵、弄麞之誤，貽譏士林，畢生爲玷，非細故也。顧此道不講久矣，無論抱犢奇書，孔壁古篆，今人不能通曉，即經史習見之文，童而習之，至耄耋尚不得其平仄，每發一語，踳駁錯出，識者聞之，代爲面赬汗下，而其人殊昧昧且訑訑也。夫以東坡之淹博，尚不免誤於"牢丸"，其他則又何說？又況别風淮雨，帝虎魯魚，三豕渡河，烏焉成馬，譌贗相沿，動淆視聽。苟非好學深思，考核而諟正之，則羽陵之蠹簡，汲冢之殘篇，其貽誤於後學者，亦曷有極？故訂正字書，亦以助同文之雅化，而爲經傳之功臣也。余與吴子一枝交最久，恒共論説經義，於四聲獨爲不謬。既而出其祖仁山先生《辨譌一得》見示，乃知青箱世業，淵源已遠。吴子詠駿烈而誦清芬，且益拓而精之，以爲子孫藏，將奕葉芝蘭，紹聞衣德，不必載元亭之酒，搜娜嬛之文，其取用固無窮矣。假更付諸棗梨，公之同志，於以嘉惠後學，不與《金壺字攷》《干禄字書》相與後先媲美哉？仁山先生詩古文詞冠絶一時，而所投不偶，特究心於六書，惟寂惟寞，卒得賢裔表章之。《傳》曰："不於其身，於其子孫。"余蓋觀此益信。邑後學陶廷翼跂山氏跋於南山僧舍寮。

辨譌一得跋

吴占魁

先祖仁山公集《辨譌一得》,藏之家塾,以遺子孫,流傳日久,抄寫人多,不無舛謬。一枝弟溯源流於子史,求證據於典墳,更其錯譌,删其重複,詳加注釋,分爲二十卷,頗便繙閱。然此不過念手澤之存,爲一家之學,原難邀大雅鴻通者之一盻,迺同志慫恿,釀金付梓。淺近之識,見笑良多,伏冀當代大人先生毋棄葑菲,指而正之,則厚幸矣。孫占魁識於僰道之問心官舍。

以上清道光七年(1827)刻本

通俗字林辨證

通俗字林辨證自序

唐　墳

字學之不明久矣，循誦習傳，忽不及察，廣徵博引，患無所衷。惟我朝《字典》一書，攷據最精覈，乃以卷帙繁，士大夫不耐披閱，於是遂謂古人誤我，非居士所敢信也。咸豐丙辰，以事客猛艸，王子勤太守以閩版四庫書見寄，凡百餘種內五種，曰宋吴曾《能改齋漫録》，曰宋葉大慶《考古質疑》，曰宋袁文《甕牖閒評》，曰宋朱翌《猗覺寮雜記》，曰元李冶《敬齋古今黈》。暇時紬繹，見其中賅洽典故經詞臣考訂登之御覽者，其爲卓然巨製，毋待贅言，而言辨證字書音義，合五書如一，尤有裨於小學。居士喜其與己志合，隨録隨記，復爲之芟薙複沓，裁翦句讀，而於各説其説者，參以隅見斷正之，並坿夙昔一得之解，名之曰《通俗字林辨證》。掛漏尚多，居士不計也。夫是書乃吴氏五子之書，非居士所得掠美也。然自世競章句之學，視架上物爲高閣，形聲舛謬，點畫沿訛，伏獵金根，貽譏藝苑。置五氏之書於此，人又未必肯讀，曷若去繁就簡，一準以小學之所采擇，庶樂爲涉目，而轉以居士爲能讀古人之書也，則居士之有心於世，不嫌好名之嘲，不辭獵古之誚，輒願留心字學者之得所考證，而弗爲古人之所誤也，是居士所以隨筆摘擇，以寖成此書之志也夫。

咸豐六年歲次丙辰仲冬月，檇李蘇菴居士書於東瀛淡水廳之艋舺客寓。

通俗字林辨證序

洪毓琛

文字者，義理之所由生；義理者，文字之所由達。古聖人精於義理，乃制文字，仰觀俯察，依類象形，博採衆美，合而爲字。其初有龍書、龜書、魚書、鳥書之不同，又或鸞鳳徵象、蝌蚪畫迹、鐘鼎款識，往往有即形爲字者。厥後由篆而隸，由隸而楷，由楷而爲行爲草，轉輾損益，互相配合，沿流討源，渺若天漢矣。於此而曰點畫之無訛，音義之不舛也，其誰信之？夫有義理即有文字，有文字復有訓詁，訓詁之學，始於《爾雅》，《説文》《玉篇》《廣韻》《集韻》因之益彰。唐時有《字海》《韻海》二書，卷帙甚多，蒐羅亦富，然其書已不可多得。是在好古者尋六經之奥義，審五方之殊音，廣徵前訓，博引羣書，爲之析疑辨難，衷於一是焉。然而擕標新領異之文，蹈鑿空妄談之弊，是又不可。益菴先生讀書好古，平日辨論字學，頗有發明，偶得古書數種，其間攷證音義，喜其脗合靡遺，因於貫通融會中擇字之有裨小學者，自經史以至名物方言，釐爲五卷，附以己見，俾讀者朗然於心目，前此之索解未得者，今而後觸類而通矣。非先生之熟於義理，詳通於文字，能如是之明辨確證耶？是書出而先生好古之心傳，先生又不掠古人之書爲先生之書，然則先生之非師心自用，其即先生之好古能信者乎？因書以歸之。咸豐丙辰辜月之吉，臨清洪毓琛潤堂甫拜序。

以上清咸豐六年（1856）刻本

字畫指南

字畫指南自序

古牛山樵

庖犧氏始畫八卦，神農氏結繩而治，至黄帝之史倉頡乃作書契，蓋取諸夬。夬，決也。未有書契，先有結繩；未有結繩，先有八卦。書从丑，字从子，乾从乙，坤从申。乾之言曰事之幹也，坤之言曰暢于四支。《易》者，十日數，十二辰，數而已。學從子始，事物則皆從丑始。坤爲包爲牛，庖犧氏是也。丑坤于田是農，坤厚德莫厚于農，神農氏是也。丑坤土中德黄，黄帝氏是也。四聖人書不盡言，言不盡意。文曰先甲後甲，周曰先庚後庚，示之例也。漢宋分途，皆于聖人之言無左驗，是謂書而不契。孔子曰"學而不思則罔"，若預爲漢學言也，"思而不學則殆"，若預爲宋學言也。不食不寢以思，又不如學也。漢祭酒許慎《説文》爲字學之宗，雖不能盡從，臆説尚少。宋人多憑虚而索，如"已日乃革之"，讀爲已止之"已"，不从干支。是不明先後往來，字畫即無從説起。今人沿訛處，多誤于趙宧光《説文長箋》，然亦指不勝指。作《字畫指南》，分四正、四隅八門，略撮其要，窮經者當從識字始也。古牛山樵。

清咸豐五年（1855）刻本

同文一隅

同文一隅自序

劉 銘

功令場屋應試，文字點畫，遵照《字典》，其帖體仍不禁，以古人既有此字，臨倣者便之耳。而帖體或殊詭，倣之者更因而生訛，則點畫益以不正，好古者因而矯之以《説文》。夫六書之本，備於《説文》，而篆隸殊體，往往不可强合，必一一效之，則其爲詭異同矣。然欲治其委，不得不先清其源，不窺《説文》，則點畫何所據依以爲正？第不當逐其形，繩其細，致與今字殊異耳。四庫館舊有《辨正通俗文字書》，而姚文僖視學江南，亦有《文字偏旁舉略》之刻，皆取習見之文，舉其大凡，便初學撿别，欲其易知而易從也。銘司鐸暨陽監書院事，院中生童，斐亹進取，而字體或乖舛，習而不察。高材生承子培元善許氏學，乃屬其導源《説文》，正鵠《字典》，去其支繁，劑其比合，抉剔訛謬，分别是非，形義條屬，分爲五類。字雖不備，而取用有餘，不墨守許氏，而六書之本，約略可覩，因名之曰《同文一隅》，而付諸梓人。來學者家置一本，不特沿譌可免，而於許氏之學，亦藉是可少窺已。江都劉銘。

清道光十四年（1834）暨陽書院刻本

史館正字考

史館正字考序

國史館

謹按祕省修書，首崇文法，而文法之外，專重字體，所以嚴體裁而昭信史也。我聖祖仁皇帝欽定《康熙字典》，體製純確，椝矱秩然。本館向欽遵恪守，不容稍有混譌，至乖體例，第承繕之員，偶書破體，而校閲稍疏，輒煩籤改，殊不足以昭信守而重史筆。今就書中習見易誤之字，摘録若干，彙爲一册，以"江、山、千、古"分爲四部，眉目較清，便於檢閲。凡偏旁點畫，辨晳極明，庶開卷瞭然，遵循有自，未始非吾同人參攷正體之一助焉。是爲序。

清光緒十三年（1887）刻本

字辨證篆

字辨證篆自敘

易本烺

烺少從兄究六書,請曰:"學者不通音律,不知字音之誤讀也;不諳篆法,不知字體之誤書也。"兄曰:"何以言之?"烺曰:"南北方言,士夫不能驟易,而曲師篴工,按譜口授,不苟豪氂,聚五方之人而謌無參差者,稍有出入,則清濁、高下、剛柔之節乖焉,字體亦然。自來辨正諸書,非不詳備,而沿俗牢不可破,則以點畫偏旁易於混淆,逕取簡便,信手塗抹,不復究察,又競趨圓美,以説時目,至白首而瞢如者,坐不知篆法故也。"兄深然之。夫古人制字,義意至精,取類廣而部分嚴,一點一畫,各有指歸,許氏《説文》具在,可覆按也。隸書行而古意寖廢,諸帖破壞之,俗學滅裂之,村僻陋儒,目不睹大小篆,輒目爲異物雜學。嘻!飲水昧原,數典忘祖,可乎哉?予既彙前人辨正諸説,而略更其條部,以自省覽,凡若干卷。壬辰在都,質於兄,因取《説文》小篆載於正書之下,復推原俗書之譌,沿於諸碑,作《譌字原隸》二卷。又取顧氏《隸辨》之説,旁通曲暘,作《偏旁變省考》四卷,以究今書與篆沿革之故,合爲十七卷,而以舊作《字體蒙求》一卷坿焉。使後生俗學釐於某點、某畫、某偏旁之截然不可混者,以各有意義也。寫既成,筆殊弱劣,藏之家塾，以示兒輩生徒，不敢質大雅也。道光癸巳初秋，易本烺書。

字辨證篆敘

易蓮航

七弟眉孫沈潛喜讀書，嘗究心《説文》許氏之學，嘅近世學者第據經籍承用之字、碑銘摹搨之文，紛紛評曰："某字正，某字通，某字俗。"而不知得字之始，各有源流，且屢變而失其宗者，蓋不知凡幾。又以字者孳也，由一字而衍爲百千萬字，其間有祖焉，有宗焉，有母焉，有頭腳相似而支派迥别者焉，是皆不可以不考也，於是彙爲《字辨證篆》及《孳譜》若干卷。曩諮於予，有藁而未就，今歲以公車來，則裒然成帙矣。予披覽之，用是嘅然也。夫天下一物一事、一名一器，孰不有其朔？而遞推遞衍，愈出愈奇，以至不可思議哉？又孰能一一返諸古，而家家鼎盤，人人褒博，使之永無推移哉？營窟橧巢之不可居也，於是乎棟宇，而後且有俊宇雕牆者矣；飲血茹毛之難爲餐也，於是乎烹飪，而後且極諸炙燔煎和矣；羽毛草卉之不可服也，於是乎絲麻，而後且極之文繡纂組矣。而廣廈而處者，竟忘其棟宇之初；列鼎而奉者，竟忘其烹飪之始；纖縞以遊者，竟忘其絲麻之昉。毋乃囿於目見，而昧厥由來乎？上古之結繩也，是即字之營窟橧巢、飲血茹毛、羽毛草卉也，蒼帝有作，龜龍科斗之書興，是即棟宇烹飪絲麻之事也。自是而籀篆而斯篆，而程隸而八分，而行草書，則由棟宇而拓之爲千門萬户，烹飪而别之爲五齊八珍，絲麻而飾之爲九章十二章也。降至方俗，沿譌習誤，則又土木之妖、臭敗之食，而不衷之服，戾古不更遠乎？夫古人言簡理該，其刱始也，不過千餘字，可以備用，而點漆殺青，何其繁而難。今人稱引既博，情狀日滋，不多其字之體，即語焉不詳；不區其字之用，即言之不均。而吮墨染翰，伸紙疾書，又何其簡而易。今必倡爲復古之論，廢爾楮筆，操前漆簡，作岣嶁鐘鼎之文，否亦必遒古複篆，委曲繁重，終日成數百字，將文檄之往來，風簷之迫促，必有因此而窘其步者，是古制迂拙之不宜於今也久矣。風會所趨，天地之氣運爲之也，不可復也已。然而學人束髮受書，日誦載籍，言沈浸於《詩》《書》之府，貫弗於禮數之門，若字爬而句梳者然。然竟有舉筆而沿僞體，開口而操方音，六書雖小學之一端，究亦格物者之陋也。此眉孫所以專精於《説文》訓解，而欲亟辨其原委門類也。夫文字，人文也；宿離躔次，天文也；陵陸山川，地文也。使推步者不辨其垣野之所分，則天文不可得而言；測量者不察其脈絡之所在，則地文不可得而詳，人文何獨不然？甚矣，字之原委門類，其即躔次之垣野山川之脈絡也乎！觀者其勿以予爲讆言也可。大清道光丙申春月，兄蓮航氏書於都門日南坊之二知齋。

字辨證篆跋

易崇堦

叔父眉孫公賦質敦敏，讀書過目不忘，幼時先大父厚齋公常提携膝前，口授古唐詩，積至七百首，對客誦之如流水，長遂博極羣書，屏絶世務，攻苦過於中人。道光乙酉膺選拔，乙未領鄉薦，再試禮部，房考歎其淹雅，卒不得售。叔父遂無意科名，專以著述爲業，冬不爐，暑不扇，吟纂無虚日。家故藏書少，士大夫爭延教讀，惟問藏書幾何，就其藏書多者以資誦覽，館穀不計也。別本秘籍，世所罕覯，亦必展轉借鈔，鈔書凡數十種。中年患睽疾，益寡酬酢，客或請見，一以疾辭，見亦無多言。至濡毫沈墨，與古人上下議論，無一字假借，雖枚、馬不能難之。所著《儀禮節次圖》九卷，《春秋人譜》十三卷，《讀左劄記》七卷，《易解壆通》一卷，《九經古義條記》一卷，《李充論語註拾遺記》一卷，《四書心圖》二卷，《十三經經解新編》十卷，《三國職官記》六卷，《三國志補註》二卷，《郡國令長攷》一卷，《古今州縣名同異攷》一卷，《國朝新典》十卷，《國朝京山人物畧》一卷，《增改京山人物列傳》一卷，《京山故事》十三册，《國朝府廳州縣建革攷》二卷，《今官制攷》二卷，《米襄陽故事》一卷，《姓氏海鑒》十二卷，《説文條記》五卷，《水經注條記》一卷，《文選條記》二卷，《杜詩條記》四卷，《字辨證篆》十七卷，《孳譜》八卷，《通韻字證》一卷，《識字瑣言》一卷，《讀字記》十二卷，《字孳補》十二卷，《伸顧》一卷，《古音便覽》一卷，《方音察》一卷，《繆篆》二卷，《輯篆》二卷，《廣篆法歌》一卷，《蟫索》五十五卷，《紙園筆記》二十四卷，《續編》八卷，《碎金》三十六册，《常談搜》四卷，《習見搜》四卷，《著述體例纂言》一卷，《補金石韻府》二卷，《韻補》四卷，《燕遊一得》一卷，《窓下一覽》一卷，《課兒編》二十二卷，《相析編》一卷，《一粟齋雜著》八卷，《仿古林》二卷，《鼙譜》三卷，《運詩自註》一卷，《百衲草書詩》一卷，《百花詩》一卷，《印譜》一卷，《一粟齋文鈔》二卷，《趣筆》六卷，《一蠡詩存》二十八卷，《别集》二卷，《試帖》二卷，《詞存》一卷，《賦存》一卷，《詩憲書》十二卷，《制藝度篙》一卷，《雙聲疊韻制藝消難集》一卷,《古今體詩平仄式》一卷,《翻錦集》三卷,《古泉志》一卷,《俗名原雅》一卷,《雜字雅正》一卷,《千文姓氏》一卷,其他未成之書尚夥。從弟晉庵編爲《著述年譜》,將次第力謀剞劂,未及數種,會髪捻糾合,竄擾京、天、雲、應間,京山被害尤酷,季父連史公督鄉團防禦,援絶殉難,叔父慟手足之失,神明頓衰。賊又爇室廬,諸書稿本埋藏罌甕中者,盡爲發掘,拉雜摧燒,無隻字留遺。叔父意愈怏怏,遂攖疾不起,時同治甲子八月二十五日也。方兵難中,晉庵常儘其一人之力,以書簏自隨,聞賊至,即負之奔避。難後,檢點所存者百二三耳。己巳春,携來蜀,堦遍讀之,二三中惟此書稿本較完,因屬外甥屠仁守司校事,晉庵與兒子德編朝夕釐訂,先付手民,餘者以堦碌碌勞生,力不能給,猶將有待。嗚呼！叔父志趣高潔,不求人知,讀書要於心得,釜魚甑塵,處之怡然,孜孜矻矻六十年,殆若旦暮。不自知其用力之勤且久,乃纂述數百萬言,富矣而僅存若此,又以貧故,不能及時刊傳,天所以畀叔父者甚豐,天所以相叔父者又何嗇耶？堦請業有年,宦遊日久,不能道叔父稽古得力所在,然不敢不謹述厓略,以詔子孫。刻既竣,爰誌簡末,授晉庵南歸,晉庵其善藏之。世有求叔父遺書者,姑以相質,謂非成者麟角也。同治庚午仲春月朔,且姪崇堦謹書於蜀郡之五知軒。

以上清同治八年(1869)京山易本烺家刻本

偏旁變省考

偏旁變省考序

易本烺

六書之義之亡也，豈弟如世俗别字已爾哉？即魏晉以來經典相承之文，所謂頒學官而箸令典者，其齟齬已多矣。夫今所稱正字，半皆前人所指俗字，安知今所指俗字，後人不又以爲正字乎？楚固失矣，齊亦未爲得也。推原其故，皆由西京以後，佐書亂之，芟繁就簡，異部同居，有一偏旁而數變者，有變省而參差互出者，有一變而本字遂亡者，有已變而尚旁見側出者，予所箸《識字瑣言》已備舉之。苟執其點畫以求古人形聲之義，其不可通者十四五矣。長洲顧氏《隸辨偏旁》一卷，《四庫書目》稱其精核，因據爲藍本而擴充之，體例仍迴殊也。噫！冕麻而用純，觚破棱而爲圜，儒者廢訓詁而談心性，畫家憚故實而學白描，是皆篆變爲八分，八分變爲正書之類也夫？甲午季夏。

清同治八年（1869）京山易本烺家刻本

注釋字體蒙求

注釋字體蒙求序

李天根

京山易眉孫先生，清道光乙酉選拔，乙未領鄉薦，再試禮部，房考歎其淹雅，卒未獲售。遂無意科名，殫精著述數十種，内有《説文條記》五卷，《字辨證篆》十七卷，《通韻字證》一卷，《識字瑣言》一卷，《讀字記》十二卷，《孳譜》八卷，《字孳補》十二卷，《古音便覽》一卷，《方音察》一卷，《繆篆》二卷，《輯篆》二卷，《廣篆法歌》一卷，《俗名原雅》一卷，《雜字雅正》一卷，此蓋小學一部分之書也。其餘有裨經史子集之著作，卷帙尤夥，美不勝收，會髮捻披猖，多燬於火。其姪崇堦宦蜀，鐫《字辨證篆》於五知軒，外甥屠守仁精校此編，乃十七卷中之一卷也，計六十四章。戊辰春余讀之既竟，因逐句加注，俾讀者更覺瞭然，亦藉以彰易君之潛德云耳。民國十七年戊辰五月，雙流李天根謹序。

1928年雙流李天根念劬堂刻本

摘録書法通文便解

書法通文便解原序一

王柏心

書者,六藝之一耳。古之以書名者,皆窮數十年之力求之,或積其功力,或發諸妙悟,乃成一家之法,又不能徧喻之人人也。歐陽率更嘗論《書訣》矣,張懷瓘又作《書評》《書斷》,視率更加詳焉,然而論説雖詳,得其解者卒少。夫書有工拙,由乎法有疏密,法疏者雖工猶之拙也,法密者雖拙可以工也,至於用法而忘其爲法,則進乎道矣。譬之習戰鬬,必自擊刺坐作步伐止齊始;譬之營宫室,必自引繩削墨始。法立,而功力與妙悟乃從之以出耳。古之言書法者雖多,顧詞旨淵奥,未易領會,握管者凝思苦索,終未能了然於心目間。今觀許君荆田所著《通文便解》,何其昭若發蒙也！先疏証其大義,次標舉其體勢,然後及於點畫波磔,莫不有一定之法,即童孺可通曉也。荆田本名諸生,工文藝,其於書法,特一端耳,然足爲臨池楷式。淺用之,使能整齊安愜,旬日改觀;深求之,即追蹤晉唐諸名家,不難也。津逮藝林,功大而效速,無有善於是編者。辱承索序,故爲論其大略如此。賜進士出身、刑部主事,廣西司子壽王柏心拜序。

書法通文便解原序二

王冕南

儒者躬逢聖朝，不獲登翰苑，揚鴻休，敷利澤於當時，而坐嘯茅廬，復頽然無所表見，以裨益後學，陋矣。顧或標榜虚名，拾前人餘唾以自矜著作，滋愧益甚。古今來論文者夥矣，論字者亦不勝僂指，要皆各言一端，未聞有合兩端通其理而𢱜之法者。許君荆田性恬雅，工詩古文詞，及列博士弟子員，尤專志翰墨，不泥古，不徇俗，即字即文，變而通之，於是有《便解》之作。善哉！己得其便，因以便人之不便，倘所謂通人者非耶。客有難者曰：天下事可以便取乎？夫便安之意入於中，斯便捷之機乘於外，爲善不終，大抵階於欲速之一念，矧以書法通文法，功不至則業不精，而奚便爲？予曰：否！否！子亦知夫先哲之以便誘人者乎？《三禮便讀》，李氏輯之；《史約便讀》，查氏編之。經史且然，字何獨不？宜子以爲書通於文，難言便，而不知正唯以文通書，乃至便；會文之理以談字理，其知也甚便；推文之法以示字法，其從也亦便。在素習者一觸即悟，有得心應手之妙，即始學者按文索字，亦不至拘古帖數行，向案頭塗抹髣髴，卒憒憒焉莫解其所以然。而奚不便？而又奚不可便？且夫効靈於筆墨，創奇法以惠來兹，非有大聞望大才識者不能作，亦非有大聞望大才識者不能傳。余顓而慵，蹇於遇，鹿鹿無他長，惡足以壽許君？然兹解也，固許君之素志，而實蒇事於吾家之蘭亭。回憶春院坐花，少長咸集，詩酒交戰，商搉一堂，其得於親悉者爲最真，斯亦文墨中一大良緣也。故雖不足以傳荆田，而樂荆田之志有成，又竊料其必傳於後世無疑也，因爲記其顛末如此。賜進士出身、即用知縣，婣愚弟王冕南拜識。

書法通文便解序

張建基

許君荆田，沔陽名士也，工書，尤善教小兒筆法，經其指點者，無不立見成效，予慕其名久矣。乙丑歲，延至荆南署中教兒輩書，見其不事高遠玄妙，所講皆賓主開合，曲折反正，穿插布白，移步换形之法，以故童蒙易尋門徑，觸旨躍然。厥後追風漢晉，希蹟鍾、王，無不由此。於戲！夫古人之教人，亦何在不始於法哉？人之植品也，充積於美大聖神之域，而其始乃起於灑掃應對進退。古人禮器有圖，深衣有制，升降拜跪有節，應對有文，皆蒙養之始基，以爲大成根柢者也，亦何異學書者始於準繩規矩哉？夫許君果能更移其教文者以教行，本之小學以立其基，日從事於幼儀曲禮之間，將見循循爾雅，因小造大，由粗及精，許君之門，必有道德經濟稱大儒者出，夫豈區區以書名世而已哉？是爲序。賜進士出身、湖北荆宜施兵備道，洊山張建基撰。

以上清同治四年（1865）京都善成堂刻本

倉頡篇

倉頡篇序

畢　沅

孫明經以乾隆辛丑刊所集《倉頡篇》於西安節署，予爲序而行之。閱五年，明經刺取書傳，所得益多，又以曩刻篆文不通於俗，遂復刊於大梁，仍屬予序。予以爲漢世小學書存者惟有《急就》《説文》，《説文》本諸《倉頡》，《倉頡》既佚，故《説文》之訓不可明，世反以疑叔重之語。按鄭司農注《周禮》有"秅秭麻荅"之言，四字當即《倉頡篇》，則《説文》以"荅"爲"小尗"之義明。推之，以"宋"爲居、"萬"爲蟲之屬，皆本《三倉》，無足怪矣。今《説文》盛行，《倉頡》不可得。予嘗游祕閣，見《永樂大典》，尋檢此書，亦無完篇。明經博窮書傳，自六經子史傳注、類書、釋道二藏，靡所不覽，凡得數千言。《倉頡》皆古文，傳寫者或亂其本，唐宋人所引，多未審正。明經又善解六書，甄别俗字，往所考證經典，以《春秋傳》"以蒧陳事"之"蒧"爲當是"蕆"，《爾雅》"山左右有岸厒"之"厒"爲當是"厓"，一時注經，人多取其言。今觀是篇，若以"凸"爲"凷"之据《廣韻》，"匑匑"爲"鞠躬"之据《廣雅》，"龍"爲"癰"之据《論衡》，"鳶"爲"鳶"之据《説文》，"麼"爲"麿"之据《漢書》之類，旁所添注，皆非臆説。明經所著，復有《九經正俗字考》，亦仿此例，其書未成。予向著《經典辨正文字書》,頗爲好小學家所行用。又著《詩詁》一書,于中考正文字,似勝陸元朗、唐玄度諸人,皆援引古書,是正今本,他日出與明經讀之,知必首肯。今世之小學家,有錢少詹辛楣、王水部懷祖、江處士叔澐、段大令若膺及錢判官、孫明經,皆予所素稔,予亦雅好此學。魯哀欲學《小辨》以觀於政,子曰:"爾雅以觀於古,足以辨言矣。"周公政成,著《周官》,又著《釋詁》,其訓多自與《謚法解》相同。《毛氏傳》亦稱:"建邦能命龜,田能施命,作器能銘,使能造命,登高能賦,師旅能誓,山川能説,喪紀能誄,祭祀能語,可以爲大夫。"則知古人之學,固通於政,《倉》《雅》之學,宜亦予序業及之也。明經從予遊五六年,悉其志學之苦心,因爲述梗概如此。

倉頡篇序

洪亮吉

《倉頡篇》者,吾友孫季逑之所述也。粤若龜浮效象,鬼泣垂文。視狗知畫犬之形,伏禾制禿人之字。子夏釋物,辨丁乎魚枕;秦醫説疾,測蠱于蟲皿。徵之竹素,靡不粲然。泉乎左隸之分,遂失前人之誼。安國不以篆文存經,而易之隸古;康成頗以便讀傳教,而廑存故書。是以白羊之印,乖謬乎六書;烏馬之文,微茫于三寫。必窮其失,可得言焉。漢世諸儒,深研象數,漸忽蟲文。言"星"者日下從生,説"地"者土力合乙。箸衣于求而古文昧,增竹于匪而物象離。以"曲"爲聲,失"豐"形之字恉;加"食"爲"餼",違稍"氣"之本訓。習"甲乙"之文,誰分鉤識作"乙";信"丣金"之讖,孰辨處者爲“留”？自兹以降，益難更僕。參首以“厽”，“能”足爲三，“犯”从戊己之形，“般”有丹青之義。《書》“狟狟”而字改，《傳》“汎汎”而文增。《爾雅》變夫“鼃黽”，《玉篇》益其“鼠鼠”。“訇”改爲“圁”，音或符乎漢碣；“薛”譌爲“薩”，字始缺于儒書。“楞”以四方，切從十數，此則吕、顧偶亂于前，陸、孔復乖于後者矣。求其合者，則“八厶；子系；一士；弓長”，草肅謡“齊”，木亘讖“晉”。“委、妥”可通，非姜鼎而始見；“近、岸”本一，證周彝而益明。此則謡詠合于經文，假借通乎字例者也。至若作旅車敦，古義莫釋，帝僵之裔，《姓纂》亡徵，“榿、棏”不登于昔編，“匘、峀”互殊于傳注，甯非闕如之義，當同于聖者乎？夫篆之降隸，增减見于斯篇；文以括音，精博昭于許説。今召陵之書，廣傳于學者，而上蔡之論，半墮于梵編，此季逑所急爲搜輯也。亮吉年逾數雜，學歷五稘，別石鼓之舍，志在盍簪；訪倉史之臺，快觀此册云爾。

倉頡篇跋尾

王開沃

字居六藝之半，其形體，書也；其聲音，樂也。而口出耳入，手運目存，則有數焉。近取諸身，無時不用；遠稽諸古，有迹可循，爲功顧不大與？東漢時始立大學石經，盧植上書，請將能書生共詣東觀，就官財糧，刊正文字，頗以班固前書降在小學爲憾。予謂以小學入《六藝略》，實始劉歆，其意蓋以文字訓詁有關經藝故耳。俗儒不察，遂指蟲篆爲小技。蟲謂蟲書，而篆即小篆，李斯《倉頡篇》之類是也。是時厥後，書契散亡，狂瞽相師，或署名物，昔之微文剩義，無復過而問焉。予友孫君季仇集《倉頡篇》，弇山中丞塈道甫侍讀比之於李監、王應麟，可謂揚摘不爽其實矣。開沃自弱冠之歲，受形聲之學於顧賓陽先生，粗知偏傍均律之旨，中年多所漁獵。竊怪世之爲字學者，略舊規，鶩新作，文史日佚，而名目轉多。約而論之，失有三焉：奇字爲六體之一，即古文而異者也。揚雄而下，若劉棻、朱育、庾持輩，咸以此得名，而故爲瓌詭者，祧沮誦而祖蜚龍，以篆籀爲子孫，隸艸爲曾玄。金泥玉册，施於結繩之代；禹碑宣簡，索諸榛莽之墟。或以吉日癸巳爲穆王書，或以殷比干墓爲孔子書，及考其形體，迺竝類小篆，不幾吕尚盜陳恒之齊、劉季竊王莽之漢乎？任昉《述異記》："藏書臺倉頡碑廿八字，李斯識八字，叔孫通識十二字，小説家言，蔑由徵信。"若是者，其失誕。西京去古未遠，而倉頡之法已不能修。嗣後隸書盛行，二艸八分紛然雜出，諸經傳寫，漸失本原。故康成大儒，訓"邪北"爲"昧别"；子雲識字，增"鸒斯"爲"鸒鷀"。"壹关、壺矢"之謌，"氏、是；彬、斌"之變，漢孫根碑陰已有"斌"字。漢世已然，特未甚耳。沿及魏晉，追來爲"歸"，巧言爲"辯"，小兔爲"䨲"，神虫爲"蠶"，江式嘗非笑之。迨蕭梁末造，更有"能"旁作"長"，"前"上作"艸"者，而字體破壞，不復可觀矣。且如"吴"本从矢，或云从天，或云从大，或云从矢，一字耳，而聚訟至此。若是者，其失舛。《韓非》引《倉頡》有"自營爲厶，背厶爲公"之語，蓋始造文字之時，取用原自有故。他如"皿蟲之爲蠱也""力田之爲男也"，二體合也。"盥"字从水从臼从皿，三體合也。"廛"字从广从里从八从土，四體合也。"亟"字从二，象天地形，从口从又，謂人在天地間，口謀之，手爲之，時不可失，五體合也。"爨"字从冃从冖，象突形，一人兩手安甗於其上，而又一人兩手析薪投之火中，六體合也。凡此之類，所謂聖人不虚作也。若宋王安石本不通經，所撰《字説》，專輒意造，陸佃、蔡卞輩又從而附益之。同時已有三牛九鳥、竹犬水滑之謔，資以啟顔則可，援以釋經，可乎？若是者，其失鑿。夫《鄉黨》半是禮經，《堯曰》全書訓典，將聖多能，述而不作。季仇此舉，其深有會於竊比之遺意乎？他日石渠進牘，揚于王庭，斯篇又名世嚆矢也。

倉頡篇跋

宋文蔚

家嚴與梁敬叔夫子同官浙江，命文蔚執贄請業，雅度謙沖，氣藹如也。曾出茝林太夫子所著《稱謂録》若干卷，命任校讐，文蔚既卒業，梓而行之矣。復以輯存《倉頡篇》三卷見眎，且曰："子其跋數語于後，以付剞劂氏。"文蔚受而讀之，原其體例，淵源孫氏，而精審晐洽則又過之。譬若闢康莊者，拔木通道，孫氏既剔藍縷而置驛款賓，此更爲樹郵表畷也。然則孫氏所輯，非是編不足張之矣。其辨"鞄㼜柯欘、幼子承詔"等篇名云："《攷工記》：《倉頡篇》有'鞄㼜'，《倉頡篇》有'柯欘'。是謂《倉頡篇》中有此字耳。不云《倉頡》有《鞄㼜篇》，《倉頡》有《柯欘篇》，無以證其爲篇名也。至《説文》序曰'又見《倉頡》篇中幼子承詔書'，云'篇中'，其非篇名可知。"立論精塙，足正孫氏，尤讀是編者所當知也。攷漢制，學僮十七以上始試，諷籀書九千字乃得爲史，如今之應僮子試。然自其少時，已通知經訓，服習雅誼，所以兩京著作，多深厚氣，其尤奥衍者，至與三代相頡頏。厥後漸趨煩縟，六朝濫觴，競尚聲病，甚且嚮壁虚造，雜出其中，豈非不明保氏六書之教所致哉？夫字書自《史籀篇》外，此最近古。據《復古編》謂《倉頡》十五篇，即是《説文》目録五百四十字，許氏分爲每部之首，乃知許書本緣《三倉》而作，今學者治《説文》而不問津于是篇，又何異數典而忘其祖乎？因不辭弇陋，贅數語于簡末，以諗讀是篇者。晚學生瀨江宋文蔚謹識。

倉頡篇跋

王　棻

《倉頡篇》三卷，孫淵如先生原纂，梁芷鄰中丞校證，又爲《補遺》一卷，嗣君敬叔觀察寫刊，而命棻預參校之役。校畢，因書其後曰：昔秦丞相李斯作《倉頡》七章，中車府令趙高作《爰厤》六章，太史令胡毋敬作《博學》七章，是爲《三倉》。漢時，閭里書師竝爲《倉頡篇》，有《倉頡傳》，黄門侍郎揚雄作《倉頡訓纂》，司空杜林作《倉頡訓故》，此秦之《三倉》也。漢武帝時司馬相如作《凡將篇》，元帝時黄門令史游作《急就篇》，成帝時將作大匠李長作《元尚篇》，平帝時揚雄作《訓纂篇》，後漢章帝時班固作《在昔篇》《太甲篇》，和帝時郎中賈魴作《滂喜篇》，自是以《倉頡》三篇爲上卷，揚雄《訓纂》爲中卷，賈魴《滂喜》爲下卷，稱爲《三倉》。魏張揖有《三倉訓詁》，晉郭璞有《三倉解詁》，此漢之《三倉》也。而蔡邕之《勸學篇》，崔瑗之《飛龍篇》，及張揖之《埤倉》，梁樊恭之《廣倉》，亦《三倉》之支與流裔歟？自許叔重采《史籀》《倉》《雅》著《説文解字》十五篇，而《三倉》浸微，故杜林《訓詁》、樊恭《廣倉》至隋已亡，其餘則皆亡於唐之季也。雖《唐志》尚載杜、樊之書，至《宋志》則蕩然無復存者矣。我朝小學超軼元明，然第知攻許氏之《説文》，而不復求先秦之《倉頡》，豈不以其書久亡，零璣碎玉，散落羣籍，搜輯匪易，而有不暇爲也邪？往嘗讀莅鄰中丞所著之書，大都古人所未及爲，時賢所不能爲，而實爲後世所不可少之書，如制藝、楹聯諸《叢話》，其尤著者也。至於《倉頡》一書，乃古人所已爲，時賢所能爲，而先生又因淵如觀察所輯之舊，爲之校證補遺，似近於隋人作計者。乃其考據詳明，裨補闕則與《制義》《楹聯》諸書俱可懸之日月而不刊者也。然則著書傳後，抗志古人，固視乎學力之淺深，見道之廣狹，而不必以古所已爲者爲不必爲，世所能爲者爲不足爲也。棻不才，竊嘗有志於傳世之學，讀此書又怳然自失矣。光緒五年歲在己卯十月癸丑，後學黄巖王棻謹識。

倉頡篇序

黄彭年

昭代乾嘉間，小學鼎盛，搜輯佚書，遂立顓門。陽湖孫氏首録《倉頡篇訓纂解詁》三卷，興化任氏成《字林考逸》八卷，海内風行，古文日顯。顧《倉頡篇》有初刻小篆本，傳播未廣，最後定本則入《岱南閣叢書》中，《字林》亦居《燕禧堂五種》之一。雖文田徵君與勉夫舍人同譔《補正》，刊於學海堂，而憑臆芟竄，未饜讀者之心。是《篇》《林》迄無單行善本，承學之士，往往憾焉。余年家子會稽陶子珍編修擘習故訓，彊記博聞，孫、任所遺，夙曾賡補。歲當癸甲，余陳臯鄂渚，兼典通志局，子珍偕錢塘諸璞齋大令應聘在局，分修圖經。二人者既同鄉舉，復壹志篤學，暇輒以合刻二書請余，謀諸宛平瞿賡甫觀察，韙之，畀稿寫官，以排比校勘之役任璞齋，寫不及半，秋仲，子珍起復供職京朝，將逾歲，遽以咯血歿於邸寓，鄂局又絀於資，弗果付剞劂氏。丙戌夏，余移官關中，後璞齋亦需次吴下，已置高閣矣。明年秋，璞齋奉檄提調書局事宜，馳函賡甫索稿，郵致之。余適備藩來吴，再諾璞齋之請。刻既畢，問序於余。余嘉璞齋之不負死友，易地三千里，閲時五六稔，卒能竟未竟之志，使《篇》《林》善本獲傳于世，充此心也，天下無弗可集之舉，謂非讀者一大快歟？余爲敘次顛末，又轉惜子珍之不及見成書也，嗟夫！光緒十六年，歲在上章攝提格閏月辛丑朔，貴筑黄彭年識於金閶使廨之即園。

倉頡篇補本書後

諸可寶

韓子曰："作爲文辭，宜略識字。"今之字書，許君最古，前乎許者，《倉頡》尚已，《急就》次之，子雲《方言》、孟堅《通論》又其次也。承許之後，厥惟《字林》，至若《玉篇》，已經增益，失顧真面矣。揚、班之傳，均有疏證，《急就》雖完，故訓非舊，可寶嘗致力焉，而未蕆事。旁及《倉》《林》，以訂文字，每惜孫、任所輯，蒐補有待。會歲壬癸，子珍同年同客湖北志局，修書之暇，各道夙願。又得東倭通商，古佚之書，多歸中土，杜《典》琳《音》，墜緒尤富，因與子珍分任網羅。可寶譔《急就篇故訓》

暨《説文解字古本補攷》，而子珍先自補《淮南許注》成，則纂《倉》《林》補本，可寶遂舉昔所采掇什一者悉以畀之，又共成《倉頡輯本校勘記》《字林考逸補》，附録綴次二家書後。甲申七月幾望，《字林補本》時已寫定。子珍供職京朝，瀕行，出《倉頡補本》手稿一册，屬可寶爲排比之。人事間斷，忽忽弗二十旬，而子珍訃至矣。於虖！今夏秋來，可寶適將應官吴下，懼終負故人之約，而無以塞後死者之責，爰發留稿，逐加釐剔。原本密題側注，塗乙盈紙，其從弟心雲同年曾斠一過，然如“雺”不宜附《雨部》，“孩”不宜附《子部》，“讀”不宜附《言部》，“餌”不宜附《食部》，“欧”不宜附《欠部》，“橥”不宜附《木部》，“疣”不宜附《疒部》，“袠”不宜附《衣部》，“砥”不宜附《石部》，“易”不宜附《日部》，“涉”不宜附《水部》，“蛇”不宜附《虫部》，“蹂”不宜附《足部》，又緟疊連語，異于單詞，宜别白弁首，諸字部居分併次第有無，一切當仍孫舊。不揣弇陋，益以鄙説，竆五晝夜力，親爲編録，不相雜廁，全書如干卷，幸賴有完平瞿賡甫鹾使謀爲合刊行世，庶克輔許書之孤行，而厭識字者之欲乎？於虖！遺文待定，一旦竟功，宿艸已豐，九京不作，識其緣起，碎琴之悲，可勝言哉？可勝言哉？光緒十有二年九月九日，錢塘諸可寶書後。

重輯蒼頡篇序

羅迦陵

字書創於《史籀》，而《蒼頡篇》繼之。《史籀》十五篇，後漢已亡其六，今其字存於《説文》者僅二百餘，蓋不及原書之什一矣。《蒼頡》三篇雖并於漢，亡於唐，然漢初所定五十五章，三千三百字，今散見於諸書所引者尚得十之五六。乾嘉以來，孫、任諸家相繼纂輯，並有成書。近時陶、陳諸氏補之，其字益備。余嘗取諸家之書讀之，竊怪其勤於蒐集而疎於體裁，又詳於注解而略於本文也。夫古字書存於今日者，在漢惟《急就》《説文解字》，在六朝惟《千字文》與《玉篇》耳。此四種中，《説文》與《玉篇》説字形者爲一類，《急就》《千文》便諷誦者又爲一類。《蒼頡》一書，據劉子政、班孟堅、許叔重所説與近出之敦煌殘簡，其與《急就》《千文》爲類，而不與《説文》《玉篇》爲類審矣。乃元吾丘子行作《學古篇》謂《蒼頡》十五篇即《説文》部目，近世馬竹吾用其説，遂盡取《説文》部首，以入所輯《蒼頡篇》中。諸家輯本皆未明言其非，亦不言《蒼頡》體例之何若，其失一也。《急就》一篇，皆用《蒼頡》正字，劉、班二家並著其説，乃諸家輯本未有採及之者，蒐張、郭之訓詁，忘李、趙之舊文，其失二也。睢寧姬君覺彌有見於此，乃以己意重輯此書，以史游所録，揚雄、杜林所訓之字爲上卷，則《漢志》"《蒼頡》五十五章"之正字也；以見於他書所引者爲下卷，則雜有揚雄《訓纂》、賈魴《滂喜》所續之字者也。又以《蒼頡》本文爲經，而以揚、杜、張、郭之訓詁列於其下，則本文與注界畫分明，蓋有前人之得而無其失者。故刊而行之。世之言小學者，或有取於是與？己未冬十月，慈溆羅迦陵序於戩壽堂。

小學搜逸·倉頡篇敘

龍　璋

《漢書·藝文志》云："《倉頡》七章者，秦丞相李斯所作也。《爰歷》六章者，車府令趙高所作也。《博學》七章者，太史令胡母敬所作也。文字多取《史籀篇》，而篆體復頗異，所謂秦篆者也。"又云："漢興，閭里書師合《倉頡》《爰歷》《博學》三篇，斷六十字以爲一章，凡五十五章，並爲《倉頡篇》。"是言小學者，《爾雅》而外，莫先於《倉頡》。本書久佚，其散見諸家所引，多係逐字訓故，惟賈公彦謂《倉頡》七章，《鞄甏》是其一篇，内有治皮之事。鄭司農謂《倉頡篇》有《柯欘》。許叔重謂俗儒鄙夫見《倉頡篇》中"幼子承詔"，因號古帝之所作也。是《倉頡》原著各有章名，如《鞄甏章》《柯欘章》，共爲七章。孫星衍輯《倉頡》據之，是也。郭璞《爾雅注》引《倉頡》云"考妣延年"，顔之推《顔氏家訓》引《倉頡》云"漢兼天下，海内並廁。豨黥韓覆，畔討滅殘"，尋其義例，是《倉頡》原文皆有文理，成句讀，取便記誦，非如《爾雅·釋詁》等明矣。至吾丘衍《學古編》謂《倉頡》十五篇即是《説文》目録五百四十字，許氏分爲每部之首，馬國翰《輯逸書》遂據其説，並以《説文》部首編入《倉頡篇》中，則於他書更無可引證。余蒐輯小學各逸書，以原本俱無可考，故率於主訓故者，依《説文》《玉篇》分部編次類集之；於主音韻者，依《廣韻》等以四聲分韻類集之。今輯《倉頡》，即從此例，非必據吾丘衍之説也。《漢志》又云："元始中，徵天下通小學者以百數，各令記字於庭中。揚雄取其有用者以作《訓纂篇》，順續《倉頡》,又易《倉頡》中重複之字,凡八十九章。臣復續揚雄作十三章,韋昭曰:"臣,班固自謂也。" 凡一百二章,無復字。"《志》又載《倉頡傳》一篇,揚雄《倉頡訓纂》一篇,杜林《倉頡訓纂》一篇,杜林《倉頡故》一篇。《隋志》"《三倉》三卷" 下注云:"梁有《倉頡》二卷,後漢司空杜林注,亡。"《唐志》復有杜林《倉頡訓詁》二卷,當是合《訓纂》與《故》爲一書。揚雄《倉頡訓纂》,未見有明引之者。張守節《史記正義》、玄應《一切經音義》各引《訓纂》一句。然《漢志》别著《訓纂》一篇,注云揚雄作,蓋與順續《倉頡》,易《倉頡》中重複字名爲《倉頡訓纂》者非一書,則所引未知係何書文。許慎《説文》每引揚雄及杜林説,或出於《倉頡訓纂》《倉頡訓詁》之中,而以其未見書名,不輯録正篇之中,並入《存疑》,附於後焉。攸縣龍璋。

以上1934年渭南嚴氏補刻清光緒二十三年成都龔氏刻本

三　倉

小學搜逸·三倉敘

龍　璋

《隋書·經籍志》:“《三倉》三卷。”注云:“郭璞注。秦相李斯作《倉頡篇》,漢揚雄作《訓纂篇》,後漢郎中賈魴作《滂喜篇》,故曰《三倉》。”是由郭璞合並三書,爲之注釋,始名《三倉》也。《後漢書》注引作《五倉》,以《爰歷》《博學》並合於《倉頡篇》,統而數之,故云《五倉》也。諸家所引《三倉》,有與所引《三倉解詁》《三倉訓詁》同者,本書既亡,無從分辨,今但依所引標題輯之。又《唐志》有張揖《三倉訓詁》三卷。今諸書所引《三倉注》,有作《三倉訓詁》,有作《三倉解詁》,有作《三倉注》者,皆分别附《三倉》之後。蓋所引《訓詁》,則明爲張揖撰。所引《解詁》及《注》者,即郭璞注歟? 攸縣龍璋。

清光緒十年(1884)龍氏刻本

凡將篇

小學搜逸·凡將篇敘

龍　璋

《漢書·藝文志》:“《凡將》一篇,司馬相如作。”《隋·志》:“司馬相如《凡將篇》,亡。”《唐·志》以一卷著録。班固謂:“武帝時司馬相如作《凡將篇》,無復字。”顔師古注《急就篇》序云:“司馬相如作《凡將篇》,俾效書寫,多取載述,務適時要,史游景慕,擬之。”然則《凡將》體例與《急就》同,必首有“凡將”二字,如《急就》云“急就奇觚與衆異”,因以爲篇名也。今惟《文選注》《藝文類聚》《茶經》《北户録》各引《凡將篇》,許氏《説文》屢引司馬相如説,其爲《凡將》文與否未可知,故亦著《存疑》附之于後。攸縣龍璋。

清光緒十年(1884)龍氏刻本

急就篇

急就篇序

王祖源

自《三蒼》既亡，而漢人小學書之存於今者，莫古於《急就篇》。其書盛行於魏晉六朝，衍於唐宋，今惟有顔、王二家注本存。近陽湖孫氏撰是書《考異》，據《玉海》碑本爲主，參以梁相國臨本，復古三十一章之舊字，從碑本，略存章草遺意，誠爲盡善。惟以課初學，書用今隸，沿習已久，"葙、蔺"等字未易爲初學言之。古本以六十三字爲一章，衹均字數，不論音韻，用韻之句，多有在章首者。初學分日程功，亦不便於口誦。兹刻是書，以課諸孫，仍用《玉海》本，音依顔、王而改用直音，遇韻有古音，以大方圍識之。《玉海》本後附二章，仍列入焉，皆以便初學也。俟小學既明，長而求諸古字古音、章草篆隸之别，孫本具在，不難考核而知也。光緒六年九月重陽日，福山王祖源撰。

急就篇跋

張元濟

《漢書·藝文志》有《急就》一篇，其《小學類·序録》言："元帝時黄門令史游作《急就篇》。"又言："合《倉頡》《爰歷》《博學》三篇，斷六十字以爲一章。"是書三十二章，疑亦當時所分。《隋書》《舊唐書》經籍志皆稱《急就章》，蓋《急就》爲本名，稱篇者，據《漢書·序録》；稱章者，因其分章而言也。是本有顔師古注，正文凡二千一十六字，未分章。孫星衍據紹聖摹勒皇象本校各本，撰爲《考異》。是本文字與所據皇本多異，而與所引顔本則幾全同。雖"譯導贊拜"已作"譯導"，"貍兔飛鼯"已作"飛鼯"，"騶覺没入"已作"輒覺"，均非原文。而"篦"之作"比"，"箜篌"之作"空侯"，"駏驉"之作"距虚"，"癲"之作"顛"，"葶藶"之作"亭歷"，"潔"之作"絜"，"境"之作"竟"，皆猶未羼入俗書。而凡從"竹"之字，均不作"艸"，則較皇本爲正也。是爲吾家涉園舊藏，出自明人手抄，有可糾正《津逮》及近人刊本者，故特印行，以資誦習。海鹽張元濟。

急就篇注敘

顔師古

《急就篇》者，其源出於小學家。昔在周宣，粤有史籀，音胄。演暢古文，初著大篆。秦兼天下，罷黜異書，丞相李斯又撰《蒼頡》，中車府令趙高繼造《爰歷》，太史令胡母音某。敬作《博學篇》，皆所以啟導青衿，垂法錦帶也。逮至炎漢，司馬相如作《凡將篇》，俾效書寫，多所載述，務適時要。史游景慕，擬而廣之。元、成之間，列於祕府。雖復文非清靡，義闕經綸，至於包括品類，錯綜古今，詳其意趣，七句反。實有可觀者焉。然而時代遷革，亟經喪亂，傳寫湮訛，避諱改易，漸就蕪舛，莫能釐正。少者闕而不備，多者妄有增益，人用己私，流宕徒浪反。忘返。至如蓬門野賤、窮鄉幼學，遞相承稟，猶競習之，既無良師，衹增僻謬。若夫縉紳秀彥、膏粱子弟，謂之鄙俚，恥於窺涉，遂使博聞之説，廢而弗明，備物之方，於兹寢滯。師古家傳《蒼》《雅》，廣綜流略，尤精訓故，待問質疑，事非稽考，不妄談説，必則古昔，信而有徵。先君師古父思魯。常欲注釋《急就》，以貽後學，雅志未申，昊天不弔，奉遵遺範，永懷罔極。舊得皇象、鍾繇、衛夫人、王羲之等所書《篇》本，備加詳覈，足以審定，凡三十二章，究其真實。又見崔浩及劉芳所注，後魏太宗元年敕崔浩解，劉芳《續注音義證》三卷。人心不同，未云善也。遂因暇日，爲之解訓，皆據經籍遺文、先達舊旨，非率愚管，斐然妄作。字有難識，隨而音之，別理兼通，亦即並載。可以袪發未寤，矯正前失，振幽翳之學，攄制述之意，庶將來君子裁其衷焉。

以上清光緒六年（1880）福山王懿榮天壤閣家塾刻本

急就章考異

急就章考異序

鄭知同

先漢小學家言，自《説文》興，而《三倉》衆家遞廢，獨《急就章》以文辭古雋，事類同條，書家喜作之，得垂久遠。然其本特多紛岐，大較因漢晉相沿，習用稾艸，世罕真書，筆迹疑似，致生乖剌。亦由作者非一，數寫而後，聲譌誼近，偶相牽混者有之。顔監撰注，嘗得鍾繇、皇象、衛夫人、王羲之所書，爲之審定，厥功勤矣，卒未易言悉允也。自唐迄宋，傳本尚夥。至道間，高宗究心字學，欲廣求先世墨迹，或進鍾書，體多踳駁，乃親艸一通刊石，敕藏祕閣。今觀其文，大判從顔，亦屢同皇，當是會勘諸家意爲重定者。未幾，趙氏汝誼别得黄魯直手校本於太和人家，其間小有箋識，亦得李仁甫所藏顔《注》，校以劉子澄家本，於是舉高宗御書冠諸顔《注》篇首，而録黄、李本異文附焉。羅願爲之箸定，顧不置攷辨，豈以其難下雌黄也邪？最後王伯厚補顔氏注，仍依羅式弁以御書，首校顔氏，次及黄、李，兼取皇本，又得朱子越東刊石，凡五家，殊别字各於當句下旁注詳之，魯直所箋，别采入《補注》。其自注亦間取諸家誼長者舉證之，第未肯暢違顔説，不過稍稍商確。若然，故未可云折衷盡善也。是後諸本澌淪，惟王所裒輯附《玉海》，厪得行世，數百年更無嫺理者矣。國朝書學最偁盛甚，前古所無，《小爾雅》《方言》已下諸篇，箋疏者相繼淯貫。爰有莊氏世驥甄及此文，箸爲《攷異》，是不可少，然鄬無知者。光緒戊子，制府張公於粵中刱廣雅書局，叢刊近儒箸述，徧采獲諸家未行稾。繆太史荃孫所收諸本中，具有此編，余見其案證斟酌，殊愈前賢，略無偏駁，獨是標舉諸本，文或不備，解釋亦每鶻突，且至闕如，似原未畢功者。然加以傳鈔倒亂譌脱，字體復誕漫不經，往往不可卒讀，竊甚惜之。遂不嫌專輒，力爲訂補，寖增及半，庶幾繕完，無負作者苦衷。其正文提皇本爲綱，以諸本中皇爲最早故也。若首題下注云"用紹聖三年勒石本爲據"者，皇書舊有碑文，宋代重刊，莊氏蓋見其拓本而未申明。又所標《玉海》本，乃宋高宗初艸，羅與王易以正書載在篇耑者。其實所列各本，竝據《玉海》，此亦作者所當分辨也。本無序述，更是闕略，今稾成付梓，爲挈其要領如此。庚寅四月既望，遵義鄭知同識。

清光緒十七年（1891）廣雅書局刻本

勸學篇

小學搜逸·勸學篇敘

龍　璋

《隋書·經籍志》:“《勸學》一卷,蔡邕撰。”《唐·志》作“《勸學篇》”,皆勗學之言,編爲韻語。《一切經音義》有引蔡邕《勸學》注,未知何人作也。攸縣龍璋。

清光緒十年(1884)楚南書局據馬氏刊版重印本

聖皇篇

小學搜逸·聖皇篇敘

龍　璋

《隋·志》著録:"蔡邕《聖皇篇》,亡。"《唐·志》不著,今惟見懷瓘所引一條,誠爲片羽之珍矣。攸縣龍璋。

清光緒十年(1884)龍氏刻本

埤　蒼

小學搜逸·埤蒼敘

龍　璋

《隋書·經籍志》:"《埤蒼》三卷,張揖撰。"《唐·志》同。江式《古今文字表》云:"魏初博士清河張揖著《埤蒼》《廣雅》《古今字詁》。"究諸《埤》《廣》,綴拾遺漏,增長事類,抑亦於文爲益者也。攸縣龍璋。

清嘉慶二十二年(1817)山陽汪廷珍據高郵王氏刊本續刊

集字避複

集字避複自序

劉　鑒

六書九數，人生必須之學。三代盛時，男女六歲，教之數與方名，十歲學書計，當時自有蒙學簡本，惜湮没不可考耳。余不諳算學，惟讀自漢以來啟蒙識字之書，頗病其博而不切於用，古而不宜於今。若史游《急就》、王褒《童約》，在當日或堪施用，在今日則魏王之瓠耳。至周氏《千文》及《紺珠》《蒙求》，意在令人多記藻采，又不如史、王之作矣。鄉塾六言、四言雜字，尤謬誤複漏，不便尋檢。鄙人幼孤，秉承慈訓，於織紝組紃外，旁及經史，數十年來，雖米鹽淩雜，不廢瀏覽。今年届知非，孫枝林立，長孫祥去年倖博一衿，次三亦出就外傅，惟諸孫女靡所師承。燈窗餘暇，擇古今通用之字三千八百四十，别類分門，集爲一册，名之曰《集字避複》。男江女瑍屢請剞劂，未之許也。從子重伯因公事過會城，見而韙之，序其實於簡端，囑付手民，以爲蒙學之助。余雖諾之，然實自慙譾陋也。

集字避複序

曾廣鈞

叔母彭城郡太夫人,長沙文恪公孫女也。幼工詩,古近體皆臻古人高境,今年登髴,好而弗衰,讀之令人飄飄有淩雲氣。曩嘗以鐫集行世請,驪然曰:“余固閨壺中人,一篇一詠,自娱而已,豈炫世與藝林角短長哉?”謙抑若此。繼又出《女學集字》一册見示,讀既畢,迺進而請曰:“誠繡閣金鍼也。彼詩境深微,窺者實尠,此數千百文字,當可許女士問津。”則笑而應之曰:“諾,吾將刊之。”凡分别部居,都三十二門,九百六十句,字無複者。非獨嘉惠女士,亦蒙學之要書也。光緒二十九年仲秋月,姪廣鈞謹序。

以上清光緒二十九年(1903)星沙忠襄公祠刻本

養蒙鍼度

養蒙鍼度原序

孫蒼璧

古者教設庠序，必先之以養蒙，蒙養既正，則進德修業，日就月將，得力快而入門易。故開首先令認字，使子弟耳目並用，詳其音義，辨其句讀，自小學入於大學，由淺而深，自博而約。童而嫻熟，脈絡條貫，幾於成文成誦，無不從識字來也。吾師虞山潘子聲先生，熙朝名宿，志敦高尚，不慕榮利，家有藏書，探求博覽，不涉世務，平居嚴正自持。或嗆其拘拘自好[1]，何爲生計？師曰："非吾無求於人，藉舌耕硯席以供朝夕耳。"於是親舊重其人，每年假館授餐，率生徒以教之，脩脯雖薄，得給饘粥焉。嗟乎！世之蒙師不少，子弟甚多，誰不欲幼學壯行優，入希聖希賢之域？豈知師傳不善，朝誦夕忘。嘗見人家子弟讀書一兩年後，指示讀過字義，茫然如夢，安望四書五經、百家子史之字皆識？其貽譏於大方豈少哉？夫蒙童不先識字，習慣口傳，遷延强記，自哄自愚，猶人之病根不療，終爲患害，良可痛惜。吾師啟廸有方，循循善誘，歷數十年，館課之餘，合纂村學黨塾教習之《大同》，及《學》《庸》《論》《孟》、五經古文、《左》《史》必讀之文，必用之字，摘録成帙，

①嗆，當據文意改作"嗤"。

分爲五卷,去同留異,註疏明白,如珠穿線,如鍼補衮,一目瞭然,此《養蒙鍼度》之所由始也。余少受業師門,得其書,遵其教。按弟子入門執贄,將閱讀之書圈出,該識之字另寫方塊頭,隨資質之高下,而多寡誨之。識到二百字,紮成一綑,編號至什百綑,温故增新,遺忘有戒。殆四聲既别,千萬純熟,俾披閲之下,不用耳提面命,俱能了了。或天分稍鈍,已能口誦心唯,可免别字舛訛之誚,豈不甚善?《凡例》六條,列於卷首,由漸而施,毋紊次序。是編專爲養蒙起見,纂録未備,挂一漏萬,惟高明者諒之。若謂幼學津梁、入門捷徑,則教亦多術,實不外是。凡爲人師者,固不能强而同之,宜各置一編於座,時時翻閲,不懈工夫,雖不窺四庫之藏,而黨庠學校之門,得以升其堂奥矣。是爲序。

原是編於雍正十三年付梓,元和孫蒼璧容文氏書序於粤西平樂郡齋,迄今百有餘年,刷印不下數十萬卷。其板久矣,朽敗無存,惜爲幼學津梁,故於光緒六年歲次庚辰梅月重鐫,庶冀久傳,其爲是編之幸耶! 抑爲童蒙之幸耶! 長白祝三氏書。

清光緒六年(1880)重刻本

文字蒙求

文字蒙求自序

王　筠

雪堂謂筠曰："人之不識字也，病於不能分。苟能分一字爲數字，則點畫必不可以增減，且易記而難忘矣。苟於童蒙時，先令知某爲象形，某爲指事，而會意字即合此二者以成之，形聲字即合此三者以成之，豈非執簡御緐之法乎？惟是象形則有純形，有兼意之形，有兼聲之形，有聲、意皆兼之形；指事則有純事，有兼意之事，有兼聲之事，有聲、意皆兼之事，不可不辨也。至於會意，雖即合形、事以爲意，然有會兩形者，有會兩事者，有會一形一事者，亦有會形聲字者。且或以順遞爲意，或以竝峙爲意，或於字之部位見其意，或从是字而小變其字之形以見意；或以意而兼形，或以意而兼事，或所會不足見意，而意在無字之處；或所會無此意，而轉由所从與从之者以得意。而且本字爲象形、指事，而到之即可成意，反之即可成意，省之增之又可以成意，疊二疊三無不可以成意。且有終不可會，而兩體三體各自爲意者，此其變化又不可不詳辨也。至於形聲，則由篆變隸大異本形者，必采之，爲它字之統率者必采之，不過三百字而盡。總四者而約計之，亦不過二千字而盡。當小兒四五歲時，識此二千字，非難事也，而於全部《說文》九千餘字，固已提綱挈領一以貫之矣。余久欲勒爲一書，而夙夜在公，未之能成，然終以爲訓蒙之捷徑也，於菉友何如？”筠曰：“善。”爰如雪堂意纂之，於象形、指事、會意字，雖無用者，亦皆搜輯，形聲字所收者四類，總二千餘字而已，誠約而易操者乎？説解取其簡，或直不加注，兼以誘之讀《説文》也。篆文間依鐘鼎，以《説文》傳寫有譌也。恒見字不加音切，不欲其緐也。既成，以示雪堂。雪堂曰：“善。”適銕菴爲我栞《正字略》，即以是書報謝之。雪堂者，陳其姓，山嵋其名，筠之同年友也。銕菴者，楊其姓，承注其名，又雪堂之同年同部友也。皆奇士，與筠善。道光十有八年戊戌十二月三日，安邱王筠序。

雪堂兩孫已讀書，小者尤慧，促我作此，教之識字，遂不日成之。不料雪堂未加診視，遽付之梓，蓋其爲人狷介而堅確，我所素重，而談及六書，又惟吾言是聽故也。丙午長夏，時當收麥，案牘甚希，略加改易，使就繩墨再刻之，期不負執友鄭重之意焉。閏月十二日丙申，菉友筠記於鄉甯署齋。

文字蒙求跋

陳山嵋

右《文字蒙求》一書，菉友同年爲余所輯録也。菉友於《説文》之學，融會貫通，凡所折衷，悉有依據，著有《釋例》二十卷，將以問世。余以其書非初學所能讀也，强使條分縷析，彙爲此書，雖云緒餘，而已沾匃無窮矣。亟梓之，以公同好，將見讀《説文》者，亦將以此導其先路，豈僅足以給童蒙之求哉？益都陳山嵋跋。

影印文字蒙求序

江恒源

大東書局影印《文字蒙求》既成，屬我作一篇序言，冠在書首。其用意，是要使讀是書者在未看本文以前，先看過這一篇序，便可明白本書著者和印者的主旨及本書的效用，由此再看本文，可以格外有興趣，且容易了解。

的確，爲一本書作序的人，應該負起這一種責任，尤其對於有價值的書，更要負這箇責任。可是，如淺學寡識的我，能不能擔這箇擔子呢？那就很難説了。無已，也只好試一試看罷。

這一部《文字蒙求》的書，是清朝道光年間山東省安邱縣王筠先生做的。王先生是一位精通中國文字學的專家，他的有名著作，關於文字學一方面，比較分量重一些的，有三種：一是《説文句讀》，二是《説文釋例》，三是《説文繫傳校録》。這三種書，差不多研究文字學的人，没有不看過的。説到這部《文字蒙求》哩，在他老先生下筆撰述時，只以爲是一種訓蒙的小書，並不算什麽重要的作品，因此後來的人，説起他文字學著作來，也就往往不把這部書計算在内。其實，大小輕重，那裏有一定標準？大學講義，博大精深，誠然十分重要，非多年埋首研究學術的老博士，不敢輕易下筆；而初級小學的教科書，又何嘗容易做呢？又何嘗能讓普通人隨隨便便去做呢？必定要識得兒童心理，明白社會需要，了解本國歷史和環境，知道教學方法，富於小學教育經驗，而又具有名學的知識和文學的才能，才能勝任，才能編出薄薄的一小本，短短的幾十課。可知做小學教科書的先生,其學識能力未必不及大學教授,而其精心結構,亦未必不及編大學講義的吃力。

由此看來,這一部《文字蒙求》的小書,也就萬萬不容輕視了。儘可作者本人自己不重視,文字學已有程度的人不重視,但是他的價值自在。一件東西,本是因人、因地、因時顯出價值的。三部大的《説文》書,在大學專門研究文字學的人,所當視爲鴻寶,而在初解文字的兒童視之,則莫明其妙也。此非書之過,乃遇之非其人之過也。反之,示兒童以此等蒙求淺近之作,則真如飢而得食,自然容易消化,獲着充分營養了。那末,就兒童來説,這部小書,還不是一件寶貝麽?

人要讀書明理,不容不識字。可是今日的中國,説到讀書識字,真不容易啦。不要説做官的人會鬧出"荼毒生靈、草管人命"的笑話,就是目前一班大學生,保不定不説出"鬼鬼祟祟"罷、"敝姓是立早章"罷。本來也難怪,小學校裏的先生,對於識字一層,會考究,能考究的,能有多少呢?老師如此,還能責備弟子麽?一到中學,學科多而且重,國語國文,無心深求,而教的人也未必能得法。到了大學,除專門研究中國文學、史學的一部分學生外,誰還來注意中國文字呢?但願作文通順,别字無多,也就很好了。文字一層,當然説不到。

實在説起來,今日研究文字學,是大學專門的一科,而在中國古代,則是通常所謂"小學"。小學就是小孩子所學的了。何以古時小孩子學,今日小孩子不學呢?這也有箇原因:字體由大篆而小篆,由小篆而隸書、而行書,變得太厲害,確是不大容易學。而會教"小學"的先生太少,能編淺近"小學"教科書的人不多,恐怕也是一種原因罷!

依我想,在高等小學和初級中學的學生,未嘗不可以教他一些文字學知識,只要教的得法,學的自能有趣,教學均佳，成效自著。好的文字學教本，一時固不易編就，若借古書來用，那末王老先生的這一部《文字蒙求》，便是很好的教材了。他能就象形、指事、會意、形聲四類，搜集二千餘字，分得清清楚楚，先寫正楷，附以篆文，一類之下，分若干種，每種舉出若干字，這的的確確是合於今日所謂科學方法。並且所有解説，務求簡明，他的《原序》上説"兼以誘之讀《説文》"，更是合於今日教育學上所謂"自動主義"。學者能把這二千餘字，箇箇認識他的構造，了解他的組織，則觸類旁通，對於一切字，自不難辨其本源。就程度論，當然不能和專修文字學的大學生相提並論，但果能如此，也可算得是識字的人了。如由此深求，再去讀《説文》諸書，則順水推舟，十分容易，自不必説。

大東書局印出這一部極有價值的書，售以賤值，用資普及，真可説是"加惠士林"了。我很希望高等小學及初級中學的國文教員，依據此書教授，同時再多立表解，多加提問，每週二小時，有了一年便可教完。如能就教授經驗，編成教案，隨本書以行世，則有功於教育，就更大了。

拉拉雜雜，寫了一大篇，所要説的話，已經説完了；但是否能盡了我作序人的責任呢？我還不敢説。中華民國二十年五月，江恒源。

以上清光緒十三年（1887）刻本等

文字蒙求廣義

文字蒙求廣義識語

蒯光典

王氏原書四卷,綱舉目張,名爲《蒙求》,寔則要删。非能讀其《句讀》《釋例》二書者,不能盡通其説。《句讀》諸書,又汗漫不便教授。陳生義從余問字,爰商畧補注。雖頗采各家之説,以相證成,而不下己意,以省糾轇。聲類之學,當有專書。姑就古今異誼字,略引端緒,以資隅反。創手訖成書,爲期不過數月,踳駮寔多,達者斠正。光緒辛丑中冬,合肥蒯光典識。

清光緒二十七年(1901)江楚書局刻本

毘陵左氏識字書

識字書自序

左　鎮

人識字,方明道理,明道理自能篤修孝弟忠信、禮義廉恥,方爲聖世全人。每憫窮人無力讀書爲憾,因想《百家姓》《千字文》孩童易讀,余將有用要字,分平上去入,隸明音下。尚餘要字,無音可隸,强凑四十句,統攝該廣三書,共四百八句。縱愚魯者,日熟兩句,七月即完。從此同音推廣,熟記求尋,即可進通經史。則此書集成,或亦有補好學自修之用,因名《識字書》,刻以公世。知各處音韻不同,總遵《字典》,音切分明,庶不杜撰。至强凑之句,不過欲該廣字音,實無理意,幸恕哂之。大清乾隆四十一年歲在丙申,陽湖左鎮清源氏查集。

識字書後識

左元鼎

讀書必先識字,故古者六歲入鄉學,教以六義四音,舉爲蒙養之首。先曾祖力學數十載,爲里中名師,所以教弟子者,無不備究,而於六義四音之辨,尤精攷焉。凡一字而有數音,及一字而兼數義者,上徵六經,旁引子史,卷帙無《説文》《字典》之繁,頗足以補其缺畧。搜求釐訂,著成一書,顏曰《識字》。先祖開府三湘時,即録鏤行世,幾於家置一編矣。庚申兵燹,里門遭變,原板以燬。元鼎行篋所携,止存一册,恐墮手澤,急思重刊,而車馬馳驅,未嘗少暇。今歲捧檄武原,暫停征躅,敬爲校録,付諸手民。非敢云仰承先志,亦冀廣傳此書,以爲蒙養之一助云爾。光緒元年春正月,曾孫元鼎謹誌。

以上清光緒十年(1884)嘉興刻本

發蒙彝訓

發蒙彝訓序

王懷忠

今夫大學者，小學之枝幹；小學者，大學之本根。三代之隆，人才之盛，莫不由小學以立其基焉。子朱子所纂《小學》全篇，做人榜樣，誠童蒙必讀之書也。欲求子弟純全而不教之以小學，是猶廢舟而求濟、卻步而求前，終身不可得已。惟是其雜採經史之言，長短艱澀，小兒初入學時，遽授之以此，往往不能以句，則誠不可無以開其先也。俗傳《蒙訓》等書，誦讀雖易，無裨實用，昔賢病之久矣。近世湘鄉羅澤南先生，本程子作詩教小兒意，輯小學中尤切日用者，撰作四言韻語，悉著威儀倫常之訓，句短音諧，語明意顯，舉此以爲童蒙引其端，然後進以《小學》全書，既不患誦讀之無階，而復使之隨讀隨解，略得意趣，朝夕諷誦，當必有助身心，爲功初學莫大焉。顧微惜是編收載寡約，似猶美而未備，且其章句疏註之間，節目未詳，訓詁簡奧，尤非所以利蒙求也。余因不揣鄙陋，既即淺近俗説增爲旁訓，俾字義顯明簡當，一目了然，以便童習。更採《禮經》及先哲時賢箴言名訓，參互考訂，去其繁散，補其缺略，次其篇章，析其條理，斟酌損益，合爲一編，雖僭竊之罪無所逃，然於發蒙養正之義，或亦稍有補焉。乃或有見而言於余者曰："觀此篇及《小學》，不外經史採輯而來，學者異日何患不知？詢如子之教人若是，豈不曠費時日，有阻誦習之功耶？”余應之曰：“惡，是何言也？子獨不思程子之訓乎？蓋人之幼也，知慮未有所主，感於正則正，感於邪則邪，邪正惟其所感，久則終身莫變，教之之術，可不慎歟？故善教者，則惟以格言至論日陳於前，使盈耳充腹，久自安習，若固有之者，後雖有讒説摇惑，不能入也。更於倫常日用之間，責以躬行，察其得失，勤加勸懲，則自有以長其恭敬誠篤之心，消其輕躁浮薄之氣，涵養性情，變化氣質，他日進以聖賢之學，豫有根柢，爲功固莫量焉。即降以誦習論之，其效亦有捷於倍蓰而不止者矣，詎得漫云曠費時日哉？苟不由是而學焉，及乎稍長，意慮偏好生於内，衆口辯言鑠於外，習染日深，性靈日汩，於斯而教以善言，徒增扞格不勝之患，縱讀盡聖賢經籍，毫髮無益身心，亦不過記誦詞章之末也已，此後世人才之所以不振也。豈不謬哉？豈不謬哉？”論者於時釋然而退。余因有感於斯言，爲述其巔末於篇首，庶人人有見於此，共相講習，由是而進以《小學》之全書，以立大學之根本，則人才之興起，未必不有所藉端也夫。時光緒丙子春正月朔，濡東魯軒王懷忠序。

清光緒二年（1876）富文堂書坊重刊本

李氏蒙求詳注

李氏蒙求詳注自序

陳宸書

李氏之書爲蒙子而作,予之註不敢以蒙子畫也。蒙子之書,宜於簡約,以便記誦,若長篇累牘,繁徵博引,旁見側出,互證參觀,蒙子心目有限,焉能窮之? 予之註,不幾昧蒙求之義乎? 不知一斑之中,全豹寓焉;芥子之細,須彌存焉。李氏之書,每句各寓一事,其採取皆周秦兩漢、魏晉六朝之書,註之有數行可畢者,有必累幅而成者,有必全録而後盡者,有必互證數書而始全者。或藉以表史氏之勸懲,或藉以觀古人之手筆,或藉以備學者之考核。如泥《蒙求》之説以趨簡約,勢必妄肆割裂,將古人可歌可泣之文,僅存寥寥數語。又其甚者,杜撰一語,以括古人數語,將今人詞句夾雜古文中,使讀者不得見真文,雖曰便蒙,其誤蒙實甚。予心惕然,故註此書,不敢泥便蒙之説,尤不敢蹈杜撰之譏,必索取原文而録之。其數行可畢者,則不更録他事,以裁繁冗,若累幅後盡者,惟於線索所引,加以删節。至釋本句,則必全録,使讀者即於此一段中得以含咀古人之彙味,有褒貶者亦連類及之,使考其事,並識其人之賢否。至於一事疊見數書者,則必概羅之,或纂輯成文,或互録見義。其有援引失實,及以彼書儷此事者,則必搜剔而出,附以按語,疑者疑之,可辨正者辨正之,必使讀者快心爽目而後已。又恐古書浩瀚，難以覆校，則於標題必載篇名，以便繙閱。即得註成，釐爲四卷，使蒙子持此，可以略窺周秦兩漢、魏晉六朝之真文，及至成人，仍可置諸案頭展玩，此予之不泥於便蒙，而裨益者不僅蒙子也。世之閱予註者，惟嫌其繁而删之，不唫其畧而益之[①]，是則予之志也夫。嘉慶乙亥小雪日，晉安陳宸書自序於湘南營浦官舍。

李氏蒙求詳注序

王　紳

訓詁之文，仿自《爾雅》，毛、孔繼之，《詩》《書》以傳。顧始名爲傳，配經而行，繼更曰註，依經以立。傳者，轉也，轉授於無窮；注者，流也，流通而靡絶。傳注之時用，大矣哉！是故韓、戴、服、鄭鑽仰六經，裴、李、應、晉訓解三史，發明大義，開示後學，乃儒宗之高軌也。既而史傳小書，人物雜記，文言美辭，列乎章句，恒於本文之外，增補事端。若季漢輔臣，陽羡風土，委瑣序事，存乎細書，此又注家之變體矣。次有好事之子，思廣殊文，掇衆史之異辭，補前書之所闕；或史臣手自刊補，列爲子注，喜聚異同，自比蜜蜂，要非吐菓之核，捃拾登筵，珍爲萍實者同科。然之數者，有簡有煩，裴、顔注史，寥寥數條；平叔《道德》、子玄漆園，第昌元風，失之簡矣。秦延君説"粵若稽古"四字即三萬言，朱普之解《尚書》至三十萬言，失之煩矣。若如毛公訓《詩》，安國傳《書》，鄭君釋《禮》，

①唫，當據文意改作"嗤"。

輔嗣解《易》,要約明暢,可爲矜式者焉。近世以來,類書頻出,言庬旨枝,轉相承述,其所稱引,多出之於半途,原未得其籍里,作者競言考據,動輒引之,往往中所云云,求之彼書而多不合,是以注爲注而注反歧也,間有得者,言之不詳,擇之不精,是以注爲注而注又待注也,可謂勞而無功,費而無當者矣。楓階先生博而好古,精而能核,偶取李氏《蒙求》而注釋之。《蒙求》者,後唐李瀚之所著也,中多史氏之文,亦間及於雜家小說,約文義於四言,範事類於一韻。蒙子未見原書,而凑讀新策,如昏夜求於幽室之中,非燭何見?先生閔學者之多艱,慮取攜之匪易,以其餘暇,大爲疏通,究委必溯其源,舉細不遺其巨,經分縷晰,有條不紊,啟靈機於一目,括騰翻於歷旬,雖謂列馬、班案前,陳范、陳几側,無不可也,豈不大快士林乎?時有草而未真,出以相示,僕力勸其付梓,以公同好。方今文治盛隆,度越前古,海内操奇觚弄柔翰者,咸有騰聲飛實之心,先生以前賢之緒言,發秘籍之菁英,爲熙朝黼黻,範一時之人士於筌蹄,豈惟諸蒙子奉爲圭璧哉?吾輩把之過日可也。嘉慶乙亥孟冬上浣,常寧王紳彦卿。

李氏蒙求詳注序

方應亮

《禮》載《少儀》,詔諸弟子;《易》云養正,功在童蒙。本不倦以誨人,占利貞以求我,此有唐李氏《蒙求》之所由作,而我朝陳君註釋之所續傳歟?陳君楓階先生,八閩名宗,二難望族。樓高百尺,士推湖海之豪;人第一流,胄是神明之後。折桂枝於月窟,早飲香名;待柳汁於春風,空唫利市。雖一行作吏,能虚堂懸鏡以承先;乃百里膺符,尚閉户著書而成癖。鹿鳴當囧[1],家兄忝乙榜;同年萍聚,何緣賤子協,寅恭此地。印牀華落,《廿一史》斗酒雄談;琴閣風清,《十三經》瓣香細讀。播循聲於南楚,紹家學於北溪。偶然註及《蒙求》,便課膝前雛鳳,詎識傳爲衆好,争誇心是雕龍。抄寫人多,頓使洛陽紙貴;考稽淵博,共欽羣玉山開。故事尋到源頭,俾五百九十有二條,元元本本;古人恍如覿面,使二千三百七十字,炳炳烺烺。不必曰疏,曰傳,曰解,曰章句,傚先儒各立佳名;直同稱故,稱微,稱通,稱鉤沉,爲是書晰其疑義。暫撇下《詩》云子曰,在良工别具苦心,又何庸面命耳提?得先生示諸指掌,知其説者,朝稽夕考,莫言童子何知,引而伸之,囧就月將,須信後生可畏。但願置諸家塾,爲爾小生幼學所資,即使懸之國門,亦吾夫子少懷之志。嘉慶乙亥小春月,巴邱方應亮晴初。

李氏蒙求詳注序

黄本驥

著書難,註書更難。非遍讀世間書,不能著書,即遍讀世間書,猶不能註書。世間書無盡,而古書之流傳至今者有盡,註古人書,無一字無來處。目中不盡見古人讀本,必欲察及泉魚,辨窮河豕,曰某事出某書,某事出某書,條舉件繫,如數

[1] 囧,當作"日"。下同,不另注。

家珍，難矣。至於排比典故，較之服、鄭註經，裴、應註史，爲更難。經主義理，事可從畧；史雖隸事，其源易尋。若夫攟摭四部之芳腴，薈萃百家之玉屑，易牙知味，難分釀蜜之華；師曠審音，莫別繅絃之繭。自歐陽詢《藝文類聚》、虞世南《北堂書鈔》以下，無慮數十百家，皆本人自註，尚不能一一無遺。況以昔人所見，質之今本，類多闕如，或一事數説，又復彼此踳駁。註家命意，原欲開導後學，考核不精，折衷未當，適足以滋疑誤而已。舊註之精當者，以劉峻《世説》、李善《文選》爲最，然其去取從違，已不無可議。若近時坊本，類皆以贋鼎求售，多憑淺陋之見聞，不顧本事之當否。前人既以訛傳訛，後人復將錯就錯，無怪乎古書日註而日亡也。抑或涉獵稍富，體例未精，芟薙繁辭，杜撰數語，自矜簡鍊，以省紙板，致讀者不見原文，徒承臆説，欲使疑皆可信，轉教信亦成疑。録其纂輯之功，不償妄作之過矣。蒙求之名，昉於《周易》，著者數家，以唐李瀚爲之祖，包舉百代，約以四言，裁對既工，音韻亦叶，誠爲學者隸事之津梁。《御定全唐詩》採之石渠秘笈，久已傳布，藝林塾間，惜無註本。其徵引之博、抉擇之精，老師宿儒，莫能盡知所出，其何以應蒙童之求乎？是固非註不可，而註之正不易易也。閩中陳楓階先生以名孝廉出宰湘中，繁區歷治，所至有聲。服政之餘，輒與鉛槧從事，著書等身。而《蒙求》註本，尤爲精贍，搜奇析奥，積歲而成，不獨可爲前哲功臣，發蒙良傅，亦劉子駿所謂知蓄積、善布施者也。其書凡五百九十二條，總爲四卷。註中引書，悉從原本檢出，不以前後類書爲憑，事雖習見，寧詳無畧，不肯杜撰一字，欲使學者因註而見原文。又恐原帙浩繁，難於覆校，必載明篇目，開卷了然。體例精嚴，可爲後來註書楷法。非遍讀世間書者，能如是乎？吾鄉唐陶山先生，現守閩中，著有《唐氏蒙求》三卷，以《論語》

弟子章爲次,江南久已刊行,閩人别有註本。今先生是註成於湘中,其誘進後學之意,與陶山先生同條共貫。將來閩湘髦秀,彼此服膺,可爲國家陶鑄人文之具,是即兩先生交相爲化之一端也。然兩書相配,不脛而走,且遍海内,又豈獨爲閩、湘稱慶哉? 先生宰永明,鳩工付梓於二千里外,郵書索序。驥主講五溪,不克親與校讐之列,挂名簡末,固所甚願,因述其註書之難如此。抑驥重有感焉,《太玄》遇平子而方顯,《論衡》值中郎而始傳,書有顯晦,自古已然。今值《御定全唐文》告成,而先生適爲是註,其亦唐賢著作,光昌之會也夫! 嘉慶乙亥秋九月,長沙黄本驥虎癡。

以上清嘉慶二十年(1815)陳宸書刻本

蒙求補宋

蒙求補宋敘

劉鳳墀

王、李《蒙求》，句本四言，予胡爲易以七言？攷李氏《蒙求》，附載於《全唐詩》，則凡有韻之言皆詩耳。賦者詩之流，詞者詩之餘，況四言本詩之濫觴滌甕者乎？在李氏當日，未必爭及乎此。第以四言讀之，易於上口，而飛黃騰達，雛鳳聲清。吾見鄉塾中，有未授《葩經》，而即授以唐、授以宋者矣。故以予所輯，詞雖雜遝[1]，意則美焉。或謂編名補宋，非謂其正統相承乎？遼金之采事寥寥，固矣。而其後若元若明，何又劃然中止？一則元明去今未遠，非若《宋史》之在今日，其道學淵源，忠義慷慨，不獨簡篇須以之供筆，即館閣且恒以之命題。一則予自數年以來，棲遲一室，才非韓偓，而有韓偓之手風；學愧玉峯，而有玉峯之腳氣。即此數十百聯，已爲暗中摸索，其間凫脛之續、蛇足之添，予豈不自知？顧語既呻吟，編尤急就，雖知之而無可如何耳。若又取桐城浦江及一切稗官野史，排比而抄撮之，非徒學殖久疏，亦且精神不繼矣。點鐵成金，拋磚引玉，補偏匡謬，均有俟於博雅名賢。光緒十八

[1] 遝，當據文意改作“遝”。

年歲次壬辰仲秋月上澣之五日,丹農氏自述於郫城蘄雨山下藤花港南鷺楓邨棠園之皼清齋,時年五十有三。

清光緒十九年(1893)皼清齋刻本

訓蒙歌訣

增印閩中新樂府序

邱煒萲

余嘗撰《孩提知愛叢書》，前六種以便家塾蒙求，凡以無韻之文行之十之七八，有韻之文僅二三耳。聞之，養正之功，悟性與記性竝重，少時血氣未定，導以順則易，驅之逆則難。隨文綴韻，矢口成吟，易也記誦之書也；指事類情，逐字求解，難也理悟之學也。末俗就傅，便志功利，時風每以纖巧割裂命題，生童過院，例須默寫全文，違式者不得録取。故諺有"《四書》熟，秀才足"之語。怵于理悟之繁賾，無所用心，寖併其力于記誦，雖甚適口，真義憒憒，騎驢覓驢，有如追逋。憶兒時蒙師責使背書，高可過背凡十餘册，無不熟極而流如瓶瀉水。曾幾何時，試使反之，便已失枝脱節，十遺五六，至今日且有重逢如隔世者。又從而鞭之策之，束縛之，馳驟之，以記誦之小儒，爲大賢之强識，博聞强識，希聖所有事，乃不求理悟，未之有聞，徒章句記誦，何益？凌躐等級，窒塞神明，助長速成，不祥莫大。斯乃無易之非難，而天下之至逆萃於一已而有餘。吾嘗見呫嗶十年，不名一訓詁者矣。樂工老卒，足未涉鄉塾之門，明堂佾舞，中軍凱還，亦嘗按律和聲矣。而一叩以古義精微，仍無與于輾轉傳誦之數。之二者，賢不肖誠亦相等。今必謂記誦之學與于精微，是使村歌樵唱關雅言執禮者口而奪之席也，奚可哉？奚可哉？畏廬子新撰《閩中新樂府》三十四首，以韻語行文，以便蒙爲義，東南大郡多有求其書爲家塾讀本者。余見而好之，并輯入《孩提知愛》後六種中。或見而疑焉，余曰：無疑也。訓蒙之道，嚮所謂順逆難易四者而已，不善用其易，則爲逆爲難，所以見絀也；善用其易，則一順而無所謂逆，又何所謂難？譬諸貨寶，悟性散錢，記性貫索，無繩索不足以繫散錢，無金錢而日持貫索，將不知所用。豈惟無用，徒自擾耳。今訓蒙者，誠喻順逆難易所以互相消息之機，于悟性未啟，不妨繁頤其術，委曲其道，冀其或悟，而所爲責以記誦者稍後焉。東西洋諸國蒙學章程，皆以識字識解爲教，不專求記誦。悟之悟之，又何不先難後獲之可必耶？及夫所學有得，即悟即記，于是更進求其記誦之學，不過明别次序而已，收學問中之大順，與世之面墻立者迥不侔矣。余欲爲記誦之資，何加乎《三字經》《千字文》之舊？欲爲理悟，則嘗及觀東西洋啟蒙初桄，絶鮮以韻語訓者。綴韻之文，彼雖有之，大抵皆稱揚神聖君國之作，如我《三百篇》者，然非初學所急。或連綴時事，以教國人，是又興立之微意云。乃畏廬子自序其《新樂府》則云：歐西之興，多以謌訣感人。是雖同一韻語，而能不爲世之爲韻語者歟？其中指陳利弊，匡謬正俗，明恥有功，尤與悟性之書爲近。學者苟爲沈潛反覆，必有藉是而知四國之爲通天人之義。且瞽矇諷誦，敬王或取乎芻蕘；里巷謳吟，觀國每得其風氣。知道君子，其不以余爲阿好哉？余，星洲寓公也，既輯其書，爲星洲訓蒙家善本。重慮星之學究，貪其便於記誦，而忘所爲教。三百燦陳，久同嚼蠟，戔戔者更何足云？故歷次悟性與記性先後之序，并重之理，以箸于篇。而拙箸各種，其旨亦不外是。畏廬子林姓，閩縣名孝廉，顧不欲人識其名，仍從其朔而隱之。光緒二十有四年歲次戊戌六月天貺節，八閩海澄邱煒萲菽園甫拜撰於星洲寓樓。

清光緒二十四年（1898）邱煒萲刻本

汗　簡

汗簡自序

郭忠恕

《汗簡》者，古之遺像，後代之宗師也。蒼頡而下，史籀以還，爰從漁獵，得其一二，傳寫多誤，不能盡通。臣頃以小學涖官，校勘正經石字，繇是諮詢鴻碩，假借字書，時或採掇，俄成卷軸。乃以《尚書》爲始，《石經》《説文》次之，後人綴緝者殿末焉。遂依許氏，各分部類，不相間雜，易於檢討，遂題出處，用以甄別，仍於本字下直作字樣之釋，不爲隸古，取其便識。與今文正同者，惟目録之外，不復廣收。《切韻》《玉篇》，相承紕繆，體既煩冗，難繕牋毫，有所不知，蓋闕如也。

汗簡略敘目録

郭忠恕

《易》曰：上古結繩而治，後世聖人易之以書契，百官以理，萬民以察。○許氏《説文序》云：黄帝之史蒼頡。史亦云：史臣蒼頡、沮頌見鳥獸蹏跡之知分理之可相別異也。以其初作書，蓋類象形之謂之文，其後形聲相益即謂之字。字者，孳乳而寖多也。著于竹帛謂之書。書者，如也。以迄五帝三王之世，封乎太山者七十二代，靡有同焉。○《周禮》：八歲入小學，保氏掌養國子，教之六書。鄭氏注云：六書謂象形、指事、諧聲、轉注、假借、會意也。○許氏《説文序》云：周宣王太史史籀著《大篆》十五篇，與古文或同或異。至孔子書六經，左丘明述《春秋傳》，皆以古文，厥意可得而説也。其後諸侯力征，不統于王，惡禮樂之害己，而皆去其典籍。分爲七國，田疇異畝，車塗異軌，律法異令，衣冠異制，言語異聲，文字異形。秦始皇初兼天下，丞相李斯乃奏同之，罷其不與秦文合者。斯作《蒼頡篇》，中車令趙高作《爰歷篇》，太史胡毋敬作《博學篇》。難以《蒼頡》爲名[①]，皆取大篆省改，是謂小篆。○是時，秦燒滅經書，滌除舊典，大發隸卒，興役戍，官獄職繁務，初有隸書，以趨簡易，而古文由此絶矣。○《尚書序》曰：秦始皇滅先代典籍，焚書坑儒，天下學士，逃難解散，我先人用藏其家書于屋壁。又曰：至魯共王好治宫室，壞孔子舊宅以廣其居，於壁中得先人所藏古文虞夏商周之《書》及《傳》《論語》《孝經》，皆科斗文字云云。科斗書廢已久，時人無能知者。○許氏《説文序》云：古文壁中書者，魯共王壞孔子宅而得《□記》[②]《尚書》《春秋》《論語》《孝經》。又北平侯張蒼獻《春秋左傳》，郡國亦往往山川得鼎彝[③]，即前代之古文，皆□□□[④]，雖頗復見遠□[⑤]，其詳可得畧而説也。○《春

①難，當據文意改作“雖”。

②□，當據《説文序》補“禮”字。

③“山川”前當據《説文序》補“于”字。

④□□□，當據《説文序》補“自相似”三字。

⑤頗，當據《説文序》改作“叵”。□，當據《説文序》補“流”字。

秋後序》:太康元年三月,吴寇始平。余自江陵還襄陽,解甲休兵,乃申序杼舊意,脩成《春秋釋例》。及《經傳集解》始訖,會汲郡汲縣有□其界内舊冢者[①],大得古書,皆簡編科斗文字,發冢者不以爲意,往往散亂。科斗書久廢,推尋不能盡通。始者藏在祕府,余晚得見之。所記大凡七十五卷,雜碎怪妄,不可訓知。○杜氏《後序》:有《周易》上下篇,别有《陰陽説》,無《彖》《象》。《紀年編》起自夏商周三代王事,無諸國别也。時記晉魏國事、師春純集《左傳》卜筮事。晉史公云[②]:咸寧中,汲□人盗魏安釐王冢[③],得竹書十餘萬言,寫《春秋經》傳[④]、《易經》《論語》《夏書》《周書》《瑣語》《文曆》《梁丘藏》《穆天子傳》,《魏史》至安釐王二十年。其書隨世盡有變易,以成數體。衛□《説科斗者》[⑤]:漢代祕藏,希得見之。魏初傳古文者出於邯鄲淳。淳祖敬寫□《尚書》[⑥],後以示淳,不别[⑦]。至正始中,立三字石經,□□淳□[⑧]。科斗文之名[⑨],遂效其形。《□通古文説》云:嘉平四年[⑩],召諸儒定五經文字,刻石大學門外。○後漢中郎蔡邕寫三體六經,邪臣矯嫉。未盈一紀,尋有廢焉。○《北齊·江式傳》云:魏初博士清河張揖所著二字石經[⑪],於漢碑西書記也。○《隋·藝

①□,當據《春秋後序》補“發”字。

②“公”字衍,當删。

③□,當據臧琳校補所引補“郡”字。

④“傳”字衍,當删。

⑤衛□《説科斗者》,當據《晉書·衛恒傳》改作“衛恒《説科斗書》”。

⑥此句《晉書·衛恒傳》作“恒祖敬侯寫淳《尚書》”,當據改。

⑦“不别”前當據《晉書·衛恒傳》補“而淳”二字。

⑧此句當據《晉書·衛恒傳》作“轉失淳法”。

⑨“科斗”前當據《晉書·衛恒傳》補“因”字。

⑩嘉,當作“熹”。事見《後漢書·儒林傳》。

⑪二,當作“三”,事見《北史·江式傳》。

文志》云[①]：魏正始中，又有一字石經，相承以爲□經正字[②]。後魏之末，齊神武執政，自雒陽徙于鄴都。行至河陽，值岸傾，遂没其本，得至鄴者不盈大半。至隋開皇六年，又自鄴□京載入長安，置於祕書内省，議欲補立于國學。屬隋亂事寢，營造□司用爲柱礎[③]。貞觀中，祕書監魏徵始收聚之，十不一存，其承傳之本，猶存祕府。○韋述《西京記》云：貞觀中，祕書監魏徵參詳考驗蔡邕三字石經凡十數段，請於九成宫祕書監内置之，後天后移於著作院。臣按：唐開元五年得三字《春秋》。臣儀縫石經面題云"臣鍾紹京一十三紙"，又有"開元"字印、翰林院印，尾有許公蘇、名犯衛諱。梁公姚崇、昭文學士馬懷素、崇文學士褚無量列名，左金吾長史魏哲、左驍衛兵曹陸元悌、左司禦録事劉懷信、直祕書監王昭逸、陪戎副尉張善裝。至建中二年，知書樓直官賀幽奇、劉逸己等檢校，内寺伯宋游瓌、掖庭令茹蘭芳跋狀尾焉。其真本即太子賓客致仕馬孫上一字犯御名。家藏之。周顯德中，嗣太子借其本傳寫在焉。○《衛恒傳》：□魏安釐王冢[④]，得策書十餘万言。按敬侯所書，猶不髣髴[⑤]。所書具上法。古書亦有數種，其一卷《論楚事》者，最爲工妙，恒竊悦之，故竭愚思，以讚其美。不足以厠前賢之作，冀以存古人之象焉。故無别名，謂之"字勢"云。黄帝之史沮誦、蒼頡，眺彼鳥迹，始作書契，紀綱万事，垂法立制，帝典用宣，質文著世。文多不具録。○《孝經援神契》曰：奎主文章，蒼頡倣象，雒龜曜書，丹青垂萌畫字。宋均云："奎星屈曲相勾，似

①"《藝文志》"誤，當作"《經籍志》"。

②□，當據《隋書·經籍志》補"七"字。

③□，當據《隋書·經籍志》補"之"字。

④□，當據《晉書·衛恒傳》補"盜"字。

⑤不，當據《晉書·衛恒傳》改作"有"。

文字之畫。"《河圖》曰:黄帝游於洛,見鯉魚長三丈,青身無鱗,赤文成字。《易》曰:"河出圖,洛出書,聖人則之。"○《西京雜記》云:滕公駕至東都門,馬鳴,掊地不前。滕公懼,使隸卒掘之,入二尺,得石椁。公燭以照之,有銘。以水洗之,寫其文,左右莫識。使問叔孫通,曰:"科斗書也。"乃以今文寫之,曰:"佳城鬱鬱,三千年見白日。吁嗟,滕公居此室。"公曰:"天也。"其後遂葬焉。○劉敬叔《異苑》曰:湘東姚祖,太元末經衡山望岩下,數少年並執筆作書。祖謂是行旅休息,乃過。未經百步,其少年相與飛颺,遺一紙書,前數句古時字,後皆鳥迹。○酈元《水經》曰:臨淄人發古冢,得同一本作"桐"。棺槨,上隱起云:"齊六代孫胡公之棺。"唯三字是古,餘同今書。○張隱《文士傳》:束晳少游太學時,人有崧山下得竹簡一板,上有兩行科斗文字,莫有知者。張華問晳,曰:"漢明帝顯節陵策文也。"檢而驗之,皆伏博識。○《敘季札墓碑□文》:夫子篆季子墓,凡十字。臣曰:"嗚虖有吴延陵季子之墓。"歷代緜遠,其文殘缺;人勞應命,其石湮没。在昔開元中,玄宗勅□姓犯廟諱。仲雍模榻其本[1],尚可得而傳者。暨大暦十四年己未歲,潤州刺史蘭陵蕭定重刊於石。憲章遺範,以永將來。吴郡張從申記。○張廷珪《集古文篇》云:嘗於北邙石上有作古文書《毛詩·鴻雁篇》者,亦張、蔡之流,但不述姓氏。吾友李邕酷學歲餘,殊未彷彿。○郭元振《文集序》:嘗於故鄴城下得異劒,上有古文四字,云"請誒薛燭",因作《古劒歌》。○李士訓《記異》曰:大暦初,予帶經鉏瓜於灞水之上,得石函,中有絹素古文《孝經》一部,二十二章,壹阡捌伯桼拾弍言。初傳與李太白,白授當塗令李陽冰。陽冰盡通其法,上皇太子焉。○韓愈《科

①□仲雍,據唐重摹《吴季子墓銘》當作"殷仲容"。

斗書後記》云：愈叔父當大曆世，文詞獨行中朝。天下之欲銘述其先人功行取信來世者，咸歸韓氏。於時李陽冰獨能篆書，而同姓叔父擇木善八分，不問可知其人，不如是者不偁□□[①]，故三家傳子弟往來。貞元中，愈事董丞相幕府於汴州，識開封令服之。服之者，陽冰子，授予以其家科斗書《孝經》《衛宏官書》，兩部合一卷，愈寶畜之而不暇學。後來京師，爲四門博士，識歸公。歸公好古書，能通合之。愈曰："古書得據依，蓋可講。"因進其所有書屬歸氏。元和末，愈亟不獲讓，嗣爲銘文，薦道功德，思凡爲文辭，宜畧識字，因從歸公乞觀二部書，得之，留月餘。張籍令進士賀拔恕寫以留，蓋十得四五，而歸其書於歸氏。十一年六月日，右庶子韓愈記。

臣按：鳥迹科斗，通謂古文。歷代從俗，斯文患寡。目論臆斷，可得而聞。太史公曰："禮失求諸野。"古文猶不愈於野乎？亦下臣之志也。塵露雖微，山海不却。畧敘其事，集而次之。

汗簡後序

李直方

《汗簡》，郭宗正忠恕集成之後，儒家罕有得者，余訪之久矣。近聞祕閣新本乃集賢李公刊修，公名建中。公素居外任，稾草祕於巾箱中。大中祥符四年，罷西京留臺歸闕，果以此書示余。余謂公曰："結繩之後，倉頡、史籀製作以來，三王與

① □□，據《韓昌黎文集》當補"三服"二字。

霸國文字或有異同。始皇兼天下,李斯爲小篆,可謂至哉!而遭秦之所劫者,盡在此矣。"時五年正月九日也,余尚判步軍糧料。尋奉綸旨,主在京博易,兩司事務皆繁難,而句檢榷估之餘,得之摸寫,至三月二日方畢。雖筆迹駑弱,有愧於名賢,且樂善君子,必憫余留心於此道焉。天禧二年七月十七日,開封府判官虞部員外郎李直方述。

汗簡跋

鄭思肖

《汗簡》一編,乃郭忠恕所集,凡七十一家字蹟爲證,《古尚書》爲始,《石經》《説文》次之。觀其原委,深有自來。嗟乎!字學之始,始於蒼頡,無字之字,天真粲然;有字之字,筆法宛然。古無筆,筆於秦,至秦而小篆生矣。今人率皆遵小篆之法,不古之尚,而今之尚,流而愈流,忘本亦是。古人製字,良各有説,特後世莫知其故,傳之久而復久,不免有舛謬,竟喪其本真。《汗簡》之作,追古法於既泯,流新傳於無窮,郭公之功多矣。後之業字學者,可不知之?庚寅六月,所南鄭思肖爲山礀葉君題《汗簡》後。

汗簡付梓緣起

汪立名

郭宗正《汗簡》，見《宋史·藝文志》，與《佩觿》竝列。自夏英公《集古文韻》而下，凡小學之書，亡不援據，然其書恒不多見。若晁氏《讀書志》《直齋書録解題》及《崇文書目》，皆但載《佩觿》，而未有及此者。書缺簡脱，在當時藏弆家已如是，帷蓋縢囊之割散，不足歎也。近從秀水濳采堂朱氏獲見舊鈔本，凡六卷，後有《序目》一卷，編次古雅，不改許叔重始一終亥之序。嘗慨近今所行《説文》，綽以四聲，無復舊本面目，是猶引唐法讞漢獄，其不可必有辨者矣。是編不没，庶幾古小學之遺焉。錢唐汪立名梓諸家塾，而識厥緣起於端，因其謄寫工善，遂用原本鏤板。卷末有鄭所南跋尾一篇，竝仍之。康熙歲在昭陽汁洽涂月臘日。

以上清光緒十五年（1889）廣雅書局刻本

汗簡箋正

汗簡箋正序

鄭知同

先君子爲古篆籀之學,奉《説文》爲圭臬。恒苦後來溷亂許學,而僞託古文者二:在本書中有徐氏《新附》,在本書外有郭氏《汗簡》。世不深攷,漫爲所揜。自宋已還,咸偁《新附》爲《説文》,與許君正文比竝,已自誣惑。而《汗簡》尤若真古册書之遺,眴其奇侅者,至推爲"遭秦所劫,盡在於斯",而反命許書爲小篆,何其倒也!國朝書學昌明,小學家始寖覺二者之非古,然未有追窮根株,精加研覈,顯揭真雁所由來者。先君子有慨於是,自少壯輒致力潛探確求,所以推本詳證,各得所當,先成《説文攷附》,隨修《汗簡箋正》。以謂《新附》之蔽,不過舉漢後字加諸先秦,猶屬經典通行習用,識者辨其非古,求得本文則已,無佗誖也。《汗簡》之不經則異是,其歷采諸家,自《説文》《石經》而外,大抵好奇之輩影附詭託,務爲僻怪,以炫末俗。甚者有如《碧落文》《王庶子碑》《天臺經幢》《義雲切韻》《裴光遠集綴》等十數種,其骫骳之蹟,往往如出一轍。郭氏乃專信不疑,裦輯緐猥[1],不遺餘力。加之自爲裁制,求合所定偏旁,未免變易形體,以就己律,不必

① 裦,據文意改。

其出處有然。自我作古，於斯爲劇。即或本非俗造，舊有自來，而出世久傳譌，動成岐異。至有一文演爲數體，是類復了無決擇，前後差互疊出，更屬觸目榛蕪。其間偶有真書出許祭酒網羅之外，賴其箸録以存編中，正寥寥可指屈，初無補於全文之踳駮也。先君子所爲，抉其底蘊，爲之箋正，莫此數端最不可爲訓者矣。前咸豐壬子、癸丑間，大判辯駁已詳，唯徵實處或且缺略。旋遭世變，挾稿四方，未即畢功。同治初載，先君子年幾六十，倦於檢覈，爰命知同依例補葺。而寇禍未已，家書復半遭逆燬，仍屢作還輟。甲子季秋，先君子棄養。疾篤時治命諄諄，猶以是編爲切。遲至光緒己卯，客遊滬上，乃重得薛季宣所訓《僞古文尚書》、孫淵如《魏石經遺字攷》及金石各編，畢力推勘孄理，甫十九就緒。又閱八年，戊子，孝達張公總制粵中，開廣雅書局，知同幸與纂修。公亟屬先成是編，然後始末釐訂，畫歸一律，親摹其文，校讐無爽，一如傳本，付諸劂氏。夫乃歎述作之難如爾，而非我公之好古，慫恿其終，猶未易覩厥成也。其間儻有遺譏，則知同不敏，先君子無與焉。是冀達者理董將來，仍許君撰《説文》舊志云。己丑臘八日，男知同敬書。

清光緒十五年（1889）廣雅書局刻本

古文四聲韻

古文四聲韻自序

夏　竦

臣謹案:《尚書正義》曰:"科斗書,古文也,所謂倉頡本體,周所用之,以今所不識,是古人所爲,故名古文。形多頭麤尾細,腹狀團圓,似水蟲之科斗也。"《漢書·蓺文志》載《孝經》古孔氏一篇二十二章,學之者鮮矣。兩漢而下,蔡中郎刻《石經》,杜伯山得漆書《古文尚書》一卷,獨寶愛之。又汲郡安釐王塚壞,得竹策《古文春秋》,書楚事者最精。晉魏已降,隸習殆絶。唐正元中,李陽冰子、開封令服之有家傳古《孝經》及漢衛宏《官書》,兩部合一卷,授之韓愈。愈識歸公,歸公好古,能解之,因遺歸公。又有自項羽妾墓中得古文《孝經》,亦云渭上耕者所獲。其次有右補闕衛包勒修《三方記》於雲臺觀,瞿令問刻《窊罇銘》於營道,及天台山司馬天師漆書《道德經》上下篇幢。龍德中,羅浮道士厲山木重寫其本,藏之天台玉霄藏。聖宋有天下,四海會同,太學博士、周之宗正丞郭忠恕首編《汗簡》,究古文之根本。文館學士句中正刻《孝經》,字體精博。西臺李建中總貫此學,頗爲該洽。翰林、少府監丞王維恭寫讀古文,筆力尤善。殆今好事者,傳識古文科斗字也。臣逮事先聖,久備史官,祥符中,郡國所上古器,多有科斗文。深懼顧問不通,以忝厥職,繇是師資先達,博訪遺逸,斷碑蠹簡，搜求殆徧，積年踰紀，篆籒方該。自嗟其勞，慮有散墜，遂集前後所獲古體文字，準唐《切韻》，分爲四聲，庶令後學易於討閱。仍條其所出，傳信于世，字有闕者，更俟同志相續補綴。此者伏遇體天法道欽文聰武聖神孝德皇帝陛下，緝熙百度，宣精六藝，法唐堯之稽古，邁商宗之典學，多能攸縱，小善不遺，猥錫宸旨，特令進御。臣久役廢書，積憂傷目，數四校讎，尚虞舛誤，干冒宸扆，伏增惶越。慶曆四年二月二十四日，推誠保德翊戴功臣、開府儀同三司、行吏部尚書、知亳州軍州事、管内河堤勸農使兼管句本州駐泊軍馬公事、開治溝洫河道事、上柱國、九江郡開國公、食邑捌阡肆百户、食實封貳阡陸伯户，臣夏竦謹序進。

古文四聲韻跋

汪啟淑

右夏英公竦《古文四聲韻》五卷，西陂宋氏所藏，汲古閣影宋抄也。友人曲阜桂未谷馥持以示余，愛不忍釋，遂付開雕。按《汗簡》所得古文凡七十一家，是本《標目》凡九十八家，而《馬日磾集》既重出，又有《馬田碑》，疑即“日磾”之譌。既有《庾儼集》，又有庾儼《字書》；既有《演説文》，又有《庾儼演説文》；林氏《廣金石韻府》作《庾儼演説》，而無“文”字。既有《石經》，又有《蔡邕石經》；既有《滕公墓銘》，又有《石槨文》。《韻府》作《滕公石槨》。而《夏書》《古案經》二種，韻中不載。《汗簡》“凌歊臺”，此作“凌壇臺”；《韻府》作“靈壇臺”。“李尚隱”作“商隱”；《唐書》二人俱有傳，不言其著是書。郭知元《字略》作

“采箋”。《汗簡》注作“朱箋”,《韻府》乃作“彩箋”。凡此皆傳寫之異。又有後人闌入者,如首卷“宗”字下有《己酉方彝》,“龙”字下有《龙敦》《龙生鼎》,“諆”字下有《分甯鐘》,“旂”字下有《截敦》,“歸”字下有《大風歌》。四卷“降”字下有《師㡯敦》,“虹”字下有《王氏錠》,“内”字下有《大風歌》。五卷“得”字下有《大風歌》。不見於《目》,今並削去。是書出於《汗簡》,林氏《韻府》又出是書,三本點畫微有異同,余不敢以檮昧之見,妄有是非,謹存其舊,以竢好古君子考焉。抄本於英公序闕百數十字,則未谷從其友人處見《永樂大典》校本,因借抄補入。蓋是書校讐之力,未谷佽我良多云。乾隆己亥夏六月,古歙汪啟淑書。

古文四聲韻題記

羅振玉

郭氏《汗簡》、夏英公《古文四聲韻》,並爲考究魏晉以後所謂古文之要書,蓋古文遷變之迹,由此可上溯許書及古彝器銘,沿流以得源。顧此二書並刊于汪氏一隅艸堂,而《古文四聲韻》流傳至罕。巴陵方氏刻于廣州者,近亦難得。爰取汪刻原本影印,以傳藝林。蓋予求之四十年而甫得之。乙丑冬,松翁署題並記。

以上清光緒八年(1882)碧琳瑯館刻本

篆學測解

篆學測解前序

馬　衍

《篆學測解》者，韓子學聖人之道于《大易》之門，閔文義之有亂，作之以俟學者取證之書也。蓋聖人之道本於文，象數之分合，天地之文也，著而爲物；人心之知，能成物之物也，發而爲言。人言物名，不可得而分，合焉而人文肇焉矣。然人之有言，出口聲消，無跡可留，又何以通遠邇之睹聞？故係之以字，書諸册而文乃明。《易》曰："文明以止，人文也。"是則天地有文，天地不能自明，待人而後明也。故字生於文，而字復成文。文合理，字會義，言通乎理義，意見於文字，如是可謂至矣。聖人以爲書不盡言，言不盡意，謂徒文字之不足盡意也，乃立象以盡意，係辭以盡言，使人徵辭以象，徵象以辭，而後聖人之意可見。是以羲皇作圖於上，文周係辭於下，象辭立而天人交，圖書作而文明開，爲書册之祖。至矣盡矣，蔑以加矣！此聖人之道垂千古而昭然耳目，爲生民之聞見者也。舍是而求聖人之道，是閉目而求視，揜耳而求聽也，倍道遠矣。故文有象數之文焉，有書册之文焉。不知象數之文，而欲通書册之文，失其譜諜，而欲正其宗枝，定其嫡庶，我不知也。是以文與人並傳則道傳，人亡則文爲空言，至紕繆而莫知辨矣。慨自孟子既没，傳道無人，斯文遂喪。迄今二千年來，趨時之士，困於制科，安於訓詁，不知所學；博古之士，昧于象數，溺于典故，罔求自得。由是動逞臆説，互争膚見，間有以豪傑自命者，不安于所聞，奮起洗發，不得其門，亦終牽于故習，狃于鄙近，立説無據，欲治謬而益謬，欲正譌而愈譌。六經未亡，聖言不湮，而斯民之耳目無所睹聞矣。猶日月麗天，雲霧翳之；雷霆震地，飛礮亂之。使天下之人，縱目而視，張耳而聽，竟以雲霧爲日月，飛礮爲雷霆矣，可不閔哉？韓子閔之，乃據物以觀，有形有象，本諸形以求文，本諸象以求義，析字而文顯，合文而義見，謬者格之，譌者辨之，參之亟人之徒，考之《説文》諸家，彙説成書，是非並存，人已具在，名曰《測解》，以俟學者取證于斯，自求而自得焉。韓子之用心，勤矣大矣。嗚呼！自圖書譌而文義亂，文義亂而人心惑，而世事壞，世事壞而異端起，異端起而聖人之道亡矣。書册爲苞苴，文義爲糞土也久矣。今之學者，無志於道則已，苟有志于道，讀古人之書，不知古人之意，求之訓詁，不本于字義，考之《説文》，無當于人心，反諸自心，未愜于理義。絶去理義不通于事物，追本事物致疑于天地，窮極天地迷惑于俗説，徬徨無所據，飄泊無所安，得韓子《測解》而證之，因字義以見形象，見形象以見物，見物求知，知知辨物，由辨物以入《大易》之門，極天地人之至文，以觀書册之文，猷揭雲霧而見日月，斥飛礮而聞雷霆矣，豈不快哉？由是而親覩古人之象，得古人之意，出諸言語，發諸事業，施諸政教，異端息而庶民興，挈此世還三代，不難矣。《測解》之作，其有功于聖人之道，豈小小哉？吾故曰："韓子之用心，大矣勤矣。"衍也生於患難，于世無所嗜而竊有志于道，困俗説之多岐，罔知適從。幸龍見于天都，易學重光，親承旨要，清原于象數，知書册之係重正委于字義。苦六書之未覈，常欲更定其説，盡一得之愚，以輔讀書求道之士，而力有未逮，亦常商之于韓子，而韓子有《測解》之作，不啻若己出之，因樂而爲之序。磐莊畸人馬衍。

篆學測解開雕識

韓　峀

《篆學測解》三十卷，五世叔祖君望公所著，秀水朱氏謂訓釋考源，足證《説文長箋》之謬。君望公當甲申鼎革之際，抗志高蹈，隱於陽山以終，著作大半散佚。是書吾祖從書肆購歸，幸卷佚完善，吾父屢欲付梓，苦無校勘者，是以久藏篋衍。丙子冬，峀奉諱歸里，適遇夏子鷟溪精於二篆，就原本釐核繕寫，折衷於伯兄，督率校訂，及付剞劂，皆五七弟任之。於戊寅秋開雕，至庚辰夏告竣。傳播藝林，以垂永久，庶慰祖父拳拳先澤之意云。時庚辰八月，五世姪孫峀謹識。

篆學測解後序

夏學禮

篆學根柢，原於六書。六書者，爲義理之淵海，經典之舟車，不特嫻書者宜考其筆畫，而讀書者亦當尋其義理也。是集爲前明君望韓公所著，彙列代六書之説，而參以己意，故名曰《測解》。其間考證羣經，發前人所未發，洵足爲儒林寶貴，因卷帙頗多，向未有刊本。桂舲大司寇，其五世姪孫也，博雅嗜古,闡揚先澤,屬禮校録,捐貲鋟剜。禮不揣固陋,重爲纂訂,以付棗梨。爰誌數語,附於卷末。時嘉慶二十有五年歲次庚辰夏六月中澣,後學夏學禮謹跋。

以上清嘉慶二十五年(1820)韓對刻本

韻府古篆彙選

韻府古篆彙選序

項繼甲

字學之不古也，世道之趨於今而然也，不有好古者，其何能返？遡自皇初，氣膜然，物孩然，風厚龎而道醇白，且不知爲古，亦安知有今？迨圖畫肇開，而史頡效象觀跡，天爲雨粟，鬼爲夜哭，書契攸刱，萬物竇啟，此正古之古者也。然其間如軒轅垂露，顓頊蝌蚪，高密鐘鼎，代各有異，旨趨則一。即至周籀石鼓，秦斯玉箸，程之隸，王之八分，雖體勢殊，而厥義猶罔失，此正今之古者也。嗣後愈趨愈變，乃爲近體。劉德升、史游輩復爲行艸，唐衛包更作楷，雜以俚俗，則人習簡易，古文蕩然澌滅殆盡，此正今之不古者也。古王者省方，文有不同者，協而同之。《周禮·地官·保氏》亦以六書教國子，漢唐試士，嘗以書爲進退，字學之重如此。故《説文》《正韻》等書皆詳明訓注，何邇時問奇者寡也？人第知字學之不講，弊止在字學，而不知字學與世道相升降也。今欲正字學，莫先於審提綱，讀偏旁，而後正譌可辨，形意可識。繇此以及大小篆，則古文之意，犂然具在矣。武林陳子嘉謀已先得是意而爲之。且嘉謀素以好古稱，龍穗鸞龜，靡所不究，間彙諸篆，酌量其中，凡可去者去之，可存者存之，偕二子及其徒，攷訂有年，總期於芟舛歸正，因命名曰《韻府古篆彙選》。求之前刻,未有明備若斯者。乃欲授諸梨棗,以質諸四方,因問序於予。予曰:"世道之必返於古也,自嘉謀之此編始。"時康熙壬子季春,回浦項繼甲木公父題。

韻府古篆彙選敘

陳　晉

穗籀魚書,覩規型於往哲;鼉文鶴字,盛藻績于中區。銀鉤彩焕,縹緗家擅石渠之儲;玉軸光浮,天藻人窺芸閣之藏。西京以來,鴻章大備,發竹簡於宫垣,咸知則效;鐫五經于璧水,群識像範。顧沿襲既久,漸失前軌;即攷證多方,尚迷故轍。遺編侵蝕,無殊石鼓之文;古碣摧殘,易致金根之誤。篆法之弊,有由來矣。虎林家嘉謀者,蚤年握管輒重當時,壯歲登壇編搜往籍。摩勒焚膏,夜月掩孫生之户;披尋按譜,春風垂董氏之帷。既弘覽諸家,亥豕悉辨;復博綜古法,帝虎無訛。非特墨妙一時,良可楷模百世。臨右軍之池,不數燕披蠆勁;夢江郎之筆,居然鳳峙龍騫。雞肆國門,懸千金而莫易;名山石室,宜什襲以珍笥。爰綴數言,列諸簡首,授彼剞人,用垂不朽云爾。康熙壬子仲春上浣之吉,會稽宗弟晉太士氏題并書。

韻府古篆彙選序

吴雲法曇

史籀制大篆，李斯造小篆，是大小篆所以權輿也。大篆之文世罕學之，小篆之文歷世學之，讀書者豈可不傳習也哉？先師東皋嘗嗜篆文，東渡之日，齎《古篆彙選》來干崎港于水府，常並座右臨寂遺言，獻大護法。西山源公公曰是有益之書。且東皋將來也，不可不傳于世，因命京師書鋪柳枝軒方道，未逾年而梓成。公命序於予，予謂先師，禪者而携之，殆違宗風。雖然，古曰實際理也。不去一塵萬行門中，不捨一法文字海中，遊戲三昧，何不可之有？時元禄十年歲在丁丑臘月穀旦，天德吴雲法曇謹識。

以上日本元禄十年（1697）柳枝軒刻本

古字彙編

古字彙編序

李棠馥

周鼎商彝,人欽其寶。若時器美麗,非不炫然敚目,率鄙夷之,謂非三代以上法物,不足貴也。好古之儒,先民是程,其於字學亦然。夫字昉自倉頡,雨粟泣鬼,後變而爲篆,爲隸,爲楷,爲行書、草書,厥體不一。於維昭代同文之化,四海從風,凡制作大章,悉宗楷書,點畫聲音,家傳户習,幾類布帛菽粟之常。迺操觚家爲古文詞,間用古字,一二時流,無不按劍固難,爲淺見寡晉道也。楊雄時,好學之士往往載酒問奇,豈云標異以崇古也?余自諸生時,下帷閲《篇海》《字彙》諸書,考正體韻,凡古文、籀文及本字相同未經習見者,輒手録拈出,久而盈帙,題曰《古字彙編》,藏之笥中有年矣。歸山以來,纂有《韻畧》,已行於世。余弟復請以是帙付梓,曰:"是即藝圃之鼎彝也,烏可令日久飵蠹,負當年手録雅意乎?"因詳爲考訂,分韻編輯,爰命災梨,以公諸好古君子。康熙四年乙巳春三月吉,韓山主人李棠馥識。

清康熙四年(1665)李棠馞刻本

隸　釋

隸釋自序

洪　适

秦燔書廢古訓，而官獄多事，乃令下杜人程邈作小篆，而邈復獻隸書，所以施之徒隸，趨簡易也，亦曰佐書。漢魏之際，蔡邕、鍾繇、梁鵠、邯鄲淳俱有書名，後魏酈道元注《水經》漢碑之竝川者，始見其書，蓋數十百餘，陵遷谷變，火焚風剥，至宣、政和間，已亡其什八。本朝歐陽公、趙明誠好藏金石刻，漢隸之著録者，歐陽氏七十五卷，趙氏多歐陽九十三卷，而闕其六。自中原戹於兵，南北壤斷，遺刻秏矣。予三十年訪求，尚闕趙録四之一，而近歲新出者亦三十餘，趙蓋未見也。既法其字爲之韻，復辨其字爲之釋，使學隸者藉書以讀碑，則歷歷在目，而咀味菁華，亦翰墨之一助。唯老子、張公神、費鳳三數碑有撰人名氏，若華山亭爲衛覬之文，見于它説者財一二爾。其文或險而難解、澀而太鑿者，譬之紀甗、郜鼎，皆三代斸存之器，其剥缺不成章，與魏初之文數篇附于後，如斷圭殘璧，亦可寶。自劉熹、賈逵已下，字畫不足取者皆不著。乾道三年正月八日，鄱陽洪适景伯序。

隸釋跋

吾　進

宋丞相番易洪文惠公耽耆隸古，會稡漢刻，區别五種書，譯其文，曰《隸釋》，繼此以往曰《隸續》，毛舉數字曰《隸纘》，倚聲而彙之曰《隸韻》，見於扁顔各肖其形曰《隸圖》。《醳》弍十七卷，《續》弍十弍卷，《纘》十卷，《韻》七卷，《圖》三卷。自《醳》以下，世罕流傳，《續》琴川毛氏本尚少弍卷，而闕譌孔多。《纘》見吾家《學古編》，刻石會稽蓬萊閣。《韻》見晁氏《讀書志》，錢遵王有其半。《圖》見於《隸續》，而傳摹失真。獨此弍十七卷秩然不紊。余既鈔得《集古》《金石》二《録》三千卷之目，又得此百八十九之文，奚啻象犀珠玉之外，網得珊瑚木難云。大未吾進繕校并識。

隸釋跋

汪日秀

右《隸釋》二十七卷，宋丞相洪文惠公适景伯氏所著也。上自建武，迄於黄初青龍，而以典午所刊張平子一碑殿之。自劉熹、賈逵以下，悉棄不録。徵引辨證，視歐陽、趙氏兩書尤爲精覈，篤古之士，珍如球璧。特是書易隸爲楷，轉寫至易譌舛。又漢人作隸，往往好假借通用，或加或省，或變或行，奇古譎怪，中雜篆籀，不知者妄加改竄，愈失鄱陽之舊。每一展卷，真有若玉局所云如箝在口者也。余從金閶借得傳是樓鈔本，悉心讎勘，較之明季鏤版，大相逕庭，於《馮緄碑》補三十字，《孫叔敖碑》補三十八字，《武梁祠堂記》補十二字，《四老神坐神祚机》增入"綺里季"一行。至《武梁碑》明刻脱去碑文，止存其末數語及銘文，而誤以《武斑碑》釋文闌入，又缺其後一段。《魏公卿上尊號奏》及《受禪表》二碑前後互相錯簡，並一一爲之釐定增補。復以《隸韻字原》《石墨鐫華》《金薤琳琅》諸書參攷得失，偏旁點畫，尤多所訂正。其無可據依者，悉仍其故，以示傳疑之意。雖不能無毫髮遺恨，然於盤洲老人盱衡擊節、輟食罷寢之苦心，或庶幾表章萬一云爾。歲在彊圉作噩壯月上澣，錢塘汪日秀跋。

隸釋跋

洪汝奎

《隸釋》《隸續》二書，金石家奉爲圭臬，惜宋槧不可得。浙西唐君敦甫所藏舊鈔本，亦非完帙，因取樓松書屋汪氏本摹刻，并將士禮居《隸釋刊誤》一册附焉。海内博雅好古之士，倘爲蒐訪宋槧，郵寄見示，當復醵金別鐫，以廣其傳。又婁氏彦發《漢隸字原》六卷，可與是書相輔而行，亦將謀諸同志者刊布之。晦木齋主人謹識。

以上清同治十年（1871）皖南洪氏晦木齋刻樓松書屋汪氏本

汪本隸釋刊誤

汪本隸釋刊誤自序

黄丕烈

洪文惠《隸釋》廿七卷,相傳徐髯仙有宋槧本,甚精妙,後歸毛青城載還蜀中,此《讀書敏求記》云。然是宋槧本也,是翁亦未之見也。今行世者,僅錢塘汪氏新刻本而已。乾隆甲寅歲,予得崑山葉文莊六世孫九來所藏舊抄本,闕第四、第五、第六三卷。今年秋,借貞節居袁氏所有抄本補全,復借周香嚴家隆慶四年錢氏抄本勘正,其本皆十行廿字,與元泰定乙丑槧七卷《隸續》同,而遇宋諱處則缺畫,蓋依宋槧本所抄也。爰偕顧子千里訂諸本之異同,取婁彦發《字源》爲證,惟葉本最多吻合。乃知文惠原書字體纖悉依碑,而汪本則失之遠也。摘記千有餘條,刊其誤,遂刻以貽留心東漢文字者。又明萬曆戊子有王雲鷺刻本,實汪本所自出,點畫之訛,每昉于此。而汪本轉有正其舛、補其脱者,故置不復論。葉本亦間與《字源》不同,詳觀筆札,不甚精妙,或尚非宋槧本之比。倘欲使文惠所云費目力於此書不少者,盡還舊觀,則惟髯仙故物,一旦復出,當有此愉快矣。嘉慶丁巳十一月二日,吴縣黄丕烈序。

汪本隸釋刊誤後序

黄丕烈

右皆汪本之失，今據葉本爲之刊誤。凡葉本與字源合者，雖同此一字，不過偏傍點畫稍涉歧異，必爲標舉。蓋觀文惠擬《急就》之作，知其最用意於此，校是書，自不容不爾矣。又如“莢、英；儿、几；鄴、鄴；皐、皐；自、自；卲、即”之類，既截然兩字，而區别但在分豪，此之不謹，將大有妨文害義者，故不辭泥一筆一畫以求之。至于《石門頌》“䩉䑀”之爲“輔服”、《婁壽碑》“不可營以禄”之爲“榮”、《唐公房碑》“天下莫之”，下有所增加，類是不知者謬用改易，而後人乃以咎此書釋碑爲未審，是誤之爲弊，且足以上累文惠，又何可不亟亟刊之？廿一日黄丕烈後序。

汪本隸釋刊誤序

段玉裁

小學必兼考漢隸，以爲古文籀篆之左證。許氏之造《説文》也，主小篆，而參之以古文大篆，其所爲解説十三萬三千四百餘字，未嘗廢隸書也。考漢隸者，至宋洪文惠而大備，顧文惠書户藏一編，而傳鈔新刻，魚豕日兹。凡言音言義之書，有譌字尚可據理正之，此書專載字形，其譌者則終古承譌而已矣。吾友黄君紹武曰：“是談經史所必資，弗正之，是爲小學妨害也。"因取所藏崑山葉氏舊本勘正。今錢塘汪氏刻本，一畫之異，必謹識之，不猒其詳。葉本異汪刻者，往往與宋婁氏《漢隸字源》合，是知葉本之善也。洪氏、婁氏書時多誤讀，如《孔彪碑》"永永無沂"，"沂"即"垠"字，而讀爲"涯"。《陳球後碑》"嫣淅繼虞"，"淅"即"滿"字，讀爲"汭"。《唐扶頌》"捬搥難化"，"捬搥"即"拔扈"，詳《集韻》末、姥二韻。而云"音布户"之類，蓋於六書音義未深之故。黄君種學績文，寢食於古，又所購古籍，足供醞釀，行且補正洪、婁之缺失，而其他校正之書且盡出，以就正當代，是可喜也。嘉慶三年正月三日，金壇段玉裁書於姑蘇白蓮涇之枝園。

汪本隸釋刊誤序

錢大昕

予嘗讀《漢隸字原·入聲·一屋部》"遾"字下云："《費鳳别碑》：'虚白駒以丨。'義作逐。"心甚疑之。竊謂"遾"當是"遯"字，蓋用《白駒詩》"勉尔遯思"之文。《費碑》："元懿守謙虚，白駒以遾阻。"兩句皆五言。婁氏以"虚、白"連文，似失其讀，且誤"遯"爲"逐"矣。今黄君論婁氏短于音訓，可謂先得我心也。丁巳嘉平月八日，竹汀居士錢大昕讀於紫陽書院之春風亭。

汪本隸釋刊誤跋

顧廣圻

黄君既刊汪本《隸釋》之誤，而命予爲之文以發之。予因紬繹洪氏書，以爲婁彦發之有功是書，不惟與舊本合也。如尤韻有“𣑁”字，注云：“《韓勑脩孔廟後碑》‘四方土𣑁’，今作‘梁’。”小韻有“𣱱”字，注卅：“此《羊竇道碑》‘𣱱弱得過’字也，今作‘水’。”陽韻有“梁”字，注云：“《羊竇道碑》‘故吏粱汜’，蓋姓也，字却从‘米’，今作‘梁’。”旨韻有“厎”字，注四一：“此《唐扶頌》‘厎究㪅奧’字也，今作‘底’。”皆韻有“褱”字，注五五：“此《鄭固碑》‘褱冉季之政事’字也，今作‘襄’。”勘韻有“探”字，注八九：“此《陳球後碑》‘探精極微’字也，今作‘㨉’。”耕韻有‘𤣷’字，注九二：“此《孫根碑》‘子養□岷’字也，今作‘珉’。”屋韻有“𩣕”字，注九四：“此《魏元丕碑》‘轉𩣕’字也，今作‘𩣕’。”真韻有“賓”字，注百卅八：“此《石經尚書》‘予維四方罔攸賓’字也，今作‘責’。”線韻有“援”字，注百六八：“此《州輔碑》‘援立聖主’字也，今作‘愋’。”而尤韻又有注五八之“𥬇”字在《王純碑》，今作“笑”。漾韻有注百七六之“兼”字，爲《故吏殘題名》“常兼”，今作“荒”。舊本無不譌矣，得《字原》乃正之。至若《白石神君碑》“猶自抱損”，“抱”當是“挹”，《荀子·宥坐》《説苑·敬慎》“挹而損之”，《韓詩外傳》作“抑”，即此字。《石經尚書》“道出于不詳”，“道”當是“遒”，即《爾雅》“酋，終也”，故孔作“終”。《造橋碑》“單甫牧英不忍戰”，“牧英”當是“杖莢”，杖莢事詳《詩·緜》正義。《武梁祠像》“衛將軍”，“衛”當是“齊”，事見《列女·節義·魯義姑姊傳》。此類竊疑洪氏原書亦不如此，而舊本概然，當是傳寫已譌耳。今黄君此書，意在復舊本面目，有他説而不涉舊本，則弗及也。閒嘗與予論文惠密于考史而疏于證經，彦發長于體勢而短于音訓，均有待於後人更爲補治。予因謂正當發其疑、正其讀，彙爲一編，而并條繫件綴其所以意校定者於下，其於東漢文字，不彌有功耶？故輒書所管見於後，以俟黄君是正焉。元和顧廣圻跋。

以上清同治十年（1871）皖南洪氏晦木齋刻樓松書屋汪氏本

隸　續

隸續跋

喻良能

右淳熙《隸續》，觀使大觀文番陽公所撰也。公頃帥越，嘗會稡漢隸一百八十九爲二十七卷，曰《隸釋續》，有得者列之十卷，曰《隸續》。既墨于版，亦已詳矣，猶以爲未也，復冥搜旁取，又得六十有五爲九卷，所謂毫髪無遺恨者。書成，下示門下士良能。良能既得之，敬白安撫大資吴興公。公一見大喜，謂可開覺後學，乃命鏤之堅梓，以侈其傳。噫嘻！番陽公之好古，吴興公之樂善，俱極其至，槩之古人，可謂無媿也已。淳熙六年八月十七日，承議郎特添差通判紹興軍府事，喻良能謹題。

清同治十年（1871）皖南洪氏晦木齋刻樓松書屋汪氏本

漢隸字源

漢隸字源序

洪景盧

《漢隸字源》六帙，檇李婁君彦發所輯也。其書甚清，其抒意甚勇，其考賾甚精，其立説甚當，其沾丐後學甚篤。凡見諸石刻，若壺鼎刀鏡、盆槃洗甓，著録者三百有九，起東京建武，訖鴻都建安，殆二百年，濫觴于魏者，僅卅而一。光和骨立，開元贔屓，點畫之鑪錘，法度之宎奥，假借之同而異，發縱之簡而古，合蔡中郎諸人，筆力通神之妙，皆聚此編。憶吾兄文惠公，自壯至老，躭癖弗懈，嘗區别爲五種書：曰《釋》、曰《纘》、曰《韻》、曰《圖》、曰《續》。四者備矣，唯《韻》書不成，以爲蠹竭目力，於摹寫至難，𧶠旦旦而求之，字字而倣之，雖衆史堵廧，孫甥魚貫，不堪替一筆也。功之弗就，使獲覩是書，且悉循其《隸釋》次第，志之所厎，不謀而同，正應慺然起立，興不得並時之歎。彦發曩歲有《班馬字類》，突過諸家漢史之學，予嘗序之矣。今此帙刊於高明臺，方通守吾州，朱墨鮮暇，趣了官事，竟輒蕭然一室中，厮輿側睨，但見其放策欠伸，搔頭揩眼，而用心獨苦之狀，固所不克知。彦發泝學有原委，工詞章，身端行治，名最三吴，而諸公貴人不解收拾，使周鼎斡棄與康瓠等。予頃備侍從，承清問於燕間，宣昭聲光，宜不辤費，顧亦不能一出諸口。心焉負愧，聊復再暢敘以自釋云。慶元三年十二月朔旦，野處洪景盧序。

清光緒三年（1877）歸安姚氏咫尺齋刻本

漢隸分韻

漢隸分韻序

張　璉

字學之不講,久矣。今考之《隸釋序》,漢魏來幾若人可知已。《水經》謂王次仲變倉頡舊文爲隸,或云即程邈於雲陽增損者。柱史李石疊子西甫迺購善本,臨刻於上谷,字惟舊而遒勁過之,落點星垂,摧鋒劍折,昔人之贊,曷多謝焉。意者次仲上谷人,嘗翮化,無迺默相之邪? 抑亦柱史之篤好,曠百世而神之也? 子西夙好古,不獨字爲然,類求者當自有得矣。嘉靖庚寅冬十有一月丁未,沮涯張璉識。

刻漢隸分韻後序

李宗樞

書之有隸,自秦始也,有漢君子則之,詹乎其極也,是以後世宗焉。《漢隸分韻》刻矣,而傳弗廣,廣之斯刻之矣。李宗樞曰:書,藝也;藝,術之彣也;彣,禮之著也。是故君子之學藝以究彣,文以止禮,而道幾焉,惟藝也乎哉? 夫是可以志學已。明嘉靖庚寅歲長至日,秦中李宗樞書。大清乾隆甲子歲秋日，甬東萬承天臨。

漢隸分韻序

胡德琳

秦以奏事繁多，篆字難成，即令隸人佐書，曰隸字。魏晉而下，猶以隸字難成，更趨便捷，乃用正書，因謂正書爲隸書，而以秦漢之隸爲八分。去古漸遠，漢人之筆法，唐人不能。自宋而下，學者且不識古字，并唐人之八分亦不能矣。幸有洪氏《隸釋》，而隸書賴以不亡。又古碑日就漫漶淹没，幸有婁氏《字源》及國朝顧氏《隸辨》，而隸法因之不墜焉。自宋及今，善隸者惟我朝爲特盛，如南海譚漢、東吴顧苓、金陵鄭簠、秀水朱竹垞、蘆墟陸虔翁，皆昭昭在人耳目者。而九沙萬先生，獨以其隸雄視浙東，變化如烟雲，縱横若風雨，自成一家，即古人亦當退避三舍矣。歲在壬辰，先生文孫臨清州邠初使君以其尊人訥菴先生重臨李氏《漢隸分韻》，屬余爲序。李氏蓋亦因《隸釋》《字源》而爲之者也，又得老手重臨，精神結構，漢人之面目爲之别開，洵爲隸法之津梁，而學者之規矩也。夫婁氏書有毛氏刊本，而板不知所在，其書甚少難得，若能與此書合刻，廣其流傳，以嘉惠後人，是所望於好古之君子也。而余更有請者，州人周君之恒隸書見賞於竹垞太史，其遺跡流傳者，應亦不乏。使君雅尚，必有鑒藏，未知能波及否？桂林書巢甫胡德琳謹序。

漢隸分韻序

施養浩

《漢隸分韻》一書,據《原序》,但謂杜史李子西者刻於上谷,年月繫明嘉靖庚寅冬,《後序》更草草。按其前後體製,較之玉淵堂所刻顧南原《隸辨》,規模頗相似,然顧詆之不遺餘力。今《分韻》原刻既無從得見,想自古文人相輕,有不必盡信者乎?鄉先生九沙萬公優游林下之日,以隸書爲臨池家所宗仰,《分隸》偶存之,刻已行於世,今其文孫郊初復以是刻詢序於余。考其顛末,乃知藏稿之始,固由先生之嗜古,而臨摹成册,則長君石梁公也;重寫付梓,則季君近蓬公也。郊初於賢勞之暇,加以校讐刊印,從容投贈,即書道一端,而先生家學之繼繼承承,閱三世如一日,可不謂藝林中佳話也哉?矧其字畫姸美,攷據精覈,俾余輩明窗净几,盥手而披覽焉,抑何幸歟!乾隆壬辰重陽後一日,錢湖施養浩識。

刻漢隸分韻跋

萬緜前

《漢隸分韻》一書,明嘉靖間李杜史子西臨刻上谷,彙文釋義,爲篆隸之津梁,顧年遠殘闕,舊刻絶少。先王父九沙公博綜圖籍,藏有原本,畀先君子臨池檢閲,奉爲楷模。緜前髫齔時隨侍几席,先君子日課數行,並許録一通以賜,心竊誌之不忘。先君子嗜古不輟，公餘即事翰墨。甲子歲需次京邸，録就此册，分爲上中下三卷，郵寄緜前。謹裝潢成帙，藏之篋衍，已三十年矣。竊慮手澤沈没，謀付梓人，公諸海内。叔父近蓬公珍惜遺墨，重事臨摹，宛然先君子筆意。刻既成，仍藏弆録本，俾世世子孫守之勿失云。乾隆壬辰年秋九月，男緜前百拜謹識。

漢隸分韻序

盛百二

四明萬訥菴先生所臨《漢隸分韻》，字畫極精妙，令嗣邠初使君刻於臨清，前有嘉靖庚寅沮涯張漣序，云："柱史李石壘子西甫購善本臨刻於上谷。"初不詳爲何人撰。又有李宗樞後序，益無考據。余曾兩見舊本，頗極蒼古，前後并無序，其爲原本耶？爲子西臨本耶？不得而知。及檢明周王孫朱灌甫《萬卷堂書目》，撰人迺田氏汝耔也。然《隸釋序》云："既法其字爲之韻，復辨其文爲之釋。"似洪氏原有《分韻》一書。田乃集碑録及諸家之説以益之，當必有自序，惜不可得見矣。汝耔字勤甫，祥符人，宏治乙丑進士，官至湖廣副使。所著有《周易纂義》《律吕會通》、《采葑》《歸田》二集。乾隆三十八年癸巳三月三日，秀水後學盛百二秦川識。

以上清乾隆三十八年（1773）九沙萬氏刻本

隸　辨

隸辨自序

顧藹吉

《隸辨》之作，竊爲解經作也，字不辨則經不解，古文邈矣。漢人傳經，多用隸寫，變隸爲楷，益失本真。及唐開元易以俗字，名儒病其蕪累。余因收集漢碑，間得刊正經文，《虞書》"大鹿"舊本無林，《泰卦》"包巟"後人加艸，《鄭風》"摻執"即爲"操執"，《穀梁》"壬臣"當作"王臣"，若斯之類，取益頗多。後於北海孫氏見中郎《石經》殘碑，《經典釋文》所云"本又作"者，皆碑中字也。退古崇時，相仍已久，學者在今日得復鴻都之舊，亦難矣，矧躐而上之哉？於是鋭志精思，采摭漢碑所有字，以爲解經之助。有不備者，求之《漢隸字原》，準以《説文》，辨其正變，或省或加，靡不兼載，譌者非之，疑者闕之。從古文奇字及假借通用者，隨字附之。下注碑名，並録碑語，羣書有證，則引爲據，恐生眩惑，不憚辭繁，類以四聲，便於討閲。碑字出自手摹，諦審無差。《字原》乃多錯謬，"舩、舩；再、再"，體或不分；"血、皿；朋、多"，形常莫别。悉從《隸釋》《隸續》，詳碑定字，指摘無餘。别有《漢隸分韻》，字既乖離，迹更醜惡，所弗取也。復依《説文》次第，纂偏傍五百四十字，括其樞要。又列敘諸碑之目，折中《分隸》之説，各爲之攷，以彰信析疑。筆法傳授，雖云茫昧，而規矩可師，亦綴篇末。竭其愚才，積三十年之久，然後成書，統爲八卷。所撰經疑，於兹按攬，藏諸家塾，貽我後人。世有同志，亦無隱焉。長洲顧藹吉序。

重鋟隸辨序

黄 晟

古文奇字大篆後，隸書與小篆互幟於秦。漢和帝時，賈魴撰《滂喜篇》，以《蒼頡》爲上篇，《訓纂》爲中篇，《滂喜》爲下篇，所謂《三蒼》也，字悉從隸，隸緣兹廣。逮中郎暨鍾氏父子、逸少等，各擅法妙，人争俎豆焉。世遠，碑碣銘表，雲流星散，千佰什一之傳。予素嗜頡、籀、斯、邈數家學，望洋却步，蓋亦有年。頃見玉淵堂所鋟顧南原先生《隸辨》一書，體廣釋詳，譌證贋訂，一以解經識字爲宗，承先啟後攸繫，洵熙朝鴻制也。顧行世未幾，褫龍忌刦，間有藏是集者，珍如和璧隋珠，什襲罕發，俾生同時，而有有幸有不幸之歎。不揣固陋，取原本重校，點畫波牽，枯藤驚虵，模合符節。鳩工歲餘，全帙告竣。雖不敢於是書炫功，而南原先生稽古之厚力，玉淵主人壽世之深心，不致不没如綫者，抑亦藝學之一助也夫。乾隆癸亥孟夏月，天都黄晟序。

以上清康熙五十七年（1718）秀水項絪玉淵堂刻本

隸法彙纂

隸法彙纂序

項懷述

隸書肇造自秦,通行於漢,漢人傳經及碑版之文,多用隸寫。秦隸去篆未遠,意主簡易,不爲體勢,至漢則分間羅行,規旋矩折,抑揚俯仰,備具匠心,魏晉以降,隸變而真。鍾元常雅擅三體,銘石之書,用隸者雖稱最妙,而世所傳《宣示》《戎輅》《力命》諸帖,悉所謂章程書,即今正書也。唐人分書極學漢人,第其體勢稍欠高古。櫟下生謂漢隸至唐已卑弱,宋元其法亡矣。明文衡山諸君稍振之,逮國朝而漢隸之法乃大顯。王良常又謂谷口專以漢法號召天下,其實僅得漢人之一體,自謂不墮其霧中。良常以書名世,隸固非擅場也。漢隸存者,賴有漢碑。顧南原氏作《隸辨》八卷,謂爲解經之助,所載碑字,準以《説文》,辨其正變,謁者非之,疑者闕之,考據精詳,隸釋諸家,咸有未及。南原工繆篆,善八分,碑字皆出手摹,點畫無失漢隸準則,於兹略備。近今學者,好尚丰姿,用筆輕易,恒失古人莊重之體,其反是者,則務求方板,不用中鋒,絶無俯仰揖讓之度,揆之漢人,胥成兩失。至若附會穿鑿,習爲譎詭,以炫異矜奇,此爲妄作,不足復道。學者誠得《南原》是書而討究之,尚有典刑,猶不失中郎虎賁之似。其書本吾家澹齋氏鋟本,板藏鑾江羣玉山房。乾隆庚申，印氏不戒於火，家所藏書盡燬，是板亦靡孑遺。澹齋在時，頗珍秘是書，不輕發印。計刊自戊戌，距庚申僅二十有三年而板燬，故流行不多，印本皆精好。後廣陵黄氏重爲翻刻，欲廣其傳，而精善不及原板。書賈每抽去後序，冀充贋鼎，識者恒鑒别之，用是原本益貴，購者彌難。余自幼習此，歷今垂五十年。奚囊所至，必載以從，因欲爲初學俾便檢閲，爰照《康熙字典》從今體部分法，另爲分編，註從簡約，省去繁文。又原書第六卷，依許氏《説文》纂偏旁五百四十字，今亦止依《字典》偏旁，彙其書法，而以假借通用之字附見各字下者，不厭重複，録集一卷，以備參稽。其原書七、八卷中所載諸碑目攷及折中分隸諸説，原本具在，兹不復鈔。是稿凡以三易，粗得成書，卷雖有十，計其頁數不及三之一焉。意在取法，故名之曰《隸法彙纂》。至若學者體骨雄異，力在字中，縹緲縱横，神遊象外，此則昔人所云翰墨功多，自臻妙境耳。書成，爲序始末於編首。乾隆四十五年歲在庚子仲冬月，古歙項懷述撰。

清乾隆四十五年（1780）序刻本

草韻辨體

御製草韻辨體序

朱翊鈞

朕惟繩契既遠，篆隸斯興，中古變通，趨于簡易，繇是草書出矣。溯其體式，昉自史游，章草之名，擅長漢代。胤是張芝草書，衛瓘槀草，羲、獻今草小草，蔡襄散草，咸稟規哲匠，復鑄新模，而旭、素者流，直入神品。代有作者，炳烺至今。斯並文藻之鴻英，觚翰之絶藝也。朕夙懷好古，雅嗜工書，每于萬微之暇，繙閱法書，心慕手追，以自娛悦。閒得先朝中書官郭諶所輯《草韻辨體》，自漢迄元，諸體略備，韻以字繫，字以類從，旁箋主名，用便披覽。爰命善書者重加摹寫，付之鐫刻。朕觀其霞舒雲卷，璧合珠聯，貫六轡于翰塗，匯萬派于筆海，俾歲歷緜曖而手蹟如新，條流紛糅而體製則一，自有草書已來，此其總萃矣。夫字稱心畫，學繇心悟，故唐文皇心正氣和之言，柳公權心正筆正之諫，超厥形象，獨窺玄微，玩之有餘味焉。若欲如翰卿墨客，搦管濡毫，臨池染練，據往跡而求肖，工小技以役神，則非朕志也。是爲序。萬曆十二年二月□日。

御製草韻辨體跋

朱翊鈞

《草韻辨體》一書，朕既命摹刻禁中，時加披覽，大都字以韻分，體隨人別，凡結搆異同，折旋向背，各昉其意而爲之。如圖史繪形，隨物肖象，略存神采，尚有典刑，誠墨林之遺軌，草聖之模楷也。嗟乎！秦漢事繁，書檄章奏，多用隸草，以從簡易。今海内同文，外史書名所掌，非《洪武正韻》弗遵，要以應變從宜，臨文急就，草書之用，于治官察民均有裨焉。總之，不離古法者近是。藉令師心匠意，槼矱弗遵，則無爲貴法矣。朕輯此編，豈直爲游藝之資，儻亦治察之一助乎？是用書諸末簡，以諭朕志如此。萬曆十二年二月□日。

敬書草韻辨體後

閔夢得

季弟齊伋三訂六經既竣事，於是恭摹神宗皇帝御製二篇及《草韻辨體》，並六經以流通。乃告之曰：國朝璽書章奏，崇尚楷法，故草書不行於上下之交，然漢唐嘗用之矣。章草緣漢帝獲名，而唐文皇諸手勑，迄今爛焉。覽者想見當時君臣相與之際，此神祖所爲心慕手追，而繼以天語之煌煌也。蓋自蒼頡創爲古文五百四十字，一變而爲篆，再變而爲隸，三變而爲草，草與篆隸合而楷出焉。至唐天寶三載，詔集賢學士衛包作楷書，而楷之名始定，即今《洪武正韻》之書法也。繇此言之，草固楷之本矣，知楷而不知草，猶治末而舍其本矣。篆則有許氏《説文》、《六書故》《六書統》等書，隸則有《漢隸分韻》《佐書韻編》等書，楷尤多類。至於草之爲書，備四聲而具各體者，前此蓋未之見。神祖特命摹鍥而表章之，以垂於世，其探本之意乎？於以補千古之闕，而昭示來學於無窮，顧不偉歟？頃於燕市購得善本，時用展翫，多所發矇，每見夫矜莊之意多，而超縱之神斂，其諸呈覽御前，不敢騁其筆思歟？抑辨體之書，槼法爲重，而出入變化，固在搦管者自得之也？予季筆性既凡，臨池無素，是役也，也能依樣云爾。惜也前輩善書如文徵仲、祝希哲，皆先數十年而不及見，使其見之，必有可觀也。今固不乏如文如祝者，倘有意乎操鉛槧而請事，所欣願也。崇禎癸酉九月念有一日，光禄大夫、太子太保、協理京營戎政、兵部尚書、蒙恩予告，臣閔夢得謹識。

以上1941年吴興丁藹菴影印本

正草字典

正草字典自序

潘廷侯

艸書始於漢，盛於晉，晉而下，代有作者。雖各隨其性，欲便以爲姿。然細加體察，總不出乎規矩準繩之外。有若一二奇怪，乃於同中偶異，非故爲奇怪以欺世。迨草書不講此道，遂不可問。余以手腕不靈，學而未能。及奉命知浮山，謂境甚僻，余亦仰遵功令，力圖安静，與民休息，毫無事事，因徧借郡内諸舊家名帖臨，積《正艸字典》一册，以課子姪。其面骨縱未髣髴乎前人，而執使用轉之法並未敢雜以己意。一日至明倫堂，同諸生論字，見諸生中草書每多信手成形，擱筆少久，即本人亦莫能辨，遂出前册列之，衆皆悦服，懇求入石。余以爲余字固不堪入石，設入石矣，寒士又何能有捶搨粧潢之力，勉付諸梓。公之諸生中留心艸書者，非敢以知書自徇也，是序。康熙十九年庚申孟春之吉寧遠潘廷侯書於晉之浮山縣署。

1922年上海掃葉山房鉛印本

摭古遺文

摭古遺文自敘

李　登

士好古者，嘗撫卷而思，歎往者之不及，顧古人之精藴，寄諸後世，可追蹟者，往往散在六藝，而或格於風會之流，或復爾雅之所不及。若夫由埶之游，識古人之心之藴者，殆莫近乎書。顧古書之遺，未嘗一日廢於後世，而後世未嘗一日用古人之書。自篆而分，自分而隸，若江河之趨，不可復返。後世工書者，常以篆籀之文正隸書之失，然愚竊以隸書不足戾古人之意，而戾古人之意者，自篆籀始，何則？隸書云者，以供官府徒隸云爾，其正書自在也，乃如篆籀，則變古之文矣。夫六書肇於象形，雖不正方，如化工之造物，自然生動。至於篆籀，義取謹嚴，如日體本圓，乃以方書，失日之形矣。人有肩有足，乃以直書，失人之形矣，推此類殆過半。雖然，其繁者不裁，簡者不益，猶未甚失。肆及小篆，一務方嚴整匀，而古人生動自然之意盡矣。其幸存而未泯者，有鐘鼎在。鐘鼎寫諸鎔鑄，故趨省簡，或至已甚，而古之遺意具存，則秦火之所不能燔，而篆隸之所不能變也。惜夫十存其一，散在諸器，與古之散在諸書者，如晨星落落，不可盡考。愚嘗以不達隸書之故，質諸古文。聞昔人所輯，有杜從古《古文韻》、劉楚《鐘鼎韻》，顧家貧無由購得其書，嘗從積書之家，不羞丐貸，積而録之。所録有三：曰異於今文，而最有義意可尋者；曰同於今文，而字畫簡玅者；曰別出今文之外，亦有義存焉者。此類出秦漢人者未可知，亦異於古文，在人自識。所不録有四：曰同於小篆者，曰過於繁密者，曰奇衺不可究詰者，曰所得已重簡去其小異者，録稍多從愚新定私韻爲帙，圖易檢也。嗟夫！世於隸書，習而不察，何論篆籀？籀不察，何論古文？乃姚允吉氏索翫不置至是，復偕王崑石氏鋟之梓。允吉又補余所未備，以公諸同好，斯其好古之懿爲何如者？緣厥祖鴻臚秋澗公、厥考太學白門公世稱博雅，余且逮厥弟孝廉允初暨崐石氏並稱世誼，是宜其賞識若此。噫！世豈無賞如姚氏者哉？時萬曆甲午孟夏上元，如真生李登書於冶城真寓。

摭古遺文敘

姚履旋

《摭古遺文》二卷，如真李先生所輯也。自古今文變，篆隸名更，人緣習而生信，世隔往而起疑，遂使雨粟之瑞，竟落荒唐；渡豕之訛，屢成迷謬。即或言者有能鈎玄，而聞者反云造響。詎獨淺見之膚受，要亦奥旨之罕傳，致使雲臺石鼓，汗簡鼎銘，多覯已難，誰據辨旃？故繪事者喜于畫鬼，謂鬼之鮮見而人易欺，儻有能辨畫鬼之非鬼者，豈非至人乎？李先生于古文進于是矣，因形識義，因義格非，如[illegible]本羆也，而以爲能；[illegible]本慨也，而以爲愛，其形似之誤有如此者。[illegible]，汧也，而作牽；[illegible]，投也，而作頭；[illegible]，戡也，而作龕；[illegible]，乘也，而作勝，其聲似之誤有如此者。垚，三土也，而從士；[illegible]，潮水也，而釋朝,其增損之誤有如此者。[illegible],上聲也;[illegible],上聲也,而並附于平,其分韻之誤有如此者。[illegible]是妄而非忘,[illegible]是宬而非誠,[illegible]是啄而非涿,[illegible]非賴,[illegible]非驗,[illegible]非福,其偏旁之誤有如此者。[illegible]即創,[illegible]即釗,而均以爲割;[illegible]不曰談而曰閲,[illegible]不曰死而曰伊,[illegible]不曰鬲而曰曆,其訓詁之誤有如此者。紊類蘩多,不可枚舉。先生縷縷辨之,聞者每爲三倒。至于去取之由,具敷篇首,用使積蒙頓發,遐軌攸昭,□覽靈章,恍遊窔古,不亦偉哉? 茂先識博,叔夜解奇,方兹褊矣。余從先生質疑,自幸沃聞至論,因宣其旨若此。李君鳴鄉聞而疑曰:“若是則觀止矣,子且何以增爲?”答曰:“亶非增也,即先生意也。先生恐往迹之久湮,而流之終誤也,而姑舉其一隅。余因以一隅之隅證之,遺不盡于斯編,則遺之遺亦不盡于所增。有能會通者,于古文書若旦莫遇之也,此摭與增之解已。”鳴鄉欣然信之,遂共校而壽之梓。凡乩古者,尚涉斯津。萬曆癸卯夏日,姚履旋撰。

以上明萬曆二十二年(1594)姚履旋等刻本

古文字彙

古文字彙敘

洪啟宇

《周官·大司徒》用禮樂射御書數之物教天下以藝事，所謂書者，古文是已。夫古文刱於倉頡，弎代以上無不共之，而及夫子删《詩》《書》，述《禮》《樂》，作《春秋》，書之簡册，以訓後世，則亦用是文，蓋折衷群聖，立百王不易之典則者，莫如夫子之盛，而獨於古文，因而不改，是知古彣固天墜自然之灋象，而特假手於聖神爲爾，所謂雖甚盛德，蔑以加之者也。降至秦氏用衡石自程，日有所不暇給，乃使隸人程邈變篆作楷，要以取便於簿書注記之用，由是天下之書靡靡然日趨於簡省，而古文之至法遂亡，悲夫！余生于標季，性好古文，遍閲諸篆家，殆累千百本而定其去就。惟《岣嶁》《石鼓》之刻最爲極則，而若許眘、徐鉉、陽冰、師古之流，雖以大家自名，然其取灋近，不足選也。獨吾東許穆者，嘗潛心于鳥跡科斗，寫成古文韻律，其體法高古，深得作者之真跡，實篆學之上乘也。余猶嫌其字類之不廣，乃忘其僭率，遂据楷字字彙而就書之，周一歲而功始訖，其灋自弌畫至十六畫，列二百部統弎萬八千七百二十五字，或一字而數篆、一字而十餘篆，至五六十篆，每卷首爲一圖，俾覽者易考以知，名之曰《古文字彙》，其體則本諸韻律，參諸《金石韻》《篆字彙》，而其它盤盂尊彝之銘，山碑海碣之文，無不采取，自秦八書以下，則皆斥而不與，人或譏其太古不適時宜，然凡人之作爲，必欲以古先聖爲範，則獨於書奚不取六藝之舊，而反取於徒隸之賤乎？此余所以篤信而不自疑云。歲戊申陽後之月，唐城洪大叔甫題。

古文字彙序

安重觀

夫古之人文，經緯天地，實與日星雲漢之華、河岳金璞之美，交敷互宣，錯成其章。所謂人文者，禮樂、制度、文章、字書之屬是也。此皆元古聖神以其首出之智，目天地自然之法象而刱爲之，用垂百代不刊之典則，豈後世思慮之精、手目之巧所能及哉？世日下，道亦日苟，人各矜其小慧，競爲便利之啚，則如古禮樂之物，皆已侵蝕無餘，而至於字體書勢，亦日月浸化，分隸行草，紛然以出，則軒頡之遺法，幾乎泯矣。是則三極之文，惟天地自如，而人則缺焉。苟非玄通之識，專篤之力，其孰能修其敝而復于初哉？雖然，三季以還，道不在上而屬於布衣，布衣之力不足以行之，而獨可以明之也。故宋之朱文公蓋嘗訓釋經子，纂成典禮，固已發揮其人文之大者，而獨於字書未嘗是正，蓋有所不屑焉尔。然六藝之教，書居其一，一字之訛，流害千古，則其不可以小道而忽之也亦明矣。南陽洪君啟宇，性喜書，徧工六體，尤嗜最初古文，由是博求古今名篆數千家，究極其變，而訂其得失。謂吾東許穆者，其法獨傳鳥書之本真，深有以取之，然惜其所書不廣，不能盡天下之字類，則遂取世所見行《楷字字彙》一帙，按其部分之次而删去若干，用古文䙡書之。蓋既完而編爲六卷，名之曰《古文字彙》，仍自敍其所爲甚詳，而且列凡例于後，俾覽者不疑焉，其用志與力，可謂專而勤矣。其所取法，固本許書，參以諸家之長，然神化所極，獨與古初相周旋，直掃秦漢以來纖巧苟簡之陋，雖謂之補六藝之闕，而與有功於人文，殆非過也。嗟夫！一元之運難窮，而消息有數，聖人之作不作，未可知也。倘作焉，而復修人文之盛，以配天地之英華，則固宜首及於文，公所發揮諸經，舉以措之無遺，而若洪君六卷之書，亦得以見采，必不以地遐物微而廢之也，不亦盛乎！今姑刻之貞石，藏于名山，以待其時可矣。洪君其珍之哉！珍之哉！己酉正月戊辰，興州安重觀敍。

以上清稿本

六朝別字記

六朝別字記序

胡　澍

蒼頡作書，依類象形謂之文，其後形聲相益謂之字，是以許氏《説文》字不滿萬，而重文至一千有奇。矧由篆而隸，由隸而今體，世代緜亘，變更滋緐，苟昧原流，曷由通貫？蓋嘗綜覽歷代碑版，知文字之變，多由隸書，南北朝漸趨今體，更變尤甚，時值喪亂，文不畫一，猥拙詭戾，緣此而興。顔之推《家訓》所舉“百念爲憂，言反爲變，不用爲罷，追來爲歸，更生爲蘇，先人爲老”之類，當世盛行，後代未革。故北魏江式，後周趙文深，唐顔師古、張參、唐玄度等，咸鋭意釐正，力求整齊，其於字體，不爲無功。然而漢魏以來，聲音假借之義隔矣。夫鄉壁虚造，宜亟刊定。若點畫少變，無偝六書，因時制宜，君子不廢。且其臨文施用，恒關通假，聲近聲轉，十居五六，使概斥爲鄙俗，罷其不經，則弇陋之失，先自蹈之。同歲生趙氏撝叔，少爲金石之學，多見漢魏以來碑刻，其作隸書，有延熹、建甯遺意，今體純乎魏、齊，又深明古人文字通轉之旨，因剌取六朝別字，依類排比，疏通證明，使學者知由篆而隸，而今體遞變之故，更由今體而上溯隸篆，以得聲音文字之原。屬藁初就，出以相示，爲撮其大較如左。好學深思，心知其意者，諒無譏焉。同治三年十一月甲子，績谿胡澍序于都門。

六朝别字記弁言

凌　虛

世俗以字之誤書誤讀者謂之别字，弄麞伏獵，此類是也。不知别字之稱，其來已久。《漢志》有《别字》十三篇，《後漢書·儒林傳》：“讖書非聖人所作，其中多近鄙别字。”又《宋景文手記》謂北齊時里俗多作僞字，其所謂僞字，即别字也。然頗有古字可通，適與暗合者，是以好古耆奇之士，每喜其新異而取之，亦足以備參攷焉。若夫六朝碑版本屬無多，造象流傳，大抵出石工之手，點畫偏旁隨意增損，怪誕紕繆，觸目皆然，固不能盡以六書繩之耳。即如造象之中“區、軀”二字，二字本通，《釋名》云：“軀，區也。”厥狀至夥。《王妙暉造象》作“[illegible]”，《僧資造象》作“[illegible]”，《趙阿歡造象》作“[illegible]”，《天和四年造象》作“[illegible]”，《紀僧諮造象》作“軀”，《清信女楊造象》作“軀”，《元甯造象》作“塸”，《路文助造象》作“鏂”，《曹績生造象》作“傴”，《郭于猛造象》作“摳”，聊舉其一，以列其餘，則其變態不窮可知矣。至唐《崔懷儉造象》則又作“[illegible]”，是乃沿波逐流，變之又變者也。吾友撝叔大令嘗有《六朝别字記》之作，曩未寓目，逮君歸道山，喆嗣武子始以稿本排類編寫，暇時出眎，屬爲弁言。按嘉慶時階州邢澍嘗爲《金石文字辨異》，以碑字之别體者分四聲韻，以類相從，自漢迄唐而止。撝叔此作，則專收六朝，其體例亦與邢書小異，而其足資考證，用心一焉。武子擬付梓人，爰書數語歸之。光緒丁亥四月，凌虛。

六朝别字記跋

趙能壽

先君子經術湛深，兼邃於金石之學，古碑拓本收藏甚富。同治初元，曾撰《續寰宇訪碑録》，刊行於世。治經之暇，嘗摘取六朝碑版中之别裁僞體，援引《説文》，附以箋釋，乃成斯記。記甫脱艸，凡例未定，遽尔棄養，寶存行笥，迄未付梓。今年中表親馮君公慶索閲遺箸，檢出是藳，謂與其另繕副本，鐫以木版，反失其真，毋寧用泰西攝影法照以石印，並存手澤，乃浼商務印書館承其役。書成，謹跋數言，以誌緣起。己未年三月清明日，長男趙能壽謹跋。

以上1929年上海商務印書館再版影印手寫本

合併字學篇韻便覽

合併篇韻字學便覽引證

徐　孝

一、聲音由於自然，如平聲梳書之音，生申之音，商山之音，中迍之音，分別自然也。至於生升一音，森深一音，詩師一音，鄒舟一音，舉世皆以《韻圖》重見，析爲二音。但言一音者，則有舌音不清之誚，通不知此由宕攝莊瘡不應入章昌開口同篇，更兼燕冀重濁，乖於正齒，以致諸篇效尤此例，故有抵腭點齒之説，以惑於人，歸於精一之母者，亦有之矣。謂以淄爲資，以鄒爲諏之類，豈不謬乎？當以《韻圖》删併，《洪武韻》師詩二字可考。又言淄支之音，居近者呼聲輕，點齒自然也；居遠者呼聲重，未必不抵腭也。不但《洪武韻》師詩二字可考，較之《經史直音》内緇錙字俱音支之字者是也。其理若不剖判明白，則是釁端仍復啟於後世矣。其吴無、椀晚、玩萬、悟勿之類，母雖居二三音，實爲一味，不當分别而分别也。或曰："脣、牙、喉三音，安得而爲一乎？"不然，此乃器異金同之象，今併於影母領率，《洪武韻》惟微二字可考，其三等仍立微母無形，以存輕脣之音。其清入聲穀質類乎去聲顧至之類，而不究濁入聲長音，皆以入聲爲短音，由是往往又分别於一音者是也。若以爲執，不但謬訛於千里，亦且枉誤於萬世之學者矣。

一、或言王忘非一音者，因王往旺在《韻圖》無形之中，學者經代難於通變，致以王往作陽養者亦有之矣。通不知惟獨之惟與精微之微相併，《洪武韻》可考，已明惟字既入於微，則王字豈可不入於忘乎？

一、訂等韻。夫等韻者，謂以一音而領率衆字，如内雷、所打、而哈之字，乃有形正音，而未考以入韻者。如淄支、展盞、生升、鄒舟之字，既成一音而又析爲二音者，如荅合、渴擦之字，係二音共居一聲，未免泥於後世者，豈足以爲等韻之理乎？合當移平换入，以收世音。先訂等韻，使無雷同拗韻，檢篇切韻，則不難矣。或曰："古今文章平仄已成，爾今移平换入，其謬已甚。"不然，四聲分析音韻而已。沈約創爲平仄之設，其不知入聲亦有隱互於平聲者。更兼詩人忽畧於長短之别，雖盡其美，而未盡其善也。切以入聲乃四聲之末，似去非去，似平非平，互相混雜。今特分爲清濁，以胡霞時扶乃濁平，其斛匣石伏乃濁入，俱歸如聲之内。又以動杜旱薺乃濁上，其穀質篤卓乃清入，俱歸去聲之内。倘高明論其泥没入聲者，其噥□鏋顢等乃清平，共一百四十八音，其鑿孿賊薄乃濁入，共一百六十音，若不移平换入，則此二項之音何以着落？譬如屋上之瓦，仰覆貫串，各歸其隴也。所以不避疑論而添通用時俗之音，並無删削入聲之説。今之所作，原爲尋字簡便，非敢擅易詩家之格式也。先時蒙我太祖高皇帝聖諭："韻學起於江左，殊失正音，卿等當廣詢通音韻者重刊訂之。"奈乎當事修書者奉行未到，高皇帝之聖心，安能補於盛世乎？憶昔韻首，歷代增減，屢屢而失當，今重訂僅足百韻，載載而得宜。聲韻之總，均布四停，無少偏倚，字母删繁等派，雖併無少差謬，與天地合德，與鬼神無欺，較之惑世誣民之説，尚且歷代崇信，今所更定，既合車書文軌，則未必不爲盛世立教之小補云。孝所以立此《便覽引證來歷》一册,識者先觀此義,則韻學始末了然在心,知孝之不謬也。金臺布衣徐孝謹呈。

刻合併字學篇韻便覽序

沈一貫

六書以來,四聲始别,家隱侯以爲可獨枡千古者也。宋司馬温公輔理之暇,亦嘗留神,切而攝之,寧第隱侯。較之《説文》《玉篇》諸作,檗可掩棄,洋洋備已。我皇祖右文,手裁正韻,視昔不無分合之殊,而聖謨巍蕩,稟於壹尊,總非先代儒臣所能彷彿其萬一者。余謂五方雜揉,聲氣異宜,前隨于喁,天籟自取,胡可比而一切,爲不必然之拘一也。金石非一質,絲竹非一器,五音定而後清濁高下無相奸律。於以召神人之和,來天地之應,詎曰小補。隱侯詳於訂屬,皇祖大於編摹,斯亦今古考鏡之林哉!張侯以世室之胄,對覽翰墨,編采韻學,諸家覃精極慮,擬議作者,字有子母,聲有清濁,部有分攝,辨有中外,開卷而如列眉,竟篇而若觀火,繁簡適宜,貫串詳悉,可謂登堂入奥者矣。侯固嫺韜鈐,孜孜於黄石白猿之略。方今四郊無壘,溟海不波,侯遂婆娑藝圃,豈弟徵侯之賢?要以見宇宙太和,聖代休明,家操觚而户殺青,郁郁周文,於今再睹。余老矣,無能爲矣,其以雕蟲争雄長也。然因乞骸旅邸,猥得從所請。嗟乎!侯之苦心,雖知之而不能盡,請竢夫來者。光禄大夫、柱國、少傅兼太子太傅、吏部尚書、中極殿大學士、知制誥、經筵日講事、國史玉牒總裁、四明沈一貫撰。

合併字學篇韻便覽序

蕭大亨

惠安張公鐫《合併字學篇韻便覽》一書,凡三易梓矣。其書共若干卷,韻則統之以母,子則别之以部,共若干字。其考訂於《正韻》《玉篇》等書若干集,其旁搜廣詢於博雅諸君子者,又不知更若干手而書始就,因命之曰《合併字學篇韻便覽》云。刻竣以示余,屬余敘之。予竊謂張公此梓足以垂不朽矣。何者?古上未有書契,至皇頡始制字,而天迺雨粟,鬼迺夜哭。夫字而僅以鳥跡,視之直兒戲等耳,何所與天地之撰、神明之德,而遽能令雨粟鬼哭,若斯之顯靈輝赫耶。蓋字者跡也,而所以字則道也。天地非道則不能運,帝王非道則無以治,聖賢非道無以教。生人之類非有道焉以牖之,則貿之焉,孰知所謂君臣、父子、夫婦、昆弟、朋友也者,而舉世悉入於禽獸。然則道固天下萬世之所不可一日廢,而亦造化之所不能終祕焉而不洩者也。但造化不能自洩之,而寄其精於皇頡,皇頡又不能無所藉以洩之,而寄其精於字,則字雖出乎人之手成,而實天地鬼神之所默佐之而成者也。二儀之所以奠位,三光之所以照臨,九垓八埏之内,大而綱常倫紀,小而事物細微,莫不秩乎有序,井乎不紊,而上下以治以安。夫孰非藉字以玅其用,而天安得不雨粟,而鬼安得不夜哭耶?故以跡求字則字輕,固顓蒙者之所日用而不知其功;而以聖人之精藴求字,則一點一畫皆道之所以儲其玅,而不可令其錯亂而莫之辨也。今之字敝且緟矣,韻兹舛矣。則《合併》一書,正所以上承古聖之制作,而下開萬世之羣蒙。張公或不自以爲功，而天下之功莫大於是。昔韓退之稱鄒孟軻氏之闢楊墨，以爲其功不在禹下，予亦謂《合併》之梓，其功亦不在皇頡下。故此梓不朽，則張公亦與之同不朽矣，於是乎序。

萬曆戊申朱明之孟，賜進士第、光禄大夫、柱國、少傅兼太子太傅、兵部尚書，前刑部尚書、總督宣大山西軍務兼理糧餉、太子太保、兵部尚書兼考察院左副都御史、東岱蕭大亨謹識。

合併字學篇韻便覽序

張元善

不佞善叨席先世弓裘，眇然於人間世作一冠裳丈夫子，歷春秋六十有六載矣。憶念昔者，蚤失怙恃，訓違義方，未窺鄒魯藩籬，詎識淵源家學。及壯，所事事非圜獵之塲，則劍戟之術耳。嗣後長犹在抱，始自怨自艾。吾即不能如先喆以穀貽孫子，而令其空空一無知識，猶然泯泯無聞也，寧惟是父道有虧，而於先世弓裘幾替矣。遂下帷發憤，力攻載籍。然愚魯之質，本於性成，師説而惑意，得似而遺真。其於編摹經史，若渺泛滄流而不諳涯涘，若雜陳鍾石而莫識宫商，卒於聖賢之道懵如也。余因維天地之大，鬼神之幽，古今之變，事物之賾，莫不有名，而微字莫辯其名；字各成形，而微聲莫窮其形。故形，母也；聲，子也，天下豈有無母之子。肆求子者，必歸諸母，而後知所從出。羲畫頡書，爲萬世文字之祖，無容置喙矣。漢、齊、梁、唐，間代有作者，如許慎著《説文》，而下至《玉篇》諸書，而形有類；如沈約作《四聲》，而至《唐韻》《廣韻》諸書，而聲有類。大抵類形者，主母統子而不類聲，類聲者主子該母而不類形，雖美而未盡也。宋司馬光創爲《指掌清濁二十圖譜》而立爲三十六母以取切，而字有攝，元之安西劉士明則編有《經史直音切韻指南全書》，二君蓋彙前書而兼得之者也。第篇中形之相類者雜於他部，聲之相協者散在別音，雖爝火無傷於大明，而微塵纖埃，豈金鏡所宜有哉？余暇時涉獵諸書，日與通曉字義者互相闡發，稍知《篇》《韻》。於是博訪韻軒徐子暨諸名士之工於《篇》《韻》者，殫精抽思，遡流窮源，删昔一十六攝爲十三攝，改三十六母爲二十二母。令母必統於攝，聲必屬於母，分攝宜而子母定。又删昔之四百四十四部，改爲二百一部，形之相類者總歸一部，聲之相協者總屬一音，去繁就簡，舉約該博。且其中清濁高下之攸分，動静開合之各當，訣術有歌，款段有例，開卷而覩指歸，竟篇而了大義。不敢謂前無往古，後無來今，而諸説之長，一得之愚，畢罄於此矣。是書之作，長犹甫離抱，迄於今二十載而成。間嘗置兒膝前，相爲授受。適承侍御余公、孔公訪余林下，出是書折衷之，二公輒爲嘉與，欲鋟諸梓，以廣其傳。第恐管窺蠡測，徒爲木災，不敢付之剞劂，乃辱二公過爲誇許，又不敢不付之剞劂。卷帙既畢，爰就殺青。宇内同志君子，儻鑒余之衷，矜余之辛，置帙齋頭，而賜一臣矚也，惟命；儻曰雕蟲小技，不列大方，取而覆諸瓿也，亦惟命。是爲序。萬曆丙午孟夏之吉，惠安伯永城張元善譔。

合併字學篇韻便覽記

張元善

余居閒無事，輒留心字學，粤稽《洪武正韻》《韻學集成》，足洗近代沿習之陋，寓内人士，翕然知所歸嚮，其盛典也。但初學者難於檢尋，尋之不得，則貿貿焉莫知所之。豈知奥玅之理，自有統宗之處。余因尋字有參差不一者，遂與徐子校正，使之各歸其隴，猶之有領挈而衣自整，綱舉而目自張。其註文亦簡便明白，未必非初學者之一助云。若曰文理深奥，則有前人之作在。今細觀此合併引證來歷，誠爲極當。反復思維，若將《來歷》入于序後，恐看者不便。莫若將此《引證》另訂一書，使人開卷知其合併始末，庶免起疑惑之心，而不致紛紛辯論也。特進榮禄大夫、柱國、惠安伯、永城張元善考證。

以上明萬曆三十四年（1606）永城張元善校刊本

文字發凡

文字發凡敘

龍志澤

人世合羣之第一要,曰語言文字。未有文字,先有語言。然言語者,可以羣今人之義,而於我生之前,我生之後者難及也。言語者,可以羣晤談之意,而於萬夫之前、遐方之衆者無效也,則文字尚焉。文字者,所以濟語言之窮,傳之遠方,行諸悠久,而人世認爲通情最便之物也。於是明達之徒,審語言之輕重長短、高下急徐,定爲文字虚實配合貫連之制,而文法生焉。頒於學校,行於草野,使能言者無不能識字,識字者無不能文,以通萬類之情,以記萬物之數。此文法一書,所以萬國不謀而合,羣奉以爲法式也。雖其間簡畧有異,難易有殊,或主左行,或主右行,或主中行,或主象形,或主諧聲,而要之成此文法以便民用,其意同也。

西國文法,著有專書,師以是教,弟以是習,有迹可循,有效可期。童而習焉,不須志學之年,而已文字大通。抒己意,讀古書,閱新聞,無間隔矣。然後本此文字之知識,以學算數、圖畫、地理、歷史、理化、政治、律法、兵農、哲學等書,故能智識大進,學業早成,人無不學,學無不用。此豈白人之皆智乎?曰:文字之教得宜,用力少而得益多,故知識開而成材早且速也。

我國作文諸法，向無專書，所謂訓詁之學、音韻之學、字書之學，雖極精博，要皆成文以後之事。然欲通之，亦大費時日，雖通矣，而於成文猶未也。諸家所選古文，又皆以意爲批評，無完全之善本。執此以學文，欲求通且難，遑言善乎？

若是則已前直無大文豪乎？非也。若先秦諸子，《左》《國》《史》《漢》，其文何嘗不獨往獨來，抒一己之性靈，窮文章之秘奥。然其文皆自闢境界，乃其文之自佳，非有所教而然也。蓋當時言、文尚未分途，又值思想自由之時，各有見地，故下筆爲文，辟易千人。唐宋而後，文、言愈離，文境益卑。推原其故，厥有兩端：一由於類書之盛行，一由於八股之取士。類書盛行，則雖胸中毫無實理，苟工獺祭，立可成文。剽竊既多，性靈日没，故宋以後，纂述之文雖多，而無補於世也。至於八股取士，而文章之弊益亟矣。既驅天下於文科之一途，而又故迂其法，窄其路，以縛束人之思想，求其及格，已不易得，而况其能自抒機軸，成一家之言哉？

近今文格之卑，不能不歸咎於兹二弊矣。夫以我國爲文如此之難，而西人成文如此之易，難易相較，勞逸懸殊，而智愚分矣。其初觀之，以爲關於文字之末，其細已甚，而不知爲文之始，腦力既傷，以之求他學問，更勞而苦矣。况文字難通，相彼小民，之無不識，閲報與書信札猶且難之，遑言求學問乎？羣一國不識字之人，而欲與通文字、通普通學之國民相較，其賢愚智愚之程度，可一言而决矣。

追思少時，何由而通文學乎？恐無幾人能言其故也。不得已而强爲説之，其八股乎？然學一也歟乎哉諸虚字費旬月之功，學一破承起講費經年之力，八股通順，斯爲通矣。如其不然，則更無别法以通之，而終身不得享文字之福，可不哀哉！今者八股廢矣，似可思想自由，言論自由，於文界放一光明也。乃考之各學堂,於西文及普通諸學,皆教授有法,傳習有素。及至授本國文一科,則莫有善法,教師、學徒,二者苦之。余乃輯向所知者,擇其大要,以授生徒,久之成帙,非敢言全備,不過示文字之大凡耳,因名之曰《文字發凡》。

光緒三十年十月二十日,桂林龍志澤伯純甫序。

清光緒三十一年(1905)上海廣智書局鉛印本

六書例解

篆學三書敘

黄之雋

世之不識字者，猶結繩已前人也；其識字者，則漢魏已後人也，不識唐虞三代先秦之字矣。唐虞三代識倉頡之古文，春秋戰國識史籀之大篆，皆範于六書。至秦李斯採古文大篆以製小篆，遂盡燔詩書，滅古文之迹，以獨行其小篆，然六書之法尚存，故後漢許慎遵之，間附古籀以作《説文》，至于今不滅。然同時程邈既助斯作小篆，而又自爲隸書以亂之，隸書行而六書之法泯。薛綜"無口爲天，有口爲吴"，不識"吴"字；魏孝文"三三横，兩兩縱"，不識"習"字。童謡"横目"非"四"字，"兩日"非"昌"字；占夢"十八公"非"松"字，"三刀"非"州"字。若此類不勝紀。而謡占胥驗，是鬼神亦不識字。蓋其所識，惟漢已後散隸，加以行艸、八分，字體日變，象形、諧聲之義，蕩焉不講。惟《説文》獨存，雖尚多僻字、陋解、闕文，然古法犂然。而世但用之章印碑額，臨時備稽覈，橆肖形畫而已，曷嘗有泝原窮委，理豪析芒，若唐李陽冰，宋徐鉉、鍇，句中正等之人哉！我朝康熙中，詔大學士李光地等集儒臣用篆文寫六經四書而欽定之，誠以聖籍嚴重，不得以徒隸佐書相褻。今盥頮莊誦，如對漆書石經，而玉堂金匱之藏，未徧于蔀屋。竊歎生平徒生死于文字中，爲經書之蠧魚，而不識篆文,即不可謂識字。金山楊顒若氏于是起而述明《説文》以存古垂後而示余,發其箸書之指云:保氏所教六書,班固謂象形、象事、象意、象聲、轉注、假借,六者造字之本。鄭玄謂象形、會意、轉注、處事、假借、諧聲。許慎謂一指事,二象形,三形聲,四會意,五轉注,六假借。序次互異,學者滑利過目而莫之省。楊子闡明厥義,定許氏所次爲不可易,謂書契代結繩,皆爲事而作,事寓于形,形成而聲從,聲從而意見。轉注、假借,其後起者。遂錯綜小篆,肌分理劈,貫串融洽,于是乎作《六書例解》。古有音無韻,自沈約爲《四聲切韻》,徐氏遂依孫愐《唐韻》之翻切,載入《説文》。然世所行《説文韻譜》,徒以部首次四聲,又于每部中次四聲,既非許氏始一終亥之舊,而仍不利于繙檢。楊子依四聲之韻以便今,从小篆之文以存古,蓋慮夫隸行艸之緐變而亂古也。束字以韻,束韻以篆,而字體正。慮夫字書于本音之外雜取方音、古詩賦爲叶音,緐變而淆本也,束字于篆,束篆于韻,而字音正,于是乎作《秦篆韻編》。隸行艸既興,偏旁點畫,舛溷孳乳,多譌字俗字。流傳名人法帖多破體别字,賦家子家多造作奇字,闌入字書,矜富務博,文盈數萬,溢于《説文》九千三百五十三文之舊,而謬雜愈滋。楊子就今隸以泝秦篆,剖其近似,疏其俗譌,其分部則从并从附,省約便易,以資小學,于是乎作《正字啟蒙短箋》。予乃序之曰:聖人作書契,百官以治,萬民以察,字之義大矣哉。自古文籀篆廢而不箸,《説文》始出,以講明六書,不墜保氏所教,叔重之功宏矣。歷代習尚争妍,鬬工于散隸行艸,而忘厥所由。至宋雍熙時,鼎臣奉詔校定,此大有功于《説文》者。自後若戴侗、周伯琦、楊慎、魏校、朱謀墇、趙宧光之徒,代有譔述,得失互見。若顒若所論箸,不附庸于《説文》而遵守許氏,有發明六書之功,其視詣闕賜布,奉敕琱版,遇未遇異耳。《淮南子》載倉頡始製文字，天雨粟，鬼夜哭，其事不經。高誘注謂："文字興，詐譌萌，人舍本趨末，必致飢餓，天故雨粟。鬼恐爲文所劾，故哭。"似有激之言，僅可施諸程邈已後之散隸行艸，波折姿媚，徒以急就干禄。甚至士季摹真蹟以肆誣，君廓惑艸書而致叛，其禍害洵有如誘言者，豈宜以加倉頡之文，象于奎，義取諸夬，功侔于馬圖龜書者乎？三嬗而爲小篆，意思深厚，規模嚴整，不可以人廢。顒若氏嘅不得見黄帝、宣王二史之大全，乃沿秦相以窺古法，探索之久，厭飫靈通，滋味豐足，鬼神來告，以爲日用不可闕，而範圍不能越者，咸于是乎在。則是書也，烏可以無作？吾嘗竊歎，雖倉、籀之文而存，人亦不識也，雖斯篆不識也，雖散隸行艸猶不識也。疇則能識形于稀匀、闊陜、連斷之閒，識聲于从聲、从省聲之界，若顒若《三書》者。然則書以金壺之汁，刻之苕華之玉，副墨藏諸二酉，雒誦徧于五都。于以崇字學，昭六書，厥功不繼許、徐諸君子後哉。雍正甲寅歲且月既望，華亭黄之雋敘。

清雍正十三年（1735）瑞石軒刻，
乾隆五十八年馮浩修補重印本

字學指南

字學指南引

朱光家

嘗謂讀書必先識字，識字要在正音，而正音考義須從翻切。雖胡僧了義之字母洩其秘，而隱微罕究，進士郭恕之《佩觿》襲其迹，而掛漏不經。至於《直音篇海》《字學集成》，則音正旨明，義詳體備，第其書既浩汗而難窮，尤非寒素之所能辨也。余得睹是書之全，檢閱反覆，研窮考究，幸悟其機，明其理矣。然我明之，人亦明之，而後我之所明者信。一人明之，人人明之，而後我之所明者公而溥。迺稽古考文之暇[①]，于經書子史通用之字，有體一用殊，聲同義别，或點畫辯于毫毛，音韻分乎唇舌者，即劄而記之。家世習舉子業，八試不偶，知無分矣，即援例就閑，退而檢平昔所劄記者，字分句析，依韻註釋，彙以成帙。帙不盈尺，置之案頭，省翻閱之煩，而得開卷之便，無束脩之費，而有指示之益，名之曰《字學指掌》，言易見也。往謁洪州王公，公總角時與予同遊黌序，英資睿質，博學多通，余心師之。時宦成家居，兹以就正焉。公又爲之請裁于郡侯太宗師，相與參互考訂，删繁正訛，拾遺補闕，語家曰："字學有關世教，而人持異説，各執己見，難乎家諭户

①暇，當據文意改作"暇"。

曉。是編若出，則世無不識之字，人無不正之音，從邑而郡，自近及遠，坦坦周行，人皆可由，無惑於他岐，不迷于曲徑，誠中國之指南也。”爲更其名曰《字學指南》，家深契焉。命家梓以行世，家辭以耋耄昏荒，力所不逮。即邀家入郡，捐貲發粟，鳩工聚材，一力任之，家持以裁之自齋陸公。自齋公者，余姻聯至戚也，高才邃養，遠覽博綜，亦謬與是編爲有補後學，且曰："字學之書，不貴于博，在于簡而當；不尚于奇，在于正而顯。是編簡而顯，當而正矣。”欣然協贊其成。遂卜肆長春館，庀徒供役，給以餼廪，乃得以初夏肇工，仲冬望日竣業。編成，敢紀其事，蓋不忘所自云。時萬曆辛丑十月既望，海壖逸叟朱光家識。

字學指南序

張仲謙

竊謂書之流而爲楷，猶詩之流而爲律，與夫詩盛於律亦亡於律，書便於楷亦失於楷，何者？流麗直致，不如詰曲弇鬱之中五音也；圓匀遒媚，不如篆籀蝌斗之合六書也。雖然，自蒼頡以降，體凡五變，業已寖失古意，乃欲以鐵畫銀鈎還之虫書鳥跡，是蘇子所謂“食之以太牢，而使之復茹其菽”也，得乎？嗟嗟！晚世學士，總角就傅，尋行數墨，人人能矣。顧其點畫音聲，汔皓首而不盡通者，比比也。余友海上槐里朱先生，少負材諝，弗究於用，晚歲掩關謝事，獨留心書法，彙成一編，名曰《字學指南》，不佞得而卒業焉。凡《蒼》《雅》《林》《統》之緒，鍾鼎鼓碣之遺，聲韻注叶之秘，梵書仙笈之奇，博採精研,可謂良工苦心。此集一出,將使攷古者免魯魚亥豕之疑,掞藻者按疾徐清濁之節。無論嘉惠後學,而於國家同文之治,不亦有裨乎哉。間乞不佞序言。夫世有子雲,迺稱識字,士匪侯芭,安許問奇?自揣何人,敢贊一辭?聞之弇州山人曰:"余腕中有鬼,故不任書;目中有珠,故不敢不任識書。"不佞兩愧之,聊論先生著述之意,令習書者從此發軔云。賜進士、嘉議大夫、山東按察司按察使、前奉敕督理三省糧儲、通家眷弟張仲謙譔。

跋字學指南

王　圻

古聖王以六藝教萬民,而書居其一,自經生學士以及胥史道梵,靡弗遵而用之。惟施用漸廣,注釋浩繁,點畫偏旁聲韻之舛錯,何所不有。遂令村師俗究,轉相沿習,踵陋仍訛,漸失先賢制字之初意,則何説也。總之六書之旨,廢缺弗講,而人情簡便之趨耳。夫自龍鸞鳥薤之書變而篆隸興焉,簡矣。篆隸變而爲八分,簡之簡者也。八分又變而爲楷,爲行,爲草,各樹一家,古道之存,能與有幾?惜哉。方今朝著野外一切崇尚楷正,而文人騷客間用古文,判案移牒多用今文,若闤闠券契又誤用俗文,要皆厭繁複而樂簡便,故浸淫至此極也。余友槐里朱先生,少同博士業與余坎壈詞場者二十餘年。余倖博一第,而先生竟以儒官屏迹私門,窮研典籍,一意著述,尤究心于六書之學。凡《埤倉》《廣雅》《古今字詁》《字統》《字林》《韻海》《韻集》《韻略》及西僧反切諸書,靡不冥搜廣引，據古證今，刊訛削謬，類成一家言，名曰《字學指南》，珍藏室笥。余明農暇日購而讀之，則首之以審音辯體，次之以正誤釋艱，而復分系之二十二韻，以便檢閱。大都體裁以《説文》爲正，而反切以梵學爲宗，數百年傳會損益與喉吻轉換之失[①]，悉舉而是正之，真千古快事也。因以就正于郡侯繩齋許老公祖，復爲指示疑義，重加裁定，遂成一代完書。設有探奇好古之士，取而付之梓氏，行之當世，豈惟海内羣蒙藉以開關啟鑰，即倉、沮、史、李諸君子，亦賴先生爲忠臣矣。昔之評書者有言："華人從見入，故長於字而韻則疎；梵人從聞入，故精於韻而字則略。"若先生者，見聞並進，字韻兩絶，詎不稱華梵一大傑哉。萬曆辛丑歲冬十月朔，賜進士、朝列大夫、陝西布政司右參議、前雲南道侍經筵、監察御史、奉敕提督湖廣學政、邑人王圻撰。

原六書

王學詩

天地鍾靈于人，洩其機于聲，而神其化于字。惟字成象而有數，聲隨應而不膠，此六書之法，又所以盡聲之變而通字之用者也。學者誠于六書而探其要，悟其理，斯知字爲心聲，理由心得，千聖之精一賴以相沿，百王之軌範因之不墜。達可措之以輔相裁成，窮可明之以垂訓立教。先哲所謂筆補造化者，豈大言無當者哉。學詩弱冠時從先生遊，先生于傳經

①傳，當據文意改作"傅"。

授業之隙，即留意于字書。凡字書有資檢討，可廣見聞，不惜金爲先生致之，至充架滿笥。先生每檢討，有得疑義當參考者，即條分縷析，粘之案頭，不旬月間，窗牖户壁皆滿，隨命學詩輩分類録之，次月復然。積有年歲，漸成帙矣。學詩窗友俞顯卿、朱應麒皆以科第離函丈，學詩與先生俱坎坷場屋。學詩歷貲受一職歸，而先生亦棄去舉子業，日益肆力于字書。學詩亦以閑曠助先生卒前業，遂得深探先生之字書，有裨世教，有資後學，而其功效之至速且便者，在指示六書之法，俾人人曉然知字之不可不識、音之不可不正也。乃述先生之指南旨，爲之《原六書》云。萬曆辛丑歲十一月朔，門生王學詩頓首書。

以上明萬曆二十九年（1601）刻本

字學一覽

字學一覽序

裘君弼

粤稽伏羲，始畫八卦，造書契，以代結繩之政，由是字學昉焉。迨蒼頡六書出，而天雨粟，鬼夜哭，貽今古以莫解，即高誘之説，亦未可信以爲然。余以爲垂之萬世，其事甚大，非可渺識而測度之。然則字畫之微，詎可加減於其間哉。雖然，迨至厥後，周宣之史籀則有大篆，始皇之李斯則有小篆。程邈而後，王次仲取籀文大篆之四分，去小篆之六分，而八分書之名起矣。旋復有鍾元常之楷書。噫，字之名雖夥，書之形屢變，而要不離六書、八體、六體而變化之。今宇宙皆宗正韻，正韻者，即元常之楷書也。書同文，畫同象矣，要必無省無贅，而字始真，併研造字之義，而字始確。即如初字，洪荒之世，裁衣無剪，以刀割之，故以衣刀爲初。人死委之於壑，親友持丨音衮。上掛弓逐貍以啗之，故以丨弓爲弔。蒼頡出見人伏禾下，起而示之，其頭童，故以禾人爲禿。今初字刀上加撇，弔字之下加鈎，禿字以人作几，失其義矣。至於一字數音，如朱提之呼殊時，神荼之呼伸舒，閼氏之呼臙脂，必須攷古而得之。若夫撇之長短，點之有無，未可不致意焉。足撇出而爲疋，音雅。沈加點而爲沉，沈。此徐君中美先生所謂"字畫有微秒之别，而音義迥殊"。緣是有《字學一覽》之編，將字義字音某音某切四聲編次一書,誠教思無窮之心。苟得是編而攷究之,庶唫哦不致聱牙,而見解顙得確詮。且字無省便添贅之累,誠字學之津梁也。要知公必八法擅長。昔柳公權對穆宗曰:“心正則筆正。”公雖未如公權之正色立朝,其以筆諫,殆留諸後人耶? 余恨未得與公共論一畫之義,猶得覽斯編,爲公後裔左券云。是爲引。時康熙癸未歲陽月下浣之辰,南州裘君弼宸宸甫題。

清嘉慶五年(1800)文林堂重刻本

説文定聲

説文定聲自序

張　長

六書旅陳，而諧聲字什尻七八。鄦氏《説文》九千三百餘字，每云從某聲，或云從某省聲，而所從之聲亦复蜕變，古音殆難碻識。其云從某省聲，尤多迂曲。未重死後百餘年，始有孫未然箸《尔疋音義》作反語，嗣是晉宋齊梁諸賢，遵循矩矱。其於反切出音，必有其同用、互用、遞用之妙，以爲竆究雙聲之型範，此陳東塾所以標楬四十類四百五十二字，無待用沙門之字母也。敻乎卓絶者，《廣韻》《唐紐》采全國音韻組合而類列之，旁皇周浹，天下爲公，若視爲一方所獨有，則有扞格不入者矣。鼎臣爲《説文》音切，又不盡依《唐紐》，然從是知《説文》之不可無反語也。《説文》爲羣經鈐鍵，由是而進求古代聲音，則有可考稽者。古人音以短梢爲特色，有閉音而無侈音，亦無開音、繼音，故有重脣無輕脣，有舌頭無舌上，有粗齒無正齒，錢辛楣言之允矣。娘日二紐古皆泥紐，而喻紐爲古所無，章太炎言之允矣。無慮古人發音厚惲，不作瑣瓴之聲、姚傷之韻。後世社會趨於文縟，思致日以紛賘，表意念之具，亦以種種調節緐分細别之，於是輕細之韻起矣，蓋亦遞演之勢也。未重處後漢世，已由質直漸趨緐複，而爲晉宋齊梁言反切者所不能外，此予《説文定聲》所由作也。

東塾分各音爲四十類，予又析東塾明微母十八字爲宋、邙二類，總爲四十一類，取《廣韻》陽唐韻内之字以爲建首，又博采《經典釋文》及《史》《漢》《文選》等注中之晉宋齊梁人切語以相印證，不知其有合乎否？夫宷聲至匪易也，方音至難齊也，由不齊而馭以至齊，亦由至齊而漸呈露其不齊。或有云娘日二紐閩粤人仍發如泥紐也，又云閩人發舌葉音仍如舌槙也，更大部地方混齒關音爲背齒音也，此則非激劇之變化，無所庸其厝意已。民國十七年八月，武昌張長書於太原欺魄室。

1930年武昌張夔辨歸化石印本